清末民初文獻叢刊

四述奇

（第一册）

［清］張德彝　撰

朝華出版社
BLOSSOM PRESS

圖書在版編目（CIP）數據

四述奇 ： 全4册 / (清) 張德彝撰. -- 北京 ： 朝華出版社, 2018.6
（清末民初文獻叢刊）
ISBN 978-7-5054-4255-9

Ⅰ. ①四… Ⅱ. ①張… Ⅲ. ①日記－作品集－中國－清代 Ⅳ. ①I264.9

中國版本圖書館CIP數據核字(2018)第082720號

四述奇（全四册）

作　　者　[清]張德彝

選題策劃　楊麗麗　尚論聰
責任編輯　劉小磊
特約編輯　齊　芳
責任印制　張文東　陸競贏
封面設計　劉敬偉

出版發行　朝華出版社
社　　址　北京市西城區百萬莊大街24號　　郵政編碼　100037
訂購電話　（010）68996618　68996050
傳　　真　（010）88415258（發行部）
聯系版權　j-yn@163.com
網　　址　http://zhcb.cipg.org.cn
印　　刷　藝堂印刷（天津）有限公司
經　　銷　全國新華書店
開　　本　880mm×1230mm　1/32　　字　　數　295千字
印　　張　48.75
版　　次　2018年6月第1版　2018年6月第1次印刷
裝　　别　精
書　　號　ISBN 978-7-5054-4255-9
定　　價　365.00元（全四册）

出版前言

中國自一八四〇年鴉片戰争以來，傳統的農業文明在西方的堅船利炮轟擊之下徹底被顛覆，有擔當的知識分子苦苦追尋，思索社會改革的途徑。從最初的『師夷長技以制夷』到『民主制度，天下之公理』（梁啓超語），他們發現要『强國富民』，首先要『開啓民智』，祇有民衆擁有了獨立思想和批判精神，國家纔能實現真正的强大。在此後一百年的時間裏（一八四〇—一九四九），思想者們從社會變革深入到國民性的改造，用每一部作品見證着中國近代化的遞變歷程。這是一個極其重要的時代，《清末民初文獻叢刊》正是收録了這一時期的作品，大部分書籍都是早期版本，有着極高的文獻研究價值。

清末的中國經歷了『三千年來未有之大變局』（李鴻章語），大清王朝面對西方列强的艦炮，表現得驚慌失措。尤其是鴉片戰争，使『天朝帝國萬世長存的迷信受到了致命的打擊，野蠻的、閉關自守的、與文明世界隔絶的狀態被打破了』（《馬克思恩格斯選集》）。一批士大夫知識分子，尤其是在歐美諸國擔任使臣或者游歷的知識分子最先覺醒，着眼于對西方國家的考察，進而反省本國政治制度的劣勢，可以視作『啓蒙』的端倪。如曾擔任駐英公使（兼任駐法公使）的郭嵩燾在《使西紀程》中以日記的形式記録了自己對歐西諸國的觀感，他在考察了英國的政治制度之後，發現英國政府官員收入超過三百磅者與普通老百姓一樣同等納税，他説：『此法誠善，然非民主之國，則勢有所不行。西洋所以享國長久，君民兼主國政故也。』他明確提出了『民主』，在國家的管理問題上，人民也有參與的權利。他在該書中所披露的西方政治、經濟、文化等領域優于大清帝國這一事實觸動了保守派的神經，立刻遭到保守派群起而攻之，進士何金壽彈劾他『有二心于英國，欲中國臣事之』，他家鄉湖南的民衆對他更是痛加詆毁，以至于滿城揭帖，誣蔑他『溝通洋人』，在這種群情洶洶的情况下，朝廷最後下旨將《使西紀程》毁版，從而使該書成了禁書。然而，書雖被毁版，却不能堵死民衆的傳播與閱讀的途徑，上海的《萬國公報》依舊連載該書，張佩綸曾説：『朝廷禁其書，而新聞紙接續刊刻，中外傳播如故也。』從某種意義上來説，啓蒙是時代的需要，盡管清政府發諭旨禁了該書，民衆乃至一些朝廷大員却依舊在私下閱讀，以便瞭解外部的世界。進步的社會是開放性的，任何企圖『閉關鎖國』的努力都意味着歷史的倒退，衹有開放，與整個世界文明保持同等的步伐，纔能實現真正的强國之夢。當大批知識分子走出閉鎖的國門，親歷了文明的洗禮之後，也就把啓蒙的智識帶回了中華大地。容閎的《西學東漸記》，梁啓超的《新大陸游記》，崔國因的《出使美日秘日記》等一大批作品介紹了海外諸國的政治、經濟、軍事、外交、文化。雖然這些作品在認識上仍然帶有時代的局限性，然而却是那時最爲珍貴的聲音。

另一方面，在學術上，中國文化母體内『經世致用』思想與資産階級思想相結合，也喚起了變革，以康有爲、梁啓超爲首的改良派試圖通過自上而下的革新以實現變革。康有爲的《新學僞經考》《孔子改制考》就是借經學之表論資産階級學説之裏的著作，康有爲的弟子梁啓超更是通過《新民説》一書提出國民性改造。與早期啓蒙者『師夷長技』的器物文明引進不同，梁啓超上升到形而上的精神領域，從文化心理上更加徹底地進行變革。梁氏是清朝末年到民國初年一個橋梁式的人物，被譽爲『輿論之驕子，天縱之文豪』，其影響力不但在學術領域，同時還在文學領域，他所倡導的『詩界革命』得到了譚嗣同、黄遵憲、丘逢甲等人的響應，黄遵憲的《日本雜事詩》，丘逢甲的《嶺雲海日樓詩鈔》都體現了這種主張。這一主張要求反映新的時代和新的思想，用『我手寫我口』（黄遵憲語）的方式直抒胸臆，對長期占詩壇主流的擬古主義、形式主義產生了巨大的衝擊，解放了寫作者的心靈和頭腦。

與社會變革同步的是早期對西方思想著作的翻譯，這裏面影響最大的是嚴復，他翻譯的《天演論》《社會通詮》等書直接孕育了民國一代的知識階層。魯迅、胡適等人在文章中都曾提到《天演論》對他們思想所產生的震撼。與嚴復略有不同的另一位翻譯家是林紓，他的譯作雖然參差不齊，但却在更細膩的心靈層次對讀者產生影響，許壽裳曾回憶，他和魯迅都熱衷于林譯的小説，如《巴黎茶花女遺事》《黑奴籲天録》《迦茵小傳》等作品。

辛亥革命之後，進步社會思潮成爲主流，比之清末思想啓蒙者『求存』的追求，民國以來的知識階層深入到了更加細微的肌理，一方面呼喚社會變革，另一方面進行點滴的建設，革命并不能使所有的一切一蹴而就，在更加深廣的領域，事物的改變是由微觀而宏觀。通俗地説，比之于革命，建設的意義更大。如《中國商業史》《中國教育史》《中國倫理學史》《中國哲學史大綱》《中國小説史略》等一大批作品都是進行系統的梳理與建設的理論作品。其中，以胡適和魯迅二人的影響最大，他們的作品一紙風靡，從而成爲新文化運動的主力人物。

《清末民初文獻叢刊》收録的文獻大致上可以分爲三個階段，其中龔自珍、張之洞、魏源、郭嵩燾、薛福成等人的作品可視爲『早期啓蒙』，康有爲、梁啓超、黄遵憲、嚴復、林紓等人的作品可視爲『中期啓蒙』，胡適、魯迅、蔡元培等人的作品可視爲『晚期啓蒙』。當然，這種劃分并非嚴格意義上的，大部分啓蒙思想者隨着時代的變化，其思想在不斷進步。縱觀整個近現代史，可以發現，要求變革不是在某一個領域，由某一類人發起和完成的，而是全社會的要求。變革，已經成爲全社會的共識。

從清末民初的文獻中，我們能够發現一種豐富性。這些作品涉及政治、經濟、軍事、教育、外交、宗教、心理、情感等方方面面，從内而外地净化着中國兩千年以來的封建積習。它不衹是對社會的改造，更是對人心靈的重塑；它首重國家社會之建設，同時亦重靈魂心智之唤醒；它是宏大的，也是微觀的；它是嚴肅莊重的，也是活潑靈動的；這些作品結構精巧，思想内容深刻，擁有濃厚的人文主義色彩，對推動社會主義建設，實現中國夢有重大意義，是近現代中國一百年來最宏富的智識與情感的寶藏。因此，整理這些文獻作品，無論是出于資料保存的目的，還是爲圖書館提供資料副本，都有不可估量的意義。

特定時代下的文獻，當它一旦形成（既指草擬，創作的完成，也指其成爲一個載體），就不可再複製了，也就意味着它將面對消亡。對于文獻資料而言，越接近歷史事件發生的時代記録，越具有研究價值。文獻本身具有不可再生性，它衹會消亡，而不會增多。盡管文獻本身的文字可以保留下來，并進行傳播，却失去了當時的時代氣息。當時的作品可能在技巧上，文字的成熟度上不及當代，但它所負載的信息，創作者的情感都反映了當時的歷史，也就是説，它具有不可替代的歷史意義。

影印的版本有三個特點，第一是擁有文獻的『原始性』；第二個特點是『未經改動的』；第三個特點是『歷史的原貌』。所謂『原始性』，也就是説，它是第一手資料，而非轉述的，回憶形成的；『未經改動的』，是指未被篡改、删節、挖補的；『歷史的原貌』是指在影印製作過程中，完全依照文獻的原來模樣……這樣製作出版的作品，無异延續了文獻的壽命。

近現代思想史上的一個最重大的思潮就是『開放』，從林則徐的『開眼看世界』到蔡元培的『兼容并包』，都是在倡導一種開放式的胸襟。而《清末民初文獻叢刊》最有魅力的部分就是『開放』這一主題，祇有融入到世界文明發展的進程中，中華文明纔能歷久彌新。

《清末民初文獻叢刊》編委會

二〇一七年四月十四日

凡例

一、《清末民初文獻叢刊》（以下簡稱『叢刊』）爲影印本，舉凡所用之底本，均爲該書之早期版本。有清末刊本，亦有民國印本。

二、《叢刊》均依底本影印，未予删改，僅代表作者個人觀點，不代表官方立場；原刊本有誤，不予校改，以保留文獻之原貌。

三、《叢刊》所用之底本，因時日久遠存在漫漶的情況，均進行了修復；底本闕文、印刷不清，均保留原貌。

四、爲讀者閲讀之便，《叢刊》中之舊底本目録未標記頁碼者，編了目次；原底本有頁碼和目録，未予重複編目。

五、爲保持文獻的原始風貌，影印本保留了原書書影（原書爲多册，則保留第一册書影）、扉頁等信息。所用底本無相應信息者，則不予妄添，以免錯訛。

目録

四述奇

烏拉布書簽

落

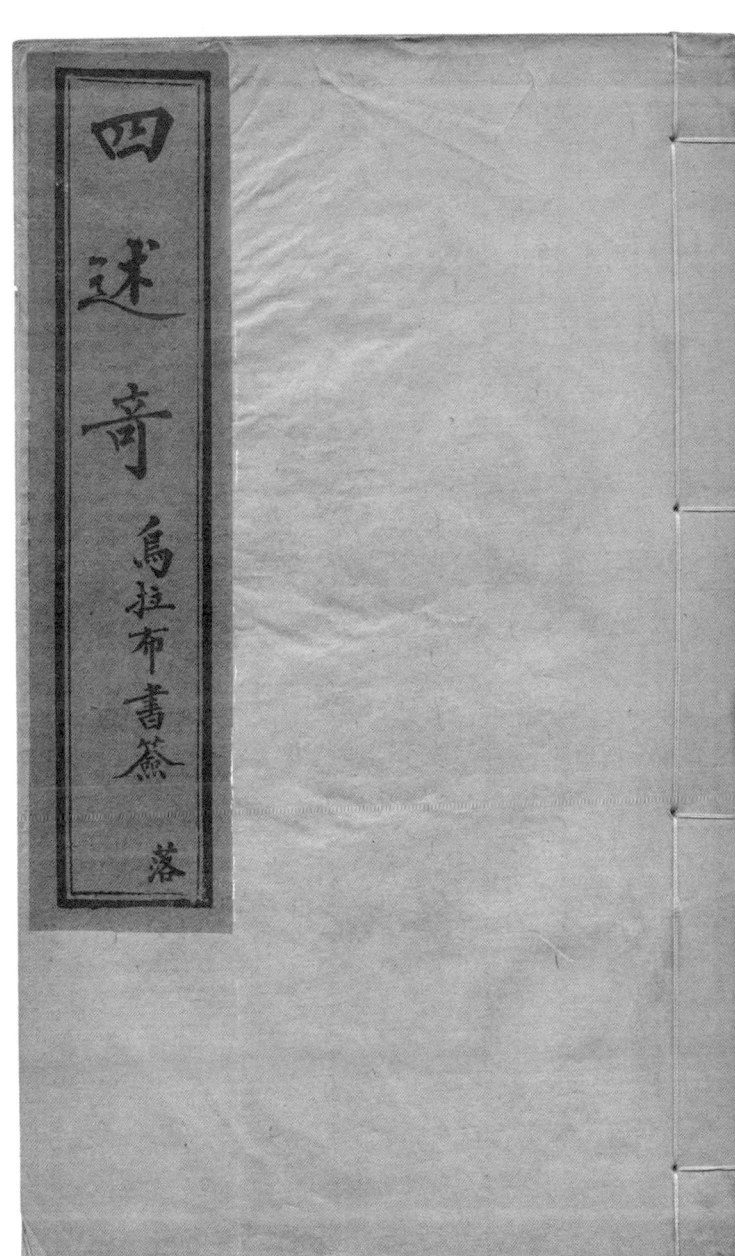

光绪癸未仲夏

四述奇

瑞联署检

同文館
聚珍版

嘗聞古人讀萬卷書行萬里路然後學問閱歷當有所長非僅披覽卷軸而閉戶安於故鄉亦非登臨山川而陳編置之高閣也若以中華奇士博學高才而徧遊海外

諸國則城郭衣服之殊異語言文字之不同水態雲容珍禽奇獸雜然前陳悉助此胸中浩浩蕩蕩之氣則豈徒讀書而行萬里者哉吾友　張在初者在同文館肄業有

年矣其志之超其才之敏其學力
之銳其膽氣之雄固非尋常出色
人員所易及也其受

欽使

諸公垂青知遇星軺所注屢約偕行
辦公得力之處有非局外能畧知者

即此筆墨緒餘足令當世奇文共
忻賞焉是為序
光緒九年孟秋朔日長白英煦書
於樂天室

四述奇一書吾友張在
初所著也在初隨使泰
西凡目見耳聞之奇
悉以筆之於書故名
之曰述奇且屬綴題

游重輕所及觸目皆文
故名之曰四述書形是
絕也修進于斯矣哉
讚賞器物之美哉玩賞
其用之精而

左莉獨

能詳察風土圖覽武情以營說而弁錄名所述也要所以明無於度之使於四方者出決解其乎吾嘗覽是編者

勿徒賞其文之奇鄙不負作者之苦心也若光緒九年季秋粵東常鐸拜敘於旭園之聽雨軒

四述奇序

嘗思天下最難之事不難於相因難於創始最險之事不險於一試險於屢試自咸豐辛酉

國家與泰西各國訂約通商爰

立同文館於總署學泰西語
言文字此舉前所未聞創始
也彝由義學生蒙 文文忠公
試於嘉興寺得入館同治乙丑
國家以西人來華者日盛我國
亦宜有人前往采訪政俗識

其風土人情均因公而得歷海
外各國者自此創始彝奉
旨隨斌友松郎中前往泰西游歷
為各國公使來華咸有國書以
敦友誼丁卯冬奉
旨派志孫蒲三大臣前往東西各國呈

遲
國書是東西來往繞地一周者自此
創始彝曾李
百
隨之夫中原自列國時往來使聘
雖有專司爲命之官而所往者
無非魯晉齊楚各地以漢唐

西使名稱今之印度而此鮮有
重譯梯航輪蹄萬里者茲我
朝始有使臣赴高麗琉球等國
然以水陸計之不僅萬千里而
已庚午歲因天津教案奉
旨派三口通商大臣宮保崇前往

國修好是中國專派大員赴泰
西一國者自此創始彝章用蒙
奏帶往為各國既經換約遂
多有公使駐華
國家以各國有雅長寵著之邦
亦宜專派大員前往以示和好

以通音訊以保商民光緒乙亥
春奉
旨派少司馬郭前往英國駐紮是
中國
欽使之駐劄外國者自此創始彝
又經

奏調偕往計自設館以來出洋四次彝皆能達其始噫亦奇矣彝自爲義學生時以至初爲號初以始也嗣後適屢遇創始之舉不更奇歟因奇誌奇凡前三次所未見未聞之奇

此次復逐日記之顛海內士君子共聞此奇得知天下時務之屢變風景之日新不識愈出而愈奇哉時

光緒七年歲次辛巳仲夏

張德彝在初氏敘於養

心堂

四述奇凡例

一海邦政俗近年諸星使著作如林久已膾炙人口余則不過竊其緒餘而已

一是書本紀泰西風土人情故所叙瑣事不嫌累牘連篇至於各國政事得失自有西士譯書可考

一是書原係逐日登記藉驅睡魔其文俚而不雅難免有道之譏閲者諒之

一所紀天文度數山川遠近里數不無訛錯然行人持此而往或不迷於所向也

一錄泰西往事以及製造之創始雖用西厤紀年而仍附以中厤者以便閱者考查也

一海外地名以——識之人名官名物名以——識之其還音雖本瀛寰志略各書仍有不甚吻合之處聊以得其彷彿云爾至中華之地名人名官名物名則不復識別

一歷次出洋雖辱承譯事而一切密勿闕而不書亦金人緘口之意也

一前三次筆所述及者概不登入以免重複

一昔宋洪邁成容齋隨筆後有續筆三筆四筆五筆張端義貫耳集有二集三集古人編纂與時俱積原不必統隨一式余四次出差各就見聞筆錄故以述奇再述三述四述而名之

一所載有見聞不確失其事實者尚望　高明正之

四述奇目錄

卷之一

和蘭國
德意志國
和蘭國
英吉利國
卷之四
英吉利國
卷之五
英吉利國
卷之六

四述奇卷一

鐵嶺張德彝在初隨筆
貴榮竹坪校閱

中國既與海外諸國通商。於是各遣使臣來華駐劄。修和好。保商民。以期辦事確切。通信迅速耳。光緒元年。我
皇上克紹丕基。載揚大烈。脩來同之典。恢一視之仁。以華民出洋日衆。非有重臣句宣。不足以資鎮撫。
特准齎
詔前往各國。以通和好。適值英人馬嘉里在滇被戕一案。乃

奉

旨派花翎兵部右侍郎郭嵩燾為正使。花翎三品銜。候補五品京堂劉錫鴻為副使。蒞英吉利國。二年八月。經

欽差大臣奏派隨帶三等參贊官一員。江蘇候補直隸州知州黎庶昌。蒓齋貴州遵義府遵義縣人。三等繙譯官三員。花翎四品銜。兵部員外郎張德彝。在初原名德明鑲黃旗漢軍人。戶部員外郎鳳儀。夔九正黃旗蒙古人。三品銜候選道馬格里。清臣英國蘇格蘭人。隨員二員。藍翎同知銜。廣東候補知縣李荊門。湘浦江蘇揚州府甘泉縣人。

提舉銜候選通判劉孚翊。鶴伯 江西南豐縣人。隨員兼繙譯官候選通判張斯栒。聽颿 浙江甯波府慈谿縣人。辦理支應官候選通判姚嶽望。彥嘉 江蘇常州府陽湖縣人。監印官中書科中書黃宗憲。玉屏 湖南寶慶府新化縣人。武弁藍翎湖南候補千總郭斌。五品銜湖南候補把總羅雲翰。湖南候補把總周長清。五品軍功紀端。六品軍功賀志斌。七品軍功龔紹勤等因奉

硃批知道了。欽此。

九月

十五日。星使
陛辭啟節。彝亦遵奉偕往。
二十八日乙酉晴。叩別嚴親。未初登車。出崇文門廣渠門。東行四十里。申正抵于家衛宿。入夜涼風掃檐。黃葉敲窗。已屆深秋時矣。
二十九日丙戌晴。早起郊外散步。見樹枝垂露。場圃浮雲。鳥啼曠野。犬吠孤村。心暢甚。早尖後鳳夔九來談。至未正。遂同登車起程。行三十里。酉正抵張家灣宿。
三十日丁亥晴。甚暖。辰初起程。行四十五里。至安平鎮早尖。午正又行五十三里。一路車塵蔽日。風捲黃沙。道旁茅屋生烟。老嫗炊火。柴門積土。稚子堆山。申正至蔡村宿。

十月

初一日戊子晴。店雞報曉。殘月懸天。卯初登車。行二十五里過楊村。又行二十五里至浦口。早尖後行三十里。申正抵津。宿北浮橋人和店。

初二日己丑晴。暖如早春。午正乘肩輿往謁合肥相國李少荃。鴻章 都轉林授卿。述訓 總戎鄭一峯。國魁 觀察黎召民。兆棠劉崑圃。秉琳及拜太守馬松圃。繩武大令武省三。士選貳尹嵩寶臣。珊王竹軒。文彬參戎鄭子善。明悳都閫張雲波。錦隆巡守隋采廷。青選劉輔臣國樑等。城內城外。閭巷繁華。宛如上洋風景。

初三日庚寅晴。早乘肩輿往紫竹林。拜津海關稅務司馬福臣。英國領事官孟甘。後至招商局寫船。回寓始知文武官員投刺答拜。未正發送行李。申正鄭子善王竹軒張雲波劉輔臣四君約聚會堂晚酌。酒肴羅列。酣飲暢談。戌初謝別。至紫竹林登日新輪船。船長二十五丈。

寬約二丈。暗輪鐵造。極堅固。極整潔。
初四日辛卯晴。辰正開船。戌初出大沽口。風順船穩。遇招商局明輪盛京。暗輪永清。皆來自上海。記同船男女三洋人。一司彪夫婦。爲合衆國傳教者。一葛樂滿年逾古稀。英國遊士也。入夜逆風。微覺簸揚。
初五日壬辰晴。風息水平。午正過張山。遙見一英國兵船。聞係七日前錯行岸上者。後見左有二島。右則長山一帶。漁舟兩三。未初抵之罘。住船見樓臺隔岸。舸艦迷津。司彪夫婦下船。適登州。客人上下貨物畢。戌正展輪。

出烟臺口船平。

初六日癸巳晴。順風南行。西面頻見島嶼。迨午後則海水滔滔。一望無際矣。記同船華人二三十名。惟往九江之都門寶地山謙。往粵東之天津王月三秉璋 夢庚鴻逵 穉連鴻鈞 兄弟。朝夕聚談。甚是相契。入夜過黑水洋。風平浪靜。

初七日甲午晴。水平船穩。早遇中土風篷二礮船一。皆北去。午刻西風驟起。甚勁。船遂搖蕩。戌初過佘山。亥正至吳淞口外。住船。口占一絕云。佘山飛過泊鱸鄉。難得舟平黑水洋。七次乘槎經滬瀆。少留仍駕鐵慈航。

初八日。乙未晴。子正開行進口。辰正。抵招商局碼頭傍岸。未初。乘肩輿行十數里至二洋涇橋源泰祥棧住。屋窄小。尚新潔。安置行李畢。易公服。至拋球場廣肇公所。謁見郭劉二星使。回寓知大令莫善徵（祥芝）司馬陳寶蕖（福勳）來拜。

初九日丙申。晴。辰正。郭劉二星使召飲。同席者都轉金眉生。（安清）別駕朱子畬。（爾田）及郭星使之弟京堂郭意誠。（崑燾）飲後往拜馮觀察竹儒。（焌光）孫硯農。（文田）並答拜陳寶蕖司馬及莫善徵明府。未正囘寓。有硯友朱靜山格仁來拜。坐談良久。

初十日丁酉陰。巳正。王月三昆仲邀飲于寶善街復興樓。午後晴。閩黎蒓齋劉鶴伯姚彥嘉黃玉屏四君到郎往拜。囘寓知馮竹儒觀察投刺來拜。

十一日戊戌晴。早乘肩輿答拜朱靜山。未遇。囘寓知京堂郭意誠都轉、金眉生刺使李少珊鳳翙及孫硯農來拜。酉正。孫硯農邀飲于復興樓。同席有郭蓮孫。雯吳壽芝壽之及陳寶蕖之猶子陳臧伯。衍林皆六七年前舊雨也。

十二日己亥晴。巳正。乘肩輿拜觀察唐景星廷樞都轉金眉生。及陳臧伯。郭蓮孫。吳壽芝。英國領事官麥華陀。合衆國領事官美爾師。江海關正稅務司吉羅福。副稅務司辛盛。繙譯勞德。同事之英文繙譯官馬清臣。與英國威公使妥瑪派同前往之英文繙譯官英國愛爾蘭人禧在明。酉初。孫硯農仍邀飲于復興樓。同席有太守蔣薌生鳳藻潘吟薌恩燕諸君。至子正始散。

十三日庚子晴。早至廣肇公所謁見兩星使。并拜郭星

使之弟觀察郭志誠。崙燾午初。馬清臣約在大中店早
餐。後同往英國輪船公司寫船。與其司事韋澤士登塔
萬寬輪船。查定艙房。妥議飲饌。後回公館禀覆。二星使
原召晚酌。因陳寶蕖同時約飲。乃往洋涇浜理事公廨。
少坐謝別。回寓知硯友嚴子猷辰勳邀飲于復新園。遂
往。同席有葉雲樵。樹芳蔣薌生及馬眉叔。建忠眉叔係
李少荃相國派往法國學習律例者。正飲間。硯友金菊
人。仁杰又邀飲于長春樓。辭。
十四日辛丑。微雨。午。初往西畫錦里拜張聽颿李少珊

金菊人。後至公館謁見二星使。同寓知觀察唐景星。陳臧伯。郭蓮孫。吳壽芝。暨麥華陀。美爾師。吉羅福。勞德。辛盛等投刺來拜。

十五日壬寅。陰雨。早乘肩輿至河邊。駕新關三板。行三四里。一望戈船數十。火輪百艘。舳艫相屬。數里連檣。船檣之盛。前世所無。胸襟爲之開豁。登合衆國阿什洛兵船。拜水師副將韓弗。坐談片時。辭別。登岸。有稅務司吉羅福邀飲。同步至香港路。登樓見其妻莊氏。飯後回寓。知觀察郭志誠來拜。

十六日癸卯陰。早入公館謁見二星使。回寓知郭星使之猶子郭龍雲。虎臣及舊友黃平甫達權之子黃詠清惠和來拜。酉初朱靜山約在慶興園晚酌。同席有嚴子猷陳臧伯汪曉村丙勳諸君。

十七日甲辰。陰雨。早至公館謁見二星使。料理行裝畢。回寓。俟餞行客去後。時已申初。始早餐。匆皇之際。携裝駕三板登塔萬寬輪船。時又有二三舊友送別。酉初郭星使官眷行李到。彝率弁役點數入艙。戌正二星使率諸同事及馬清臣禧在明上船。子正展輪。出口甚平。記此船係暗輪。長二十八丈一尺。寬三丈五尺。高二丈七尺。入水一丈二尺。馬力三百五十。船主英人巴迺得。年近四旬。言語溫和。

十八日乙巳。陰。順風。水色早黃午綠。左右疊見山島。申正則海水瀰漫。一望無際。酉初細雨。繼而傾盆。狂風拍浪。船甚簸揚。奔騰砰湃。金鐵齊鳴。水手喧囂。令人終夜難寐。

十九日丙午。雨。浪尤大。未初過臺灣。鎭日南行少西。酉正雨止。風息。入夜晴平。

二十日丁未晴。辰正入粵境。過汕頭。左遇輪船一。係東往日本金山等處者。右遇風篷一。亦西往香港者。風順水平。縱橫挂十二布帆。遠望如樓似島。其行迅比火輪。申初西行少南。有英國鐵甲船名敖達仙額斯。長四十五丈。寬四丈餘。銜尾而至。我船見。遂升旂。來船亦升旂。我船隨下旂。來船漸趨而近。兩船並行。相距可十餘丈。來船作軍樂。兵丁列隊升桅。我船復升旂。停輪稍待。則來船橫掠船首而過。遂撤隊下旂。揚帆駛去。夫彼此升下旂者。問答也。作樂列隊者。示敬中國公使也。升桅而立者。以示遠也。停輪者。以示讓也。掠船首而過者。趨而迎也。

二十一日戊申晴。寅正。抵香港住船。巳正。英國總督柯乃的遣中軍歐克勒根投刺來拜。請何時登岸。以備船接。乃訂未初往拜。去後。有英國水師提督郎貝爾來拜。知伊在此帶有火輪兵船四隻。尚有二隻在上洋。今午開輪回國。未初歐克勒根至。二星使偕黎蒓齋鳳夔九與彝及禧在明馬清臣。駕十槳小船。行二三里。隨行礮臺升十五礮。登岸。紅衣兵列隊作軍樂。舉槍對鼻以迎。

皆示敬意也。前任英國廣東領事官羅伯遜亦迎于岸。問候畢。各乘涼輿登山行數里。綠肥紅瘦花木如春。至總督署。柯公年約七十。鬢髮皤然。文武官集者二十餘人。通名姓者。有水師提督來德。副提督柯倫卜。按察司時梅臘慈。官學總教習司九爾。助教佛格那五人。坐談片時。酒罷。令司佛二公引觀學院。樓高三層。生徒五百餘名。內華人四百數十名。西人數十名。學分五堂。華人課華文者三。西人課西文者一。西人課華文者一。每堂百名。一師主之。堂分十列。而空其前。每橫長案坐十餘人。以次向後層累而高。前則師正坐。相對。亦有師中坐。而左右共分五列者。使耳目所及。不能遁飾。學規整肅。生徒安靜。觀罷。回行至岸。兵仍列隊作樂相送。登舟隨行。又有英國鐵甲兵船威都拉麻中阿升十五礮。過其船。亦作樂升旂以示敬。酉初。英國火輪兵船伊斯達里代開輪回國。臨行作樂。音調迴殊。詢悉不忍分離之意也。

二十二日己酉晴。丑初。突有英國商輪船名福斐額司戞斯者。由福州進口。直撞船艄。聲震如雷。壞後窗丈許。

幸船尾鐵厚未斷。而小艇之懸挂船尾者。竟成兩截。原訂是日午正開輪。因修補。遂延擱一日。未初。英總督偕羅伯遜來拜。談及本地牢獄。乃欣然請往。屬羅伯遜陪行。申初。歐克勤根來接。二星使率彝與馬清臣駕十槳小舟登岸。乘輿肩行二三里。其牢獄設正副司獄。時正司獄達格樂公出。副司獄陶木森引觀各處。樓高四層。每間鐵柵石牆。極其堅固。甎被木枕。極其潔整。有華人五百一十四名。西人四十名。皆著白衫白褲。斜印黑字記號。罪重者住上層。一人一房。扃其門。罪輕者住下層。

華人睡木榻。五人一房。西人睡鐵牀。三人一房。食則華人各飯一盂。鹹魚四尾。茶一椀。西人各麪包一塊。牛肉一片。加非一椀。罪有大小。繫獄久者三年五年七年不等。肉食稍加。少亦一年。或數月。或數日。每日按時作工。勞其筋骨。活其血脈。以免積鬱生病。罪輕者每早各梳麻若干斤兩。或編麻氈若干尺寸。早飯後。依序下樓在院中各移石礁。舉鐵丸。礁長尺餘。厚廣各六寸。丸重二十斤。後入房稍憩。讀書。晚飯後。同入一院。緩步排行半時而後睡。其因故禁錮數日者。房設一鐵軸。令手運之。

每日萬四千轉。有表爲記。不如數者減其食。女牢人各
一房。外設浴堂。日一就浴。獄設禮拜堂。七日禮拜。四人
環立聽講。有病館以處病者。令醫士掌之。又有收斂病
故人犯堂。洗滌精潔。以松香塗地。不獨無穢惡之氣。即
人氣亦清淡。法律極嚴。按時出入。各處皆循序而進。路
狹亦魚貫而行。絕不紊亂。刑具有鎖有鐐。以械手足。有
繩鞭。無板棍。其變詐反復敗壞風俗者。則刺其頸作黑
圈。驅而逐之。不准逗留香港。當日見女犯三十名。係犯
拐帶偷竊案者。男犯有一名刺圈被逐。又一名業經被

逐。以刀削其圈。塗之以膏。仍來香港。因瘡愈成斑。復經巡捕查獲。執而囚之又一名。係搶奪幼女者。受五十繩鞭。皮裂肉爛。膿血盈背。其在院巾者。排列成行。站立整齊。舉手加額爲禮。其禁錮室中者。在外揚聲喝之。皆當門而立。垂手向外。規矩森嚴。回船後。有前丁卯年同行之左協理現充臺灣稅務司柏卓安來拜。坐談良久。晚聞二船涉訟。經按察司審斷。令商船賠修補銀一千四百圓。

二十三日庚戌晴。甚熱。卯初開行。出口甚平。左右頻見山島。辰初過驢耳山前一小島。周約二三十丈。距山里餘。西人欲立燈樓以明海路。請示我國未允。同船新搭英德義法各國男女二十餘名。午後。大浪洶湧。見漁舟數十。隨波上下。想皆來自瓊南萬州一帶也。是日南行少西。至午正行一百九十五里。在赤道北二十一度二十二分。

二十四日辛亥晴。水平風順。午正。行八百三十一里。在赤道北十七度三十分。左近巴拉賽小島。中國屬島也。荒僻無人。產人蔆珊瑚。均不佳。入夜大雨。因思天下土地之大邦國之多。按史記所載。騶子曰。所謂中國者。天下八十一分之一耳。中國名曰赤縣。內自有九州。禹之九州是也。不得爲州數。中國外如赤縣神州者九。乃所謂九州也。是騶子以天地包含之廣。不祇中華一州。惟未詳其名耳。如歐羅巴阿美里加各洲。若華人自古有航海覓得其地者。當各予一名。則無須按洋字還音而呼之矣。

二十五日壬子陰。午初細雨。午正行八百五十二里。在赤道北十三度。未初遙見正西小山數里。名曰瓦蕾啦山嘴。乃安南東南界也。申正雨止。晴。

二十六日癸丑。晴。熱。早起清風拂面。皎日當頭。南行順風。如履平地。按尚書考靈曜云。地常動不止。而人不知。譬如在大舟閉牖而坐。舟行而人不覺。是華人早有先見也。當日彝在艙中閉目靜坐。惟聞機器丁東。不見海水北流。又焉知船向南渡耶。午正行九百三十九里。在赤道北八度十分。申初。細雨一陣。復晴。

二十七日甲寅。早大雨。水藍色。午正晴。水黑色。行八百三十五里。在赤道北四度三分。南行少西。夜仍雨。記同船英國克爾夫妻。茶商也。婦年二十餘。由香港上船。終日臥于船面。飲食有本船女僕供應。而上下樓梯。則需其夫擁抱。實不暈船。故作態耳。是日在大廳早餐。其位應在船主右第四。彼竟入首座。意必船主所請。至晚餐。又改坐右邊第五之張聽颿座。聽颿移去。對面絕無遜謝意。其婦之矜貴。亦可概見矣。

二十八日乙卯。早大雨。辰正微止。先南行。後轉西。左見小山一帶。碧樹葱蘢。後則左右山岡。蒼翠入畫。巳正見左山岡前一孤島。上立燈樓。名曰瓦斯寇係四百年前始覓地來華之葡萄牙人名也。午正。行七百二十里。至新嘉坡。在赤道北一度二十分。傍岸有中國帶揚武火輪礮船。提督蔡瑞菴國祥偕其弟副將蔡悅卿國喜及黃浦人現充俄國領事官。英國議事官胡瓊軒璇澤來拜。後英國總督卓威斯遣副將德格利中軍巴屯投刺來拜。言午後命車來迎。未初。黎蒓齋馬清臣與彝隨二星使乘雙馬車行二十餘里。至胡公園。又名黃浦園。入內登樓。所儲珍禽怪獸頗多。見玻璃匣函羚羊頭一雙。角並存。皆向下三盤。乃伸而上。魚鬚一。長七八尺。色如象牙盤結堅固。野牛角。犀角。鹿角各二。魚腮一。白蟻二。以玻璃瓶盛水養之。長約二寸。初藏於兩石卵上。鑿一孔通飲食。後剖卵得之。謂之白蟻王也。駝鳥卵十餘。蛇卵如鵝卵者四。石刻日本富姿山一座。周不及尺。工極精細。瓷造果品數種。中外書籍畫軸。及華人贈送匾額對聯無數。茶後下樓。旁有鐵網小房。內養駝鳥袋鼠彩鸞各二。六腳龜一。長三尺餘。白殼龜二。紫花斑文。背中高如峯頭。足色俱白。叉狗熊豪狗各一。去此復行數里。登山至總督署。未下車。升十五磴。禮也。樓三層。寬敞整潔卓公年約六旬。言語溫和。後見其夫人及二女。并按察司費力樸。少談辭去。乘車繞行二十餘里。至前次所遊之堪甯礮臺。入門有管臺副將尼車斯叅將李蔭池迎出。引看各處。兵共一百三十名。帶隊千總莫拉的後入官廳。少坐飲茶。酉正回船。一路房舍雖增。鮮有華麗者。記此地居民西人二千餘華人十萬衆。

二十九日丙辰晴。熱。早有英國管帶朱努兵船千總蒲蘭。管帶麻格派兵船把總安遜差帖來拜。辰初黎蒓齋約遊。遂同乘車行十八九里。在粵人所設新遠香樓早餐後遊酷地闊園。薰風拂面。花影迎眸。鶯聲燕語。紅綠參差。與前三次所遊無異。回船後。遣人持刺答拜二武官。申初大雨雷。申正。禧在明與繙譯官必麒麟隨卓威斯冒雨來拜。坐談良久。卓公兼轄梹榔嶼、馬六甲、衛拉奚里三處。巡行時及之。而以新嘉坡爲常駐之地。酉初開行。出口向南少西。入夜轉北。因英國公司輪船取道梹榔嶼。故改道而行。

三十日丁巳。卯初大雨滂沱。水程難辨。停輪少待。巳正晴。熱氣生。西行少北。見正北山岡長數十里。乃麻來亞之西南馬六甲南界也。鎮日水色深綠而平。按淮南子謂南方曰南極之山。曰暑門。北方曰北極之山。曰寒門。所謂南極之山者。必閩粵臨海之山也。所謂暑門者。必近赤道之地也。不知赤道在南。仍有溫帶寒帶及冰洋等處。是眞南極也。彼所謂南極者。中國之南極。非天下之南極也。所謂暑門者。中國之暑門。非天下之暑門也。且南極無山。即有亦寒門耳。

十一月

初一日戊午陰。早遇風篷三四。掩映而來。如在畫圖中矣。南行少東。見東南一帶山岡。綠樹參差。白雲環繞。稍轉則左右皆山。右邊樹木森列如垣。隱有懸崖。令人應接不暇。乃衛拉奚里也。行數十里。左邊漸露樓舍炊烟上升。辰正抵梹榔嶼。住船後晴熱。郭星使令彝登岸覓華商王文慶。以便寄信上洋。乃駕小舟上岸。步里許。抵萬振豐鋪。見王文慶年近六旬。福建人也。筆談間適有雲南大理府回民江麟鍾者。自言來此二十五載。以販賣金剛石爲生。又有雲南澂江府馬爲麒字玉書者來。自言在馬如龍麾下帶勇。授都司職。上年相隨入都陛見。後以仕途不易。棄官爲商。邇來一載。家道小康。其地產胡椒肉桂魚翅冰片海參等物。茶。後王文慶同其鄉人謝允協柯汝梅林汝舟王瀾德李邊坪萬全堂王文德及江麟鍾著短衣隨彝來謁郭星使。惟王文德能英語。一路樓房鄙陋。路崎嶇。且不淨。與新嘉坡同。有英國協尉夏熙奕者。由衛拉奚里附船歸國。有華商所送紅帛大旂一面。上書忠勤正直四字。下書渡港衆商仝獻。并有數十名鼓樂駕小舟以送之。必有遺愛於人者。申初大雨。後細雨迷離若霧。酉正開輪。仍由舊路北行少西。

記由新嘉坡至槟榔嶼一千一百四十三里。地在赤道北六度。北京西十一度二十分。原屬麻來亞。前於西麻一千七百八十六年。即乾隆五十一年。麻國王開文以之奉給英國。地長四十五里。寬二十七里。居民六萬一千七百九十七名。口內有閩粵商賈數萬。山明水秀。迤南皆高山。樹木暢茂。瀑布高十餘丈。亦美景也。閩邇來各處華商公立一黨。名曰奚格那搜賽伊的。譯言號黨也。彼此保護。與外邦福立美遜黨同。然愚頑性成。多未歸化。有離華二三十年未歸者。有生于外邦而未到中國者。有歸英屬而不改裝者。此輩若來中土。無事則爲華人。遇事則曰英屬。誠一隱患也。如有領事駐紮。能令歸英者改裝。則華英判然。方爲有益。是夕風。

初二日己未。晴。水平船穩。西行。大山緜亙。疊嶂入雲。乃蘇門答臘之西北境也。午正。行六百八十四里。在赤道北五度五十七分。申初。正南高山起伏。翠黛千重。四面白氣如絮。倏忽萬變。繼而大雨一陣。酉正見正南一燈。乃蘇門答臘西北界。臨海三里外之小島燈樓也。樓名比婁布拉斯。入夜風浪暴起。萬竅怒號。船播甚劇。人不堪之。

初三日庚申陰。西行少北。東北風甚勁。午正。行七百七十四里。在赤道北六度十四分。後改旁風。浪高如山。戌初。風雨交作。雷電奔馳。遂急停輪撤帆。奈風烈不及撤。水手登桅力拽之。而墜傷者三人。殺氣怒號。通船驚起。蓋海面旋風也。粵人謂之颶風。海面盤旋。或千里或數百里。舟入風中。隨風旋轉不得出。常致傾覆。非風息舟不能行。洋船每見旋風起。急以寒暑表之輕重。馭船之進退。氣輕而下降。則臨風將近。乃設法以躲避之。待氣重而上升。則去風漸遠。可以免患。東西諸大國。皆設有報風公司。以覘風力。凡風起處。疾者一點鐘行二百四十餘里。較電信頃刻千里者。則有遲速之別。如某國某處風起。急以電報通知他國。繼而彼此通知各海口。安排船隻。以爲出入之節。次早另登新報。以便通悉。洵航海之惠政也。

初四日辛酉。晴雨不定。風浪如昨。午正。行五百四十六里。在赤道北五度五十四分。聞始皇時。宛渠之民。乘螺舟而至。舟行似螺。沉行海底。水不入。苟遇颶風驟雨。巨

浪狂濤。亦無患焉。今此船冒風涉險而不覆者。雖如螺舟之穩渡。仍仰賴我

皇上之洪福也。

初五日壬戌晴。西行少南。西風甚勁而船穩。波浪不起。萬里蒼茫。午正陰雲四合。大雨。行六百六十三里。在赤道北五度五十三分。郭星使之庖丁柳樹仁患病數日。手面生紅顆。經本船醫官艾大勤驗。其爲痘。洋船最忌病證。痘尤甚。有患者挂黃旂。禁舟人往來上岸。醫院延病者別居。必留二十日。俟無傳染。舟人方得上下自由。

此去錫蘭兩日程。當換船舟。人皆恐。船主乃移柳樹仁于船面單屋。四圍遮閉。禁人走入。原與同艙各人。亦皆移開。不許前後上下亂步。以防傳染。病者原艙灑藥水鎖閉。附近各艙門首。亦灑藥水以阻病氣云。記英船規。頭等客每人准帶行李重三百三十六磅。二等者一百六十八磅。每磅合十二兩。多則每噸加二十金磅。貨物每噸五金磅。按一噸。又爲二十衛。卽二千二百四十磅。合中國一千六百八十斤。又一衛分四夸。每夸二十八磅。金磅英錢名。

初六日癸亥晴。水平風緩。午正。行八百六十四里。在赤道北五度四十分。未初。遥見北面峯嶺嵯峨。狀如冠幘。漸行漸近。祇見綠樹叢叢矣。又行二百一十九里。酉正。抵班得高錫蘭島之東南境也。住船。有英國總督葛來戛生由二百里外戈倫柏地方。遣副將談布同本地按察司路斯馬闊遊擊柯拉克。投刺來拜。問憲旌登岸之時。以便備輿來迓。又言本地定章。過午不升礮。俟詰朝午前放之。以表恭敬。乃訂明午以告之。入夜雖云浪小。然潮水觸石。驚天撼地。同舟無不震慴。甚矣浮海之難也。

初七日甲子晴。早起束裝。辰刻。施醫院接柳樹仁去。途次屋中皆灑藥水以散病氣。巳初同張聽飆駕小舟行一里。登英國公司北紹爾輪船。照料行李。午初一刻回塔萬寬隨二星使登岸。有英國戶部官布萊斯以八槳小船。前豎中國龍旂。後立英旂來接。臨岸升十五礮。見談布路斯馬闊及柯拉克。率兵列隊作軍樂迎候。乃乘雙馬車行里許。入前次所宿歐連大店。衆文武英官來見。名皆未詳。後談布陪遊近地佛寺及牢獄。遣土司姓得希拉瓦名尼楚拉斯者前導。其人年約五旬。能英語。著洋服頭頂玳瑁梳。行三四里。其獄與香港稍異。大監八所。女監二。病館一。罪輕者工作。罪重者禁錮。每房一人。別爲一所。去此行數里。看佛寺二。一小者建于山阜。盤曲而上。乃荒祠也。苔蘚滿地。杳無人迹。一大者爲臥佛寺。土名瓦路戛喇嘛。印度言沙地廟也。在沙地。殿宇卑狹。臥佛一。侍者二。像與北京者同。殿旁白塔高一丈。土司云。內有金身佛骨。塔前立石幢。樹紙旛。僧以黃布帷其身。而袒其右臂。出貝葉經與看。用錦袱襲之。有本地文。有南印度文式。皆大同小異。刀刺圈點而已。令其誦。如華僧聲。二人同誦。徵近喇嘛梵音。而南無二字極明顯。所奉清規。不答禮。過午不食。惟飲水與加非而已。按土語名貝葉為塔拉戛哈。名菩提樹及皮肉花為阿來戛吶達。皮肉花樹如芭蕉。花朵包于枝叉。形若匙。長逾尺。寬六寸。色淡黃。開與萸米花同。長有尺半者。此地有天生飲食。渴飲椰子漿。飢餐饅首果。果形如饅首。大於海茄。色黃。味甘。樹高丈餘。葉如棕樹。回店午酌。共桌三四十人。同船者十五。後登車。各官送至瑪頭。列隊作樂升十五礮登北紹爾輪船知衆僕未換船時本船醫官賀勤遜到塔萬寬驗二等客中有無病證因郭星使之衣工陳炳祥曾爲柳庖送茶水遂亦留住醫院以防傳染俟病者愈併送英都二人費用由公司墊付俟抵倫敦再爲照數償還申正塔萬寬開往孟買酉初本船開出口水平西行順風入夜搖動記北紹爾甫造成四年係暗輪極整潔長三十九丈七尺八寸寬四丈四尺高三十六尺馬力六百重三千七百八十一噸可載一千零三噸零百分之四十一船主英人槐達年逾五旬

溫恭和藹。
初八日乙丑晴。風光瀲灩。鷗鷺不驚。穩送一帆。爲數日未得之樂事。記古舟雖有追雲飛雲撞雷挾電之名。而無輪機。皆恃人力。快者不過日行百里而已。今有火輪機器。能日行千里。究不若雷電風雲之捷。是古人徒取其名。以聳人聽聞耳。午正行六百二十四里。在赤道北六度四十九分。仍西行少北。
初九日丙寅晴。午正行七百五十里。在赤道北七度五十五分。晚與西人論地動天不動各節。因思晉書所載。

古之談天者三家。一曰周髀。一曰宣夜。一曰渾天。前二家所言考之多所遺失。惟渾天一家言天體狀如鳥卵。天包地外。猶殼之裹黃。周圓如彈丸。其形渾渾。與西人舊論相符。又謂周天三百六十五度。東西南北展轉周旋。半覆地上。半在地下。故二十八宿半隱半現。更與西人舊論無異。且渾儀始于唐堯。計今已四千二百七十餘年。是華人之深曉天文者。早於西人三千年也。今華人之多不識天文者。因不察古人之遺制。而深思其理耳。

初十日丁卯。早大雨雷。巳刻雨止。午正行八百二十八里。在赤道北九度零五秒。未初晴。是日為西曆十二月二十五日。相傳係耶穌降生日。為西洋之一大節也。有德國人法柏爾。葛立模。義國女韋樂勤。英國婦吳司氏等。鎮日彈琴作歌。聲音清越。亦遙申欣慶之意也。

十一日戊辰。晴。西行順風。午正行八百一十四里。在赤道北十度十一分十二秒。有同船二等客英人賴尼者。由香港上船。卽憎華人不淨。是日晚餐竟阻華人往來。違者以麪包擊之。僕役談鶴齡以告馬清臣。詰之。則曰。

華人污穢嘈雜。令人寢食不安。故怨之。今事不關汝。何必越俎。馬曰。予乃中國公使繙譯。安得不問。其人怒出惡聲。馬遂告知司事。船主責之曰。同船共濟。不分中外。如再不悛。到亞丁時。送汝登岸可也。

十二日己巳。早微陰。旁風。浪湧船搖。午正晴。行八百七里。在赤道北十度五十五分。當晚皓月當空。輝揚萬里。同坐船面。以賞之。德人巴森問彝中國亦有大船否。彝云。自古有之。如二千年前。漢武帝作昆明池。周帀四十里。爲豫章大船。可載萬人。上起宮室。此其明證也。又問亦有大戰船否。彝云。古亦有之。如越欲與漢船戰。漢遂治樓船。高十餘丈。又隋朝楊素在永安造大船一隻。名曰五牙。起樓五層。高百餘尺。左右前後置六泊岸。幷高十尺。容戰士八百人。此又其明證也。當時槍礮未出。故少沉海之虞。今在江河用木。入海則鐵木兼施。上無樓而內列礮。將士宿于其中。時勢使然也。夫欲強兵水戰。不在船之大小。惟要工堅料實。將良兵勇。則防海之能事畢矣。巴曰。信然。

十三日庚午晴。旁風如昨。午正。行七百九十二里。在赤道北十一度二十六分。有來自孟買之英人吳阿齡者。年約四旬。耶穌傳教士也。因病去印度。欲回英調養。無如氣息奄奄。朝不保夕。其妻司氏憂悶。逢人輒問療治之法。或云時候不佳。宜息心服藥。成云體質孱弱。宜努力加餐。其人仰臥不語。面目枯槁。至晚。船主令人舁入他艙。以便靜養。入夜大風。天氣稍凉。

十四日辛未晴。水色藍而平。午正。行八百六十四里。在赤道北十二度十六分。遙見正南長山一帶。乃阿斐里加正東蘇墨里斯之東北界也。山名臘非勒長四十二里。以千里鏡窺之。層石童童。無蔚秀氣。昨夜寅初一刻。吳阿齡病故。船主令以白布包裹。停于船面上貨艙口。外圍白布帳。飭匠造柩。四面鑽孔。午後入殮。腳下墜生鐵一塊。重二十餘斤。擬申正葬于水宮。其妻曰。一日即抵亞丁。請暫留而瘞于土。乞再三。船主弗允。告以生人既死。靈魂上天。入水入土。均無不可。申初。移棺于船旁門中。半倚船。半臨海。上罩國旂。左右立黑僕。正副船主率男女客與衆僕婢。整衣持經。繞棺朗誦。誦畢。推之入海。復誦經而罷。詢悉足下繫以重物者。令入水而易沉也棺之四面鑽孔者。令水入而易化也。所遺子女各二。皆幼。小者懷抱。帶有印度一黑女僕。婦端莊幽靜。緘默寡言。其人故。後子女仍嬉笑。問之。則曰乘車已升天矣。入夜清波微縐。皓月橫空。

十五日壬申晴。午正行七百七十七里。在赤道北十二度三十八分。又行一百四十六里。申初抵亞丁。住船。英人賴尼憎客如前。船主令登岸。改坐本行回國之別船。蓋由華至英。係一票也。戌初英國總督葛昂額之中軍韓達爾來舟。言總督住孟買。遣伊迎候。原擬明早船到。

故誤升礮等語。按亞丁與阿剌伯。地勢毘連。瀕海一山。英人建立礮臺。三山盡處。東西各爲一山。橫出海面。中闊十餘里。可以停泊。英人踞此。以爲紅海口外一勝地也。雨少晴多。山枯地瘠。一無所產。五穀菜蔬來自阿剌伯。按天下各處。有生人卽有食物。惟此地窮苦異常。若沙漠。如我懷州武德縣臨安府落客山之土。可作餠糕。炙熟而食。亦耗土醜人之福也。但不知能否果腹耳。入夜極熱。似初伏。

十六日癸酉晴。丑初展輪。出口。水平色綠。辰正。入紅海口。過英屬棓林島。聞數十年前。法人覓得此島。方謀占踞。亞丁探知。聞於孟買總督。馳檄所部。率勁旅十餘人。夜至其地而樹旗焉。逾兩日。法使至見之。廢然而返。地不大。無所產。英國捷足先得。以控紅海之咽喉。誠扼守之要策也。過此。左右頻見山嶺。時隱時見。午初過阿剌伯西南濱海之木戛城。爲東岸海口繁盛之區。萬戶千門。遙望堊白如雪。午正。行四百二里。在赤道北十三度十分。北行少西。東風甚勁。晚有英國茶商司悌文森者。出印度阿薩木所產茶葉。與看葉小色黑。船主令烹之。

味似紅茶。苦而澀。是日係西厤十二月三十一日。爲歲盡日。西人間有感于懷者。入夜風息水平。

十七日甲戌。晴暖。水微波。午正行七百七十一里。在赤道北十六度四十六分。西面見高山隔海。爲阿斐里加之阿伯西呢亞。蓋土番也。是日爲西厤一千八百七十七年正月朔。早起。免冠拉手伸賀。彝等亦鞠躬而禮之。按西國之君。稱名不一。男主之尊者曰皇帝。次曰國王。女主之尊者曰后帝。次曰君主。英國現係女主。故以君主之號奉之。聞印度以是日推崇英國君主爲印度后帝。印度諸王會于北印度伊得列城行慶賀禮。列象千餘。懸花結彩。西域諸回部以及布達喇廓爾喀布魯克與克什米爾之奉佛教者所轄之地皆施放大礮。歌萬年曲。作鼓樂。放烟火。爲印度一盛會也。暹羅王幷遣使稱賀焉。

十八日乙亥晴。逆風頗勁。船亦簸揚。按四海總說。謂海水大抵綠色。惟紅海色淡紅。或云海底珊瑚所映然此海水色忽藍忽黑。海底亦少珊瑚。有謂兩岸山皆赭色。故以紅海爲名。未知孰是。又外國傳謂大秦西南漲海中可八百里到珊瑚洲。洲有盤石。珊瑚生其上。人以鐵網取之。想即紅海也。然紅海在大秦東南數千里。其方向又不合。願世之專輿地學者。折衷以釋疑也。午正行七百二十三里。在赤道北二十度二十三分。

十九日丙子。晴。早遇輪船左右各一。皆南去。西一小島。形如饅首。東望高山綿亙百里。峯插入雲。午正行七百五十六里。在赤道北二十三度五十分。晚過呢大蕾斯平地燈樓。夜涼似秋。彝屢次往來紅海。皆熱比中伏。不解其故。後詢知紅海闊五百餘里。南界阿斐里加。皆沙

漠無人。日炙沙石。燥烈爲南風所煽。薰蒸之氣。逼入海
水。故多熱。此日炎威少殺。亦偶然耳。
二十日丁丑晴。早過賽乃山。入蘇耳士灣。遥望左右山
嶺連綿。島嶼甚雜。如送如迎。色皆黄白。午正行七百六
十里。在赤道北二十七度三十分。入夜雖涼。而月升如
火。大比車輪。金光赫赫。萬里無雲。想亦熱氣上騰也。
二十一日戊寅晴涼。西北行五百一十三里。卯初一刻。
抵蘇耳士住船。堤岸整齊。而路逕彎曲。巳正隨二星使
同黎蒓齋鳳夔九諸君。乘輪車行十餘里。至蘇耳士鎮。

下車步行。街道泥濘。土屋鄙陋。樓房亦不雅潔。入修藹思店。門牖扃閉。寂寞無人。非復從前繁盛。因十年前新河未開。此地爲征客必出之道。今新河已開。口岸東移。而此鎮廢矣。少坐飲茶。後駕小舟轉四灣。抵挖河廠一觀。器具有損傷者。現已修理。尚未畢工。又行里許。登岸。步行回船。是日因候同行之孟買來船。未能早開。後接電信。始知來船遲開一日。

二十二日己卯晴。早步遊。見左近立一石像。高丈許。其人爲二百年前法人名瓦琛漢者。始知兩海。故立石以表之巳初因來船未到遂策蹇入城。一路微風淡蕩。山水淸澄。胸襟爲之一暢。忽見信局挂旂。知英船將到。乃急回。來船名衛尼哈。大與我船埒。卽時彼此換貨。凡客之赴阿來三它牙者。皆改登衛尼哈。在明欲由鐵道乘輪車往阿來三它牙。附船渡海。至義大利之布林的奚海口。再乘輪車三日。先抵倫敦。乃辭去。未初我船開。申初入新開河。酉正一刻至鹹湖南口。住船見右岸里牌上標明第七十五吉婁美當。計由河口至此。共行十吉婁美當。合中國三十六里。吉婁美當洋里名也。

二十三日庚辰晴。卯初開行。辰刻至鹹湖北口。遥見左岸河道公司。桿頂懸黑球。知他船已入河口。乃停輪待之。巳初。英國輪船那木坦長三十餘丈者出河入。[illegible]球下。我船遂開輪進口。午正過義思麥利亞地。當新開河之中。其鐵道南達阿來三它牙。北達蘇耳士。遥望樓舍較增於前。由蘇耳士曾募一引水者至此換人。船不停輪。甫見市肆。有小船迎至。係換班之引水人也。又遇一英輪船名該馬諾爾令者。交首而過。長四十一丈五尺。入河口。過法王后行宮。水路愈狹。兩岸沙山高五六丈。舟行距岸不過數尺。又多作廻灣。以殺急流之勢。申刻。遇法老輪船提格。係前庚午冬由法回華駕過者。泊于西岸以讓路。蓋沿河西岸寬處。南北立牌以誌停泊之所。酉正。過滿芮蕾湖。至南口下錨。由第七十五吉婁美當至第二十吉婁美當。合中國一百八十八里。

二十四日辛巳。晴。涼。卯初開輪。行二十吉婁美當。合中國七十二里。巳正。抵波賽。住船上煤。西岸樓舍倍增。人多物阜。東岸有壓沙機器廠。帆桅林立。水湧如潮。午正。開入地中海。甚冷。無風浪而船搖。北行少西。未初。遙見正西一石塔。乃尼羅江東岔塔美達口外之燈樓也。酉刻。又見正西阿來三它牙之燈樓。洵指迷之寶燭也。

二十五日壬申。早陰。水藍色。辰正細雨。後稍晴。遇南行大輪船一。其名未詳。午正西北行七百八十九里。在赤道北三十二度五十一分。申初復陰。風起浪湧。船即簸揚。入夜尤甚。丑初風雨交作。浪過船頭逾丈。艙窗進水。衣履皆濕矣。

二十六日癸未。晴。午正行八百四十里。在赤道北三十四度四分。終日狂風作勢。波浪連天。雲釀成陰。日迷減色。蓋地中海之島嶼囘環。被風浪相激。而洄漩愈猛也。
入夜風轉東而船快。波稍息而船平。
二十七日甲申。晴。水黑色。逆風甚烈。浪湧如昨。午正。西北行八百四里。在赤道北三十五度二十四分。酉刻陰。
一夕風雨晦冥。夜不安枕。
二十八日乙酉。晴暖。行三百八十四里。子初抵莫洛塔。放礮停輪。亦船規也。辰初。英國總督司談班喜。遣中軍訥爾斯。杜額森。投刺來拜。並邀登岸一酌。我船原定辰正開行。因有官兵百名帶眷回國。總督遂令改于午正。

約定巳初登岸。屆時。訥杜二中軍以十槳小船來接。遙聞礮臺升十五礮。有水師提督魯阿得。總兵葛蘭達。率兵列隊作軍樂。在岸迎候。乘車繞行數里。街市整齊。樓舍潔淨。至總督署。樓三層。白石建造。共數百間。局勢雄闊。蓋古之王宮也。四百五十年前。又爲歐洲各國合攻土耳其回回之公廨。未下車。衆兵持械作樂。排列路側以及于堂。如護衛狀。既下車。總督率文武二十餘員迎至大廳。敘寒溫畢。導觀各間。上下盤旋。規模頗大。有二議事廳。其一懸鏡陳古董。其一挂線織大畫十六幅。各長丈餘。寬六七尺。花木人物。獅象野鳥。栩栩欲活。另一長廳。藏古軍器。懸挂四壁。有槍如中土綫槍。而筒畧粗。刀劍亦與中土製造相仿。中列始製大礮一門。鐵質中有銅胎。用繩絡之。加漆于上。石礮圓如斗者十餘門。架槍四。狀如擡槍。長丈餘。後門納子。小礮數十門。皆三四百年前之古器也。中行桌上置玻璃罩四。一爲阿剌伯回部初強時。與莫洛塔番人戰敗所得刀斧。一爲回人所用喇叭可回旋者。一爲七百年前教師所誦經卷。一爲莫洛塔王印綬及册文。其餘如盔甲旂牌。瓷瓶瓦罐若許。瓷皆花紋。質粗而輕。瓦色黑紅而潤。自石級往來歷數廳。狀如甬道。左右塑古軍士。被甲執兵而立。高皆不滿五尺。後導見其夫人。年近五旬。少敘入坐。同席文武二十四員。酒食豐美。樓下作軍樂以佐酒。談次知島間大學院二。小學館三十四。監牢二。其一專拘繫兵人。因兵與土人雜處。不能免訟也。飯畢陪遊。左近一礮臺名賢愛模。因山累石。極其鞏固。共礮一百二十門。重十八噸者六。每噸一千六百八十斤。計重三萬二百四十斤。皆表裏晶瑩。形似咼字。尾粗而口長。蓋新式也。每礮前置礮子百餘。若欲臨敵者。然總督令演其重十八噸者四人運之。鐵造輪轍。轉動甚靈。聞山頂尚有巨礮三門。一重三十六噸。其二各重二十五噸。未及往看。爲總督回署。二中軍伴送回船。時已午正。記此島在地中海爲赤道北三十六度。北京西九十九度四十分。義大利國之奚西里島南一百七十里。阿斐里加居尼國之東六百里。長五十一里。寬二十七里。積共一千零三十五方里。初屬法郎西。七十年前英人踞而有之。爲地中海之第一重鎭。橫出洲地。極其彎曲。中設機器局。造船廠。

各口兵船并于此修治。數十年來。隨山就勢。環列十一礮臺。沿岸壘石。層疊如城。極其雄壯。隨時改造。工匠不息。防兵六千。鐵甲船三。一名和斯柏爾。一名代法岑安。一名洛波爾。居民十五萬。法郎西義大利日斯巴尼亞人居多。土產牛羊棉花橘柚菜蔬。倭瓜大如斗。紅綠掩映。風暖如春。司總督年六十餘。鬚髮皓白。語貌溫恭。乃二十年前曾來廣東者。因功授子爵。五年前隨英世子艾達倭協守此島。時值隆冬。其世子往賢安呢地方避寒。故未遇。由波賽至莫洛塔。計水程二千八百一十七里。午正一刻開行。出口逆風。船即簸揚而冷。未初陰。亥正大雨。波濤洶湧。浪躍船頭。杯盤流動。箱篋轉移。撼撞之聲。令人心駭。

二十九日丙戌。早涼微雨。巳正止。遙見正西小山一縷。乃居尼國東境之柏昂山嘴也。午正。行六百九十九里。在赤道北三十七度二十八分。按居尼國。土耳其屬國也。地勢突出地中海境內。東北一山。橫列海面。下有伏洲。僅中路可通。巨艦洋船經過。亦稱險境。去此西行。則北界法郎西矣。鎮日西南島嶼不斷。逆風巨浪。使船搖蕩簸揚。水上船面。反激入艙。令人終夜不寐。過二小島名曼呢達者。地小荒蕪。不屬何國。亦無人住。

十二月

初一日丁亥晴。午正行七百二十里。在赤道北三十七度二十分。早晚風浪如昨。遇英輪船二。皆東去。順風南面隱隱高山。乃阿扎利亞北境。屬法郎西之阿拉吉業也。入夜稍平。

初二日戊子。陰晴參半。早逆風。浪小而船穩。午初則大風顛撲。船復簸揚。午正。行七百二十三里。在赤道北三十六度五十一分。申正。遠望正北一山。峯尖疊起。如鋸齒然。乃日斯巴尼亞東南境謝喇呢瓦達大雪山也。夜望北岸有二燈樓。如星似月。乃日斯巴尼亞夏拉那達省。麻立亞及阿爾美立亞二埔頭也。

初三日己丑。晴冷。早起。遠望左右皆山。晨氣淸爽。翠色接天。風篷大小十數隻。飄蕩海面。風激浪白。日射波紅。出入波濤。浩沓無際。行八百三十七里。未初。抵支布洛達。住船有英國總督聶庇爾遣中軍裴乃斯投刺。以船來接。遂登舟。隨行礮臺。升十五礮。上岸有副將色莫賽率兵作軍樂迎候。同乘車行二三里。入總督署。見聶年近五旬。白髮無鬚。其通名姓者。爲按察司輩赤廉。醫官戛爾頓。談次。聶言曾遊中土二年。問係何處。對以上海廣東。請午酌。固辭。乃各進加非一盅。後聶同乘車。穿閭巷。走四五里。至城外看山勢。乃繞山開道。接連礮臺。沿途亦有鐵門如城門。石山崛起。高一百三十七丈一尺。長七里餘。正看如饅首。如且字。旁看如僧坐蒲團。兩面臨海。巍巍獨立。上下列礮眼。密若蜂房。看畢。轉囘入城。過公署。聶辭去。令營總墨爾根都司狄倫。引看礮臺。一路街道整潔而窄狹。因山就勢。高低不一。行三四里。捨車步行。見礮城環護山麓。石壘堅固。上下三層。上一層列礮。皆新製。重有十八噸者。礮子重有四百零一磅者。下二層列兵房。每兵房一連。依山建樓。以處兵丁家屬。星羅棋布。無處無孔。雖兵房廚竈牆壁。皆有孔以面海臨河故也。看遍。乘車又行二三里。登山步行六七里。道路彎曲。寬皆丈餘。石色黃白。花木芬芳。沿途各段有鐵柵欄。有兵一名司啟閉。官掌鑰鍉。穿山洞三。看礮洞七。洞高丈餘。寬亦如之。礮眼高八九尺。寬逾二尺。其礮之大可知矣聞自得此地日用石鐵匠萬餘人五年工竣上下共新礮五百三十四門舊礮大小無算其南面臨海壁立千仞不設礮所至者山西一隅而已兵共五千分七營礮隊五營守礮臺兵五百皆工匠爲之槍隊一千五百人別爲步營每營各設一學堂又大醫院一大學院一內藏書四萬數千卷看畢狄倫送回船時値酉初風起浪湧上下客貨後酉正一刻展輪出口西行水平天冷入夜微陰過山名賢萬森者乃數十年前英勝法日二國地也現仍屬日斯巴尼亞又燈樓一紫光耀

目。乃日斯巴尼亞西界。特拉法喇戛爾也。記支布洛達在赤道北三十六度八分。北京西一百十度十五分。長九里。寬里餘。面積一英里又八分里之七。計十七華里少弱。在日斯巴尼亞國之南境偏西。山與日斯巴尼亞之額厤肥斯彬山相望咫尺。中隔一洲。海水泛則別爲一島。吉的阿婁河繞其右。南與阿斐里加之喜由達島及米卜斯亥達幷橫出海中。對峙成海峽。爲地中海之西口。卽大西洋之門戶也。西厤一千七百四年卽康熙四十三年英踞其地。繼而法郎西助日斯巴尼亞以爭之。日國君主貝拉阿誓以不得其地不回國。然屢戰不勝。因而致疾。時已二年之久。日官無法。暗告其故與英。情願罷兵。只求暫豎日旂于山頂。以悅其君主。冀得平安轉回。英如所言。貝拉阿見旂立。乃欣然而去。自是畫界。中隔空地二里。彼此不屬。英以為地中海口重鎮。乃鑿山開道。刳空山腹為礮臺。順岡嶺為營壘。自巔及麓。隨在皆可拒敵。號稱奇搆。至今猶設法駐兵。列礮隨時改式。無暇日。居民二萬五千七百餘名。內多日斯巴尼亞人。按例日民不得在英界內生子。凡有孕者。皆移回本城。蓋生英界卽爲英屬。恐將來貽患耳。英人可娶日女爲妻。然非報官奉令不可。當二國鏖兵時。日營立于對面小山。故今名其山曰日斯巴尼亞君主御座。由莫洛塔至支布洛達。計水程二千九百七十九里。

初四日庚寅。晴涼。西北行。早過日斯巴尼亞西南境賢馬利雅山嘴。巳正過賢萬森山嘴。乃葡萄牙國南境盡處也。始出地中海。入大西洋。西人以山盡處爲岌。水流當岌兩相激蕩。浪益洶湧。賢萬森山石嵯峨。橫截海面。舟行極爲顛簸。而日斯巴尼亞西境地勢微削。而向北。

海水南趨。爲地勢所遏。此數十百里間。洶湃騰沸。洋船以爲至險。過此轉北。微風。浪小而船搖。一路見東南山不高。平坦有棱角。此後亦然。午正行五百九十四里。在赤道北三十七度十四分。酉初過立四本海口。遙見燈樓燦爛。即葡萄牙國都也。爲德格思河入海之口。亥正。忽起旁風。甚勁。船左右搖蕩。聲音震耳。

初五日辛卯。早晴。巳初一刻。陰冷。午正。行七百八十里。在赤道北四十一度三十五分。鎮日東北行。順風。而陰雨晦冥。狂濤震動。申初過斗羅米細二河。爲葡萄牙西北都會兼兩河為名。再北入日斯巴尼亞西北境。省名閣魯那。酉初一刻過開泊肥呢斯太。遠見燈樓。水勢洶湧倍甚。蓋日斯巴尼亞向北盡處。地勢深入。匯成一大蕩。與法郎西壤地相接。中隔大山名壁啦呢。至洛亞爾江口。又袤伸而出。中廣千餘里。海水奔騰而下。驅入蕩中。回轉奔激。乃始折出南趨。故此海泆千餘里。稍一見風。則波濤排山倒海而來矣。尤以開泊肥呢斯太為至險。開泊者。譯言尖處也。肥呢斯者。盡也。太者。地也。夜走必斯吉灣。北行少東。

初六日壬辰。雨。風。午正行八百四十六里。在赤道北四十六度十一分。仍走必斯吉灣。東岸爲法郎西正西境。旁風震撼無暇晷。

初七日癸巳。晴。水深藍色。逆風無波。而船搖。丑正過法郎西西北境。非呢戒省旁之禹商達島。當地勢斜伸入海處。波濤尤爲搖蕩。亦有燈樓矗立。光焰輝煌。過此卽與英國寬倭省隔海相望。出必斯吉灣。轉東少北。寅正停輪二次。驗水深淺。蓋走英國江也。巳初陰雲密布。未雨。晴。水平船穩。遇風篷十餘隻。往來于左右。午正行七百三十一里。在赤道北四十九度十一分。申正。遥見正北有岸。前立紅燈。地名斯達爾塔盤。乃英國衛拉斯省之西南境也。西正。又二燈樓對立。地名波瀾。爲英多爾賽省之南境。南與法郎西北境莽什省相對。爲英國水師屯泊之地。

初八日甲午。早大霧。水路難辨。丑初住輪。辰正霧散。引水人至。遂開入。呢得爾斯海口。呢得爾斯者。譯言鍼也。因沿海柱石林立。故名。有島曰艾洛衛。爲英君主消寒地。其行宮名敖斯本。洵爲巡幸之勝境也。巳初又霧。船因錯行。退回二十餘里。少住。又開行十數里。擱淺待潮。時有禧在明。及中國稅務司金登幹。由倫敦來接。又有本地稅務司。費理樸。來。云頃奉敝國外部大臣伯爵德丞相檄飭。敬悉中國

欽使本日卽到。應免查稅。又秘魯國領事官計羅慕。船廠監督那坦。及前上海管理字林日報慕斯滿。均來拜謁。午初潮長。復開行四十餘里。見右岸高樓一所。甎石色紅。寬四十餘丈。高十數丈。乃養兵房也。據云工料已費五千萬金磅。按行價。每磅合庫平銀三兩五錢。又古樓一

所不大。云係千年前建者。一路水靜無波。山巒染碧。風淸雲淡。淑景如春。男女往來接踵。爭看華人者甚夥。由昨午正至今未初。共行四百九十五里。抵騷三浦屯地在英格蘭正南漢浦臘府南界。城周二十九里。居民七萬二千。入口左右兩河。左名泰斯達。北流長九十餘里。右名宜勤。西北流。長六十餘里。皆不甚寬。土產牛肥蔬美。爲英邦之一中等海口也。由支布洛達至騷三浦屯。計水程三千四百四十六里。又由香港至騷三浦屯。計水程二萬八千二百六十八里。船傍岸。有本地官紳來見名多未詳中有曾來中土者二三人惟一能華語者姓周名安思言曾在上海新關供職申正照看行李由輪船移入火車後與正副船主醫官及同船各人告別登火車即時開行是日係禮拜之期早晚僅兩次開往倫敦先北行少東酉初一刻過巴輿多村轉正東酉正至倭景杭鎮少住再開走柏克曬府入米得賽府共行二百一十里戌初一刻抵英都倫敦一路田疇交錯水秀山青樓房宏麗別一洞天入柴令克洛斯火車客棧下車有乞假回國之天津稅務司英人屠邁倫迎候又

有金登幹之妻伍氏。備車來接官眷。乘雙馬車行十數里。街市燈光照耀。萬點明星。車馬紛紛。氣成烟霧。至坡蘭坊第四十五號。入內少坐。禧在明屠邁倫與伍氏辭去。留金登幹同席晚餐。子初。行李到齊。照料分送。稍爲安頓。寅正始眠。金登幹英人也。係總稅務司赫樂彬令駐倫敦。代中國辦運船礮。察覓學習稅務人員。與照料往來財簿者。星使未出都。函囑其卜宅。故代租此房。供奉一切。爲樓四層。每層間數不等。間間整潔。器皿齊備。簾帳陳設。牀榻鑪竈。雖樸素。甚爲壯觀。東主侯爵郝士。

蘇格蘭人也。租金每月百零五磅。合庫平銀三百六十七兩五錢。男司事者。有內總管一名。門丁一名。照料客廳一名。照料書房一名。照料燈火什物一名。女司事者。有照料房屋器具一名。灑掃者二名。女管厨一名。女厨工一名。四輪雙馬車一輛。跟役車夫各一名。按坡蘭坊。在倫敦新城之東南。北有敖斯佛街。南有荔榛園。東有班芝街。西有普蘭街。道路平淨。樓舍整齊。鎮日車則轂擊。人則肩摩。薄暮燈燭輝煌。渾如不夜。此猶倫敦之靜雅處也。

卷一終。

四述奇卷二

張德彝在初隨筆

鐵嶺貴榮竹坪校閱

丙子十二月初九日乙未。陰霧。昨日使車未至坡蘭坊之先。威公使已再過相訪。是日卯正。二星使令彝懷刺往見于阿拉比瑪街第三十五號。樂武斯店晤威公使時。問郭劉二星使何時可來拜會。答云。請少待予即到。無勞駕臨也。辰初。威公使至。暢談時許。去後。致信英國外部大臣德爾貝。約相見期。申刻。隨二星使乘雙馬車答拜威公使。酉初接外部覆文。定明日未初會晤。記各國公使駐倫敦者。共三十國。分為三等。頭等為法郎西、德意志、俄羅斯、土耳其、奧地里亞。凡五國。二等為瑞典、合衆即美國、丹尼、波斯、希臘、日本、秘魯、巴西、和蘭、義大利、葡萄牙、比利時、闞斯達立夏、日斯巴尼亞、薩拉瓦多爾、危的麻喇、尼夏拉挂。凡十七國。三等為阿眞坦、墨西哥、克倫比亞、多米呢喀、義奎多爾、波利非亞、海的、歡都。凡八國。內攜眷者十九國。署公使者七國。皆以參贊官署理。其參贊官或一員或三四員。有以伯子男爵充選者。

有文武隨員。醫官。教師。支應官。及學生等。惟無繙譯官。因駐英京鮮有不通英語者。且東西各國官民。皆以能通英德法義各國語言爲常。各公館人數多寡。關乎國之大小而遴委焉。

初十日丙申。早大霧。彌漫。道騎不分。樓舍如失。巳初晴。英人傅立蘭來拜。係十年前于此會過者。又廣東新會縣人伍廷芳字秩庸者。原曉英文。三年前來此學習英例。今已考中律師。是日來拜。言月內由此走紐約金山。薙髮易服以囘華。其人年三十六歲。言貌溫恭。未初。隨二星使與馬清臣乘車赴外部見德伯。同坐有外部侍郎潘斯蒳。威公使。繙譯官禧在明。有雅梅。寒暄敘畢。德伯云。君主現住敖斯本宮。俟六七日來京。再行覲見。且貴大臣棨戟初臨。亦須少息鞍馬。如欲游觀。請先告知。當派人前導也。茶罷辭回。夫外部者。即總署也。英呼曰佛林敖非司。譯佛林外國也。敖非司衙門也。德爾貝丞相總理機務。副以侍郎四人。一潘斯蒳。一丁得敦。一利斯德。一達額拉。各國交涉事件分爲四股。侍郎各司其事。如華股屬潘侍郎是也。侍郎各有協理一員以襄之。

十一日丁酉。早黄霧四塞。對面不見。外國雖不論地理風水。而間有忌諱者。如英俗與人同席戒遞鹽。因數百年前有主僕共桌而食。主欲用鹽。皆僕人遞也。又小兒出門有忘物回取者。禁其入門。父母必親爲送之。其意不欲半途而廢也。已正稍晴。克虜樸令其夥計白利由艾森莊來拜。亦十數年前德國舊相識也。

十二日戊戌。早大霧沉沉。內藏毒氣薰蒸。按博物志內載。冒霧行三人。一人無恙。一人病。一人死。無恙者飲酒。病者食。死者空腹。焉凡冒霧出行。必先飲數盃酒。氣上

蒸。以敵霧氣理。可然也。以告同人。咸以爲是。未正。霧散
細雨。威公使携其夫人來拜。近日風勁天寒。四圍烟瘴。
空林荒草。始覺冷氣逼人。
十三日己亥陰。早戈登來拜。亦前兩次來此會過者。自
言不日起身赴埃及受職。又德國公使伯爵閔斯達爾。
及前駐北京英國公使阿里格偕其妻女來拜。皆未晤。
未正。同黎參贊馬淸臣赴外部。送
國書及陳詞鈔本。
十日四庚子陰雨。午後。德丞相差人來拜。聞英都有文

武集錢會。乃文武小官全開大雜貨鋪于敖斯佛等街。各家皆有憑票。見票賣物。不許轉售外人。所獲微利。除辛金日費。餘則均分。亦彼此省財之道也。

十五日辛丑。陰霧細雨。申初稍晴。有前同文館英文教習額布廉來拜。坐談良久。記倫敦新聞紙局大小三十餘處。如培侯來福蔭蘭整。克立堅。倭羅蚩韋克力牛斯。艾克撒米訥爾。墨甯阿倭太斯爾格拉伏伊司。北太道。威立太木斯。四海新聞。日新日電。早信。倫敦帶畫新聞。肥拉達戛爾典。太木斯。歷甯司丹達。尤甯司丹達。來閣奎音艾。抈艾。拉南寬佛麥斯達。威立狄斯巴的。及京報。以倫敦帶書新聞。太木斯。克甯司丹這京報爲最著。然各有所長。所敘不同。有官事。有商務。有天文。有地理。有雜學。有教務。有天下各國以及本國本城事故。又有如子不語解人頤等書之資人笑柄者。各局或每日或每禮拜。刷印萬萬張。廣爲傳播。誠筆墨中一大生涯也。以上名目。有能譯其義者。有非四五字能達其義者。有因地名或人名及他義不易搜求者。姑還音以誌之。此外有小新聞紙五六種。名皆未詳。

十六日壬寅早晴。午初陰。雨。夜大風。記倫敦馬車。官有定例。有論里者。不出六里。一什令。多一里半或三里。則加給半什令。出十二里。每三里加一什令。以上雙輪及四輪者一律。有論時者。在十二里內。每一點鐘。四輪者二什令。雙輪者二什令半。每多一刻。四輪者加半什令。雙輪者加八佩呢。在十二里外。無論一點或半點鐘。皆加二什令。多一刻則加八佩呢。車頂載物每件二佩呢。多坐一人加半什令。兒童不及十歲者加三佩呢。無論按里按時。多待十五分之工。須加給八佩呢。以上官例。

每日自卯初至戌正。各宜遵守。其他時則聽御者自主。各車皆貼此例一張。御者給客一張。以便彼此照行。㐬免格外討索。如彼此偶有爭辯。可扭禀附近官廳。由官判斷。如車有遺忘物件。御者查出在二十四點鐘之內。送入附近官廳。若物主失去車票。不知車屬某行某號。則即時呈報官廳。告明所遺之物。及本人姓名住址。官廳即令于次早親赴巡捕衙門收取。乃量物所值索費少許。如一月內無人報官認取。則物歸御者而已。

十七日癸卯。早起。晴。卯正。陰雨大風。辰刻雨雹。巳正晴。

午初又陰。有赫總稅務司之弟赫政來拜。未正。同馬清臣隨二星使乘車拜阿里格。金登斡。戈登赫政。晚同黎蒓齋劉鶴伯。步行五六里。至梅克蘭柏爾坊第六號。訪律師伍廷芳。伊言昨接陳星使藹彬電信。令其不必回粵。即赴合衆。不為參贊官。當充總領事。郭劉二星使以其通英文曉風俗。欲留為繙譯。其人固辭。至晚復令往約。如不喜充當繙譯。可改隨員。伊仍不願。一因陳星使敦約在先。二因車船票已買定。三因繙譯隨員月俸不過二百金。參贊始得三百金。余往合衆。如事機不就即

在上洋爲律師。亦可月得千圓。再英國律師可升授侍郎及大御史等官。是豈繙譯隨員可比耶。彝等再三慰留。告以爲

國家出力。無分彼疆此界。伊仍固却之。回時。一路冷風颼飅。砭人肌骨。知英君主由敖斯本而歸。地距倫敦二百八十里有奇。

十八日甲辰。早霧。未初微晴。有載生洋行夥計帕啦莫及天津水雷局司事柏專敬之兄柏愛慈來謁。云昨接專敬信。知憲旌已到。特來稟安。幷請往銀城看樹膠廠。

是日跟役阿毛閆喜入市採買。途次忽遇一醉者。以肱戲擊阿毛之頭。帽既落而身亦跌。阿毛誤疑閆喜。勢將用武。有四行人將醉者捉來。即令巡捕扭送官廳禁錮。令四行人及阿毛閆喜各書名姓于簿。令明早十點鐘。赴美爾衙門對質。美爾者鄉長也。英例地方公事。皆鄉長治之。入夜雨。

十九日乙巳陰霧。巳初。馬清臣携阿毛閆喜至美爾衙門。與四行人對立待質。據醉犯供。因飲酒心迷。誤打華人。阿毛六人供並未招惹。問官看各國律例云。按華律發誓。當令持一瓷盤跪地。以手指天。自明其心。實未妄言。後擲盤于地使碎。再言。如所言不實。俟十二點鐘後。當得報應。有如此盤。蓋西國有執經對天發誓之俗。故造此以爲華律也。馬云。此雖非華律。姑可從之。遂令阿毛罔喜跪地如所言。官云。此犯名布里。年四十六歲。鐵匠也。美爾以中國公使憩駕甫數日。土人遽敢妄爲。令須從重羈管。罪應監禁四個月。以警將來。併刋布新聞紙。令協同保護使署隨從人等。辦法尚爲公允。旋謝四行人各一圓而回。星使乃函致外部。代辭者緩頰。仍未獲免。按西國通例。凡各國使臣有請于本地官署。皆須咨會外部。轉爲札飭。不得徑行本地。亦不得遣屬官遽爲申理。又英國號令。多以新聞紙宣傳。故美爾有刋布新聞紙等語。

二十日丙午。陰霧。申正。有三十年前隨英公使柏頓在南京換約之參謀現任提督馬闊蘭同副將伊里布來拜。入夜雨。聞倫敦通城公署共四十二。如樞密院。上議政院。下議政院。理藩院。博物院。官書院。武備院。京報局。印書局。船政局。錢局。電信總局。巡捕廳。國史館。戶部。工部。郵部。刑部。欽天監。司禮院。倫敦府。美爾衙門。行印衙門。恩賞衙門。巡捕衙門。代理屬地衙門。御前水師衙門。稅務司。地租司。保險公司。御前收控所。欽犯獄。總理教導處。鐵道運河工程處。以上無須註解。如家部管通國內地事務。外部管各國交涉事務。兵部管陸路。海部管水師。印度部專理印度事務。商部理商賈。債部理國債。律例司修律例。凡此。皆倫敦公署之大者。其小者尚有數十。未得細考。

二十一日丁未晴。午正。隨二星使乘車往拜德爾貝。未遇。末。初麗如行東主堪布來拜。記英國亦有公侯伯子男五等世爵。始自西歷一千一百八十一年（即南宋淳熙八年）爲英漢立王第二之世。迄今共公爵三十六。侯爵三十四。伯爵二百三十四。子爵六十六。男爵三百二十四。從男爵八百六十二。內英格蘭六百九十四。蘇格蘭一百零三。愛爾蘭六十五。外有女伯爵二。女男爵七。總計世爵一千五百六十一。

二十二日戊申晴。記倫敦通城立有各會一百三十九處。如天文會。地理會。丹青會。歌唱會。生靈會。花木會。音樂會。醫學會。教務會。照相會。耕種會。機理會。哺乳會。算學會。書卷會。施醫會。理學會。兵友會。格物會。化學會。教讀會。救生船會。救遭回祿人會。救出監苦民會。救街市遭險人會。保養牲口會。救養子女會。養贍孤子會。養受傷兵丁會。養聾啞人會。養瞽者會。及經卷會等。每會皆有公社。高樓大厦。宏敞壯觀。各皆數千人。首領則世爵富室充之。按年分捐公款。如天文考有新星。地理察得新地。格物化學測出新理。花木訪見新種。或思新法。或擬新章。或訪新工新物新事。皆彼此知會。齊集辯論。精益求精。樓門卯正開。亥正閉。內有爐竈。無牀榻。各人去留自便。留者看書吸烟。談天閱報。早晚點心茶酒。皆公平算價。不準蒂欠。僕役侍奉。不得欺侮。亦不得格外苛役。有犯規酒醉口角者。立卽逐出。不得再入。

二十三日己酉晴。聞英都于二三年前。各鋪作皆早開晚閉。工匠作十點鐘之工。邇因各行公議。皆改作八點鐘之工。鋪作改早九點鐘開。晚八點鐘閉。以省工力。自到此後。如綢緞木器瓷鐵陳設。以及飲饌各鋪。皆送門票。乞賜顧焉。

二十四日庚戌。陰雨。申正。外部來文。訂于明日申初覲見于卜靜宮。酉初雨止。二星使令彝同馬清臣乘車往樂武斯店見威公使。詢以何時由寓起身。及更衣處所。隨從人數。以免臨時有誤。往來道途平坦。無垢穢。樓舍峻整華潔。又數街中輒有小園一區。環以鐵闌。蔭以花木。間有小池。而少亭榭。列鐵凳木椅。以便游者歇息。地由富室公建。特爲男女老幼晨夕往遊。葢以所居層樓疊閣。無空院。則少呼吸通天處。恐氣鬱生疾。故闢此園。俾人散步舒懷。以暢其氣。每日園丁灑掃灌漑。園之左右鄰。皆有鑰鍉。出入自便。別人喜遊者。可向園主租賃鑰鍉。每年出值一二金磅不等。收積此款。以便隨時修葺焉。

二十五日辛亥晴。巳初。同馬清臣乘車行五六里。入賢眞睦斯宮。見其司禮院掌禮大臣席模爾問遞

國書禮儀。對曰。與各國公使一律。回寓。至未正一刻。著朝服。捧

國書。同馬清臣。隨二星使乘雙馬宮車。有閽長清羅雲翰二武弁。竝立車尾。行八九里。至卜靜宮。樓孚崇宏。郎彝

前隨斌使臣所至者也。下車。守門軍官頂盔佩刀。著金花紅靠者導入。升階三重。至中堂。止步。鋪陳錦繡。五色迷離。其外部大臣德爾貝。御前大臣開爾倫。掌禮大臣席模爾暨威公使。禧在明。有雅梅。咸在焉。迨鐘交三點。堂前玻璃槅扇豁開。德開席三大臣先入。少頃轉出。導引進正門。右轉。復升階三重。至一小室。君主著烏衣。頭戴白綫花巾。當門正立。第五公主璧阿特麗姒。著灰色衣。侍于後。三大臣先入。德爾貝立君主右。餘立于左。星使入門鞠躬。君主答以鞠躬。凡三鞠躬。至其前。相距數

武。郭星使中立。劉星使後一步左立。彞右立。馬清臣後
立。又退一步。彞授
國書於正使。正使捧讀其陳詞云。
大清國
欽差大臣郭嵩燾副使劉錫鴻敬奉
國書呈遞
大英國
大君主五印度
大后帝上年雲南邊界蠻允地方有戕斃繙譯官馬嘉理一

案當飭雲南巡撫查報嗣經
欽派湖廣總督李瀚章馳往會辦并將南甸都司李珍國拿
訊又經
欽派大學士直隸總督李鴻章馳赴烟台與

兩國之情而申永遠和好之誼敬念
大君主
大后帝含宏寬恕仁聲義聞遠近昭著必能體中國
大皇帝之意萬年輯睦永慶昇平使臣奉
命惋惜之辭具於
國書謹恭上
御覽并申述使臣來意爲講信敦睦之據
述畢馬清臣旁進一步手舉英文一篇鞠躬云請誦繙
譯陳詞君主點首曰可清臣念罷退後郭星使前進一

步遞

國書於君主君主接過轉交德爾貝置于案上君主鞠躬

笑曰朕心甚喜接此

國書足見兩國實心和好之據當具文答謝

大皇帝並問

大皇帝好有雅梅繙以漢文轉告之郭星使鞠躬答曰是後

三鞠躬退下樓別衆入後堂少坐待車其堂前對正門

後倚花園樓係白石建造鞏固如城玉堦金闕蔚然可

觀然比之德法各國又崇實而不尚華也宮前繞以鐵

柵。院寬約數百步。柵共三門。門外有紅衣兵二名。終日執槍往來梭巡。車至。威公使及禧有二繙譯送出。登車回寓。一路男女觀者甚多。少息。換公服。乘常車。往拜德法美俄四國公使及威公使。皆未遇。聞當日申正英君主又接見衛內蘇艾拉國使臣羅札斯。亦奉君命而來者也。是日覲見所乘官車。係本國丞相。御前大臣。大學士。倫敦美爾。各部院總理尚書。及各國頭二等公使之覲見朝會所乘者。平頂箱式。如坐墊。中寬敞。彩帛鋪墊。華美鮮明。四面玻璃。箱前御者坐處。元寶形。高二尺。寬尺半。長四尺。上罩綵帛。鑲金邊。垂金穗。御者坐于正中。以二馬拽。箱後垂二金線帶。長各二尺。寬二寸餘。以便二武弁或僕役並立車尾。以手拽之。當馳驅。免墮落。按英俗。御者亦戴且字形黑毬帽。惟各國公使之御者。中圍一金帶。寬寸餘。按星使所遞

國書內云。

大清國

大皇帝問

大英國

大君主五印度
大后帝好朕誕膺
天命寅紹丕基眷念友邦永敦和好光緒元年正月間
貴國繙譯官馬嘉理持有護照由緬甸至滇省邊境被戕
並將同行副將柏樂文擊殂朕特派湖廣總督李瀚章
前赴滇省秉公查辦並降旨命各直省督撫通飭所屬
地方官遇有執持護照之人入境照約妥為辦理經李
瀚章查明奏請將都司李珍國等分別治罪二年六月
朕又特派文華殿大學士直隸總督一等肅毅伯李鴻

章爲便宜行事大臣前赴山東烟台會同

貴國

欽差大臣威妥瑪將前案籌辦完結經李鴻章覆奏

貴國

欽差大臣威妥瑪以爲懲其既往不若保其將來朕特降旨著照所請將李珍國應得罪名加恩寬免仍諭令各直省督撫凛遵上年諭旨照約保護並著總理各國事務衙門擬定告示咨行各省遵辦以期中外相安昨馬嘉理持照入滇邊境慘遭被害不但有關生命並致幾傷

和好朕深爲惋惜茲特簡
欽差大臣署禮部左侍郎總理各國事務大臣郭嵩燾前赴
貴國代達衷曲以爲眞心和好之據朕知郭嵩燾幹練忠
誠和平通達辦理中外事務甚爲熟悉務望推誠相信
得以永臻友睦共享昇平諒必深爲歡悅也
大清光緒二年九月十七日

二十六日壬子晴。英例每新歲後。國主諏吉親臨議政院。集臣工士庶男女。詢以政事得失。諭衆公議。並刋示上年度支出入之數。俾共核算。名曰開會堂。屆期並請各國公使携帶眷屬隨員前往助賀。本年開會堂日。爲西厤二月初八日。卽本日也。先是司禮院大臣席模爾代外部大臣函請。已正。遂同黎蒓齋馬清臣劉鶴伯。隨二星使著朝服乘官車前往。行八九里。沿途士女塡塞。候觀君主。巡捕彈壓。皂帽一望如雲。廬舍多有懸紅挂彩者。會堂外紅衣兵執槍排隊而立。使車至。兩手舉槍對鼻爲禮。入其門。護衛翼立左右。皆兜鍪著金花紅靠。黑褲烏靴。登其堂。見正面臺上設御几。距几數武。陳紅錦榻。臺下世爵貴臣位于中央。女眷之尤貴者。左右夾之。右之上爲各國使臣位次。蓋泰西重右故也。樓上以處隨使官員及庶僚。庶僚之眷屬亦與坐焉。貴臣皆官服。外襲無袖朱衣。其長曳地。有五等爵者橫縫白羔皮。狹長如版。于其臂之左右。公橫四幅。侯橫三幅。伯橫二幅。子男均一幅。各如其等。至律師教士皆服青袍。長亦曳地。各國公使皆朝服。係青毡褂。前面齊胯。後垂二燕翅。作丌字形。長約二尺。胸前滿繡金花。領袖及二燕翅邊。亦繡金花。寬約二寸。青毡褲。由胯至足。立金綫一道。寬亦二寸。有寶星者。挂于胸右。多寡各如所賜。有腰圍金帶者文。佩劍。武佩刀。有右肩斜挂綢條一縷。抵左胯旁結之。寬約四寸。其色紅黃綠紫。各如所賞。武職有以金版飾肩。形如甲字而圓。其首綴金穗。下垂如組。圓頭周約尺半。寬寸餘。穗長二寸。中惟合衆公使著常服。無他飾。蓋民主之國。上下不異。以等威也。免冠則與衆同。土耳其波斯二國公使所服如各國。而不免冠。冠係黑毡結藍穗。婦有頭戴花圈者。有金箍嵌以銓石者。皆露胸袒臂。白色長裙曳地。衆既集。律師數人。據案中庭。鋪紙執筆。以俟君至。無何大太子衛拉斯王與其妃相繼而入。太子位御几右。隔以屏。妃所佩戴之頭箍項圈。耳環鐲。釧。皆銓石。白裙鋪花。露胸袒臂。亦禮也。亦敬也。位錦褟。在中央。面向御几而坐。少選。君主臨。護衛八人。執儀仗前導。仗長三尺餘。以金爲寶蓋。或鏤獸形。踞于其巔。大丞相比干斯茀蒕持長刀。樞密大臣李赤門捧御冠。四公主綠衣娳。五公主璧阿特麗娳。繡甲袒臂。皆先入分侍御几之左右。君主烏衣長裙。緩步而入。皆起立。君主環向點首就坐。良久肅然。俄而會堂門開。士庶擁進。環庭外鐵闌而立。敬聽御前大臣開爾倫。啟白紙書。

代君主宣誦云。諸爵紳士。今重開會堂。以備顧問。而匡不逮。此我志也。上年集議會堂之先。土耳其與賽爾非亞國莽得呢格婁國搆衅。我甚以爲憂。深欲與盟邦從中調處。賽國亦旋以調處之事來請。我因之爲土耳其言和。土國公會意亦願從。故我商請其暫時罷戰。或祈各國駐紮公使。或懇各國特簡大臣。從長討論。共立大概章程。務使各王國與遭亂各省。干戈賴以底定。弊政賴以革除。方爲盡善盡美。我當時卽派公使赴會妥議。如此汲汲。原冀歐洲永享昇平。非欲冒犯土國自主體制。無如伊國會謂我與盟邦所定章程爲不協。未肯俯聽。事竟無成。今章程儼然具在。揆諸事理實屬有裨。趁此罷戰之期。展限未滿。我國若與各盟邦實心實力。共成善舉。未嘗不可使諸國和睦如故。凡此事始末案卷。卽交汝官紳集議。若夫五印度伊得列地方。上年加我后帝之號。印度酋長黔黎同心推戴。深愜予懷。惟該處地方現遭荒歉。在彼官吏亟宜注意所事。方能登民于袵席。允宜布告。咸使聞知。此次災患。喫重情形。不減於一千八百七十三年。卽同治十二年瑪他喇斯孟買兩大部被災尤廣。我必須設法拯救。并追究遭荒緣由。嚴示將來之防範。又現在德蘭司瓦喇民主國。在南阿斐里加。政多失道。復與鄰境搆衅。使阿斐里加南界之民。不能安居。我將何以處置。乃可奠定。爾下議政院諸紳所有敖克斯佛暨堪卜立址兩學院。擬修律條。以及增改虧空律。增修頒發創造文憑律。闔國監牢。宜如何立法撙節覈實辦理。俾省地方之累。均宜一一妥籌。至於增改估計英格蘭財產例。删減修改工作例。整頓各地方巡行理事之例。並擬修纂蘇格蘭街道橋梁及贍養窮黎諸例。更請于愛爾蘭設立刑部。授該處各郡理事之權。以上應議各節。暨其餘未盡之條。爾諸爵紳士。應各抒所見。殫心襄贊。以迓上帝鴻庥。誦畢。君主降御座。與長媳接吻而去。衆隨立起散出。申刻回寓。

二十七日癸丑晴。午初。同馬清臣隨二星使乘車往拜各國頭二等公使。及本國各部院大臣。共二十八處。皆公出未遇。按西俗。凡使臣未見國主之先拜客。詢問一切規模。謂之私拜。既見國主後再往拜。謂之官拜。又使臣遞國書後。須于三日內遍拜本國大臣。及各國公使。

與其夫人參贊隨員等。惟初次往拜。只投刺不會。俟他日有暇。再爲往拜晤談。前日外部送來各國公使一册。內開某國公使職銜。參贊繙譯隨員醫官教師學生武弁各若干。自公使以下各員携帶有無眷屬。有者若干名口。皆依次開列名銜住址。下至男女僕役。所司何役。原屬何國。一併註明。故近日往拜各處。可以按圖索驥也。

二十八日甲寅。陰。霧。午正。復同馬清臣隨二星使往拜各國二等公使。及本國文武大員。外部協理等。共三十六處。回寓。有教士里雅格來拜。伊曾住粵多年。通華文。現充敖克斯佛大學院漢文教習。亦海外之博雅士也。本日照式咨送外部。開列本公署隨使官員丁役名單一册。再英國戶口。凡用僕婢皆有稅。惟使臣所用之人則免。亦不受地方官管轄。故須咨明存案。中初霧散。入夜冷。

二十九日乙卯晴。係禮拜之期。遊人接踵。車輛無多。雖有亦緩步而行。禁其鞭撻。因倫敦之保養牲口會約定不得加力鞭馬。一馬應拽若干斤。不得逾其數。馬有疾。

卽須療。不得再用。倘有不遵。一經巡捕查出。定卽執訊受罰。蓋巡捕爲美爾所轄。猶中國之團練壯丁也。工食由各行戶捐給。按禮拜日。凡官衙鋪戶皆閉。是日官不治事。民不工作。馬不効駕。牛不負犂。所以節其勞也。禮拜之前一日。過午卽放工游息。故官府之吏役局作之工匠人家之僕婢。店肆之幫夥。莫不探視親朋。以遂其意。遊覽園囿。以暢其情。蓋七日一周。稍爲停息。則氣必爲之一振。心必爲之一淸。旣免疲惰偷安。自無叢脞之虞也。

三十日丙辰。陰雨冷。未初。二星使令彝乘車投刺。代拜呢戛拉挂及巴西二國之二等公使義奎多爾多米呢喀等八國之三等公使。中有一回國者。二不知移往何處者。酉正。復著官服隨黎蒓齋諸君。與二星使申賀年禧。邇來所有在英各官。皆彼此互拜。至各員名姓籍貫官銜。無須逐一記載。

光緒三年歲次丁丑新正月。

初一日丁巳。晴。辰初。同衆著官服。隨二星使向北恭拜聖牌。行三跪九叩禮。畢。馬清臣亦著官服。向上行見君禮。其衣係餃形黑毡帽。邊鑲白鴿翎。黑毡褂褲。銅鈕各鑲金絲一條。寬約四分。午正。與同事諸君隨二星使乘車往蠟人館一觀。所列人像。與前三次來此所看無異。申初陰雨。酉正。郭星使召飲。同席十人。暢談甚懽。入夜復晴。

初二日戊午。晴暖。午初。黎純齋鳳夔九張聽颿諸君隨二星使往遊萬牲園。彝同姚彥嘉往看新房。因此寓自上年十一月二十五日租定三個月。扣至本年二月限滿。須預爲尋覓。以免臨時迫促。有房媒槐利爾同行。先看三處。俱不壯觀。後看賢卓志巷大房一所。樓高五層。極寬闊。陳設器皿。亦整潔周備。前臨花園。後傍長衢。計屋三十六間。每年租值八百磅。合庫平銀二千六百兩。惟須修理兩月。方能竣工。申初回寓。酉正劉星使召飲。酒席如昨。

初三日己未晴。前二日倫敦京報內言。大太子衛拉斯王。訂于是日未正。在賢貞睦斯宮代君主朝會各國公使隨員。及倫敦通城致仕與現任大小文武各官按西例。朝會著朝服。惟是日爲我朝之忌辰。故于未初著行裝。同黎純齋馬淸臣鳳夔九劉鶴伯張聽颿隨二星使乘官車前往。入正門。院立紅衣護衛二百。舉槍列隊。入門升階兩重。上下距數武。各立護衛二人。皆古裝。舉長矛。至一堂。有執鉛筆記人數書名刺者、繼入一堂。則國使朝臣畢集。正面左右二門。兩點鐘右門開。御前大臣丞相尚書及各國頭等公使先入。二三等公使偕參贊隨員。不以國之大小爲序。而以到國之先後爲序。魚貫而入。見畢。退數武。對立而止。後則本國官紳名士。不論品級之大小。隨到而入。接踵前進。內則一大堂。左右二門。中設君座。太子衣金花紅靠。立君座前。左立其三駙馬克立堅王。著金花黑靠。又左立國戚薩克隋麻爾艾多倭王。又左爲堪卜立址公。皆著金花紅靠。再則德法土俄墨五國頭等公使及本國御前大臣丞相等。右立二司禮院唱名官。手執木杖長五尺。粗寸餘。凡入者各授銜名與第一。而第二唱之。其名刺係白紙。橫長三寸。縱約二寸。橫書名銜。初見者紅其兩邊與背。繼見則用純白。公使惟書某國欽差而已。二星使率彝等隨他國公使依次步入。至太子前。一一鞠躬。太子答以鞠躬。其語郭星使曰。貴使之來。甚喜接見也。見過左行轉立。對面本國一一見過。左退數武轉身出左門。而下樓時。有與太子素識者。亦握手致敬也。申正一刻見畢。太子退入內右門。各國公使俱出外左門。仍由舊路下樓。登車回寓。是日外國使臣見者五十二員。本國大小文武五百一十二員。按賢眞睦斯宮者。正朝也。建自數百年前。係白石營造。年久多頹朽。且體制簡易。高只二層。前與市肆毗連。不甚開敞。內尚寬闊。太子居焉。卜靜宮者。便殿也。建自道光年間。崇宏較勝於此君主居焉。

初四日庚申晴。早威公使禧在明金登幹居邁倫等陸續來賀年禧。午正。隨二星使往答拜。繼至麗如銀行一觀。在老城鍼綫街地面寬宏。樓舍高大。潔淨整齊。兩面設匱長六丈餘。匱上立鐵絲網。而有門匱對面橫長凳。匱上放紙筆。內列桌凳行行。夥計二十餘。各司一事。如換錢。收鈔。登簿。計帳。發匯兌。寫匯票。收錢。稱錢。打印。合計。察帳等種種不一。而管匯兌者數人。各掌一洲。如匯往上海則歸掌亞細亞洲者理之。匱邊鐵網門上各橫一小區。如匯兌。換票。發錢。收鈔。發利息。打對印等。以免人多淆亂。地下存金處。鑿石爲洞。如堅城。或云國帑出入之所。尤爲宏峻。凡金錢交納累千萬分兩不如制者。以機器抉出之。蓋英制金磅重二錢二分。用之日久而磨損不無輕減。倘置不問。必致輕錢布滿闤闠。而奸僞叢生。市價難以畫一。然人力選擇又慮煩瑣易啟爭辯。故製機器爲之區別。輕者官收而改鑄之。每枚納稅三便呢。不繳稅則剪還之。使不能用。錢皆新鑄。無輕重失倫之弊。則人民使用。自無挑選更換之煩也。

初五日辛酉晴。近來英人有謂大鐵甲船雖好。而于海面江心轉移不便。莫若身小礮大者四五隻合圍一鐵甲船。可使碎沉。遂創造二隻。一名戛阿達。一名達拉那。長皆十二三丈。寬二三丈。船頭新式大礮一門。重三十八噸。造訖。英人稱善。信到中華。李相國少荃鴻章飭令金登幹採買之。當使車初到倫敦。金登幹即請郭星使往牛喀斯地方看其演試。時因

國書未遞。且往返須三日。辭而未往。是日因將展輪來華。再請往閱于波自毛斯海口。巳初遂同黎蒓齋馬清臣。

隨郭星使乘馬車行八九里。至倭特陸火車客廳。即登車。車名司北沙。譯言特備也。蓋四路火車往來皆有定時。每值事繁多。或緊要。則另加一行。故名特備。已正開。同車有金登幹。所約之英國稅務司馬格雷。御賜進士現任太木斯新聞紙局使勒斯頦三人。車向西南急行二百四十里。停車二處。曰極樂佛德。曰樓蘭坺泗山洞一。曰李坡。午正抵波自毛斯。地在騷三浦屯東九十里。岸有土礮臺。不高。作月牙形。長數十里。城周二十五里。居民二萬。一路田疇交錯。綠色相連。下車有法艾坤官輪船。船主柏拉派。把總葛蕾以小輪渡船來迎。舟行數里。改登法艾坤船。回望波城樓舍齊整。船艇無多。惟正西一鐵礮臺。圓形嵯峨。獨立三面臨水。高數丈。內列大礮三十餘門。同船又有金登幹。所約英國水師提督兼管材料科司九阿。管理火器博艾斯。水師千總霍拉。把總艾拉興斯坦。議政院紳士塔來喜賴蒂宜威。法國水師提督侯爵費拉芮。游擊布拉提。賽壘國水師提督男爵司百安。義大利水師副將薩的阿努巴。西水師副將狄木塔。把總董幹。製造船隻主人林達。及其妻與其弟林亞。告假回國之中土。稅務司休士。額布廉。戴樂爾。暨金登幹之妻伍氏。其他數人。名姓未詳。未初開行。數里。因浪大。二船難並。乃換小輪舟。改登我國礮船戛阿達。船主靖樂齡迎入。船身白色。不長而寬扁。船頭正中爲礮眼。前看如張口蛙。船主浪維美。駕達那拉礮船緊隨于後。即時展輪南行。出口甚冷。行二十餘里。申初至四面敞處。住船演礮。大礮形似螺螄。長丈一尺。口粗七八尺。尾粗丈餘。其形式與用法俱新異。高低左右運動。以及刷膛裝子藥。皆仗水氣。無需人力。礮子形如且字。自字。重各三百五十磅。火藥每袋重一百三十磅。礮左右各鐵轍二行。每轍上有鐵盤小車兩輛。一載礮丸。一載火藥。轍旁各二井口。下通船底。一儲礮丸。一儲火藥。口上立鐵架。繫以綫繩。用時。二人在內將物捆成。二人在上。繫出置車上。以繩拽至礮口。礮後一鐵屋。前面三孔。以看礮之方向。左右有喚人關鍵。以令管機人駛船緩急進退。左右移轉。傳聲筒者。驅使兵役繫火藥移礮身。藥綫盤者。前通礮門。窺定所指。以手按之。則礮發矣。屋後有船主望路臺。甚高。列有地圖兩盤。以考地勢。先請郭星使立臺上。看放一礮。聲不大而遠。繼入鐵屋。親升一礮臺。後爲船面中界。左右各一珠子礮。礮身長五六尺。粗二尺餘。有一物如籠。內盛礮丸一百。放于礮頭。下有機柄。以手轉之。則礮丸出若連環槍。礮丸外飛。銅帽內落。手不動則礮亦止。船尾左右。又二子母礮。銅身木架。長四五尺。粗二尺。聲與大礮同。當時達那拉船亦升六礮。後駕小舟回登法艾坤。遙望二礮船開去。俟火樂礮丸等物配齊。即赴中土矣。酉正登岸。乘火車。即開緩行。共停數處。如哈萬樓蘭垓泗李坡極樂佛德葦林坦坤培各村鎮。樓舍森列。燈燭輝煌。亥初抵寓。

初六日壬戌。陰雨。按英例。葬死之事。歸官主之。置地一區爲塋兆。有死者。概由醫生開具病狀療治情形。報官查核。方令赴瘞。其地不得私埋。他葬。蓋憂民之死于凍餒困鬱。及視疾之無人。抑或醫治之不善也。醫生由官考試。不易中選。中選者。國主召見。列於朝班。故皆束身自愛。無徇情受賂。妄稱揑報等情。其醫分內外料。另有牙科。能治牙。亦能補牙。

初七日癸亥。晴。未初。同姚彥嘉乘車入老城。赴電信總局送電信。內開中國公使於伍秩庸去時。挽留不及。現已奏派渠爲參贊。薪水與黎同。請迅致伍君。飛速回英。如赴金山。祈轉致鄺容階代催。望示復。外署中國駐英公使寄至合衆國乞富埔駐合衆中國公使容行館云云。該局樓舍高大。左右二所。各屋數百間。左爲郵部。右爲電信總局。見其司事司悌達坐談。伊自牛席蘭地方攜有奇花異草數種。屋中一盆。樹高二尺。上罩玻璃。葉如艾似榕而葉上生葉。名曰子母樹。後總管司敏士引看見大堂中字盤數十。電線千條。有少女司收發者一千二百人。男子各司其事者九百餘人。按電學創自西歷一千六百三十二年。即天聰六年當時雖經明人求得其理。鮮有知用者。至一千八百四十六年。即道光二十六年始用電綫于英美德法。惟民間私製而已。商民薈萃之區。書東紛馳。路遙事迫。不延時日。以之濟急。人皆樂爲。後于一千八百六十八年。即同治七年英議政院以電綫獲利甚鉅。遂禁私設。乃屬于官而索稅焉。今通國有五大行。京都一總局。內外共五千五百四十分局。用人一萬二千五百。聞上年共發電信一千五百五十三萬五千七百八十封。收稅金一百三十萬一千二百磅。合庫平銀四百五十五萬四千二百兩。酉初回寓。知和蘭前任駐劄扎窪提督萬斛。及前任駐小呂宋麻呢拉地方英國領事官司本薩投刺來拜。皆八九年前舊相識也。

初八日甲子。早陰雨。午後晴。未初同馬清臣隨二星使往外部拜德爾貝。彝先入見潘侍郎。據云。今日事繁。不知能否面晤。旋據德伯協理柏令坦云。已與俄使有約。又值會堂忽忙。似不能見。嗣後有事須前期知照。以便函覆。去此。行數里。拜丞相比千斯蒳登。登樓坐談。伊云。

甚喜接見。奈有事羈身。未敢多留。尙祈原恕。回時。路之兩旁白石平墊。或煤油沙土漆成。此往來步行路也。中則碎石壓平。或長方木塊築成。此車馬所行路也。道之廣者可容四五輛。狹者二三輛。極其平坦。官舍民居規模相似。結構皆四五層。石牆石柱。護以鐵柵欄杆。環于門外。市肆臨街大玻璃窗。貨物鋪陳。洞見于外。至禮拜堂。施醫院。客寓。戲園。及養濟院等處。百尺層樓。崇閎整潔。數街如一式焉。按英國丞相之進退。視乎百姓之臧否。衆官之黜陟。又視乎丞相之去留。一有不當。則通國謝之。復公舉賢能。告諸君而代之。丞相既易。各曹長亦易。由新丞相自置其人。以期呼應靈便。是進則羣進。退則羣退。亦西國異俗也。

初九日乙丑。晴。早接容純甫星使閎電信。言伍秩庸不在乞富埔。無處可尋。午後。俄國參贊官阿德柏爾來拜。記英國君主五印度后帝威克兜立亞。係前英國國王卓志第三之孫女。堪特公爵之女。生于堪興坦宮。時爲西厤一千八百一十九年。五月二十四日。即嘉慶二十四年至一千八百三十七年。六月二十日。即道光十七年伊伯英國國王醍艮第四薨。受遺命。立爲君主。次年六月二十八日。在西敏斯德堂登位。年十九歲。後于一千八百四十年。二月初十日。即道光二十年年二十一歲。納日耳曼之薩克斯扣柏果色王阿拉柏爲壻。至一千八百六十一年。十二月十四日。即咸豐十一年阿拉柏王棄世。君主年四十二歲。生有四子五女。長女生于一千八百四十年。十一月二十一日。名與君主同。于一千八百五十八年。正月二十五日。年十九歲。嫁與德皇太子威廉爲妃。長子生于一千八百四十一年。十一月初九日。名與君主夫同。于一千八百六十三年。三月初十日。年二十三歲。娶丹國國王克立謙第九之女為妃。現封衛拉斯郡王。次女阿麗娰。生于一千八百四十三年。四月二十五日。至一千八百六十二年。六月初一日。年二十歲。嫁與日耳曼海泗王為妃。次子艾達倭。生于一千八百四十四年。八月初六日。至一千八百七十四年。正月二十一日。年三十歲。娶俄皇阿來三德第二之女美麗為妃。三女懷來納。生于一千八百四十六年。五月二十五日。于一千八百六十六年。七月初五日。年二十歲。嫁與日耳曼克立堅王為妃。四女綠衣娰生于一千八百四十八年三月十八日。
至一千八百七十一年。三月二十一日。年二十三歲。嫁
與阿蓋公之子洛安侯騷爪蘭爲夫人。三子阿色爾生
于一千八百五十年。五月初一日。現年二十九歲。未娶。
四子柳埔生。于一千八百五十三年。四月初七日。現年
二十六歲。未娶。五女璧阿特麗娰。生于一千八百五十
七年。四月十三日。現年二十四歲。未嫁。又大公主生三
子四女。太子生二子三女。二公主無出。二世子生一子
二女。三公主生子女各二。四公主無出。此宗親之近支。

餘皆未聞。

初十日丙寅，晴，冷。午後，有堪特柏里大主教及前在上海英商阿靡偕其弟阿齡來拜。記英俗凡人買一切物件，無論物之大小多寡，一概管送。急者立即送到，否則不過申正；若申酉往買，則次早巳初送。蓋一日可送兩次也。大鋪有備小敞車或大棚車一二十輛，送貨人百名，按時四城分送。如買物找回一二佩呢，必以白紙小封盛遞，一爲免污客手，一爲不露其係銅質也。

十一日丁卯，晴。未正，同馬清臣隨郭星使乘車赴外部。

見德爾貝同坐有威公使禧在明暢談極久回寓後有鄰居第五十五號懷達者來拜年近五旬會堂紳士也談及泰西各國不立城郭之由據云百餘年前原建城郭自火器盛行城不足衛閉關固守傷人更多故毀去而增築礮臺嚴防海口邊疆練强兵製利器以禦敵人苟不幸被圍被闖有兵猶可各路驅逐無兵則人民逃避不至受其荼毒也或謂立城爲禦暴之策如城上兵役城內巡捕果能終夜嚴密巡守固無意外之虞倘一時疎防不免有縋城之患邇來敝國街衢按段置巡捕

以爲疏通道路。彈壓爭鬭。訪察奸宄。照料行人。豈間往來本段。入夜亥正執前明後暗燈。按家推驗門窗。有未關鎖者。即喚出詢之。每竊盜發。則呼呵而巡捕至。巡捕鳴哨。則鄰近兵捕齊來。故街道靜而人民安也。

十二日戊辰。早晴。午後陰。合衆國參贊官霍彬來拜。入夜雨。記英國每年度支出入。刋發細數。遍示紳民。稍有虛濫。則人共詰駁之。夫鉅萬帑項。而較盡錙銖。固非易事。然條列遍告。所以示公也。衆人皆知以通國之財。治通國之事。在上無所沾潤。官有侵吞不公者。民可申報。

察明斥革。是官不能貪。尤不敢貪。且俸糧足額。以官爲榮。以貪爲恥。故亦不願貪也。再英稅繁重。如一馬歲稅三磅。一犬稅一磅。車旁樓上及指環瓷器有飾以前輩御賜功號者。皆歲稅一二三磅不等。樓舍按間估其所値而納稅。近因市肆多用火輪機器作工房皆粗而所値無幾。故合機器與房而共計以收稅。如是民不怨其苛斂者。以國家所費。逐款開示。昭然在目而無疑也。

十三日己巳陰。記外國火輪車始于西厤一千八百零四年。（即嘉慶九年）今歐羅巴各國共置鐵道二十七萬六千三百四十八里。南北阿美里加共二十六萬五千六百二十里。阿斐里加共五千五百四十一里。亞細亞共二萬四千二百二十八里。澳大里亞共八千零六十四里。統計五大洲共五十七萬九千八百零一里。惟合衆國者最遠。計二十三萬二千三百七十一里。其次爲英國。共四萬五千四百五十里。內英格蘭三萬三千一百六十八里。蘇格蘭七千四百一十三里。愛爾蘭四千八百六十九里。又在印度有二萬八百一十四里。澳大里亞八千零六十四里。北阿美里加加拿他一萬九千二百三十六里。英國共計九萬三千五百六十四里。英國在阿斐里加亦設有鐵道。多少未聞。三爲日耳曼。共五萬一千三百九十九里。四爲法郎西。通國共三萬八千一百六十九里。五爲俄羅斯。共三萬七千五十里。其他如比利時義大利瑞典和蘭日斯巴尼亞土耳其丹尼瑞士等國。鐵路至長者。一萬數千里。

十四日庚午。陰。未初。有紅衣護衛二百。樓下乘馬鼓吹而過。乃往賢眞睦斯宮。承應朝會者。卽時彝著朝服同馬清臣。隨二星使乘官車。再赴賢眞睦斯宮朝會。入見其大太子及各國公使。禮儀如前。惟本國文武少到四分之一。申初回寓。知有御前大臣提督侯爵賀爾得佛耳德及麗如行夥計倭拉勤色與阿拉伯司吶來拜。十五日辛未。晴冷。巳正同馬清臣隨二星使乘車往拜威公使。會堂紳總哈米坦。後謁大太子。駙馬海泗王及國戚薩克隋麻爾艾多倭堪卜立址公。按英俗凡拜謁皇親國戚。皆不留刺。本府門丁舉門簿于車前。請本人自署其名。否則入號房自行挂號。凡公使所拜之官。不惟公使當拜其夫人。卽公使之夫人亦當往拜。故郭星使每拜官之有官眷者。皆持郭太太三字名剌并遞焉。午初大雪。乘車往拜萬斛司本薩。及大書院華書長德格樂。亦八九年前舊相識也。未刻雪止。晴冷。酉初郭星使召飲。同席有禧在明。馬清臣。暢飲甚歡。戌正。倫敦月蝕。

十六日壬申晴。記西厤每歲準三百六十五日無閏月。亦分十二月。四月六月九月十一月皆三十日。正月三月五月八月十月十二月皆三十一日。惟二月則二十八日。無所謂晦朔弦望。每四年加一日于二月。謂之閏日。

十七日癸酉。陰冷。午後薩克隋麻爾艾名倭堪卜立址公司本薩德格樂。及丹尼總領事米斯盤等來拜。聞英人于二千年前。皆羣聚密林。跣足披髮。臥草被革。茹毛飲血。樹汁漆身。遊獵于野。至漢宣帝甘露年間。英南界始爲羅馬所有。繼而日耳曼法郎西和蘭人。漸多流居其地。故今英人語言相貌。多與此四國者同。旋振興自立。始爲一國。當時人民姓氏。固有羅日法三國之遺種。而土人尚無者多。乃有因地名爲姓者。如林河城鎮。有以顏色器皿爲姓者。如青紅黑白。熾燭盌盤。有以物件禽獸爲姓者。如營鈴魚狐。更有以本人所作之工爲姓者。如鐵匠裁縫庖丁木匠等。以後漸漸被化。姓氏有經官賜者。凡有功於國。多因其事爲姓。聞其古時。兵將皆著鐵盔鐵甲。纏身不露面。書畫其名姓于鐵牌面上。以便人識。中有善騎者。王喜。賜姓馬。則其人畫馬首于牌面。如數百年前。國王出獵。遭野猪之危。正畏懼間。一勇士急以衣帶裹左肘。迎猪使囓右手。以劍刺死。王得免。乃賜其姓爲野猪。遂畫猪首于牌面。後世子孫追遠。皆欲畫一猪首于門首車旁。印于信紙。刻于指環。以及燒于瓷與玻璃器皿之上。以銘其宗祖之功。誇以爲榮。至今尤甚。因而國家收稅。每年送紙單于各戶。問其前代曾否有功於國。將銘諸物否。其有而不願書者。隱而不對。願則照單註明銘諸何物。每年按件官收一二三磅。竟有共納稅數十磅者。有私刻畫于物上者。被官查出。罰金加倍。

十八日甲戌。陰雨。三日。前英外部來有本國君主眷會請帖。白紙厚一分。寬五寸。長三寸。印云司禮院御前大臣昌柏連。奉君主命。于本年三月初二日禮拜五。午後三點鐘。在卜靜宮眷會中。喜接張老爺。滿服滿服者朝服也。當日申初。紅衣護衛二百名。乘白馬。作軍樂。樓下經過。乃往卜靜宮承應眷會也。眷會者。官可携眷往朝也。即時彝著朝服。同黎蒓齋馬清臣鳳夔九張聽颿。隨二星使乘官車。走海岱圍。由卜靜衕至宮右門。入內曲折。升階四重。路寬一丈。高約二丈。地鋪紅氈。左右列長凳。隔數武。立半截白玉石人一對。至一大堂。左横長案。立司禮院官四員。按人收刺註册。轉入明堂右門。君主正立。右立二司禮院唱名大臣。左立太子妃。大公主。大太子。駙馬克立堅王。及堪卜立址公夫人等。平列一行。左轉臨窗。立各國頭二等公使夫人。及各頭等公使。君主對面距數武。橫一長闌。木質金花。高逾二尺。入者各國公使隨員先。向君主鞠躬。繼而隨行。隨向太子妃等一一鞠躬。畢。轉身立木闌後。本國男女不分品級。魚貫而入。惟朝見後轉身直出正左門而下樓。是日有千餘人。男子二三百。婦女七八百。男皆朝服。與赴賢眞睦斯宮朝會同。女皆袒胸露臂。裙或紅或白。或粉紅。或葱綠。

前覆腳。後曳地六七尺。飾以繡花。或挂鮮花。頭戴花箍。
金箍。寶石箍。銓石箍不等。有不戴箍而插鮮花數朵者。
亦有左手執鮮花一小束者。項圈鐲釧。有銓石者。白金
者。珊瑚者。翡翠者。履純白綾。無鑲嵌。謁見君主太子妃
等。行屈膝禮。有隨屈膝以口啜君主右手背者。君主等
皆答以鞠躬禮。其位高素相識者。太子妃及公主等有
如其禮以答之者。有握手者。總無交一語者。女子裙長
曳地。隨行有主客郎揪取其裙。彼此相傳。牽執以過。蓋
恐傾蹶失容也。酉正一刻見畢。君主向各國公使鞠躬。

率衆退入內右門。各國公使偕其夫人隨員等。即轉出外左門。下樓。沿路左右紅氊長凳。滿放婦女紅帛白皮披肩。蓋恐往來赤臂乘車冷也。出門登車。走荔榛衙回寓。往來街市男女觀者如堵。皆有巡捕乘馬彈壓前導。是日赴會車。皆經官指示由宮後轉來。再向宮前轉去也。按英有官刋朝眷會規一冊。彝因覔得之。譯其略如左。

前于一千八百三十七年六月。經司禮院掌禮大臣奏明各國公使覲見。及各公使夫婦帶見該國官民婦女赴朝會眷會一切禮節。奉旨依議。嗣經外部行知掌禮大臣。轉達各國駐紮倫敦頭二等及署理公使。一體遵行。

一。每于賢眞睦斯等宮設朝會眷會。各國公使名士一行。稱曰正環。列在本國官民一行。稱曰公環之前。

一。各國公使之序。皆按品級年分行走。其參贊隨員名士。各自排列名次。緊隨該國公使之後。

一。每眷會。各國公使夫人及名人女眷列爲一行。在各公使之前行走。其序照各國公使之等第。不得錯亂。

蓋令公使夫人先入者。係爲其得暇奏事而易于行動也。

一凡官民或婦女。經公使或夫人願行帶見者。須同走一路。入一門。

各國奉派駐紮本國之頭二等及署理各公使。與其夫人等覲見之儀。如左。

一各國頭等公使及其夫人。于遞國書外。仍有覲見之權。

一特簡公使及二等公使之已經覲見者。可仍請朝見。

其夫人不能再請朝見。可由正環赴眷會。署理公使不曾覲見。固無再請朝見之權。可由正環赴朝眷會。其妻可乘眷會朝見。

一署理公使由外部大臣帶見。其妻與二等公使之妻皆由外部大臣夫人帶見。或由命婦及他國頭等公使夫人。或與該國夙好之二等公使及署理公使之妻帶見。皆可。

一外國頭二等公使之覲見過者。固可由正環赴朝眷會。其所屬參贊隨員及所識至近戚友。與該國大小官員名士。無論文武水陸之來此遊歷者。皆可帶赴。

一。外國頭二等公使夫人之覲見過者。于正環赴眷會時。亦可帶見他國公使署中女眷。或他國及本國官宦婦女之來此遊歷者。以及與該國和好之國。于此攜無女眷。而有來此遊歷欲赴眷會之婦女。亦可代其帶見。

一。署公使雖無國書。而因便於正使。于該國正使外出之時。亦可因而如儀朝見。其夫人亦然。因而朝見。視比正使夫人。

一。正使夫人或署使夫人。每欲于眷會正環帶見外人。須著意查明。于已嫁者之夫及未嫁者之父。能否經其正使或署使帶赴朝眷會。

一。朝眷會正環中人。皆爲各國著名官宦。無論如何。若于該本國典禮朝儀不能入者。于此亦不得增入。

一。各國正使及署使夫婦。于朝眷會正環。皆準帶見外人。公環中雖有先行請示一說。似可不必。

一。除以上所言駐劄各官外。餘如來此遊歷。或僑寓之人。欲入朝眷會。須進公門。隨公環。與本國官民一律。

一一切規章。隨時皆歸掌禮大臣管理。故各外人之名。及帶見或舉薦其人之名。皆須于二日前送交掌禮大臣。以便奏聞。如無妨礙之處。則屆期自持二刺。進公門。遞其一與公案註册。迨入環臨見時。遞其一與司禮院大臣。以便高唱其名。並聲明引薦之名。但二人之名既書于一刺。則其舉引之人可不必同時朝見。蓋無論正環或公環。同日朝見足矣。

一凡外國人之于公環朝見者。皆由該本國正使署使。或本國人之自已入過朝眷會。而與彼熟識者帶見。

一凡外邦人之朝見者。不得口吻君主手背。

一按以前所列規章。內惟各國公使帶見初次赴會之外人應走正環。因其于正環中朝見。並無正環中人之職分。故初次朝見後。于一年內若仍駐留。不得仍隨正環。須入公環。蓋曾經赴會之外人。皆當進公門。走公環。

一各使臣公署內。如幕友牧師支應官教習及他項名目各員。雖屬某公館而無奉使之職者。皆走公環。

一總領事及領事官。皆無奉使之職。又非前來遊歷之人則歸駐留本國外國人班內須進公門走公環。
又一千八百六十一年六月司禮院記載各節云。
一凡外邦男女赴朝眘會走正環者須隨行該本國公使或夫人之後若該國公使或夫人外出而由他國公使或夫人帶見者亦須隨其所請帶見之公使或夫人之後若由外部大臣或其夫人帶見者須緊隨正環之尾其次序又須按其本國公署前進。
一若一國公使未經娶親或值其夫人外出而有其國婦女欲赴眘會轉請別國公使夫人帶見者須與該

夫人同時朝見。若由外部大臣夫人帶見。亦須緊隨
正環之尾。其次序當照本國公署。
一。以上朝見之人。見後不得留立于殿內。
一。朝眷會。屆時。由掌禮大臣按例行文各國公使。請開
列本署應當入覲及欲帶見之人名單。以便該大臣
發帖照請。
一。因便于君主站立。不致人氣薰蒸。則各人見後。惟各
國公使參贊以及夫人可留于殿。餘皆轉出。
一。二會日期擬定。即經掌禮大臣行知各國公使。以便

夫婦偕往。

一正環中男女以及未經覲見之男女皆可于此朝見。其名姓須預爲行知掌禮大臣。

一太子代設朝眷會則朝會正環內各員皆可往見至眷會則各國公使夫人及本國命婦夫人等亦皆一律朝見與見君主同。

一所有各會凡正環中人之名皆經該本國首領口奏或司禮院唱名大臣代報。

一命婦夫人于正環內皆自持淸晰名刺以便唱名大

臣報與上聞。

一。君主之跳舞會及聽樂會。皆由掌禮大臣發送請帖。

一。凡外邦人之未經赴過朝眷會者。亦可發帖請赴跳舞會及聽樂會。

一。各人車輛出入宮門之憑票。皆與請帖併發。

以上爲官中規章。茲將所聞朝眷會之大概情形。畧爲記之。

一。往年倫敦朝會。無非世職大員入朝陛見。邇來朝眷會通設。無論官員士商。一概入覲。如世爵紳士大小文職。水陸武官。教士醫生。暨名士巨商等。闔家男女皆許赴會。惟負販工匠人等。一律禁止。

一。商賈之子女。及一人之妻女。非經內大臣查清不準入。倘入後。查出身家不清。或品行不正。仍不準入。雖狀師牧師之妻女亦然。

一。婦女入過眷會者。可以終身永赴。如女子出嫁。寡婦再醮。雖可另行請人帶赴。然必經內大臣查明。所嫁何人。按例能否入覲。

一。眷會每年四次。一在二三月。餘則多在五月。其期擬定。必見京報。由京報傳印新聞紙。

一婦女每名一年只入一二次。雖係該婦獨入。必與其帶見之人同日。

一凡人欲帶見一人。必先函致内大臣。言明欲帶何人。並其出身履歷若何。

一婦女將入眷會。須于數日前。先入司禮院討二白紙片。自塡姓名住址。何人之妻。何人之女。幷經何人帶領。中一片必經其帶領者畫押。然後送回司禮院。以便開呈君主。又于一二日前。由司禮院另討二片。自

書姓名及帶見人之名屆日入內一交註册官一交唱名官

一朝眷會之時刻多在午後二三點鐘其君主立一點或一點半鐘人多則君主退入而太子妃代之

一婦女朝衣前托地後長必七八尺下車自行拽起搭于左腕臨入門放平則有主客郎隨其覲見而牽執之

一婦女入內必脫右手手套以便隨見屈膝右手托君主之右手以口吻之若太子妃代立婦女只屈膝而

已。

一。婦女入見君主屈膝。卽隨退隨向各公主王妃及宗戚王公等屈膝。見畢轉過。主客郎卽將衣尾交其手。

一。婦女于赴眷會之次日。當投刺拜謝內大臣及主客郎。

一。入見者不分品級。先到者先見。若經人帶見者。須候其帶見之人先入。

一。婦女朝衣尾或方或圓。長不得逾九尺。其色皆白。年老者可易爲紅綠。飾以五彩。

一婦女頭上皆可橫戴翎毛其色白或染成別色如黃藍紅綠已嫁者橫三枝至裙邊用金絲或五彩紗羅任便

一君主朝眷會有時列于德布林行宮每在午後九點鐘禮節與在卜靜宮同

一太子朝會與君主眷會同惟皆男而無女亦每年四次在賢貞睦斯宮禮儀與眷會同男子年未二十者非世爵非爲官非著名學士皆不得入

一男子赴朝會見太子王公以及駙馬皆對面鞠躬或

握手。不得行吻手禮。

一男女有出身不清。品行不端者。一經內大臣查出。即登京報。禁其再往。雖世爵大臣夫婦亦然。

一每年在卜靜宮有二跳舞會。二聽樂會。凡男女于本年入過朝會。眷會者。皆得被召。

一每年于耶穌復甦節前。有二大朝會。係其君主所列。凡入者。皆本國世爵宗戚。文武大員。

一男女之已入朝眷會者。其君主在京時。須按季入宮一次。登名于簿。其已入太子列之朝會。太子妃列之眷會者。亦當前往馬伯樓宮列名。其他世爵宗戚。非有連屬。不能往拜。

一。朝會有時經兵部尚書爲首者。係專會水陸武官。

一。凡朝會。文武各官皆著朝服。如金花金穗紅黃肩帶。各等翎枝。挂刀佩劍。遇國服及爲別國著素服。則各官圍黑縐紗一條于左肩下。寬二三寸。婦女于眷會中遇之。則改戴黑翎。用黑手套。黑扇。併去所飾五彩花朶。

按入宮車票。兩面紅色。寬三寸。長約二寸。上印某年月日在何宮朝會眷會或跳舞會聽樂會。該車出入不得攔阻等語。是日日本二等公使上野景範之妻亦立各國頭等公使夫人之末。示優待也。

又上年經直督李相國遣花翎二品頂戴游擊卞長勝。守備王得勝。千把查連標。袁雨春。劉芳圃。楊德明。及軍功朱耀彩等七員。前來德國練習兵法。以其國武弁李邁協嚮導之。茲于數日前有卞長勝王得勝朱耀彩三人具禀申訴。自到後被其欺侮。刻已逐出營外等語。因奉二星使諭令。彝往查。

卷二終

四述奇卷三

鐵嶺 張德彝在初隨筆
貴 榮竹坪校閱

丁丑。正月十九日乙亥。陰雨。申初同馬清臣隨二星使乘車往拜德國公使閔士達。商發護照。以利彝行。因護照應由本國使臣發給。而所往之國之公使加蓋印章。據閔言本國人可用。至他國公使隨員前往。無須護照。只給一信。俟到敝國時。以之面示火輪車行及稅務司可也。去此。至阿布者赤巷。共公武會館。下車有總管道米呢耆勞格廉二人迎接。引看各處。其樓舍高大。甚爲壯觀。有客廳。飯廳。書房。賭場。烟廊。打球房。寫字房等。間間潔淨華美。是館開于西曆一千八百一十五年。即嘉慶二十年五月三十一日。專收更新黨中水陸武官之顯秩者。入會每人先捐四十磅。嗣按年捐七磅。入時須內外有戚友作保。每日辰初開。亥正閉。各人在內如家。可以朝夕閒坐看書。打球。談天。論事。酒食點心。隨意取用。另給價錢。如請客。亦可借座于此。當時入者一千五百五十人。內有英國大太子及各國公使。故亦請郭劉二星使入會。而不科錢。在彼點心茶畢。回寓。知有日本國繙譯官長崎道至來拜。附投公使名刺一。禮也。按西規。凡公使隨員往拜他國公使。須携本公使名刺為證。晚接德國公使信。

二十日丙子。早。黃霧迷漫。巳正雨。未初。有告假回國之烟台洋槍隊教習。德人瑞乃爾來拜。詢悉明日起程旋里。乃約與同行。後又有上海保順洋行商人單達元豐洋行梅塔蘭來拜。晚郭星使面諭。到彼宜拜何人。並查訪三人出營之由。如尚堪造就。即設法令其仍回原營。

或入別營。亦可改隸水師。否則飭令回華。

二十一日丁丑晴。束裝畢。戌初乘馬車行十餘里。至羅雅店。約瑞乃爾少坐。步入司得根喜火車客廳。買票登樓。見上下鐵轍兩行。蓋地面者繞行城內。樓上者馳往外省。待至亥初車至。即時開輪東行一百六十四里。亥正一刻抵坤柏裴海口。下車登船。船名什迺甫拉。長八九丈。寬約二丈。明輪。係和蘭國者。子初展輪東行。旁風。船微搖蕩。入夜雪冷。

二十二日戊寅晴。行三百二十里。辰初一刻至和蘭國富樂興海口。早餐後。下船步里許。入火車客廳。道路泥濘。又極崎嶇。房既少而船亦無。遜於英法小海口遠矣。巳初車始至。登車卽開。東行三百五十二里。一路田地下凹。水已結冰。日射冲融。遙望如江似海。其輪大莫與京也。未正。過和蘭萬樓村。入德國戛蘭垓力士鎭。東南行一百五十里。酉正至克倫城。下車步入德羅樂店。遇王得勝來迎。此地係前乙丑年隨斌星使到過者。

二十三日己卯晴。巳初同王得勝乘火車東北行三百四十里。午正至博洪莊。入都北店。會卞長勝朱耀彩。據卞云。長勝等七人。來隨德人李邁協。其人原許沿途教以德語。迨上船後。伊佯言衆皆暈船。且在法船不能習德字。及到馬賽與德京。伊仍不教。且不同居。未入營之先。非伊自行遊玩。即約衆觀劇。妄費錢財。長勝較他人年長。屢諫不聽。又因伊管轄。多隨私意。時而令著官服。時而令扮洋裝。長勝偶有不聽。因而有隙。王得勝朱耀彩亦皆怨其所爲。故于石斑島營學習數月後。伊因舊恨。乃分予三人于此博洪廠學習雜技。彝窺其動靜。察其言色。似以其著有二品頂戴花翎。應居衆人之上。即李邁協亦未必在其意中也。王得勝舉止安詳。尚堪造就。至朱耀彩則一愚頑幼童耳。言畢。早餐後往拜廠總巴蕾少坐。陪入製造局。有工頭遜達滿者。引看各處。見機器廠樓與他處所看者同。冶鐵鑄鐵。有數百人。旁有造鋼礮水雷處。伍勘富爲化學長。霍慈滿爲工頭。通廠大房千間。周約九里。看畢。巴蕾約入其公司飲茶。少坐回寓。知卞長勝在此學木工。造有木匣三個。王得勝學化學。辨別鋼鐵及畫機器圖。當時已畫圖四張。集雜鐵數包。朱耀彩學鑄鐵。現造有小礮一門。長九寸。粗二寸

半。較大礟具體而微。戌正一刻。乘火車北行四十里。至
米籃村。換車。又行七十五里。亥初抵歐北敖森鎮。會瑞
乃爾。坐帶牀車甚佳。蓋各國火車夜行。有將坐凳直拽
而成牀者。有由壁上拽下直放二折而成牀者。有由壁
上開鎖橫放二牀如船艙者。更有作成牀榻無須拽放
者。皆鋪回絨毡毯褥墊。或光皮銅絲褥。亦有外垂簾帳。
內鋪褥單毡被及頭枕者。用者外加錢若干。次早賞車
僕少許。各國此等車價以英國爲最昂。其他一牀不過
一二金而已。

二十四日庚辰晴。見村起炊烟。場餘殘雪。田間草積。籬畔雞鳴。殊令人動故鄉之感。行八百一十里。抵石斑島郵。步行二三里。入客寓。會查連標、袁雨春、劉芳圃坐談間。問及楊德明。始知已染病數日。遂同下樓見其人。年二十八歲。形容憔悴。身熱頭暈。外似瘧疾。內實癆證耳。彼此敘及卞長勝等之事。僉云卞爲人自大。不受西人約束。王雖精明。爲卞所惑。朱則年幼無知。不能自主。午初一刻。乘火車北行四十里。午正。抵德京柏林。下火車。乘馬車行六七里。至韋艮坊凱賽如富店。樓聳六層。廳列千間。整齊潔淨。華美壯觀。未初。往拜現任駐華德國正使巴蘭德之兄提督巴蘭達。未遇。後拜乞假回國之德國公使隨員李芬。其人年近五旬。爲地學名家。曾周遊中土十九省。查看地勢。搜求煤鐵。畫圖著書四卷。不日告成。回寓。接巴提督信。約明日巳正在石斑島閱操。入夜陰冷。

二十五日辛巳。陰。天欲釀雪。辰正。因時無火車開行。乃乘馬車行四十餘里。一路屋舍整齊。河結堅冰。風景宜人。過一王宮。名沙老頓布士。爲王母太子消夏之所。樓閣淸幽。林木叢密。先拜哨官塔路達。乃巴軍門之東牀也。年約三十。相貌堂堂。見即令人往喚査連標等三人換德國兵服。至頭戴口字形黑毡帽。身穿黑毡短衣與褲。腰圍皮帶。手抱長槍。橫立一行。赳赳有驍勇狀。隊長任司達。先令其演急步慢行。運動四肢。及舉槍放槍各式。後脫毡衣換鐵絲頭罩。前胸後背著棉葦。二人舉槍對刺。設法決其勝負。下樓至後院。令演練步越牆跑山爬樹等技。看畢。讚其教演得法。贈以二磅。任乃免冠而謝。去此。轉入前院。看演步隊。急驟緩進。左轉右退。一線雙分步伐極其整肅。乃代星使申謝塔路達教演華人之意。後登樓少坐。各飲加非一杯。申初回寓。接巴蘭達信。約明早面晤。申正大雪。冷甚。因思及卞長勝三人。離家萬里。學有成效。方足仰報

國恩。若三人皆回。不惟辜負李相國培養人材之心。且妄費車船各項。況王得勝又爲三人中之翹楚者。倘使旋華。亦屬可惜。若責卞長勝不得驕傲自大。須念來此何爲。可望悔過自新。朱耀彩飭其勉力勤學。可圖後效。若卞王二人前進。朱亦必不肯退後也。再四思維。莫若仍

留爲是想。三人亦不顧回也。現在三人所學。既非急務。又非來此本意。須令仍回原營。或投別營。如巴不允。再當設法改隸水師焉。

二十六日壬午。晴暖。巳初。往見巴蘭達。年近六旬。貌和語温。先奉星使名刺。并謝照料華人盛情。少坐烹茶。談及卞長勝等。據云。因不守營規之小過。原未欲分七人于兩地。奈李邁協言在博洪廠有事可司。故分三人于彼。另學照相鑄鐵等藝。或言其所犯者重。余亦未經細查。然無論何處學何事。皆爲有益。故令之去。至今不知所學若何。詢以可仍回歸本隊否。據云。素聞王得勝行爲稍好。而卞朱二人則皆强暴不遜。愚見莫若使之回國。且余既令其去。若再召回。未免顏汗。若改入別隊。又與小揟不便。彝云。既不可回槍營入礮隊。可令改學水師。當即力爲勸解。令其改過自新。巳曰。如此尚可。然余不與海部侍郎熟識。彝云。請惠一函。帶見兵部侍郎。問以可令伊等仍回陸營否。如不可。即請轉達海部。巳曰善。乃取名刺與彝。上書中國

欽差隨員。因有要務相商。即祈面晤。去此回寓。早餐後。乘車

行數里至兵部。據云。左侍郎入值未回。不知欲見右侍郎否。曰見。乃引上樓。見右堂翟尤歐將彝及巴之名刺遞給。告以求見之意。伊云。俟左侍郎回時。代請何時可見。即爲奉聞。言畢謝歸。待至子正。兵部覆以奉諭明日午正。敬候駕臨。

二十七日癸未。晴。午初。乘車往見兵部左堂賈美彝先。將星使名刺奉給。代達問候感謝之意。言及卞長勝三人之事。賈云。仍回陸路。似不甚便。若改入水師。尚覺易爲。彝申謝盛意。求賜薦書。以便往見海部大員。伊取名

刺與彝上書往見之意謝辭出門乘車至海部見其尚書石多士告以來意石云此非公務不爲難辦只請卽早回英轉達貴國

欽差惠余一函以便令伊等于四月初七日改爲水師學生現有日本八人來此不日學練水師可以同時入學言罷謝歸晚有石斑島營二武官白克滿芮立克來拜據云前聞李邈協言欲往中國充當武官教練兵勇尚堪勝任今後如有門可入卽于本營乞假三年而往記柏林城街道與倫敦同但不泥濘雖鋪戶樓舍不如倫敦

之盛。而別有一番景象也。人尚溫厚。內外無欺。有一大園名狄爾者。林木叢雜。河帶斷冰。園外古呢普提坊。三年前新立一石柱。高約三丈。周十數圍。頂立飛仙金身金翅。上與巴里者同。而石座如倫敦君主夫銘。鑄以前與法墨丹三國交戰時所獲之礮。稱曰得勝銘。車不如英法之整潔輕快。而馬更羸老者多焉。

二十八日甲申。晴暖。巳正。往拜巴蘭達。值其公出未遇。乃留柬于其家。云昨日兵海二部大僚皆見。已蒙允將三人移入水師。訂于四月初七日入營。今晚起身回英。

稟覆本國
欽憲。因期迫不克守候也。亥正由店起程。登火車卽開。行一
夜。大雪。甚冷。
二十九日乙酉雨。辰初至多達門村。換車。卽開。辰正抵
博洪莊。遇卞王朱三人來迎。入寓。談次。細述一切。再三
勸勉。告以諸君離家萬里。當思跋涉不易。旣蒙相國派
來學習。須不負其栽培之意。況
朝廷以水陸兵法爲要務。學成回華。不惟効力
國家。亦可光耀宗祖。其有親老在堂者。不免倚門之望。一

旦榮歸。既慰親心而更悅親心也。況經洋人帶同前來。自應聽其指示。凡事忍耐屈已。從人三年後。則天各一方。彼此無所鉗制。至其所教。擇其善者而從之。原無所苦。將來學業有成。定能海嶠揚名。則仰事俯畜。更無庸慮矣。至花翎副將銜。在兵營。固爲可觀。然在外國。則不宜矜誇自大。原爲學兵。非帶兵也。故洋人向諸君。視同一律。而無貴賤之別。諸君年皆富强。正可有爲。今得改入水師。務當極力勤學。以冀將來成就。且此次不行遂回者。皆仰賴駐英

欽憲之恩願深思之三人聽畢中謝更有垂涕者午正復登
火車未初抵艾森莊當時大雨雜雹下車有克虜樸乘
馬車前來迎入旅邸名與地同少憩申正入廠有匠頭
夏丹堂者引看各處見地大於前十倍鐵房萬間工匠
二千餘人所造大礮有重八十三噸長三丈四尺粗逾
丈者點放一次需火藥四百斤其他大小礮位暨鐵礮
車軸輪等物每月用鋼鐵七千噸酉正回寓克虜樸旋
邀飲於其家乘車行十六七里山勢嵯峨林木叢雜橋
梁數四溪水結冰其家居山頂樓舍高大望之如在雲

際。前後長河環繞。左右鐵籬花障水法。布置精巧。清雅入畫。至則先代星使申候。詢知伊妻因病往羅馬就醫。十一年前。其子克斐尚在妙齡。今則儀表軒昂英姿颯爽。少敘寒溫。入飯廳共席六男五女。通名姓者。男則顧泗。舒滿郎司丹。女爲施樂姒。薩康娥。盧得爾等。餘皆未詳。飯後少敘。因晚留宿。人各一屋。帳幔華美。陳設新奇。卽牙刷梳篦。淨水面巾。亦無一不備。入夜北風催雪。寒氣逼人。

三十日丙戌。大雪。冷。早起小食。辭謝回寓。更衣。午初登火車卽開。未正至鷗波沐地方。換車。申初開。申正一刻入和蘭界。戌正至富樂興海口。卽時登船。係前二十一日夜間乘過者。亥初開。海水微波。船卽搖蕩。同船男女嘔吐者頗多。入夜雪止。仍陰。

二月

初一日丁亥陰。卯初抵坤柏婁海口。下船登車。辰初開。巳初抵倫敦。謁二星使。細禀一切。甚喜。記德國一里合中國九里。因零數難算。故以吉婁美當計之。又金銀錢皆改新式。如大金錢名攢其馬克者。換二小金錢名在印馬克。每小金錢。換二大銀錢名分付馬克。或換中銀錢名他拉爾者三枚。暨小銀錢名馬克者一枚又銀錢名租艾馬克者。換二馬克。每一馬克換半銀半銅錢名分付几非呢者二枚。或換名攢其非呢者二。及在印非呢者一。每在印非呢換名分非呢者二。每分非呢換名租艾非呢者二。及名非呢者一。總之每大金錢換二十馬克。每馬克換一百非呢銀鈔亦有由五攢其馬克至一二十攢其馬克者。紙皆官造白質藍花。橫五寸。長三寸。按德國之錢。比之英國色稍遜。比之法國體加重焉。

入夜微風。晴。

初二日戊子晴。記英制武可轉文。而文不能攝武。蓋人民及歲。必令讀書。所學之文。非章句詞賦。乃天文地理。算學格物也。學之有年。願就文者。各以所長赴考。中則授職。既入某署。則終身不改。故某署官員無不深悉某署之律例也。願就武者。于學成後。入武學館講求水陸兵法戰策技藝。學之有年。乃赴考。擇其尤者置諸行陣。以歷練之。然後授職。而武可以補文者。雖身披甲冑而胸有韜畧也。至文不能攝武者。以其未習兵書。難徵實用耳。再仕宦鮮有驕傲者。故雖太子世爵、歷宦與庶僚同。應對長吏。亦馴馴執屬官禮焉。其職輕而爵重者相見。仍按爵位尊稱之。以示恭敬義也。

初三日己丑晴。前于正月間。星使接准粵紳唐德峻等禀。呈咨請總署轉奏。禁止鴉片烟。繼接粵紳桂文燦溫清溪等二禀。力陳鴉片之害。恰值英人現立一會。曰禁鴉片烟會。初到此。即有多人面陳此義。前二日。有會首多爾德。屬其友丹拿投書訂見。期并錄送陳詞一道。遂訂今日未正。屆時。星使率馬清臣、鳳夔九與彝。立于廳中。會友六十四人至。立于對面。先是伯爵沙蒂斯百里立誦陳詞。言鴉片流毒中國。英人皆捫心自愧、四十年來。屢請議院嚴禁。因華民嗜此者多。疑爲甘受其毒。且
中朝禁種鶯粟、屢不果行。又疑憎惡之心不實、故議院至今觀望。今特請明示。鴉片是否害人。中國聰明之士。是否同惡能設法與英併力斷絕此種貿易否云云。丹拿里雅格及司九爾德三人。復各陳一段。意畧相同。無非中言鴉片之害匪淺。宜早禁止等語。郭星使亦立答云。感謝諸君雅意。自當設法嚴禁。不日奏明本國

大皇帝候

旨施行。言畢。衆人鞠躬散去。又前日接外部德丞相夫人約帖云。本月十七日。由亥正至丑初在外部設茶會。恭請

中國

欽憲。暨參贊隨員諸位駕臨。內大臣賁丁夫人約帖亦如之。當日亥初。彝同黎蒓齋馬淸臣鳳夔九張聽颿著官衣。隨二星使乘車先至外部見門內樓下紅衣兵一班作樂。正中樓梯寬約二丈上鋪紅氈。兩邊列鮮花爲闌左右男女往來駢肩累迹。登樓。見德夫人旁立彼此一鞠

躬入內見各國公使隨員及本國文武大僚男女千餘。敞廳三間崇宏闊大懸燈萬盞明如白晝人皆站立有對談者有瞻望者少選由旁門轉入飯廳正面橫設一案長四五丈寬八九尺陳列乾鮮果品茶酒點心以及加非冰乳梅湯後立僕役二十餘聽客指使取遞子正回寓復至賁丁夫人家樓舍高大華麗壯觀奈夜已過半客皆散去在內遇波斯公使夫婦坐談片時各飲舍利一杯而歸。

初四日庚寅陰晴各半午後街遊見豬肉鋪中亦出售

粗細香腸。白水煮猪蹄。及碎肉團等。各値一二銅錢。其他頭蹄五臟。皆係貧民買用。猪油煉成。盛以水脬。論斤出售。鹹肉大片。與中國同。火腿二種。有醃成者。亦有烟薰者。裹以白布。其味頗佳。

初五日辛卯。晴。冷。記英婦産子。皆男醫接生。蓋慮婦嫗無知。誤傷氣血。致不能育。乃以深明醫理者。保之于脫胎之始也。每産必報官。其死于胎內。或産下即死者。亦皆報官。官必推其致死之由。或責懷胎不善自保。或責産後不善養育。或責醫生收洗無術。是亦保赤之誠心也。

初六日壬辰晴。申正陰雨。來一英婦告門丁云。昨有華僕給對票一紙。因不識華字。姓名未詳。請卽喚出。以便討錢。乃告之馬清臣。令其取票爲證。後一小女年八九歲者持票至。驗係信紙。上書揖別未久。渴想殊深等語。索之。得修髮匠鍾四。令往見女。自行了結。鍾四見之。卽毀其紙。女乃逸去。

初七日癸巳陰。早鍾四乞同去了結。以其必非當去之處。乃給其一紙。書云。欠汝十什令。令如數償之。切莫再來。少刻鍾四至。見其人書于後云。不再來。錢亦不要。此事可了之于官。按此等事。西俗不能入官。乃故言恫喝耳。鍾四畏懼。復叩求不已。乃令洋僕同往。飭如數還清。以免再行滋事。後洋僕來云。婦已外出。見其母一老嫗，據云。二人言語不通。故出此事。始知所負二磅。業已付訖。現有收執回繳。亥初同馬清臣隨二星使乘車行六七里。赴世爵訥司寇夫人家茶會。男女百餘。屋宇偪窄。有人滿之患。擁入飯廳。飲茶一杯而去。又行十餘里，赴苟司米夫人家聽樂會。樓舍宏麗。如王侯宮殿。花園寬敞。五大廳合爲一間。四壁滿列鮮花。清香撲鼻。正面設樂臺。前列金漆花椅。按色成行。男女仕宦有二三百人。會主引坐臺前。男女共歌六次。有隨意逍遣者。亦有奏技取值者。第三次有二女同歌一曲。各給百金。姊名尹麗姒。妹名尹膩姒。丑正歌罷。客下樓入飯廳。或坐或立。飲食聽客自便。食畢。登車。寅初回寓。

初八日甲午。晴。酉正。鄰婦柯氏請鳳夔九與彝晚饌。因其長子柯拉璵現在上海茶行貿易。故有是請。入內見老婦年近六旬。語言溫厚。其次子柯拉義。女柯蕙蒂。皆少年之英發者。少談。入飯廳同席男女十人。通名姓者。只毛色爾司馬隆夫婦而已。飯後又來男女二十餘人。彼此暢談。吃茶飲加非有鼓琴者。有歌曲者。逾時始罷。亥初回寓。

初九日乙未晴。昨接家部來函。請遊博物院。英名卜立地石米由自亞木午初同馬淸臣張聽颿諸君。隨二星使前往。抵其署。有家部幫辦旬伊柏記窒米特佛威公使禧在明有雅梅暨名儒武阿文等迎候導引。地廣數百畝。構屋千楹。鐵作間架。鉛代陶瓦。甎石爲壁。皆防火意也。先看藏書處。堂室相連。重閣疊架。自顚至址。節節庋書。錦帙牙籤。各有鱗次。所藏五大洲輿地歷代書籍。共七萬數千卷。槅架按國分列。其司華書者爲德格樂。前一大堂。中橫案凳。四面環以鐵闌。男女觀書者二百餘人。晨入暮歸。書任檢讀。但不令携去耳。旁一所十餘楹。存各國畫圖珍玩。及歷代璽印之式。璽圓如璧。金石爲之。各肖其君貌于上。印以紅黃蠟。周約五寸。由此逶迤前行。又數十楹。羅列古蹟。零銅斷瓦。雜遝兼收。其大者如石碑石柱。石像石棺。皆麥西猶太羅馬希臘諸國。

二千年前之物。出此降階復升。重門洞達。銜接百數十楹。舉凡天地所有之鳥獸鱗介。草木穀果。山川之精英。淵叢之怪異。博物志所不及載。珍玩攷所不及辨。格古論所不及詳。莫不棋布星羅。各呈本然體質。動物則取已死者。存其骨殖。被以全體皮毛。實以紙棉藥料。屹立無異於生。人之骸骨亦大小十數具焉。再進。又十數楹。爲古今天下各國所用之什物。與一切兵器。而本國之新製繼之。夫英之爲此。非徒令人觀看以悅目怡情也。蓋人限于方域。阻于時代。足迹不能遍歷五洲。見聞不能追及千古。雖讀書知有是物。究未得一覩形象。故遇之于目而仍不知爲何名者。往往皆然。今博採旁搜。綜括萬彙。悉備一廬。每于禮拜一三五等日開門。縱令士庶往觀。所以佐讀書之不逮而廣其識也。以上不過畧述。因爲時甚廹。無暇細載。酉初回寓。酉正同鳳夔九劉鶴伯赴毛色爾家晚酌。入內。見毛色爾夫婦。及其女毛藕姒。客廳少坐。入飯廳同席。男女二十四人。中所識者。惟柯茣蒂母女而已。飯畢。登樓吃加非。彼此彈琴歌曲。子正同寓。入夜大雨。毛色爾者。倫敦鐵行之一巨商也。

聞在海岱囿會鑄英君主之夫阿拉柏王金像云。初十日丙申晴。未正同馬清臣鳳夔九隨二星使乘車行三四里。赴司柏的斯伍家茶會。伊爲英國名士。精於光學。乃與其師丁達同請入内室演試之。夫光學者。所以明色之變也。其法四面遮閉黑暗。正面挂大白布一幅。對面立木架。上置高燈射光于布。其光力與日光同。係以炭然火。置諸鏡匣。炭小如指之一節。銅筒如小杯而圓。光之由筒照于白布者。其大數圍如月。隔以方玻璃。猶一色也。以三楞玻璃映之。則光分五色。界畫井井。

如紅黃白藍黑。放紅綢條于紅色中。其色不變。移入綠光。則變爲藍。移入白光。則變爲黃。又鍥水晶使稍分厚薄。轉諸鏡匣中。則其光善於變色。燒水晶使之熱。再浸以冷水。亦變色。勁力以握玻璃。亦變色。緩則無色。又以鹽煉木爇火。則人面及五色之物皆藍。以五色畫一車輪而急轉之。則第見其白。合五色粉而勻之。亦變爲白。看畢。回入中堂。陸續來男女五十餘人。皆本國名士。各擅所長。如精于天文者爲侯金嗣。賀蔭德。精于地理者爲伊文士。歐多恩。李嘉賚。武阿文。精于製造者爲馬勤。

志文思。精于算學者爲畢立佛戛理古洛色。精于電學者爲阿丹思花士德。精于化學者爲葛蘭敦。精于醫學者爲白羅斯席木菴。探冰海者爲阿鑾呢。能造火車鐵路者爲何格沙。博識花草蟲魚者爲阿拉滿邊多安賀克立胡格爾。又有葛羅佛之夫人。年約六旬。亦以博學著名。彼此談至申正。去此往赴馬拉闊木家茶會。夫婦年各六旬餘。伊曾充提督之職。其父于二十年前曾領兵赴粵。故陳設古玩多華產。屋既偪窄。客亦不多。在彼遇前任外部大臣。現充議政院大臣葛蘭敦。聞昨在會堂公論俄土二國之事。伊痛斥比干斯菲益之非。當日三百餘人祖葛者一百二十人。祖比者一百八十人。葛故敗。蓋堂中人分率舊更新二黨。葛乃更新黨之首領也。去此往拜前任駐華之英國公使布陸司之兄提督布洛司。坐談片時。茶罷而回。

十一日丁酉。晴涼。申初同馬清臣隨二星使乘馬車過泰木斯江長橋西行三十餘里。至立墀滿村大園旁。拜公爵勒色喇。屋宇建于山頭。四望無際。樹木參差。花卉繁盛。入內見其妻七旬老嫗也。其次子勒慈暨其長子勒薩所遺之子女各一。皆八九歲。繼入內室見勒公。年八十有五。鶴髮童顏。牀頭危坐。身老心壯。言語溫恭。坐間又來男女六七人。皆左右隣也。各飲茶一杯。麪包幾片。臨別。其孫女勒阿姒請署名于簿。酉正回寓。知傳立蘭偕其友柯洛斯來拜。

十二日戊戌。早陰雨大霧。午後。勒公令其姪勒素前來投刺謝步。見倫敦幼女近多有編辮者。老幼婦女之步行街市者。多有口含炭塊。嘴前挂黑布一片。大於雞卵。以防冷氣或毒氣入口而致咳嗽染病云。

十三日己亥。陰雨。冷。戌初晴。同馬清臣隨二星使赴日本公使小茶會。男女三十餘人。皆各國仕宦也。坐談許久。公使夫人烹日本茗進之。各一小杯。味甘而澀。無清香氣。

十四日庚子。早陰。午正晴。申正。黎蒓齋邀看馬戲。其奇者。一人于池中列馬八匹。馬隨馳。其人往來躍其背。後佯跌。馬見皆驚。乃屈前骹以頭撞之。不動。以口嚙其腰帶。人既起。馬卽作圈奔逸如前。又一童年十四五歲。折腰屈骹。能倒飲酒一杯。吃麪包一塊。又一人反正立十二木椅。在上翻身掉臂。足挂腹懸。以作戲。椅則兀立不動。亦精技也。

十五日辛丑。陰。巳初。同黎蒓齋禧在明馬清臣劉鶴伯鳳夔九隨二星使乘車入老城。先至官錢局。英名洛亞敏特。譯洛亞者國家也。敏特者錢局也。下車有總管費滿達迎入。其造法機器于前三次日記中有之。無須再述。試驗天平高四尺餘者與觀。雖加損毫髮。而輕重立見。天平大小十餘。皆罩以玻璃蓋。防纖塵之入。且不使侵以寒熱之氣也。夫人身之與百物。見熱則舒。見寒則縮。故熱地之人。其長也恆速。年二十而身軀已定。寒地之人。其長也恆緩。三十以前猶可增高。五金及木亦然。如挂鐘。夏行緩。冬行急。蓋銅鍊為寒熱所感。因而舒縮不定也。木器于冬季放之。恰合所置之地。入夏竟有大莫能容者。亦此故也。天平之輕重。不爽杪忽。然偎之以人。薰之以火。所衡之物。輒加輕者。因熱氣所中。其器舒長也。濡之以水。扇之以風。所衡之物。輒加重者。因寒氣所中。其器縮短也。銅質最畏寒熱。銀次之。鋼又次之。惟玻璃不畏。故以之罩天平。能使輕重不失其本。至辨別金錢輕重之具。其形如匣。罩以玻璃。入錢數十枚。其間輕僅杪忽者。自歸一區。重僅杪忽者自歸一區。無稍輕重者。亦自歸一區。錢之流于器。如蚓之行。其聲如草蟲之趯。時甫半刻。千錢早己衡遍。故億萬新錢。分兩一式。去此。往觀官銀號。英名洛亞艾克司占之。譯艾克司占之者。兌換處也。洛亞見前票。皆各地異式。如印度者。白地黑字藍花。長六寸。寬四寸。似稍大於本地者。凡囘票皆撕去一角。號以年月。收存六年。無事乃焚之。票收于鐵匱。鐵槅房。皆鐵門石壁。既不畏火。亦不畏賊。申正囘寓。早餐後有回國省親之北京施醫院醫士德貞來拜。十六日壬寅晴。是日爲西厯三月三十日。禮拜五日。係耶穌釘十字架之日。國人通稱好禮拜五日。凡富宦皆出外閑遊。不去者。以及窮民男女亦著新衣。步遊街衢園囿之間。鋪戶關閉。匠役停工。各堂晝夜念經作樂。其議政院亦由昨日關閉。至下禮拜二日方開。酉初有議政院紳士阿士柏里。請聽樂于阿拉柏堂。因堂在海岱囿前。正對其君主之夫阿拉柏之金像亭。故有是名。堂外圓形如饅首。砌以紅甎。四面皆門。高約八丈。周五十八九丈。內則長方形。比戲園正面設天下第一大風琴。高二丈餘。寬亦如之。其鐵筩外見與內含者各六十餘。粗者周七八尺。細者六七寸。琴下高臺左右層層橫列歌者座千餘。正面前橫歌者座三百餘。後列樂工座百餘。臺下前三面。正中平座三行。後則凳座兩圈。再後小屋一圈。各容四五人。上則大屋一環。各容十座。其中間左鄙二間爲君主御座。右二間爲王公之座。再上則雜座三環。當晚作樂者百餘人。其器多琵琶胡笳二種。左立歌女。著白衣肩橫綠帶者。一百五十名。右立歌女著白衣肩橫紅帶者亦一百五十名。又正中左右共立男子歌唱者千餘名。通堂容二萬二千人。而是日聽樂者男女老幼不下一萬數千人。陣陣歌唱誦經。樂聲震耳。末則通堂男女齊立。一祝天主升天。再祝保佑君主。子正始畢。出門則男女蜂擁。車輛雲集。然靜悄無一爭先者。巡捕在旁彈壓故也。

十七日癸卯晴。往日行人往來多有在樓下眺望華人者。昨日尤甚。幸有巡捕彈壓。尚覺安靜。今蒙星使各賞十什令。以勞之。據云照料一切。是其職守。至受賞一節。

容稟明上憲準而後領。
十八日甲辰。陰雨。見本地幼女梳髮新成一式。係將額前垂髮一層剪齊。長不逾寸。如粵東者。按是日係西厤四月初一日禮拜。爲耶穌復甦之日。
十九日乙巳。晴。按耶穌復甦之日。皆值禮拜之期。故至次日人多倦于作工。二年前。經寶星盧柏克者。商諸議政院云。禮拜日。原係放假之期。耶穌復甦又是聖節。今兩日合一。則遊賞暢懷之心不滿。嗣後擬加一日放工。以舒其性。故是日稱曰盧公放假日。又曰伊斯敦禮拜一日。其義未詳。未正同衆隨二星使乘車往看倫敦臺。英曰陶爾敖倫敦。譯陶爾者臺也。敖者之也。創于西厤一千零七十八年。即宋神宗元豐元年為王宮。石牆厚一丈五尺。高數丈。環宮豬水為池。建礮臺以守護。閱三百年至明洪武間。廢為拘禁罪臣之所。今改以儲軍械。幷駐兵二千焉。是日因係放假之期。男女來觀者甚夥。入左門。出右門。三十人一放。隨開隨閉。內有宮人引導。指示一切。登臺四望。鐵道樓房。如疋練之繞叢花。令人迷目。去此。往看泰木斯江下道。見以前所列之鋪攤鐵架皆移去。

六年前改爲火輪車道。如山下洞。又如甕城。晚。郭星使邀看馬戲。頗佳。

二十日丙午陰。按西國樓舍。不論幾層。廚皆建于樓下。近有名醫李車遜者。言廚在樓下。雜味薰蒸。不得外洩。恐人受病。今後宜移竈于樓頂。令其開敞見天。則惡臭自外去矣。故邇來新房間有做造者。

二十一日丁未早晴。午後大雨。晚同衆請二星使看馬戲。園在敖斯佛街後。樓宇寬敞。燈火煇煌。有女著肉色絨。韋腰下圍翠紗短裙。頭戴花箍者。跴輭繩。往來如飛。

又幼女跑馬。頻看上下。拱手回旋。體輕如燕。不亞天仙游戲。又有象八隻。一人持鞭使其跪立跳舞。無不如意。又三虎圈鐵籠內。一人突入。虎則搖頭擺尾。聽人指揮。又四獅亦圈鐵籠內。一人入籠放槍。獅皆俯伏。圓目如電。吼聲若雷。令人可畏。亥正回寓。

二十二日戊申。鎮日忽陰忽晴。忽而細雨。午正同馬清臣隨二星使乘車拜客。順路至官畫閣。一觀名曰那慎那皮克久戛拉力。譯那慎那者官也。皮克久者畫也。戛拉力者閣也。高樓數十間。間間油畫大小百幅。皆前代及當時名人所繪。飾以金邊。懸諸四壁。各間皆有男女摹仿。無不酷肖。國家集此畫幅。非爲美觀。亦可出售。價皆千百磅不等。少亦數十磅。其不禁民來此學畫者。與博物院准人看書意同。蓋令人擅長一藝。自無束手凍餒之憂耳。

二十三日己酉。早晴。午後陰雨。未初止。同馬清臣隨二星使乘車行十數里。入老城。看盆島威監。赴家部幫辦席綸儀之約也。抵其地。伊同存記室米坦富迎入。管獄官陸士導引各處。纖悉胥告焉。院極大。樓高四層。內外光明。毫無塵垢。共屋一千一百六十五間。男女禁犯。共一千零六十二名。屋各高七尺。深十四尺。廣十一尺。每屋一犯居之。有牖以通天空。不以湫隘閉鬱其氣。冬則以機器送煖。分布各屋。以禦嚴寒。各有鐵牀鋪蓋一分。鐵盆鐵盌各一。以防損壞。其住第一層者。織粗布以備做囚服抹布等。第二層者。編擦鞋麻墊等。以便分置各間。第三層者。撕束生麻。及捻麻線。以備織編之用。第四層住婦女。司鍼黹。以供各犯。初入獄者。去舊衣。授四服。易識別也。親屬來探。另有一室。以鐵柵隔之。獄官與犯並坐。察其所言。以杜私弊。每日三餐。麪包湯肉加非與茶皆足給。樓每重各立天平一具。有以肉少爲嫌者。則衡而示之。以昭平允。每日卯初卽起。躬爲灑掃料理衣服。梳髮洗面。務令整潔。早飯後。同入講堂聽經。以一小時爲度。凡聽經。獄官必高坐臨之。有不恭者斥之。此後作工。至午酌畢。在院按序而行。以舒筋脈。院當中種青草。四面以石墁圈三層。按所住樓層。步行其上。如環形。爲凶惡者。另有鐵房作梅花形者一所。花心有高屋一間。獄官立而四望。每犯各行一瓣之中。按瓣隔以鐵闌。

走畢而回。雖令其舒暢。而仍防其不法也。散步後。觀書二刻。而後作工。晚飯後少息。同時滅燈令寢。樓極下一層入地。爲黑牢。由階梯委折而下。牆厚一尺四寸。凡三重。有犯監律者。收此數日。夜不給燭。飲食稍次。毆官者。以麻鞭責之。其次則捶以木棍。非不施鞭撻也。越獄者。以火槍逐擊之。由此獄移彼獄者。以鐵索縶其右手。加以鎖鑰。犯人兩兩相連。非不施鎖鐐也。樓頂有高臺矗立。登三百級。始至其上。憑眺甚遠。旁挂大鐘。爲追看越獄之行迹者。樓旁浴室十二所。七日禮拜一澡濯。去其垢穢而免疫癘。有疾則別置養病樓。高亦三層。明朗潔淨。使臥輭榻。供以美食。醫既愈。則令坐機器凳上。稱其輕重。權其肥瘠。以驗血氣復充與否。然後復歸舊牢。病甚者。另入一室。以便省視。囚衣浣以機器。挂諸榹枷。推入火櫃烘之。櫃有編號。防混淆也。廚大而潔。列銅湯鍋周丈餘者四。庖丁十數名。皆著白衫白褲。養病樓另有鑪竈。一切飲食皆經醫官斟酌派造。以防有礙病人。凡入獄。各就其所能。使執一藝。如織縫洗寫鐵木皮石以及烹飪作樂等。無不學習。笨而無一能者。始令撕束粗麻。總之。凡獄中之物。一切衣食器皿。莫非犯人爲之。凡操作之時。與食息相間。以調其勞逸。故獄人無論老少。莫不氣體充實也。看畢。各署名姓于簿。英例也。蓋國家重地。有往觀者。必請留名。戌初回寓。按倫敦監牢凡九。曰盆島威。曰米勒班。曰牛該達。曰梅投普立潭。曰希的鋪立森。曰色立康的戛。曰扣巴斯甫伊自。曰號騷靠蕾愼。曰號騷的坦愼。前二獄爲官監。家部主之。專收重犯。應禁五年以上者。收此九閱月。乃解往海口獄。使就修台築壘諸苦工。限滿釋回。海口獄數未詳。次五獄爲公監。美爾及議政院紳士主之。收輕犯之應禁數日數月以至數年者。限滿卽釋。後二獄惟號騷的坦愼專收待審人犯。號騷犇蕾愼則收孤貧子女之無教養者。恐其陷于匪彝。故巡捕捉入。飲食教誨。令其改過自新。學藝有效。然後釋歸。聞英格蘭有三獄。曰塔達木爾。曰坡蘭曰戛安。愛爾蘭有一獄。曰斯巴開蘭。在海島者一獄。曰坡自茂斯。按英律無斬罪。凡抵償者。監內設木架。犯人項套長繩。立于活板之上。板撤則犯人縊死。後因此事不令衆見。恐人生疑。故改令縊于樓上。臨時頂立黑旗示衆。前二日。某村犯人。縊後繩斷。墜地復甦。再縊方死。人多不服。蓋繩皆本地官備。今擬令家部歲備新繩。分給各處。然通國之獲此罪者。每年不過二三名而已。數日前。盈島威監有犯人因瘋自縊窗上。又一人由樓上自墜未死。調養現已痊愈。夫倫敦九獄。立法皆同。待罪犯如此。其寬尚有自縊墜樓以求死者。足見錮禁之苦。不比家居之優游自適耳。倘寃枉不伸。而治以非刑者。則每歲不知願死者幾何人。枉死者幾何人。言之令人酸鼻。

二十四日庚戌。陰。午後同黎蒓齋劉鶴伯鳳夔九乘車往謝毛色爾。繼拜司本薩。詢知其妻陶木森。因病往上諾爾伍村。在伊父陶岑家調養。後入海岱囿一遊。見鮮花破蕾。芳草生芽。冰雪初消。餘寒未退。宛然早春光景也。入夜雨。

二十五日辛亥。大雨。記英稅例。徵進口貨。不徵出口貨。據云。出口皆本國所産。若徵其稅。則費鉅難銷。不欲販運于外。第就本土懋遷。獲利必微。無以勸藝植匠作。而富其民。故俟其銷售回歸。始按磅納三佩呢之稅。不過二百四十分之三而已。由是樂於遠販者多。遠販多則銷售廣。農工之業。自不待驅迫而皆勤于其事矣。通國民富。蓋由此也。

二十六日壬子。晴。早見新聞紙云。前日有海豪奔街第二百五十九號米業爾書肆夥計霍林阿因乘車送貨。手未執繮。致馬驚馳里許。被巡捕捉去。官定罰什令七枚。以充官用。申初。有機器局主人牛迺持燈戲與看。英名馬支伊克蘭坦。所照天地日月。山水人物。無不逼眞。入夜大雨。

二十七日癸丑。晴。未初乘火車行四十里至上諾爾伍村拜艾德林。入內見其母。知其二子二女皆赴學未歸。相與午酌。後步行里許。拜包臘之父母及其妹包婀娜。坐間有鄰居男女幼童十餘名來見。皆總角垂髫。妙齡神秀。去此。又拜司本薩之妻陶木森。幷見其父陶岑坐談少許。申正回寓。後有日本人井上馨來拜。年十四歲。在倫敦學藝十年而返。以英國船礮火車之用告於其國。咸惡之。屏不與語。且有指為私通外國而羣非之者。追英軍攻日本。力不能支。乃乞井上馨言和。擢戶部尚書。遂獻策更政令以效西洋。今又來英。稽求徵稅之法。當日談及各國利弊。據云。敝國戶部于百年前弊竇甚多。外來必向收者進費。否則雖十分交納。亦稱不足。如進。則八九分亦代報足數。每月開發官項。率以八九代十。皆隱忍而不敢言。予深恨之。迨擢尙書後。力爲革除。漸有起色。予仍不以爲足也。今自大僚以至庶民。其洞明海外利弊者。十無二三。予每諫勸。衆不我從。足見舊弊難除。卽除亦不能速。雖云古人良法美意。然歷年加增條例。屢次更改。以致紊亂無緒。不深悉者。遇事靡所適從。卒歸書吏主持。官長毫無知識。故百弊叢生。伊於胡底。卽如律例司。有時因某案或某途。不合官長之意。中心妒忌。故作新章。卽後人按照新章。又將句讀點錯。向人索費。否則爲之議駁。後因諸多齟齬。設法另改一章。此豈秉公辦事。實爲汙吏增把持之權。貪官開賄賂之道耳。英制無書吏。官長皆明所司律例。苟有不公。人可申訴。是以欲作弊而不得也。聞此者宜再思之。談後辭去。入夜雨。

二十八日甲寅。陰雨。未初。有實學名士葛立耶蒲艾印。

歐萬。巴倫。皮爾。柯英。寶星索木森。與威公使約遊格致書院。英名普立提克呢克音司的究愼。遂同黎蒓齋劉鶴伯隨郭星使乘車。行半里。至荔榛街下車。迎入見樓上下羅列。與十三年前看者同。惟中堂橫垂一棍。作口字形。上挂假人打鞦韆。體大與眞人同。上絃則身攀足踏。上下往來。勝於臨凡仙子。蓋腹中機關。由電氣所使也。繼看光學照。一色變六角。隨轉隨變。千花萬朶。五色繽紛。又看影戲。電光由樓頂映于臺上。山水人物。日月星辰。與眞畢肖。出此再坐入水鐘。亦與前同。戌初回寓。

二十九日乙卯。陰。申初。隨二星使至集經書院。英名洛亞音司的究愼聽丁達公冷熱氣論。伊言天地氤氳。本爲冷氣。其體最重。火氣最輕。以之入物。可凌空而不墜。可入水而不濡。凡物注氣既滿。其力必足。能達遠。能摧堅。並以多物試驗之。

三十日丙辰。晴。酉初。同馬淸臣隨二星使乘車行十數里。入議政院聽論事。登樓觀之。各國公使隨員十數人。與事外人多有詣此作壁上觀者。樓正面列新聞紙局使多人執筆記事。樓下正面一臺。上立一人。稱曰司批克爾。譯爲掌言係通曉律例嫻熟故事隨時爲之彈壓也。臺前設几案。正坐司事三人。執筆以記人言。各官就案兩旁。諸紳以次列坐。凡集議之先。紳士有詰于官。卽赴院挂號。聲明所詰事由。官吏則預籌答詞。屆時俱至。司批克爾乃按挂號次序。傳呼出詰。凡有詰問辯論者。皆立起向衆言之。言畢復坐。然後他人啟齒。不許儳言。不如法則司批克爾扶出之。論不能決。則分左右袒。以相從人多者勝。所言卽施行焉。是日在坐數百人。詰以雜事者凡數起。後有人論及土俄兩國之事。會堂首事

哈丁屯意主不與聞。而陸路總兵哈爾的則咈之。二人
持論不下。逾半時之久。而欲發言者尚夥。時已子正。乃
先衆散去。記英議政院。即會堂。曰豪騷帕拉蠻。分上下
二院。上院稱曰豪騷皮爾斯。內近支王公五。國人稱大
教師爲阿赤比朔者二。公二十一。侯十九。伯一百一十
四。子二十四。男二百四十九。國人稱教師爲比朔者二
十四。以上皆英格蘭所命官爵。加以蘇格蘭世爵一十
四。愛爾蘭世爵二十八。共計五百。下院稱曰豪騷考門
斯。內被舉者。有英格蘭五十三部。一百九十八城。三大

書院之紳士四百八十九。蘇格蘭三十三部二十二城。四大書院之紳士六十。愛爾蘭三十二部三十一城一大書院之紳士一百零五。共計六百五十四。蘇愛二地之議院紳額少於英者。以戶口不多也。紳士由衆公舉。富者居多。下院紳士爲英國最要之選。號令政事每由此出。再上院核定。亦有倡議自上院。而交議于下院者。然必下情胥協。然後奏聞君主。以見施行。否則飭下再議。若仍以前言爲是。君主亦俯允所請。如君主辯駮的當。間亦聽從。總之。凡事紳主之。官成之。國君統之而已。

各城鄉鎮埠。按地分立紳士一二人。利病之當興除者。曲直之當伸辨者。隨時布聞下院而上陳之。每年自開堂之日始。爵紳皆集倫敦。至七月乃散。未散之時。每日官紳士庶赴院商辦一切。惟每禮拜六與禮拜兩日不往。各國公使。及本城人民。願往者聽。堂雖靜悄。有時一人建言。而居樓上者。仍覺不甚了了。其各抒見以議時政。常至連宵達旦。務期適於理當於事而後已。官政乖錯。則舍之以從紳民。因其處事力據上游。不使稍有偏曲。故舉辦一切。上下同心。蓋合衆論以擇其長。斯美無不備。順衆志以行其令。斯力無不殫也。

三月

初一日丁巳晴。日本在英國買造兵船二號。其一告成。擇于是日下水。公使上野景範集衆觀之。因中華密邇扶桑。特邀使者與會。以示親厚也。午初同馬清臣隨二星使乘馬車行二十六里。至波浦瀾。下車登船。見日本公使夫婦隨員及英人男女二十餘。其通名姓者。爲造船工頭沙木特。創造船式李達。皆藝之最優者。船以其國爲名曰扶桑。長二十一丈。寬約二丈。可載重二千三百四十三噸。船尾雙輪轉其一。則船于所止之處。瞬息可以轉身。無俟繞行之遠。所以利戰陣也。汽爐水鍋。別有新式。可省煤火。所以免煤乏之患也。加挂風帆。一小時能行三十里。不必專藉火輪。可佐煤力之不及。誠製造之精工也。按西俗船下水時。盛酒盈瓶而碎之。以爲命名之禮。蓋仿教中受洗命名之意也。且請女客斷其船繫岸之鎖。則船逐流而去。岸上鼓掌歡呼。若送行者。登岸。入船廠。工頭設宴。同席男女十六人。酒饌豐美。食畢。賓主互相祝頌兩國君上。客皆立起。舉杯慶賀。是日

因中國
欽使在坐。故亦同祝中國
大皇帝。祝畢。郭星使立起。以吉語酬謝之。按西俗盛宴。皆有
主賓互祝之儀。以示恭敬。子正回寓。入夜陰。
初二日戊午晴。記英國各處暨屬地。銀號天平。皆頒自
倫敦。有輕重或爽者。控之於官。則官錢局提其天平比
較。別爲頒給。每年官府潛派人員。前往所屬各處。向市
肆買物。暗察權衡協否。否則取而折之。量爲示罰。給以
新平。或鎔鐵加其砣之上。以昭公允。

初三日己未陰。清風習習。寒逼征衣。巳正有前在司柏的斯伍家所遇之胡格爾者。請遊御花園。遂同黎蒓齋馬清臣隨二星使乘車南行二十餘里。至其地。伊引入。園名奇尤。周可六七里。係西厤一千七百三十七年。即乾隆二年爲英主卓爾志第三所建。內有亭臺橋館。今皆毀去。惟一十層塔尚存。因年久而圮。禁人登臨。至君主威克兜里亞卽位。乃增廣之。四面圍以甎牆鐵栅。內五大洲樹木花草。皆按地圖分植。松柏尤多。扶疏盤結。萬尺凌雲。其他奇形巨體。老幹濃陰。諸多不識。玻璃大房六七。各列花卉千種。爛熳馨香。識者尤少。另房羅致天下所產木料。鋸片切方。粗細不一。所有花木。各有標記。著其名目。詳其功用。溯其所自來。縱令百姓往觀。以資博考而擴其識。園內工費。每年用金磅二萬。合銀七萬兩。歸時。伊折鮮花盈筐以贈。申正回寓。

初四日庚申晴。大風冷。午後接信。知庖丁柳樹仁。衣工陳炳祥。病愈。由錫蘭乘輪船到此。經馬清臣往接。見柳樹仁滿面烏麻。相貌爲之一變。酉初陰。先雪後大雨。一陣。戌初止。

初五日辛酉。早晴。巳正陰。有戈登之兄戈頓。請往五雷治地方看洛亞爾森那。譯言御前軍器局也。午初。同黎蒓齋馬清臣鳳夔九張聽颿隨二星使乘馬車。至柴令克洛斯火車棧。登車。卽開。東行三十餘里。抵局。有監督楊思本。副監督顧訥富。曁戈頓等迎入。先看名人韋德海創造之魚雷。因其形似魚。頭尖尾銳。有鬐有翅。故名魚雷。實卽水雷也。長八九尺。重一百十九磅。身分三節相連。前一節有機竅。以銅爲之。形若菊花。以定魚行之遠近。中一節內藏機竅。以定入水之深淺。後一節以實火藥。藥皆造以棉花及硝磺二強水。爲其燃速而力猛。將施放。先以樹膠管注氣魚腹。既滿則推入水中。魚行處。水無聲而微波。因入水五尺不甚深。故魚迹可見。行僅里許而藥發矣。烟水沸騰。如雲如霧。尾繫絲繩。放畢拽回。若以禦敵則須入水十尺。魚形不露。水面無痕。雖敵舟遠十數里。頃刻可以駛到。兩演魚雷。繼放大礮。礮形如螺螄。重三十八噸。礮子重七百磅。裝藥二百磅。內有小礮子無數。皆黏以松香。如瓜瓤然。空其底與心。可載藥數十磅。轟入敵陣。火藥發則礮子炸。而小礮子齊出。如羣蜂飛舞于數百步外。故名蜂窠。形如且字或自字。外有凸凹曲綫十道。深各五分。暗與礮腹綫道相合。蓋礮腹亦有凸凹曲綫各五道。使藥力急催礮子。曲轉一周方出。所以速而且烈也。藥不以粉而以甎。取其熱透較慢。不致勢暴而傷礮也。盛藥以羊毛袋。而不以紙與布者。取其不著火。則一放再放之後。礮腹餘火不至遽著于藥以傷人也。礮身左右有三小孔。裝子藥既畢。則以螺旋鐵棍長尺餘者。貫入孔中。棍上數寸心空。放以銅條一寸。外塞以小鐵棒。蓋爲試驗藥力之用。因藥發則其力直壓鐵棍。以擣銅條。視銅條之擣扁若干。即知藥力之大小。礮腹子離藥以徐出。斯氣漸鬆。而力亦漸薄。故近底之銅條擣扁較甚於近腹者。而近腹之銅條擣扁又較甚於近口者。考驗既確。則上下之間。用藥多少。可以無誤矣。礮前里許。有木架橫繫電綫。旁通一室。與機關相連。機關上立一銅條。礮子過架。則電氣飛觸機關。而銅條落。由放礮至銅條落下之時刻杪數計之。可知礮子飛行之緩急。據云。其舊式圓礮子每一杪時。雖能行二百丈。然行速而不能及遠。按今式礮子雖一杪時祗行一百二十丈。而行遲力能及遠。既而往觀其工匠製造處。莫非機器鐵爐。雷鳴風激。赫赫隆隆。令人耳目爲之紛亂。其廠式與十年前所看者同。惟地基開擴。鐵房添增。現共人工七千二百。每年經費三百萬金磅。合銀一千零五十萬兩。今礮重三十八噸者造成八十八尊。重八十噸者五尊。小者無數。大小礮子羅列道旁。不啻墉崇櫛比。因廠大路遙。往來咸乘小火車。每車容四人。甚覺輕快。後至戈頓家午酌。同席有其妻女。暢談甚歡。酉初謝歸。亥正同黎蒓齋馬清臣隨郭星使赴兵部尚書布達家茶會。遇各國公使。及本地官紳男女數百。各屋往來蹀躞。有握手問訊者。有叙寒溫者。有講學術者。末入飯廳、小食。飲茶與加非少許。丑正一刻回寓。雨。

初六日壬戌晴。晚。劉星使請郭星使及彝等晚酌。並在太子妃戲園觀劇。園不甚大。而戲頗佳。所演係一人名辛壽者。年近三旬。好飲酒。終日在醉鄉。不理生人產。鄰有富室丁庸者。一日邀辛飲。待其醉。強畀以錢。辛不受。曰。不惟無力歸還。且月息亦無所出。丁云至契何必言利。只限汝十年後歸還。辛遂受之。亦未著意。次日丁來其家。云。既借錢。當書約以爲據。遂取出繕就一紙。令其畫押。辛閱之。一字不識。求丁念。丁詭云限期十年。並不收利等語。辛乃留之。丁去後。適値伊甥女來。卽令誦之。始知三年不償。房地皆歸丁姓。辛猶不介於意。薄暮大醉。其妻怒而逐之。大雨傾盆。辛去。終夜未返。妻與幼女皆驚疑暈絕。良久始甦。辛出門手執火槍。信步入山。夜半遇一鬼。肩負酒桶。見辛至。置之地。鬼不言。而以手指桶。繼而指肩。開桶雙手作飲狀。意似求辛代負登山。開桶共飲。辛曾意。乃置桶于肩。鬼前行。辛從之。山甚高。抵其地。見白髮老鬼十餘。蓋山臨大海。鬼皆百年前覆海之水手也。衆見辛。敬之如神。開桶暢飲。甫一杯。辛卽醉臥山頂。二十年方醒。醒則鬚髮皆白。衣已化灰。身動。衣灰飛去。惟存汗衫短褲皮鞋。色已成土。立起。四肢酸楚。不易屈伸。槍尚在旁。持時。柄木朽壞。只餘鐵筒而已。辛覺二十年如一夢。回至故土。廬舍皆改。村人無一識者。妻寡居十年。後被丁庸賺爲妻。悔恨無及。因思前夫雖嗜酒。而心良善。此人暴虐不仁。遜於前夫遠矣。當時見其夫不識。而憐其苦。令入屋。向火飲酒。對談時許。夫妻父女始認。彼此痛哭。俄而丁庸入。令給凉麪包一塊。即刻逐出。婦云。伊乃前夫辛壽也。並未去世。丁云。雖然未故。奈二十年前。曾貸我百磅。未償。房地皆當屬我。且有約據。尚不當逐出耶。辛曰。若云前事。約據尚在囊中。並未畫押。乃取而示諸鄰。白紙色變灰黃。即丁庸之筆跡也。丁見俯首無語。辛云。亦可與凉麪包一塊。即刻逐出。衆聞之。同聲稱賀。而觀者亦齊鼓掌。爲之一快。至所演日月雷雨。山水村房。花木陳設。鳥獸烟雲。一一與眞無異。令人眞假難辨。子正回寓。
初七日癸亥。晴。早同祝郭星使六旬大慶。午後有威公
使。外部潘侍郎協理三多森。稅務司金登幹等來賀。晚
同衆請二星使晚酌。入夜雨。
初八日甲子。陰雨。午後隨郭星使乘車各處謝步。晚公
請郭星使在義大利大戲園觀劇。宏敞華麗。觀者男女
千餘人。所演天地景致。無須再述。惟一男年十九歲者。
歌一曲。聲滿通堂。若出金石。另一女年十五六。著粉紅
衣者。按拍而歌。曼聲宛轉。清響紆餘。舉腕廻腰。直欲作

掌上舞也。子正回寓。
初九日乙丑。陰。雨。爲禮拜日。巳初。隣人柯氏母子。約鳳夔九劉鶴伯與彝往克來司禮拜堂一觀。堂不大。潔淨整齊。坐有男女百餘人。教士霍拉者。著有經解頗多。端立臺上講誦數篇。未初始畢。延入客廳。各進加非一杯。未正回寓。酉初稍晴。
初十日丙寅。鎭日陰晴風雨不定。酉正。鳳夔九約黎蒓齋劉鶴伯與彝。暨柯家母子兄妹。往斐爾席墨街第十五號龜背音樂學堂聽曲。房不大。坐可二三百。橫列十餘行。臺下列樂一班。臺上男女幼童八人。鏗鏘妙曲。戛擊新聲。玉潤珠圓。聞者忘倦。亥正回寓。

十一日丁卯晴。有英進士金泗者。請赴海伍立街學堂晚茶。戌正。同黎蒓齋隨郭星使乘車行十數里始至。見金泗及其姊金娰。與他男女老幼三四十人。中有日本公使夫婦。暨其隨員長崎道至。餘名未詳。各奉加非一杯。後看顯微鏡。鏡形如頁字。高一尺。粗五寸。人由上看。前對燈光。下放玻璃片。每片橫長寸半寬五分。兩片合一。內含小物。四面糊紙。中留圓徑。以露內含之物。如小蟲花蕊。爪翅頭鬚。凡大一二分者。照皆盈尺。尚不爲奇。惟一玻璃內含一點。小比鍼尖。照則人頭一百七十四。七孔分明。無模糊處。又一點照則大字一篇。清楚無訛。看畢。入其學堂。敞廳一間。周二十餘丈。衆客列坐。當中金立正面。宣講日月五星之光。據云。月與五星皆無光。咸賴日照。惟日光華耀。普照乾坤。月雖大。其中無氣無水。似亦無人。中有大山。周百餘里。高十數里。蓋職司天文者也。講罷。又云。日本公使幹練。及其二子之聰敏善學中國。

欽差接人溫恭。而待幼童尤爲慈愛等語。言畢。衆皆鼓掌稱賀。金指座中一瞽者云。其人姓欒名安。原爲樂工。因獵被槍子誤傷二目。尙能彈琴作樂。品端術正。非他樂工可比。出此入客廳。茶罷登樓。入其書室。以千里鏡隔窗望月。奈浮雲在目。見之不甚了了。下樓。又請其女客二三。鼓琴歌唱。丑初回寓。

十二日戊辰晴。亥初。同馬清臣隨郭星使往赴兵部侍郎花爾堤家茶會。入內見其夫人。本國文武大僚。各國公使夫婦隨員。男女有數百人。屋宇偪仄。寸步難移。馬

清臣頭暈眼迷。殊覺不快。轉入正堂。遇其四公主綠衣
姒及駙馬洛安侯。彼此鞠躬。繼而對立。公主問喜倫敦
城否。覺天氣好否。郭星使皆一一答之。子正回寓。
十三日己巳。晴。冷。按倫敦判斷司有七處。曰林昆斯音
格蕾斯音。米得爾坦布。印納爾坦布。闊島。奎印斯班赤。
闊島考滿普立斯。及愛克柴克爾。當日巳初有禧在明
之友哈立斯者。律師也。來請往觀。遂同馬清臣劉鶴伯
隨二星使乘車前往。行十數里。先至林昆斯音堂。不大。
周三四十丈。高三四丈。正面臺上坐三刑司。臺下對坐

六律師。當日提審鐵行互控。兩造記號相似。眞假不辨。蓋西俗各行。除本字號外。必另造一花印。以免混淆。如冰行。畫一白熊或冰山。苦酒行。于三角形內著紅色。上畫一手炮。製止嗽藥行。畫一象。專售止痛藥行。畫一骷髏是也。出此。入律書閣。上下四面。置律書四萬册。係天下各國及本國者。學律人日詣而習之。前面飯廳頗大。爲諸生飲饌處。坐容四百人。又入米得爾坦布。印納爾坦布。及閣島奎印斯班。赤三司局。式大同小異。惟前二司寬敞壯觀。後一司稍小。然亦清淨整潔。末入存案庫。

名曰豪騷坡布立蓄闊大樓一所。所有門窗戶壁以及槅架。咸以鐵石造之。不雜寸木。所以防險也。所儲書卷。有數百年前者。書以羊皮綿紙。毫無污痕。新君嗣位。稟受大教師誠條。各國和約所定章程。皆藏于此。案卷皆編號分置。百姓有往錄看者。則司事卽抽示之。旣不禁止。亦不需索。可謂與人爲善矣。按英制民間詞訟。隸于美爾。美爾或不能理。或理而不服。則控諸議政院。以上聞。轉交刑司審訊。刑司之權最大。雖國主以及爵顯皆聽之。故英諺有云。君主不尊。律例爲尊。至其推鞫之法。

如兩造不到案則各請律師六人代質。刑司坐于臺上。律師分坐臺下。臺上詰駁。則臺下檢案卷起立辨答。並無跪審刑訊之事。通國計大律師六百。小律師一千二百。皆考試律學而拔陟之。蓋恐愚民不能自達其情。故以律師代之也。律師代某人而勝。則勝者必酬以費。雖稱明規。亦可見天下各國律例固貴。而貨幣為尤貴也。各刑司不常駐此。隨時往來于英格蘭蘇格蘭愛爾蘭三處城鄉。就地訊案。免訟者之跋涉也。申正回寓。酉初。復同黎蒓齋馬淸臣隨郭星使乘車赴上議政院一觀。

與下議政院大同小異。燈燭輝煌。整齊潔靜。君座設正面。官座列左右。聞當晚所論。係數年久懸未結之議。因英俗。凡人病故。皆經官教士前往誦經。有言似可不必者。有言萬不可少者。聚訟至今未結。亥正回寓。入夜陰而細雨。

十四日庚午陰。涼。記倫敦大小戲園共三十七處。除禮拜日關閉外。每日酉正開門。戌初演戲。夜半子正或丑初散場。終夜一齣。分三四節。各班所演不同。有唱而不白者。有白而不唱者。有演掌故者。有演小說者。有歌時

曲者。有作時事者。有跳舞者。有賣藝者。有故作神仙山
海禽獸怪狀者。有說笑語演雜技以悅兒童者。雖演國
家事故。無論眞假。一概不禁。每班初演。報官經司禮院
大臣當場考驗。必無防礙國體敗壞風俗惑亂人心者。
方許登場。某日某園某班演戲。必于前一日印新聞紙
以聞。每班只演一齣。朝朝不改。或半月或一二月始行
移去。戲園多外作饅首形。內作且字形。前圓後方。正面
作臺。臺下前橫木闌。內坐樂工一班。外則椅凳橫列成
行。後有小方屋三四層不等。疊而成圈。再上敞屋一圈。

前三面有門出入。按次各有路徑。不得混雜。各處座價不同。池座由四什令至七八什令。第一層小屋。由十什令至二磅。再上每層由一磅一什令至五磅五什令。每屋坐二三人。敞屋散座。由一什令至三什令。再上至樓頂一圈。則無座而立。每人半什令。或二三佩呢。各屋各座。皆識號頭。觀者買票入門。司事見票撕去一角。領之入座。持票可以隨時出入。城中亦有小鋪。專售各戲園座票。其價稍昂。大戲園值演好戲。或有某著名優人。須預買座票。方得一觀焉。

卷三終

四述奇卷四

鐵嶺　張德彝在初隨筆
　　　貴　榮竹坪校閱

丁丑三月十五日辛未。陰涼。距公署北半里許。有名士戴蕾呂者。善化學電學各藝。已正請往觀其試驗。遂同黎蒓齋馬清臣鳳夔九劉鶴伯張聽颿隨二星使步至其家。屋宇不宏闊。而玻璃筩罐木匣等具羅滿四壁。先以銀納強水中。銀即化爲粉。入鹽少許。則銀粉下沉。瀉去強水。煉之。則銀粉黝黑如碎牛角。再以火吹之。則復成銀。據云。凡物煉之化形。皆可還原。如以四兩炭灼火。置于二斤重之玻璃罩中。炭化灰後衡之。重僅數分。若封固其罩而燒之。與罩同衡。仍是二斤四兩。蓋玻璃罩物。最不洩氣。故炭雖化。其氣仍存。如以皮袋兜取其氣。合灰煉之。仍爲炭。又燒炭室中。其氣外散。草木受之。復成炭材。燃煤爐內。其灰下撲。地土受之。復毓煤胎。鐵置久而生銹。刮而煉之。仍爲鐵。嗣試電氣。與前所見無異。因劉星使偶抱採薪之憂。彝隨先回。惜未盡觀其藝。

十六日壬申。早陰。午正晴。未初隨郭星使步行八九里。

至斯多理司門第八號。中國稅務局。訪金登幹。坐談鎮江躉船一案極久。後取出中國貨物小照數張與觀。係前在合衆國肥拉代苐亞城街奇會中者。瓷器杯盤。綢緞古董。羅列如雲。亥正一刻囘寓。

十七日癸酉晴。午後隨郭星使遍行城中。拜客三十一處。戌初囘寓。記倫敦通城屋宇。皆按間數住人。每人必占地若干方尺。以便得氣而不染病。按日有地方官赴各家查驗。窗氣通否。汚穢掃淨否。如房少人多。必令添造。或令遷移另覓。前日劉星使偶患腹痛。據馬清臣云。

此鬱居一室所致也。蓋西人謂天氣爲養氣。人口所出之氣。與物鬱積之氣。皆爲炭氣。人受養氣多則無疾。受炭氣多則生病。故須游行空曠。頻見天日。吸養氣以養五內。卽在屋中。窗牖亦宜頻開。以接養氣。設有一人體素堅壯。居廣廈。足飲食。而窗牖盡彌其隙。不令一絲氣透。數日其人必死。以養氣胥絕。所吸皆炭氣也。深屋秘室。關鍵已久。乍入之而死者。華人以爲逢祟。非也。船艙地窖。儲積米豆。乍入之而仆者。華人以爲中毒。亦非也。皆炭氣之所致也。火最食養氣。故閉門熟睡。不可熾火。

水最食炭氣。故臥榻之旁。不妨置水。此理誠然。嘗見都中富室。居廣廈、食珍饈。朝朝歡樂。而體弱多病。至貧窶之人。居矮屋。食粗糲。日日奔馳。而身壯無疾。彝幼體弱。不時嘔吐、瀉肚、食不能多。自十五歲入同文館。每日往來約十六七里。因而舊疾豁除。神足體健。飲食加增。此亦衛生之一道也。

十八日甲戌。晴涼。上年星使出京時。值同事李湘浦赴部驗看。故未同行。迨驗看畢。回粵束裝。轉赴上洋。領船費。是日午正由上洋乘輪船抵倫敦。謁見二星使。中初馬清臣同彝著朝衣。隨郭星使乘官車。入卜靜宮赴眘會。各國公使隨員。及本國文武男女共千餘人。一一參見。戌初始散。

十九日乙亥晴。未初同馬清臣隨郭星使乘車。至南堪興坦觀鮮花會。英名洛亞活的克球拉搜賽伊的。地在阿拉柏堂後四面高樓。鮮花羅列。千紅萬紫。數里聞香。男女雲集。往來如梭。各樓設有加非館。酒果小食房。當院石亭一座。內設樂工一班。亭下四面龍口出水。鏗然而鳴。音和絲竹。四面鐵椅成行。以便遊人止息。樓左繡房一所。女工百餘。聞工頭老嫗云。此房向禁男入。因知中國繡工第一。故請入。觀其工。果不如中國之鮮明精細。而價甚昂。酉正回寓。亥初同馬清臣李湘浦隨郭星使先赴對戶葛里屏家茶會。男女數百。見其母女。後于樓上步繞一周。即出門登車。赴海部尚書韓達家茶會。見其夫人。後樓上盤旋。燈燭燦爛。金碧輝煌。男女千餘人。下樓少食而歸。

二十日丙子。陰雨。申正雨止。同黎蒓齋劉鶴伯張聽颿乘車。行八九里。過西敏斯德禮拜堂。入水族院一觀。英名洛亞阿奎艮木。鐵建大房。周約一里。上罩玻璃。正面與左邊各一門。入者一什令。除禮拜日外。每日巳初開。子正閉。入正門。正面一臺演雜戲。前坐樂工二十人。再前列木椅二百。三面圍以木栅。入坐者每人一什令。左右距數武。水法鐵盤各一。高七八尺。周丈餘。盤上出水高六七尺。下種鮮花。圍以鐵籬。外列鐵椅四面。便人止息。每盤四角。各設貨亭一。四面木櫃。出售雜貨。如小照玩物鍼黹首飾等。盤對面各一小魚池。左者養水獺。右者養婦魚。圍以布帳。入看者。一什令。臺右設男女淨房各一。內有水盆面巾。用者半什令。外放水龍車二輛。有一酒肆。出售糕點。旁爲一小戲園。入者六什令。臺對面臨牆。石臺玻璃魚池一行。臺高三尺。池形如櫃頂與面皆玻璃。深高各三尺餘。橫槅截斷。亦以玻璃。寬約四尺。盛海水。峭石分養魚蟲二十餘種。又雜貨攤一行。出售玩物零碎器皿。臺左臨牆。又玻璃魚池一行。共魚蟲十數種。前又鱷魚一池。周約二丈。四圍鐵柵。大者七八尺。小者八九寸。共十二尾。又香龜一臺。上罩玻璃。共大小數十。又一酒肆。較臺右者稍大。前列桌凳數行。旁有以顯微鏡看美國景致圖者。據地不大。圍以布帳。看者半什令。另有收存衣帽屋一間。客有寄物者。隨意給賞。臺對面之二小魚池旁。各一樓梯。寬皆一丈。高十二級。上達拱樓。蓋四面除臺外。作敞樓一圈。形如口字。其上。于臺右有大屋一間。內養阿富罕黑人男女七名。當其歌舞時。入者一什令。此旁由右面至正面。羅列古今大小油水畫千幅。魚骨蚌蛤螺螄百匣。亦皆罩以玻璃。標註名目出處。又一小屋內演蚤戲。係一人養蚤四枚。入者一什令。乃令其拽車推磨。車磨與眞無異。大比菉豆。據云。養已四年。每晚令伏于手指。吸血一小時。其手有血痕腫處。雖屬精能。亦艮苦矣。旁一小門。左放二獅子頭。罩以玻璃。飾以假樹。上通樓頂大屋一間。爲擊球處。轉臺之左面一帶。有大飯廳作匚字形。上左邊長桌。以便吸烟飲酒。下右邊長桌。賣加非糕點。中面橫方桌兩行賣飯。可以憑闌眺望。見臺上之戲。與樓下之人。後面二門。通小樓一圈。作口字形、列雅座。隔以幔帳綢帘。專售大餐。每食佳肴五簋。湯果糕點俱全。價則五什令。酒與加非另給。名曰達布拉多達。樓下臺左。看美國景致圖處。左右二門之外。相連一大圓室。中有大池。養海龍四尾。池前一大門為通衢之左門。左有雜貨攤。右有古人石像。池右與二內門之間。懸挂鳥籠。出售各種飛禽。此圓室上。四面又有小樓一圈。即飯鋪後堂口字形雅座也。當晚遊者男女有數千人。臺上演狗戲猴戲。歌曲擊球等藝。有隨跳躍間。手搖雨傘。沿邊繞滾木圈而不倒不落者。有以木錘敲玻璃盅十二枚。和八音而成雅韻者。末場係樓頂懸一噴礮。有幼女名伊麗娲者。伏入礮膛。有人登梯以火燃藥礮。聲震而女噴出。落地無恙。見者無不咋舌。有售雜技單。註明何時演何技。作何樂。及喂何魚。則耳目不致眩暈矣。當晚遇金登幹屠邁倫等五六人。亥正同寓。子初復隨郭星使赴隔壁寶星賀拉斯家茶會。見其夫人二女。暨他仕宦男女數百人。叙談片時。入飯廳小食。飲加非。食冰乳。丑正囘寓。

二十一日丁丑晴。申初同馬清臣鳳夔九劉鶴伯隨郭星使乘車往芭木街荔利店。赴合衆國已故富商席克斯之妻于氏家茶會。婦年逾三旬。不知所操何業。日有百磅進款。在彼遇各國公使隨員。及英國仕宦男女數百人。酉初回寓。
二十二日戊寅晴。未初赴徐司得家茶會。見其妻女及紳富男女老少二三十人。備有酒食甚佳。坐談片時。登樓看其書室。羅列東洋瓷器漆器甚夥。有中土大瓷缸一口。豆綠瓷瓶一對。大瓷鉢一箇。皆二三百年古物也。按徐司得祖籍德國。妻父有世爵。故夫稱長官而妻稱夫人焉。申正回寓。入夜微涼。
二十三日己卯晴暖。申初同劉鶴伯隨劉星使乘車入海岱園。及賢眞睦斯園。周遊數十里。由荔榛街回寓。一路豐草綠縟。密樹濃陰。風清日暖。池水清澄。遊人往來接踵。車馬鎭日馳驅。每日卯初卽明。亥初始昏。可謂日長如小年矣。然時雖孟夏。而凉似初冬。又是一番節候也。

二十四日庚辰晴。未正同馬淸臣鳳夔九隨郭星使乘官車赴賢眞睦斯宮朝會。見各國公使及本地文武官員冠蓋稱濟濟焉。申正一刻回。晩同張聽颿劉鶴伯至草市看假冰嬉。英名斯該丁。莕入者每人一什令。地不大。屋式長方。周十八九丈。臨門左右。有出賃輪鞋及賣酒與加非者漆鐵墁地三壁大玻璃正面假山一座前後倒映屋不大而似大上三面懸望臺如樓寬約七八尺正面彈琴作樂左右列凳兩行作此戲者共男女幼童十數人鞋與冰鞋式同惟前後立四小木輪其輕快勝眞冰嬉時而携手同行時而列行齊舞惟一幼女名班格者每日亥初來此作戲其翻身仰射倒體囘旋飄灑超羣便捷有出于意外者

二十五日辛巳晴因寓所偪窄遂于對面緯帽巷第七號租定臥室五間器皿俱全是早黎蒓齋劉鶴伯鳳夔

九移去。月值二十磅十五什令。戌初星使請威公使麥華陀布魯斯。馬拉闊。金登幹。禧在明及阿什柏里等晚酌。華饌有燕窩。魚肚。魚翅。海參。江瑤柱。燒羊肉。洋饌有白煮魚。龍鬚菜。烹雞。烤牛。俱佳。丑正始罷。

二十六日壬午。陰晴各半。涼。未初同黎蒓齋。馬清臣隨郭星使乘車至寶星。懷多士家。見其夫婦皆六旬餘。有麥華陀及其友戴爾在彼。迎候懷。名士也。深悉格致之理。曾思出度量妙法。能量寸內萬分之一。辨別鋼鐵之性。勘礦子直行水面之理。少叙。各飲舍利一杯。辭去。又至南堪興坦萬物樓。上下列天下各國今古物件。皆以玻璃匣盛之。惟中土瓷玉古銅。日本綢緞繡花為尤勝。樓上有男女畫學館。學者有百數十名。去此。郭星使率馬清臣同寓。彝同黎蒓齋赴寶星巴艾家茶會。亥初又同鳳夔九張聽颿隨郭星使赴賁丁夫人家茶會。兩處男女各數百人。極一時之盛。

二十七日癸未晴。午後隨劉星使乘車遊海岱園。見花紅萬點。樹碧千株。而紫丁香白芍藥佳植尤多。時值孟夏。男女遊者如雲。富者乘車。貧者步履。每日午後各園囿有巡捕乘馬立于中途。彈壓指示。以資約束。園門中分左右。懸出入牌。以便車馬往返順馳也。中初回寓。入夜陰。

二十八日甲申。陰雨。按英國每十年。稽查戶口。註册編號。紀明年歲。營謀何業。田廬店肆。歲入租息。生涯工作。月得進款。皆按名細載。歲終獻册。君主受之。派員覆覈。分編老幼壯弱。士農工商。各爲一類。詳查死生壽夭。勤惰。貧富死夭者多。則命醫生察勘。或剔障蔽以通天氣。或疏溝渠以通地氣。糞除道路。以免汚穢。修合藥品。以瘵疾病人無業而貧者。不令沿街行乞。收入養濟院。而衣食之。日督作工以勞其體。因人畏勞就逸。轉致自勞而自賤。故莫不奮發以事工商焉。亥初一刻。雨止。仍陰涼。

二十九日乙酉。陰。艾德林邀看德露芝學堂。未初乘火車行二十餘里。至德露芝村。堂建于七年前。經其太子與妃命。即以地名名之。層樓砌以紅甎。式作凹字形。共屋百間。有書房。客廳。畫閣。飯堂。臥室。生徒五百六十名。分四等。頭等者十五歲以下。二等者十三歲以下。三等者十一歲以下。四等者六歲以下。所學爲文字化學格物測算畫工力學等課程。是日爲生徒演力之期。學堂前有大院。後有花園。院設布帳三。中一大者賣酒食。左右二小者列客座。男女老幼來者有數百人。生徒按等共演二十五次。第一賽移物之力。以能遠行者勝。二賽拋球之遠近。三賽踢球之遠近。四賽隨拋隨踢以路遠數多者勝。五賽跑路三百尺。先到者勝。六賽跳牆高逾一丈。七賽跑一里。八賽躍高旁立木牌號以尺寸。以上頭等二等。九賽跳牆高七尺。十賽跑三百尺。十一賽躍高。十二賽跑二百五十尺。以上三等四等。十三則各等同跑三里。十四又頭等賽躍高。十五。二等者賽跑洋里四分之一。十六則各等拄棍躍高。十七。二等者再賽躍高。十八。頭等者賽跑一里半。十九。頭等者賽跑三百六十尺。二十。各等同跑三百六十尺。中途橫有木柵。高約三尺。二十一。四等者跑三百尺。二十二。頭等者賽跑九百尺。二十三。各等同賽走四里。二十四。又二等者賽跑三百六十尺。二十五。係所有以前跑躍落後者。復聚集同跑三百六十尺。惜當日大雨。未得看畢。後繞入花園。

遇其總教習喀爾倭者。導引登樓。觀看各屋。一切修飾潔淨華美壯觀。看畢請茶。謝辭而歸。後同黎蒓齋劉鶴伯張聽颿隨郭星使乘車。赴羅綸絲及貢丁二夫人家茶會。男女各數百人。殊覺鬧熱。子正回寓。

四月

初一日丙戌。雨。前于二十八日。有管帶學習水師官生監督候選道李丹崖。鳳苞 及法郎西人提督銜日意格。英文繙譯官羅豐祿。緝臣 由福建船政局攜帶官生三十二人到倫敦。是日未正一刻來拜。知分法國學習者十八人爲陳兆翔。鶴亭羅臻祿。醒塵李壽田。叔芸吳德章。煥其鄭清濂。景谿楊廉臣。秉清梁炳年。蔚如林慶昇。旭台張金生。麗圃陳林璋。詠裳池貞銓。玉如林日章。仲明林怡游。禾叔魏瀚。季渚郭瑞珪。璋如劉懋勳。嵩如裘國安。勵臣陳可會。亞平學習法國律例者二人爲馬建忠。眉叔陳季同。鏡如留英國者十二人爲嚴宗光。又陵何心川。鏡秋劉步蟾。子香林泰曾。階序蔣超英。錫彤方伯謙。益堂葉祖珪。桐侯林永升。鐘卿黃建勛。鞠人林穎烈。訒季薩鎮冰。鼎銘江懋祉。芷庭

初二日丁亥雨。午後同黎蒓齋劉鶴伯鳳夔九乘車往
柴令克洛斯大店。答拜李丹崖日意格羅緝臣。申初同
馬清臣隨郭星使赴將軍馬拉闊家茶會。酉正回寓。按
英俗。此等申酉刻茶會女客多而男客少。會分三等。大
會禮儀繁重。備有歌樂盛筵。客來多至百餘名。少亦五
六十人。中會客由二十至五十不等。歌樂有無皆可。筵
席稍殺。小會則請戚友十數人。相與坐談飲茶小食而
已。茶會請客。男主不出名。不見客。女主出名。無專帖。在
女主名刺之上右角。書請某人。女主名下書在家敬候。

下左角書午後由四點至七點鐘。如備歌樂。則加書作樂。因客數不拘。來否任便。故不書候覆。赴此會者。婦女不華飾。不脫帽。作街遊狀。男子亦然。惟入門免冠而已。在飯廳設長桌。鋪白布。羅列各色茶酒糕果加非冰乳等。有僕婢六七人以待客。有入門即飲食少許者。有將去始飲食者。凡食品任客自取。茶酒加非則呼侍者以進。男女立而無座。樓上亦然。即有亦女坐而男立。屆時。女主立于客廳門首接待。握手問候。客之去留任便。欲去。見主辭否皆可。初會者必辭而後行。凡接帖已來者。

過期須于數日內親來投刺致謝。帖雖女主出名。不能獨請一女。必同帖請夫婦父女母女兄妹姊妹。如有子者另具帖。女多者另帖附之。不另送。大茶會設更衣二所。以便男女脫卸冠服。飲食豐盛。供奉多係女僕。小茶會只備茶與加非糕餅而已。在樓上置女主前。女主按數斟出。有男客爲之轉遞。客入門。則僕導引上樓。因小茶會女主坐待于廳中也。凡婦女下樓。或飲茶或小食。固須男客相伴。飲畢偕回。如男客少。女主擇其尊貴者自行陪伴。或請別客之品位相埒者陪之。婦女下樓。欲食冰乳鮮果。必脫手套。若只飲茶與加非則否。男客皆立近于几。女客不能搶步。男客無論識否。當代主家前席致問。所嗜何物。取而進之。旁立待飲食畢。撤器。反于几上。若飲茶後。仍欲食乳油麪包而脫手套。則男客自會意而進之。女主非年邁有疾者。不得終日永坐。往來酬應衆客。有女亦當協助。有歌樂者。客皆悄然靜聽。聲止則齊行喚彩。以邀主喜。午後茶會之事。姑述所聞如此。

初三日戊子。陰雨。申初隨郭星使乘車往拜德國公使。

未遇。申正同黎蒓齋馬清臣張聽颿隨郭星使赴本街第十五號李槎森夫人家茶會。亥初先赴本街第二十九號羅慈夫人及柴得蒂苡菴馬格呢夫人二家茶會。凡請晚茶會者。帖與午後者同。時刻則書九點半或十點鐘。如備樂工或小戲。則加書奏樂或演劇。其樂工有善歌者。有善彈者。男女不過數名。客有擅其技者。亦可隨意遣興。演劇或數名優伶。或戚友作三四齣小戲。戲臺設于大廳正面。前爲客座。如客有王公王妃國戚。及外國王公王妃大臣名士。須于帖上加印或書會某如請他等茶會跳舞會及晚饌亦然。若專有樂工一班。非待其人入不奏。又必特作一陣以示恭敬。凡請晚茶會。訂期不在禮拜六。因近禮拜人多下鄉遊玩。或入堂禱經。凡大茶會跳舞會有兼備夜饌者。必另設一屋。特備茶酒小食。由九點至十一點鐘三刻。十二點則飯廳門開。內列夜饌。若有王公夫人國戚。主人須介紹一二男女尊客。有外國名人在會。亦主人必將本國名人爲之先容。夜饌備齊。則男主導女客下樓。男客必携所介紹之女客下樓。如無介紹之女客。則携女主下樓。另設一筵。以示尊敬。廳小容客不足一百者。則男女主偕遠客先入。餘留客堂聽樂。飯畢。或登樓。或回寓。均聽客便。除至近戚友外。鮮有復上樓聽樂者。客去。亦不必面辭。須于數日內。親來投刺致謝以爲禮。

初四日己丑。陰雨。午正隨郭星使乘車。往拜法國公使。未遇。亥初同馬清臣李湘浦隨郭星使往外部。赴丞相德爾貝夫人家茶會。客來者車馬塡塞。子初回寓。記西人每有創造建置。皆商民集股。名曰公司。雖數千萬金。不難尅期而成。凡鑿山開河。製造奇器。創置新埠。罔不恃此所謂衆擎易舉也。兩國交界處。火輪舟車亦多合成一棧。如由英至法至德。三段火車。一段輪船。只由英買票付錢于一處。足矣。聞土耳其國向來興建大事。皆須動用國帑數十年。前改效西法。建立公司。邇來不惟公司未富。且致欺風日甚。蓋數人合夥以業商賈。貲本或僅千百緡。苟非親身經理。輒被攘竊以去。况數千萬金之重。孰肯協力同心以共其事哉。夫土耳其二千年之古國也。（即古之希臘四百年前歸之土耳其）不意險詐至此。今雖有實心欲向西人共事。亦鮮有推誠信任者。

初五日庚寅。陰雨。入夜大風。晴。記英俗。凡人無事者。或早饌後。或晚饌前。必步遊少許。一爲消食。一爲淸神。皆在午未之間。又專有午後者。夏季由申初至酉正。冬季由申初至申正二刻。富室遨遊園囿。貧家步履街衢。其乘車者。四季多由未初至酉初。已嫁之女。原可一人閒遊。而宦家鮮有獨步勝地與繁區者。新婚或年少之人。遊必偕其子女或姊妹僕婢等。男女相識者遇諸途。必待女先鞠躬。或點首。男子方敢答禮。若與女一面之識。只以手扶冠而已。如係至契。則免冠高舉以爲禮。二女相遇。無論新交舊好。皆位高者先點首。二男相遇。俱不免冠。只點首。或以手扶冠。若遇一相識之男偕一二不識之女。則免冠以隱示敬女之意。然不爲之相見。蓋男不能向不識之女免冠也。若二女同行。一女遇其相識之女。則與不識者相見。二女遇一男于途。非夫與子不爲相見。男女遇諸園囿山林。皆男趨女旁偕行數武。男女同遊。則女前男後。非老婦不得携手並肩。夏日婦女乘車而遊者。有自御一種小敞車。由午正至未正。婦女于城內騎馬乘車。必有戚友或馬夫以伴。鄉間雖可獨行乘騎。若田獵。又必有人同往、以防不虞也。

初六日辛卯、晴涼。亥正同鳳夔九劉鶴伯隨郭星使乘車至坤娰門第四十八號。赴李斯格夫人家跳舞會。因其女李麗娰。年十五歲。學成出館。故設此會。一爲面晤戚友。一爲認識各家子弟。相與交結。以冀將來得壻。蓋仕宦之女。自六七歲在京讀書。繼而下鄉。或往別國。學習諸國語言文字。地理史鑑。以及雜藝。如音樂丹青等事。須數年後學成。方得歸焉。其家屋宇華麗。燈燭輝煌。男女千百。音樂喧天。共跳十數回。惟第一次與麗娰跳舞之男自覺榮寵無極矣。丑初回寓。

初七日壬辰。大雨陣陣。記百年前英國無火車電線時。寄信皆用馬車。車至某處。御者吹角報聞。今頻見樓下經過二馬車。或四馬車。修飾極其華美。車箱內及棚上前後共坐十二人。御者著紅衣。後立一僕亦著紅衣。沿路不時吹角。詢悉非爲寄信。蓋仿古遊鄉者也。凡下鄉而遊者。皆富室約男女戚友十餘人。携帶酒食前往。遊目騁懷。賞心樂事。如華人之踏靑。英名皮各呢克。

初八日癸巳。陰。記英俗登車必女先男後。女坐正面。男坐對面。若三女。則未嫁者先登。坐于對面。已嫁者後登。坐于正面。至則後登者先降。主客同車。至則客先降。乘車接客者。主坐對面以待。俟客登則讓坐正面焉。

初九日甲午。微晴。是日英稱冋滿代。爲耶穌教魔鬼歸魂之期。其義未詳。通城市肆關閉。男女街遊。午正同黎蒓齋劉鶴伯張聽颿乘車北行十四里。遊阿來三它牙宮。名雖稱宮。實爲國人遊憩之地。創于數十年前。原爲衒奇會所建。會畢。改儲各種奇物。令人玩賞。因地遜於水晶宮。遊人日少。不甚獲利。忽于西厤一千八百七十五年。宮遭回祿。于今重建。四面開展。樓高數丈。周逾二里。通身鐵石建造。極其堅固。正中設風琴樂臺。左右分列油畫鮮花。珍寶玩物。有歌亭。有舞榭。有酒肆。有肉林。宮前有賽馬廠。宮在茆樾山岡。路徑曲彎。流溪環繞。天下奇花異卉。蒼松怪石。靡不羅致。其間規模雖較前廣大。然比之水晶宮。猶覺少遜。入者一什。令當日遊者男女千餘人。日暖風和。山明水秀。殊令人心曠神怡也。申正回寓。

初十日乙未。陰雨。記英京通城。單馬雙輪車名韓森者。

有號至九千九百數十者。單馬四輪名喀普或佛回者。有號至一萬零一百六十六者。此外雙馬常行大車及運送貨物單雙馬車。亦不下萬餘輛。再加紳富單雙馬車通城數逾四萬。

十一日丙申晴。亥初同馬清臣李湘浦隨郭星使赴對戶葛里屏夫人家茶會。又衆善士欲代克英街嗲耳施醫院募化一年費用。擬在賢眞睦斯宮前韋里斯堂設跳舞會。特請中國

欽差爲首領。以倡義舉。入者每人一磅一什令。當日彝買得

一票子。正同衆隨郭星使往。樓房高大。男女跳舞多次。
寅初始散。
十二日丁酉晴。是日原擬公請二星使與李觀察日意
格羅緝臣三君晚酌。適值英人佛培之邀往水晶宮看
烟火。遂于申初同往。入內四面遊覽。見穹窿廣厦。修飾
倍麗於前。作樂唱歌。蓄魚養花。懸油畫。列百貨。殊覺可
觀。入飯廳。食畢。登正樓下視。遊人往來如蟻。亥初開放
烟火。見起火五彩。光燄熊熊。與前三次所看者同。惟氣
毬燃于地上。徐升半空。散成數十大星。光芒甚巨。水池

施放火蛇。飛騰數丈。互相往還。左右水法亭後然五色燈花。水泉滾起。如百道飛瀑與火燄相間。又爲其君主像。眉目口鼻冠纓衣褶。皆以火烟現之。末爲文窓宮萬戶千門。規模巍煥。遙見火光中層堦環檻。大木扶疏。青碧之色。葱蒨若活。眞奇觀也。法以鐵條外挂硫黃火藥。如京師上元所放花盒、惟不能如此之精巧耳。子正一刻回寓。

十三日戊戌晴。見生人一種玩藝。係一紙見方。周爲八里。內四分之一畫房一所。樹二株。餘三分。中分畫樹八株。假如有人生五子。故後將有房一角分與長子。餘三角須設法均割四分。每人必得樹二株。按其法。乃右上角畫一房。房下左右二樹。右下角先二樹。後一樹。左半先直線分畫三樹。再畫兩樹。地位均分。迨分時。將有房一角割去。則所餘三角作丄字形。先割去當中一小丄字。則所餘作凵字形。再將此字均分三段。每段自得樹二株焉。

十四日己亥。晴。微暖。申初乘車往金登幹處。取北京總署發來包封。係由乞假回國之稅務司英人哲美森所

寄。又因前于三月十七日。劉副使奉
旨改派駐德正使。乃經總稅務司赫樂彬由京發來電信。令
金登幹帶領前庚午年與彝同事之英人博郎。來見劉
星使。以備差遣委用。伊雖隸英籍。幼居德國讀書。熟悉
彼邦政俗。且効力中土十數年。能華語。故特任之。當日
謁見劉星使後。登樓訪彝。相見甚歡。暢談已往。
十五日庚子晴。午初隨郭星使乘車往見金登幹。坐談
極久。酉初回寓。飯後同黎蒓齋步遊荔榛園。風清日暖。
佳木繁陰。芳草鮮花。繽紛可愛。男女千百。絡繹不絕。緩

步而遊。無歌唱者。無喧譁者。亦無傴僂提携奔走往來者。蓋倫敦有廣囿三。曰荔榛。曰海岱。曰賢員睦斯。其規模稍遜于荔榛海岱。各周二十餘里。蔭以雜樹。有池沼而無臺榭。路有乘車者。有馳馬者。有步履者。界限分明。沿路左右設有鐵椅長凳。以便休憩。地由國主建置。遊者均往焉。因人住層樓。無呼吸通天處。恐氣鬱生疾疫。故特闢廣囿。俾得散步舒懷。以暢其氣也。故凡禮拜六及禮拜兩日。市肆關閉。匠役息工。每見街衢園囿之間。男女遊者倍多焉。

十六日辛丑晴。酉初同馬清臣隨二星使赴鄰人馬蕾家茶會。申正復隨往赴地理會晚酌。會首爲英國前任駐華公使阿里格。桌作丌字形。前後坐人一百八十四。皆會友之曾經遊歷外方者。蓋英人好遊歷。而于地理求之最精。凡五洲四海。踪跡所至。莫不測量道路之高下遠近。海水之深淺涼熱。審辨天地之寒暑燥溼。人物之大小剛柔。鳥獸蟲魚花木之奇異。無不勤書繪圖。自炫于衆。以求厠夫儒者之林。因而設會。集聚圖書。互相參考。亦文苑之快事也。當晚燈燭輝煌。酒食豐美。席畢皆起。立誦吉語。頌其君主太子王妃。以及本會傑士名人。其大旨仍不外乎地理也。亥正回寓。

十七日壬寅晴。未初有粤東南海人何沃生來拜。年二十歲。伍秩庸之妻弟也。現在議政院對面大醫院學醫。戌初二星使請日本公使夫妻參贊隨員。及其前任戶部尚書井上馨與屠邁倫等十人晚酌。亥正。彝同李湘浦鳳夔九步至緯帽巷第三十六號。赴布朗夫人家茶會。房小。人亦不多。子初回寓。

十八日癸卯。陰晴不定。早郭星使率衆往達爾貝地方看賽馬。係彝十年前到過者。亥初回寓。復至對戶葛里屏及他三家茶會。彝因牙痛皆未隨往。記英國賽馬會。每年由二月至十二月。每月多者二十餘處。少者亦四五處。統計一年共一百二十九處。以五月二十八日在達爾貝者爲極盛。卽本日也。

十九日甲辰。微晴。聞英例凡人有外遇生子曰無父兒。聽其母養育。任給名姓。取母姓父姓或他人姓皆可。如其子才能出衆。富甲一鄉。故後遺產入官。無遺囑分給何人也。

二十日乙巳。陰。涼。戌初。同黎蒓齋劉鶴伯李湘浦姚彥嘉張聽颿鳳夔九黃玉屏諸君赴利賽斯得爾坊阿拉罕布喇戲園觀劇。所演天地山川各景。無須瑣述。惟歌唱跳舞。鼓樂悠揚。燈變五彩。目眩神移。先三男二女。扮作金木水火土五星。又一男一女作儺翁儺母。擊鼓驅逐。想亦除夕禳除疫厲之意也。又一女二八妙齡。容華絕代。當場一曲。聲欲繞粱。末場係幼女百名。衣分五色。按班跳舞。依鼓隨琴。旅進旅退。其步履整齊。毫不錯亂。中一女年最幼。爲衆中首領。跳則步步生蓮。如窅娘舞。

雖凌虛仙子不過是也。觀之令人神醉。子正回寓。
二十一日丙午。陰涼如昨。因倫敦達拉麻的會館。欲代
米得賽施醫院募化。以助所需。乃在高米戲園邀請子
弟演劇。善士以帖各請所識。入者每人七什令。當日隣
人柯拉義送來一帖。遂于未初往觀。演一齣分四節。樂
工不多。歌唱平平。按英君主生于西厤五月二十四日。
俗例。每年由五月二十日至三十一日。各署關閉。官皆
出遊。君主以是日在封印期內。故改于六月初二日。卽
本日也。伊國無朝賀之典。惟倫敦通城結彩懸燈。歌舞

奏樂。朝夕車馬喧闐。往來士女雜沓。人多如蟻。寸步難移。戌初。外部大臣德爾貝因慶賀其君主生辰。恭請各國公使晚餐。酉正一刻。郭星使獨往。亥正。德夫人在外部請茶會。亥初。同黎蒓齋馬清臣鳳夔九劉鶴伯乘車前往。入內見郭星使。遂在樓上步繞一周。男女千百稠密如織。人氣薰蒸。非常酷熱。子正回寓。

二十二日丁未。天氣晴霽。風景可人。回憶自抵倫敦四月。日在沉陰霧雨之中。似此朝夕晴爽。洵爲第一良辰也。未初。隨郭星使往訪金登幹。坐談片刻。下午黎蒓齋及英人柯拉義同約步入荔榛園前小園一遊。園雖不大。四面環以鐵闌。設木凳。建芳屋。點綴甚雅。密林垂蔭。夾道花香。可以消夏矣。園又南北分二。上橫複道。下通地隧。南者花木無多。北者珠翠繁勝。園之四面住家。各有鑰匙。外人有願入者。向園丁賃鑰匙。一年助資二磅。以爲修理之費。

二十三日戊申。晴。申初。同馬淸臣劉鶴伯鳳夔九隨二星使赴本街第三十五號。皮特爾夫人家茶會。男女數百。極其鬧熱。繼至甘那爾夫人家聽曲。屋雖大而座少人多以至擁擠。歌者男女四五法國人。女雖雪肌外露。體極輕盈。而聲不嘹喨。曲亦平平。子正回寓。

二十四日己酉晴。酉正合衆國公使請茶會。彝同黎蒓齋馬清臣隨二星使前往。見各國公使夫婦隨員及本國文武大員男女千餘人。有合衆前任伯理璽天德格蘭達。係前于丁卯年隨使伊國會過者。彼時充元帥之職。烏鬚白面。英氣凌雲。後因戰勝南省叛黨。公舉爲伯理璽天德。八年任滿。退爲閑人。立志周歷四海。廣所見聞。當晚相與叙談。見精神矍鑠。鶴髮皤然。身雖老而心猶壯焉。戌初回寓。
二十五日庚戌。陰涼。十數日前。外部約今晚赴卜靜宮聽樂。阿蓋公亦請是日茶會。昨日忽聞和蘭國后之喪。遂中止。友邦有大喪。國主爲之素服停樂二十一日。睦友之義也。臣下私行宴樂則不禁。故當日申初同馬清臣李湘浦張聽颿隨二星使乘車行十數里至其第。見阿蓋公及其子洛安侯。暨他男女數百。屋祗兩層而已。後有大花園。百卉繁盛。萬木陰森。綠茵滿地。曲徑通幽。每數十步。設布帳。列桌椅。陳酒果。聽客游踪所至。以飲瞰之樹下有紅衣樂工一班。鏗鏘錯雜。靜而不譁。惜當時細雨。未能暢遊爲憾。公夫人年逾古稀。因病不能下階。乃請入。坐談良久。伊子洛安侯侍立。無倦容。克盡子職。夫孝逆二字。皆出人之本心。想天下萬國。男女體貌既同。心地亦必不異也。酉正回寓。亥初復隨往赴竇星阿柏斯訥夫人家茶會。聽樂。男女數百。妝飾華美。樓房闊大。燈燭輝煌。廳列墨國樂工一班。來由義勒薩地方。名曰洛亞堤婁蕾斯。男四女三。服飾稍異。曲調新奇。樂器與英法不同。有一種大如中土月琴。先橫七絃。後豎

數扣置小几上。撫之聲韻清幽。有高山流水之致也。子
正回寓。
二十六日辛亥。陰暖。未初著行裝。同馬清臣劉鶴伯隨
二星使乘官車。往賢眞睦斯宮。赴朝會。大太子各國公
使隨員。本國文武百僚。皆于左肩下圍黑縐紗一條。寬
逾二寸。定制也。因前日飛來電信。經駐英和蘭公使通
知外部。傳印京報新聞紙。故是日來者。衣服一律焉。中
刻回寓。入夜晴。
二十七日壬子晴。申初隨劉星使往赴致仕水師提督

何洛家茶會。人亦數百。中有伊友顧德者。通日影報。待人咸集。乃令其試演之法。用鏡大如楪。穴其中。小如豆。迎日光立于架上。架高五尺。距鏡尺餘。有小牙籤綴黑子。亦置架上。對鏡而立。鏡與籤皆有活機。可以低昂。據云。用時務令籤之黑子與鏡之小穴恰相對。能于三百里外見其影。然必日光明朗。立于高埠無障目處。方能爲之。雖較電報稍緩。而兩軍對壘。中隔敵兵。不能飛越。欲使人繞出敵後偵探。以施圍裹抄襲之計。非此不能以達信。夫三百里外。既見其影。則拽活機。使鏡光閃動。

大動爲一橫。小動爲一直。再小爲一點。橫直與點相繼而成二十六字。字與字相合而成話。話與話相因而成句。與電信所用之橫點代字法同。惜當時日光明暗不定。未獲遂意。看畢辭歸。戌初有英國善創火輪船式名人李德夫婦請酌。遂同馬清臣劉鶴伯隨劉星使乘車行八九里。至海岱囿旁格斐賽斯得爾路賢司的芬山房。入內見其夫婦。及其妻妹馬莉。屋宇崇宏。修飾華美。同席男女二十二人。分款華英德法俄義巴西和蘭八國。酒食豐足。暢飲甚歡。中惟和蘭沙陵坦姊妹善彈唱。

名噪英都。時人皆傾慕之。
二十八日癸丑。晴。天氣暖如初夏。人始著袷衫單袴。已正隨郭星使同馬清臣乘車入老城馬克巷拜米斯盤。及赴卜樂爾伊斯坦二家茶會。申初回寓。又令彝同張聽颿劉鶴伯代往荷苓屯赴抛球會。乘馬車行二十餘里始至。地頗寬闊。周約四里。正面木房五間。中設御座。惟王公國戚世爵大員方得入。對面橫列大布繖二十餘。設椅凳千百。男女集觀者履舄交錯。遇有德義日本三國公使。及馬蕾阿什柏里與徐司得父女。中一皦院。

四面圍以木闌。乘馬者十餘人。各著異色短衣小帽。手執木錘。柄長三四尺。分左右二隊。爲英格蘭蘇格蘭人。院中放一牙球。後立一人舉旂。旂落則兩隊同馳。互以錘擊球。以力大將球擊出圈外者勝。正値馳驅間。忽一人落馬。乃止。當日木房內坐大太子太子妃及三公主與大員命婦數名。旁一大花園。蕙徑桃溪。花深樹密。魚游雀噪。日暖風清。設有酒肆花亭。誠遊賞之佳境也。酉正回寓。少憩。復同鳳夔九劉鶴伯乘車行十數里。赴教士霍拉家茶會。男女二十餘人而已。房雖偪窄。而四面山河花木。景致清幽。在彼少敘卽囘。亥初復隨二星使赴。鄰人懷達家茶會。見其妻女與二子。暨他男女數百人。子正飯廳門開。懷達導入勸飲。主客皆懽。飛觴醉月。靜而不譁。丑初囘寓。

二十九日甲寅晴。記此時倫敦各紳富皆請茶會跳舞會。聽樂觀劇。亦有折柬而約者。云由某月至某月。每禮拜幾日。午後由四點至七點鐘。在舍拱候。

五月

初一日乙卯晴。午正隨二星使及黎蒓齋劉鶴伯張聽颿姚彥嘉諸君。再到博物院。下車有德格樂禧在明及傅立蘭迎入。觀其所儲華書萬卷。其中最要者有十三經注疏。七經。

欽定皇淸經解。二十四史。通鑑綱目。康熙雍正

上諭。

大淸會典。

大淸律例。中樞政考。六部則例。康熙字典。朱子全書。性理大全。杜佑通典。續通典通志通考。佩文韻府。韻府羣玉。淵

鑑類函圖書集成。
殿板之四書五經。西清古鑑等類。其餘如諸儒語錄。道釋外教。各省疆域圖考。府縣志書。兵法律例之編。琴棋書畫之譜。示諭册帖尺牘之式。古今詩賦文藝之刻。詞曲小說。方技百家。無不備具。多按西式裝潢。四面庋閣。亦海外藝林之大觀也。申初回寓戌正。同鳳夔九劉鶴伯赴隣人柯拉義潘特爾二家茶會。男女各二三十人。暢談甚懽。入夜雨。

初二日丙辰。早微晴。午後復陰。涼。倫敦西南白馬街。有阿賽年會館。自丞相以下。凡文職大員皆署名。其間。而各國公使亦與焉。按阿賽年。希臘國之都城。而英之文教來從希臘。故以其都城之名名之。時館人請二星使入會。未初一刻。同馬清臣隨二星使往。至彼下車。有威公使傅立蘭迎入。上下遊覽。二公亦會中人也。樓舍高大整潔。器皿齊備。書房左間油畫百軸。皆古時名人遺像。神情畢肖。面目如生。右間藏書十架。乃歷年新報編成卷帙。會中人觀書飲膳。可以隨意盤桓。惟不能請會外之人。亦不能夜宿。每日辰初開門。酉初關閉。各歸所寓焉。

初三日丁巳晴。酉初同張聽颿劉鶴伯鳳夔九先赴對戶葛里扉家茶會。繼隨郭星使乘車往赴阿蓋公夫人及索立斯百里侯夫人二家茶會。亥初囘寓。又同張劉二君先赴博物院之屬地會所設茶會。正中作樂。來者男女千餘人。遇有傅立蘭長崎道至及馬蕾夫婦等多人。去此。至班普敦路第一百一十二號赴精工集茶會。高樓五間。男女數百人。第一間設茶酒小食。第二間列名人賚拉得由各處採來千種寶石。第三間懸吶爾斯名媛所畫之花鳥魚蟲百張。皆栩栩有生趣。第四五間羅列新創金石電氣燈數種。光輝似日。滿室耀人。子正回寓。

初四日戊午晴。申刻同馬清臣隨郭星使赴詹柏爾夫人家茶會。酉正同張聽颿劉鶴伯乘車行十數里。往遊客立滿園。係十年前到過者。燈燭樓臺。較前尤勝。因天氣尚寒。遊人不夥。所演戲樂烟火。甚屬平平。惟末場當院立一草亭。四面暗藏硫磺火藥。迨焚著時。一人穿皮衣者突入。火滅。人出無恙。亦奇觀也。

初五日己未晴。早郭星使約李觀察日意格羅緝臣禧在明屠邁倫及日軍門記室法人高爾介早饌。同慶端陽。未初同黎蒓齋劉鶴伯乘車出郭。花木參差。豐草綠縟。惠風和暢。佳景宜人。見紅衣兵一隊于河邊走馬。亦蹕柳之遺風也。戌初。同張聽颿隨郭星使乘車。行六七里。赴哈爾的夫人喀爾特夫人及世爵何蒳坦三家茶會。樓房高大。燈燭輝煌。樓梯廳室遍置鮮花。濃豔襲人。如遊香國。皆備茶酒果餌。待客飲噉焉。

初六日庚申晴。巳初。隨郭星使同黎蒓齋馬清臣鳳夔九乘車。過西敏斯德堂。至議政院旁下車。有培恩船廠派人以小輪舟來迎。登舟走泰木斯江三十餘里。一路長堤鋪翠。水靜無波。至格林泥芝村。登岸乘馬車行數里。抵其地。廠極大。工匠千餘名。製造鐵輪火機。亦皆以機器爲之。鐵爐大者崇廣如墪臺。其外關以鐵閘。能自闔闢。煤亦按時經機器推入。不須人力。爐風煽以鐵扇。先入洞中歸總氣管。繼而分布各爐。以供其用。爐之大小共四。凡火機鐵輪。以及水鍋。所需雜具。大小長短銳鈍方圓。皆造自機器。通屋橫鐵軸。小輪繞以皮條下通機具皆統于一大輪。大輪動則諸輪皆轉。輪轉則器具行。錘拽鏇割。悉如所欲。去此。回行十五里。至東西印度貨棧。在彼午酌。後乘車繞行三十餘里。入各房看貨物。房皆鐵建。高起二層。按種分儲。如羊毛糖酒等物。存酒積千桶。望門百步。糟漿之氣。逆於人鼻。此外則膴膴昀昀。田疇交錯。旁臨江岸。舟楫不多。看畢謝辭。登舟。申正回寓。

初七日辛酉晴。記倫敦世爵王公之僕役。皆著古服。短衫背心與袴皆紅色。高襪逾膝。黑皮亮鞋釘帶。有以粉而染髮者。蓋百年前。英有君主。年邁髮白。自恨其老。乃諭令通國男女老幼。凡與君主面會者。皆染白其髮。以使老幼不辨。今大制雖改。各王公國戚之府第僕役。仍用以示尊崇也。晚郭星使令訪金登幹未遇。

初八日壬戌。晴。午後街遊。遇一老者。免冠延入茶餌巷魯義斯會館。烹茶進酒。款待甚殷。問其姓。云世襲伯爵蒲樂敦也。住上柏克來街坡特滿坊第五十五號。飲畢導引上樓。屋宇宏敞。餘亦華美整潔。與前隨二星使所看二會館大同小異。亥初隨郭星使乘車往意敦坊赴葛爾呢夫人家茶會。樓閣崇宏。男女雜遝。肘並肩摩者。以千數百計。少立卽轉入左門。下樓入飯廳。飲茶一杯。子正回寓。

初九日癸亥晴。申初李觀察日軍門高爾介羅緝臣同請二星使黎蒓齋馬清臣與彝等。在立墀滿村晚酌。乘車行三十餘里。過泰木斯江橋。入立墀滿園。草色青葱。樹林陰翳。鶴鳴鹿伏。極屬清幽。入斯達安戛特店。白石建造。高大寬宏。上下五層。廳屋千間。前臨溪河。鮮花冉冉。後傍園囿。林木森森。少坐。出後門步遊其園。遇六七

鄰人。店在山岡。四望無際。胸襟爲之一豁。式與法國賢
日耳曼同。繼而入。內共席十二人。魚肥酒美。雜肴前陳。
懽飲暢談。戌初始罷。回倫敦。一路燈燭燦爛。車聲轔轔。
男女絡繹途間。時己亥正焉。
初十日甲子。陰凉。同馬清臣李湘浦隨郭星使乘車。晝
赴世爵賀拉斯。趙力士。布拉奚。葛里扉夫人。四家茶會。
夜赴精工會醫學館二處茶會。
十一日乙丑晴。同張聽颿劉鶴伯隨郭星使晝赴前任
上海稅務司已故費士來之族弟費自賴。及奧蘭兜與

胡克爾夫人三家茶會。夜赴林池及蒲達呢夫人二家茶會跳舞會。

十二日丙寅。陰涼。申初同劉鶴伯隨二星使乘車往赴布路克衖第五十三號克拉列芝店席克思夫人之茶會。男女千餘人。有合衆國前任伯理璽天德及巴西國王與后。年皆六旬餘。衣冠與庶民同。亥正同黎蒓齋馬清臣劉鶴伯隨二星使入卜靜宮。赴君主跳舞會。進宮登樓。入大堂。高七八丈。周四十餘丈。正面立太子王妃公主國戚。左右立各國公使隨員夫婦。對面樓上奏樂。

下立通城世爵文武大員男女雲集。以千數百計。皆著朝服。與赴朝眷會同跳時分爲兩班。太子王妃以下位尊者爲一班。各官男女爲一班。樂奏則男女對面相向。互爲携持。男以右手摟女腰。女以左手扶男肩。旋舞中央。每二三四五偶並舞。皆繞數帀而後止。惟夫婦不相偶。兄妹不相偶。必戚友相識者。男女始爲偶也。跳則依樂移步。隨式轉軀。步武整齊。毫不錯亂。蓋男女自幼皆習舞於旄人也。飯廳以長筵。陳茶酒果餌。待人飲啜。丑初回寓。天已明矣。

十三日丁卯陰涼午正艾德林約午酌看水晶宮大玫瑰花會中設長案數丈列花罩以玻璃千苞競秀萬蕚爭妍遊人甚夥往來如織蓋西人最善種花凡玫瑰月季皆能作五色大如牡丹其他如杜鵑芍藥繡球珍珠亦開若堆錦可謂得養花妙術矣

十四日戊辰晴午後有印度回民布夏什者來請郭星使往其家飲茶辭而未果令彝代赴亥初乘車行八九里至陸司坊第五十九號入內見其夫婦年皆四旬餘其妻英人也有鄰人男女六七又有九印度人一蠻喀

爾。係佛教人。來自孟買。一孟果。來自海大拉立。一阿阿立一阿亞立兄弟也。來自古阿立爾。一巴哈蠻及他四人。皆來自貢果。以上皆回教人。年皆弱冠。能英語。來此學習律例者。又有土國原任水陸總理米達巴沙者。因不得志。退歸林泉。現又因避亂而出遊四海。焉在彼少談回寓。

十五日己巳。晴。酉初同黎蒓齋劉鶴伯約李觀察羅緝臣在海豪班街第二百一十八號。格朗薩隆館晚酌。正中高樓一間。四面穿廊。羅列客座。華麗整潔。樓上正面作樂。以助興趣。樓下中堂設水法花池。俱極清雅。每日由卯正至戌正。男女出入如雲。戌正。同張聽颿劉鶴伯赴巢特衛夫人家茶會。又赴柯禮佛夫人家聽曲。男女數百。歌者二男三女。曲係義法二國者。妙調新聲。宛轉清楚。亥正一刻。同馬清臣隨二星使乘車至韋立斯堂。赴蘇格蘭跳舞會。英名喀蕾斗年柏。男女之盛。甚於卜靜宮。而巴西國王與后亦在焉。蘇格蘭服式。與英愛二處不同。男女皆于左肩搭紅色棋盤紋毡一條。寬逾半尺。而束其餘于腰旁。男子著黑絨短衣。不袴而靴。有以

紅帶繞膝以下抵足。女子皆袒胸露臂。與他無異。鼓樂
喧天。跳至寅初始罷。
十六日庚午。陰晴各半。未初。阿什柏里約黎蒓齋張聽
颿劉鶴伯鳳夔九與彝午酌。共席男女二十二人。有日
本公使夫婦。肴亦具華饌。如燕窩鴨舌魚翅金猪等。緣
二日前伊借中土庖丁爲之調和也。魚肉肥美。酒果豐
盛。暢飲甚歡。食畢而去。行五六里。至阿拉伯門。赴訥克
思夫人家茶會。房屋偪窄。人數不多。前臨大街。後傍海
岱囿。景致頗佳。當日在阿什柏里家座中有庫樸母女

者。當時約今晚亥刻赴其家聽樂。亥正。乃同張鳳諸君乘車。至上布克巷第四十一號。抵其家。見其母女。及他男女百人。樂則一男二女。彈琴拽胡笳。聲調可聽。丑初回寓。入夜晴。

十七日辛未晴。申初。同李湘浦姚彥嘉黃玉屏。赴對戶葛里屏家茶會。亥初。同黎蒓齋馬清臣隨二星使乘車。入卜靜宮。赴聽樂會。大堂南面一臺。奏樂歌曲。有紅衣樂工百名。前坐男女伶人六名。左右立男女二百餘人。爲和聲諧韻者。臺前列座三行。作月牙形。頭行中坐大太子妃。左右坐巴西國王與后。再則大太子及他公主王妃國戚等。後二行坐世爵大員夫婦。此後列座數十行。坐男女仕宦千餘人。左右臨牆各高臺三層。坐各國公使隨員男女逾百。入座後。按人樂單一張。上印某年月日在卜靜宮。何時奏何樂。何人唱何曲。開列清楚。曲畢。大太子及巴西國王等。皆近立臺前。向各伶人敘話。據云。各大戲園之男女伶人。間有仕宦子女暢懷遣興者。丑初回寓。

十八日壬申。晴。按英俗。每五十年爲一節。名曰朱必立肥斯的瓦。是年又值一節。故各處多有犒勞工匠。獎賞學生者。當日有文士司悌義。請赴萬泗堤村。孤獨子女學堂。看視獎賞。凡英國義學養濟院施醫院各善地。歷年各項經費。率爲紳富湊集。請國家倡首署名。隨時協助焉。午初。同黎蒓齋劉鶴伯張聽颿乘車東行二十七八里。至彼下車。有司悌義等多人迎入。大廳正面列座一行。左右立男女數百人。少刻。英四公主綠衣姒駙馬洛安侯。率三四大員命婦至。入內。公主駙馬正坐。大員命婦坐其左。彝等四人坐其右。因西國尚右。以示優待也。堂內教養孤獨子女。由三四歲至十一二歲者。六百零一名。當日男童著灰色衣。女童著藕色衣。按歲分列十隊。由公主前經過。中立一木墪。高盈尺。每隊擇其善言者。令立墪上。暢言一節。有述堂內之規模者。有言孤獨之苦況者。聞之令人慘切。言畢。齊入子女分列兩旁。後公主擇其文學測算格致化學琴學之優者。各賞書筆文匣等數十件。後登樓。入看各屋。如學堂。琴房。化學房。臥室。飯廳。沐浴室。玩藝房。其樓五層。房千間。各人分處。雖玩藝房中。亦各一木匣。蓋幼童不能終日習讀也。

看畢。入大飯廳。桌座上列一橫。下分四行。通作卌字形。橫桌中坐四公主。左坐駙馬及他大員命婦。右坐彝等四人。下四行對坐男女老幼四五百人。飯畢。對面奏雅樂。歌吉曲。祝頌天保君主太子王妃。歌罷。洛安侯向眾立。談贊揚此堂培養人材。咸賴人心好善。末則堂主立誦善士助錢名單。有助數百磅者。有助二三磅者。座中人皆有所助。堂周遒二里。四面花木參差。一望幽雅。臨行各署名于簿。戌初回寓。亥正。同馬清臣隨二星使赴德國使署聽樂。男女數百人。座列整齊。樂工男女八名。

合鳴金石。錯雜悠揚。洵可樂也。
十九日癸酉晴。申正。同黎蒓齋馬清臣隨二星使乘車。行二十餘里。登康布整山。赴寶星王啟明夫人魯義思别墅茶會。樓在圃中。左右蒼翠鬱葱。百花爭豔。前面一望開敞。下臨巉岩。有泉瀉出其間。水淨苔青。點綴幽雅。雖非石崇之梓澤。亦司馬之獨樂家園也。當時男女無多少。坐卽回。亥正。同黎蒓齋鳳夔九隨二星使乘車。至格文園。赴巴西使署茶會。男女百餘人。遇有巴西國王與后在焉。

二十日甲戌晴。午正。隨郭星使乘車往拜世爵司丹力。少坐即回。申正復同馬清臣劉鶴伯隨二星使乘車行十數里。先至朗北宮赴堪特柏里阿赤比朔泰達夫婦茶會。古樓三層。入內見其夫婦皆六旬餘。其他男女數百人。往來步于園囿之間。蓋宮在囿中。四面鮮花圍繞也。去此。又行二十餘里。入富朗宮。赴倫敦比朔扎克三茶會。下車入內。客多散去。伊二女導引園內一遊。亦係古宮一所。樸素無華。園景之秀雅者。以此爲冠。叢林攢翠。夾路如屏。古樹婆娑。涼陰帀地。左臨泰木斯江。流水引入。故宮之前後繞以清渠。到處觀魚。此樂何極。時雖日暮。益覺靜爽宜人耳。遊畢。強留飲茶。戌正。謝辭回寓。聞英國耶穌教大主教稱曰阿赤比朔者二。掌教于南者。曰堪特柏里阿赤比朔。掌教于北者。曰洛爾格阿赤比朔。南爲正。北爲副。位皆尊於五等世爵。堪特柏里與洛爾格皆。南北地名也。又有所謂倫敦比朔者。位次阿赤比朔一等。居處皆以宮名之。每歲各領俸金二萬餘磅。合銀七萬有奇。實爲貴戚大臣未有之厚祿也。

二十一日乙亥。陰雨。記英俗。凡請午後聽樂之帖。係由市肆印成出售。白紙厚一分。寬四寸。長約三寸。所請之人書于上右角。請客之女主書于中心。下面書在家二字。又下書月日時刻。及候囘信。書于下右角。住址印于下左角。書樂字于其上。若意在聽樂後改跳舞。乃加書跳舞二字于樂字後。時刻多由申初至酉正。在樂臺前。按客數。行行列小紅椅。女主立于門首接迎客。入皆自行入座。奏樂歌曲。分爲二場。有印成樂單。上開頭二場每節何人唱何曲。作何樂。頭場作畢。則男女客皆下樓。入飯廳。飲茶酒。食果餌。客有聽一場卽去者。有待兩場畢而後去者。然鮮有聽半場欲去而亂客座者。若請午後跳舞會。惟將請午後茶會帖之樂字改跳字。時則改由申正至戌初。樂場改跳場。樂單改跳單。此等會客皆不多。而茶酒果餌猶當預備焉。

二十二日丙子晴。亥正。同李湘浦劉鶴伯張聽颿乘車。行二三里。至代萬曬街第一號。赴貝拉父女家茶會。款待甚殷。且留夜饌。酒食肥美。英國茶會跳舞會之盛。每年由三月至六月中旬止。此俗由來最古。歐羅巴阿美里加二洲各國。率皆爲之。凡人家店肆。平時大廳截爲數室。欲請會則開門下槅。通爲一大間。收陳設。移桌凳。位置跳場樂所。雖大小公署。亦莫不有大廳敞房。以備盛會。若以爲公事之不可無也。西人性好奢華。凡富貴喜交結者。皆樂爲之。一人子女待其長成。雖無力亦必勉強支應設會結交。以便子女得友相與往來。則男可訪女。女可覓男。嫁娶咸賴於此。因男女細心訪察。各得所願。則意洽情投。鮮有作秋扇之歌者。每會所費。少者百餘磅。多者至六七百磅。合銀二千四五百兩。

二十三日丁丑。陰有麗如行東主賓星貝音斯。請在格林泥芝村塔拉伐拉夏爾館喫魚飯。酉初同馬清臣隨二星使乘火車行二十五六里。抵其地。時值大雨滂沱。另雇馬車行二三里。入館。同席共三十二人。相識者有阿威二公使。金登幹。李德巴克。蕾康貝。益通名姓者。有莫泗爾馬克林瓦勤朔。李達蒲堤滿亢柏艾博恩拉鑾。楊昂羅遜。安得森。阿克蘭賀辰伊揚達。威森馬那拜達。巴特三。吳敏。白艾立。因地近泰木斯江。水甘魚肥。每入夏。通城富室多來此喫魚飯。此館庖丁善於烹飪。因而名傳遐邇。當日茶酒果蔬皆佳。魚共九色。有一種小魚。

如鯊長寸許。極肥嫩。煎以菜油。敷以椒麪橘水食之。頗甘。席撤。貝音斯巴克蕾威公使郭星使皆立言數語。彼此謝答。亥初轉入客廳。飲加非吸烟。少敘。子初回寓。

二十四日戊寅。陰晴相間。申正同李湘浦劉鶴伯乘車。登康布塹山。赴傅樂爾夫人別墅茶會。樓房寬敞。園囿廣大。樹陰繁密。花蔓繽紛。與日本公使夫婦鄰人賀拉斯父女相遇。有老翁羅斌森者。帶見男女多人。攀談良久。和藹可親。分袂時。索名刺問里居。有依依不盡之態。晚同李湘浦走老城敏興巷。赴克洛斯倭克爾會館之約。因數日前。有會中人法克吶爾者。致書馬清臣言。是日酉初。請其代約彝及能圍棋者。在館晚酌。其人善各奕術。于圍棋不甚了了。故有是約。因有前傅樂爾茶會。恐不能早回。遂于今早與彼電信云。臨時不能卽到。請毋等候。戌初至彼。法克吶爾迎出。導入飯廳。同席者二十六人。炙牛烹魚。酒肉肥美。食畢。由首座遞傳二銀罐。形如籤筒。高尺餘。內盛櫻桃酒。名曰樂武英克普。釋樂武英者。喜愛也。克普者。杯也。義謂衆口同飲一杯。以示友愛也。第一人接而啟蓋。抱飲一口。覆蓋。轉交第二人。

以次遞飲。如此飲畢。首座人立起。以吉語祝其君主大太子太子妃。以及會中各人。衆皆立起。舉杯懽呼。後同入他室。吸烟。飲茶與加非。法克吶爾復前引登樓。入看各室。崇宏潔麗。修飾整齊。式與他會館同。子初回寓。細雨。涼。

二十五日己卯。早陰。午後大雨一陣。申初同張聽颿劉鶴伯乘車。至海岱園左第五號。赴計普森夫人家茶會。亥正。又同黎蒓齋馬清臣隨郭星使至韋里斯堂中赴世爵司丹力夫人茶會。男女有千餘人在內。少立。下樓。

飲茶一杯而歸。

二十六日庚辰陰。午後隨郭星使往拜威公使。申正回寓。復令彝往見金登幹。坐談片時。亥正同黎蒓齋馬清臣李湘浦隨二星使入卜靜宮赴君主聽樂會。樂臺坐位如前。無須再述。

二十七日辛巳。早晴。午後陰。因隣人柯蕒蒂母女請黎蒓齋鳳夔九李湘浦劉鶴伯張聽颿與彝前往克拉法木莊。赴其舅賀藹班家茶會晚酌。彝以近日公務紛繁。不克分身外出。乃請黎鳳諸君申謝。未往。申初隨郭星使赴外部。會德爾貝。少坐。歸時順拜俄義二國公使。皆未遇。酉正大雨而雹。亥初。復同姚彥嘉隨二星使乘車。行十數里。至坤娰門第一百九十七號。先赴魏拉慈夫人家茶會。繼而回行二十餘里。至凱文坊第一號。赴徐司得夫人家茶會。二處皆樓舍高大。男女各千餘人。燈燭燦爛。酒食豐盈。客之下樓飲食者。皆自就筵前。立而哺啜。惟中國

欽差。則主人親捧茶酒。問所欲食而親遞焉。以明恭敬之意也。

卷四終

清末民初文獻叢刊

四述奇

（第二册）

［清］張德彝 撰

朝華出版社
BLOSSOM PRESS

四述奇卷五

鐵嶺 張德彝在初隨筆

貴　榮竹坪校閱

丁丑五月二十八日壬午。陰雨。巳正。隨郭星使乘車行十數里。至堪興坦圃前第九號。拜日本公使上野景範。談次。令其妻彈箏。其聲嫋嫋。斷續可聞。繼示其水畫。則鋪張點綴。花木如生。伊言西人在其國多田獵者。而國有定例。非買憑票。不得入山而獵。西人間有買者。每張值二磅。其無票而被巡捕查獲。則罰錢。西人不服。辯論至數月之久。迄今未結云。去此。至班斯塹坊。拜土耳其公使穆素樂斯巴沙伊。言華國莫耽安逸。須防北界強鄰。凡亞細亞各國。皆當和好會盟。同心禦敵。倘中土能效西法。國自富。兵自強。則敵人有戒心。而不敢竊發矣。再行八九里。至和蘭園旁第八十號。拜波斯公使王爵米爾薩馬拉闊堪那賽木拉木克伊。言英國始創火車。國人莫不騰謗而欲毀之。謂舉國牧御。由此廢業。妨民孔多。敝國初建鐵路時。亦蜂起而沮撓之。豈知火車既興。生意更加茂盛。蓋無火車時。人貨之往來者少。有則

商旅絡繹于途。火車不能及之處。濟以尋常車馬。故百
物滋豐。且火車獲利。尤在運貨。大國貨物多。則生理必
大。生理大則利息必倍。利息倍則稅課亦增。實爲裕國
富民之道。各城苟有變亂。聞報發兵。則朝發而暮至。疾
風掃葉。摧落匪難。是有火車。兵行速而軍需省矣。再敝
國無火車時。征客皆乘馬車。每遇盜刼之警。雖有保標
一種。究與馬賊相通。自建鐵路後。人行萬里。自無意外
之虞。卽有急務。亦得卽時興辦焉。
二十九日癸未。陰晴相間。未初。隨郭星使赴外部。見丁

侍郎。談新嘉坡喀什噶爾及鎮江各事。酉初回寓。亥正。赴古達滿夫人家茶會。樓房不大。華麗壯觀。男女無多。靡不歡然相接。

三十日甲申。陰。申初。同黎蒓齋隨二星使乘車赴公爵騷爪蘭夫人家茶會。頗覺繁盛。亥正同馬清臣隨郭星使赴楊賀森夫人家跳舞會。男女三四百人。大廳洞開。正面作樂。旁立觀舞。三場中惟一場其名未詳。係男女八對。攜手往來。動搖。赴度或亂。正以成行。指顧應聲。或徐行而順節。誠可觀也。夫中國奏樂。以舞爲主。外國跳舞以樂爲主。蓋男女之舞。皆循聲而移步也。夫舞爲樂之容。今以西式觀之。又似樂爲舞之體。蓋無樂則不能舞。而舞又非樂不能形容也。

六月

初一日乙酉。晴。未初。同黎蒓齋李湘浦鳳䕫九乘車遊海岱囿。途遇阿什柏里。遂下車。同步入加非館飲茶。坐次。談及其家致富之由。據云。火車之行。輪鐵迅疾。輒生火焰。車每被焚。伊父阿士貝因而創造涼油。使車行久而輪不熱。遂獲厚利。富甲一鄉。英之富室如是者。比比皆然。蓋英人創製各物。而獨臻精巧者。實賴官助以成之也。凡人見物之不適于用。或適用而意猶未快者。則竭其心力。廣其見聞。不惜工本。不避勞瘁。遍訪寰區。歷試諸法。以務求其當。或數年或十數年。一旦有得。則以告諸保製公司。（係專督人之創造新物者。）英名柏定得敖非斯驗之果濟於用。則給以文憑。其保若干年。禁止他人私摹其式。其有奉明效仿者。皆納貲於創造之人。又恐他國私摹。于是遍告鄰封。官爲主持。凡有效仿而不納貲者。則倍罰之。故一物既成。其利輒以億兆計。否則幾經研求。

以發其秘。他人坐享其成。無所控訴。誰甘虛費財力以創造一物乎。如創造尚未卒業而有惴心者。可先赴保製公司。告以現創一物將成。恐人竊用其法。先納數磅。請保若干月。限滿持往考驗。有用則給憑爲據。無用則作爲廢棄。如實有用而官不以爲然者。猶可訟諸刑司。以聽審斷。若禁外人私摹而官陰用之。亦可赴控。斷令國家認罰。故人有一得之技。雖朝廷亦不能以勢相抑。故人皆勇于從事也。

初二日丙戌。晴。亥初。同馬清臣隨二星使乘車先赴義大利公使茶會請男女客八九人。任歌一曲。有聲音嘹喨。令人一往情深者。有隨歌故作意態。令人爲之腸斷者。去此。往赴詹柏爾夫婦家變妝跳舞會。屋宇高敞。男女數百。皆易妝、人帶獸面。男爲女服。如角觝戲。又有舊交而當時若不相識者。趣甚。此等跳舞會。英名番西柏。譯番西者有趣也。柏者跳舞場也。

初三日丁亥。晴。未初。同馬清臣隨二星使乘車入老城。往觀瓦瓦斯礮商局。下車。有瓦瓦斯等六七人迎入局內。地基不大。人工亦少。有特爲中國鑄成鋼礮五門。按洋礮向以生鐵與銅鑄之。後因生鐵脆而銅輭。易於炸裂。乃改用熟鐵。又因全體整鑄。不能勻稱。改爲分層遞造。礮之制由是而精。瓦瓦斯又以熟鐵雖善。不如純鋼之堅且輕。乃復造鋼礮以求勝。當時祇有前膛。邇來各國爭尚後膛。仍苦易炸。瓦瓦斯又求得不炸之法。因而名噪海國焉。看畢登車。回行八九里。至賢布萊紫街。看鄺斯造冰局。大屋二間。橫置敞木箱兩行。各箱滿水。內懸木板搖蕩。旁圍鐵管通火機。一小時可得淨冰三尺立方者數十塊。法以藥浸水。注諸箱水中。使之益冷。旋以火氣運吹。則冰結成塊矣。此猶隆冬之時。屋內呵氣凝于窗櫺玻璃之上。頃刻即成冰耳。出此。又行十數里。過西敏斯德橋。往看該斯施醫院。院因該斯捐建。故以其姓爲名。樓舍高大。屋有千間。養男女老幼數百名。皆貧民之無力醫藥者。醫生數十人。病者男女各爲一室。茵褥衣履。飯食藥餌。皆院中備給。其因老艱於步履者。皆予以四輪椅。使其憑之而行。其病臥牀榻者。給以善書觀之。幼者以圖畫玩物娛之。涼熱有節。飲食有度。病愈則舁送別室調養。俟其神氣完足。然後令歸。是院歲費金磅數百。皆取給于富室。看畢下樓。入講醫理房。中設長案。上置玻璃匣。羅列男女老少骨節臟腑。四面橱架林立。大小頭顱。備具百種。肢體橫陳。血殷紅色。雖係蠟造。見者無不怵惕。戌初回寓。

初四日戊子。陰雨。亥初。同李湘浦劉鶴伯張聽颿往赴賁丁夫人家茶會。亥正一刻。復同馬清臣隨二星使步至鄰人馬蕾家聽曲。男女數百。歌者六七人。彈者四五人。皆伊夫婦之舊交也。有一少男朱文森者。偕其幼妹並立。同歌一曲。曲名嫣然。細聲宛轉。雅韻嬌柔。衆皆擊掌稱賀。曲義似與王子敬所作桃葉歌同。夫桃葉者。子敬妾名也。嫣然者。文森妹名也。此曲爲嫣然所撰。故因以名之。

初五日己丑。陰雨。申刻。劉副使接北京總署來咨。知奉

旨改派駐德正使。

賞加二品頂戴。遂同往叩賀。記倫敦通城施醫院大小五十六處。治男子雜證者十六處。每午開門施治。其偶染時證及跌打損傷者。隨時准入。專治婦女小兒者九處。有每日施治者。有每一禮拜施治三四日者。或早或午。約

二小時之久。收養病人者四處。每禮拜三日巳初施治在院者。午正施治外來者。專治癆瘵痰喘者五處。有每日施治者。有每一禮拜施治三四日者。有由巳正至未正者。有由未正至申正者。專治癲狂者二處。每月前二禮拜一日治男子。後二禮拜一日治婦女。專治瘧疾者一處。每日午正施治。專治瘡疾者一處。每禮拜三日治男子。禮拜四日治婦女。皆辰正一刻開門。專治瘋癱者一處。每禮拜一二三五等日施治。未正開門。專治眼疾者四處。每日有由辰正至巳正者。有由午正至未正者。

專治皮膚病者四處。有每禮拜一三日午後開門者。有日日午正開門者。專治瘟疫者二處。治痘者三處。治臌證者三處。治癱瘓者一處。治淋證者一處。治喉證者一處。治痿痺者一處。治瘰癧者一處。治婦女不潔之證者一處。治男女牙齒者各一處。治脚疾者一處。治各國水手者一處。以上皆日日開門。隨時療治各醫院之收養病人者。尤爲高大整潔。樓皆五六層。廣廈千間。故留隙地。栽花種樹。通水堆山。吸取天氣。以令病者舒暢。樓房皆巨室捐建。或就地醵金爲之。各項經費。率爲紳富集款。間有不足。或闢地種花養魚。或借地演劇歌曲。縱人往觀。收取其費。以資善舉。又有勸示通城仕商男女捐陳雜貨。如鍼黹書畫筆墨紙張。首飾玩物。花木巾扇。以及銀瓷玻璃各種器皿。陳設聚集一處。請人往而覩之。當肆者皆富家少女。貨倍其値。往者必購取數事而後可。亦有設跳舞會者。茶酒小食。仍爲商賈捐助。飲用値亦加倍。卽以其所入惠病人。如是則捐來貨値爲一倍。售去獲利又一倍。兩倍相並。則所斂者更足矣。此等善會。彝曾赴三四處。首領多爲世爵名人。故其國主宗戚。

世爵大僚。及各國公使。本國紳富。咸往捐納。爲各院醫生。固皆善人。即扶持病人者。亦皆善男信女。願爲供奉者。誠義舉也。

初六日庚寅。陰雨。未初。同馬清臣赴本街第五十一號。艾立斯夫人家茶會。亥初。同黎蒓齋馬清臣乘車行十數里。至坤姒門第三號。赴竇星馬格立葛爾家跳舞會。屋小人多。擁擠甚熱。每赴茶會。或跳舞會。彝皆內著單衣。外披皮氅。入門脫去。登樓。以防其熱。蓋值季夏。仍涼似中秋。而赴會登樓。又熱如盛暑。雖著紗衣。間亦揮汗如雨。每一日連赴四家。而八更裘葛焉。

初七日辛卯。雨。申初。同張聽颿隨郭星使乘車行八九里。至荔榛囿旁韓吶娥巷第二十號。赴葛爾呢夫人家茶會。及第三十號狄本遜夫人家茶會。二家中隔四戶。而後面花園則通焉。樓舍高大。花木繁陰。男女數百。果酒豐盈。客有出此門入彼門。復由後園轉回者。如是往來如一家矣。去此。回行至本街第二十三號。赴巴那爾夫人家茶會。出許多中國册頁畫本與看。不知何所由來也。由此又行二十二里。至南堪興坦安四婁坊第四十四號。拜賓星佛爾。喜其人曾于二三年前。往喀什噶爾。經亞古柏乞其相助。與華議和。坐談良久而歸。時已子正。

初八日壬辰晴。未初。郭星使令彝往見金登幹。商論公事。申正。同馬清臣隨郭星使先後赴開泗迺斯益夫人。泰德夫人。及司帕苓女公子。三家茶會。男女客人皆歡欣鼓舞。亥正。同劉鶴伯隨劉星使赴布拉希夫人家聽樂。男女數百。燈燭輝煌。每歌一曲。如聆仙樂也。丑初回寓。陰雨。

初九日癸巳。陰雨。申正。同李湘浦乘車。行二十餘里。一路芳草碧色迎人。至埔特泥莊。赴詹柏爾夫人別墅茶會。樓房古老。極其堅固。園囿雖小。花卉分畦。後有蔬圃。果木成林。蓄養雞鴨牛羊。頗有田家風景。而老翁夫婦。對此亦足以自娛矣。臨風飲酒。款待甚殷。戌初回寓。入夜晴。

初十日甲午。晴。聞前丙寅春。彝由華往法所乘法國公司之岡柏士輪船。于前日沉覆印度洋。蓋其船于當夜子初將抵亞丁。錯轉山灣。悞碰礁石。船雖漏。尚不至於立沉。乃令衆客收拾行李。以待天明。該船知後有貨船。卽放三起火。他船亦以起火答之。天未明。他船到。以路危險。不敢前。乃繞傍對岸。見衆人甫登岸。而船已下沉。溺水手三名。一切行李信件。皆未得出。衆人步行沙漠。因天熱無水。又渴死二年老者。後貨船載衆至亞丁。以待法國他船焉。

十一日乙未晴。記倫敦除官鈔局外。大小銀號共一百一十三。內兼匯兌四海稱總局者六十九。如麗如。匯豐。渣甸等。其由倫敦分在英格蘭各村鎮海口者。共一千六百三十四。內屬官鈔局者一十八。係在牛喀斯安坦。滿柴斯得立溫埔布立斯多柏明根蒲蕾漠斯立伊自坡自毛斯賀阿拉九處在蘇格蘭大銀號十處分于外者六百四十八在愛爾蘭大銀號亦十處分于外者四百一十六。其由倫敦分于天下各國京城海口者共六百四十二。通國內外共計三千四百七十三處。各行不出私票。一切金鈔及金銀銅錢皆由官局印造鑄煉有金銀錢花紋稍磨與原體不符者官皆收回另鑄。有金鈔稍模糊不眞者。官皆按號收存付內至匯票及寄存錢票。皆本行自開匯票。横長一尺。寬約四寸。横印某行住址。某號。某年月日。經某人于某處匯銀若干。見票卽發。或見票于若干年月日後發給。蓋匯票到卽取銀者。或與本數稍虧。故俟數日往取。以符原數也。至俟若干年月往取。不免于中獲利焉。匯票一次二紙。一甲一乙。原主發甲存乙。以防遺失。票同信到。接者卽日赴該行照票。該行或卽日發給。或于某年月日後發給。皆由是日計起。在銀行存錢。欲隨時抽用。有給利息者。有不給利息者。有則按年計算。應得若干。該行則按日按月。到年一總。如原存若干。某日取若干。下餘若干。至一月共取若干。下餘若干。如此日月合計。到年自清其取錢票。係一本數十頁。每頁橫長八九寸。寬三寸。票前四分之三。橫印字號。號頭年月日。取錢若干。交某人。票後四分之一。橫印號頭。年月日某人取。取時本主前後畫押。塡滿某年月日取錢若干。交來人何名姓。住何處。外有總帳一本。隨取隨銷。又有出差或遊歷。不欲帶銀。可存于一處。沿途取用。票長一尺二寸。寬七八寸。橫印字號號頭。下書某人于某年月日在本行存金銀若干兩。沿途取用下。則存錢人畫押。或印圖章。至他國某處欲用。則本人持票到該行。言明抽用若干。該行查驗花押圖章屬實。照數付給。票後書某年月日。某處取用若干。令本人于票帳之上畫押鈐印。英國無銀票。其金票由五磅至百千磅。票上無當時圖印筆跡。一概刷印。而紙皆暗有花紋。字亦眞草橫橫。內含暗記。人所不知。亦難摹仿。取用時。每令票後畫押書住址。其匯票與取錢票亦然。暗有花紋字跡。與金票同。各國金票。惟英國通行四洲。有時在他國使用。較本國值錢尤多。蓋以英金色足而票實故也。

十二日丙申陰。申正。同李湘浦街遊。步至波坦泥克園。其地周約數里。池沼亭軒。魚游雀噪。芳時佳景。花木繽紛。有玻璃煖房。小食茶房。入者有請柬憑票。署名姓于門簿。當日恰有艾德林所送請柬二紙。乃步入。遇黎蒓齋劉鶴伯鳳夔九三君。因其鄰人第十一號布拉達溯夫妻子女所約也。

十三日丁酉。大雨。因前于五月十八日。經司悌義約看育嬰學堂。內二童一女年未及笄者。各立公主前暢言一節。甚佳。惜未得獎。彝因各贈書一二卷。書其首。一云。光緒丁丑孟夏。經司悌義公約觀音番敖爾芬學堂。見一幼童在大庭廣衆之中。誦詞淸朗。聰穎過人。非神童不能如是也。因愛其才。特贈此書。其二云。前承司悌義公約觀學堂。規模矩矱。心折久之。見一幼童所發議論。詞語高超。常人無此見解。茲見其丰采絕倫。可爲後來之秀。特贈此書。其三云。包爾安者。英格蘭女郎也。余與聽颿應司悌義公之召。便道約觀育嬰學堂。其師範之嚴肅。已堪欽佩。而女之淸詞麗句。尤爲諸秀之冠。余見其敏捷能言。特贈此書。

十四日戊戌。陰。午正。見六大敞車。各載幼童十數名。樓下經過。搖巾歌唱。歡喜非常。詢悉學堂放假。教習領之遊鄉也。

十五日己亥。微晴。酉刻。法克吶爾復請李湘浦與彝在克洛斯倭克爾會館晚酌。是日爲其首領法爾南及乜達。羅百紫柯齡武吶百立。四司長換班之期。共席一百八十六人。酒食甚豐。食畢作樂。新任者五人立起出門。經三對舉矛者導入。與前任五人易坐。彼此飲酒暢敘。

各立談一節。無非誠心行善。永保和美之意。言後入座。前任首領復立談一段解任之事。繼而申祝君主及大太子等之福。因座中有外客十四人。俄而新舊二首領令人遞過一紙。請彝代衆陳詞。彝以來時未經預備言則不知何所措詞。辭又無以副其雅意。乃不得已起而立。甫啟口衆人高呼靜聽靜聽。待衆聲息。遂言曰。諸位閣下。余三萬里外之華人也。衣服既殊。語言更異。雖通貴國文字。究屬詞不達意。語不明爽。恐貽諸公羞。衆復齊呼請言。彝乃曰。今蒙法君召同儆友來此。與諸位仁人善士。開筵共飲。何樂如之。特同衆深謝新舊二首領。余二華人更謝法君召飲之盛情也。言畢。衆齊聲高呼喜耶喜耶。後新首領同彝等十四人立起。舉杯高聲呼曰。賀來賀來。祝衆善人之福。繼而偕衆立起。舉杯同祝彝等十四人之福。蓋西俗祝人者立。而被祝者坐也。後則節節作樂。有男女六七人。陸續歌唱。以助興趣。子初席罷。回寓。

十六日庚子。早晴。午後陰。亥初。同馬清臣姚彥嘉鳳夔九隨郭星使乘車行六七里。至班斯敦坊赴世爵邊德夫人家跳舞會。男女數百。樓房寬敞。四壁遍攢鮮花。異常香豔。燭光耀目。琴樂娛心。當其跳時。因思中國瘦腰纖足。長袖善舞。而外邦則露臂袒胸。無袖而舞。是亦中外不同之一端也。

十七日辛丑。晴。因布拉希夫妻請。申刻赴泰木斯江旁。格林泥泗地方。在三彬小輪船上茶會。譯三彬。卽日光四射之意。伊夫婦會駕而四海遨遊也。未初同馬清臣隨二星使乘馬車至柴令克洛斯客廳。而火車已開。遂乘馬車東南行五十八里。一路山岡聳翠。二麥成熟。申正至彼有兵船小三板一隻接迎。即上。波浪頗大。登三彬船。見布拉希之妻。始知客共百餘。皆已散去。且云妾欲赴倫敦之宴會。不克久陪。尚祈原宥。是幸。乃令其妹與女。及他二三戚友。同席飲酒。後其女引導在上周遊。船不大而細長。艙屋間間修飾整麗。較他船殊勝。爲伊夫婦遊觀之具。二年前繞地一帀。行駛甚快。各屋懸列由各處收買土產小物千種。後有水師學船監督倭拉克爾夫妻。及幫辦柯義思。同請往看生徒。是地有二學船。一名阿色爾薩。一名柴斯特爾。亦皆布拉希家所造。

今捨以濟貧。凡街市之貧兒無依者。收留船內。供其衣食而教誨之。設監督教習水師。限兩年藝成。分派商船。充當水手。俾得自食其力。藝不成者。再留一年。仍無成效。則付諸改過房。拘禁作苦工。今幼童二百五十九人。小者僅十一二歲。大者不過十五六而已。每日卯初睡起。讀書。巳刻早飯。午後學行船雜技。酉正晚飯。飯後令列隊步遊于岸。每歲經費六千餘磅。皆富室集款。駕小舟登阿色爾薩。幼童排班迎接。整齊嚴肅。有樂導之。前行四人為列。三繞座前。每過必皆免冠。旋各就座誦經。

教師高踞中央。撫琴節之。誦聲與琴聲相叶。音韻悠揚。看畢。入客廳飲茶。後辭謝下船。乘火車。戌正一刻抵倫敦。

十八日壬寅。陰雨陣陣。未初。同李湘浦往看蠟人館。所列男女人像。與前無異。惟左鄙鑿一水池。周盈丈。旁一小兒年四五歲者。腹含關鍵。上絃。擲水中則伸臂舒骸。揚頭拱腰。宛如眞人之泅水。按歲時記內載。七夕俗以蠟作嬰兒。浮水中以爲戲。爲婦人生子之祥。謂之化生。今觀此。義雖不同。而嬰兒浮水。游泳往來。洵可娛目賞心也。西正。同黎蒓齋李湘浦鳳夔九乘車行十八九里。至杭北哈坊。赴霍拉家茶會。男女不過十數人。霍拉鰥居。令其姪女款客。相待甚殷。

十九日癸卯。晴暖。按英國以天文地理電學火學氣學光學。化學重學等爲實學。雖云彼之實學。皆雜技之小者。其用可由小至大。如由天文知日月五星距地之遠近。行動之遲速。日月合璧。日月交食。彗星雜星。何時伏見。以及風雲雷雨。何所由來。由地理知萬物之由生。山水之遠近。邦國之多寡。由電學知天地間何物生電。何物可以防雹。由火學知金木之類。何以生火。何以無火。何以防火。由氣學知各氣之輕重。因而創氣球。造氣鐘。上可凌空。下可入海。以之察物救人。觀山探海。由光學知日月各星本有光否。及他雜光之力。因而創燈戲。變光彩。辨何物之光最明。由化學重學辨五金之氣。識珍寶之苗。知水火之力。因而創火機。製輪船火車。以省人力。日行千里。工比萬人。穿山航海。掘地挖河。陶冶製造。以及耕織。無往而非火機。誠利器也。觀他國算命占卦。鎮物風水各學。自知其虛實。外國不講風水。知日進者國富兵強。能努力實學者。亦豪富家。昌。不以文章詞賦取人。既少貪佞。更無不通文墨者。

二十日甲辰。晴暖。邇來阿來三它牙宮。新由奧國銜奇會中製來多物。未初。有英人周恩斯。斐貝慈。請遊。遂同黎莼齋馬清臣劉鶴伯鳳夔九張聽颿諸君。隨二星使往。至彼先看日本木房三所。形似中國茅齋。內置銅瓶石磬。幽雅宜人。諸爾衛木房一大間。竹徑松軒。四面窗牖。內無陳設。古氣盎然。繞遊三小湖。水淸魚樂。林木青青。旁有放槍射箭。騎木馬。打鞦韆各戲。後入宮。見小屋內放一舟。長丈餘。寬三四尺。係合衆人柯拉白歐夫妻所駕。由合衆牛貝佛海口走大西洋四十七日。抵英盆薩內海口。于今運此。令人看賞。入者一什令。看畢謝別。乘車行六七里。至梧格林村。赴詩人司米喜家茶會。其人善教詩詞各種書報圖解。排比滿樓。入內見其母與其女。張幄于場圃中。正設臺。前列大桌四行。彝等隨二星使坐于臺上。臺下男女百餘人。對面一人撫琴。衆和聲稱善者三。後飲茶小食。司米喜立陳數次。皆願兩國和好。一視同仁等語。後出幄入圃少遊。樹碧千株。花紅萬點。將登車主人各奉圖畫英書一本。彝得英人吳貝航海日記。亥初回寓。

二十一日乙巳晴。天氣鬱蒸。熱似初伏。昔魏鄭公慤率賓僚避暑。取荷葉盛酒。以簪刺葉令與柄通屈莖輪囷如象鼻。傳噏之。名碧筩杯。近因天暖。見英人盛酒玻璃杯中。以麥梃吸飲之。亦避暑飲酒之一法也。

二十二日丙午晴。午初。法克吶爾來拜。携有棋盤。周約三尺。高二寸餘。造以楠木。形如几。棋子小數不足二百。蓋日本物也。伊微知布局之法。言由書中學得者。

二十三日丁未。早晴。凉似中秋。未初大雨。旋晴。英人亢柏里約赴格林泥芝村看賽馬戲。乘車而往。男女雲集。裙屐相綴。地近康衢。車馬塡塞。富室築臺馬道旁。分棚列座。以便登眺。中爲御園。監以官弁。惟公主王妃國戚世爵及諸貴官方得入。蓋賽馬之戲。凡官紳士庶之馬。擇其雄駿相類者。使之幷轡而馳。立棍于正臺前。較至棍之遲速。以分勝負。負者出銀物以犒勝者。由國內至四郊。就地作場。陸續分賽。國主及其太子王妃皆往觀之。所以激勸人之養馬。而爲通國名馬之招也。因而養馬之家。草豆必足。廐棚必潔。多備圉人。時加刷洗。故英國良馬之多。視泰西為最焉。當日馳馬兩環。勝者馬名卓安。泗墊聞卓安者馬主之友名。因馬為其人所贈。故以名之。泗墊者倫敦城北村名。因馬由彼處所獲。故以名之。酉正回寓。

二十四日戊申。早晴。午後陰。隨劉星使同博郎乘車。入米勒班獄一觀。其樓房局式收禁規模。與前觀之盆島威獄同。監犯男女一千八百人。據司獄云。每人所做毯布器皿。皆售諸外。獲價至百什令。則分給其人五什令。

其餘充公。歲入貨價。足敷獄費。一切支應。或且贏焉。在獄者。禁不得交言。犯則減其食一次。按英國立法最恕。無殊死刑。惟謀殺叛逆者縊之。鬬殺擬流。誤殺過失殺。責賠家口終身養贍銀。或十年或二十年。各如尸身生前歲入之數。官爲存寄。按歲支給其親屬。親屬死則餘銀入官充公。其他各罪犯。只罰銀與收禁而已。收禁之限。核其罪之輕重。由司刑臨時察例議定。自數日數月。以至十數年不等。瘋病者禁錮終身。恆犯監規不改者亦然。而衣食優給不減。雖有鞭撻之刑。第施於兇惡較甚者。申初回寓。
二十五日己酉。早晴。午後陰。申初。同張聽颿乘車。行八九里。至韓立王巷第一百三十號。拜司悌義。入內見其妻子幷二女。坐談許久。各飲舍利而歸。戌初。隨郭星使乘車。往訪金登幹。亥正回寓。晴。
二十六日庚戌。晴。是日係劉星使生辰。原擬備席公祝。辭以七日茹素閉門不出。酉初。同黎蒓齋劉鶴伯張聽颿三君。赴皮夏的里街賢眞睦斯館晚酌。燒雞炸魚甚佳。出此。入荔榛街第六十八號。格朗加非洛亞茶肆飲茶。樓高摘月。人衆如雲。

二十七日辛亥晴。聞數日前。劉星使僕人尹光街遊。遺失摺扇一柄。次早有人送還。又今日隨李湘浦來能英語之粵人黎華亭。申刻赴市買辦。遺失二十磅金票一張。步回原路。正尋覓間。一點路燈人問曰。君必失物矣。不知所失若何。對以二十磅金鈔。其人取出遞給黎。乃酬以十什。令其人免冠謝去。洵爲路不拾遺矣。

二十八日壬子。早晴。午正。同衆著朝服。隨二星使向北恭拜

聖牌行三跪九叩禮。申初陰雨。同張聽颿往拜英人尤斯入
內。見其妻子。因其人曾往印度。乃領入旁室。指几上所
陳小木盤一個。瑪瑙耳環一對。與看。言皆由印度携來
者也。蓋英人有一技藝。必于衆中演試。以炫其能。有所
儲蓄。無論珍玩錦繡。或草木泥器。皆羅列廳堂。客來則
逐一指示。恐其目不及覽焉。
二十九日癸丑陰。未正大雨。酉正。黎齋蒓約屠邁倫及
張聽颿劉鶴伯鳳夔九與彝。在賢眞睦斯館晚酌。樓下
大堂高敞。方桌百張。樓上雅座。修飾華麗。設有洋琴衣

鏡。盆花畫景。上下人雖數百。靜悄無聲。規模整肅。故聞香者皆停車焉。

七月

初一日甲寅。早晴。午後大雨。昔宋武帝女壽陽公主。人日臥含章殿簷下。梅花落額上。成五出花。拂之不去。後人效爲梅花妝。西國有種油綢膏。寬三四分。其色或黑或白。不知上覆何藥。光亮如油皮膚。偶有小傷。剪下貼之。不日卽愈。近因大太子妃偶傷左顋。貼以黑油綢。剪作圓形如豆。邇來通城少婦不論有傷與否。多有效之以爲美者。亦風氣之使然也。

初二日乙卯。陰雨。亥正。同李湘浦隨郭星使乘車往赴伊樸賽夫人家跳舞會。男女有數百人。看至子正回寓。

按。英俗跳舞會分二等。有用請帖者。有賣票者。其用請帖者。爲富宦所設。有一家自請戚友者。有同請相識者。共數種。如武生會。文童會。水師會。獵戶會等。至賣票者。爲善家公設。以賣票之錢。分助各處。如禮拜堂。育嬰堂。施醫院。養啞院。養聾院。養老院。以及義學村塾等會。亦數種。如美爾會。募化會。蘇格蘭會。酉克省會。衛拉斯省會。色莫賽省會。此等會票。每張值由十什令至一磅。或二磅。富家好善者。亦可買數張請客。各會借地。皆在公署大店。及會館公司等處。在大堂奏樂跳舞。樓上各間預備茶酒夜饌。入者或千餘或數百。雖無下等人。而中等者亦自不少。故隱具規模。使人不亂。人雖齊入。等次分明。有條不紊。貿易夫婦及外國商賈跳時。皆不准立于首位。各有居處。故青年婦女跳畢一次。或用畢小食。皆入本屋。不得在外逗遛。亦不得與同跳之男携手同行。往來樓下舞堂之間。當跳瓦拉自及戛大力時。男女不得緊摟。男不得高舉女右手。亦不得拉入左腋。既不得上下舉落。亦不得代女提裙。英國婦女赴跳舞會。鮮有手執花束者。跳舞單及作樂單有備有不備者。按跳舞單。係一小花摺。如册頁。上繫小鉛筆。横印跳舞名目。每人一頁。男女對約。同跳第幾班。乃對書名姓。屆時自來携手同舞。樂單係厚紙一張。寬半尺。長八九寸。先印何會。某年月日。再則樂共若干節。每節作何樂。末印住址及某樂班。入者亦每人一張。凡赴此等會者。須將所買門票帶至繳銷。入門自有人收取焉。至赴請帖跳舞會。其帖不必繳還。凡請客發帖。須在三禮拜前。帖式與請茶會同。惟加跳舞二字。凡會主除生童鰥夫無妻者。皆女主出名。若鰥夫之女長成。則女出名。至官府會館請會。屆日雖有各女主在堂。惟衆男主列一總名。如光學會。或醫門會衆等同請某人。于某月日晚十點鐘在某處跳舞。守候回示。以便按數備酒也。會小者可加一小字。或早字于帖尾。若一婦女欲請跳舞會。而所識者不多。可于其所識婦女之品高位尊者。求一人協助。則于本主名下加寫或印助請婦女名姓。及同爲拜訂等字。一人被請。可代其戚友討帖。又一人欲赴某家跳舞會而不得。可覓其戚友之相識者代爲討帖。跳舞會多由亥初至子丑寅卯之間。女主接客立于梯尾大廳門首。相與問候。或握手或鞠躬。男女上樓入門。女先男後。不得携手并行。女主必同男客中之第一品高位尊者跳頭場戛大力。一以爲禮。一以爲榮。如所請客有本國或外國公主王妃。或王公夫人。非至不跳。至則男主伴王妃。女主伴王爵。跳第一場。以後王爵若欲與某女跳。而不識。令侍者至其前。以達其意。引至王前。稟知某夫人某女公子。王乃鞠躬。女屈膝答之。位尊者亦鞠躬。繼而王遞腕。攜之同行入場。除男主可請公主王妃與之跳舞。其他不識者皆不得請。貴客到時。男女主同迎于門前。男主攜王妃腕先行。王與女主在後。貴客與男女主握手。男主鞠躬。女主屈膝。他衆客辟易兩旁。相識者互相參見。或鞠躬。或握手。或屈膝。不識者。男女主相與引見。男皆鞠躬。女皆屈膝。蓋請帖言明會見某貴客也。又各男客可請女主或女與跳。以爲禮。而女客不能自請男主與跳。因女尊宜自重也。其俗跳種甚多。不習者不知其式。今姑記其名。如城中跳舞會所跳舞者。曰夏大力。曰藍色爾。曰瓦拉自。曰撲拉喀。在鄉間跳舞會。因地闊屋寬。又加當貝扣的連。及斯爾洛之爾得勾倭蕾。三種。至喀來兜年。麻租喀。及御前夏大力。等皆非上等所取。凡跳舞會之飲饌。與大茶會同。亦設二屋。小者備茶酒小食及冰乳加非等。為衆客隨時取用。大者備冷葷熱湯。果品酒菜。屆時備齊。則男主請第一女客。攜以下樓。後女主請各客男女之品位相等者。對對下樓。女主後隨。有座者。女坐而男立。無座者則同立。而男侍女。

凡某男伴某女下樓者。須同上樓。待女坐或立後。男鞠躬。女亦答禮。彼此致謝。有卽刻而別者。有立談數語而後別者。客皆陸續往來。鮮有見主辭別者。然去後必于六七日內投刺來謝。設跳舞會。將堂室廳閣一律移淨。于四面窗外支布帳。有臺者支高棚。以吸空氣。以進天風。堂正面作樂。凡窗帳中及臨牆處。多列鮮花。雖值冬季。亦于花中立冰塊。作塔形。以色燈映之。絢成五彩。而阻熱氣。請者不量屋之廣狹。以客多者爲榮。亦有限數至二百者。爲小跳舞會。以免人多擁擠耳。每會門開卽有新聞紙局人。執筆立于樓前。會中形勢。來人姓氏。皆一一記之。次早新聞紙出。備述昨夜某宅某會。廳堂之華麗。酒食之豐盈。來客之衆多。款待之殷勤。其姓氏皆按品位開列。亦有設會而約某新聞紙局人與之座。來者投刺于几上。其人詳記而去。待新聞紙出。主固願其誇示。客亦喜其表揚也。婦女赴宮中及平家跳舞會。衣皆一律。色白或粉紅。襯以眞假紅黃玫瑰花。男子赴平家跳舞會。皆著黑秥禮服。若赴宮中跳舞會。則服朝服。與赴朝眷會同。跳時須將所佩刀劍。脫寄他處。宮中跳舞會。雖奉君主召。入內。皆自覓相識。無人介紹。亦無人酬應。至太子與妃所設在馬柏立宮者。則與君主在卜靜宮所設不同。因所請皆世爵國戚大臣名儒。故男女入者。皆報名。彼此握手屈膝。太子與妃接待來客。與平家無異。凡各家設大茶會跳舞會。皆專雇一人曰唱名使。其人熟識官場男女。立于樓梯之中。客過則高唱其名。以便主聞。

初三日丙辰。陰。未初。隨郭星使同黎蒓齋李湘浦乘車。赴南堪輿坦看印書處。印用鉛字活板。英文二十六字母。每字數百。列于架上。另一小案爲二十六消息。每按動一消息。則一字戳自落。有陷中小木片承之。字字相綴。滿其陷中。則木片自出。而書板之一行以成。行既盈頁。嵌而束焉。遂可付印。印書機器。與印新聞紙同。摺疊亦以機器。一切器具形狀各殊。大致不外捷巧。聞其前任外部大臣葛蘭敦。嘗造書數萬言。一日而刷印畢。遍以贈人。夫鉛字板經德人顧汀浦。創于西麻一千四百五十年。（卽明景泰元年）今南堪與坦。印書處。猶懸其畫像。以誌所始焉。

初四日丁巳。早晴。午後陰。未初。隨郭星使乘車。往拜日本波斯二國公使。及金登幹等共十二處。接見者五。戌正回寓。

初五日戊午。陰。未初一刻。同馬清臣隨郭星使乘車。入老城。看牛該達獄。下車有司獄司米士。者引看各處。其房屋規條。與前看二獄同。惟縊人處係小屋一間。地鋪木板。板下坑深三尺。坑上二活板如門。上立木架懸繩。作門字形。罪犯先以鐵鎖二骹。兩手抄起頭罩布袋。使立正中。架旁有關鍵。罪犯頭套繩中。則旁人推柄。地門開則人下落。後有各司獄及醫官查驗。其人果死。待二小時之久。卸下。殮以薄木匣。四面滿盛石炭。葬于獄內另間房中。葬後灌水數升。則其尸自腐化矣。房不甚大。土地平坦。潔淨無痕。聞已葬人百餘名。然每年重犯之應縊者。只一二名而已。又縊人屋正面。上下皆窗。犯人臨縊。開放下層。以便外人看其腳落。則知已死。所以不令其上身外見者。恐人不忍看也。苟不令人查看。又恐人不知其死。凡大小罪犯。期滿釋放之時。皆留小照一張。註某年月日。其人所犯之案。以防將來。酉初謝歸。入夜晴。

初六日己未晴。午後。英議政院閉門封印。定于英十一月初一日復開君主在內口宣書詞云。諸爵紳士。今暫閉會堂。以便鄉遊息勞。我甚欣悅。深願與天下友邦永敦和好。然自歐洲東界滋擾以來。未嘗不想保平安。不幸竟未如願。當俄土交兵之始。我言苟與本國無害。自然彼此不助。至如何保護本國人民。前曾行文俄國。表明一切。而當時接覆。亦言願與本國永敦和好。今後如逢其會。當力挽二國戰爭之患。令之如初。以俾各國同享昇平。若二國有累及我國之處。實賴諸爵紳士竭力保護。至南印度之飢荒。前于開堂時。業經述及。所可慘者。此次受災最重。莫過於麻達拉斯孟買麥索爾三地之人民。恐非一日所能止。究不知駐紮印度各官能消弭否。前經本國駐塔蘭斯瓦拉使臣奏報。彼處擾攘。迄今平定。其辦法恰中彼國各酋長之心。惟望今後。凡在南阿斐里加之歐羅巴人。皆同心共濟。以免將來爭鬭之虞。深感下會堂紳士所捐公款。此項可備超拔官兵之用。再諸爵前日所論辦理本國監牢。必須妥定章程。

總宜撙節爲是。尤喜敖克斯佛堪卜立址二處學院。教習有成。但願多出優材。以備器使。欲在愛爾蘭立總審堂及鄉審堂。仍依舊制。我知其有益將來。因蘇格蘭鄉審堂已有成效可睹也。今諸爵紳士少節勞苦。維願受天百祿。降爾遐福。

初七日庚申晴。未正。日意格來拜。戌初。隨郭星使步入朗康店答拜。坐談極久。各飲加非一杯。出此。欲訪金登幹。彝言夜深乃止。蓋時己子正矣。

初八日辛酉晴。未正。隨郭星使乘車行十數里往看西敏斯德大禮拜堂。其名威斯敏斯德阿貝。建于九百年前。在後梁太祖開平之世。高十數丈。周逾一里。自顛至址。雕琢白石。工極精細。歷代功臣名士葬于此。外今惟見地臥石碑百餘。長皆五六尺。寬約三尺。字迹不真。堂內規模制度極其崇閎。左右置功臣名士之石像數十具。坐臥不一。皆在石壑之上。壑前鐫其姓名履歷及生歿時日。出此。順拜金登幹坐談片時而歸。

初九日壬戌晴。未初。同黎蒓齋劉鶴伯李湘浦張聽颿鳳夔九乘火車往水晶宮一遊。景致如前。惟另一屋內藏義大利國古城畫五十六張。前圍布帳顯微鏡。內照明燈。令其大小與眞同。屋內作门字形。三面布帳。左右各二十鏡。正面十六鏡。城名朋卑宜。在地中海邊。微素微省外。距那柏里城不遠。城極富麗。爲商賈之通衢。在西厤降生前一千四百年。（卽商朝陽甲七祀）地屬東方伊土魯堪薩木迺羅馬三國。居人爲佛仙與佛尼仙二種。所建樓舍如戲園廟宇。精巧崇閎。街道園囿。整齊寬敞。至降生後七十九年。（卽東漢建初四年）被微素微大火山之熱塵所覆。通城樓閣皆沈。無一得見。至一千七百四十八年春。

（即乾隆十三年）經人陸續覔出。擴清街道。樓舍雖毀。而石柱古蹟仍存。看其形勢。必五步一樓。十步一閣。複道長橋。直闌橫檻。竟被流火沈埋。雖非楚人一炬。亦可謂不測之災矣。

初十日癸亥晴。戌初。同黎蒓齋李湘浦劉鶴伯張聽颿鳳夔九乘火車南行一百六十里。亥初。抵布萊埑下車。分住兩店。門對海濱。天然圖畫。房屋亦甚修潔。小憩片時。即雇馬車沿海一遊。秋風習習。涼爽宜人。約行五六里。殊覺飢渴。乃覔一酒肆而飲焉。店主母女。拔往報來。

殷勤周摯。俱果腹而去。惟車價太昂。不免稍形齟齬耳。入夜冷。

十一日甲子。天晴。爲禮拜之期。市廛關閉。街道清寂。地爲濱海大鎮。天氣多晴朗。倫敦之紳富多于此建爲別墅。冬則來以避霧。夏則徙以乘涼。現值會堂關閉。來者尤多。早起。同人往市一遊。沿海迴環。約十數里。遊人如蟻。有沐浴者。有聽樂者。有斜坐而觀我朶頤者。有倚窗而望我丰采者。有嘻笑者。有尾隨者。蓋濱海罕見華人到此遊覽。驟見異服異言。能不舉國若狂乎。所謂少所見而多所怪也。午後。同遊水族院。英名阿奎艮木。蓄養蝦蟇魚蟲。無一不備。儼如水晶宮景象。惟遜其高敞耳。地在岸邊。通身鐵造梁架。玻璃棚壁。入內下行三十步。至一大廳。周八丈。列大玻璃缸六。各盛金魚等數種。左右二門。入右門。直路長八丈。左路長十六丈。各寬二丈。左右各就山凹爲匳。外罩玻璃。分三十餘槅。涵水蓄魚。各盛一種。奇奇怪怪。如窺鏡影。有蟹隆其背。大如龜。有蝦奮其螯。大如蟹。其他如菊花魚比目魚。種種與他處同。皆本地所產也。有一水鳥。未詳其名。色灰如鴿。短翅小爪。長嘴白頭。穿水啄魚。但不能鼓翅高飛耳。正面有山石瀑布。精巧獨絕。雖是人工。與眞逼肖。步入旁門。上行數武。先一池養二水獺。再進有鐵闌。闌內壁前疊石。石下水池。蓄二海獅。甚猛。晝夜吼聲若雷。闐闐震耳。在瀑布右。有男女樂工十數人。吹笙引笛。斷續可聞。當日有本院總管司敏士者。引看各處。聞此房建造。共費六萬磅。合銀二十一萬兩。出此。沿堤步行四五里。一路左右鐵闌。下橫長凳。岸邊列婦女洗澡布帳牀甚多。至一處名威斯皮爾。譯英言威斯。西也。皮爾。碼頭也。雖曰碼頭。實爲遊人休憩乘涼之所。係鐵架支起。前探入海。建于西厤一千八百二十六年（即道光六年）十月初二日。長一千一百一十五尺。高一丈六尺。入水八尺。寬一百四十尺。分二節。前節二百九十尺。後節八百二十五尺。其式如船。前方後圓。左右鐵闌外伸。闌下橫凳。四角。中間設小玻璃房六。出售酒食書本玩物等。後穿廊一行。作半圜徑。外立鐵窗。下橫鐵凳。前爲樂臺。中一亭。四面列椅。據云。臺上可容三千人。臺前右一門。下有轉角長梯。另一小屋。旁門通水。凡沐浴者。下入小屋。脫衣換著小褲。

由旁門下跳入水。當時臺上作樂。男女雜遝。簇擁來觀。衣履相躡。去此復步行二三里。左望高樓。右臨碧海。豐草緑縟。佳景可觀。後乘車入城。周遊十數里。街道狹窄。房不甚高而潔淨整齊。城式如凸字形。周約二十餘里。居民數千人。酉初微雨。亥正登車回倫敦。

十二日乙丑晴。早起同衆著朝服。隨二星使向北恭祝

慈安皇太后萬壽聖節。行三跪九叩禮。記英制祿雖不厚。然皆足給。人皆量才授官。既入一途。終身不改。鮮有一人兼攝別署者。其因病或年老予告者。皆按年酌給俸祿。贍

其終身。以貪墨敗者。則奪俸不齒於人。既爲廢員。永不敘用。仕宦志在于名。故頻年以貪去官者少。其砥礪廉隅。亦可以想見矣。

十三日丙寅晴。記英國錢。造工極精。通國一律。非木模土範。刀鑿斧鏨所能仿彿。則私鑄之弊自泯。夫鑄錢必須安爐。安爐必須用地。而人占用尺寸之地者。無不報官納稅。作何生理。亦須據實禀呈。故人雖欲私鑄而不得。金鈔亦然。無私銷。故錢不虞其乏。無私造。故錢不患其壅。錢身既輕。鈔亦穩實。則遠齎不難。故能通行于各屬。雖五印度風俗之異。新金山海路之遥。亦莫不遵用焉。

十四日丁卯晴。記英都婦女之在酒肆加非館爲堂倌者。頭等一年三十磅。次者日給一什令。食歸本鋪。衣皆自製。每月得三十什令。計銀五兩有奇。較中華傭值固豐。而在倫敦反爲至苦者。足見泰西之錢賤而人貴也。酉正。隨郭星使往訪金登幹。坐談時許而歸。

十五日戊辰晴。辰正。劉星使偕禧在明薄郎。劉鶴伯往愛爾蘭遊。申初。郭星使率黎蒓齋馬清臣鳳夔九姚彥嘉往蘇格蘭遊。彝同李湘浦黃玉屏皆送至尤斯敦車棧。戌初月食。

十六日己巳晴。午初。同李湘浦街遊。至加非館少憩。聞主人云。英人有一種忌諱。謂行人莫由梯下走。走則被壓。時運醜。不知驗否。

十七日庚午。陰雨。卯初。接電信。知郭星使在斯多克村染病。欲回。酉初。同李湘浦黃玉屏乘車行八九里。至尤斯敦車棧。迎接。卽時車到。見郭星使面色稍黃。因兩夜未睡。心有所思也。

十八日辛未。早雨。午後微晴。記西俗同姓可以結親。如甲姓無子。只有一女。而家資萬貫。欲財產不改姓。則嫁與其姪。或他人之甲姓者。

十九日壬申。細雨陣陣。見英都兒童年七八歲者。街行。鮮有不持書隨行默誦者。女童亦然。其五六歲者。嬉遊街市。所弄之物。無非鐵圈小車等而已。雖欲掘土拋甎。無處可得。往來無哭號者。無出惡語者。亦無跣足露頂者。

二十日癸酉。陰。冷。始換袷衫。入夜微雨。西國造紙法與中國無異。上等之質。以布爲之。堅韌可久。故以舊紙改造。水浸不開。有草質者。用以包物。

二十一日甲戌。晴。涼。是時通城樓窗關閉者。十分之七八。富者遊鄉一二月。稍足自給者。亦必出門十數日。以便吸清氣而養生耳。

二十二日乙亥。陰雨。夜夢坐大廈中。忽聞鈴響一陣。出而視之。因簷前繫一銅鈴。僕立棚帳觸之動也。入內甫坐。而響聲如故。正詫異間。又聞人喚。因而驚醒。聽之鈴響如夢。卽呼閽者詰之。始知是日爲武弁郭雲翰之生辰。晚醉于酒。臥于客廳。閽者呼之不醒。執之不起。無法始扃于廳。因閽者夜有鎖門之責。其人夜醒。欲出不得。急而拽鈴。喚閽者與之開也。

二十三日丙子。早大雨而雹。大如豆。巳正晴。午後同黎蒓齋李湘浦鳳夔九乘車。繞荔榛囿外。鄉間遊二十餘里。一路菜畦花塢。紅碧相間。細草芳潤。密樹葱蘢。心目爲之一爽。

二十四日丁丑晴。戌初。同黎蒓齋李湘浦姚彥嘉鳳夔九張聽颿隨郭星使乘車。往遊阿奎艮木。新增飛鳥水族無多。遊人甚夥。雜戲多與前同。惟二幼女各騎一雙輪鐵車。英名韋婁希貝達。前大輪周丈餘。後小輪周約三尺。式如□字。女騎當中。手撥關鍵。高下回旋。側身揚手。決勝爭雄。亦陸地之飛仙也。登樓小食。飲茶。子正回寓。

二十五日戊寅。晴。嘗聞西人不重後嗣。積產數千百萬。臨終盡捨以建義塾及養老濟貧等院。措置既已。則自謂歿世無憾。詢其故。則曰。以吾一人之財。生千萬人。養千萬人。誠爲樂事。今吾雖有子。將來賢否不知。賢者卽能守成。必致好逸偷安。毫無所學。不肖者既不能保全。因而傷身敗德。更無所學。莫若自幼使之貧乏。令其學成一藝。以贍其身。則美名或可望獲也。其意與范文正公相似。由此觀之。西人雖不重後嗣。亦保全後嗣之一道也。且云吾捨重貲以成善舉。雖千百年猶奉吾像於其地。又何樂而不爲善哉。蓋西國通衢。多鑄鐵鑿石爲功臣像。以旌其賢。而醫院學堂。多有懸油畫立石像以銘首善之人焉。

二十六日己卯。陰雨。戌初。同張聽颿乘車赴司悌義之約。見其夫婦子女。幷其戚友五男四女。少坐飲茶。後入客廳。看伊試驗所創之電線傳聲器。名曰太立風。係一筒中橫薄鐵。尾連二線。相距數里。甲對筒而言。乙置筒于耳。聲如對面。歷歷可聽。後父女撫琴歌曲。情韻悠然。丑初謝歸。

二十七日庚辰。陰晴各半。亥初。同衆乘車。至尤斯敦火車客廳。接劉星使及禧在明薄郎劉鶴伯由愛爾蘭回。記英國富室女。費十倍於男。即如製衣一襲。動須數十金磅。服僅二三次。即嫌不鮮。另易新式。其往來酬應。車馬酒食。月非百餘磅不辦。故女子擇配。必以男家富有爲期。而男子又苦其供應浩煩。必待男女進款相抵。方能下聘。所以男有終身不娶。女有白首不嫁者。

二十八日辛巳。晴。冷。午後同姚彥嘉街遊。入一顯微機器鋪。隔架層層羅列各物。或以視遠。或以測微。或以觀天。或以度地。形式各殊。紀不勝紀。有一計里器。具形如瓷罐。懸之車軸。雖紆曲而行。往來周折。亦可知其里數。是量地不亞於窺天矣。

二十九日壬午。晴。英人酉初請茶。人不多。則備于飯廳。

即在客廳。亦必在後間一角。數至二三十人。則置一大方桌。上鋪白布。照人數置加非杯于左。置茶杯于右。中置茶與加非各一壺。牛乳與乳汁各一罌。方塊糖與水晶糖各一罐。所備食物。如麪包片抹牛乳油。乳麪餅及加非糕等。各僕備妥退出。女主斟茶或加非。男客至。契者代爲傳遞。各女客飲畢而去。男僕始入收拾一切。至客至報名。樓上送茶。則爲進爵僕之任焉。

八月

初一日癸未。晴。記倫敦各房之汚穢。皆有鐵筒貫通入地。由巷至街。由街至江河而入海。至糞土等物。皆當晚埽淨。盛于筐中。置諸門外。次早有敞車收去。故街道潔淨坦平。行人稱便。

初二日甲申。晴。戌初。同李湘浦張聽颿步入倫敦巴威連雜劇館一觀。臺下行行橫設桌凳。座無號目。出售茶酒。準其吸烟。男女歌舞。所演如巴里之加非商當。有一人面塗粉墨。頭戴灰色大毡帽。身著黑毡貼身衣。足登皮底黑靴。前長一尺。手持拍板。隨歌隨舞。板底齊鳴。亦自然之節奏也。

初三日乙酉。晴。街市小孩每見華人。則以歐愛馬呼之。譯歐助語詞。愛馬古女名也。昔有一人。其女友愛馬贈馬一匹。乃以其名爲名。一日遇于途。女郎呼曰歐愛馬歐愛馬。意欲其駐馬顧問也。其見華人故以此呼之以爲趣。又每聞其呼親親齋呢司及眞江齋呢司。譯齋呢司華人也。親親眞江之義未詳。

初四日丙戌。早霧。午後陰。申初隨郭星使乘車往訪金登幹。坐談時許。後往拜威公使。未遇。按英國之率舊更新二黨。英語率舊曰堪色爾瓦堤伍。更新曰立布拉拉或普婁戈蕾奚伍。

初五日丁亥晴。現因天氣稍涼。倫敦中等人家漸有由鄉里而歸者。申初隨郭星使乘車往拜威公使。及俄義二國公使。共八處。按西俗客至不獻茶。故終日拜客而唇吻乾燥。有待華客而進以酒茶者。其人必稔知華規。方能如其禮以款焉。

初六日戊子晴。巳正。有英人馬克那麻拉者來拜。據云。二年前曾來中土。當馬嘉理被戕時。欲往滇而未果。在粵與何桂芳區亞艮相識。因其人知鐵性。相約設法開礦。亦未得成其父。今尚在華。因知滇省鐵礦頗多。將謀往而充當領事官云。

初七日己丑晴。戌正。鄰人柯拉理母子請茶。乃同張聽颿劉鶴伯鳳夔九而往。有伊戚友狄達屠薩等夫妻男女六七人。席間張聽颿以鉛筆書暢飲數語于一洋名刺後。不意屠妻立以洋筆抄錄。字共數十。筆畫清楚端楷。如華童之讀過五六年書者。敏甚。

初八日庚寅。鎮日細雨淋漓。未初隨郭星使拜客四處。順至南堪與坦印書處。旁集古閣一觀。內列大泉四行。

滿置玻璃罩。匣存儲古時圖書。凡國家以及世家所藏者。畢陳于此。古圖粗拙。古書筆力厚重。如蟲鳥蝌蚪。皆以羊皮書之。有值金磅盈萬者。亦有值數千者。英人最好古。凡前代斷銅碎瓦。破履敝冠。無不珍惜。甚至數百年前之借劵。亦視如拱璧。什襲藏之。供人玩賞。嗜古成癖。與我華人有同好焉。

初九日辛卯晴。酉初。同黎蒓齋馬清臣李湘浦張聽颿劉鶴伯鳳夔九諸君。請李觀察羅緝臣在本街朗康店晚酌。樓高十二層。房有千餘間。男女僕役百餘人。飯廳坐可數百人。酒食價甚昂。
初十日壬辰晴。未初。隨郭星使步入朗康店。拜李觀察羅緝臣。坐談時許。酉初。英人杜額訥來拜。倫敦東北伊埔隋芝村人也。距倫敦三百三十餘里。居民五萬。談及村中義塾。據云。向有六七。今增至十二。夫義塾者。所以補官學之不足也。人皆有所學。則理義自明。無論士農工商。各有本分當爲。盜心不起。凡男女自五歲至十三歲。皆令入塾。有嚴師以督課之。如怙過不悛。則拘諸監牢。令作苦工。治以官法。近年因人各有業。故攘竊之風少戢矣。
十一日癸巳晴。戌初。同張聽颿乘車。至幽雅園聽曲。英名克文戛爾頓。克文者幽雅也。戛爾頓者園也。樓極宏敞。原爲義大利大戲園。每值夏季。都會人多外遊。戲園皆停演百日。故改奏樂歌曲。一切修飾。亦頗整潔。臺上列層堦。樂工百名。歌者男女六七。皆義大利日斯巴尼亞二國人。曲雖不曉。而聲調可聽。臺前列座三四百。外環木柵。左右穿廊通于臺後。三面設假山。中有長筵賣酒果加非等。入者左右小屋價皆一磅十一什令六佩呢。臺前每人二什令半。其往來散步于臺後穿廊之間者。每人一什令。子初囘寓。

十二日甲午陰。聞英大太子衛拉斯王。有登徒之好。暇輒微服治遊。其妃怒。欲不與其共居。今雖少改。而昨日仍偕本宮一女官街遊。雇四輪佛囘車。至半途欲下。女按常值給錢。御者不納。索五磅。女詰其故。曰。乘車者非太子而誰耶。女仍不給。御者控諸美爾。美爾具禀請示。太子允給。御者復索賞十磅。官無法。乃如數付訖焉。入夜微雨。涼。

十三日乙未陰。未初。同李湘浦姚彥嘉隨郭星使乘車。往看號騷葬蕾愼獄。其樓房規例。與他獄無異。共收男女幼童一千八百餘人。聞本日新收二名。一男孩名陶慕者。年七八歲。因偷麪包二斤。罰監禁十六個月。一女孩名麥麗者。年十五六歲。因借名寫信。罰監禁三年。各犯小者讀書。大者作工。看畢。入客廳書名姓。酉初一刻回寓。

十四日丙申。陰。雨。未正。有英都教門安友會中八人同來。一布萊遂。一阿蘭。一計百森。一甘布。一司特芝。一駱柏遜。一迺賁。一韓百里立陳數語。無非奉耶穌教行善。兩國永敦友誼等語。郭星使如其詞以答之。坐談時許而去。按是會英名噫立理者斯搜賽伊的敖伍茀倫自。皆耶穌教之賓克爾黨中人。約數千人。無一充兵者。蓋以戰爭爲惡事也。此黨人皆戴寬簷高帽。

十五日丁酉。早晴。午後雨。衆著官服。向二星使叩賀節禧。後同黎蒓齋劉鶴伯李湘浦乘車。行二十餘里。至布立克斯屯路卜力柯司敦巷。邦麻矖大雜貨鋪樓高四層。工尙未竣。內售雜貨百種。如針綫布疋綢緞毡絨。皮棉錦繡。金銀首飾。紙花翠花紙筆硯匣。以及各種器皿玩物。飲食醬醋等價。比他鋪稍廉。故光顧者男女接踵。酉初晴。郭星使約李觀察羅緝臣屠邁倫馬清臣及彝等八人晚酌。劉星使以茹素不與焉。當晚暢飲甚歡。皓月團圞。令人有故鄉之感。

十六日戊戌晴。酉初同李觀察劉鶴伯鳳夔九姚彥嘉張聽颿公約黎蒓齋屠邁倫在阿奎艮木晚餐。當晚雜戲臺上有一幼女頭戴花箍。身著肉色葦腰圍碧紗短裙。斜立木板長丈餘。寬五六寸。板上滾一木球。大如西瓜。女立球上。縱橫騰踏。旋轉如風。兩足不離球上。誠可觀也。

十七日己亥。陰晴各半。申初。同張聽颿街遊。見酒肆及食物鋪中出售鮮蛤蜊或蠣子。食者上灑椒麪橘子汁。其味甚甘。

十八日庚子。晴。午正。郭星使令彝赴韓百里家致函。即乘馬車。至威克兜立亞火車客廳。少坐車開。東行三十里。過水晶宮。至克萊屯村下車。步行八九里。詢其寓所阿什柏爾屯堂。人多不知。知者亦云尚遠。後遇二嫗導里許。乃云。由此直行。可抵其地。又行二里。過十數戶。幸遇一叟。指其門。內有大園。綠陰翠影。花木芬芳。中高樓一所。扣門而入。見其妻。云渠有事他出。少刻卽回。望少待。卽請午酌。同席有其嫂吳氏。其女友義大利國人敖莉娰。與其二子二女。食畢登樓。其廳羅列中華古玩甚多。蓋韓曾在上海領茶商也。至申初欲辭去而韓歸矣。付之以函。少坐同其夫婦乘馬車。至火車棧。申正一刻開車。酉初至倫敦車棧。名倫敦橋。復乘馬車行數里抵寓。按克萊屯村。東西分爲新舊二村。中隔火輪車道。街市寬闊。人民稀少。松亭草閣。樹木葱蘢。亦消夏乘涼之勝地也。

十九日辛丑。早霧。巳初晴。見英都亦有典庫。奉官而設。峴懸三大金珠。作品字形。因人以質物爲恥。櫃前以木截槅。則彼此各不見面。人皆不喜與之締交。蓋以典商非善事也。

二十日壬寅。早霧。未初晴。有英國製造耕田機器人郎弗婁來拜。據云。中國田多。宜用此器。以省人力。并呈器圖一紙與看。見有刀與耙齒轉側迭相爲用者。刀芟草苗。耙起草根。用以分而曬之。有屈鐵爲二十四巨鈎者。鈎密排如人之肋骨。所以約已曬之草而聚之。又有單刀雙刀或三刀以起土者。入土淺深。各異其式。諸具雖各有鐵輪關鍵。而皆駕之以馬。可代十數人之力。有用六鋼刀以起土者。兩端置火輪氣機。繫繩牽之。以自爲進退。一人司之。可代六馬之力。有引水器。機旁皮筒相續。沉入水中。機動則可行水至數里外至高之處。有輪機不燒煤而燒草者。輪自轉。草投火不須人爲推送。其輪機較輕者。單氣筒可代六馬之力。雙氣筒可代二十馬之力。無論單筒雙筒。量地勢之大小。用以起土引水。極省人力。可謂巧奪天工矣。

二十一日癸卯。早黃霧迷漫。咫尺不見人。按使燕錄內載。中秋天色陰晴與外國同。又東坡嘗聞海賈云。中秋雖相去萬里。他日會會相問。陰晴無不同者。彝恐未必然也。中國每值七八月。則暑退涼生。天氣清朗。邇來倫敦連日陰霧。然出城十數里。則碧天秋水。爽氣宜人。是相隔一二十里。天氣尚不能同。況中外相隔萬餘里乎。其不能強之使同。可不辨而自明矣。

卷五終

四述奇卷六

鐵嶺　張德彝在初隨筆
貴　榮竹坪校閱

丁丑八月二十二日甲辰。早霧。午後微晴。英吉利本國土地。惟英格蘭蘇格蘭愛爾蘭三島（英蘇相連處甚窄姑謂之二島可也）而已。其外屬地如島嶼與在別國邊境者。大小共七十三處。統計內外地土。合七千八百四十萬七千七百一十七方里。人丁共二萬五千八百三十六萬四千九百六十名口。租稅共銀三萬五千六百六十一萬六千二百八十一兩。邏因訪聞。畧知梗概。除將英蘇愛三島。先叙崖畧外。特將其屬地。大小總分八分。大者即以其本名爲一分。小者以所在。或以所近之地爲一分。或指在英之東西爲一分。今特筆之于書。縷晰言之。以便知其地域之大小。以及人民土產租稅之多寡云爾。如英格蘭。長一千二百七十八里。寬由一百八十里。至九百一十里。計五十二萬四千七百九十九方里。居民二千二百七十一萬二千二百六十六名。口稅額每年一千五百九十五萬一千六百二十五磅。合銀五千五百八十三萬零六百八十七兩五錢。蘇格蘭長八百二十八里。寬由九十里至四百三十八里。計二十七萬四千一百六十七方里。居民三百三十六萬一千名口。稅額每年一百八十萬零二千八百四十八磅。合銀六百三十萬九千九百六十八兩。愛爾蘭長九百里。寬五百一十里。計二十九萬二千七百零七方里。居民五百二十九萬七千七百三十二名口。稅額每年四百二十萬四千七百七十六磅。合銀一千四百七十一萬六千七百一十六兩。三島共計地一百零九萬一千六百七十三方里。

居民共三千一百三十七萬零九百九十八名口。稅額共七千六百八十五萬七千三百七十一兩五錢。印度通國南北約六千里。東西約五千四百餘里。計一千四百零七萬七百八十方里。居民二萬三千一百零九萬六千六百一十名口。西厤一千六百年。（即明萬厤二十八年）當英義立斯貝姒君主在位。英商始得航至印度正西臨海蘇拉地方貿易。後陸續爭奪買占。至今二百餘年。己得印度四分之三。大小與歐羅巴一洲。除俄羅斯國外相等。英屬印度地共分八府。曰貢果。曰歐達。曰班扎。

曰英柏爾瑪。曰阿薩木。曰麻達拉斯。曰森德百萬斯。曰
孟買。今分載於後。
貢果府在印度正東偏北。赤道北二十四度至二十九
度。北京西二十度至三十度。計一百四十萬五千八百
方里。分四十四縣。居民六千零五十萬二千八百九十
七名。口土產鶯粟花藍靛與五穀。
歐達府在貢果之西北。計九十四萬八千五百五十五
方里。分三十五縣。居民四千二百萬一千四百四十名
口。土產與上同。

班扎府。在歐達之西北。赤道北三十三度。北京西四十度。計九十四萬四千七百七十五方里。分三十二縣。居民一千七百六十一萬一千四百九十八名口。因地在極北。東臨戛什米爾。西界阿富罕。駐有英兵五萬。勇十三萬。土產無多。

英柏爾瑪府。在印度柏爾瑪與暹羅二國之西。沿海作ㄅ字形。赤道北十度至二十三度。北京西二十度。計七十九萬七千零四方里。分十五縣。居民二百七十四萬七千一百四十八名口。土產菸穀。

阿薩木府。爲印度東北界。赤道北二十六度。北京西三十一度。計四十萬零七千七百一十八方里。分十三縣。居民四百一十六萬二千一百名。口土產茶。

麻達拉斯府。在印度正南。赤道北九度至十七度。北京西三十九度。計一百四十四萬九千七百零四方里。分二十一縣。居民三千一百六十七萬二千六百二十名口。土產無多。

森德百萬斯府。在賁果之西南。爲五印度正中偏東。赤道北二十二度。北京西三十五度。計七十五萬七千八百七十二方里分十九縣。居民八百二十萬零一千五百一十九名口。土產棉花。

孟買府。在印度正西一帶沿海作乀字形。赤道北十四度至二十八度。北京西四十二度至五十度。計一百一十一萬六千九百一十八方里分二十四縣。居民一千六百三十四萬九千二百一十名口。土產雖少。爲印度海口之第一大埠焉。

以上各府所產如鶯粟棉花五穀加非。藍靛茶葉羊毛皮板樹膠絲綢。菸魚鳥獸等。一年英收進出口稅及田地房屋樹林人丁信票電信輪車鐵道各稅與鹽課等。約五千五百萬磅。合銀一萬九千二百五十萬兩。地共七百八十二萬八千三百四十六方里。其餘印度自存者。計六百二十四萬二千四百三十四方里。英屬人丁共一萬八千三百二十四萬八千四百三十二名口。印度所餘四千七百八十四萬八千一百七十八名口。此外另有九處。雖屬印度。而遵英律。并有納賦者。如巴婁達府。在孟買之東北。赤道北二十二度三十分。北京西四十四度。爲印度正東界。英得其地于西厤一千八百七十五年。（即光緒元年）計三萬九千五百九十一方里。居民二百萬零二百二十五名口。稅無。土產同孟買。

阿芝米爾府。在赤道北二十五度半至二十六度半。北京西四十二度。爲中印度西北界。英得其地于西厤一千八百七十二年。（即同治十一年）計二萬六千一百九十九方里。居民三十九萬六千八百八十九名口。稅無。土產白米棉花。

貝拉爾谿。在赤道北二十度十五分至二十一度四十分。北京西四十度至四十二度二分。計十五萬九千三百九十九方里。居民二百二十二萬七千六百五十四名口。土產同上。賦稅一年三十八萬九千五百六十七磅。合銀一百三十六萬三千四百八十四兩五錢。

庫爾芝縣。在赤道北十一度五十六分至十二度四十五分。北京西四十度至四十一度。爲印度正南界。計一萬八千方里。居民十六萬八千三百一十二名口。英得其地于西厤一千八百三十二年。即道光十二年 土產加非橘柚。稅無。

麥索爾府。長七百五十里。寬七百一十四里。在赤道北十三度三十分。北京西三十九度至四十度。計二十六萬三千九百二十五方里。居民五百零五萬五千四百一十二名口。在麻達拉斯省之中。英得其地于西曆一千七百八十年。(即乾隆四十四年)土產米糖菸薑芝麻檳榔等。稅無。

中印度羣城。合八十萬一千八百八十二方里。居民八百三十六萬零五百七十一名口。稅無。

海達拉巴府。在赤道北二十五度二十二分。北京西五十度。為印度中南界。計七十二萬方里。居民百萬。土產絲棉金銀。稅無。

木泥浦縣。在赤道北二十三度四十九分至二十五度四十一分。北京西二十六度。為印度正東界。計六萬八千二百五十六方里。居民十二萬六千名口。稅無。

臘之普埒那府。在赤道北二十三度三十五分至二十九度五十七分。北京西四十度至四十七度二十分。為印度西北界。計一百一十七萬八千九百零一方里居民一千零一十九萬二千八百一十七名口。稅無。

以上賦稅合一百三十六萬三千四百八十四兩五錢。

地共三百二十七萬六千一百五十三方里。居民共二千九百五十二萬七千八百八十名口。前後共計稅銀一萬九千三百八十六萬三千四百八十四兩五錢。地共一千一百一十萬四千四百九十九方里。居民共二萬一千二百七十七萬六千三百一十二名口。如是則印度所餘土地之能自行主持者。二百九十六萬六千二百八十一方里。所餘人丁之能自行管轄者。只一千九百三十二萬零二百九十八名口而已。又英兵之駐于印度者。官有三千零十一員。兵有六萬六千五百七十八名。土勇十二萬二千三百四十六名。

東海者。係英國以東。沿海各屬地。大小共一十二處。如錫蘭島。在印度國正南。印度洋中。赤道北五度五十五分。北京西三十四度。計二十二萬二千三百一十八方里。南北七百九十八里。東西犬牙相入。合四百餘里。地形如爪字或厶字。前于西厤一千五百零五年。爲葡萄牙人所占。百年後又爲和蘭所取。至一千七百九十五年。（即乾隆五十五年）英奪其地。原歸印度麻府統轄。六年後。另分一處。其地居民二百四十萬零五千二百八十七名口。首城曰克倫伯。自一千八百七十七年至今。造有鐵路四百一十七里。電線二千四百四十二里。立信局一百一十二處。每年地丁土產收租稅約一百七十餘萬磅。合銀五百九十五萬餘兩。

香港。計二百八十八方里。居民十三萬九千一百四十四名口。每年收租稅十九萬磅。合銀六十六萬五千兩。

亞丁。在紅海北口外亞喇伯之西北。赤道北十二度四十七分。北京西七十五度。計三百一十五方里。自西厤一千八百三十九年。即道光十九年英得其地。乃歸印度孟買府總督管理。另派小官駐紮。遍地大山。山高由百丈至一百七十餘丈。土產雖無。爲泰西東來之咽喉。立有信局二。電綫三十九里。居民英兵及各處游民貿易者。計二萬二千名口。租稅無。

喇班島在赤道北五度十六分。北京西一度二十五分。計二百七十方里。與柏牛國之西北境毘連。因島上無人。遂于西麻一千八百四十七年。（即道光二十七年）經柏牛國王獻之于英。現居民已四千餘名口。地產無多。惟煤礦極盛。由該島左右之柏牛蘇魯等國聚貨運往新嘉坡一帶。每年收地丁貨稅七千五百餘磅。合銀二萬六千二百五十餘兩。

毛里細羣島。在阿斐里加之東南。赤道南二十度。北京西七十度。計六千三百三十六方里。環繞有大小六十餘島。共計三千一百五十方里。前後統計九千四百八十六方里。居民共三十五萬四千六百二十三名口。內二十餘萬爲印度苦工。種類。土產甘蔗沉香等。立有信局三十四。電綫二百四十六里。鐵道二百三十一里。初于西麻一千五百零五年。爲葡萄牙人覓得其地。至一千五百九十八年。又爲和蘭所據。遂以太子之名而名其島。于一千七百一十年。和棄之而法取之。至一千八百一十年。（即嘉慶十五年）又爲英國所獲。首城名坡祿義。地丁租稅。每年八十萬磅。合銀二百八十萬兩。

新嘉坡島在赤道北一度。北京西十二度。長八十一里。寬四十二里。計二千零十六方里。居民九萬九千五百八十名口。原屬暹羅國。距麻蕾一里。中隔長江。後于西麻一千八百一十九年。（即嘉慶二十四年）英買得之。土產鉛膠荍米。胡椒。加非。檳榔。荳蔻。皮革。兒茶。樹膠。潮腦。沙穀米。

甘蔗榛子等。

檳榔嶼在赤道北六度。北京西十一度二十分。長四十五里。寬二十七里。計九百五十四方里。北有大山。高二百九十二丈二尺。西厤一千七百八十六年。即乾隆五十一年英得其地。居民六萬一千七百九十七名口。土產與上同。

衛拉奚里。正對檳榔嶼。相隔一水。寬約里餘。地長百零五里。寬由十二里至三十三里。計二千一百零六方里。居民七萬一千四百三十三名口。是地本屬暹羅。後于西厤一千七百八十七年。即乾隆五十二年英據之。土產亦同上。以上三處。每年地丁租稅計三十一萬一千四百餘磅。合銀一百零八萬九千九百餘兩。

麻六甲。爲麻蕾西南沿海邊境。南近新嘉坡。北向檳榔嶼。在赤道北二度。北京西十三度。計六千二百五十五方里。居民七萬七千七百五十六名口。是地爲西國在南洋占得最早者。初于西厤一千五百一十一年。經葡萄牙人覓得之。至一千六百四十一年。和蘭逐葡人而守之。後于一千七百九十五年。即乾隆六十年英始戰奪其地。

今居民有六萬麻蕾人。二萬華人。土產胡椒甘蔗。米菸茶膠。加非檳榔。樹膠。牛角。香料。染料杆棍皮革。沙穀米。黑白鉛。等每年地丁租稅。共三十三萬六千四百五十磅。合銀一百一十七萬。七千五百七十五兩。

賽普勒斯島。在地中海。南北近歐洲。土耳其。而屬亞細亞。赤道北三十五度。北京西八十一度。距蘇耳士新開河七百二十里。長二百七十里。寬一百三十五里。計三萬六千方里。大城名曰呢扣斯亞。居民一萬六千。土產上種棉花。水果羽毛。丹參鹽麥。蕎麥等。是地因本年初與土耳其定約而據。時尚未久。進款不定。

棓林島。在紅海北口內。東近阿喇畢亞。西向阿斐里加。赤道北十三度。北京西七十三度。計六十三方里。係歸駐紮亞丁官管轄。因地本火山。無土產。水亦鹹苦。一切飲食器具。皆運由他處。惟四季魚蝦肥美。自西厤一千七百九十九年。即嘉慶四年 英占得後。築有礮臺海燈。爲駐兵之地。後因西南臨海。地勢天成。無論何風。船皆可避。乃專改爲泊船之處。民數未詳。稅無。

蘇扣特拉島。在阿拉伯海。西近阿斐里加。赤道北一十四度。北京西六十四度八分。東西二百四十六里。南北六十里。計一萬一千七百九十方里。土產沉香枸子。膠棗與米。自西麻一千五百年。即明弘治十三年英國即與泰西諸國互占其地。後于一千八百七十六年。即光緒二年英與莫斯褭王訂約。自是年以後。不准另租他國。非向英國議定。不得令他國人民駐紮大城名他麻立達居民五千二百四十名口。進款未詳。

以上十二處地共二十八萬八千七百一十一方里。居民共三百一十五萬。七千一百六十名口。租稅共一千一百七十萬八千七百二十五兩。

西海者係英國以西沿海各屬地有三處。如牛佛蘭島。在北阿美里加之東北。赤道北四十九度。北京西一百七十度。計三十六萬一千八百方里。西厤一千八百三十二年。（即道光十二年）英得其地。居民十六萬一千三百八十九名口。土產鱗魚水獺。鹿與銅。每年地丁租稅二十一萬二千三百磅。合銀七十四萬三千零五十兩。

英吉阿那府。在南阿美里加正北。赤道北四度四十分。

北京東西各一百八十度。初于西厤一千五百八十年。即明萬厤八年爲和蘭人覓得其地。繼而英法互相爭取。至一千八百零三年。即嘉慶八年英始勝法而盡得之。今分爲四。東屬和蘭。西屬衛呢足喇。南屬巴西。北歸英吉利。計七十六萬五千方里。居民十九萬三千四百九十一名口。土産糖與木。每年地丁租稅四十一萬磅。合銀一百四十三萬五千兩。

英渾都勒斯府。在南北阿美里加之間脛地。東臨喀立邊海。西倚薩拉瓦多爾國。南連呢戛拉挂國。北界危的麻喇國赤道北十五度北京東一百五十九度長四百七十四里寬一百八十里計五萬七千六百方里西麻一千六百七十年即康熙九年英得其地居民二萬六千名口中白面人四百餘他皆黑面爲本地土種中有大城曰北萊泗土產松柏花梨樹膠藍靛膠毛橡汁金剛刺瑪瑙石等果蔬甚多每年地丁租稅四萬三千磅合銀一十五萬零五百兩

以上三處地共一百一十八萬四千四百方里居民共三十八萬零八百八十名口租稅共二百三十二萬八

千五百五十兩。

加拿他又名堪那大，為北阿斐里加之北半洲。東除葛林蘭屬丹國。西除阿拉斯戛屬俄國二小地外。計三千二百五十八萬四千五百九十方里。居民三百九十一萬三千名口。共分八府。曰安塔榴。曰龜背。曰麻呢土巴。曰努瓦斯闊堤亞。曰牛布勒斯韋格。曰英戈倫畢亞。曰艾倭王島。以上皆在南界一帶。其北界在寒帶島嶼沙漠。地廣人稀。寒凍不毛。總名西北府。統計大與歐洲除瑞典與那威比。東接大西洋。西臨太平洋。南連合衆國。

北達北冰洋。在赤道北四十八度至八十度。北京東八十八度十五分至一百八十度。初于西麻一千四百九十七年。即明弘治十年為西人葛阿鉢覓得其地。至一千五百二十五年。即明嘉靖四年法郎西據守之。後于一千七百五十九年。即乾隆二十四年經英奪占龜背府。四年後與法定約。統歸英屬。土產金銀銅鐵。黑鉛白鉛煤灰木料皮毛。羊馬雞牛。石板。金信石。紅粉石。雲母石等。每年地丁租稅九百萬磅。合銀三千一百五十萬兩。

歐羅巴洲臨近屬地。共五處。如

莫洛塔與高搜二島在地中海赤道北三十六度北京西九十九度四十一分長五十一里寬二十七里計一千零三十五方里原屬法郎西後于西歷一千八百年即嘉慶五年歸英爲地中海停泊之衝衢居民十五萬二千五百五十三名口土產棉花五穀紅薯牛羊等每年地丁租稅十九萬磅合銀六十六萬五千兩

支布洛達又名熱爾羅塔爲日斯巴尼亞之東南邊界赤道北三十六度八分北京西一百十度十五分前臨地中海長九里寬里餘計十七方里少弱居民二萬五

千七百二十一名口。原屬日斯巴尼亞。後于西麻一千七百零四年（即康熙四十三年）歸英。土產菜蔬猴蛇與兎。每年地丁租稅四萬一千二百磅。合銀十四萬四千二百兩。海峽羣島。在赤道北四十八度二十七分至五十六分。北京西一百一十九度十分。距法郎西之西北臨海界。由三十里至九十里。有三大島。如哲爾奚。阿拉得爾呢。高安西。此外小島有薩爾克。額爾木等。共計六百五十七方里。居民九萬零六百名口。土產乾鮮果。牛乳油。五穀。紅薯。雞魚與菸等。每年地丁租稅二萬磅。合銀七萬兩。

愛老蠻島在赤道北五十四度三分。北京西一百一十九度二十九分。長百零二里。寬三十餘里。計三千一百六十方里。居民五萬四千一百名口。是島在英格蘭西北。蘇格蘭正南。土產鉛鐵石板等。每年地丁租稅五萬三千磅。合銀十八萬五千五百兩。

海里勾闌島在北海中。赤道北五十四度十一分。北京西一百一十度五分。計四十七方里強。地近韓柏爾。原屬丹尼。後于西歷一千八百零七年。即嘉慶十二年英戰奪之。

居民二千名口。土產魚蝦羽毛皮革等。每年地丁租稅九千九百磅。合銀三萬四千六百五十兩。

以上五處。地共四千九百一十六方里。居民共三十二萬四千九百七十四名口。地丁租稅共百零九萬九千三百五十兩。

澳大利亞洲。為天下至大之島。在亞細亞之東南。東臨太平洋。西倚印度洋。赤道南十度至三十九度十分。北京東一分至三十九度六分。計二千八百六十三萬二千零九十六方里。居民二百七十五萬名口。內分五府。

曰牛埽穗。曰威克兜立亞。曰坤似蘭。曰南澳。曰西澳。地面爲鹹海沙漠。惟四面臨海。地脈肥饒。土產金銀銅鐵。黑鉛白鉛錫煤水銀。茶菸糖鹼。葡萄黍麥。牛馬雞羊。棉花皮革牛角羽毛等。初于西麻一千五百四十年。（即明嘉靖十九年）爲葡萄牙人覓得其地。然開墾地少。後于一千七百七十年。（即乾隆三十五年）經英國航海船主庫克到彼泊船。始遍得其地。繼而掘礦開窰。設立一切。每年地丁租稅一百七十八萬磅。合銀六百二十三萬兩。

塔斯麻呢亞島。在澳大利亞南。赤道南四十一二度。北京東二十九度四十八分。計二十三萬五千九百三十五方里。居民十一萬名口。土產金與五穀地薯果品等。初于西麻一千六百四十二年。（即崇德七年）爲和蘭人塔斯蠻覓得其地。後于一千七百六十九年。（即乾隆三十四年）英人庫克覓到。至一千八百零三年。（即嘉慶八年）英始派兵往守。繼而人民至彼陸續開墾。每年地丁租稅三十八萬七千磅。合銀一百三十五萬四千五百兩。

牛席蘭共三小島。在赤道南三十五度至四十七度。北京東五十度至六十度。式作乙字形。共計九十五萬六千三百四十方里。在北計五十四萬六千三百方里。在中計四十萬三千二百方里。在南計六千八百四十方里。居民共四十四萬五千五百六十六名口。土產羊毛松柏。金鐵與煤。初于西厤一千六百四十二年。（即崇德七年）經和蘭人覓得。後一千七百六十九年。（即乾隆三十三年）爲英人所占。每年地丁租稅四百一十六萬八千磅。合銀一千四百四十萬零八千兩。

肥雞羣島。在赤道南十五度至十九度。北京東五十九度至六十一度。內羣島有二百二十五。東西約九百里。

南北七百二十里。共計七萬二千三百零六方里。可以居住人者有八。其威堤蕾塢及瓦努阿蕾塢二島爲最大。周各九百餘里。而城之至大者在歐瓦路島。名曰萊伍喀。各島雖皆出于火山。而土產尚肥。如麪果樹芭蕉甘蔗棉花莢菇。椰子。藕蚌蛤海參。鰍魚粟米等類。初于西麻一千六百四十三年。即崇德八年經和蘭人覓得。至一千八百七十五年。即光緒元年爲英所取。居民共八百七十七名口。每年地丁租稅四萬七千磅。合銀一十六萬四千五百兩。

扎美喀島在中阿美里加之東南距古巴二百七十里。赤道北十七度四十五分至十八度三十分。北京東一百六十九度至一百七十一度。長四百二十里。寬一百三十五里。計三萬八千三百零四方里。居民五十萬零六千一百六十名口。初于西麻一千四百九十四年。（即明弘治七年）爲和蘭人戈倫伯覓得其地。至一千五百零九年。（即明正德四年）爲日斯巴尼亞人所據。至一千六百五十五年。（即順治十二年）英始戰守之。土產薑糖五穀菸煤加非檀香沉香等。每年地丁租稅五十四萬磅。合銀一百八十九萬兩。

特爾克斯及開闊斯二小島。在赤道北二十一二度之間。北京東一百七十七度至一百七十八度二分。計二千零七方里。居民四千七百二十三名口。西厤一千八百四十八年。即道光二十八年英得其地。土產鹽魚。每年地丁租稅一萬磅。合銀三萬五千兩。

特立呢達達島。在南阿美里加正北。赤道北十度。北京西一百七十九度。長一百六十五里。寬一百二十里。計一萬五千七百八十六方里。居民十一萬一千名口。初于西厤一千四百九十八年。（即明弘治十一年）爲戈倫伯覓得其地。後一千五百八十八年。（即明萬厤十六年）被日斯巴尼亞人所奪。至一千七百九十七年。（即嘉慶二年）叛而投英。土產椰子加非。鐵煤糖桃等。每年地丁租稅四十八萬磅。合銀一百六十八萬兩。

安堤卦島。在南阿美里加正北。赤道北十七度六分。北京東西各一百八十度。計九百七十二方里。居民三萬五千一百五十七名口。土產枸子甘蔗。棉花芡菇等。地丁租稅見下。

巴爾布達島。在安堤卦北九十里。赤道北十七度三十五分。北京東一百七十九度二十一分。計六百七十五方里。居民八百一十三名口。土產菸穀胡椒棉花。二島每年地丁租稅三萬八千磅。合銀十三萬三千兩。

鑾爪爾嘛島。在安堤卦西南八十一里。赤道北十六度四十五分。北京東一百七十九度二十分。長三十六里。寬二十四里。計四百二十三方里。居民八千六百九十三名口。土產五穀。每年地丁租稅六千三百磅。合銀二萬二千零五十兩。

賢契斯兜佛爾島。在安堤卦西一百三十八里。赤道北十七度二十一分。北京東一百七十八度。計六百一十二方里。長六十九里。至寬之處約十五里。居民二萬八千一百六十九名口。土產甘蔗硫磺潮腦等。地丁租稅見下。

安圭里亞島。又名小蛇島。距賢契斯兜佛爾東北一百八十里。長四十八里。寬由半里至九里。赤道北十八度十分。北京西一百七十九度十分。計三百一十五方里。居民二千七百七十一名口。土產灰魚牛類。二島每年地丁租稅三萬二千磅。合銀十一萬二千兩。

迺威斯島距賢契斯兜佛爾東南八九里。赤道北十七度十分北京東一百七十七度十分計四百零五方里。居民一萬二千一百名口。土產惟糖一種。每年地丁租稅一萬零一百磅。合銀三萬五千三百五十兩。

斗米呢喀島。南距安堤卦二百八十五里。赤道北十五度三十分北京西一百七十九度長七十八里寬四十八里計二千六百一十九方里。居民二萬七千一百七十八名口。地本火山所以耕種者不過少半而已。土產棉花加非椰子菸糖。每年地丁租稅二萬磅。合銀七萬兩。

倭爾眞羣島。在赤道北十八九度之間。北京西一百七十九度至一百八十度內數島中有托爾托拉衛伍貴倭爾眞高爾達。阿乃曼達庫拉巴拉五島屬英。其他如賢專安賢陶馬等。屬丹尼。其屬英五島。計五百七十六方里。居民六千六百五十一名口。土產甘蔗棉花與銅及牛羊等。每年地丁租稅一千六百磅。合銀五千六百兩。由安堤卦島至此。大小八處。總名立倭羣島。英皆得

于西麻一千六百六十六年。即康熙七年
巴爾巴多斯島在赤道北十三度十分。北京西一百七十四度。長六十三里。寬二十七里。計一千四百九十四方里。居民一十六萬二千零四十二名口。土產糖鹼。每年地丁租稅一十三萬二千磅。合銀四十六萬二千兩。
賢萬三島在巴爾巴多斯之西二百八十五里。赤道北十三度十五分。北京西一百六十九度二十分。長七十五里。寬三十六里。計一千一百七十九方里。居民三萬五千六百八十八名口。此二島原屬葡萄牙至西麻一千八百六十一年（即咸豐十年）歸于英。土產甘蔗芡菇。加非棉花。椰子米麥魚蝦等。每年地丁租稅二萬九千磅。合銀十萬一千五百兩。

葛蕾那達島。距賢萬三西南二百一十里。赤道北十二度十分。北京西一百七十度十分。長六十三里。寬三十六里。計一千二百九十七方里。居民三萬七千六百八十四名口。地本火山。故多金石。地原屬法。至西歷一千七百八十三年（即乾隆四十八年）讓於英。土產甘蔗棉花椰子。此島與賢萬三之間。連有小島一行。計二百九十七方

里毫無所產惟每春鯨魚甚多每年地丁租稅三萬一
千磅。合銀十萬八千五百兩
圖巴溝島距特立呢達達東南二百四十九里。葛蕭那
達之東北五十六里、巴爾巴多斯之西南四百二十里。
赤道北十一度十四分。北京西一百七十九度二十分。
長八十四里。寬二十七里。計一千零八十方里。居民一
萬七千一百二十名口。土產甘蔗最多。地原屬法。至西
厤一千七百六十三年。即乾隆二十八年歸於英。每年地丁租
稅一萬四千磅。合銀四萬九千兩。

賢魯義薩島。距巴爾巴多斯西北二百七十里。賢萬三正北七十五里。赤道北十三度四十二分。至十四度八分。北京西一百七十八度。長九十里。其至寬處約六十三四里。計二千二百方里。居民三萬一千六百一十名口。初西厤一千七百六十三年。即乾隆二十八年爲法郎西人覓得其地。至一千八百零三年。即嘉慶八年讓於英。土產多糖。每年地丁租稅三萬磅。合銀十萬五千兩。以上五島。相距不遠。總名曰文倭羣島。

巴哈瑪羣島。在赤道北二十至二十七度。北京東一百六十五度十分。島之大而可住人者二十。小者數約四百。共計五萬二千一百四十六方里。居民三萬九千一百六十六名口。土產海沫棉花蕉子橘子。甘蔗穀麥魚龜等。初西麻一千四百九十二年。即明弘治五年爲戈倫伯覓得其地。後一千六百四十一年。即崇德六年日斯巴尼亞據守之。至一千七百八十三年。即乾隆四十八年歸于英。每年地丁租稅五萬二千磅。合銀十八萬二千兩。

柏爾木達羣島。在北阿美里加正南。迤東赤道北十三度至二十二度十分。北京東一百六十八度三十五分。

大小有百餘島。可居人者十六。共計三百六十九方里。居民一萬五千三百一十名口。此島初西厯一千五百二十七年。即明嘉靖六年為日斯巴尼亞人柏爾木達覓得其地。後一千六百零九年。即明萬厯三十七年有英兵船赴哈特拉斯山嘴。經此遭風。因而駐兵占守。後英人陸續往墾土產茨菇山藥棉花黑鉛橘桃菜蔬波羅密等。每年地丁租稅二萬七千磅。合銀九萬四千五百兩。

以上在澳大利亞二十二處。地共二千九百六十萬八千九百九十六方里。居民共四百三十八萬八千四百七十八名口。地丁租稅共二千七百二十四萬二千五百兩。

阿斐里加洲臨近屬地共九處。如古德侯堡地角。又名好望角。在阿斐里加正南。赤道南二十八度十分至三十四度五十分。北京西八十九度十分至九十九度三十分。西南倚西洋印度洋。北界橘子河。東臨巴素頭蘭與喀埔喇里亞。長二千三百一十二里。寬一千四百七十里。計一百八十萬方里。居民七十二萬一千名口。內歐洲白面人二十三萬餘。皆本地黑人。英名呼曰呢格斐。初西厤一千四百八十六年。即明成化二十二年爲葡萄牙人巴爾索斐米由覓得其地。後三百餘年。丹英互占其地。至一千八百一十五年。即嘉慶二十年英始盡據。爲之開墾修治。共分六十五縣。土產金銀銅鉛。角骨毛皮。象牙魚刺。牛羊馬豕。駝鳥銼石。酒穀麥黍等。地丁租稅。每年二百六十三萬二千磅。合銀九百二十一萬二千兩。

巴素頭蘭府。西北臨橘子河。東南傍夸蘭壩山。赤道南二十八度五十五分至三十度三十分。北京西八十八度二十分至九十度十五分。計九萬一千方里。共分四縣。居民十二萬七千六百名口。西曆一千八百七十一年。（即同治十年）英得其地。土產如上。每年地丁租稅一萬六千五百三十磅。合銀五萬七千八百五十五兩。

喀埔喇里亞府。爲阿斐里加東南邊境。赤道南三十度至三十三度十五分。北京西八十七度五分至九十度。東南臨印度洋。北傍夸蘭壩山。西界古侯堡。計十一萬三千六百四十三方里。居民十七萬五千名口。西曆一千八百六十四年。（即同治三年）英得其地。土產米穀蕎麥西瓜。地丁租稅未詳。

那塔臘。在阿斐里加正南迤東臨海。赤道南二十七度十五分至三十一度五分。北京西八十八度十五分至九十二度五分。計十六萬八千七百五十方里。居民三十五萬五千名口。初西麻一千四百九十七年。（即明弘治十年）爲葡萄牙人瓦斯扣得戛麻覓得。其地至一千八百四十三年（即道光二十三年）歸于英。土產甘蔗加非藍靛胡椒莢菇棉花。薑菸米穀。象牙皮革牛馬雞羊駝鳥翎毛等。每年地丁租稅四十七萬二千四百八十磅。合銀一百六十五萬四千六百八十兩。

格里夸蘭衛在古侯堡之北。赤道南二十七度四十分至二十九度三十五分。北京西九十一度三十五分至九十四度三十分。計十四萬九千六百七十方里。居民三萬五千名口。西厤一千八百七十一年。（即同治十年）英得其地。土產銅鐵與鉛。惟金剛石一種。較天下為最盛。每年地丁租稅九萬七千六百五十磅。合銀十四萬六千二百七十五兩。

賽拉隆在阿斐里加正南。迤北赤道北七度二十分至八度四十分。北京西一百二十九度至一百三十二度一十五分。計四千二百一十二方里。居民三萬七千一百名口。西厤一千七百八十七年。即乾隆五十二年經土王奉爲英屬。土產橡汁樹膠。松香皮革椰子花生與薑等。每年地丁租稅六萬三千二百磅。合銀二十二萬一千二百兩。

岡比亞在阿斐里加正西。赤道北十三度三十分。北京西一百三十一度。計五百四十九方里。居民一萬四千二百名口。西厤一千五百八十八年。即明萬厤十六年英得其地土產黃蠟。松香。皮毛。象牙。花生。穀米。每年地丁租稅約三萬磅。合銀十萬五千兩。

溝勒扣斯特。又名金堤。在阿斐里加正西迤北。赤道北五度三十分。北京西一百一十九度二十分。至一百二十一度。計十四萬九千五百八十方里。居民五十二萬名。口原屬英丹兩國。至西厤一千八百七十二年。即同治十一年。統歸于英。土產金銅象牙松香猴皮樹膠漆油等。每年地丁租稅十一萬磅。合銀三十八萬五千兩。

喇溝斯島。在阿斐里加正西。赤道北六度四十五分。北京西一百一十三度二十分。計四萬五千方里。居民六萬零二百二十八名口。西厤一千六百六十二年。（即康熙元年）經土王奉歸于英。土產黑鉛藍靛棉花松香等。每年地丁租稅五萬磅。合銀十七萬五千兩。

以上在阿斐里加洲九處。地共二百五十二萬二千四百零四方里。居民共二百零四萬五千一百二十八名口。地丁租稅共一千一百九十五萬七千零一十兩。

大西洋屬地共四處。如

阿三愼島。在南大西洋。赤道南七度五十五分。北京西一百二十二度十五分。長二十四里。寬十八里。計三百一十五方里。地本火山。初西厤一千五百零一年。即明弘治十四年為葡萄牙人覓得其地。至一千八百一十五年。即嘉慶二十年英占據之。始有人民居住。大山有高二百八十七丈者。地不可耕。惟設一船廠。故英只派千總一員駐紮于彼。一切需用皆由他處運販。人有二百餘名口。無非水手兵卒而已。出口貨有龜與雀卵。稅無。

發拉克蘭羣島。在南阿美里加正南迤東。赤道南五十一度十五分。北京西一百七十四度。共百餘島。計四萬二千六百六十方里。東西有二大島。東者計二萬四千方里。西者計一萬八千方里。居民共一千三百八十名口。初西麻一千五百九十二年。（即明萬曆二十年）爲英人戴威斯覓得其地。先後經英法二國占據。至一千八百三十三年。（即道光十三年）始盡歸于英。土產魚油水獺皮毛等。每年地丁租稅三千九百四十磅。合銀一萬三千七百九十兩。

南卓之亞島。距發拉克蘭正南迤東二千四百里。赤道南五十四度。北京西一百五十六度三十五分。計一萬四千一百三十方里。居民土產租稅未詳。
賢海萊那島。距阿三愼東南二千五百五十里。赤道南
十五度四十二分。北京西一百二十二度二十分。長三
十一里半。寬十九里半。計四百二十三方里。居民六千
四百五十名口。地本火山。勢甚峻峭。初西麻一千五百
零一年。即明弘治十五年爲日斯巴尼亞人茹萬得努瓦覓得
其地。他國未聞也。旋被丹國占據。始有人民。至一千六
百七十三年。即康熙十二年英奪取之。開墾耕種。土產羊鹿。每
年地丁租稅一萬三千磅。合銀四萬五千五百兩。

以上在大西洋四處。地共一萬七千五百二十八方里。居民共八千零三十名口。租稅共五萬九千二百九十兩。

二十三日乙巳晴。午後英人許再思來拜。談及天下各國情勢。據云一國苟欲自強。凡他國創造之物。必逐漸而踵爲之。否則徒視其強。甘受其侮也。是亦不得已而爲之者。卽如土耳其始亦不願效法泰西。因與俄臬強國爲鄰。又與諸國換約。西人咸貿易其地。乃買造輪船二十餘艘。因輪船用煤。製造火器輪機。又多用鐵。二者不能常假外邦。于是開礦。又以運價過多。乃造火車。如是事事相因。固爲自强。然仍視上下之同心與否。今土耳其諸物。雖與西國相同。惜上未能明其理。下未能遏其貪耳。

二十四日丙午晴。因英君主外出。未正。有內大臣僚友潘福蔭邀看卜靜宮。乘車前往。入內登樓。共歷七八所。如燕見親臣處。用膳處。朝會處。跳舞堂。御書房。更衣廳。及客寢室等。惟國王寢室不得入。所謂客寢者。係友邦國王后妃公主等來遊住宿者。各室皆以雲花錦緞爲壁衣色分紅綠黃藍。几榻鋪墊。與壁色相稱。藉地以五彩花毯。壁挂金架玻璃。長丈餘。寬八九尺。油畫百幅。或長或方。皆繪古今君臣圖像與泄軍行樂之事。前庭懸英國君主威克兜立亞御容一。二十年前之畫筆也。鏤金爲格。裝潢美麗。棚頂鑿花飛金。挂大小各式玻璃燈。几榻皆飾金。有全體象牙鏤花者十數具。火爐亦飾金。陳設多瓷銅石翠之類。瓶缸罌缶。輒金其口。鏤金爲座。游廊夾道。皆實以古銅瓷器。有象牙船三。如吳粤花船。雕刻人物帆槳。工極細。有九層寶塔數座。高皆盈丈。嵌空玲瓏。率銅石象牙爲之。有雜寶攢成花卉。罩以玻璃。有白石琢成裸身女子。或執巾帕。或手垂兩膀。全體畢露。幸盤膝尚無不雅相處。其他陳設器具。難以瑣述。西正回寓。

二十五日丁未晴。記英國官制各爲一途。不相攙越。外差。如參贊繙譯。仕至公使而止。撤歸給以半俸終身自適。遇有他國使命。或重任之。斷不予以內地之職。因其不悉治法也。然外部遇事關伊曾駐之國。亦可約往商辦焉。

二十六日戊申。早霧。巳正晴。郭星使夫人因有身而病。延中國稅務司醫官馬克蕾診治。給以安胎藥水一瓶。丸藥數十粒而去。

二十七日己酉。晴。記英京居民燒火。引柴。皆以膠黏。有攩木形者。有車輪形者。柴木。長皆五六寸。約而成束。至園林之枯枝落葉。則無人拾取焉。

二十八日庚戌。陰霧。午後鄰人柯拉理約往敖斯佛街。看大雜貨鋪。名曰騷侯巴薩爾。樓兩層。前後二門。小攤行行。貨物百種。如紙筆墨硯。書卷畫軸。紙花手套。鍼線剪刀。小兒玩物。零碎器皿。鍼黹首飾。糕點茶酒等鋪。係善人開設。物價稍昂。所獲餘利。送助育嬰堂。故每日老幼婦女來者接踵。

二十九日辛亥。陰晴各半。未正一刻。隨郭星使乘車。行數里。往拜瑞國公使。坐談極久。繼拜義大利公使及阿什柏里。皆未遇。戌初。復隨步行八九里。訪金登幹。亥正回寓。

三十日壬子。早微霧。未初晴。郭星使令持刺代拜渣甸銀行主人札爾巔。值其下鄉。未遇。聞數日前。漁戶由某處獲一大鯨魚。長一丈者。刻已運至阿奎艮木矣。亥初。同李湘浦往觀。見堂前掘池甚大。兩邊設高臺。以備人看。不意魚因失水。竟至餓死。當時人工盡廢。不知將來另作何用。或云。不日將魚骨抽出。按式以鐵架支起。究不知其肉可食否。

九月

初一日癸丑晴。因印度受旱災。倫敦多有倡首募助。鄰人世爵胡阿斯致函與彝。遂贈五磅。中正陰雨。入夜雨止。涼。

初二日甲寅。微霧。記倫敦通城有男女官商會館八十九處。有立自百年前。有立自數十年前。館有以所司事務及創立之人爲名者。有以地爲名者。如水陸會館。技藝會館。務農會館。護衛會館。律例會館。遵古會館。遊歷會館。機學會館。龍舟會館。園囿會館。路途會館。筆難盡述。又有綠屋會館。椰子會館。新城會館。野苗會館。廟宇會館。義皆未詳。每館有數百人者。有一二千人者。人數不拘。館規嚴密。樓房華美。與前文善社同。初入館者。每人納一磅至四十磅。入後每人每年各納費一次。由一磅至十五磅不等。以視館之大小。所定之規如何耳。如遵古會館。立于西厤一千八百四十年。（即道光二十年）在賢貞睦斯街。第七十四號。入者初納三十磅。每年十磅。人一千二百。皆效法古人者。遊歷會館。立于西厤一千八百一十九年。（即嘉慶二十四年）在帕拉麻街第百零六號。入者初納四十磅。每年十磅。人七百五十。皆曾經遊歷。地逾一百五十里者。龍舟會館。立于西厤一千八百六十六年。（即同治五年）在卜靜衖。第十一號。入者初納二磅。每年一磅。人三百。皆喜賽舟者。合衆會館。立于西厤一千八百一十五年。即嘉慶二十年在帕拉麻街第百一十六號。入者初納四十磅。每年七磅。人一千五百五十。為通城大員會集之地。喇卦王會館。立于西麻一千八百五十三年。即咸豐三年在漢斯坊第二十二號。入者初納十磅。每年五磅。人數不拘。皆善于射獵者。賢卓志會館。立于西麻一千八百二十六年。即道光六年在王子街第二十號。入者初納二磅。每年三磅。人數不拘。皆精奕術者。侯格斯會館。立于西麻一千八百七十年。即同治九年在費斯賴坊第八十四號。初入者納五磅。每年三磅。人三百。皆繪畫之士。其兼有婦女者二處。一爲阿貝瑪會館。立于西麻一千八百七十四年。（即同治十三年）在阿貝瑪街第二十五號。入者初納六磅。每年四磅。人六百一名。樂斯會館。立于西麻一千八百七十七年。（即光緒三年）在荔榛街第三百一十六號。入者初納十磅。每年六磅。人二千以上。二館男女皆精通琴曲。以及格物雜學者。

初三日乙卯晴。巳初。郭星使命訪韓百里。遂乘火車赴克萊屯村。至其家。方知伊夫妻已外出矣。午後方囘。彝遂街行二三里。道路寬敞。房屋整齊。男女往來甚夥。因邇來耶穌教人有仍依舊制者。有仿天主教在禮拜堂中陳設石塑者。欲分教爲二黨。自是日起。在此設會六日。朝朝辯論。俾衆咸聞。入堂者各人一什令半。包買六日票者七什令半。人有不遠數百里而來者。當時彝在旅邸早餐後步回。途次遇其妻。延入其家。據云伊夫已往倫敦。至夜方歸。如有要務。祈示。代爲轉達。遂將來意告知。後約饌。辭謝。回倫敦。戍正黎蒓齋劉鶴伯張聽颿三君約觀劇。辭謝未往。

初四日丙辰晴。巳正韓百里來拜。坐談許久。申初同馬清臣隨郭星使乘車拜客九處。有面晤者。有未遇者。酉正回寓。

初五日丁巳晴。申初。同黎蒓齋乘車往遊海岱園。時暑退涼生。木葉微脫。而遊人漸少矣。戌正。李湘浦劉鶴伯張聽颿三君復邀觀劇。仍辭未往。

初六日戊午晴。未初。有英測地官莫紫達來拜。其人專司測地。建築礮臺橋梁。以及挑挖溝渠等事。談及礮臺形式。據云。因山築臺。固堅而不易摧。自山麓斜上至山頂。路皆築平。則升降可以馳騁。礮皆敞列而不覆以屋。

則烟不自蔽。礮兵棲止之屋。皆鐵板作頂。垛牆厚盈丈。則守者無危。不至有鉛丸洞壁之患。穴山洞以儲火藥。則不至爲敵礮所燃。兵房建于山凹。以山爲障。則安憩得所。呼應亦靈。此亦不過大畧耳。蓋因山築臺。又須測量地勢之寬狹高低。有必須如是者。有隨勢更改者。不可執一而定也。

初七日己未。細雨。午初。同馬清臣李湘浦隨郭星使乘火車往克萊屯。拜韓百里。甫至。伊以雙馬車迎入其家。會其父韓布義。年八十三歲。精神尚健。少坐。看其花園煖房花木頗盛。中有由華移植柿樹一株。及自種橘樹二株。亦由中土帶來者。午酌食有橘糕梨餅。皆佳。後乘車出遊。山光聳翠。草色芸黃。秋景宜人。四望無極。令人胸襟爲之一爽。酉刻謝別回倫敦。

初八日庚申。陰霧。記英京火爐皆燒煤塊。其質甚輭。體不甚重。內含長絲如木變者。燒不久而色變白如木炭然。

初九日辛酉。晴。午初。李觀察請二星使及黎蒓齋馬清臣與彝等在立墀滿晚酌。因郭星使未往。彝亦辭謝。酉初。郭星使召彝同黃玉屏飯。暢談至亥初始罷。禧在明不日畢姻。因而郭星使封金百磅。令彝同姚彥嘉持贈。代爲申賀焉。

初十日壬戌。細雨陣陣。午初。有前遇之格致家皮悌者。請看新製電機。遂同馬清臣隨郭星使乘車。入老城。至寬南街第百零五號。其人導入。有席拉倭爾與葛蕾二人爲正副理事。指看各物。一爲電氣然燈。係木匣內含關鍵。雖樓高數丈。一手推柄。則萬燈皆著。又有治痰器具。係木匣內盛電氣水六十瓶。外連二銅絲。各端繫一銅筒。病者雙手握之。他人手轉其柄。則病者周身運動。血脈流通。其證自脫然而去矣。又一木匣。周四五尺。厚約五寸。内一圓木餅。大與匣同。餅轉電氣自生。係用以然水雷者。又一新製耳傳電信器。與前在司悌義家見者同。其製造廠在城外三十里。地名銀城。英語曰席拉倭爾陶恩。譯席拉倭爾者銀也。陶恩者城也。原係壙地。東主銀姓擇以設廠。十數年來。人工有二千之多。鋪房羅列。儼成一鎮。遂以其姓名之曰銀城。席拉倭爾。約後日往觀。

十一日癸亥晴。午後同黎蒓齋、張聽颿乘車出城遊十數里。雲光慘淡。風景蕭疎。遙見一古松。周約三四圍。枝皆下垂。距地不及一尺。誠奇樹也。

十二日甲子早霧。午初晴。同馬清臣隨郭星使乘車先至寬南街。入電機公司。會葛蕾。同至茀音哲爾赤街火車客廳。即換登火車。開行二十九里至銀城。下車。經席拉倭爾迎入製造電綫廠。廠頗大。周十數里。房有百數十間。所造電綫有長三千里者。係備海中所用。其銅條周盈指。外裹粗麻一層。再纏鐵絲六條。裹以粗麻繩六根。外刷黑松香另罩油粉一層。凡造成者粗有盈寸及三四寸不等。以視路之遠近海之深淺何如耳。其纏麻繞鐵。刷漆罩粉皆係鐵器造成。敏捷無匹。有另所專造印度樹膠。其樹汁如朽木。以水煮畢。切碎再熬。熬後入磨。漸漸成汁如飴。以之製造各種器皿玩物。如澡盆氣褥。輭繩雨衣等。皆能禦水防油。中阿美里加某國。有以之造錢鈔者。其質有柔有堅。柔者如筋。堅者如鐵。製造各適其意。酉正辭回倫敦。

十三日乙丑。霧。記英國自宰臣而下。各署皆總理一人。

協理四人。司事數人不等。每日午正入署。酉正散歸。各署差役無多。房屋嚴密。牖壁無隙。每辦公務。門戶常闔。僕皆外出。非呼不入。故無竊聽窺探之弊。總理協理。公置小皮匣十數箇。上有暗鎖。各持鑰匙一把。遇事商辦。不令僕役傳話。雖些須事故。亦寫說帖。封鎖匣中。令僕傳遞。則無洩漏之虞。如在署外相見。亦不談及公務。是外人欲聞而不得也。或云。土耳其則不然。官講勢利。坐則僕役環而伺之。不必竊聽而自聞。即有扃門商議之件。僕役皆立窗外。更有蹲伏窗下者。雖欲不聞而亦不得也。

十四日丙寅晴。午後赫政屠邁倫來拜。坐談片時而去。後隨郭星使乘車。看房三所。有有陳設者。有無陳設者。租價由八九百磅至一千三四百磅不等。議迄未定。入夜陰冷。

十五日丁卯。陰雨。英京各緞號。皆有大書一本。長三尺。寬二尺。所有各色貨物。皆黏一條。寬二三寸。以便客來選擇。如有選擇不定者。則另剪一小塊。包以門票。上寫何名。寬若干尺寸。每碼價値若干。更有按件剪成方塊。

上黏小張門票。註明名目。價值。尺寸。總訂成簿。隨時分送各富室。以便挑選光顧。

十六日戊辰陰。有克虜樸之夥計郎四頓者。是日午正請入老城看所造小火車鐵道。屆時。郭星使令彝往覓金登幹。回寓時已申正。未獲往觀。聞其工極精巧。一切車轍道路。與眞無異。

十七日己巳陰。雨。早郭星使接總署公文。知

國書及

勅書將到。即令彝往見金登幹。令其停發電信。入夜晴凉。

皓月在望。

十八日庚午陰。前三次在倫敦。不及半年。一切多未詳考。此次隨使。八九月以來。細察英國風土。人頗誠實。不尚虛文。有職役則終其事而不惰。有約令則守其法而不渝。是非論之甚確。利害辨之甚明。辭受取與。亦徑情直行。不僞爲殷勤。不故爲謙讓。有約屆時必赴。一切以誠實爲本。而以妄言負約等於隳節敗名。可謂嚴以處已矣。

十九日辛未。陰雨而霧。白晝然燈。見英泥水匠亦用鐵鍬。惟木柄不長。犀鑽方孔。用時右手按之省力。鐐係左右皆尖。形如丄字。長逾尺半。旁係一長木柄。下一鐵錘。形如凸字。篩係木邊。中織鐵絲。長方形。長約五尺。寬二尺。用時後支木架。抹子係一木板。長一尺。寬三寸。背立短柄。形如扁丄字。一切與中土大同小異。入夜大風雨止。涼。

二十日壬申。晴。見單馬車名韓森者。有放一燈于頂上。或二燈于左右者。燈方形。前三面玻璃白色。後一紅圓光。蓋爲街市往來便人呼喚。喚車惟作吹哨聲。御者自聞而趨至。
二十一日癸酉。陰霧。見喂馬草。不鍘亦不束。係疊起切
成方塊。邊二尺。厚約一尺。分量未詳。
二十二日甲戌。陰。午初。隨郭星使乘車。往拜日本公使
上野景範。見其夫婦。坐談許久。伊出本國縉紳與看。標
曰官員名鑑。後出其妻之繡錦。花朵如生。異常鮮豔。未
正回寓。
二十三日乙亥。雨。記西國綢緞。花樣顏色。日日翻新。每
逾三月後。欲買某色。必無。如令定織。又非十二端不可。

價且加倍。

二十四日丙子。早陰雨。酉正雨止。記英京跑海大車。名曰敖呢柏斯。共五六行。四面分行。東西南北。以車箱下圍紅黃藍綠四色分之。大者分頭二等。箱內容二十四人。頂上可坐二十六人。小者箱內容十二人。頂上坐十四人。頂上者價皆一佩呢。價按路之遠近。由一佩呢至五六佩呢不等。有直行者。有繞行者。或總計。或分計。皆可。

二十五日丁丑。晴。早同黎蒓齋李湘浦劉鶴伯鳳夔九張聽颿姚彥嘉公具賀儀四色。送禧在明。以伸新婚之賀。酉正。禧在明約彝等在荔榛街達布多店晚酌。同席有薄郎及其叔岳庫拉。暢飲甚歡。戌初回寓。

二十六日戊寅晴。昨因劉星使之僕盛奎滋事。飭令回國。遂于本日卯初。令洋僕倭特爾伴送海口登船。申初。金登幹偕告假回國之上海新關幫辦賀璧理來拜。坐談極久。

二十七日己卯陰。未初一刻。隨郭星使乘車拜客十二處。面晤者四處。戌初同黎蒓齋劉鶴伯街遊。途遇赫政屠邁倫約入格朗館中飲加非坐談時許而列。入夜大雨。

二十八日庚辰晴。英國貨物最貴。每買綢料器皿。須用銀二三十兩。雖日用零件。亦必須一兩數錢。如一雞鴨魚蟹。須銀一兩內外。一瓜一菜須銀一二錢。蓋天下各國。有錢貴物賤者。有物貴錢賤者。如英人來中土。爲以賤錢買賤物。所費無幾。華人往英國。則爲以貴錢買貴物。受損實多。英人來中土。可將本國金鈔帶至香港上海。隨時兌換。不惟無虧。間能獲利。華人赴英國。既不能携帶本國金銀錢鈔。必在上洋兌換金鈔。每損百分之四五。用時又損去五六分。至買物則所損不知若何矣。以上往英國者。如往德俄諸國。諸國在上海無銀號。雖有亦不妥實。必先以華銀換英鈔。抵泰西國時。再換各國銀鈔。所損不止十分之一。如往俄國。所損尤鉅。蓋自上海換英金後。路經法德兩國。沿途所需。必以英金兌換。入俄境。俄錢固貴。而以眞金換紙鈔。紙與金埒。每兩由上海匯至俄京。只餘七八錢而已。

二十九日辛巳晴。夫天下萬國人民。相貌雖殊。而初生之性則同。後被習俗所染。其性乃變。有善有惡。有賢有否。中國自古以孝治天下。故子女之供養父母子婦之侍奉翁姑。而稱篤孝者。昭然可考。雖間有未能先意承志者。然詰以結褵後何以分居。親故後何不追遠。則無辭以對。至西國。亦多以孝爲重。然結褵後多分居者。親故後有不追遠者。詰之。則曰人死魂魄分離。有所歸而不返。祖父歿後相距數十載。魂去已久。何所飲食。何所見聞。此說亦似有理。惜無霜露感念之心耳。夫人賴母哺乳始能生。賴父教養始得成。無父母何以至今日。無父母何以有此生。一念及此。恐不止掃墓焚錢。及獻花圈而遂己也。（西俗思慕故人惟置鮮花一圈于石碣）西人之子女皆能盡其孝思而爲人之媳者。鮮有奉其翁姑。蓋結褵後即另樹門牆。遠違膝下。問之則曰風俗使然也。惜哉。

十月

初一日壬午晴。是日爲西厤十一月初五日。係百年前。英耶穌教燒天主教放火兵佛克斯之期。午後有樓下經過幼童。著紙衣扮佛克斯。往來歌唱者數隊。詳見再述奇第三卷。

初二日癸未，陰雨。申初，有醫生裘友實者來拜，談及造船鑄礮。據云，今中國雖設礮局、船廠，必須西師教授，而所往者非上等精能之人，況一人司教，所學僅一人之技，莫若遴選青年聰慧者一二百人，分赴英美德法各國船廠礮局學習，則集思廣益，自有成效可睹云。現在中國已派三四十人，前來英法德三國學習水陸兵法。至將來能否有效，不得預知也。

初三日甲申，陰雨。亥初，同黎、劉、張、鳳四君在柴市御戲園觀劇。有一女年十八九歲者，體態輕盈，歌喉宛轉，纔一曲。衆皆鼓掌稱曰。巴倭巴倭。譯言好也。可聽也。
初四日乙酉晴。巳正。
國書
勅書到。劉星使遂擇于初九日。携黎蒓齋劉鶴伯張聽颿
啟行赴德。謹按郭星使奉
旨駐英
國書。內云。
大清國
大皇帝問

大英國
大君主五印度
大后帝好朕前因
貴國繙譯官馬嘉理被戕深爲惋惜特簡署禮部左侍郎
郭嵩燾前赴
貴國代達衷曲茲據該侍郎奏稱行抵
貴國優予接待朕甚慰之因念該侍郎忠誠夙著現已授
爲兵部左侍郎卽命駐
貴國都城爲欽差出使大臣并特撰

國書寄交該侍郎面陳以表眞心和好之據該侍郎於辦
理交涉事件必能悉臻妥協務望推誠相信長敦和好
共享昇平諒必同深慶幸焉
大淸光緒三年七月初五日
又所奉
勅書內云。
皇帝勅諭欽差出使英國大臣兵部左侍郎郭嵩燾國家愼
固邦交每以講信修睦爲首務皇華遣使責任攸歸今特
命爾充駐紥英國辦理交涉事件大臣爾其仰體朕懷悉

心經畫按照條約所載詳慎舉行遇有應行請旨定奪者知照總理各國事務衙門奏聞辦理所有中國專設領事及隨行官員聽爾節制如有內地人民在外貿易者宜隨時保護約束俾各安生業無令失所勅中開載未盡事宜爾亦當度勢揆情持平經理爾其殫竭智慮克著宏猷無負委任如或措置乖方致滋貽誤國有常罰爾其慎之特

諭

光緒三年六月二十五日

又當日未初。有英鑾輿庫使那梧敦請遊。同乘車行六七里。抵庫。入內先看馬。以八匹爲一廄。皆良驥也。毛色紅黃黑白不一。鞍鐙韉絡亦各異。紅黃者飾以金。黑白者飾以銀。以示易別。鑾輿高大如中國制。輪蓋支拄。皆金爲之。前後各有金身海神二。鱗甲執械若護衛者。褥墊皆紅帛爲之。金穗四垂。燦爛閃目。聞其君主自即位後。四十年來。未嘗一駕。其御輪時所乘者。係一高輪車。蓋上以金爲臍。屬以四爪。持其四角。其他八輛。皆尋常官車。惟畧高大耳。申正謝歸。酉初陰黑。大雨滂沱。入夜雨止。晴。

卷六終

四述奇卷七

鐵嶺　張德彝在初隨筆

貴　榮竹坪校閱

丁丑十月初五日丙戌。陰雨。是日係西厤十一月初九日。爲英儲貳之生辰。又爲原任美爾懷達卸任。新任美爾歐敦接任之期。午後新舊二美爾同乘車遊城。以誇榮耀。午初。鄰人柯拉理約往賢保羅禮拜堂旁第十五號。閣內綢緞莊一觀。一路左右樓窗皆開。內外男女滿立。至此共窗眺望者男女三十餘人。過則車馬旗幟儀仗扈從甚都。旗垂金穗。人著古裝。美爾公服紅色。長及足。遍簇金花。後裾曳地踰尺。袖底另綴小幅一尺。亦嵌金花。項上挂鏤金雜寶一串。無異中國朝珠。侍者左捧金冠。形如皿字。右捧寶劍。長三尺。攢珠爲鋏。金冠以木桿承之。長四尺。遍飾以金。以其有地方之責。故崇重之。車共十七輛。修飾華美。晚各署各鋪各戶門首然煤氣燈。作PW二字。卽英語衛拉斯王之省筆也。街市遊人如蟻。稱繁盛焉。

初六日丁亥陰。午後有劉星使由上海調雇之衣工庖丁及修髮匠三人到。酉初。同鳳夔九請黎蒓齋劉鶴伯張聽颿三君。在荔榛街柏令坦店晚酌。與之餞行。樓高三層。肴酒均佳。按人由五什令至八什令。有魚肉五六種。亥初回寓。

初七日戊子。陰雨。記英制。酌城鄉之大小。各設官稱寬司額者百數十員。稱敖得滿者數員或十數員。咸以美爾一員統之。寬司額卽里長。敖得滿卽黨正。美爾如所謂鄉大夫也。倫敦設美爾一員。敖得滿二十六員。寬司額二百零六員。皆由紳商士民公舉。非富民久居其地者。不得與選。皆不食俸薪。凡舉充敖得滿。必曾任寛司額一年以上者。舉充美爾。必曾任敖得滿七年以上者。美爾。之任。限一年瓜代。賢能者。偶有再留一年者。接替之期。率每年冬月初旬。其退位之美爾。不廢爲庶人。仍復敖得滿之職焉。

初八日己丑。陰雨。酉初郭星使約黎蒓齋劉鶴伯張聽颿。晚酌與之送行。後二星使相與辭行送行。皆辭謝閉門未納。

初九日庚寅。陰霧。辰初。同李湘浦鳳夔九姚彦嘉黃玉屛乘車。送劉星使及黎劉張三位于威克兒立亞火車客廳。啟程赴德。酉初。郭星使約屠邁倫馬清臣羅緝臣及彝等五人晚酌。暢談已往。子初一刻。發下一帖示衆云。

嵩燾奉告

諸位知悉自上海登舟以後劉副使日肆鴟張立異樹敵嵩燾本以多病又稍懷廉恥之心不屑與之交相喧鬨貽笑外人一切含忍劉副使又時以受命軍機大臣誇示

諸位是以此間惟知有劉副使氣燄而於嵩燾交派事件玩視常多劉副使又一切放縱漫無約束以致朝夕隨同劉副使等外出以事傳請或無一人在家似此十常八九茲幸劉副使前赴德國此間氣象稍獲更始請與

諸位約應行繙譯新報須稍從詳勿得放空一日每日照常辦理事件卽有加派勿得藉詞放空一事洋人以飯後游行爲銷病之方每日飯後亦聽出外一行買備什物各從其便要須更番出門不可相率同行亦不可

使出外工夫多於在家工夫傍晚以後非有公事便萬不可出門兼須各自約束僕人同守法度嵩燾被口語多矣常苦無辭以謝衆人決計求請銷差

諸位前程遠大以後再有如劉副使情形登列新報無論上下人等均須查明辦理斷不含糊

諸位自亦不待嵩燾告戒徒以劉副使敗壞風紀惑亂人心爲害太劇不能不一嚴加滌蕩與

諸君共勉爲善特此奉告

初十日辛卯。鎮日陰晴。雨霧交集。巳正。同衆著公服。隨

郭星使向北恭祝

慈禧皇太后萬壽聖節。行三跪九叩禮。未正。隨郭星使乘車往外部見德爾貝丞相。遇威公使及德義二國公使。申正回寓。

十一日壬辰。雨。劉星使去後。郭星使率衆入其屋檢點器皿陳設。郭星使云失去小畫一軸。徧索不得。後問居停主人。亦不得其詳焉。

十二日癸巳。仍雨。霧。近日每早卯正卽明。酉初卽昏。又英規男子二十一歲。女子一十八歲。謂之成人。有犯必

科罪未至成人者輕減。下獄。令讀書作工以自悔。實以
民命爲重也。
十三日甲午。雨霧如昨。有色浮街畫閣懸挂本年冬季
畫會。會首等請郭星使是日往觀。星使因事令彝往。途
遇屠邁倫偕往。閣不大。屋共五間。懸挂水油各畫六百
餘幅。各列號數。入者每人畫單一本。載明某號何人所
畫。價值若干。有橫二三尺長一二尺者。價二百數十磅。
其横不及尺者。價亦三四五磅。入夜雨止。仍霧。
十四日乙未。雨。按英俗無論男女拜謁留刺爲酬應之

大節。而接收遞送。惟一家之女主是主。婦代其夫投刺。與自行投刺同。故女可代父。姪女可代伯叔。孫女可代其祖。蓋一家之內女權最尊。至鰥夫與未婚者。彼此無須投刺。如有新知願與爲友者。往拜則留刺與其夫婦。若不拜其婦。則爲無禮也。一家新由某處回城。或于外省海濱城鎭。皆當往拜其所識。一人外出往返。皆投刺往拜其友。外國雖有留刺折角。以便易知。而一男不得獨拜一家寄居之女客。如女係已嫁者。則留二刺與其夫婦。否則兼拜寄居家之男女主。留刺時必折角。言明與某姓女公子。或某姓夫婦者。投刺必須親往。不得由信局寄送。否則不恭。如無暇。則求至契代投亦可。男女遇于宴會有交談者。切不可突然往拜。必該女願爲結納。約其往來。方可往拜。女之夫或父。雖未會晤。往拜亦必留刺以爲禮。年幼未嫁者。必經其母或其保母許過。方可往拜。男子被新舊交請赴各會。無論往赴與否。必後一日親往投刺致謝。如誼屬至契。或彼在鄉間。則遲數日往謝亦可。被請赴會之人。須于一年內。頻往投刺致候。多者四次而已。因英俗。各家每年設會。或一二次。

或三四次。如逾年未經約請。自不必仍往拜謁。婦女拜客者。或歸自外省。或前赴外省。必往拜各戚友。如在外未久。或行未拜別。則歸時不必往拜。婦女名刺。雖可令僕代投。總以親往爲敬。婦女皆有門簿。每晚查點。以便答拜。婦人名刺以寬三寸長二寸爲定制。已嫁者。名刺印其夫之名姓。如其夫姓丁名亥。則印以亠丁夫人。英國上等人。夫婦有合印一刺者。如亠丁夫婦亥字省筆書于姓字之前。西俗也。未嫁者與其母合印一刺。如亠丁夫人丁小姐。女多則印丁小姐等。所以女名不印者。

不易使人知也。如其母已故。則印于父兄名下。如亡丁老爺丁小姐。其兄名丑。則印丑丁少爺丁小姐。刺之大小。仍按女式。處女經戚友攜往赴會。因無名刺。則書其名于帶領之人名下。婦女乘車拜客。其夫鮮有相隨者。到某家。其僕問所拜之女主在家否。如不在家。則留三名刺。一屬自己。二屬其夫。如其夫婦合印一刺。須另與以夫之名刺。蓋婦女之名刺。係專與女主。其夫之二名刺。係與男女二主。僕遞名刺畢。彼僕鵠立門中待客去而後闔焉。西國無論貧富。門戶常關。非鈴響不開。如婦女一人步行拜客。則自投名刺。告以所拜何人。入內與女主見。後臨行。則留其夫之二名刺于廳內几上。不必置于門內籃中。或面交女主。或暗交彼僕。其乘車者。或待上車後。命其僕轉遞。以達其意亦可。若與其夫往拜一婦。值男主不在家。臨行時。則其夫留一名刺于男主。若在家則無庸矣。女主有女。則女客另留一名刺。折其右下角。折角者。指拜本家女主之意。外人駐英。多有折其一少半者。義與此同。女主有子。則女客當代其夫留一名刺。總之。女不應拜一家之男。男不應拜一家之女。

面晤者。不留名刺。答拜不逾十日。或面晤。或留刺。如式酬之。上等婦女答拜中等者。則改留刺爲面晤。以示謙和。中等婦女答拜上等者。則留刺不爲無禮。如往旅邸拜客。則書所拜之人于已之名刺右上角。幼女拜未曾會晤之客。而無父母兄弟及保母跟隨者。則以鉛筆去其母之名。以明未曾同來。幼女拜寄居之友。而與主人不識。則書其友之名姓于上角。若與主人有一面之識。亦可留一名刺與其女主。再來則否。凡被請赴會觀劇聽樂踏青者。須于一日後往謝。婦女初次赴會。或經戚友轉請。或主人親請。而與主人非舊識者。除適一日投刺外。可于下季另送一刺。一爲問候。一爲曾來赴會者。如不答拜。則知其交疎矣。婦女不可留刺與初會之女友。須會晤數次。知有交結之心。方可再行留。與拜客留刺。總在未酉之間。婦女因事往拜教師醫師律師等。必將名刺投遞轉稟。以便晤面。非此者。主人在家。皆無須投刺也。

十五日丙申。陰雨。早乘車赴大信局。與劉星使寄送關防文件。記英都街市有種司事兵。係充兵受傷。不能自養者。公保誠實可使。令在某鋪門首而立。仍著兵衣。有事者。可使之送信寄物傳話。一無差錯。名曰考米賽。賞錢視事之大小。路之遠近。由半什令至一二什令不等。入夜雨止。涼。

十六日丁酉。陰雨。酉正。星使約李觀察日軍門。羅緝臣。在荔榛街格朗加非洛亞店晚酌。召彝往陪。酒食甚佳。亥初回寓。

十七日戊戌。陰。雨因星使于十九日宴客。申初。令彝同姚彦嘉往荔榛街賢眞睦斯飯店告知。凡請西人。筵皆華洋參用也。除所訂肴饌外。如冷葷生菜。鮮花加非。冰乳糕點。麪包牛乳。白糖鹽醋。胡椒醬油。菜油菜單以及各種瓷銀器皿。與庖丁侍僕等。一概供給。廚工每名七八什令。器皿不計賃錢。其餘每色合三四磅不等。值不甚昂。

十八日己亥。陰雨。按英俗。凡戚友染病。親身往探。留名刺則書探候二字。于上左角。病家接後。亦以名刺答之。印以承問二字。另加病人名姓于其上。可以封寄。以表收得來刺不克親往之意。若其人病篤。則謝刺。暫停候少痊。再寄大痊則親往致謝。加書蒙問謝謝。于上角病人答刺。鋪中出售。
十九日庚子。微晴。戌初星使請寶星毛克遂。鄰人馬蕾。寶星李德夫婦。英商韓百里。稅務司金登幹。教士冉拿十人。晚酌。子初始畢。大雨。
二十日辛丑。陰雨。記英國一種寄錢法。極屬便當。決無遺失。各信局備有寄錢帖。係一白紙。長寸半。寬二寸。印成由某街或某城某局付寄。住某街巷第幾號。某姓名男女。如甲寄乙一磅。寄時信局出二帖。令寄錢人于一帖上親筆加添某年月日寄與住某處某姓錢若干寄錢人某名姓其不欲出名姓而用花押暗號亦可其他一帖係局中人添寫某年月日由某信局寄往某街某局錢若干後則該局收寄錢人所寫之帖寄往他局而寄錢人收局中人所寫之帖封于信內以寄之其人接信後即執帖赴局言明姓氏住址查與來帖相符即照數付給在本國無論由何處至何處不拘路途遠近價皆一律係十什令以內二佩呢十什令至二磅三佩呢二磅至三磅四佩呢三磅至四磅五佩呢如此陸續加

增至十磅一什令局例惟匯金銀不寄銅錢在他國有與英國銀行有股分者皆能匯往與在本國同價亦不拘遠近率一律如在歐羅巴之德法丹和義瑞瑞比等八國埃及合衆中華日本土耳其帕那瑪及阿斐里加與他洲英國各屬地價係二磅九佩呢五磅一什令半七磅二什令三佩呢十磅三什令而已

二十一日壬寅陰雨記倫敦二十六員敖得滿所司係分轄地段而寬色額又各按敖得滿所分之地段而分理之凡所轄地段教養之政詞訟之事以及工程興作

商賈貿易。敖得滿均得舉治。上諸美爾。轄下巡捕。英名掊利斯蠻者。通城共設一千二百名。按段分巡。凡遇盜命爭鬬。一切不法。即解送美爾衙門訊問。可以暫羈人犯。訊得其實。則下之於獄。集敖得滿寬色額等會辦。收禁罪犯。一切章程與官獄無異。罪之大者。刑司赴美爾衙門同鞫。按英都賦稅。皆歸家部征收。惟美爾衙門歲收煤酒牛羊之稅。以爲經費。美爾敖得滿寬色額等皆爲家道殷富。品行端正之人。不食薪俸者。巡捕口糧。則分派通城商富焉。

二十二日癸卯。陰雨。記英國男子名刺。薄而不光。窄而小。其名姓橫印于中。云某老爺。或加其名之首二筆于姓前。如丁姓亥名。則印亠丁老爺。非爲使人知其名。以便別其父兄子弟也。文職鮮有印其出身及現任何職者。惟醫生律師教士實學各生。凡于天文地理測算格物醫道教理律例等學。三考俱獲雋者。皆印鐸德某。卽進士之謂也。教理初次考取者。可印蕾五倫某。卽教士之謂也。武官則印所司何職。如遊擊丙千總丁之類。凡世爵寶星印洛爾及色爾者。皆尊崇之義也。不印世襲何職。男子名刺住址。印于右下角。若屬某會館。則印會館之名于下左角。武官多不印住址。左印屬何營何隊。右印屬何會館。字必端楷。不用古篆及他變體。女子名刺式見前。西國名刺不分尊卑。式皆一律。其別在紙之厚薄粗細而已。名皆減筆書于姓前。英國男女。加老爺夫人二字于名前。以便僕婢藉達主人聽聞。無論上拜下。下稟上。名刺皆一律。

二十三日甲辰。微晴。午後有葛斐伍訥店主司米什請觀畢克芬餅餌局。乘車行十數里。至其地。樓高五層。極其開敞。東主米德前導。周覽各處。其和麪印餅烤烙收儲。皆以機器爲之。包裹裝封。以及貼字號。皆係人工。計男女三千餘人。據云。自各國火輪舟車通行後。商販較前增十數倍。此局歲入約數百萬磅。其他可知矣。申初謝歸。入夜仍雨。

二十四日乙巳。晴。酉初。同李湘浦鳳夔九在阿奎艮木晚酌。見其臺右樓上新到拉埔蘭人四名。貌如蒙古。身短髮黃。著鹿皮衣鞋。帶有鹿犬冰牀等數種。入看者每人一什令。按拉埔蘭在赤道北六十七度。北京西八十九度十分。爲俄羅斯瑞典二國極北境界。地極寒冷。四季皆冰。不產五穀。土人惟食犬鹿而已。

二十五日丙午。早雨。午後晴。有英人甘哲孫來拜。談及倫敦東南一百三十九里。密得衛水環流之地。有礮臺曰凱墪臺。築以土。因山爲高。礮皆露置不屋。外濠深二丈四尺。穴山以藏兵。支穴以鐵板巨柱。山低平不可穴。則掘溝以伏兵。溝深僅二尺。難以蔽身。又以樹枝編籆。實之以土。排數層于溝邊。夾以木。使兵丁得所障衞。不至受礮。此卽中土之舊法也。可見中外暗有相同。或云西國效法。亦足見其用心縝密也。邇來西國互求妙法。擇善而從。是師心自用而以學習他國爲恥者。恐終無進益。甘受其侮。如土耳其、印度、埃及等國是也。

二十六日丁未。陰雨。自到英國以來。公私無酬應虛文。如贄敬。脩敬。節敬。炭敬。別敬。贐敬。謝敬。喜敬。餪敬。祝敬。賀敬。冰敬。門敬。紼敬。奠敬。賻敬。唁敬等名。一概屏除。間有所送。如戚友婚嫁外出。餽以不腆之儀。不過一二色而已。至與醫生律師館師皆有定數。嬰兒周歲無晬敬。僕役送物亦無使敬。

二十七日戊申早大霧。巳初變雨。未正晴。申初同馬清臣隨星使乘車往拜日本公使。土耳其公使。共十四處。多有公出未遇者。戌初回寓。

二十八日己酉陰涼。未初醫生安柏爾邀飲。乘車至其家。見其妻。同席有波斯參贊米爾薩米戛堪。日本隨員長崎道。至食有烹羊炮鹿。舉坐盡歡。酉初回寓。是日係禮拜之期。各家晚饌皆早。一爲主人入堂禮拜。一爲僕婢散步閒遊也。

二十九日庚戌陰雨。記英規宗親世職。文武大僚。稱其君主曰賽爾男稱也曰瑪達木女稱也平民則稱以陛下君上。國戚世職及各大僚稱其太子曰亥內斯譯言高位也。尊也。稱太子妃及各王妃亦曰瑪達木。稱別國太子曰王。太子妃曰王妃。庶人稱太子曰尊千歲。稱太子妃曰女千歲。稱別國太子曰貴千歲。太子妃曰貴王妃。上等人稱公爵曰公。稱其妻曰公夫人。下等人稱公爵及其妻。皆曰貴尊榮。上等人稱侯伯二爵曰某尊首。稱其妻曰夫人。下等人稱侯伯則曰貴尊首。稱其妻曰尊夫人。貴夫人。稱他國者。則曰某侯某伯。侯夫人。伯夫人。凡侯伯子男之妻子等。向人稱其夫父曰。我尊者。本人稱其妻曰。我夫人。人稱公侯伯爵之長子子婦。與其父母同。稱其次子則加以教名。如姓丁名卓安。稱曰貴尊首卓安。稱其婦則加子名。曰丁卓安夫人。至契者稱呼。乃去其姓曰卓安尊者。卓安夫人。人稱公侯伯之女。必加其教名。如姓丁名律娰。則曰貴律娰丁小姐。至契與談。呼曰貴律娰小姐。而不加姓。子男爵之子女。雖應有尊榮二字加于姓上。然鮮有用者。子男爵經上等人稱呼。則加其教名與色爾。譯言卽尊也。如姓辛名妥瑪。則曰色爾妥瑪辛。庶人稱之。曰色爾妥瑪。而去其姓。稱其妻與他世爵同。亦曰夫人辛。而不加其夫之名。蓋惟公侯伯爵之子媳加其夫名而稱之也。稱外國世子。則加其教名而稱之。如名惟艮。則曰惟艮王。稱其妃亦曰貴王妃。稱外邦公侯伯子男爵夫婦。則曰公某。公夫人某。凡外國未嫁之女。只稱小姐而不用姓氏。稱本國大主教曰貴尊首。稱首教師曰掌教大師。至契者稱曰首教師。稱其妻曰夫人某。稱各武官加以職銜。如提督某。副將某。稱其妻皆曰夫人某。而不用其夫之職銜。稱美爾曰貴美爾。稱其妻曰貴美爾夫人。其他稱呼。率與華同。惟名姓倒置耳。

三十日辛亥。陰雨。酉正屠邁倫約在阿奎艮木晚酌。酒食甚佳。前因鯨魚所掘大池。已灌滿水。仍養大江獺六尾。子正回寓。

十一月

初一日壬子。陰雨。邇因各處覓居。多未就緒。遂仍將此房加租一年。計九百四十五磅。合銀三千三百零七兩五錢。鋪陳糊飾。煥然一新。自到倫敦後。查各國使署。除日本外皆自製樓舍一所，規模各異。蓋一國與他國換約通商，遣使駐紮，則永無停止之日。雖兩國失和而戰，後另行換約，彼此仍遣使如初。是每年出租，不如自建之爲得計也。

初二日癸丑，陰。按英俗，凡人創造一物，不欲他人摹仿，則至保製公司，言明某物，納金令保，年限由五六年至二十年，不許他人摹仿。設貧人創物，無力請保，無力自造，可告富者令驗，如效則給價以買其法，百磅可獲數千萬磅之利。聞以前信票印得數百一張，用時須一一

剪之後有人思得艮法于二票之間以鍼刺孔便于撕用其法經官信局以百磅買去至今獲利無算

初三日甲寅陰雨倫敦有墨蕾龎會館墨蕾者蘇格蘭東北境地名也龎者府也以蘇格蘭地名名其會館者蓋所會皆蘇格蘭人也是日爲慶賀六週年之期在荔榛街賢眞睦斯店設宴前經會中人世爵馬格里戛者約彝往赴酉初乘車而往至則見蘇格蘭一百六十餘人德法義等國二十四人座係正面一横下列四行形如卌字彝座在首行第五會首爲立墀滿公時則燈燭

燦爛。酒肉豐盈。食間有彈琴者。吹蘇笳者。以侑酒。末一蘇人領四蘇幼童吹蘇笳以先行。後帶白衣庖丁五名。各捧鹿肉一盤。按行分獻。乃會首由蘇格蘭攜來奉衆者。其味甚甘。宴畢。衆先立。祝其君主。太子。太子妃。宗親國戚。以及水陸軍營。與本會。再則立墀滿公及本會名人位尊者。各立陳一段。皆言蘇格蘭及本會各人。能以善心和睦等語。衆以彝爲二十四客人之首。乃請立陳數語。代衆申謝。言次。節節作樂。皆擊掌稱賀焉。子正一刻回寓。

初四日乙卯。陰雨。英國各城美爾敖得滿寬色額等官。皆賢能殷富之民。始被公舉。夫所舉者既稱富民。而舉之者亦係富民。官不復參預其事。因所舉者係富民。故無貪黷之憂。因舉之者亦富民。故無賄囑之患。因官不預其事。故無仰承俯注之難。以民治民。事歸公議。有不獲。則合紳耆以圖之。有不當。則紳耆商諸美爾而改之。美爾所不能治。乃達諸官府。而制以官法。官助紳力而不掣紳肘。是地方官好名不好利。不以威嚇愚民。故民不畏官而敬官。不畏例而尊例。例雖有而不繁。故官治之較易。

初五日丙辰。微晴。午正。英人甘哲孫復來拜。談及棉花火藥轟力之大。據云。以巨木立柵。埋藥八磅于其下。然之。柵倒而木亦碎。以鐵條粗一尺者橫于地。用藥三兩轟之。則鐵條裂而爲二。尋又云。軍營有渡水具。數十年前所用。係以鐵筒長八尺粗六七尺者數十。橫浮水面。搭木成橋。易于携運。然仍嫌其煩重。今所用者。如臨江倉猝欲渡。則用鐵帶寬三寸者。根根相扣接。爲兩長條。一端釘于此岸。令善泅者拽一端。釘于彼岸。雖渡萬人。

而帶不斷。如暇則用漆布小艇。縛小木橋以渡。謂之曰浮橋艇。係由底而上。皆漆布兩重爲之。夾以木板。使布不下弛。摺疊作大弓形。不甚重。可一人負之而走。

初六日丁巳。忽陰忽晴。申初。同屠邁倫乘車行十數里。往看農工會。英名阿格立克球拉收。或喀特收。入者每人五什令。每年季冬。通國穀蔬豐登。牲畜肥壯。擇其最大最重者。集于此而較之。以奬其種養之勤。各種耕種機器。亦運此而羅之。地極寬敞。鐵架玻璃房。內四面高樓。物列萬種。牛有重六七百斤者。羊有重百餘斤者。白

菜有重六十八斤者。胡蘿蔔黃瓜。有長二尺餘者。機器
中有用以打稻者。係鐵輪關鍵。布稻其上。輪轉其穀自
落。碾去粗皮。復碾細皮。筒各儲之。并其糠灰亦能簸揚
使盡。有用以磨粉者。單磨雙磨。不同機動輪轉。既磨復
篩。粗細亦各分類。是日遊人逾千。酉正回寓。

初七日戊午。陰雨。因訂明日在文恣行宮呈遞
國書。午正一刻。同馬清臣乘車至外部。見丁侍郎。適值公
出。乃往見威公使。亦未遇。再轉回外部。始與丁侍郎獲
晤。詢悉常服謁見伊國無誦陳詞之例。即有無非口陳

一二句而已。

初八日己未。微晴。未初。彝捧

國書。同馬清臣隨星使乘馬車。行八九里。至火車客廳。會

威公使。并遇薩多立那歐國公使喀特爾。亦係往遞國

書者。遂同乘火車至文恣莊。君主遣雙馬車迎入宮門。

下車。見德比二丞相及席大臣。待至未正一刻。開門入

正廳。見其君主。呈遞

國書。禮儀如前。未遞之先。星使捧云。

大清國

欽差大臣郭嵩燾今特補遞駐紮

國書與

大英國

大君主後。馬清臣繙以英文。其君主接過

國書對云。今見

大清國

欽差大臣在此駐紮。不勝喜悅之至。切願永有中國

欽差大臣駐此。以示兩國克敦和好。語畢。威妥瑪譯以漢文。

後卽退出。申初一刻午宴。同坐有四女官。宴罷。別衆出

宮。登四馬宮車。至火車客廳。少待。登車。卽開。酉初一刻抵倫敦。順乘馬車赴外部。拜謝德丞相及丁潘二侍郎。入夜陰。

初九日庚申。微晴。記外國各城鎭所用之水。有不清澄而味苦澀者。則于百里外。擇其佳者而運之。源源而來。可以不舍晝夜。係在該處築水窖。以機激起十數丈。流入城中。雖百尺高樓。可抵其頂。各家牆含鐵管。外露龍嘴。用則捩之。否則閉之。水無變色。亦無易味。洵挹注之良法也。

初十日辛酉。微晴如昨。亥刻。修髮匠鍾四醉歸。敲門未開。拉鈴數次。放入。武弁責其來晚。衆人駡打不已。鍾四上樓喧譁。人皆驚醒。彝乃著衣下樓。見衆人怒目以視。以繩縛其二手。鍾四哭訴。我以手藝供奉。役所當然。而衆武官呵叱。甚於奴僕百倍。稍不如意。則陵辱難堪。且吃酒非我一人。他人無論如何。皆從寬不較。我則孤身一人。無人照料。實屬寃屈。後星使聞之。諭令李湘浦查辦。

十一日壬戌。晴。早星使令責四十笞。至五笞。板折乃止。

記本地裱糊匠及油漆匠之工值。每一小時給八佩呢半。一日作八小時之工。共五什令八佩呢。合銀幾於一兩。

十二日癸亥晴。邇屆新歲。及其天主誕辰。市廛多列新貨。如糖人糖果禽獸匣盒等工。皆精巧鮮美可觀。門首橫挂招牌。白布紅字。上書新製天主誕辰禮物及新歲各種禮物出售。

十三日甲子晴。英國樂兵。有班食。無口糧。一切皆由善人供給。現屆隆冬。有善男信女于是日午後在戛伊堤戲園演劇。斂金以供其費。小屋每間二磅。座由二什令至八什令。醫生安柏爾折柬相邀。遂買小屋一間。于未初同鳳夔九往。見來人男女甚多。所演戲齣無甚出色處。酉正回寓。

十四日乙丑。陰。酉初。艾德林請在西敏斯德大學院看拉丁戲。現值年終放館。擇生徒之優者作戲一齣。裝扮如古拉丁人。詳見再述奇第三卷。亥正戲罷。有本堂助教殷克模約茶款待甚殷。

十五日丙寅。終日黑霧迷漫。咫尺不見人。亥初同馬清臣李湘浦。代星使赴金洒學塾茶會。因近新年。由是日放館一月。獎賞諸生。當晚來人男女無多。遇日本隨員長崎道。至生徒共三十餘名。得獎者十五名。不過紙筆書籍等物。

十六日丁卯。早黃霧。午後晴。申初。同馬清臣隨星使乘車。拜客七處。皆未遇。

十七日戊辰。陰。邇因通城富室多由鄉外轉回。有樂工一班六七人。在街市鼓吹一陣。按戶討錢。係英人扮俄裝。所奏亦俄調。啾啾切切。斷續悠揚。

十八日己巳陰。西俗于天主誕辰二三日前。各戚友餽送微儀。如糖果玩物等與兒女平行者彼此送一花帖。帖印五彩花鳥。中横金字一行。云。埃美立克里斯麻司。譯即慈悲恩德聖誕也。鋪中售帖。大者寬三寸長二寸。小者與名刺同。不書本人名姓。惟以信函封寄而已。入夜晴。

十九日庚午。大晴。又值其禮拜之期。遊人甚夥。未初。隨星使乘車。往拜日本公使。少談而歸。

二十日辛未。微陰。有爲星使由上海寄箱二隻。內盛紙張衣料。計本月中旬當到。至今未接確耗。令彝往詢。辰正。乘車入老城。至李敦藿街第一百二十七號席其柏滿運物公司。據云。約在今晚戌初。果至。共開運費九什令十一佩呢。合銀一兩七錢。蓋倫敦設有運物公司數處。各海口及火車棧。亦有分股。凡由外國或外鄉寄物者。無須親往收取。只將貨單寄交該行。言明車船脚貲已付未付。到時自能一一查清送來。外開一單云。火輪車船脚若干。稅關驗貨酒貲若干。船塢費若干。稅共若干。馬車錢若干。稅局放貨單費若干。搬移人辛工若干。

皆有定數。

二十一日壬申晴。即西厤十二月二十五日。爲其天主誕辰。各鋪關閉。男女著新衣街遊。西正隣人柯拉理母子。約鳳夔九與彝晚餐。同席有醫生蒲阿特夫婦及其族姪柯萬年談飲。甚歡。戌初陰。夜雪寸餘。

二十二日癸酉晴。天凉地煖。雪化結冰。路途恐馬滑蹄。經官派人推車抛撒鹽末。以化冰。入夜陰。風雪一陣。

二十三日甲戌微晴。午後接上海文報局委員黃詠清惠和電信云。劉撤回。李署。申初隨星使乘車往拜威公使。坐談良久。酉正回寓。旋蒙召赴晚酌。甚佳。
二十四日乙亥。陰。未初金登幹來拜。戌初公請星使看馬戲。亥正一刻回寓。大雪。
二十五日丙子。早陰。午後微晴。入夜仍陰。記英人尊稱倫敦美爾曰洛得美爾。譯洛得者。侯伯之稱。貴也。以之稱美爾。示尊崇也。又愛爾蘭昔爲自主之國。而德布林亦其都城。今雖曰首府。而尊其美爾與倫敦同。蓋既尊都城。故尊美爾猶中國之尊京兆尹也。又其鄉埠之小者。不曰美爾。而曰普洛佛斯。名雖異而權同。再小者名日麻之伊斯特蕾。猶中國所謂亭長也。

二十六日丁丑陰。聞英人阿木斯多昂者。新創一種活鐵橋。長十餘丈。寬四五丈。中一高亭。左右飛梯。層折而上。圍以鐵闌。亭下爲行人往來。又其下設輪機二。列小鐵輪數十。鎔鐵河底。爲巨礎以承之。礎旁支以木柵數丈。凡過大舟。以輪機鼓動河水。轉小鐵輪。則橋開合自如。若一葉輕舟之移。爲時不及半刻。而橋頭之附此岸者。易置彼岸。亦無枘鑿之虞。用思之巧如此。惜未得目覩也。

二十七日戊寅晴。為西歷一千八百七十七年。十二月三十一日。馬清臣前于十六日乞假往蘇格蘭省親。是日午初回倫敦。詢知伊父母皆年逾古稀。依然強健。安樂家鄉。故清臣得以馳驅

王事也。見倫敦男女。亦有年近百齡者。而街市往來無一用杖。或秉賦之厚使然歟。

二十八日己卯陰。霧。為西歷一千八百七十八年。正月初一日。國俗無禮節。鋪不關閉。人不休息。惟彼此見面賀禧而已。戌初。金登幹請星使及同人晚餐。同席十七

人。有赫政。休士。屠邁倫。馬克蕾。額布廉。愛格爾。哲美森。賀璧理。泰樂爾。駱德。皆乞假回國之中國正副稅務司也。主人籍隸蘇格蘭。肴蔬皆在彼烹飪。遣人携榼而至。味頗爽口。食畢。主人立言一節。祝其君主。少飲。又同起。

立祝

大清國

大皇帝。又少飲。星使立答一段。以酬其意。後主人又立言二次。一祝赫總稅務司。一祝其同人。情儀俱臻周至。子正回寓。

二十九日庚辰陰。冷。昨午有合衆國駐劄天津領事官迺德來拜。伊言不日回華。星使因得有花菜種一匣。俛其帶呈合肥相國。以考植物之性。彝遂于未初乘車送往。

十二月

初一日辛巳陰。入夜細雨。按英俗引見人。亦有規模。僑寓將及一載。姑就所見而畧述之。如二人一上等一中等。其願否接見。惟聽上等之命。若二人皆同等。必先問其至契者。二女一上等一中等。則引中等見上等。男子無論何等。若與無論何等女子相見。皆聽女命。在跳舞會。主人多引男見女。一爲與之跳舞。一爲陪入飯廳。凡男女既赴會。男必願得女。女必願得男。迨引見後。女不願跳。則辭之。男不願跳。則不得。必陪跳一場。方爲盡禮。男求戚友見女則可。而欲見男。反不易。蓋不知渠意如何也。二女相見。固引未嫁者見已嫁者。未嫁者爲上等。則引已嫁者見、只將二人姓氏口傳一次、無須反復。如引中等女見上等、惟言甲夫人乙夫人。足矣。主人言畢。則彼此鞠躬。鮮有初會卽握手者。卽有。必上等先

施而後可。亦有故意握手以副主人之盛意者。已聘未
娶者之戚友相見。則握手以示親近。總之男女相見。必
待女子先施。方敢與之相握。凡客來拜會女主者。無論
男女初見舊識。皆握手以爲禮。請晚酌者。無論男女老
少。主人須設法引一男見一女。以便同往飯廳入坐。蓋
請客俗禮。必男女數同。或一男間二女。或一女間二男。
鮮有二男或二女並肩而坐者。此等引見。只在主人斟
酌二人品位之高低相當否。迨進饌時。一爲唱名而已。
女子有飯前未經引見。而座間彼此叙起者。有飯後上

樓吃茶。而主人復爲之引見者。男子則飯前未經引見。飯後則無須致意。彼此自爲叙談可也。在中西時間茶會。花園會。及叙談會。女主必與各女客引見一男客。以便偕伴飲茶小食。散步遊覽。或登山。或渡水。男子會意。自然隨時追陪。此等引見。不但主人斟酌彼此等第。又當窺女之洽意與否。此等會中男女。未經引見者。可以彼此聚談。鮮有因而締交者。談畢。女可向男鞠躬以示敬。女向女則無此禮。蓋男女交談。非女鞠躬。男則不敢離也。

初二日壬午。陰。雨。聞英例。凡人帶菸進口。至少者八十斤。再少則于納稅外。仍每斤罰八佩呢。

初三日癸未。鎮日黃霧。聞英人一種土疾。名格達者。多係豪富之人。日食酒肉。性躭安逸。先自大腳指腫起。上移至腰肚間。行動艱難。通身擁腫。內含物如石灰。不知何物變成者。數月必死。此病如中土之痲瘋。多係傳染。不貪食不惜力者。尚可幸免。

初四日甲申。晴。記西人最喜種樹。言其益有五。一氣清。令人少病。二陰多使地不乾燥。三落其實。四取其材。五可多雨。不患乾旱。故倫敦街市闠闠。每二三里。有園有林。人家稍得半弓隙地。莫不栽植美蔭。郊原尤爲繁盛。盛暑之時。步行者莫不得濃陰而休憩也。

初五日乙酉晴。記倫敦周圍百餘里。二十六敖得滿。各轄四里有奇。轄內皆有養老院。育嬰堂。以及義學醫館等。一切經費。或商人獨捐。或抽租。或醵金。其樓房之廣大。衣食之充足。大致無殊。各城鄉市鎮亦然。敖得滿不親其事。如治院事者有侵扣虐使等弊。可赴控。而董正之。君主時一臨觀。或遣宗眷代爲查驗。司事是否暴虐不公子民是否各得其所以示鄭重之意也。入夜微風。陰雲密布。

初六日丙戌陰。午後街遊。步至敖斯佛街。過一槍鋪。正在觀望之際。鋪首班廼得開門延入。導觀各屋。槍皆三尺餘。後膛熟鐵爲之。自膛而上漸狹。至口僅半寸。筒內作三棱綫。彈子直出。可以不乖所向。據云能擊一千三百步。問其值。曰每桿二磅十五什令。合銀九兩六錢。鐵極純而工亦精。雖裝三倍火藥。然之不炸。并言其局在司丹佛爾村。距倫敦十四里。共用工匠八百餘。製造一切。咸賴機器焉。

初七日丁亥晴。自到倫敦後。每見國人奏樂誦經。宴會雜戲。皆先頌祝其君主。影射之戲。開場必出君主像。結局必出太子像。烟火之戲。亦以君主像終之。或云。英君主無獨斷自主之權。故民不尊重之。今見如此。詢知非畏其威。乃懷其德而感其仁也。蓋卽位後。每戰必捷。國勢日強。民皆安居。飽食煖衣。各得其所。故咸以福德歸之也。若似前代之兇殘無道。則民皆怨讟。恐無今日矣。入夜霧。

初八日戊子晴。戌初。星使請威公使夫婦。阿公使夫婦

暨其女阿蘿格。外部潘侍郎。御前大臣協辦盤森比芬。

及世爵索爾蕾夫婦等。與比相椽吏柯額萊。德伯椽吏

三達森晚酌。子初罷。入夜雪。

初九日己丑。晝晴。入夜霧。聞西俗請客晚餐。其坐次。不

令同寅同事以及戚友並列一行。大約識與不識者相

間而坐。則互相叙話。不至一人向隅矣。其善于詞令者。

必列正中。以便藉通款洽焉。

初十日庚寅。陰霧。酉正。李觀察請星使馬清臣李湘浦

鳳夔九黄玉屛姚彥嘉與彝在荔榛街格朗加非洛亞店晚餐。主客盡歡。亥正回寓。

十一日辛卯。微晴。記英國男女婚配。雖皆自擇。然女子二十歲以前則聽父母之命。過此則自主。如男悅于女。女未及二十歲。則請觀劇晚酌以及遊鄉。皆須母女同請。不能私約。蓋母女步步相隨也。往拜必同拜其母。而留刺與其父或値令節。或由外而歸。或市售新物。有所贈送。亦必令其母知之。久而窺女之心。似有所屬。男可向其父母跽而求之。女過二十歲。則背人私語。相約出遊。父母不之禁。款洽既久。情意相投。各告父母。互訪家資。稱始配之。其嫁娶之俗。屆時。各下帖請其戚友入堂。或邀飲高會。更有于數日前出印新聞紙者。言某男與某女。擇于某日時。在某禮拜堂結褵。特此布聞。恕不專帖。此二十年前舊例也。今則不然。以帖專請其同族至戚。及先爲餽送禮物者。富者數百人。貧者數十人而已。按國家婚儀。皆有一二十男僕。扶持新郎。其他只用一人。呼曰格路木司曼。譯言伴郎也。至日。其人隨入禮拜堂。近教師臺立于新郎之右。手執新郎之帽。禮畢。卽與冠戴。領入會房畫押。酬教師者由五磅至二十五磅。酬先生者一二磅而已。新郎先事預備者。淨面金戒指一枚。及贈新娘伴娘紅白玫瑰花束。皆當早令人送至女家。又備新車一輛。以便由禮拜堂携新娘至早餐處。再由彼至火車客廳。蓋訂期後彼此即備辦行裝。屆時早餐後。即乘車船他往遊覽。按舊規。或在本國。或遊別國。一二年方回。名曰度新婚月。今則仍在外數月始歸。另擇新室而偶處矣。凡伴新娘之女。或新郎或新娘之親近姊妹。屆時新娘之父偕衆先入禮拜堂。其父已故則叔伯與兄或長親皆可。後則母女同車。其父衣帽純黑。其母衣色不拘。新娘與女伴皆一色雪白。新娘執白花束。女伴執紅花束。新郎衣黑色。插鮮花一朵于胸前右襟鈕孔。女父率衆到。其他男女戚誼亦陸續到。女父立候于堂門之外。女伴立于門內。分列兩行。餘皆分立女伴之後。新娘母女到。女携其父之右腕先入。繼而女伴隨入堂內偏間。女伴偶數如六八十二。自然駢肩而入。若奇數。如五七九。必加三名幼童或幼女同行。以成偶數。女伴之列第一對者。必新郎或新娘未嫁之姊妹。女母隨衆女伴尾之。其伴伊母者。或子或姪或甥皆可。男女在堂中。不許携手同行。若老嫗可代爲扶持。其他男女戚誼。對對行于新娘之母之後。衆入。乃以車往接新郎父子。到乃直入。立于教師臺前之右。待新娘由偏屋至。立于新郎左。新郎與新娘之父。及他各男戚。皆立于新娘之左。新娘之母。及其己嫁之姊妹。皆立于衆男之後。衆女伴。又對對立于新郎之後。凡新郎之親誼。坐教師臺左。新娘之戚誼。坐教師臺右。此外如有被請者。皆坐于堂中兩廈。教師登臺。新娘脫手套及鮮花。遞第一女伴。然後齊跪。教師向新娘與新郎誦戒詞。誦畢。貫新郎所備之戒指于婦之右手四指。再祝。衆客和之。祝畢。教師下臺先行。新郎戴帽。以右腕携新婦同衆後行。入會房。新夫婦先畫押。後則新娘之父與其至近戚友各二三人。爲之畫押。畫畢。第一女伴代新夫婦分散贈與戚友什物。其贈女客者。一枝銀橋上繫白緞一條。長四五寸。寬七八分。贈男客者。一銀橡葉與櫟實四五。義皆未詳。各人收訖。以鍼插于胸襟。新娘若係再醮。則無謝物。無女伴。不能戴文君兜與白花冠。只戴女帽一頂。衣則淡靑或葱綠二色。仍帶前夫所與之戒指。其後夫之戒指。則貫于左手中指。舊俗于畫押後。戚友皆向新娘親吻道喜。今則彼此握手而已。新夫婦緩步登車。由堂門至車下。以鮮花鋪地。新娘之舟。另登一車。追隨到家或店。以便接待戚友。蓋有因屋宇窄小。另租客寓者。衆戚友出堂登車。不分先後。總以先抵其家者爲快。因在堂未得與新夫婦叙談。故先至而暢談以賀喜也。衆客到齊。羅列戚友所餽禮物以共賞。蓋二家戚友皆當送禮與新娘。有聞二家結姻。量其娶聘必早。卽爲餽送者。

有請柬未到而預送者。亦有臨期始送者。所送無非金銀珠寶首飾鐲釧。金剛石項圈耳環表練。瓷花綢扇。以及駝鳥翎而已。有因其另樹門牆而送器皿使用之物者。當時以大桌鋪黑絨。四面圍以鮮花。陳設各色禮物。各繫白紙一條。書送者之名姓。請柬之式。係某夫婦因小兒或小女某。或娶某女。或字某人。定于某月日時。在某禮拜堂內成禮。謹同請某人賜光陪伴。并請共席早餐。何處拱候。須于半月前發送。男女或抵其家。或至店中。式同。午後茶會。男皆免冠脫手套。女則否。未設筵之先。新娘之父或母。酌定某男伴某女。待僕報飯齊。則云。請某老翁携某夫人或小姐下樓早餐。下樓第一對。爲新夫婦。再則新娘之父携新郎之母。三則新郎之父携新娘之母。以後各女伴及男女各客按等級以次同降。設筵之式與跳舞會之夜饌同。有立者有坐者。立則量人數列方桌。男女圍立。不分上下。若坐則置長桌。新夫婦並肩坐于一端。或中腰。以上屋大者坐。屋小者立。無論何處。皆新婦坐于新郎之左。非上也。乃下也。因西俗尚右也。次則新娘之父與新郎之母。坐于新娘之旁。新郎之父與新娘之母。坐于新郎之旁、其他男女排列成圈。各女皆在男右。此早餐與午酌大同小異。湯有冷熱。菜多冷葷。三鞭舍利俱全。有鮮果。不備茶食與加非。坐則湯菜皆經僕人捧進。立則置于桌上而自取之。熱湯有以蓋盌盛滿。另置一桌者。冷葷則雞魚兎脯等類。坐者備菜單飯布。立者無湯菜。進畢。新娘坐分喜餅與衆。英名衛定開克。譯衛定者新婚也。開克者餅也。以乾櫻桃和麪而蒸之。厚二三寸。周約二尺。味頗甘。蓋入座後盛以銀盤。旁置銀刀一柄。至此。新娘自切一刀。後僕人持下。按客數分切。每人一片。舊俗係新娘嫁後將喜餅切片分寄戚友。今則無矣。吃畢。衆客之品高位尊者。一人起而立。祝新夫婦以吉語。新郎立言一段。以謝衆人。謝畢。首客再立言數語。以謝新郎。此後新郎之父立祝新娘之父母。彼此祝畢。新娘即入臥室易行裝。衆客入大廳以候。少選。新婦至。衆客辭去。其父母待其登車。始灑淚辭別。英國更有一種土俗。係新娘易衣後。將其所著白緞鞋。請貴客或首女伴。由樓頂擲下。若新娘藏避。除未婚嫁之男女。皆可以米粒擲之。其義未詳。似與中土之闊房相似。又凡嫁娶三個月後。新婦方能作主請客云。

十二日壬辰陰。戌初星使約李觀察馬克蕾屠邁倫及馬清臣與彝等在菊立闌戲園觀劇。戲名白猫。義則未詳。所演無非山水人物日月風雲而已。有二人舁一木箱。內盛四布人。長各三尺餘。先取出一人為俄皇。舉而言曰。其人現在堪斯丹丁竭力爭強。因土俄鏖兵。俄欲滅土。假道以行四海。二則丞相比干斯蒳益云。十七日見此人于議政院。蓋英會堂定于正月十七日開。即本月十五日也。三則葛蘭敦手舉一斧。云此人欲剷盡土國。蓋其人自幼善修花木也。自土俄交兵以來。凡率舊黨人。咸欲興兵助土。而更新黨人。皆袖手旁觀。因葛爲更新黨首。且知土國不助必敗。故以欲剷盡土國之語刺之。四則土耳其皇云。此人現在本國盡力防護。此後出俄土德奧各國王。各騎眞馬。立于臺上。中惟俄皇作黑熊臉。怒髮衝冠。似欲奔馳吞物狀。末出英兵一隊。齊云。同心助土。觀者多有擊掌者。由是觀之。作戲者鼓掌者。皆率舊黨中人也。子正回寓。夫俄羅斯即漢朝所謂大食國也。本年土俄搆釁。俄假救教民爲名。實欲食盡土地。于地中海。黑海。紅海。印度洋等處。可以暢行無阻。子正回寓。

十三日癸巳。陰。入夜晴。英俗人死。則沐浴其尸。衣以生前禮服。及斂。遍體易白衣褌。貧者木棺。裹以氊呢。富貴者棺槨三重。一松木。二鐵。三紅木。葬于官地。無祭墓之事。思憶所及。則詣墓一觀。挂鮮花一圈于碑碣而已。其浴尸斂白衣。與回教相似。而葬以木棺。又與儒教無殊。足見風化之不同也。

十四日甲午晴。英君主每年居卜靜宮。僅三四月。餘則駐蹕敖斯本及文潞兩行宮。或遊覽蘇愛二島之山水勝境。官紳則治事半年。休沐半年。每歲自初春開會堂。至六月底。卽各散歸。謂之散會堂。其人或返鄉園。或之他國。或携眷屬逍遙海濱。林深泉美之地。現屆開堂之期。故倫敦通城。紳富盡賦言旋矣。

十五日乙未。晴暖。爲西厤正月十七日。午後開會堂。因君主現住文潞行宮。未臨。故各公使未往。入夜陰雲密布冷。

十六日丙申陰。戌初一刻。同鳳夔九姚彥嘉黃玉屏。同請星使及李觀察馬清臣屠邁倫羅緝臣李湘浦。在荔榛街賢眞睦斯店晚餐。亥初回寓。

十七日丁酉陰。英國新創一種夜照相法。其人明於天文化學。由鹽滷中查造一火力。與日同光。由喇叭形銀筒內含玻璃圈數十者。射入照相處。照畢。卽以燈光曬成。按日光照相。須八九日方成。此法則須一時之工。卽可脫稿。誠爲神速矣。今荔榛街有照相人名萬達衛者。照相。每張二磅二什令。計銀八兩弱。

十八日戊戌。陰涼。見英人由化學悟得一種細絲。係造以玻璃綿輭與蠶絲等質極潔淨。其白如雪。其用處未得其詳。

十九日己亥。陰霧。記英例。凡人造成一書。必先呈倫敦博物院。及敖克斯佛與堪卜立址二大學院各一本。以爲存稿。經官察驗。無違礙詞句及引誘誤人之處。始許刋售。凡書未經官驗者。不得在本國出售。然其書苟有傷風敗俗之處。雖在外國。被官查出。本國亦必監禁其人而懲治之。如是則壞人心術之書。安能遍行于市肆耶。

二十日庚子陰。午後金登幹來拜。坐談時許。申初一刻。同馬清臣隨星使乘車。往拜日本。土耳其及義大利三國公使。

二十一日辛丑晴。巳正。李觀察率羅緝臣請星使偕馬清臣赴滿柴斯得爾看製造機器鐵木玻璃局。未正代星使赴外部見潘侍郎。問鎮江躉船核議覆文。去此見金登幹。申正陰。大雨一陣。

二十二日壬寅微晴。午初乘火車至上諾爾伍村。拜艾德林。入內見其母子與女。少坐。同入水晶宮一遊。男女無多。景致如前。酉初回寓。

二十三日癸卯晴。酉正同李湘浦、姚彥嘉、鳳夔九、黃玉屛乘車。至尤斯敦火車客廳。接星使、牽馬清臣回寓。亥初同馬清臣、李湘浦赴世爵馬格理夏家跳舞會。子正回寓。

二十四日甲辰陰。午後賀璧理來拜。酉正李觀察、牽羅緝臣而歸。戌初鳳夔九約在司多利坊洛亞閣戲園觀劇。演戲平平。無出色處。子初回寓。

二十五日乙巳。陰雨。記英人放礮。此諸行船。蓋船行則測風以張帆。礮放則避風以命中。因風力大小。均能推送彈丸以左右。故有風時。須辨其方向。欲擊正南則礮口所向。須稍偏東或西。放去使彈丸爲風所逼。則到彼自能中之。若逕向正南施放。安能中肯。此西人精于測量之一端也。

二十六日丙午。陰雨。酉正。同李湘浦鳳夔九在阿奎艮木晚餐。見雜戲中一人。脚踏皮球。周約七八尺者。走于木架之上。架寬半尺。作串或弗字形。環繞如螺螄。長共十餘丈上通樓頂。下垂地走上退回甚穩。又樓半空懸二繩架長四丈餘寬四五尺作凵字形者。相距四丈有二幼童。一以二腳倒挂左繩。一以兩手順挂右繩。右者經人由樓中雙手前推。颺起飛接他孩之手。二孩相接。一倒一正形如冂字。繼又由左颺回送正挂者于右繩。衆皆惜其幼小為之咋舌。

二十七日丁未陰雨。午後有由中國乞歸之英人麥士尼為能字問臯者來拜。其人素冶鐵。現在四川華營充匠師。能華語極清楚。戴華帽穿華靴而著英服。亦奇觀也。
二十八日戊申。微晴。亥初。同李湘浦鳳㜪九乘車。行十八九里。赴馬喀的夫人家茶會。男女百餘。中遇隣人懷達及林池母女等。子正回寓。
二十九日己酉。早陰雨。未正。英棉藥商人安山柏來拜。談及製藥之法。據云。棉花彈紡後。蒸以氣爐。繼而泡諸強水。四分之工。卽提入銅礶。付清水池凉之。越日提出。以機器收乾。強水洗以清水。再以機器收乾。則藥已可用。然棉花泡以強水。性最易然。苟強水稍遺。能自生火。

因而再以清水煮之。煮己浸以涼水。後以機器碎棉。棉既碎。乃泡諸水槽。終日攪之。三日後。以口嘗無强水酸味。始以機器壓乾成餅。夫既經以清水涼水煮洗數次。而仍恐强水未盡去。乃設法試驗之。先以溼棉火藥盛滿鐵箱。推入火爐。火只緩緩爇入。燄并不烈。再放乾棉于溼棉上。然之。而溼棉不著火。始知造成。而敢藏之。仍盛以銅匣。置水中泡兩年。亦無礙。用時稍曬。仍可用。乾棉與銅帽合用。其力較常藥加數倍。如以一指大小棉藥。然于巨木下。木即粉碎。裝水雷轟之。水則沸騰數丈。

以之轟一寸厚鐵板。則直透鐵背。爆烈如花。且鑽地成穴。若不與銅帽合用。則無力無聲。與焚紙同。是棉藥與銅帽如車與馬也。馬無車無所拽。車無馬不能行。蓋銅帽如無棉藥不能轟。而棉藥無銅帽亦無力也。入夜晴。

三十日庚戌晴。酉初。星使約李觀察麥問皋羅緝臣馬清臣及彝等晚酌。亥初。彼此團拜辭歲。後李湘浦姚彥嘉黃玉屏三君互相吹笛歌唱。甚歡。

光緒四年。歲次戊寅。新正月。

初一日辛亥晴。巳初。著官服。同衆隨星使與李觀察。向

北恭拜

聖牌。行三跪九叩禮畢。彼此團拜。後登樓同坐點心。又赴各屋拜賀。午後有麥士尼爲能及稅務司金登幹屠邁倫。泰樂爾賀璧理愛格爾駱德馬根及休士等來拜。酉正。星使約李觀察羅緝臣金登幹馬克蕾米司盤。賀璧理。赫政屠邁倫及馬清臣與彝等晚酌。暢談甚喜。

初二日壬子晴。記英國英格蘭蘇格蘭愛爾蘭三處人丁總數及各國旅居商販人。計之共三千一百三十八萬二千九百九十八名口。男共一千五百三十七萬九千一百二十五名口。女共一千六百萬零三千八百七十三名口。計女多於男六十二萬四千七百四十八名口。又西厤一千八百七十六年。英戶口册內開新增者。八十八萬七千四百六十四名口。病故者五十一萬零三百一十二名口。嫁娶者二十萬一千八百三十五名口。

初三日癸丑陰。戌初馬清臣請星使與李觀察屠邁倫。及彝等在西敏斯德橋安福義園看馬戲。園頗大。觀者男女數千。臺下所演。無非越馬跳繩等藝。與上年所看者同。臺上所演。則日月山水。花木樓閣。層層變化。令人悅目。末場。先出法義奧美俄土六國皇王。統領各著本國衣裝。新齊華美。俄皇頭作黑熊狀。蓋示其無面見人也。又以黑熊爲獸中貪橫者以刺之。土皇連歌四曲。句句直斥俄國之非。再則土俄交兵。放礮奪城。鋒鏑刺骨。烈焰迷目。聲震江河。勢崩雷電。俄兵敗北。土隊窮追。繼而屍橫大道。血滿長渠。雖係人工假作。殊覺令人傷心。子正回寓。

初四日甲寅。晴。涼。申初隨星使乘車。往拜威公使。初威公使曾于太木斯新聞紙內刋中國五省荒旱。本國務須設法賑濟。故星使拜而謝之。酉正李觀察請星使與金登幹屠邁倫米司盤密勒爾馬清臣方益堂羅緝臣。及彝等在寓晚餐。

初五日乙卯早陰。午後晴。酉正鄰人墨蕾夫妻請飯。同席男女十六人。名皆未詳。酒肴肥美。款待良殷。亥正隨星使乘車赴德國公使閔士達家茶會。會見奧國太子魯多福。當夜男女有千餘人。樓閣崇侈。鋪飾輝煌。洵茶會中之勝會也。子正回寓。

卷七終

四述奇卷八

鐵嶺　張德彝在初隨筆
　　　貴　榮竹坪校閲

戊寅正月初六日丙辰。陰霧。涼。戌正。隨李觀察馬清臣至賢眞睦斯堂。赴地理會。有合衆人司丹力者。曾遍遊阿斐里加。于此述其所見。當時聽者二千六百餘人。有墨國太子魯多福。英國太子衛拉斯王。威阿二公使及各國公使。因阿公爲會首。故先起立陳明司丹力講論之由。繼而司丹力起立。暢論阿斐里加之風土人情。後英太子立陳數語。以贊揚之。亥初散。復同李湘浦鳳夔九乘車入老城。至寬南街寬南店。赴蘇格蘭跳舞會。英名倫敦亨戛廉阿搜慎男女千餘人。遇墨國太子俄墨和三國公使。及倫敦美爾夫婦。與布拉奚夫人等。樓上奏樂。更番跳舞。時因天主教皇掊樸薨故。墨國太子不與跳列。丑正。經美爾夫婦及敖得滿哈達立約、彝同李湘浦登樓。入另室夜餐。男女有十餘人。席罷謝歸。而東方白矣。

初七日丁巳。霧。戌初。星使請波斯日本公使夫婦。賓星貝音斯。鄰人席泗。名士司柏的斯伍世爵阿爾柏斯訥夫婦。及阿什柏里。戴蕾呂司多克斯等晚酌。波斯公使馬拉闊堪王之妃因病謝辭。亥正席罷。

初八日戊午陰。未正一刻。隨星使同馬清臣乘官車。入賢眞睦斯宮。赴朝會。是日各國公使隨員及本國文武官員如前。申正回寓。酉正。復隨星使往見金登幹。亥初始歸。入夜雨。

初九日己未雨。霧。巳正。金登幹駱德來拜。酉正。張聽颿由德國回。戌初。印度回人布克什夫婦請星使馬清臣與彝晚餐。同席男女十八人。有日本公使夫婦波斯公使參贊與隨員及波斯國王派來查辦事件大臣鍾滿坎除傅立蘭孫得森爲歐洲人。餘皆亞細亞洲人。賓主歡暢。子初回寓。

初十日庚申陰雨。邇來英人開礦裂石穴洞轟山。俱用棉火藥加硝。較常藥其力尤大。棉火藥之價視常火藥加倍。常火藥每斤一什令。乾棉藥每斤二什令六佩呢。潮棉藥每斤二什令一佩呢。

十一日辛酉雨霧。英人工賈之役。皆力作半日。息止半日。官紳則治事半年。休沐半年。然官不尸位而國治。匠不偷工而物精。亦調劑之得宜也。

十二日壬戌。晴暖。戌正。同馬清臣李湘浦隨星使乘車。行十數里。至格物訥街第四十一號。赴司柏的斯伍家茶會。遇葛蘭敦。武阿文。夏理古。花士德。胡格爾。及馬勤等諸多名士。相見甚歡。

十三日癸亥。雨。爲西厯二月十四日。先賢倭倫坦節。通國少年子女。各戲所愛。其法有二。古法屆期。男女各約同數。如九男九女。或十男十女。各書其名于紙。摶而藏諸兩篋。男女各取其一。如甲男拈出乙女。乙女拈出甲男。則彼此因而結婚。亦不用媒妁之一法也。今法。屆期。各擇所愛者寄柬。雖以微詞挑之。而言頗雅馴。此等信紙。亦由鋪中出售。上畫人物。隱含情意。有女摘花而男子奪取者。有日午而男子送扇與女者。如以奪花紙寫。則云。卿所摘花。實不如我。不信。請試留之。久而自知其香。以送扇紙寫。則云。天熱無扇。無風。倘蒙錄用。何樂如之等語。雖云贈芍遺風。仍不失為香草美人之意也。入夜雨止。

十四日甲子陰雨。亥正同馬清臣李湘浦乘車行七八里。至阿苓坦街第二十號。赴索立斯百里侯夫人家茶會。樓閣崇宏。燈燭燿爍。男女千餘人。甚爲繁盛。有英太子妃公主駙馬墨國太子各國頭二等公使。本國文武大員等。丑正回寓。

十五日乙丑陰。午初著官服。同衆登樓賀節。戌初星使召賀璧理何沃生及彝等晚餐。入夜細雨。

十六日丙寅早陰。巳正晴。日本公使上野景範約是日戌初請星使與彝晚酌。星使因抱恙未往。彝亦遂致電信謝辭。

十七日丁卯晴暖。西人固以製物謀生。然造一物。必使著實得用。有益於人。方可廣行。雖係些須之物亦然。如邇來英人新造一種手紙。寬約四寸。長六寸。柔輭不厚。其色土黃。其門票云。零碎紙張。或含有硝磺毒水。或浮有火藥烟塵。用者不免受病。今特造此紙。加以暖藥。實爲有益云。

十八日戊辰晴。倫敦樓舍。皆隨時修理。一律整齊。無坍塌倒壞。堆積碎甎破瓦處。無堆土掘坑處。亦無載運舊甎木料者。

十九日己巳。晴。屠邁倫因假滿回華。巳正。來寓辭行。申初。隨星使乘車往拜法郎西俄羅斯日本波斯四國公使。皆未遇。

二十日庚午。晴暖。辰正。同張聽颿鳳夔九乘車至柴令克洛斯火車客廳。與屠邁倫送行。待車開。同入加非館。飲加非一盃而歸。

二十一日辛未。陰。細雨。倫敦各電信局所雇寄信幼童。皆貧家子也。每日有信則得有零資。無信則一無所獲。

因而善男信女擇于是日戌刻在賢貞睦斯堂奏樂歌曲。請人往觀。入者每人由二什令半至六什令。即以所獲而賙濟焉。戌初同李湘浦往樓之上下。有男女二千餘人。所作樂曲聲調鏗鏘。子初回寓。

二十二日壬申晴。記英俗無事不與中國相反。論國政則民議君聽。論家規則婦倡夫隨。論文字則自右之左。論書卷則自尾而首。論飲食則先湯後飯。先肴後果。論位次則上右而下左。貴主而賤客。蓋每見宴會。皆主居正中。而客分兩翼也。其故或由賦性使然。或因其地在中華對面。故風俗制度。顛而倒之歟。皆不得而知也。察晝夜時刻。倫敦較北京遲至八點鐘。如北京午正。倫敦寅正也。北京子正。倫敦申正也。

二十三日癸酉。陰。按英俗。凡人所飼之禽獸。如雞鴨牛羊及豕等。皆不許蓄于城內。以免汚穢腥臊。故每早不聞雞聲報曉也。

二十四日甲戌。晴。記西國槍礮。皆日改其式。邇來礮之頭大尾小。如瓶。頭尾勻稱。如筒。及後膛堵門之具。弱小者。皆廢。改鑄螺螄。或胡盧形。以火藥初然力大。故礮頭宜粗而不易炸也。槍之身重口闊。或內無綫路及用圓彈者。亦皆廢改鑄筒膛漸狹。至口僅半寸。內含斜紋綫路。彈子形如棗頭。尖尾圓。而近尾處中空。蓋有綫路逼迫。彈子出口。則不致旋轉。又恐彈子不遵路而行。于近尾處空其中。使受火藥之氣自然漲開。行依綫路矣。入夜微風。冷。

二十五日乙亥早晴。午後陰。酉初。安柏爾夫婦攜其子女來拜。坐談良久。戌正。復隨星使乘車往見金登幹。少敘而歸。

二十六日丙子陰。雨。亥初。同馬清臣隨星使前往格物訥街第十七號。赴哈爾的夫人家茶會。見英三公主懷來納及其駙馬克立堅王。當晚各國公使隨員及本國文武大員。男女共計千餘人。幸樓舍寬闊。尚不至擁擠煩熱耳。

二十七日丁丑陰。雨。未正。隨星使與李觀察馬清臣乘官車。入卜靜宮。赴眷會。男女會者甚多。立至申正一刻始畢。

二十八日戊寅早。陰。午後雨。戌正同李湘浦張聽颿二君乘車先赴馬喀的夫人家茶會。入內少立。繼而繞行一周。由旁門下樓。登車行八九里。赴布拉奚夫人家聽樂會。作樂者男三女四。名皆未詳。皆義大利國人也。笳琴笛管。一洗凡聲。聽之令人忘倦。丑初回寓。雨止晴。

二十九日己卯晴。記倫敦道途。極其平坦整潔。其高岡車路不通處。中壘石堦。左右置以鐵闌。以便行人往來。有于闌後種樹栽花者。尤足助遊者之興也。

三十日庚辰。早晴。申正陰。見西人收儲軍器。因恐地潮生銹。于宏敞屋中。按行支搭木架。上接屋梁。分爲數層。

排列懸挂。派兵專司擦抹洗刷。門窗按日開放。以過風氣。不令霉溼損壞。自不致耗費帑金也。

二月

初一日辛巳。大晴。亥初。同李湘浦張聽颿乘車。行十數里。至柯來萬坊第三十一號。赴林池夫人家跳舞茶會。男女二百餘人。大廳正面設小臺。二男二女。同作小戲一齣。男爲本家之友。一名楊日臘。一名戛的訥。二女一爲林公之女林萸娃。一爲其姪女林婁娰。聲音淸雅。媚態橫生。觀之有趣。亥正一刻演畢。移去戲臺客座撤去地氈。改爲跳跳舞場。當時主客入飯廳共食。後上樓鼓琴跳舞。丑初回寓。

初二日壬午晴。倫敦閭巷之間。終日往來男女。既無傴僂提攜。亦無前呼後應。更無手提雀籠者。雖值盛暑。鮮有露胸袒背赤脚科頭者。

初三日癸未晴。申初隨星使與李觀察馬清臣乘車赴外部。見德爾貝談。至申正一刻辭歸。入夜陰冷。

初四日甲申陰。申刻隨星使及李觀察與馬清臣乘車至海部。會其尚書施密斯。酉初回寓。亥正。隨星使同馬清臣乘車行六七里。至倭爾葦坊第六十四號。赴世爵毛克遂夫人家茶會。帶慶五十金婚。蓋毛氏夫妻自結褵後。扣至今日。整五十年也。樓舍窄小。男女九十餘人。子初回寓。

初五日乙酉。陰。記英俗拜客。有時清晨者。係在巳午之間。非至契同族。不能拜訪。午後拜客之層次。以交結之深淺而分。由申初至申正者。爲恭敬。由申正至酉初者。爲遠近之間。由酉初至酉正者。爲戚友拜訪通用之時。禮拜日拜客。最爲不恭。女固不爲。而男子因平日無暇。

多于是日由申初至酉正。拜訪戚友。無不原諒。夫婦雖能同行拜客。而實在同行者少。有女長成者。可偕往。與同居婦女並識一友者。亦可共車。夫妻子女同車拜客者。都城少而外省多。婦女拜客乘車者。令僕敲門。問主人在家否。步行則自行拽鈴。問主人在家否。不得問主人何往。何時方回。既不在家。則留刺而已。在家。卽入內。侯門丁閉門後。前引登樓。至客廳將入門。告以某夫人某小姐。以便通報。主人在家。而仍投刺。使之通報者。稱爲鄙俗。人家僕婢應敲門而後入者。惟臥室及梳洗房。

其他如客廳飯廳書房則否。來人至客廳。門丁開門先入。立于門旁報客姓。客則自前見其主。如當時主不在內。僕即云請坐少待。言畢轉出關門。往尋其主。此時客人亦不得問主人何在何爲。總之。客人不便與僕婢多敘。男子拜客欲見。入門即免冠以手持入客廳。見主握手。坐後。或置冠于几上。或執在手。別後。出門始戴。本家男主可留其冠于門房架上。其他若留爲不恭。蓋主人留冠于門者。意在示其在家也。至赴茶會午酌談天會跳舞會及宴會等。則與此不同。又當留其外袿與冠于門房。男子拜客。可持杖或傘入客廳。不爲無禮。將見須脫右手手套。以便與之握手問候。否則不恭。女主每早小食後。必告其僕婢。是日接見客否。否則有人來拜。僕婢不知主人之意。乃云往看我主在家否。迨轉回告以不在家。則疎遠之情露矣。女主將出門。適值客來。其僕當具實告。并云可往請問能見否。來人如無要務。自留刺而去。來時如已有客在內。僕婢無須告以何人。亦不必請示願否接見。即一律引入客廳。富宦于每禮拜見客。皆有定期。乃印于名刺云。每禮拜某日在家。屆日。女主在客廳以待。客到門啟。則前趨一二步與之握手問候。不必讓坐。已先落坐。客自坐于對面。相與交談。清晨來拜者。不進茶。不備小食。居鄉則男來進酒。女來進茶。城內午後接客者。皆備茶。如一家女主以屆日來人不多。則將茶烹熟。以銀盤置于座旁几上。客至則有人代進之。無人則親遞。次以小銀盤將糖塊及乳汁送上。請客自取。蓋吃茶鮮有不置糖乳者。其小食有牛乳白麪餑餑。櫻桃糕。片或麪包片夾乳油幾種。畢則置盃于臨近几上。如旁有男主或男客。自然接去。主人不得問其再吃否。或喜此否。如專請吃茶。方可用此二語。婦女欲吃麪包抹乳油者。須脫去右手手套。以免著油。女主不欲自斟者。令男僕照客數以大銀盤奉上。按人進之。糖乳皆以銀罐銀斝盛滿。置于盤內。或另一僕以小銀盤托之。聽客自取。有小食者。同時奉上。用者拈一二片。否則手推盤邊。僕自會意。他國有進加非者。惟英以茶爲貴。凡來客是女。則女主起立迎接。與之握手入座。來客是男。則不立。待其進前鞠躬。而交誼厚者。女方與之握手。疏者則以首領之而已。客自行入座。客來十分或十五分後再有客來。則先來者當婉辭而去。先來者未去。非因故主人不與之引見。但聞叙二人名姓。婦女精明者。能使二人未經引見而談于一處者。蓋主人不知二客願否認識。是否平等。故不敢輕爲先容也。若二客來時。前後不及一二分。則女主與二客交談。不分遠近。到十分至十五分後。則先來者先去。後來者後去。蓋客坐至多十五分也。男客去。女主不立亦不送。與之握手而已。女客去。尚有別客。則女主祇起立。與之握手。無他客。始送至客廳門。看其下樓。男主在家。應陪下樓至門房。

看穿外襲而去。來客無論二男或二女。彼此未經多談。則去時無須握手。鞠躬而已。如未接一語。臨行亦不鞠躬。若一男一女。女客先去。則男客無論曾與談否。必立起與之開門。而不躬送下樓。如女主請其躬送下樓。則女客將出門時。只鞠躬致謝而已。凡客去將出客廳。女主必拽鈴。令人伺候。鄉間客至多有卸車者。故客去必請主人拽鈴。以便預備。若客坐近于鈴柄。卽自拽之。一家若有親友寄居。當另備客廳一間。如無須分定時刻接見。以免亂雜。若寓客係未嫁之女。經男人來拜。女主又當陪伴外客來拜。而與寓客相遇。主人亦可與之相見。新娘接見其在家之舊戚友。禮節與他婦同。嫁後一月答拜。其未來者。由是絕交。來者須留刺與其夫新郎之友來拜。無論識否新娘。皆須投刺求見。如婦女新認一女。而不識其父母。往拜時。女必與之引見。再來。值其父母外出。必與之留刺。凡淸晨拜訪。見其母不見其父。必留刺與其父以爲禮。

初六日丙戌晴。酉初同馬淸臣李湘浦張聽颿隨星使赴鄰人懷達家茶會。樓舍樸素。男女無多。見其妻女與二子。坐談片時。下樓晚酌。酒食豐美。款待殷勤。入夜微陰涼。

初七日丁亥晴。戌初。馬喀的夫婦請李湘浦張聽颿與彝晚酌。同席男女十二人。名皆未詳。飯後。一男一女。鼓琴一曲。音韻悠揚。聽之殊令人悅耳也。

初八日戊子。陰晴各半。早接禮部來文。內稱昨夜奧國皇父富連喜王薨逝。鄰國爲之素服十日。以示傷痛之意。由是日起。至十八日換吉服。未正。著行裝。隨星使與馬淸臣張聽颿乘官車。入賢眞睦斯宮。赴朝會。申初回寓。

初九日己丑晴。倫敦住戶養貓犬。死必瘞埋。而鮮有遺于道旁者。時值隆冬。亦無以蒲蓆裹孩尸而委諸溝壑者。其人心之純樸可想見矣。

初十日庚寅晴。未初。戈頓來拜。談及施放火器準頭。據云。凡彈丸出口。隨行必往下墜。如初秒下墜一丈六尺一寸。二秒則四倍之。共墜六丈四尺四寸。三秒則九倍之。共墜一十四丈四尺九寸。故平日演放槍礮。須先試準應用火藥若干。則彈丸于一秒時可行若干里。施放之時。若即將其口與所擊之處對準。則彈丸發出。定不能中。故必先測所向實擊若干里。彈丸至彼應墜若干尺丈。既得高角與遠界。則必中而無疑矣。然測遠之具雖有。不能遍給各兵。故須平日習以目力也。問以何法教習。則云。設一屋于彼若干里可見其形。若干里可辨其色。若干里可辨窗牖若干里可辨簷瓦。又立一人于彼。若干里可辨騎步若干里可辨衣褲若干里可辨面目。若干里可辨男女。如是遠視而演習之。則對敵不致妄發一礮。妄施一槍。自不致妄費火藥而誤戎機也。

十一日辛卯晴。申正。接電信。知郭星使奉
旨兼駐法。郎西國總稅務司赫樂彬偕彝之窗友聯春卿芳
敬齎
國書。明日由上海開船。約三月中旬可抵馬賽。
十二日壬辰晴。涼。接倫敦紳富以及學士名人相接以
禮。鮮有驕傲強橫以勢淩人者。僕婢亦皆循謹。雖尊貴
之謁者。豪華之供奉。亦無藐視張狂惡習。亦駕馭之得
宜也。
十三日癸巳晴。涼如昨。申初。同馬清臣隨星使乘車。拜

客四處。皆未遇。戌初一刻。李湘浦邀飲在阿奎艮木。遊者有千餘人。演雜劇。頗可人。子正回寓。

十四日甲午晴。英國教養子女。其紳富或自延師。或公建學堂。都鎮鄉村。各有義塾。自數所以至數十所。其西席自數人以至十數人。均按其地之大小。酌行之。經費有公捐。有獨捐。亦視其地之有無巨富爲斷。貧而無力就學者。皆收此受教。供其衣食。不聽他出。男有男師。女有女師。一切循規蹈矩。法律嚴明。凡生子女皆報官。鄉官歲核戶册。已屆五歲者。卽令入塾。故英國男女無一不識字者。雖車夫匠役。每于工作暇時。鮮有不閱新聞紙而廣聞見者。

十五日乙未稍陰。午後。金登幹來拜。坐談時許。去後。同馬清臣隨星使乘車。往拜波斯日本二國公使及貢丁阿什柏里葛里屏。與鄰人懷達墨蕾等。酉正回寓。入夜雨。

十六日丙申陰。未正。同馬清臣著行裝。隨星使乘官車。入卜靜宮。赴眷會。衣香鬢影。仕女如雲。由申初立至申正二刻始畢。

十七日丁酉晴。亥正同馬清臣張聽颿隨星使乘車。赴
印度部尚書索立斯百里侯夫人家茶會。男女擁擠如
前。子正回寓。
十八日戊戌晴。未正同馬清臣著公服隨星使乘官車。
再入卜靜宮。赴眷會。申正回寓。亥初一刻星使三公子
生。乳名英生。按西俗收洗咸用男醫而非華人所慣。乃
請裴音斯夫人代覓女醫一名。爲之收洗。
十九日己亥陰。按英國。凡家道稍裕者。皆用僕婢。富貴
之家。大約數逾四五十名。男僕如總管。買辦。僕。跟役。頭

等庖丁。二等庖丁。進爵僕。上菜僕。出使僕。灑埽僕。頭等車夫。二等車夫。刷馬夫。飲馬夫。馬鐙夫。二等刷飲馬夫。下房灑埽童。下人上菜童。等女僕如上等服侍婢。二等服侍婢。伺候小姐婢。上等乳娘。二等乳娘。懷抱娘。保母。上等收拾臥房婆。二等收拾臥房婆。灑埽婢。上等洗衣婆。二等洗衣婆。上等刷洗廚竈婆。二等刷洗廚竈婆。收置傢伙婢。收洗生菜婢。蒸烙房婢。淨擦燈燭婢。刷洗器皿婆。收拾小孩玩耍屋婢。收拾學房婢等。以上名數不拘。一年所須工值飲食衣服。共約二萬磅。上下合銀七萬餘兩外有園丁。菜傭。隨獵使。揸牛乳女等。不在數內。中戶所用之僕婢。係管事僕。上菜僕。跟役。車夫。馬夫。女庖丁。刷洗廚竈婆。灑埽婢。服侍婢。洗衣婆。乳娘。懷抱娘等。各一二名。次則車夫。馬夫。跟役。女庖丁。灑埽婢各一名。再次則只女庖丁。灑埽婢各一 名而已。僕役無專司啟閉者。故無門丁。專稱大戶。係跟役與上菜僕之職。次則跟役與灑埽僕婢。再次則跟役與收拾房屋婆。下則女僕與女庖丁並理之。總管係代主人辦理一切出入款項。與進退男女僕婢之職。不用者。女主自理。亦樽節之一道也。

二十日庚子。早晴。午後陰。未初大雪厚寸餘。冷氣逼人。星使令洋僕給裴音斯。葛里扉斯。安柏爾等十數家女主送喜卵。

二十一日辛丑。陰。記英國幼童入義塾而不安靜者。皆改入巨舟。舟亦善人施捨在上。仍行訓課。兼練航海各工。跳越爬登各如所願。是其隨性用人。不欲一人失學。無所成就。其用心亦艮苦矣。

二十二日壬寅。早晴。午後陰。申初大雪繽紛。申正復晴。

記倫敦城內無撮糞者。拾柴者。以及搜揀燒過煤渣者。因道途潔淨故也。

二十三日癸卯晴。記倫敦樓舍。皆鐵作間架。石砌牆臺。故前日荔榛街第二百八十一號手套鋪失火。惟房頂塌落。牆架依然鞏固也。

二十四日甲辰陰。亥正同馬清臣李湘浦隨星使乘車。至外部。赴德爾貝伯夫人之茶會。男女有千餘人。多有熟識者。

二十五日乙巳。大雪。土俄交兵之始。首相德爾貝卽欲發兵助土。一責俄國之非。一有益於本國。而英人多有旁觀。以伺其隙者。德相見時勢掣肘。是日疏乞骸骨。經其君主俞允焉。

二十六日丙午。早陰。未初晴。記英國收藏火藥彈丸自來火等。皆按期抖晾。以免轟震之禍。蓋凡物堆積一處。扃閉日久。必生熱氣。況火藥易著。熱盛自焚。故令之過風。以洩其氣。亦慎重軍儲之意也。

二十七日丁未。晴。法郎西本年在巴里設賽商會。定于西厤五月初一日。（即三月二十九日）開門。中國經總稅務司赫樂彬與上海稅務司吉羅福等。偕華商數名前來。數日前。金登幹往巴里代赫樂彬租寓時。恰值星使接得兼駐法國電信。遂亦求其代覓居止。當日酉正。金登幹由巴里寄來電信云。現因開會在邇。巴里房少且貴。今有一所。不敢自主請示遵行。因奉諭令前往商定。遂擬于詰朝前往。入夜雪。

二十八日戊申晴。辰初。乘馬車至柴令克洛斯火車棧。登車卽開。巳正。至都法海口。下車登輪船。名蒲林斯。展輪出口。風勁且冷。搖蕩簸揚。嘔吐者大半。午正。抵法國戛蕾海口。下輪船。登火車。未初開。酉正一刻。抵巴里。換乘馬車。行十數里。至巴斯吉葉巷第二十六號樓中。會見金登幹。哲美森。那威勇。宋得禮。德達那。各稅務司。坐談許久。入夜微陰。

二十九日己酉。晴。巳正。經金登幹約得英法銀行主人阿色爾者。共車看房十一處。有偪仄者。有價昂者。有路遙者。有空無陳設者。惟一所在大石牌樓旁羅馬王街（前朝法國太子稱羅馬王）第五號。高大整齊。裝飾華美。間數足用。器皿俱全。半年租價三萬四千方。合銀四千七百六十兩。

約于次日書押租契。申初回寓。入夜陰。

三十日庚戌。陰雨。午初。阿色爾持租契請金幹登與（彝）畫押。內云。

巴里夏希廉巷第十號。英法銀行主人阿色爾與代中國欽差租房人金張二姓。同立約契如左。

此房坐落在路瓦得婁木街第五號。裝修器皿俱全。廚房馬廄亦皆收拾整潔。一切照舊。並不更移。經某某親眼看過。定由西曆四月二十五日。（即中三月二十四日）起。至西曆十月三十一日(即中十月初六日)止。計六個月零五日。租價三萬四千方〡。一時付訖。每月給門丁院戶共五十方〡。一切使用器皿。如瓷鐵玻璃。及木石綢緞各等物件。皆查對清楚。立簿二本。彼此各存其一。查物使費。歸房主人付給。住滿六個月。所有物件。除應有使用痕迹數種外。皆當如數交還。如租房人再欲雇人查對器皿簿。其使費應歸租房人付給。此房非經房主人畫押。不得另租他人。一切房稅各款。皆由房主人付給。

一千八百七十八年四月初二日立于巴里〡。

三月

初一日辛亥雨。申初。同阿色爾乘車。走凱歌路至羅馬王街。入第五號新房查點物件。帶畫房圖。戌初回寓。當日金登幹代赫樂彬亦租定住房一所。約明日與彝會于布隆海口。入夜晴。

初二日壬子晴。涼。巳初二刻。由巴里起程。乘火車。申初一刻。至布隆海口。登輪船。遇金登幹。卽時展輪。水尚平穩。申正一刻。抵英國佛克森海口。下船。改登火車。酉正一刻。至倫敦。謁見星使。呈上房圖租契。稟明一切。

初三日癸丑。終日陰晴。雷雨不定。午正。金登幹來拜。請示如何代雇車輛僕役人等。星使遂令代雇雙馬車一輛。跟役灑埽僕各一名。

初四日甲寅。陰。戌正。同姚彥嘉請星使與賀璧理。馬清臣。羅緝臣。張聽颿在荔榛街賢眞睦斯店晚餐。食有鐵雀。銀魚。味甚佳。

初五日乙卯。晴。午後。有裴音斯。金登幹。安柏爾。及威公使等夫人來拜。酉正。隨星使乘車往拜金登幹。亥初。囘寓。

初六日丙辰晴。因明日係星使誕辰。酉初隨姚彥嘉李湘浦諸君著朝服登樓預祝。後換行裝。入飯廳歡飲暢談。亥刻散席。復談至子正始寢。

初七日丁巳晴。巳正。同姚彥嘉諸君著公服登樓叩賀。申正。彝同馬清臣隨星使乘車。赴世爵魯特爾夫人家茶會。酉正回寓。戌初。公請星使晚酌。亥正入魁蔭司戲園觀劇。

初八日戊午早晴。午後陰。未初米斯盤來拜。坐談良久。申正復隨星使乘車。往拜日本波斯二國公使。皆未遇。

入夜大雨。

初九日己未陰。雨。酉初同馬清臣李湘浦張聽颿隨星使赴鄰人葛里扉夫人家茶會。男女數不及百。戌初回寓。入夜雨止。晴。

初十日庚申晴。戌初。同李湘浦在阿奎艮木晚餐。按合璧內載。里俗粉米爲繭絲書吉語其中。以占一歲禍福。謂之繭卜。今見其雜戲臺前貨攤桌置小木房一間。外立二布人。一男一女。名曰問卜房。欲卜者擲佩呢一圓于房後孔中。房內機關動則二人齊伸右手于窗內。繼而或男或女取出一小紙捲。上印數言。按男人取出。必係惡言。女子取出。定爲吉語云。夫英國文人學士。固不信風水占卜之說。而鄉里愚民仍不遠乎古風也。

十一日辛酉。陰。按英規。凡幼童子女已屆五齡者。官卽令之入塾。習讀初學。教以語言文字。年逾十歲。教以算術勾股開方之法。是謂小學。年至十五。其愚魯不能深造者。卽令就工謀食。其資稟特優者。令之學天文地理化學光學格物醫學。以及機器畫工等藝。是謂大學。大學院有二。一曰堪卜立址。一曰敖克斯佛。堪卜立址以光化各學爲主。教克斯佛以各國語言文字爲主。通國大小文武各員。其出身必由此二學中試者。謂之正途。

入夜晴。

十二日壬戌晴。按倫敦亦有人牙。雖無以買賣人口爲生。有以代雇僕婢爲業者。門首貼以招牌。富家用有總管。則所有僕婢皆歸其雇覓辭逐。無總管則管事僕爲之。而跟役車夫服侍婢乳娘多歸主家自覓。男主雇男僕。女主雇女僕。馬夫則歸車夫進退焉。

十三日癸亥晴。記英俗凡僕人告退。或被主人辭逐。苟無大過。主人必給一紙保單。言其人姓名年歲。并其身體若何。性情若何。一切所長若何。以便別處謀食。凡辭僕婢。須于一月前告之。付足一月或半月工値，其有違禁不恭者。亦可立逐。同伴口角。未經釀成事端者。主人不能因而辭之。按國律。主人無定給僕婢保單一說。而人之好善者。每不令其失所也。

十四日甲子。早晴。午後大雨一陣。申初晴。繼而復陰。聞卞長勝朱耀彩二人。自入水師學堂後。仍不守分勤學。滋事妄爲。經劉星使飭令回華。可謂不堪造就矣。入夜仍雨。

十五日乙丑。陰雨。聞英俗。雇一僕婢。必先驗其歷來所得保單。問其服役何家。若干年分。前因何故辭去。身體壯否。每年工值若干磅。若雇庖丁。則問手藝精否。曾治盛筵否。曾備若干人飲饌。皆考驗之意也。再僕人衣履。主家管否。損壞物件。照價扣工值否。準其接待男子戚友否。皆須預言。以免將來詐賴。

十六日丙寅。晴。接英俗。每禮拜日準僕婢入禮拜堂一次。隔一禮拜。準入二次。係在清晨正午日落三時。彼此輪班外出。以免誤事。每一禮拜。準午後出遊一次。每月準乞假一日。富室僕婢。亦有升階。如收洗盥盞婆。可升爲刷洗廚竈婆。三等灑埽婢。可升爲二等頭等。男僕仿此。小戶用人無多。言定一年。無過。增給工值若干。

十七日丁丑。晴。爲西厤四月十九日。係其耶穌受難之期。市廛闗閉。工匠放假。街市遊人擁擠。戌正。星使賜饌。同席有李觀察馬清臣。羅緝臣。賀璧理。子正始畢。

十八日戊辰。早雨。午後晴。星使奉
旨兼駐法國。文到。又值三公子彌月之期。同衆著公服登樓叩賀。
十九日己巳晴。西厤四月二十一日。爲其耶穌復甦之期。市廛雖不關閉。遊人仍密。
二十日庚午晴。記英俗。凡買一切物件。其總管買辦庖丁跟役車夫上菜進爵等僕。皆有抽釐之規。係一磅抽一什令也。其抽法有二。一爲故令增其貨價。一爲勒令塡寫花帳。主家知其弊。有自往償還者。有預爲說明。凡物須開實價。不得抽給僕役者。雖然。仍爲無益。蓋各鋪皆欲多得主顧。因而暗奉僕役。令之不與毀謗也。至賣日用零碎物件。雖明無抽釐之規。而暗開花帳以奉僕者有之。此風頗與中國相似也。

二十一日辛未晴。因

國書將到。又屆接收新房之期。星使令彝于次早起身赴法料理寓所。俟聯春卿賫

國書到後。即具電信稟聞。

二十二日壬申。細雨。巳正起程。乘火車。午正。至佛克森下車上船。即開。風雨交加。甚冷。而船平。申初。抵布隆登岸。乘火車。戌正至巴里。乘馬車入巴斯吉業巷北達佛

店。晚餐後。至隔壁會哲美森。知赫樂彬于當晚酉初先到。聯春卿在後。遂即代租達拉布街第七十一號。達拉布店。去此。至該店。待至子正一刻。春卿始賫國書而至。欲發電信。而信局已閉。乃暢談己往。共叙鄉情。話別回寓。甫就枕而雞唱矣。

二十三日癸酉。陰。寅正發電信。稟覆星使。巳正一刻。與金登幹阿色爾約于申正接收新房。届時。偕往查點各件。遂約春卿同行移入。

二十四日甲戌晴。早經金登幹代雇之馬車跟役及灑埽僕到。午後。同聯春卿乘車。往拜赫樂彬。吉羅福。金登幹。日意格。馬眉叔陳鏡如諸君。

二十五日乙亥陰。早接電信。知星使于當晚亥初抵巴里。戌正。同聯春卿馬眉叔陳鏡如乘車。至戛得吶火車棧。遇日意格。司恭賽格。及華商王承榮卓兆鼎馬錦章等五六人。亥正。星使偕李觀察馬清臣李湘浦姚彥嘉到。入寓晚餐。談至丑正始寢。

二十六日丙子晴。午後。金登幹來拜。記法京風土。與英國稍異。各家門旁。專有小屋一間。係爲門丁攜眷居住者。灑埽房屋以及洗菜擦燈各工。皆用男而不用女。車夫跟役等衣履。由主人供給。有春秋兩次者。有四季四次者。

二十七日丁丑晴。申初一刻。同聯春卿隨星使乘車。往拜赫樂彬日意格。金登幹。皆未遇。入夜陰雨。一陣。雷始發聲。

二十八日戊寅。鎮日忽晴忽雨。未初。同聯春卿乘車。行數里。入賽商會場一觀。房已造成。惟各國貨物尚未列齊。其地在巴里城右。分南北兩段。中隔思晏江。連以長鐵橋。綜計長四千六百二十尺。寬一千五百尺。江寬三百六十尺。江南者。長一千零八十尺。東倚弗蘭克林巷。西傍馬代步街。南對土魯戛達斐坊。北臨江岸。向南正中大門。曰正門。西北角一小門。曰沙洛門。大門樓高八丈。前一月牙敞廳。周一百八十六尺。廳前大路通橋。左右則豐草綠縟。花木清香。建有樓臺亭榭。酒肆茶坊。有中華日本。居尼波斯。埃及各國各式大小木房一所。惟中華者。建于東北角。木質大廳三間。前有轅門旗斗。威嚴壯觀。如外省公署。江北者。長三千一百八十尺。東近色茀蘭街。西傍布多那衕。南臨思晏江。北倚武學路。四面七門。正東二門。曰岱賽。曰克立。北正西一門。曰拉普四角各一門。曰葛蕾蘗菊。鋪列思晏多葦葉。由正南過大橋。大路左右。亦列山水花木。酒肆茶坊。再則鐵架玻璃罩棚一大間。高數丈。長二千一百尺。寬一千三百二十尺。四面九門。係正南三門。東西與北各二門。棚內直分三大段。每段又橫分三節。中段中節。爲巴里府座。前後二節。爲泰西各國分列細小貨物處。左段三節。皆爲法國列貨處。又分成七十五方。每方陳貨一種。右段南節。爲合衆瑞典英吉利三國列貨處。內英占四分之三。合衆瑞典各占一分之半。北節爲俄羅斯比利時和蘭。丹尼德意志葡萄牙瑞士希臘暹羅交趾與中阿美里加各小國列貨處。中惟俄比瑞士三國各占四分之一。餘則分占一分而已。中節爲中華日本日斯巴尼亞及義大利墨地里亞各國列貨處。內義墨二國各占四分之一。中日日三國分占四分之二。棚外東鄙一行各式樓房十五所。爲英義墨俄瑞典瑞士日斯巴尼亞和蘭丹尼葡萄牙比利時等國者。及客堂水龍局電綫局等。

北面大小三十二間。西面二大間。四小間。皆滿列法國輪機車輛槍礮等物。據云貨已運齊。明日開門。今夜開箱布置。明早寅初當齊行報竣。以便外人遊覽焉。

二十九日己卯大雨。為西曆五月初一日。未正開賽商會。乃於未初同李觀察日軍門馬淸臣高介爾聯春卿馬眉叔陳鏡如李湘浦姚彥嘉諸君隨星使著公服乘車往觀。入正門。登樓。見各國公使及安南戴紗帽著大領闊袖者五人。仕宦男女有千餘人。未正一刻。法郎西伯理璽天德馬克謀宏至。列隊升礮奏樂舉槍。登樓偕有英國太子及他國國王世子。齊步前廳正立。工部尚書楊武業對立朗誦一篇。宣示開會之意。下樓步入貨場。各國貨物分列鮮明整齊。如入五都之市。洵大觀也。男女如堵。累迹駢肩。以千萬計。華商皆戴涼帽著藍布衫。貨則木器瓷器玉器金銀器銅錫器。凡奇珍異寶罔不畢具。晝則各樓豎旗幟。暮則逐處然燈燭。城開不夜。舉國若狂。可謂海外之曠遇矣。

四月

初一日庚辰晴。見巴里通城街道。較前更覺開敞。樓舍加增數倍。一律新齊。鎮日車馬如蟻。爲海邦一大都會。邇因賽商各國來觀者甚衆。各物價皆翔貴。而百倍於前焉。

初二日辛巳晴。午後。赫樂彬來拜。記法人使僕婢買辦日用食物。頻往某鋪。則某鋪每月給一小簿。書某日買何物。每件價若干。雖現錢買之亦然。主人必以誠實可靠。不知僕婢買後。鋪已按價給四分之一矣。如買十方之物。則給二三方。買百方物。則給二三十方。如此觀之。是又甚於華僕矣。然所以能如此者。實因錢賤物貴之故耳。
初三日壬午晴。晚接法外部來文。訂於後日未初在藹立賽宮。呈遞
國書。星使到法後。因兼駐兩國。事繁。需人襄理。遂令彝函
致黎蒓齋。令其即日來法。是日亥正一刻。復令彝發電
信敦促之。
初四日癸未。晴。午初。法國領見大臣墨勒阿來拜。備言
一切禮儀。訂明午以車來迎。子初一刻。星使劄飭黎蒓
齋來巴里。

初五日甲申陰。未初。墨勒阿以朝車三輛來接。彝著朝服捧
國書。同聯春卿馬眉叔陳鏡如隨星使乘車行三四里。走凱歌路。至佛卜三吶蕾街蕾立賽宮下車入內。立兵一隊。作樂接迎。登樓。左轉。升階三重。入一小室。伯理璽天德正立。文武十員侍于後。入門一鞠躬。距數武。止步立。彝同聯春卿立於星使左。馬眉叔陳鏡如立於右。星使敬捧
國書。宣誦陳詞。畢。馬眉叔繙念法文。遞過

國書後。法主立答數語。經陳鏡如譯以漢文。後彼此一鞠躬退出。下樓。兵復奏樂相送。登車。噩勒阿伴送回寓。少坐。換行裝。同聯春卿隨星使乘車往謝外部大臣。戌初回寓。敬按

國書內云。

大清國

大皇帝問

大法國

大伯理璽天德好朕誕膺

天命寅紹丕基眷念友邦言歸於好茲特簡現駐
英國都城欽差大臣賞戴花翎兵部左侍郎郭嵩燾兼
爲駐劄
貴國都城欽差大臣并准其隨時往來朕稔郭嵩燾老成
練達辦理交涉事件必能悉臻妥協惟願
大伯理璽天德推誠相信俾得克盡厥職以與
貴國益敦友睦長享昇平朕有厚望焉
星使誦詞云。
大清國

欽差大臣郭嵩燾欽承
簡命駐劄
貴國適逢開設大會之期萬國珍奇梯山航海萃於都城
得以親逢其盛喜慰實深夙諗
大伯理璽天德武功治化遠近咸聞使臣奉
命通兩國之情而申永遠和好之誼惟希體中國
大皇帝之心萬年輯睦同慶昇平謹奉
國書恭上尊覽以爲講信敦睦之據
法主答詞云

前聞中國

大皇帝。欲特設

欽差大臣駐紮敝國。旋聞

簡派貴大臣榮膺此任。尤堪慶幸。從此二國永遠敦尙友誼。

貴大臣所有應辦一切事件。本統領無不竭力照料也。

初六日乙酉晴。午後。同聯春卿隨星使。乘車往拜駐法各國頭二等公使及本國各部大員。戌正回寓。

初七日丙戌晴。記法國前于西厤一千七百九十三年。即乾隆五十九年由君政改爲民政之國。爲第一次。至一千八百四年。（即嘉慶九年）那波倫第一及位。又由民政改爲君政。于一千八百四十八年。（即道光二十八年）復改民政爲第二次。一千八百五十二年。（即咸豐二年）那波倫第三登位。仍改爲君政。至一千八百七十年。（即同治九年）德法鏖兵。法主廢位。又改民政。是爲第三次。當時公舉大臣遆爾爲統領。次年登位。在位三年薨逝。是年五月二十四日。經國會七百人中三百六十人公舉前任督帥馬克謀宏爲統領。三年任滿。上年十一月十九日。又經七百人中三百八十三人。公舉續共七年。現年六十九歲。按法國統領公費。每年六十萬方合銀八萬四千兩。又薪俸每年三十萬方合銀四萬二千兩。

初八日丁亥。晴。亥初。同聯春卿馬眉叔李湘浦隨星使乘車。入蕾立賽宮。赴伯理璽天德茶會。男女有千餘人。式與官家民家者同。

初九日戊子。晴暖。戌正。日軍門請星使暨衆人在格朗墨普臘大戲園觀劇。亥正。黎蒓齋由德國回。談至寅初始寢。

初十日己丑。晴暖。記法國國政。其權不歸統領而歸國會分爲兩堂曰上會堂下會堂上會堂共三百人內二百二十五名爲通國官府及各屬地所舉其他七十五名經公舉前二百二十五名限定每人在任三年優者續三年品高者復續三年至多九年雖至公至正亦除其名經公舉之七十五名在堂永不別用各人必確係法民而不逾四旬者方得被舉下會堂共五百三十二人屆時各縣公舉一人若居民數逾十萬準加一額凡被舉之人至幼者亦須二十五歲其出名薦主亦必年逾二旬方准列銜入會堂者限以六年爲定制二堂每

年同于正月第二禮拜一日開會齊集。無事則散。若統領有諭。衆須留堂。至少五個月。閉時。統領下詔定日聚會。總之二堂同時聚散。堂中皆有興律之權。每立一例。必上堂依允。下堂方能施行。上下會堂各官紳皆有月俸。聞本年上會堂。共用四百五十萬方。合銀六十三萬兩。下會堂共用六百七十七萬五千方。合銀九十四萬八千五百兩。統領上下會堂及鄉民所公舉。在位三年。如其勤能公正。可以加舉三年。多者九年而已。統領有同二會堂會定律例之權。凡例經二會堂議定後。統領爲之宣布重犯定罪。統領斟酌畫押。更有赦罪及超擢文武之權。然每施一事。必有大臣同行畫押。方著爲令。下會堂諸人如六年内爲統領不悅。可商諸上會堂。以爲進退。衆以爲可。于三個月内。由舉薦堂另集新人。照數公舉統領。欲世傳而及民政。可以下獄。若僅有不愜衆意處。可以罷職。或自行引退。迨統領缺出。則二會堂卽時另舉。以副衆望焉。

十一日庚寅。晴。未初。同李湘浦聯春卿乘車。遊柏路旺園。風清日暖。男女如雲。林木葱蘢。水流蕩漾。洵遊覽之佳境也。
十二日辛卯晴。午後乘車。往拜盧的。高安。周安斯。郝富等。皆十年前舊相識也。走馬立賽埔街。遇前庚午冬在馬賽海口旅邸相識之法武官傅達義。延入其家。暢叙別後情況。款待艮殷。
十三日壬辰晴。暖。始著袷衫。午初。同馬清臣李湘浦隨星使乘車。至夏得吶火車棧。有李觀察黎蒓齋日軍門聯春卿馬眉叔陳鏡如送行。未初二刻開車。酉初二刻。抵布隆海口。下車登船。戌初展輪。天陰風勁。浪大船搖。

男女嘔吐者過半。亥初一刻。至佛克森海口。下船。登車卽開。子初一刻。抵倫敦。有羅緝臣鳳夔九張聽颿黃玉屏迎入公署。

十四日癸巳陰。冷如秋。午後細雨。亥初同馬清臣隨星使乘車。赴索侯夫人家茶會。亥正一刻而歸。復同李湘浦赴徐司得夫人家茶會。男女有數百人在內。少立。子正回寓。

十五日甲午陰。雨。前日外部來文。知照。以印度部尚書侯爵索立斯百里改授爲外部大臣。訂于是日接見各國公使。未初。同馬清臣隨星使乘車前往會晤。坐談片時回寓。亥正。復同馬清臣李湘浦隨星使赴鄰人墨蕾夫人家茶會。歌唱者男女十數人。曲調幽雅可聽。

十六日乙未晴。暖。申初一刻。同馬清臣隨星使駕官車。入賢眞睦斯宮。赴朝會。當日本國文武大小官員見者。數逾一千。立至申正二刻始散。回寓。後有前年冬季在香港所遇之英國領事官羅伯遜來拜。

十七日丙申晴。申初。同馬清臣隨星使乘車往拜威公使羅伯遜及前任外部大臣德爾貝。亥初。復同李湘浦張聽颿隨星使赴布樂爾夫人家茶會。男女數百。擁擠鬧熱。

十八日丁酉。陰雨。記倫敦通城市廛所售。皆爲已成之物。無鐵銅作房。無木石鋪肆。故晝夜不聞丁東之聲。街既平直。樓亦一律整齊。不作凸凹之式。

十九日戊戌。陰雨。申初。同馬清臣隨星使乘車行八九里。赴敖特衛及訥克斯二夫人家茶會。戌初。復隨往拜金登幹及赴貝樂夫人家茶會。樓大人多。酒食豐美。子初回寓。稍晴。

二十日已亥。終日陰晴參半。風雨交加。酉正。李觀察姚彥嘉由巴里而回。子初。同馬清臣隨星使乘車赴海部尚書施密斯及鄰人墨蕾二夫人家茶會。丑初一刻回寓。微風。大晴。

二十一日庚子。早晴。酉正陰。亥正一刻雨。同馬清臣隨星使著朝服乘車入卜靜宮赴跳舞會。男女有數千人。跳舞八次。子正一刻畢。齊入飯廳小酌。丑初回寓

二十二日辛丑。陰。雨。記英俗國服。出司禮院出示通國。印于京報新聞紙。素服若干日。國家為別國帝后王妃

太子公主素服若干日。亦由司禮院出示遍告各文武之赴朝眷會者。平人孝服日期。男女一律。爲祖父母持服九個月。爲父母爲兒女。由半年至一年半。各聽之。然服一年者居多。服滿。方得出門拜客。爲兄弟姊妹持服六個月。內前兩月不得出門拜客。爲伯叔伯叔母持服三個月。內前半月不得出門拜客。爲叔伯祖父母持服六十日。爲堂叔伯姑舅姨父母持服四十二日。爲姪男女亦六十日。爲堂表兄弟姊妹及他遠親。皆二十一日。夫爲妻持服。妻爲夫持服。皆二年。內一年不出門拜客。

妻為夫家。及夫為妻家之祖父母父母伯叔伯叔母兄弟姊妹姪甥男女姑舅姨丈。及他戚友持服日期。彼此皆與自己者一律。為朋友持服。靈出則滿。僕婢惟給主家家長持服。日期多寡。與本宅人同。孝服色尚黑。無論綢緞布毡。男女一律。惟男高帽。頂圍素紗一。橫廣狹按服之輕重。女則頭罩黑紗一條。男女名刺。四邊染黑。廣狹亦按服之輕重。凡持服未滿者。戚友皆往送刺。上書問候二字。一人服滿。仍願結交入會者。須往各家送刺。上書承問二字。蓋示以服滿。可以會晤戚友也。非接承問刺者。不得擅請入會。以及相與往來耳。以上皆爲民庶俗規。官無定律。持服日期之多寡。咸賴男女懷感之心。蓋官不因丁艱而開缺。士不因持服而停試。故官不爲民預定也。

二十三日壬寅。陰。亥初。同李湘浦隨星使乘車。赴敖得滿訥太芝夫人家改裝跳舞會。男女數百。中有著印度羅馬及本國古裝者。奇奇怪怪。令人觀之如戲。子初去此。順赴鄰人婁色爾夫人家茶會。少立回寓。

二十四日癸卯。早晴。午後陰。是日爲西厤五月二十四日。爲其君主生辰。戌正。外部大臣索立斯百里侯請各國公使晚酌于其家。亥正。侯夫人請茶會于外部。前日函請星使赴宴。請李湘浦張聽颿鳳夔九與彝赴茶會。屆時乘車前往。較平日尤爲繁盛也。

二十五日甲辰。陰雨。記昨晚各街結彩懸燈。光明如晝。男女往來。雜沓如織。至于交冲之區。皆有巡捕彈壓。朝夕聞歌樂之聲。洋洋盈耳。夾道有賣香水者。少年子女。輒買而袖之。以遊沿途。互相激濺以爲戲。

二十六日乙巳。陰。亥正一刻。隨星使赴鄰人巴那爾及散爾悌二夫人家茶會跳舞會。丑初回寓。

二十七日丙午陰。雨。因阿蓋公夫人病故。申初。星使令
彝持刺往弔。並代赴艾立斯家謝飯。世爵巴薩呢家謝
步。酉正回寓。值阿什柏里送星使燒猪兩口。遂于戌刻
約衆晚餐。坐間談及請茶會一次。須英金五百磅。合銀
一千七百五十兩。此數無可再減。請否迄未商定。子初
同馬清臣隨星使乘車往赴司柏的斯伍夫人家茶會。
遇阿威二公使。

二十八日丁未晴。申初。隨星使乘車往拜阿什柏里。途

次星使云。今早同姚彥嘉議定。擇于五月十九日請茶會。可卽同馬清臣揀選應請人數。以便給郭太太印請帖。彝云。按西俗。凡請茶會跳舞會。固皆女主出名。然此次中國

欽差請茶會。可以稍爲變通。不必拘定。星使云。我自作主。何必參議。且英人皆知我携眷駐此。未爲不可。彝云。因愚見所及。不敢不諫。曰試言之。彝云。在西國。若如夫人出名。自然體制無傷。苟此信傳至中華。恐人嘖有煩言。不免生議。言畢。星使仰思良久。轉嗔爲喜而韙之。

二十九日戊申晴。在格林泥芝村水師學堂中學習之中國武生嚴又陵等請星使往遊。巳正。彝同馬清臣李湘浦張聽颿羅緝臣姚彥嘉黃玉屏隨星使與李觀察乘車前往。至彼先入方益堂葉桐侯等十二位寓所。少坐。步入對戶學堂。見所用測量度數里數各具。皆與行船所用者同。亥初回寓。亥正復同李湘浦隨星使赴寶星邵務本夫人家茶會。遇各國公使及阿什柏里等。

三十日己酉晴。暖。午正。有新立萬國公法會首領寶星屠威斯來拜。亥初同張聽颿隨星使乘車先後赴世爵哈爾的馬克來蘭二夫人家茶會。男女甚多。兩處相埒。子初回寓。

五月

初一日庚戌。晴。戌初。凱北巷第十八號得柴斯戲園主人褚達請觀劇。所演係百年前英人皮特海創造一種紡棉器。當時人皆厭其無用。待十數年後。艮工查得其器省人力而有用。通國遂仿造之。子初謝歸。中途至敖斯佛街第四號槐塔點心鋪。食鮮蠣子及蛤蜊湯。菜皆鮮美異常。

初二日辛亥晴。鎭日同馬清臣鈔寫駐英各國公使及所知識之本國大小文武官紳名姓住址。從中揀選應行請赴茶會者共七百數十家。

初三日壬子陰。未正一刻。同馬清臣隨星使乘官車入賢眞睦斯宮。赴朝會。申初一刻而歸。亥初同馬清臣張聽颿鳳夔九隨星使乘車至南堪興坦博物院赴茶會。按倫敦凡人之熟悉測地建造橋梁溝渠者。公立一會。是日係西厤六月初三日爲立會之第五十年。故于此設茶會。以伸慶賀之意。樓宇崇宏。所列皆印度土產貨物。外有英人貝臘新創一種電氣傳音器。名太來風者。係人口向皮筒言之。聲自傳聞數里。或數百里。又一種名佛諾格拉茀者。爲合衆人艾的森所創。係左右皮筒。中藏關鍵。人向左筒言後。必反捩機柄。聲始得出。一係壁上懸一方玻璃罩。內含一馬口鐵餅。作荷葉形。旁連皮筒下垂。屋中黑暗。人向皮筒言之。鐵餅自亮而出光。聲輕光色淡黃。聲重光色紅赤。惟此種不知何人所創。名亦未詳。子正回寓。

初四日癸丑。陰。雨。申正。隨星使乘車行十數里。至葛蕾卓芝街第三十一號。赴世爵哈色里夫人家聽樂會。歌者八人。六男二女。皆義大利人。其聲清巧。其韻嬌柔。聽之令人心醉。雖鄭衛之音不是過也。酉正回寓。亥正復隨往赴世爵馬克來蘭夫人家跳舞會。男女來者較前赴茶會尤多。

初五日甲寅晴。巳初。隨李觀察暨諸同人著公服登樓向星使叩賀節禧。申正。隨星使乘車往赴貝拉夫人家茶會。戌初。星使召倫敦畫工顧曼及李觀察馬清臣羅緝臣與彝等晚餐。亥正。同馬清臣復隨星使乘車至外部赴索立斯百里侯夫人茶會。男女數千。擁擠頗熱。

初六日乙卯晴。申正。同馬清臣隨星使乘車至漢泗坊第二十六號。赴費自來夫人家茶會。男女數百。遇有已故上海稅務司費士來之妻霍氏。繼赴賁丁夫人家茶會。男女稠密如前。亥正著朝服。同馬清臣張聽颿隨星使乘車。入卜靜宮。赴聽樂會。一切如初。丑正回寓。

初七日丙辰晴。亥初同馬清臣李湘浦隨星使乘車至牛賁街第十八號。思的得銀器鋪。看其新由日本運來古銅玩物。主人司姓所請也。遇日本波斯二國公使。去此。赴義大利國公使茶會。男女有千餘人。有各國公使夫婦及本國官紳冠裳相望。盛會也。丑初一刻回寓。陰雨。涼。

初八日丁巳。鎮日陰晴不定。亥初。同張聽颿隨星使乘車。先赴鄰人墨蕾夫人家茶會。去此。行十數里。至包黄姒坊第十二號。赴喀特爾夫人家茶會。男女有二百餘人。遇安柏爾傅立蘭及長崎道至費自來懷達等夫人。年約四旬。通曉測算格致諸學。亦倫敦婦女中之一秀士也。

卷八終

清末民初文獻叢刊

四述奇

（第三册）

[清] 張德彝 撰

朝華出版社
BLOSSOM PRESS

四述奇卷九

鐵嶺　張德彝在初隨筆

貴　榮竹坪校閱

戊寅五月初九日戊午陰。昨閱上年英國陸路兵丁册。內開馬兵一萬七千二百七十五名。步兵十二萬八千六百二十四名。礮兵三萬四千九百二十四名。工匠兵及守護糧臺運送軍火兵共六千八百四十名。另本國守兵十五萬一千四百九十一名。備調兵三十二萬零二百四十一名。外駐守印度及各屬地兵共六萬六千六百七十八名。或云。近年多有不願充伍者。挑選缺額。每致通融錄用。故健銳稍遜於前。雖然。兵無妄報足額者。操演亦無雇民充數者。

初十日己未。微晴。申正。同馬清臣張聽颿隨星使往赴寶星道模存夫人家茶會。樓閣崇閎。男女紛集。有千數百人。廣廈長筵。酒肴羅列。鮮花四壁。香豔怡人。洵勝會也。

十一日庚申。陰雨。午後。朱萬森夫婦來拜。酉初。雨止。仍陰。記倫敦鋪肆。出售使用之物。固皆造成。而一切食物。

如牛羊猪鹿鷄鴨魚鴿等。亦皆宰成洗淨。葢城中禁止屠宰。故街市無腥臭味也。至菜蔬果品。以及花卉糕點。亦各有房屋。並無擺攤鋪地陳于街市之間者。

十二日辛酉。陰。亥初。同馬清臣張聽颿乘車行十數里。至海岱圍坤娳門第八十二號。赴世爵羅茀呢夫人家茶會。男女有數百人。子初回寓。

十三日壬戌。陰雨。酉初。同馬清臣隨星使赴本街第五十一號。艾立斯夫人家茶會。入內。見其夫妻子女。款待殷勤。

十四日癸亥陰。記英俗。男女僕婢。皆早起晚睡。服飾一律整潔。至司啟閉者。尤宜敏捷。每日主人見客與否。皆須預知。以便心有主見。否則客至無所措詞。致使客延立門外。良久方出。始言主人外出。或無暇。皆屬不恭。若以抱恙推辭。致令戚友探問。尤爲無禮。如實有病。可令賓對。無須設法推卸也。大家用一灑掃僕。一進爵僕。三四跟役者。客至。則一跟役啟門。其他二三立于客廳。進爵僕引客登樓入廳。報知主人。跟役服燕尾烏衣。短紅緞褲。白綾高襪。黑亮皮鞋。灑掃僕與進爵僕。只服黑衣白領帶而已。一家如使一進爵僕二跟役者。每早跟役爲男主刷衣烏鞋時。則進爵僕司門。若只用一男僕。則每早于未小食時。女婢司門。無男僕。只女婢二人者。每早服侍婆司門。以便灑埽婢收拾一切。苟無服侍婆。則令女庖丁每早由巳正至午正司門。以便灑埽婢畢工。蓋午前拜客者少。凡來剝啄者。多爲收房稅吏或牧師化緣。及商賈或送貨物者也。每日午後由申初至酉正。一家用一灑埽僕。一進爵僕。三四跟役者。係二役跟車。一二役司門。其灑埽進爵二僕侍于廳內。一家用一進爵僕二跟役者。係一役跟車。一役司門。只一跟役者。則進爵僕司門。一役跟車。至一名跟役而無進爵僕者。當外出時。則女婢司門。總之。英俗無司門專役。應客諸事。係歸各僕婢早晚輪班遞司其職。凡司門者。迨鈴搖始啟街門。立于正中。來客乘車有跟役者。跟役拽鈴。門開即問主人在家否。不言某人拜會某人。客之無跟役者。車夫拽鈴。則司門人須趨至車前。待客自問主人在家否。蓋婦女拜客者。到時。令車夫下車拽鈴。而後上。或車夫不下。亦可求往來幼童代拽。主人不在家。則投其刺於司門者。如在家。則下車走入。他僕引至客廳。未入門。問名姓。後乃大開廳門口。稱某某到若主人不在廳內。則延客入坐。言我主人不時即至。若二客彼此不識者。同時入門。須齊引上樓。不得擅分先後。引一人上樓。而留一人于門內。至二客之名不能齊出一口。報時須酌二客品位之高低。以區先後。若係一男客一女客。無論品位高低。須先報女客。係夫婦。或係兄妹。雖亦係一男一女。須先報夫與兄。係母女。自先母而後女。若一客已入。走至中途。門鈴又響。須急引客入廳。再趨下樓而啟門焉。至傳報本國與外國王公世爵夫婦子媳之稱呼。
名既不同。則臨時須酌。如稱某御尊高王爺王妃。係皇
帝子婦也。某貴尊高王爺王妃。係君主之子婦也。某貴
尊榮王爺王妃。係外國皇帝君主之子婦也。至稱本國
公爵之有子婦者。則云某貴尊榮太公爺太夫人。其無
者。則曰某貴尊榮公爺夫人。稱他國公侯伯子男爵。皆
與本國侯伯子男爵同。只云某公爺某公夫人。某侯爺
某侯夫人。其子婦則稱其名與姓。如某世爵卓安某美
麗夫人。至稱他國伯子男爵之子女兒婦。與平人等。客

欲去時。廳中鈴響。僕卽立待啟門。客之有車無役者須代喚車至門前。有役者役聞鈴響。卽在門外以手招車。主家之僕見客下樓。卽代爲傳喧。盖暗令其役開車門以候也。請客晚餐者至。則司門者引入脫外襲屋。他僕如進。爵僕等立于樓梯側。迨客出。導引上樓至客廳。將入門。請問名姓。報與主聞。有不專設脫外襲屋者。則門內分設匱幗。設大茶會或跳舞會者。皆設脫外襲屋。至則司門者引入。迨出後。他僕引至茶房。請問用小食否。食則入食。否則導引上樓。至客廳或舞堂。報名延入客皆命車何時來接。屆時各役待于門內。門外又專有喚車使。客下樓時。司門者自爲傳呼。其有役者自往尋車。無則喚車使代爲呼喚。如臨時客話延留。則令車趨而過。讓他客先行。以免擁擠也。賞喚車使。或半什令至一二什令不等。平日貿易人來。司門者知主人必見。則約坐于室。若不知來者何人。則問見主人否。如見。則持其刺以入。若女主不在。客廳。須令女僕持入代稟。此人請見。不過五分時之久。蓋言其人不敢多住。恐誤主人之事也。英國僕婢司閽。大畧如此。

十五日甲子陰。申初乘地下火車行二十餘里至賢卓安蘇街。坤娰巷。第三十四號拜十年前舊相識薩德樂。坐談時許。其夫妻約駕輕車同入荔榛囿遊。樹林陰翳。河水清澄。雀噪鷗浮。別開幽境。

十六日乙丑。陰雨。未正。薩德樂邀飲。食有煮魚炰鵝甚佳。後步入樓旁小園。草徑花畦。極其清雅。盤桓良久。在涼亭少憩。仍以前車送歸。

十七日丙寅。早陰。午後晴。星使令鳳夔九與彝暫移樓上黃玉屏屋。以便預備茶會。申初同馬清臣隨星使乘車行七八里。至賢眞陸斯坊第七號。赴世爵塔喇坦夫人家茶會。及本街第六十六號。世爵皮特爾夫人家跳舞會。子初。又隨赴本街第三號。寶星馮恩坦夫人家茶會。

十八日丁卯。晴。亥正。同馬清臣隨星使乘車。往赴寶星周義質及呂叔舍二夫人家茶會。遇有日本波斯二國公使夫婦及傅里蘭徐司得等。

十九日戊辰。晴。請茶會。自晨至暮。經男女工匠收拾陳設。由大門至二層樓。左右列燈燭。置鮮花。中鋪紅氈。樓梯闌以白紗。挂紅穗。分插玫瑰芍藥及茶花。客廳飯廳。皆懸鮮花燈彩。横設長筵。一置茶酒加非冰乳小食。一置熱湯冷葷乾鮮果品。刀叉杯盤。羅列整齊。玻璃銀瓷。光華耀目。客廳對面。鮮花作壁。內藏紅衣樂工一班。飯廳旁馬清臣住屋二間。以木板横支槅架。以便來者脫外襲之所。樓上第一層客廳及鳳夔九與彝原住二屋。皆開門去槅聯爲一間。地鋪紅氈。壁挂燈鏡。窗外支帳。列鮮花臺。置五彩冰塔。第二層星使住屋五間。亦修飾華美整潔。懸花結彩。鼓樂喧天。門外支棚帳。雇巡捕六名以便彈壓一切。由亥正至寅初。男女紳富士民來者。
計七百九十餘人。
二十日己巳晴。辰初。送張聽颿鳳夔九登火車赴巴里。
午後。隨星使乘車。往外部辭行。酉正。星使令彝代赴本
街第二十一號。周大立夫人家茶會。遇鄰人懷達母女。
戌正回寓。
二十一日庚午晴。巳正一刻。星使携眷率馬清臣起程。
赴巴里。亥正。同姚彥嘉黃玉屏乘車。行六里許。至錫爔
衖衕第十八號。赴寶星康貝夫人家茶會。聽樂男女有

數百人。頗覺鬧熱。

二十二日辛未。晴。申正。同李湘浦乘車。行二十七八里。過哈莫斯米斯橋。至洛安太乃斯莊。入斗文曬別墅。赴費士來夫人家茶會。樓高二層。整齊樸素。園廣五六里。清溪繚于垣內。跨以石橋。綠樹濃陰。紅紫爭豔。水光橋影。隱現林間。誠佳境也。遇乞假回國之稅務司駱德。戌正。回倫敦。

二十三日壬申。早陰。未正大雨。雷。近見英俗一種與中國相反者。按中國對面以手招人。係舉右手。手背向己。

四指齊行屈伸。英則不然。乃舉左手。手心向已伸無名指于鼻前往來搖動。

二十四日癸酉。晴。熱似初伏。申正。同姚彥嘉黃玉屏乘車行七八里。至海岱園南門第二十一號。赴貝立夫人家聽樂會。酉初辭歸。順赴本街世爵皮特爾夫人家茶會。戌初回寓。

二十五日甲戌。晴。酉正一刻。毛色爾夫婦邀飲。同席男女十二人。酒食甚佳。菜有鱖魚。味頗肥美。亥正。同李湘浦黃玉屏乘車入老城。至美爾公署。赴美爾夫人所設

之跳舞會。男女有千餘人。更番跳舞。鬧熱非常。子正夜餐。款待頗爲周至。

二十六日乙亥晴。酉初同姚彥嘉黃玉屏。乘車行十數里。至柴拉細營房。赴魁偉護軍營營總博那璧之茶會。英呼魁偉護軍曰葛蕾那的爾戛爾。自四面兵樓。高大整潔。中一大院。正面設大軍帳二列。長桌置酒食。前設小帳房六。以便客人休憩。內有御兵奏樂。男女有三四千人。亥正。復同李湘浦乘車。至堪輿坦園普林斯坊第十三號。赴杜爾賽夫人家聽樂會。及本街第五十一號。

艾立斯夫人家茶會。子正回寓。

二十七日丙子。晴熱。申正。同李湘浦乘車。行五里許。至格物吶坊第十三號。赴歐特衛夫人家茶會。申正一刻。布立克森村史敏斯夫婦邀飲。係十年前巴里舊相識英人周安斯之妻弟也。共席八人。戌初回倫敦。子初復同李湘浦黃玉屛乘車。行六七里。至上布魯克巷第四十一號。赴柯歐樸夫人家聽樂。男女有數百人。琴笛悠揚。令人忘倦。

二十八日丁丑晴。子初。同李湘浦黃玉屛乘車。行五六

里。至格物吶坊第三十號。赴布魯克斯夫人家聽樂會。樓雖宏敞。而男女極多。幾無一隙之地。

二十九日戊寅晴。申正。同羅緝臣傅立蘭乘車至水晶宮內飯館。赴墨里曬會館之約。首坐爲侯爵馬克多福。左爲波米國國王黎伯廉。右爲波呢國國王裴蒲。二小國皆在阿裴里加之東境。人皆鐵面銀牙。望之生畏。其餘來者男女有二百餘人。皆籍隸蘇格蘭者也。食畢。祝頌一番。繼而奏樂歌舞。子初始息。回倫敦。

六月

初一日己卯晴。午初。由尤斯敦火車客廳乘火車。行八十餘里。至瓦妥佛村。赴助善會。因建禮拜堂。費用不足。經多人出鋮黹玩物。定日列于堂前。請人往買。售以重價。即以其所入而助之。當日爲英人石勉士所請。届時。先以雙馬敞車迎入其家。早餐。地雖鄉僻。而樓舍整潔。陳飾亦頗瑰麗。樓前小園。幽雅可觀。同席石姓夫婦。與其二子二女。暨他男女四五名。皆未詳。食畢。步入善場。四面橫列長桌。分置雜貨。每段一女當肆。貨物百種。任人挑買。外鄉紳富來者百餘人。每人必購取數事而後

可。彝乃擇其物之細小者。買得六七色。給以金錢三磅
其實所値不過一二十什令而已。申初火車欲開。石勉
士夫婦以馬車送至車棧。謝別。申初一刻開車。申正抵
倫敦。
初二日庚辰晴。巳初。送李觀察羅緝臣李湘浦登火車。
赴巴里。亥正同姚彥嘉黃玉屏乘車至布連斯屯坊第
三號。赴世爵博克樂夫人家跳舞會。繼至瓮克來屯坊
第八十三號。赴羅高介夫人家茶會。二處男女甚多。傳
立蘭皆與其會焉。

初三日辛巳陰冷似中秋。申正同姚彥嘉黃玉屏乘車。
至益敦坊第一百零九號赴吳瓦普夫人家跳舞會。及
本街第四十七號世爵賀拉斯夫人家茶會。亥正復同
至海岱圍坤姒門第十四號赴卜埃萬夫人家茶會。
初四日壬午早陰。巳正晴。酉初同姚彥嘉黃玉屏赴本
街第二十三號巴爾那夫人家茶會。旋接電信。即往柴
令克洛斯火車客廳接黎蒓齋鳳夔九由巴里來。亥正。
又同姚黃二君赴隣人懷達夫人家茶會。
初五日癸未陰。有毛色爾族弟毛薩爾夫婦請彝酉正

赴茶會。于上吶爾伍村位素別墅。未初。由威克兜立亞火車棧乘車。至水晶宮。因當日設有犬會。英名多格收。遊人甚多。宮旁三大敞間。羅列駿犬各種。盛以木籠。內鋪五彩緞墊。細瓷水盆食盌。前後鐵網排列成行。凡獵犬。田犬。山犬。野犬。南方犬。北地犬。長毛短毛。大耳小耳。以及骹尾之短長。眼嘴之大小。毛色之黑白黃紫。共計一千零五十九籠。前挂一木牌。上書犬名與價。由六七磅至一千磅。蓋欲出售者書實價。其不欲出售而令人觀賞者。則以千磅號之。知人必不買也。觀者每人一什令看。後在內晚餐。出宮步行。途遇包蘢梅之父。延入其家少坐。酉正至毛薩爾家。雕牆峻宇。錦墊繡幃。陳設華美若王侯居。園廣八九里。樹林葱鬱。亭榭銜接。樓前紅衣樂工一班。鼓吹奏樂。男客五六十。女客六七十。皆拋球射箭以爲戲。戌初小食瓜果。甘美酒亦馨香。亥正彈琴跳舞。丑初夜餐。客皆歡暢。丑正回倫敦。天已明矣。

初六日甲申晴。涼。申正同黎蒓齋乘馬車出倫敦。行二十餘里。至奇幽園。赴胡格爾夫人家茶會。男女無多。後散步園囿。風景宜人。其花木較前尤勝。

初七日乙酉。晴。申初。同黎蒓齋、鳳夔九乘馬車行二十餘里。至靑斯墪山莊。赴副將巴都家茶會。樓閣雲連。金碧輝映。花瓷墁地。香木爲窗。四面花木參差。臨風搖曳。男女數百。或坐于亭榭之上。或步于花塢之間。延攬光景。開豁胸襟。信可樂也。亥初回倫敦。

初八日丙戌。晴。記英國使用僕婢。其傭値之昂貴。較中國不只倍蓰。如總管一名。每年由五十至八十磅。灑埽僕一名。每年由三十至五十磅。男庖丁一名。每年由一百至一百五十磅。以上衣皆自備。其他如頭等跟役。每年由二十八至三十二磅。二三等者。每年由十四至二十磅。頭等車夫。每年由二十五至六十磅。二等者。每年由二十至三十五磅。頭等馬夫。每年由十八至二十五磅。二等者。每年由十四至二十磅。小厮一名。每年由七磅至十二磅。收拾下飯房童。及下人房童。每年由六磅至八磅。買辦與進爵僕。每年由三十至五十磅。以上春秋各給衣帽兩次。係高帽毡帽各一。燕尾長褂背心汗衫各二件。毡褲二條。白襪二雙。白領領帶各二分。車夫跟役亦然。又各加給毡氅一件。雨衣一件。白手套二副。

富室則給紅緞背心。紅緞短褲。高白綾襪。至女婢。如平等女庖丁每年由二十至三十磅。或由五十至七十磅。頭等洗厨婆。每年由二十至二十八磅。二等者。每年由十四至二十二磅。收拾瓷器婆。每年由十二至十八磅。刷洗傢具婆。每年由十磅至十二磅。灑埽婢。每年由二十至三十磅。二等者。由十四至十二磅。三等者。由十二至十八磅。女主梳洗婢。每年由二十至三十五磅。女公子梳洗婢。每年由十四至二十五磅。頭等乳娘。每年由二十至二十五磅。二等者。每年由十四至十八磅。乳娘婢。每年由十磅至十四磅。灑埽學堂婢。每年由十磅至十四磅。頭等洗衣婆。每年由十八至二十五磅。二等者。每年由十六至二十磅。三等者。每年由十二至十六磅。擠牛乳婆。每年由十二至十六磅。以上衣皆自備。各僕婢所用茶糖苦酒洗衣等。在傭值之外另給。每名每月茶葉一斤。糖塊二斤。有給物者。有折錢者。至于苦酒。男僕每名每禮拜一什令。或二什令半。女婢則皆一什令洗衣錢。每人每月由一什令至二什令半不等。僕人火食有按禮拜給錢者。如車夫一名。每禮拜由十六至二十五什令。並給住房一二間。爐竈一分。其他男僕。皆由十什令至十六什令不等。女婢每禮拜。則由十一什令至十六什令。男僕衣帽。有一年給二次出門衣。一次作工衣者。亦有每二年給三次出門衣。二次作工衣者。此外又有頭等園丁。每年傭値。由七十五至八十磅。二等者。每年由四十五至五十磅。皆外給住房一所。頭等隨獵僕。每年由三十五至四十磅。二等者。每年由十五至二十五磅。亦各給住房一所。男女僕婢上工下工往來路費。皆歸主人。苟辭去。不因大過。主家未有吝惜此費者。

初九日丁亥晴。亥正同姚彥嘉黃玉屏乘車。至海岱園坤娰門第四十三號。赴包艾夫人家茶會。繼至佩乃文路第三號。赴尤樂夫人家茶會。男女無多。在彼遇威公使。

初十日戊子。早晴。申刻陰。亥正同姚彥嘉黃玉屏赴隣人懷達夫人家跳舞會。子正夜餐。丑初囘寓。按西俗赴茶會跳舞會聽樂會等。固爲賞心樂事。然邇來代星使晝夜連赴會場。雖云畧爲應酬。而言語周旋。上下樓梯。

永立無坐固已困憊不堪矣。幸前日鳳夔九由巴里回。稍得分任其勞耳。

十一日己丑陰。未初。同黎蒓齋乘車。入荔榛園旁園中。看花果會。花有紅黃紫白玫瑰大如盌者。另一種葉如艾。朵不大。扁瓣。有白質紅邊者。有黃質紫邊者。其他種種奇怪者極多。又月季茶花大如牡丹。杜鵑石竹五彩絢爛。有若堆錦。紅紫芬芳。馨香觸鼻。洵異觀也。果則櫻桃分紅黃紫三色。大如李。葡萄則青紫紅白四色。亦大如李。蘋果梨桃。皆大如瓜。各種分置玻璃房內。男女遊者如雲去。此至荔榛圃漢牛卧門阿貝別墅。赴狄本遜夫人家茶會。戌初回寓。亥正復同姚彥嘉黃玉屛乘車。行五里許。至葛婁伍訥街第六十六號。赴阿什柏里家茶會。子正回寓。

十二日庚寅。微晴。暖。申初一刻。同黎蒓齋乘火車。行四十餘里。至惠拉敦圃好斯樓別墅。赴都司莫蕾父女家茶會。園廣十數里。北鄙木樓一所。局式新奇。陳飾亦頗華美。樓前一湖。滉瀁無波。湖心一石臺。高約四丈。前後花木環繞。疊石爲岡。豐草綠縟。洵選勝之區也。林中樂工奏樂。湖內舟子行舟來。人男女三四百。遇懷達林池。狄本遜。胡格爾等母女兄妹。先步小徑。後過高岡。旋駕小舟至石臺。登五十餘級。至其巔。四望湖光瀲灩。山徑蜿蜒。花塢通橋。古松偃蓋。令人心曠神怡。眼界爲之一闊。下臺循曲徑。過鐵橋。入幄食瓜果。飲三鞭。謝辭而歸。酉正。抵倫敦。亥正。復同姚彥嘉黃玉屏乘車行數里。赴司特拉坦街第一號。世爵柯歐慈夫人家茶會。及本街艾立斯母女家跳舞會。子正回寓。

十三日辛卯。晴。按英俗。請鄉間茶會。係于夏季。或在別墅。或在林園。其帖書請遊園會時自申正至戌初。又有兼請晚餐及跳舞者。係於請遊園會字下添寫戌初三十分晚餐。亥初跳舞。更有加印遇風雨改日五字于下者。其地廣能容多人者。則于所請男女名下添寫及同伴三字。意在請其同家。或寄居男女。非謂左右鄰居及他戚友也。帖有印敬候回音者。則被請者當即函覆。以便主家斟酌預備酒食。帖俱由鋪中印成出售。願往帖式。係｜喜允｜所召。于｜時之｜會。填寫則云。某人喜允某人所召。于某月某日某時之某會。辭帖式。係｜甚愧不能奉｜所約。于｜時之｜會。塡寫則云某人甚愧。不能奉某人所約。于某月某日某時之某會男女赴園會。如欲携伴前往。須將姓名人數預爲寄去。到時一一與女主相見。此等園會。不惟預備茶酒小食。更備有弓箭球毽等物。如有湖河。須備舟艇。以便來者游賞。所設飲食。鮮果居多。如葡萄櫻桃蘋果梨橘等。有陳于敞廳者。有支搭棚帳于林內河邊者。客人信步往來。或乘舟。或射箭。或擊球。或踢毽。乘興舒懷。各聽其便。晚餐與跳舞會相似。一切菜蔬酒肉。列于桌上。聽客自取。惟熱湯則僕人代遞。届時入飯堂。男主携陪女客之位高品重者。女主携陪男客之位高品重者。入內。女坐男立。男隨時問其所携之女喜食何物。一一奉之。男皆自取。飯後願跳者留。不願者去。跳至天明而罷。此等園會有在數里者。有在數十里者。請主在各客必由之路火車棧。商定多加一趟。于申初或申正。因而傳知所請各家。車價則客人自付焉。

十四日壬辰。晴。申初。同姚彥嘉乘馬車北行二十餘里。至高門村檀木塔別墅。赴布魯克夫婦之園會。兼跳舞會。園囿廣大。山水清幽。樓閣橋梁。錯雜相間。心目爲之幷爽。男女有千餘人。暢談歡樂。如長安避暑會。支凉棚。設錦褥膾鯉烹羊。可謂花天酒地也。跳則當貝瓦拉自戛大力藍斯爾。鼓琴助興。舞于中庭。至明始罷。

十五日癸巳。早陰。午正晴。按英俗。每日申酉之間飲茶。曰午後茶。除請客列在飯廳。平日皆設于客廳。伺候爲進爵僕與二三跟役之職。買辦房中預備茶壺。滾水壺。糖罐。牛乳。斝。茶盅。銀匙。及麪包片。牛乳油等。當未進以大銀盤之先。置小桌于女主座前。上罩花毯。銀盤置後。

女主按人數斟茶。男僕另以小銀盤托茶一盅。與糖罐牛乳罩乳油麪包片等呈進。每樣用否自便。滾水壺多銀造。支架燃酒壺大不能置于盤內。另一僕隨盤舉入。設于盤旁。僕進茶後。退出閉門。必待鈴搖來撤。女主如不願自行斟茶。則滾水壺與茶壺不必送上。進爵僕按人數斟出。他僕先以小盤托一分與女主。有客則先進女客之位高品重者。其已嫁者當先。未嫁者次之。上茶畢。將糖罐牛乳罩持下。隨手關門。不再入。照人數備茶盅。爲僕人之職。有多備一二件者。恐他客至。又費周折也。

十六日甲午晴。按英國使用僕婢之飲食。有按時給食者。有按禮拜給錢者。其日給食物者。係富室頭等僕婢。專設飯房在總管住屋之外間。或衆僕婢之閙坐房所謂頭等僕婢。係總管買辦庖丁跟役進爵僕閨闥婢梳洗婆灑埽婆與乳娘等。其他二三等者在厨圍坐而食。小戶則在厨共食而已。早飯夏在辰正。冬在巳初。食在總管前屋。則刷洗婆伺候。在閙坐房。則灑埽童或收拾傢具婆伺候。每飯皆總管與進爵僕爲首坐。各前置刀叉盤各一。食有茶糖加非。牛乳。火腿。牛肉餅。白煮猪肉。熟雞卵等。共在厨房。則庖丁爲首座。分散一切。食畢。皆伺候之童婆撤收灑埽。午初午飯。小戶只給麪包牛乳餅與苦酒。富室添有冷葷。如炮羊煮牛等。未正晚飯。係大桌上鋪白布。每人置刀叉匙與玻璃杯各一。鹽盅小勺。置于桌之四隅。五味罐置于中央。冷熱葷及生菜。皆盤盤置于桌上。苦酒甜餅及乾鮮果品。置于桌旁。用時座中一人取而分之。伺候人安置後。按位上熱湯一盤。乃入厨同衆二三等者飯。迨頭等衆僕食畢甜餅果品。

乃搖鈴喚人。上乳油餅。食畢衆起。則下等衆飯亦畢矣。伺候人收拾一切。凡僕婢晚飯。有庖丁爲政者。有女主爲政者。甜餅有日日給食者。有每禮拜給一二次者。男僕每人于午酌晚飯及夜小食時。各給苦酒一罇。每罇十二兩。女婢每人惟晚飯給一罇。午酌夜小食皆半罇。此酒多有按價給錢。以免醉臥者。亦有支錢不飲苦酒。而飲燒酒者。有因已入忌酒會。存錢而不飲者。有專爲儉省而不飲者。又頭二等飲食。雖不在一處。無大區別。晚飯後則晚茶。頭等僕婢一桌。不鋪白布。惟于首座前置一大鐵盤。內盛茶盅小碟茶壺糖罐及牛乳罌。每人前置小刀小盤各一。桌心置麵包牛乳油李子餅油炸餻等。夜小食在戌亥之間。僕婢者不另備。乃食主人所餘。有全給者。有酌給者。每人前置刀叉各二。小匙酒盅水杯各一。其夜餐准飲酒者。每一禮拜各給三瓶或四瓶。所食亦冷熱葷及糖果糕餅等。小戶有不給酒肉。惟給麪包乳油者。無論富室小戶。日各五餐。早飯午酌晚茶。皆準食二刻。晚飯。夜餐。皆準坐四刻。是飲食亦限有定時也。

十七日乙未晴。未正。乘車至克英巷韋里斯堂聽樂與曲。爲樂工卜路斯吉所請。因其女卜嫣姒年十五歲。初學歌唱有成。請人賞鑒。先拽胡笳。繼歌一曲。曼聲宛轉。如在鈞天。申正一刻。又行三里許。至克拉之巷第三十二號。赴高爾丹夫人家茶會。酉正回寓。

十八日丙申晴。昨奉星使手諭一道。言氣鬱病泄、終夜板痛不眠。因而姚彥嘉具禀諫勸。彝亦具禀以安慰之。

記英俗。凡請酉初大茶會。預備茶酒小食。皆在大飯廳。横置長筵。上鋪白布。羅列加非茶糖糕點。牛乳鮮果及舍利克拉利與三鞭等酒。此會專用女僕四五名。立于桌後。著黑綢衫。白布織花帽。白布圍裙。客有用地椹與牛乳汁者。以五寸花碟小銀叉匙及擦指帕給之。更有用冰乳者。則盛以三寸玻璃碟。上插小銀匙給之。按冰乳之色不一。紅者造以地椹。粉紅者造以櫻桃。黃者造以橘子或雞卵與牛乳。白者造以檸檬水或葡萄。糕點皆客自取。其他雖經女僕奉進。男客多爲女客代取。其撤已用杯盤。皆男僕之職。而盛滿酒樽。又進爵。僕之事。用一男僕者。若請小茶會。則以上各節。皆爲女僕之職。

蓋使男僕司門以報也。飯廳三面臨牆設位。其他桌椅陳設。一概撤去。以便寬敞。凡設茶酒小食。一切規模與跳舞會聽樂會看戲會無殊。至拋球會園會或幄中或樹下。備果尤多。如蕉子甜瓜桃橘葡萄櫻桃地椹梨杏蘋果等。天暖。另放一几于筵旁。上列鹼水紅酒及布蘭的酒等。專備男客自取。而男僕爲之伺候開瓶焉。

十九日丁酉。晴。未正。同黎蒓齋乘車行十數里。至富朗村泰木斯江之布來燕斯岸。赴庫樸兄妹家茶會。庫樸年逾六旬。其妹庫茉莉年亦五十餘矣。樓房不高而式古。陳飾亦頗樸素。前面臨江。樹作牆闌。園廣五六里。菜畦花塢。紅碧相間。庭前橫列長筵。林中設有鐵凳。男女數百。或坐或立。攜手步行。或談或笑。舉杯共酌。衆賓爲之懽暢。當日江內有賽舟會。舟長丈餘。寬三尺。體輕而易行。如華人所謂水車水馬。由一人至八人弄槳。二舟同時起行。百里先到者勝。後一輪船追隨。以千里眼查其遲速。左岸搭有涼棚。高臺數層。男女觀者如堵。酉正回寓。

二十日戊戌晴。涼。申初同黎蒓齋乘車。行二十餘里。至文普墪村喀那顚營赴演槍會。會首副將郭素吉所設茶會。大帳中列鮮花。置几案。左右帳房。亦皆整齊潔淨。營兵不多。打槍爲戲。對面山岡。相距里許。設有木鹿。自行往來。名曰跑鹿。能擊中者勝。男女來者甚多。戌正回倫敦。

二十一日已亥。晴。近日涼如孟秋。當日水晶宫作樂放烟火。艾德林來函。約往。未初。乘大車至上呐爾伍村入其家。少坐。晚酌畢。同其子女步入水晶宫。正面樂臺有男女樂工二百。琴笛笳箏。無不備具。操技者各擅其長。

所放烟火如起火水法等亦堪眩目。

二十二日庚子晴。晚有華工閩粤七人來控。言在英國拉多麗商船充當木匠水手。以及灑掃各役。由中國上船至此。一路船主欺侮暴虐。現欲辭去改登他船作工。以回中土。不意伊竟不允。且不給所欠工值。特求拯救。實爲德便云云。遂同黎蒓齋稟聞星使。候示遵行。

二十三日辛丑晴。亥正同姚彥嘉乘車往赴布拉奚夫人家茶會。聽樂。男女有千餘人。雖立亦無隙地。上下樓梯。甚爲竭蹶。入內見主人後。勉强轉出。而汗流浹背矣。

晚接星使來諭。令黎蒓齋與彝察辦。入夜陰冷。

二十四日壬寅。陰雨。申正。令洋僕趙安往傳二華工至。詢問一切。無如言語艱澀。只得飭令先回。明日親赴該船再爲酌辦。

二十五日癸卯。晴。未初。同黎蒓齋乘火車行二三十里。至西印度船塢。登拉多曬船。見其船主陶羅布。延入客廳。進舍利而請曰。使君不以鄙賤而辱臨之。此固野人之幸也。詢及華工欲去之由。則云伊等在船傭工。自當遵守定規。苟有違犯。豈不容人管束。然本船非必欲其存留也。因官府有定例。凡本船雇用外國工人。由某處攜來。仍當照數帶回。蓋各處海口。每開一船。必以所需人數報官登册。回時官爲點驗。倘數不足。或有染病者。官必究問。此不令伊等離去之故耳。按其國固有此例。然各船在本地不易雇人之傭值少於華工者。故該船主不欲其離而姑以此對答也。言畢辭歸。黎蒓齋稟閩星使。入夜陰雨。

二十六日甲辰。陰雨。酉初。乘車行十六七里。至高門村肥爾溪別墅。赴世爵倭特婁夫人家茶會。樓高地闊。花木甚繁。庭中張幄奏樂。男女往來游觀。樓之左右各古松數株。枝幹皆分數層。上如虬龍仰首。五爪拏空。下如魔女蹲身。長裙撒地。誠奇觀也。戌初回倫敦。亥正復乘車至四海會館。赴談天會。爲會首戴歐賽所請。來者百餘人。皆各國名士。議論風生。頗開茅塞。亥正回寓。雨止仍陰。

二十七日乙巳。陰。未正一刻。同黎蒓齋葉桐侯乘火車。行四十餘里。至泰木斯江口葛林溪。泗地方。登日本清輝礮船。赴茶會。日本公使所約也。其船爲日本初次來英者。身不大而整潔。式與西國同。船主水手皆日本人而西服者。伊國讀清輝二字。曰賽伊計船。面列鮮花。尾陳木案作月牙形。飲饌精良。果品鮮美。男女有數百人。宴畢辭歸。戊正回寓。又是日包婀娜母女請赴鄉茶會。辭而未往。

二十八日丙午。稍晴。卯初。閩粵七人復來哀叩救援。且云。其船不日開赴印度。遂于未初率洋僕趙安乘火車。至威克兜立亞船塢。登船見陶羅布。言衆工仍願辭去。陶云。伊等如實欲辭去。須索各人甘結。待余禀呈縣官酌定。刻下無暇。請後日光降小船。令其具狀。旋問及欠款。則云。如經縣官允准。自當如數付給。彼時有一杭州人湯近新者。年十九歲。跪而供云。原在鎮江耶穌堂服役。後被粵人李亞鑾騙云。如欲隨往英國。自得飽食煖衣。何必在此苦守。一時懵懂。誤信其言。遂將各物賣錢。同伊至此。不意月餘。未得一枝之棲。現已衣物賣盡。不能自養。特求恩施拯救。遂問船主可將其人帶回否。伊云。他人既已辭去。此人亦不能獨留。因皆同日上船。名列一册也。酉正回寓。見黎蒓齋正商議間。恰接電信。知星使于明晚由巴里回倫敦。

二十九日丁未。陰。酉初。星使率馬清臣回寓。稟明衆華工仍欲辭去。星使諭以斟酌辦理。即早了結爲是。亥初。命代赴合衆馬斯歐夫人家茶會。有男女數百人。極其熱鬧。

三十日戊申。陰雨。午後。𢑥乘火車至威克兜立亞船塢。登拉多矖船。令衆華工以漢字具結畫押。同交船主。索取工值。

七月

初一日己酉。微晴。巳正。船主陶羅布携二華工至。聲稱

衆工甘結。須請中國
欽差蓋印。另具一結爲憑。彝遂商諸黎蒓齋。另書一紙。言華
工非因船主不公而去等語。伊仍不允。云此數人辭去。
由中華公署作保。與船主無干。彝未允。伊言姑呈此紙
與縣官。如蒙允許。當卽奉聞。以便令往取值。否則去留
須由官定。申正。羅緝臣由巴里回。
初二日庚戌。陰。未初。同馬清臣隨星使乘車。往拜日本
公使及威公使。繼赴合衆使署茶會。亥正。復隨往赴索
侯夫人家茶會。

初三日辛亥晴。申正同馬清臣隨星使乘車行四五里。至海岱園旁布來沿斯敦坊第三號。赴寶星博歐達夫人家茶會。

初四日壬子晴。申初同馬清臣隨星使赴外部會柰大臣少談回寓。晚餐後隨星使往拜金登幹亥正始歸夜大雨。

初五日癸丑陰。申正同馬清臣隨星使乘車行三里許。至岱萬山坊第一號。赴貝拉夫人家茶會。男女無多少叙即回。戌初大雨雷電。

初六日甲寅陰。亥正。同黎蒓齋馬清臣隨星使乘車行十數里。至坡洛滿坊第二號。赴刁卜立夫人家茶會。樓房偪仄。男女無多。

初七日乙卯晴。未正。隨星使乘車。行八九里。至海岱園左衛斯班街第一百一十九號。訪醫生馬克蕾。酉正陰。夜大雨。

初八日丙辰晴。申正。隨星使乘車。行二十餘里。至布蘭山橡樹別墅。赴郝立岱夫人家茶會。樓閣崇閎。園廣十數里。四圍植大樹千株。間以奇花異草。張大幄。設長筵。

茶酒果餌。極其豐盈。男女往來。飲噉其間。皆醉飽而去。
戌正回寓。
初九日丁巳。晴。申正。同馬清臣隨星使。乘車赴柯阿特
夫人家茶會。旋拜客五處。中得面晤者二處。戌初回寓。
入夜雨。涼。
初十日戊午。晴。按英俗。紳富早餐。皆專設一廳。小戶亦
另分一屋。因晚餐門窗不開。必待詰朝。方爲開啟灑埽。
是菜味酒氣。終夜留于屋內。次日早餐。雖食新蔬。仍吸
舊味。旣不爽口。且與脾胃有損也。凡用一進爵僕。一二

名跟役者。則伺候早飯爲跟役之職。進爵僕不過照料而已。用一男或一女者。早餐亦當按時伺候。人少者用一圓桌。人多者用長桌。再多則用二三小圓桌。每桌鋪粗花毯。覆以細白麻布。每人置飯布瓷盤各一。刀叉各二。每二人置牛乳汁罍鹽碟糖罐各一。牛乳油餅。有每人置一塊于玻璃盂者。有一盤盛數塊置于桌心者。有用時僕人分進者。飯將畢。以大銀盤盛加非與茶各一壺。糖塊一罐。牛乳一罍。按人數備茶杯。置于女主前。待女主斟出。分送各人。其他置于桌上者。爲小麪包。烤麪包片。乾鮮果。蜜餞果。蜂蜜片。煮雞卵。與油炸餅。雞卵置瓷盅上。盅長二寸。如二小酒盅連于一處。形如呂字。油炸餅大如花糕。盛于平底玻璃杯內。上覆銀蓋。下有銀托。旁一桌鋪以白布。置刀叉匙大麪包與瓷盤。菜則冷火腿。煮牛舌。櫻桃餅。猪肉餅等。此置冷葷者也。又一桌置雞卵裹火腿。油炸扁魚。烹羊腰。炸羊排骨。白煮雞。攤雞卵。燒鐵雀或鵪鶉等。皆盛以銀盤。形如手鏇。內含滾水。以使不涼。此置熱菜者也。早餐皆在巳刻。屆時進爵僕列酒器。跟役進肴饌。備齊後。或鳴鑼。或搖鈴。通知大衆。進爵僕至主前報信。則夫妻子女兄弟姊妹齊行下樓。入座。進爵僕立于女主身後。侯女主斟滿茶與加非。以盤托之分送。跟役侍于左右按位送麪包餑餑及煮雞卵後。進爵僕報各肴名。主人依次指要某色。進爵僕以刀切之。盛于盤內。令跟役進之。迨左右兩桌肴進畢。衆僕散出。閉門。聽其自取。如同座客多。或本家人衆。則令進爵僕斟茶或加非。跟役分送。飯畢拽鈴。則各僕齊入待主人上樓。則撤席而灑掃焉。按早餐各僕服色。進爵僕服燕尾烏衣。男僕服便衣。女僕服印花白布衫。白油襟。白布帽。

十一日己未晴。酉初同黎純齋乘車遊海岱園。薰風減熱。秋氣初涼。草木漸形黃落。時日已西斜。車馬往來猶夥。

十二日庚申。早晴。巳正雨。午初同黎蒓齋鳳夔九姚彥嘉著公服。隨星使向北。恭拜

慈安皇太后萬壽聖節。行三跪九叩禮。入夜晴。

十三日辛酉晴。未初。有英國禁止買賣人口會二十人。來謁星使。坐談時許乃去。按西國禁止買賣人口。則服

役者有僕而無奴。婚配者有妻而無妾。故人之子女無
嫡庶之分。

十四日壬戌。陰雨。近因鮮花不多。曾種麥數粒于瓷盤。
當時生芽盈尺。圍以紅紙一圈。英人見而奇之。詰其故。
對曰。無他。時屆秋令。草木微脫。植此聊以自娛耳。按中
國本有里俗。每值七月。以菉豆小豆小麥浸瓷器內生
芽數寸。以紅藍綵縷束之。謂之種生。衆聞而笑之。

十五日癸亥。陰雨。當日申正。英君主在浦蕾毛斯海口
閱船操。武生林泰增請星使往觀。遂于巳初率黎蒓齋

馬清臣羅緝臣與彝乘火車行數十里。抵其地。下車登船。見戰船二十六艘。君主與各國公使議政大臣往來遊覽者四艘。旗幟森列。隊伍整齊。原定出口操演。因風大。未往。亥正抵倫敦。

十六日甲子。陰。早有金登幹舊書手伊斯得布陸克呈控金登幹辭人不公。請星使令其招回復用。或轉薦他人。未初。隨星使乘車往訪金登幹。知其現住布萊敦。未回。

十七日乙丑。晴。辰初。星使率馬清臣往巴里。未初。代星使持刺赴外部。見潘侍郎。問烟台條約。迄今未完。何日可定。據云。一因公事繁多。一因土俄釁兵。是以延擱。而所以遲回不定者。惟洋藥與釐金二件。想辦之亦易就緒。然本國須與他國商議。德國巴公使刻抵法京。不日必來倫敦會商。遲早不敢預言。我等必誠心妥辦。務臻允協。回寓後具稟所聞。寄赴巴里。

十八日丙寅。陰雨。未初。乘車往見金登幹。出告以書手之事。金云。其人不堪錄用。亦不能轉薦他人。

欽憲令我代擬答詞。我恐不能得當。請同往見律師賀貢商辦。遂同入老城。見賀貞之夥計司得令。告以來意。且言此以簡明爲妙。司云。明日擬妥飭送。

十九日丁卯。陰。辰初。鳳夔九起程往遊都法。未初。金登幹持信稿至。內云。中國公署張奉

欽憲諭。本月十三日密函收到。所云前在金登幹處允當書手一節。應毋庸議。亦不必再行瀆請等因。特此答覆。

二十日戊辰。晴暖。早接拉多魔船船主陶羅布信。據稱華人辭工一節。奉官允許。遂令洋僕趙安傳知各華工往見船主。取其所欠工值。申正。趙安携湯近新至。泣訴。

他衆皆領足工值。改入他船。惟遺湯近新一人。無處謀食。仍請拯救。躊躇再四。無計可施。商諸同事。默無一語。遂與其人半磅。令暫住數日。代謀一枝之棲。其人哭謝。步回船塢。晚將一切情形。禀聞星使。

二十一日己巳。晴。是日葉桐侯、薩鼎銘、林鍾卿三人改登兵船學練。而製辦衣帽以及川資。諸多不敷。因監督李觀察現在巴里。乃向姚彥嘉暫貸二百磅。取存銀簿。又值鳳夔九外出。惟姚彥嘉一人畫押往取。號商不給。亦足見其憑帖取錢。認字不認人也。

二十二日庚午晴。晚接星使諭。令探巴公使何日來倫敦。並諭以金登幹代擬覆詞。可即照錄寄發。

二十三日辛未晴。午後。乘車至德國使署詢問。據云。自公使以下。皆外出避暑。未歸。申正。安柏爾來拜。坐談片時而去。

二十四日壬申晴。午初。鳳夔九由都法回。未初。乘車入老城。訪米斯盤。詢問德國領事官住址。據云。不識其人。且現值夏令。會堂不開。人多出外遊覽。雖知其住址。往拜不遇。恐徒費一番周折也。回後。即將所聞稟知星使。

附稟俟探巴公確信再爲稟聞。入夜陰。

二十五日癸酉。陰雨。記英俗無論貧富皆有午酌。一切由午正一刻預備。皆爲跟役之職。進爵僕惟備酒醴。監查大畧而已。桌面鋪白布。按人數各列刀叉二把。舍利玻璃盅與克拉立玻璃杯各一。凡午酌飲湯與啖魚者少。故銀魚刀叉及湯匙皆不備。飯單有用有不用者。用則疊起置麵包于其上。否則每人旁置麵包一塊。不用菜單。邇來英人午酌有仿俄式者。有仍舊規者。按俄式。不置盤碟。不供鮮花。不獻果。客有懷藏香水一小瓶者。

有以玻璃筒盛水插玫瑰花一二朵挂于胸前者。其義未詳。凡切成冷葷皆列桌上。其他大塊熱葷皆置于臨壁小几。酒瓶亦然。皆男僕依次傳遞。其不按俄式者。係將糖糕糖餅。蜜餞果。乾鮮果。及鮮花一二盆。羅列桌之中央。熱葷以大盤陸續分置男女主前。按人分給。冷葷如湯羊肉。白煮雞。鵪鶉肉餅。白煮小牛肉。及醬羊肉等。皆進爵僕侍立切塊。按人呈進。拌青菜亦然。用時。按人先置叉匙盤各一。男僕以盤托在各坐之左。請問用否。桌旁槅架之上。置刀叉匙。玻璃酒杯。水罌。五味架及各種酒瓶。另一大木盤。上鋪白布。內置一銀籃。盛麪包塊。又一瓷盤。白布圍牛乳餅。另備涼瓷盤數個。以便客用。肴蔬用罷。食餅果。末上麪包塊與牛乳餅。每日進爵僕在女主前報齊後。即入飯廳。偕衆男僕伺候。如按俄式。則男僕上第一菜。必首由男主右第一女。陸續繞桌傳遞。每一熱葷。必隨一生菜。熱葷將上。僕于各人前置一熱瓷盤。生菜將上。又各前置一小瓷碟。第一熱葷經進爵僕在旁分割。男僕以大盤托至座左。用者以叉插肉。以匙盛湯。又一男僕以瓷盆盛生菜隨其後。用者以木叉木匙撮取之。第一菜上。進爵僕進舍利或克拉立酒。酌而飲之。食畢撤盤。另上新盤。盛以二色之菜。如雞牛二種。進爵僕在旁分割。各盛數盤。男僕各舉一盤至座左而問。則擇所喜者留其一。第二菜上。進酒如前。迨第三菜上。則進三鞭酒。此酒通席不過二次。各菜上畢。撤大盤。換小盤。並小刀叉各一。以便用糖果糕餅。鮮果多用葡萄梨橘櫻桃地椹。乾果則核桃榛子桃仁栗子等。席畢則僕去矣。其不按俄式者。熱葷皆男女主分割。如雞牛二種。男前置雞肉一大盤。熱盤數個。女前置牛肉。

一大盤。熱盤亦數個。熱盤皆經厨工預置竈旁煖洞中。用時不致冷而失味也。女主先問首位喜食某味。願食雞者。男主給之。願食牛者。女主給之。皆男僕轉遞。先進女。後問男。若恐男僕不明。則告以遞此盤與某夫人某女公子。熱葷用畢。則上糖果糕餅。此又先男而後女。若坐無外客。一切皆女主分給。男主女主位後各立一僕。以便安置食具。而每味必換者。恐淆其味也。如有孩童。則置小刀小叉小匙小杯各一而已。因不茹酒而令飲水也。上糖果糕餅後。僕皆去。迨用畢。男主未上樓之先。

拽鈴換僕。僕入則進爵僕檢點酒瓶。跟役灑掃一切。如只用一男僕或一女婆。每飯主人自收餘酒而藏之。亦省儉之一道也。

二十六日甲戌。陰雨。午正。乘車復至德國使署。詢之云皆未回。未正。同黎蒓齋乘車。至倭特爾路火車棧。換車即開。行百里。至車爾吉村。下火車。有世爵庫森以馬車迎入皮克斐別墅。見其妻及他男女六七人。乃鄉間小茶會也。樓宇不大。羅列各國盔甲器械頗多。園囿清雅。花木濃蔭。因雨未得暢遊。治酒款待。薄暮乃歸。入夜雨霽。

二十七日乙亥。早陰。巳正晴。午後。乘車往拜威公使。以便詢問巴公使來否。値其公出。未遇。回寓。有安柏爾及合衆人林樂知來拜。申初復陰。大雨一陣。

二十八日丙子。陰。記英國除官兵外。有義兵一十六萬八千。城鄉市肆住戶願充者。報名註冊。每處千數百人。或二三千人不等。皆紳士領之。自備號衣。官給火器。每禮拜一日操演。立的命中。自數十步至二三里之遥。優者酬以金錢一磅半。爲衣費。怠則除名。責繳火器。每年西麻七月校藝。凡十有四日。勝者商人捐銀酒斝爲獎。且貢數名於上。君主召集而親校之。擇其尤者六人。樹的三里。中者賞以末等寶星。復令與官兵合操。賞亦如之。有事則自保鄉閭。不復徵調遠出。本日係禮拜一日。在倫敦東南文普墪村。駐有義兵一千。卽前于六月二十日所赴茶會地也。經副將郭素吉邀往觀操。遂于未初乘車。抵其地。見兵以十人爲一隊。火槍跪而施放。放畢立起。聞號復馳。其中的于二里外者。指不勝屈。演畢延入大帳飲酒。戌初謝別。回倫敦。

二十九日丁丑。晴。未正。同姚彥嘉鳳夔九黃玉屏乘車。至柴令克洛斯街福林店答拜林樂知。未遇。後獨至賢眞睦斯圅司多立門第八號。拜訪金登幹。浼其代探巴公使抵英否。

八月

初一日戊寅。晴。記倫敦書肆林立。所售書籍。印有總簿。皆按字母排列。如某書何人著作。何人刋成。每卷裝訂。或皮面。或布面。或紙面。式之大小。紙之厚薄。價各若干。頻往照顧者。皆奉給一本。以便擇所欲者往買。又有專售舊書者所印總簿亦同。

初二日己卯陰。記英國每年夏季。敖克斯佛與堪卜立址二處。有賽舟會。在泰木斯江。由衛斯民至蒲塔呢。或由蒲塔呢至莫塔蕾。長各百里。敖堪二學院生徒各分一黨。賽時士人臨水觀之。輕舟競渡。鷗鷺同趨。衣帽各異其色。以便觀者易辨先後。勝者得奬若干。未聞。

初三日庚辰。大雨。記英俗凡人臨危。皆有遺書。言其財產分給何人。無遺書者。官有定例。如亡人有妻與子女。則分其三分之一與其妻。其餘與其子女。無子女則給其近支兄弟姊妹及姪男姪女。只有妻而無近支者。一半與其妻。一半入官。無妻子者。分給近支。有子女而無妻者。分給子女。有子與孫者。各分一半。有父與兄弟姊妹者。全給其父。有母與兄弟姊妹者。與之均分。有母妻兄弟姊妹及姪男女者。妻分一半。母與兄弟姊妹姪男女等均分一半。有父與妻者。各分一半。有母妻及姪男女者。妻分一半。母分四分之一。其餘則各姪男女均分之。有母妻及兄弟姊妹者。妻分一半。母與兄弟姊妹均分一半。只有母者。全給其母。有母與妻者。則均分之。有兄弟姊妹者。按數均分。有祖母與外祖母者。各分一半。
有堂兄弟姊妹及兄弟姊妹之孫男女者。亦按數均分。
有祖母伯叔者。全給其祖母。有伯叔母及姪男女者。則
均分之。有伯叔及堂兄弟姊妹者。則伯叔均分。有舅與
姑母之子女者。全給其舅之子女。有姪與甥者。則均分
之。有祖父與兄弟者。全給其兄弟。有兄弟之孫與姪女
或甥女者。則姪女甥女均分之。有妻與兄弟者。妻分一
半。兄弟均分一半。有母與兄弟者亦然。有妻與兄弟姊
妹。及已故兄弟姊妹之子女者。妻分一半。兄弟姊妹分

其四分之一。各姪男女亦分其四分之一。有兄弟姊妹。及已故兄弟姊妹之子女者。兄弟姊妹分一半。姪男女分一半。有母妻兄弟姊妹。及已故兄弟姊妹之子女者。妻分一半。母分四分之一。所餘則各人均分之。只有祖父者。全給其祖父。妻死所遺。全給其夫。寡婦有翁姑或有子女者。分法與男子同。是官有定例。而民無爭鬭也。足見彼邦政教之一端矣。

初四日辛巳。陰。記英俗視男女之遠近。不論姓氏而分血脈之相連與否。故夫妻同視彼此之父母兄弟姊妹姑舅姪男姪女甥男甥女皆一律無別。又兄弟與己嫁未嫁之姊妹同。兄弟之子女與姊妹之子女同。姑舅既同。其子女亦與己之兄弟姊妹同。己之祖父母與外祖父母同。姑舅既與叔伯同。則姨母亦與之無異。蓋謂姓雖不同而血脈仍連也。故英語無伯叔舅父之分。皆稱曰昂克爾。伯叔母及姑姨母皆稱曰安他。堂表兄弟姊妹皆呼曰克森。堂表姪男皆呼曰乃弗由。堂表姪女皆呼曰呢斯。

初五日壬午陰。記英人用一跟役者。自不論其年紀若何。身體若何。只要明白安詳而已。用數名者則年紀之大小相同。身體之高下相同。其序又分三等頭等者又名二等進爵僕。不隨出門。每日午後聽門同司進爵早晚侍奉五餐。二等者。呼爲夫人跟役。因婦女朝朝拜客。以及遊覽名勝。買辦物件也。其職係每日洗盤滌盌擦燈添油等事。三等者係終日往各屋搬送煤柴。磨洗刀叉。烏刷靴鞋。刷撢褲袿。收送信件。及早晚啟閉門窗簾帳之職。皆卯正起。司其所事。終日往來蹀躞。極其殷勤。待主人寢後。息燭閉門。時已在亥子之間矣。

初六日癸未。微晴。按倫敦往來行人。無一任意便溺房後牆邊者。園囿設有婦女淨房。街衢閭巷設有男子屏蔽。造以鐵板。高五尺。寬一丈。前後二屏。形如〔〕字。中一牆。前後各分三槅。作王字形。入者互不晤面。牆下鐵板孔通地溝。牆上横漏活水鐵筒。不時下冲。穢自順流入地矣。

初七日甲申。晴。記倫敦房屋牆壁。禁止黏貼報單。鋪肆亦無報單可貼。凡新開者。增添貨色者。皆上新聞紙。有送貨物價簿門票於通城紳富者。戲園亦然。惟雜劇館每日所演。不能預登新報。雇一種貧民。令于胸前背後。挂二長方木板。長三尺。寬二尺。各上貼報一張。鎮日負之遊行于市。有二三十名。呼曰三堆之叉英。一種小食。亦名三堆之者。係兩片麪包中夾火腿一塊。是比二板爲麪包。比其人爲火腿也。趣甚。

初八日乙酉晴。巳正同黎蒓齋乘火車至布萊墊。仍入前寓。早餐後。駕輕舟沿海游十數里遠。波蕩漾。一望平鋪。翠疊長隄。如開畫景也。午後入阿奎艮木一遊。晚赴皮爾聽樂。皆鬧熱如前。入夜陰。

初九日丙戌。微雨。巳正。乘車行數里。入一古王行宮。樓高二層。羅列多中土畫軸佛像。及鐵壺瓦罐瓷瓶木盌等。在上四望。雲連海氣。風帶潮聲。覽眺之餘。不覺令人感慨。未初回寓。申正乘火車抵倫敦。

初十日丁亥。晴。午後。乘車至德國使署。見其隨員何太吉。問之。未接確耗。繼至金登幹處。亦云不知。

十一日戊子。晴。早。新聞紙言。前日戌初。在泰木斯江外。有遊船一隻進口。時值陰雨黑暗。突被他船撞翻。溺死者七百餘人。泅而得生者。不過五人而已。欲知當日往遊男女名姓者。皆須開送美爾衙門。以便撈尸往認。晚接上海文報局電信云。李署劉囘。文卽日發。遂照錄寄呈星使。

十二日己丑晴。早新聞紙言。現撈得溺死者。五百二十七具。置于格林泥芝村巡捕廳內。識者往認。戌初。接星使諭。言威公使訂于本月二十日。由馬賽登船赴華。擇于十八日。在巴里與之祖餞。令代繕英信一函。親身送往。

十三日庚寅晴。早起。至阿賽年會館。訪威公使住址。已初。執信乘火車行四十餘里至高斯敦村。改乘馬車行十數里。一路樹林陰翳。溪水清澄。入見威公使夫婦。伊言是日不克赴約。改日亦難預定。即交覆函。令彝代呈申謝。因當時無車開往倫敦。遂同其夫婦入園步遊。登岡一望。叢林攢翠。夾路如屏。古樹婆娑。涼陰帀地。水淨魚肥。不覺令人有村居之想。後入室少坐。飲茶而別。乘馬車至客廳。登火車。申正回倫敦。即將一切具稟星使。

十四日辛卯。晴。午正同黎蒓齋、鳳夔九由帕丁敦火車棧登車。行三十餘里。至梨汀莊換車。遇日本隨員長崎道至。又行二十餘里。至阿拉得馬駟達村。改乘馬車行五六里。入巴多慈別墅。赴對戶葛里屏夫人家茶會。樓房一所。高敞整潔。園廣七八里。清溪繚于垣內。跨以石橋。有小樹編為翠屏。夾道奇花異草。風送清香。草地張幄。羅列飲饌。男女來者數百。多以擊球為戲。勝者主家贈彩。甚覺開懷。繼飲三鞭舍利酒。食有橘子葡萄。待至戌初。上火車。亥正回寓。

十五日壬辰。晴。早起。同衆團拜。慶賀中秋。未正一刻。威公使來。面辭行。詢知當日起程。伊去後。即以電信禀聞星使晚餐。同李觀察黎蒓齋羅緝臣鳳夔九姚彥嘉黃玉屏共席。暢飲甚歡。

十六日癸巳。早陰。未初一刻雨。入夜雨止。微晴。冷。按倫敦舖肆欲歇業者。其貨照本出售。門外橫白布一條。云尚餘三日。或尚餘半月。或限于一禮拜內。或限于一月內。蓋言或幾日。或幾禮拜。或半月。或一月後卽行關閉。故挂此招人來買也。然竟有終年永挂。現係末禮拜五字。或現係末月四字者。亦云奇矣。殆亦商賈誘人之計歟。

卷九終

四述奇卷十

鐵嶺　張德彝在初隨筆

貴　榮竹坪校閱

戊寅八月十七日甲午晴。記英國募兵之法。凡年至二十二以上。願充者投告。由醫官驗其身體健壯。長及六尺。脛骨不弱。足不平底。則給貲爲質。令歸告所親。送諸大營覆驗。若不如式。則罰醫官賠償所質。又慮其出于一時憤激。乃訊其來意眞實。則分哨教習之。教法係十人一排。先練手足。緩行欲其步伐整齊。急走欲其馳驅速快。站立欲其脚穩。運物欲其腕勁。以頭觸物。欲其撞之而仆。摧之而開。兩手擒伏。欲其力堅能制而使之不動。凡演習或口號或搖旗。欲其耳目習于觀聽。迨手足有效。則教以陟山跳濠越牆緣木各技。蓋累土爲坡。趨之欲其息而不喘。繩挂木城。攀之欲其懸而不墜。橫木半空而超過之。由二尺漸高至五尺。欲其上騰。身不觸物。掘濠于地。由二尺漸寬至一丈。欲其兩胯之張。足不失陷。如是二三年後。則授以火槍。使習攜持舉抱跪立反正。測遠近。辨高低。各種施放之法。其馬兵由步隊選

擇。蓋預防其喪馬。而仍可步戰也。馬先予劣者而不予
鞍。繼予鞍而不予鐙。由騎坐以及馳騁。由馳騁以及超
越。運用刀矛施放槍銃。各技精熟。然後予以全分鞍鐙
轡繩。凡馬步技藝。學習三年不成者。斥出。學成者。給以
餉糈。三年爲一屆。願留者。或六年或九年。至多者二十
一年。以其年老體衰。勒令歸里。仍以原餉贍其終身。在
營有所犯。輕者禁一禮拜。不准外出。重者降爲二等。再
犯則降爲三等。蓋兵雖有頭二三等名目。餉仍無異。不
過以示優劣而愧勵之。有犯則註之于册。由哨官時進。

營官查驗之。如再犯則改入他營。易人領教之。將其所犯事由一併錄送。過仍不悛。則下諸獄。令作苦工。蓋有專獄以錮士卒也。其三年無過者。以黃絛作規形。施諸袂。加其餉糈。絛遞加至三而止。嗣有所犯。亦遞褫之。其已降爲三等者能知愧奮。亦可逐漸賞還優等。此英國營規之大概也。詢諸泰西別國。大率類此。

十八日。乙未。早陰。入夜風雨甚勁。記英國官病燒酒之害。禁之不果。乃特令以土產一木名恰斯者。與炒麥釀成一種黃酒。名曰比爾。其味頗苦。能養血氣。聽人沽飲。

以默寓轉移之術。人遂任意鯨吸。益自迷于醉鄉。往往挹注盈缸。一飲而罄。日非數瓶。輿不足盡。而奸儈陰投鹽礬其中。使沽者愈飲愈渴。愈渴愈沽。故街市車夫及貧家男女。多顴赤而鼻紅者。聞倫敦城外苦酒釀房極多。大者四處。以大池爲釀器。以深屋爲酒缸。每釀輒十數屋。揚其沫而涼之。然後注諸木桶。桶形如鼓。盛酒四百磅。每年出售六十萬桶。以上皆銷諸倫敦一城。無外出者。以是知英人之好麴蘗。不亞於中國人之嗜阿芙蓉也。

十九日丙申晴。記英國婦女之侍者。多爲嫠婦孤女。職係伺候飲饌。聽門報客。服侍梳洗。收拾臥室等事。以上只用一二女僕者。若有跟役。則伺候飲饌。聽門報客。皆非其職。

二十日丁酉晴。去歲劉星使未往德時。曾同郭星使入御畫閣觀畫。劉星使見懸有天主母畫一幅。甚佳。問價則七十磅。回寓後。劉星使令馬清臣代覓畫工精而價廉者。摹仿一幅。迨七八日後。馬友某薦來畫師顧曼言。定工價二十磅。畫幅長四尺。寬二尺。月餘告成。値雖付訖。而劉星使己去。郭星使聞之索觀。及見。則亟賞之。令二武弁舁至樓上。與內眷看而留藏之。顧云。既蒙獎飾。情願恭繪尊照。不論畫工。只賜筆費足矣。星使聞之喜曰。畫固所願。無如不耐久坐。顧云。請先以照相作藍本。及取而觀之。不以爲可。請另照以爲楷模。次日星使率馬顧二人往照。星使言頂珠須露。否則人不知爲何帽。面不當正。亦不可太偏。迨照成。顧卽持往摹畫。後請率馬清臣往觀二次。著色提神。顧請星使著朝服。星使以朝服近于追影。遂止。畫工竣後。適値御畫閣開。乃懸諸其內觀者無不歎賞焉旋立文普海口畫閣又開遂移于彼懸挂四十日後送入公署問其價係顏料費二十磅金木框六磅星使共給二十磅彼此各無異說不意前于六月二十日上海申報忽印一段題云星使駐英近事按其所言曰英國各新聞紙言及

中朝星使事每涉詼諧近閱某日報言英國近立一賽會院中有一小像儼然

中朝星使也據畫師古曼云予欲圖大人小像時見大人大有躊躇之意遲延許久始略首肯予乃婉曲陳詞百

方相勸。大人始欣然就坐。予因索觀其手。大人置諸袖中。堅不肯示。予必欲挖而出之。大人遂愈形踧踖矣。既定。大人正色言畫像須兩耳齊露。若只一耳。觀者不將謂一耳已經割去耶。大人又言翎頂必應畫入。予以頂爲帽簷所蔽。翎枝又在腦後。斷不能畫。大人卽俯首至膝。問予曰。今見之否。予曰。大人之翎頂自見。大人之面目何存。遂相與大笑。後大人議願科頭而坐。將大帽另繪一旁。予又請大人穿朝服。大人又正色言。若穿朝服恐貴國民人見之。泥首不遑矣。遂不果服。以上皆畫師古曼所述。而該報又言畫既成。大人以惟妙惟肖。甚爲欣賞。並欲延古曼繪其夫人云云。本月初旬申報寄來。値星使在法見而怒曰。此言必顧曼戲笑。故登新聞。然實無此事。不知何故妄造斯言。或前往照畫時。馬格理傳錯言語。故有此議。卽令馬清臣函致顧曼以詰之。迄無回耗。昨晚奉星使來諭。令彝親往面詰。遂于本日未初乘車前往。詢知伊已携眷外遊。旋里尚無定期也。

二十一日戊戌陰。記英國水師另分一部。曰海部。有五大員。一總理。必由文職出身而兼樞密院者。二尚書。二侍郎。其出身三。由水師。一由文職。又監督一員。由議政院轉調。升降與五大員同。皆歸國家黜陟。又司官十員。曰協理官。曰管船官。曰會計官。曰機料官。曰轉寄官。曰管工官。曰管礮官。曰管票單官。曰管火食官。曰醫官。其總理有定核一切之權。尚書一管行船。一管船廠。侍郎一管匯兌買辦。一管出入帳目。外有數官不歸海部者。曰海圖公所長。曰行船會長。曰天文學長。曰水師學長。侍郎與會計官同司出納。因而另分兩司。專理各處船塢事宜。第一司內管機器者一員。管各工料之加增者一員管理木料者一員驗工及清帳者各二員第二司內管煤者一員管船廠帳者三員管買辦帳及建造樓房者各一員通國船廠之稱頭等者四處曰的文坡曰波自毛斯曰查塔木曰什爾乃斯二等者四處曰代他佛曰梧立枝曰盆布婁曰霍布林外有屬地船廠十五處曰支布洛達曰莫洛塔曰哈立法克斯曰塔林扣麻里曰柏爾木達曰安的卦曰扎美喀曰阿三愼曰薩拉倫曰好望角曰葵蔭塘曰新嘉坡曰艾斯吉瑪曰席達呢曰香港四處頭等船廠皆有專員管理水師提督所

轄。係船隻水師及學船操演考查各事。更有管轄巡捕
之權。平時彈壓。戰時防守。雖不兼理船廠。亦可隨時訪
察而入告焉。
二十二已亥晴。記英國水師。皆甘心投効。分爲二班。曰
暫留。曰永存。暫留者爲義兵充當。按五年計。每年操演
二十八日。其月餉與兵同。迨二十年後。無過則賞給養
老銀。海防兵雖非水師。而勢與兵船無異。必曾在水師
營八年。熟悉一切者。方得入選。按通國水師共官四千
九百七十八員。共兵六萬三千三百五十四名。統計六

萬八千三百三十二員名。此外另有兩營水師。每營分三隊十六排。皆在船上學習操演。實任武官共三百員。候補及義士共一萬一千零九十二員。文武在各船廠。共二萬零六百員。在船操演各員。由布立他呢亞官船學院中拔取。管機器者。由瑪拉柏婁官船學院中拔取。其他各員。由考試取中。格林呢芝之水師學院專學練法製造機器等事。凡充千把者。必由此考取。在波自毛斯船廠。專有學習槍礮水雷之館。以便探討攻克之法。水師武官品級最高者爲提督。凡商會總之年在四十五以上者。可充此職。商會副總可充副參之職。外委皆係年未及十八歲。而曾在商船充過二年者當之。其在布立他呢亞學習。以二年爲限。皆年在十二三歲者入選。凡外委及委署把總。每年皆在所隸各船考試。原卷呈交提督。以備拔擢。以上各員。能施放火器。熟悉海道。善引水而能他國語言者。皆另有津貼。除本國水師外。在各屬地者。如新開河。地中海。南北阿美里加。中國海。東印度澳大利亞。好望角。及阿斐里加之東岸。當承平之時。每處船皆八隻。爲快船與礮船。外有商民自主兵船。專爲保護印度財產。名曰印度水師。又有澳大利亞及加拿他船隻。係專爲保護屬地者。

二十三日庚子晴。酉初接郭星使來諭。問威公使何以至今未到巴里。不知巴公使已到倫敦否。須卽探訪。遂乘車至德公使金登幹米斯盤三處詢問。皆無確耗。欲訪威公使。因時已亥初。遂回寓。

二十四日辛丑晴。原擬巳初赴高斯敦村至其家詢問。繼思可先到阿賽年會館一探。自知其實。至則知其前于十五日晚幷未起程。現住色弗巷第三號。卽往見之。

據云。公事紛煩。上船改日問巴公使。則云昨午到此。定于明日赴巴里。我約于二十六日起程前往。遂請其將至巴里住于何店。及巴在英法住址。開出回寓後。即以電線報往巴里。申正一刻。乘車往謁巴公使。未遇。

二十五日壬寅。陰雨。巳正乘車行八九里。至賢卓安巷。第三十四號尋里小店。始知巴公使已起程赴法矣。回寓後。又以電線稟聞。

二十六日癸卯。稍晴。因由倫敦往巴里火車。每日早晚兩次。卯初睡起。即往探問。據云。尚臥牀榻。去否不知。斯時火車已開。遂回寓。酉刻復往。問洋僕。仍云不知。後華僕出。始知行李尚未收拾。行期已改明日矣。

二十七日甲辰。晴。早往探問。據云。今日行止不定。酉刻復往。始知又改初四日起程。及見威公使。問之。始信。入夜風雨。冷。

二十八日乙巳。晴。凉。記英國稅課。無人不征。無物不征。無事不征。即如准票稅。凡大小賈販。樹藝畜牧。漁獵匠作。爲官爲商。律師教師。婚嫁葬埋。建造雇役。皆須領取准票。然後可。又有蓋印稅。凡商賈合同之券。出貨入貨之劵。發銀收銀之劵。析產領產之劵。買地賣地之劵。舟車保險之劵。人命保產之劵。囘祿保財之劵。皆由官驗蓋印。然後行。又有錢財稅。凡人歲入至一百磅以上者。每磅稅三佩呢。君祿官俸亦不免。惟佃戶則稅一佩呢半。以恤其勞。房屋田畝。按其初買蓋印之稅而稅。歲以爲常。每有一人一物而屢稅者。如商賈既稅之于合夥。又稅之于出入貨物。又稅之于收發金銀。又稅之于每歲所贏之利。層層剝削。類此甚多。每遇大工程大軍旅之時。則增稅。平時三佩呢者。增至四五佩呢。或七八佩呢不等。雖然。皆按成規。奉有明文告示。官收官用。人皆樂輸。貪墨中飽者。無所施其技也。

二十九日丙午晴。頃據威公使言。訂于初四日前往法國。恐緣他故改期。午後又往一探。不意伊竟定于戌正起程。因急以電綫稟聞。

九月

初一日丁未晴。早起。往探威公使。知其已去巴里矣。記英之官學義塾。共分三類。曰大學院。曰學堂。曰書塾。凡男女幼童初學入書塾。繼入學堂。肄業有成。則入大學院。考中後。言由某大學院出身。頗爲人所敬重。通國以英格蘭之敖克斯佛與堪卜立址之二大學院爲首。二處之學堂亦爲最多。官員亦廣。如敖克斯佛大學院。由大學士總理監督至提調助教等。共計五十二員。又考試官二十六員。監試官十三員。察學官六員。教習四十八員。學堂二十七所。堪卜立址大學院官員教習數與敖克斯佛大同小異。學堂十七所。二學所教者。係英文。華文。英薩森文。亞喇伯文。賽拉的文。希伯來文。希臘文。拉丁文。印度文。日本文。天竺古文。日斯巴尼亞文。法文。

德文。俄文。義文。天文。地理。教學。化學。道學。醫學。算學。光學。性學。音學。畫學。詩學。力學。歌學。壯學。氣學。術理學。測學。重學。格物學。寫字學。藥性學。金石學。草木學。禽獸學。古教學。治理學。教訓學。減筆學。機器學。泥瓦學。律例學。今例。古例。印度律。萬國律。羅馬例。猶太例。今史。古史。萬國公法。及星軺指掌等。京城倫敦大學院。共大小官四十員。考試官四十六員。監試官十二員。教習四十三員。學堂四處。曰克英斯。曰立特呢。曰德爾杭。曰西敏斯德。通國學院學堂。名目未詳。惟聞大學院二十九所。學堂

大小五百一十七所。書塾一萬八千七百四十五所。統
計一萬九千二百九十一所。
初二日戊申晴。記倫敦街道排車。巡捕不索地方錢。既
無重車載運木石甎瓦穀米草煤者。卽有巡捕亦不索
道路錢。譬如官有定例。每車索一銅錢。諒民無不從者。
卽有不給者。巡捕亦鮮有攔阻謾罵。或抽草一束。竊甎
一方者。
初三日己酉晴。戌初泰樂爾邀飲。乘火車行二十餘里。
至蔑立墪莊。入其家。見其夫婦。暢談少許。入座。雖非羅

列珍錯。而山肴野蔌。酒冽魚肥。亦堪爽口。食畢。入旁室。飲加非一杯。謝辭回寓。

初四日庚戌。晴。酉初一刻。同衆乘車至柴令克洛斯火車客廳。接星使率馬清臣回寓。時威公使同來。蓋伊雖于上月二十九日赴法。然因公務未結。而回華尚無定日也。

初五日辛亥。陰。早星使向衆云。申報所言。我雖詫異。未甚追求。昨姚彥嘉云。前八月某日來電信。言我有返棹一說。因申報出于六月二十日。是必傳至京都。致有此

回華之信。細繹申報詞句。諸多可惡。不知何人所撰。須
立究之言後。卽令馬清臣往覓顧曼。
初六日壬子陰。未正隨星使乘車往拜潘侍郎威公使
金登幹皆未遇。戌初令彝見威公使。詢以起程日期。言
尚未定。入夜晴。
初七日癸丑晴。申正再往見威公使。問之。仍云未定。邇
來三日。顧曼連上二稟。據稱現在倫敦繪畫爲生。豈敢
冒言妄瀆。今四海傳言。有關謀生之計。聲名既壞。則衣
食亦難矣。今當極力追求登新聞以究問之。當日將其

辨白一段。一併寄來。按所云。係昨見中國申報。有言予繪郭大人小像一事。不知出于何紙何月何日。知者示覆爲荷。

初八日甲寅。晴暖。午後隨星使乘車。往拜金登幹。申正令彝乘車往訪威公使。至則知其甫接索侯電信。本月不往。

初九日乙卯。晴。申正。李觀察請星使及衆等。在立墀滿村司達店晚餐。未正。隨星使乘車至彼。同席有金登幹夫婦米斯盤嚴叉陵。及前充同文館英文教習傅蘭雅。

看蔬甚佳。酒酣耳熱之際。頗覺秋景宜人也。

初十日丙辰晴。邇來星使令馬清臣兩次以電信致申報館。詰其原委。久無回耗。再問。并將答費寄與。始據云。其事譯由前四月日歐臥蘭美新聞紙。馬清臣即至該局尋覓。又據云。新聞係每禮拜一次。惟無是日者。問諸局人。皆云不復記憶。馬恐日期有訛。遂將整月買來看畢。亦無是說。晚李湘浦張聽颿由巴里回。

十一日丁巳晴。早星使欲令馬顧二人各書一段于申報以辨其誣。並令各塡一段于齋呢斯太立格拉木及倫敦齋那艾克斯普雷斯二新聞紙。已正。令彝將顧曼覓至。伊擬成一底。照繙呈閱。星使以其短而不透。乃爲之改定云。頃知上海申報內載星使駐英近事一則。或謂係由僕口傳出者。殊覺詫異。僕以聲名爲重。安得甘受其咎。今特陳數語。以辨其誣。查申報所述。係中國

欽差在倫敦。令僕畫像各情。及畫成後懸諸畫閣之事。所言諸多妄謬。間有譏誚。僕卽竭力追求。查考原委。至今惜無所得。夫僕之畫像。係馬格里爲之先容。帶見時。乞得照像爲藍本。畫成後。請星使臨視兩次。星使極爲稱許。

僕方感謝不盡。何至有揑造譏誚之理。且僕與星使彼此言語不通。概由馬格里傳說。馬格里來詰。僕茫然無以爲對。謂以全無影響之詞。出自僕口。即馬格里含糊。僕亦斷不能隱忍。務請貴館刋此辯論。並望見此報者。得知中國此段申報。傳自何人。刋自何日。立即示知。不勝感荷。顧曼謹啟。

至馬清臣一段。係由星使主稿。以漢繙英。所言如左。

敬啟者。昨于法京獲見六月二十日申報。翻閱之下不勝詫異。查顧曼爲欽差畫像。係由僕所薦引。畫成後。
欽差甚不愜意。經顧曼再三修飾。
欽差始言畧得形似。迨懸于畫閣。見者亟爲稱賞。由是顧曼
畫名。噪于海外焉。蓋英人以
欽差初次來英。詫爲罕見。遂使顧曼之畫名。頓爲增重。當其
畫像之時。彼此言語不通。一切由僕傳達。若如申報所
言。則僕從
欽差。將近兩年。曾未見有此形狀。似此憑空侮慢。令僕何以
自處。後由巴里囘倫敦。詰以此事之緣起。顧曼指天明

誓堅不承認。且在倫敦閲看新報十餘家。亦未見此一段文字。僕以此等譏誚之言。或因他人有意誣衊。故借畫像爲詞。或出自顧曼手筆。要皆無足輕重。蓋顧曼不過一畫工耳。輒敢肆口譏笑。自有人責其非。乃申報遽謂英國新聞紙。言及

中朝星使。每涉詼諧。而僕自隨

欽差來此。所見新報。無不欽佩。絕不聞有涉及詼諧者。因思泰西各國。無不講情理。無不講律法。各種新聞之司筆墨者。亦多通達事理之人。故於各國駐劄星使。從不肯

有所譏誚。若如申報所載。甚非英人所樂聞也。今顧曼己有辯說。更望將僕此論載入貴報。稍正前言之誣。緣顧曼之得失。不足與校。惟僕自覺其人由僕薦引。言語由僕口傳。此等誣衊之詞。實令僕無顏以對
欽差也。用瀝陳之。馬格里謹啟。
十二日戊午晴。申初金登幹偕泰樂爾來拜。按英國文武各官。皆由敖克斯佛及堪卜立址二處學院考取。無勞績。無捐納。故無正途異路之分。
十三日己未晴。申正隨星使乘車往拜日本公使。入內

少坐。後往拜波斯公使及金登幹。皆未遇。戌初回寓。入
夜陰雨。
十四日庚申。陰。申初隨星使乘車赴外部。見潘侍郎。坐
談時許。繼拜赫樂彬吉羅福。皆值公出。戌正回寓。入夜
復雨。
十五日辛酉。陰雨。記英人慮喜逸而惡勞。爲人之至情。
難善而易惡。爲人之習染。乃設法教養。使就範圍。爲子
女廣設學校。給以衣食。教以文字各藝。言語有時。步履
有方。規矩極其嚴肅。有築樓閣。儲册籍。遍揭圖畫者。有

羅陳動植諸物狀。珍異諸名色者。有聚萬牲而畜之彙衆芳而蒔之。以爲園囿者。有聚木材藥料區其名目。別其功用。而燦列于廳堂者。有搆館舍。聘名師。主講光化電氣各學者。遠近棋布星羅。縱男女士庶觀覽摹效。以爲學識之助。其各種機器。亦薈萃一區。運用演試。使人得審視之。無非令人集思廣益。以期學業有成。其有不束身循教者。特爲官法以督治之。成人男女有犯者。繫諸囹圄。童子則拘諸改過房。罰作苦工。令操布麻金木諸技。以製有用之器。是監牢亦寓學校之意也。抵英以來。街市無閒人往來。鮮有面帶愁容。心懷憂慮。而四首跣足者。

十六日壬戌晴。數日前。姚彥嘉稟星使言衆欲請星使同照小影一張。迨下樓。告衆又云奉星使諭。令衆隨照小影。幷令張聽颿前往各處。代覓照像鋪之地大而價廉者。訂于今日未正往照。姚彥嘉令各穿開禊袍馬褂。屆時。車至門前。姚彥嘉又請改穿棉襖戴立領。方覺壯觀。言次。張聽颿來云。該鋪尚未備齊。改于明日。衆遂散去。

十七日癸亥晴。午後仍著棉袍馬褂。同李觀察黎蒓齋馬清臣羅緝臣鳳夔九李湘浦張聽颿姚彥嘉黃玉屏。隨星使攜四武弁乘車行二十餘里。入一小照像鋪名韋克爾者。屋既小。院亦狹。廣不足二丈。長三丈餘。橫坐一行。向日迎風。照八次始成。當照時。令衆人放袖。恐其色白。惜其不明放袖之儀。且不知紅黃藍綠等色。照出皆白也。戌正回寓。

十八日甲子晴。申正一刻。隨星使乘車行數里。至柏爾訥巷第七號柯爾朔店。拜赫樂彬。講欲仿西式。改鑄銀銅錢。戌初回寓。
十九日乙丑晴。戌正。星使同李觀察偕馬清臣往蘇格蘭遊。入夜陰涼。記英人雇用買辦。即一家之大總管也。非富室不用其人。其職係代主人雇覓男女僕婢。管理出入帳目。製買應用各物。按月報銷一次焉。
二十日丙寅陰。記英人之雇用服侍僕者。係富家男主及鰥夫。或年邁男人也。其職係刷掃衣褲。擦高帽。烏靴鞋。早晚預備淨水與之薙鬚剪髮。伺候飲酌。隨時服侍一切。雖春秋不與衣履。而主人之所餘者。咸賞賜焉。

二十一日丁卯晴。記英人所用書童。亦非富家不用。其職專爲女主報客。又爲客廳僕。客至啟閉門戶。每午後司閽接收名刺。并看守客廳門與書房門。同衆供奉日餐及入夜燃燈等事。

二十二日戊辰晴。記英人所用之進爵僕。爲衆男僕之首。因其曾充頭二等跟役。及二等進爵僕。而超陟之。必須潔淨慇懃。心能專一。因是多不用有妻室及有子女者。其人管理各種酒。與酒器瓷器。酒皆收存地窖。掌管鑰匙。存用記帳。或每日。或每禮拜。檢點算結。酒皆男主自行選買。有盛以玻璃瓶者。有盛以大小木桶者。如紅酒苦酒等。每早睡起。由桶灌瓶。以使沉淨不混。男主若不另雇服侍僕。則進爵僕司其職。而所餘之舊衣鞋帽。皆爲所有。一家若用二三跟役。則除伺候飲饌外。須每早查看應用器皿滌淨否。所備几案整潔否。客廳書室羅列應用之物齊備否。窗簾帳幔。捲或放否。新聞紙裁開否。火爐燒得否。每日未正至戌正司門。每晚查看已用器具收齊否。若主人只用一跟役。或跟役外出。則上下傢伙。燃滅火燭。亦爲其人之事。其人如欲出門。或由午正至未初。或由亥初至子初。皆伊無事時也。
二十三日己巳晴。記西國庖丁。有男有女。而富室多用男工。且以法國者爲上等。其一在于調和烹飪。其一在於潔淨洗滌。及安置肉房傢伙櫃。是必善于指示洗廚婆管肉房婆。及所用之小廚工者。頭等者預備早餐。隨己意預料主人所喜而進之。午酌晚餐。必先以水牌開呈女主。請示有無更改之處。至僕人晚飯。則歸洗廚婆爲之造做。有時請客。或有客人居住。則主人或令添雇廚工。或令由飯肆遞送。每晚飯畢。一切皆歸洗廚婆等收拾灑掃。若小戶。廚工廚婆各一二名者。須從中協助。上下菜肉。遂歸女主開買。廚伴多者。每日辰正入廚。廚伴少者。每日卯正入廚。自行料理。只一女廚一女僕者。女廚卯初入廚。燒火備飯。飯畢。助女僕掃牀理被。司門應客。入夜事畢。須查看門窗關閉否。竈火封固否。煤氣燈及煤燈之火道閉妥否。至亥初方能上樓而寢。

二十四日庚午。晴。記英人所用總管。非富室不能有。而僕婢由五名至四五十名之多。除乳娘梳洗婢及庖丁歸女主雇用管轄外。其餘皆總管酌覓。火食房開單買辦爲其職。上下白布。如被單褥單飯單桌單面巾抹布等。或洗或補。或須更換。以及瓷器房傢伙房客人及僕人之臥室。皆歸其人照料。每日辰初睡起。查點一切。開櫃取飯時應用器具。辰正率衆茶飯後開單買辦應需之物。迨主人早餐後。收存所餘糖果小食。入各室看胰皂爉燭信紙墨水預備否。衣橱几案潔淨否。簾幔椅罩牀罩須洗否。地氈灑掃否。一切陳設擦洗否。未初率衆晚飯。預備主人晚餐晚茶應需各品。是富室之家務。皆歸伊之掌握也。間有因撙節起見。分交庖丁及梳洗婢管理。而不用總管者。

二十五日辛未晴。記英之富室雇用車夫。分為二等。頭等者御雙馬。二等者御單馬。主人拜客遊街。為頭等之職。聽戲赴會及上火車等。為二等之職。頭等者又有監察之責。看車房馬廐灑掃否。車輛洗淨否。鋪墊有土否。馬匹喂飲否。秣料足用否。用二車夫者。一日御三次。用一車夫者。一日御二次。早用一馬。午用二馬。夜用一馬。總以休息其力為上。馬夫之職。係刷喂馬匹。撣洗車輛。灑掃房廐。及隨主人乘馬出遊。

二十六日壬申。早大霧迷漫。車馬行人不得進。午後稍散。同黎蒓齋街遊五六里。入一加非館。少坐。各飲茶一杯而歸。覺外衣微溼。因思抱朴子有言。與善人遊。如行霧中。雖不濡溼。潛自有潤。誠哉是言也。蓋善人同行。雖無明言指引。久而自循其軌。豈非潛自有潤哉。

二十七日癸酉。陰冷。記英人雇覔乳娘。以其職輕而任重。第一要精明慈愛。溫柔信實。更欲其飲食得當。言語正清。方有益於嬰孩也。是以主人每擇其文理順而口齒清者。有專雇上等貧婦。以其曾經養子。而知教育之法。其看待較他僕婢有殊。早茶早飯與夜小食。皆令他婢送入其屋。晚飯午酌。與主人共席。乳娘無論爲何等人。細事則本人料理。粗事皆歸諸婢服侍。有專雇女婢供奉乳娘與服侍嬰孩者。乳娘每日卯正一刻睡起。辰初給嬰孩洗澡穿衣。辰正早飯。夏日巳初。冬日午初。將大者放坐小車。懷抱小者。與服侍婢出遊。午正回。令小者臥息一點鐘。未初爲乳娘晚飯。未正一刻。再將小孩帶出遊兩點鐘。申正一刻回。爲乳娘休息之時。乃將各孩帶入客廳。交女主看守半點鐘。然後攜抱上樓。酉正爲嬰孩睡覺之時。備有澡盆冷熱水。爲之洗浴而後睡。因多與乳娘共屋。乳娘看至戌正一刻。有服侍婢將小食送入其屋。食後爲其鍼黹之時。給嬰孩裁剪補縫。亥正睡。是乳娘一日所司。或作或息。皆有定時也。

二十八日甲戌。早陰。巳正晴。記英俗有專爲乳娘雇一婢。以便協助。子女多者。另雇一女。名曰看婢。須上等貧女。文理順而口齒清者。雖未學養子。然必抱過弟妹者。方知保抱之法。每日卯初一刻睡起。即在乳娘屋。灑掃一切。燒爐備洗澡盆。冷熱水。助給嬰孩洗身穿衣。伺候早飯。清晨午後帶小孩出遊。不同出。則協助鍼黹。收拾玩物。或看其玩耍。伺候乳娘午茶夜饌。備小孩臨睡浴水。料理次日衣履。一切備妥。無事則睡。時已亥正。

二十九日乙亥。陰雨。記英人雇用之灑掃婢。亦分三等。頭等者之職。係管理上下白布桌單飯單果酒手帕白布被單褥單。及各臥室之白紗印花布牀椅罩。與面巾抹布等。隨時更換刷洗。每日卯正睡起。即灑掃客廳飯廳書室。與上下樓梯地毯。掃淨牆爐。燒火。預備女眷浴水。早餐後。灑掃各僕住屋及門房。爲衆掃牀鋪被。并入書室看案上紙墨足否。客廳盆景花卉澆灌否。晚餐時登樓入各屋查點蠟燭胰皂足否。面巾被單換否。入夜燃燈放簾幔。及送各屋熱水一壺。每一禮拜除撣塵外。各屋皆通掃一次。捲去地毯。以鹹水刷樓板。擦門窗亮鐵器。擦瓷爐等事。其二三等者。每日除隨頭等者灑掃各處外。于申酉之間。更有縫補之工焉。

三十日丙子陰。記英國婦女所用之梳洗婢。有本國者。有外國者。有分頭二等者。有兼總管及保娘二職者。泰西婦女最喜修飾。故梳洗婢必梳洗精巧。善于鍼黹。其專侍女公子者。不惟梳洗鍼黹。且陪伴出遊拜客。故又有保母之稱。終日所司。係每早理衣服。備淨水。進茶點。午後或步遊。或乘車。或騎馬。以及赴宴赴會之衣。皆預爲斟酌合宜。爲之改妝梳洗。回時脫換衣履。收拾首飾。查點某件應澣濯。某件應縫紉。某件應更換。皆細心經理。至餵養猫犬。亦歸其職焉。此婢每日戌亥之間爲閒暇之時。午後願出步遊者。有一二刻之工。准禮拜日早晚入堂二次焉。

十月

初一日丁丑晴。記英人雇用廚婆。分爲三等。大家多用二廚婆。一收食器婆。頭等廚婆之工役。堪與二等庖丁比。爲書房乳娘房及總辦房各僕婢造火食。并聽庖丁指使。代做汁湯小菜。二三等者。洗菜與魚。及切割肉菜。其廚房大者。并自烙麪包。其不用收食器婆者。則頭等廚婆做糖餅小食。烹茶淨水。熬加非。拌生菜。整理果品冷葷。如下房童不用。則二三等者。洗刷廚竈地槅桌案。安置一切。并伺候衆僕飯。燒火燃燈。收食器婆之職。係刷洗勺鑊盤盌刀叉匙罩。并灑掃僕飯房肉房廚院。以

上各婆。每日卯正睡起。有因人多。專雇一婦名靑菜婆
者。蓋爲切洗菜蔬也。
初二日戊寅晴。早接電信。知星使于酉正由立文普海
口回。乃于酉初同衆乘車至尤斯敦火車客廳。酉正一
刻。星使同李觀察馬淸臣到。入夜陰。
初三日己卯。雨雹。細如米粒。因李觀察昨接部文奉
旨署理駐德明文。因其僕役無多。遂將湯近新薦之郎令洋
僕將伊傳至焉。
初四日庚辰。早陰。午後細雨陣陣。酉正同黎蒓齋鳳夔

九李湘浦張聽颿姚彥嘉公請李星使羅緝臣。在荔榛街賢貞睦斯館晚餐。與之祖餞。彼此暢談甚喜。亥初囘寓。雨止仍陰。

初五日辛巳陰霧。亥初同黎蒓齋張聽颿。乘車行八九里。至海鶴班街坤娰館看雜劇。館與荔榛街巴威廉同。有一法女年十七八歲。名嫋嫋者。先于樓頂橫懸鐵或木條。六十二根。長皆四五尺。作一長目字形。伊竟能頭下腳上往返。走一百二十步。走畢無恙。面色如前。亦奇技也。子正囘寓。

初六日壬午陰。酉正郭星使約李星使日軍門高爾介傅蘭雅羅緝臣陳鏡如嚴又陵及麥士尼爲能與衆人晚餐。入夜雨。

初七日癸未陰。卯初睡起。辰初同衆乘車至柴令克洛斯火車客廳。送李星使傅蘭雅羅緝臣及陳鏡如起程赴德國。日意格高爾介回巴里。

初八日甲申陰。雨。記自同治乙丑。迄今四次往來英國。隨時考其心意。十數年來亦有變更者。按今觀之通國官紳。以行善爲念。而意在息兵安民者。十居六七。爲其俗以理之是非。為事之行止。非專恃強仗勢者。茍理無不足。則明白暢快。與之反覆辯駁。使知事理之所歸。故公事不能以數人之見遽定。蓋官主其謀。必紳允其議。然後施行。上議政院之會議。暢所欲言。無所畏懼。罔有濫竽充數。唯唯諾諾。聽高位一人之言者。下議政院之論事。據理勢以互證。毫無避忌回護。我理既足。衆心相喻。則左袒者必多。紳不籌餉。官即不能發兵。如前土俄交兵。英相欲起兵助土。而紳民不從是也。

初九日乙酉。陰雨。記英國金銀銅錢。皆經官鑄。分量一

律。行使無挑揀之虞。金鈔皆由官造。尤無關閉之患。各
銀號所用錢鈔無異。各號人皆和藹。聽人取用。或錢或
鈔。莫不順從。鮮有驕傲自大。故意刁難。種種狡獪。不順
人情。而令人甘受其侮者。

初十日丙戌。陰。巳正同衆著公服。隨星使向北恭祝
慈禧皇太后萬壽聖節。行三跪九叩禮。申正一刻隨星使乘車。
往拜威公使與金登幹。皆得面晤。坐談。戌初而歸。入夜
微風。晴。

十一日丁亥。晴。未初同李湘浦乘火車。遊水晶宮。當日

設有猫會。木籠綢褥。與犬會同。猫有一百六十六頭。分十數種。長毛短毛。色則黑白灰黃。價亦號由二三磅至千磅。遊人甚多。在彼晚餐。夜看烟火。子正回倫敦。

十二日戊子晴。辰初送黎蒓齋至柴令克洛斯火車客廳。登火車往巴里。申正。艾德林同薩德樂夫妻來拜。坐談極久乃去。

十三日己丑晴。申初一刻同李湘浦鳳夔九乘車往拜羅伯遜及葛里扉。皆得晤談。酉初回寓。記英俗。請午酌多用說帖。發于五六日前。時在未初未正之間。客則男少女多大者。爲抛球會。投壺會。或建禮拜堂。或葢公署。立第一塊石基會。小則爲一家者。此請不拘禮節。因西俗嬰孩晚食皆在午後。故嬰孩亦可同席。男女老幼。新知舊交。已未娶嫁。皆可請。是日將客之姓名數目。告知門丁。客至。引入大廳。女主接見握手。男主見否皆可。客有不相識者。女主亦可酌量引見二三。男客免冠脫手套于門房。女客不免冠。不脫外襲。僕報備齊。則同下樓。入飯廳。男女不攜伴。女主首座。男主末座。來客一男一女相間。與晚餐同。遲到者。自入飯廳。趨赴女主前。或鞠躬。或握手謙稱來遲乞宥。女主坐與握手。若係女客。則女主立與握手。所用酒惟舍利與克拉利。每位列二刀。二叉。一果匙。二玻璃盅。一玻璃杯。葷菜不備湯與魚。衆僕分進肴酒後。卽閉門而出。至糕點糖果。皆主人自奉傳遞。客任取之。用畢。女主向第一女客點首作笑狀。立而携衆登樓。男主與男客皆留飯廳。少坐吸烟而後登樓。凡午酌不備茶與加非。衆客上樓。女戴手套。彼此陸續告別。後五六日內親來投刺致謝焉。

十四日庚寅。陰雨帶雹。按英俗聚會固多。而約人晚酌。

最爲上等。請人者固爲恭敬。被請者亦有光榮。非彼此至契。及交結要務者。無此舉。凡請茶會跳舞等會。皆女主一人出名。請晚酌。則夫婦同出名。請帖白紙。寬四寸。長二寸餘。書肆印成出售。其式云。某老爺夫人同請某某。于某月某日某時賜光。共席晚餐。守候回音。用者塡寫如丁請辛、則云。丁老爺夫人同請辛老爺夫人。或女公子。于某月某日某時賜光。共席晚餐。守候回音。住某街某號。請客多者。必于二十一日前發帖。一便客人斟酌能否來赴。早給回音。一便主人早得回音。以便另請他人陪位。蓋西俗請客。必一長筵。主客同席。又須雙數也。請客少而無位高望重及新知者。則十日前發帖不爲晚。帖用印成者。或照式寫成者。或送說帖。皆可。城內風俗。請一家。鮮有逾二人之數者。蓋子女不能與父母同席。而兄弟姊妹亦無三四人同時被請者。請晚酌多在戌正。客到須在十五分時之前。每客到主人須格外款待。極力周旋。如女客屆時有不到者。須候一小時之久。若男客則不必矣。然位高望重。有屆時故意遲延者。知主人非待其至不敢入席。或必候一小時之久。方敢入席也。總之。客到恰值其時爲是。以便主人爲之引見。酌定位次。客到自囑車馬屆時來接。入門後。男客脫外襲與帽。女客脫衣袿于門房。有專設屋爲來客脫衣處。客多則有對帖號票爲憑。以便去時取用。男客赴席脫手套。女客雖戴。臨舉刀叉亦脫去。客多者。進爵僕在未飯之先。待于樓梯。客到爲之報名。客少者。主家僕役不多。則引之上樓而已。如男女二客同時入門。進爵僕雖報稱某老翁某夫人。而女客必先入客廳。男客次之。客入廳。主人齊趨。與之握手問候。女客坐。男客立。男客入門。見有相識者。不即時趨而握手。待見主人後。從容往見之。女見女亦然。見男客則對面與之點首鞠躬。男客必前趨與之握手。或鞠躬。來客若多。主人不便概爲引見。惟見衆於位高望重者。客少亦然。蓋未入座之先。生人須預酌客中一男一女。孰爲第一位高望重。迨入飯廳時。男主携女客之至尊者。女主携男客之至尊者。不令夫妻兄妹或戚友。及彼此相識者。相携。又一男不携二女。雖云男女客數宜勻。然男客能多一二爲便。以免丁夫必携辛婦。辛夫必携丁妻。若缺二三男客。則女客之至尊者。請上等男客携下。其他尾而隨之。如少一男客。則女主待衆客對對先行。已則獨下。衆客到齊。男主須告衆男客某客携某客。不任客意。蓋入座。卽携行之男女並坐也。當肴饌備齊之先。進爵僕開飯廳門。登樓高聲一呼。男主卽伸腕携第一女客下樓。以次携手而降。女主隨請丁老爺携壬夫人。丙老爺携辛女公子。如此前導。卽爲引見矣。待對對去後。末則第一男客携女主。男携女必以右腕。而不以左腕。亦右爲上之義也。男主所携之女客。坐于男主之右。男主立。待衆客坐而後坐。主人位置坐次第一不令夫妻兄妹甚近。第二臨近男女。又須擇其性情相符。如喜談者依喜談者。謹言者向謹言者。男主所携之女坐其右。女主所携之男坐其左。女主首位。男主末坐。陸續一男一女。男女相間。總之。一男左右皆女。一女左右皆男。桌之前後左右四面環坐一圈。其席式無論人之多寡。或四人。或二十人。皆一律羅列。所用長方桌。活骹活面。可長可短。量人數于中橫夾長板。因面下含有木架。作鼎字形也。桌上鋪花毡。覆以白布。桌寬四五尺。長十三四尺。白布必寬八九尺。

長十六七尺。桌心一行。置銀樹花籃。燭臺。以及冷葷乾鮮果品等。有于銀樹枝頭。另挂小籃。內盛糖果者。樹高三尺。燭臺亦高二尺餘。花籃高八九寸。盛滿鮮花。形如饅首。亦有于燭臺頂上中置玻璃盤。滿水插鮮花。四面燃燭。或四或六。有每座前置鮮花一小玻璃瓶者。其燃燈數。如一桌十六人。則燃白油燭二十。各罩以綠色荷葉形紙罩。葉中作孔以出烟。旁有銅梗。下連二圈。作剪形。夾于燭上。隨燒下落。其罩不須人移。燃大油燈。則于玻璃球筒之間。套一花紙罩。形如繖。用油燈桌長者四盞。小者二三盞。其用罩之意。一爲不恍目。一爲光皆聚于一處而不外散。左右兩行白玻璃酒瓶。有帶柄者。有長脛者。有胡盧形及瓜形者。內盛舍利。豪格。克拉利各種。按座各置一盤。右置二大刀。一魚刀。左置二大叉。一魚叉。前橫置湯匙一把。白布飯單一塊。方二尺。織成暗地亮花。疊作方巾。或靴式。或菊花形。內裹小麪包一個。置于盤中。盤前右置高柄薄玻璃小酒杯二。其色或白或紅綠。一盛舍利。一盛豪格。或克拉利。另一簽筒形。或小湯盌形高柄杯。係盛三鞭酒者。又一厚玻璃白水盅。

形如茶杯者。晚餐雖不列於桌上。每置於旁几。以備客之不飲酒而飲水者。或飲克拉利。而加水以取味淡者用之。凡備鮮花果品少者。於二座之間置涼水一瓶。多者。則四座之間置一瓶。鹽碟亦然。菜單有長五六寸寬四寸者。四面印花。當中按次或印或寫各菜名。有長四寸寬二寸作册頁形者。外面印花。中空一横。以便塡寫客之名姓。內亦四面印花。中印菜名。客多者。人各一單。或二人一單。客少者。桌之首尾各置一單足矣。其每人一單者。置客之面前盤後。舖肆賣有菜單架。或瓷或銅鍍金。有作荷葉形菊花形。以及飛禽展翅各種。夾立紙單于其上。大桌旁之小橱。爲設晚席之輔佐。亦必潔淨整齊。鋪以白布。四面不下垂。上置高燈一盞。大小瓷盤茶盅各一行。再則大小刀叉湯匙果匙玻璃酒杯涼水盅等各一行。英俗謂筵之大者曰俄國席。小者曰常飯。其式有件件經僕分而舉進者。有先置男女主前。一一經主人切割。使僕分送者。按俄式。橱旁另一小桌上置湯勺切魚刀叉。及割肉之大刀叉。叉他小橱。上置玻璃酒瓶。如舍利克拉利等三四種。至豪格三鞭二種。因氣烈開瓶即飲。否則無味。故置籃中。以冰塊埋之。使其涼而味濃也。晚餐飲克拉利者少。故只備一二瓶。外有長方大木盤二。置生菜及拌生菜之海盌。柳木叉匙。又一小銀籃。鋪以白布。盛麪包塊。又一三節瓷盤。置乳油餅與牛乳油。一置食果之小花碟。及食冰乳之玻璃碟。洗脂鉢。造以玻璃。大如中盌。形似磬。其色或紅綠。或藍白。內盛香水。食果拭手巾。方一尺。有白質紅花者。有粉地黃花者。食鮮果之小銀刀叉。食乾果之小銀夾剪。與食冰乳之小金匙。暨五味架。係一銀籃。內立玻璃瓶罐五。高各四寸餘。盛以菜油芥末醬油滷蝦與醋。有時置于旁桌。如菜中有應用者。僕自隨之而進。聞數十年前。肴饌多用銀盤。現改瓷盤。大者淨白金邊。小者五彩。刀柄仍用銀鏨花。或淨象牙。進饌之大小長圓托盤。亦係銀造。左右二圓柄。今富室間有一切仍用金銀盤碟以誇耀者。按常式。菜皆經僕人以大盤托遞。聽客自取。每肴必換食具一次。故入席須小心謹慎。赴大宴爲尤難。如起首上湯。富者備兩色。一清一濃。僕人舉而進曰。請示飲用何湯。或舉湯名以告。客須卽時示之。次則上菜。

先魚後肉。有時牛羊肉齊進。客宜速爲酌定。以免遲延。有菜單者。主意固能預定。其無者亦須自審也。用畢冷熱葷及拌生菜。桌布一概撤去。上五寸瓷碟小銀刀叉匙。與夾剪洗指鉢及拭手巾等。以食乾鮮果品冰乳涼糕。乳油麪包及乳餅小食等物。食法各有定規。湯則以匙盛之。不可捧盤對口。魚有用另式銀刀叉者。有用一叉與小麪包一塊者。肉菜皆用一刀一叉。鮮有用二叉者。鐵雀雞鴨有骨。鮮有手持而以牙嚙者。其他肉餅肉糕。炒麪醉魚。薑黃拌飯。拌生菜。麪炸魚。皆用一叉而已。

小食鮮果用小刀叉。麵包抹乳油及乳餅乳豆腐皆一小刀。白煮龍鬚菜。有用刀叉者。有以手持其根而醮乳汁者。櫻桃李子葡萄小梅等。可吐其核。置于盤邊。若核大。則先于盤內以叉切開。去其核而後食之。至蘋果梨橘波羅蜜等。皆用小刀叉。蕉子手去其皮。切而後插食之。蜜餞果皆用一叉。乳豆腐切以小刀。置于二片麵包之中。以二指持之入口。每飯先湯次魚。次牛羊。次雞鴨。次拌生菜。後則乾鮮果品。冰乳乳餅糕點。三鞭酒終席共斟三四次。克拉利舍利二酒。隨時滿之。食果時。僕雖按位進酒。女客只飲一杯。有多飲者。可問同携之男客。自然斟給。不便自取食畢。糕點。僕以小銀盤托小玻璃盅。盛高呢牙茴斯計等燒酒。進客飲否聽便。此後僕皆出廳。閉門。衆可閑叙。如備有生蠣子或蛤蜊者。在進湯之前。按位各上一瓷盤。式分六槅。作梅花形。每瓣置一枚。中心空。雖爲置皮之用。先置一銀鏟。長三寸。作山字形。左岔有刃。以便隨插隨割。另一僕進蕎麥麪包片抹乳油者一盤。客各一二片。一僕左執胡椒麪一瓶。右托橘子塊一盤。按位呈遞。食時先擠橘水。灑椒麪于其上。

而後鏟起割斷入口。隨食蕎麥麪包半片。酒僕隨進豪格與查布立斯二酒而勸飲。食畢撤盤上湯。衆僕上燒酒。出廳十數分後。女主乃坐向男主右邊第一女客點首鞠躬。則彼此立起。他女客亦隨立起。帶手套去飯單于桌椅之上。同登樓入客廳。當時男客男主立而不動。其坐距門近者。爲之啟門。衆女去後。爲之關閉。彼此近坐交談。吸烟飲酒。女客上樓坐後。僕進加非放水晶糖。糖方塊。小如豆。明比水晶。繼而送入飯廳。奉衆男客。飲畢亦同上樓。第一者先行往會女客。男主尾而隨之。將出門。則拽鈴喚僕。以便入客廳後進茶。及往飯廳收拾一切。凡赴大筵。茶後衆客陸續辭去、若客皆至契而無位高望重之人。則茶後有鼓琴者。有歌曲者。有打牌者。有擊球者。客去無定時。每至亥正一刻。僕必上樓。報以衆客車齊。間有主人代客雇車無代付車價者。客之僕役。主家不給以飲食飯錢。亦無客賞主家僕役之說。客去。先向主人握手。再與客之近者握手。遠者點首鞠躬而已。男主伴第一女客下樓。至存衣門首。女披外褂後。男主送之登車。如男主業已伴客下樓。又有女客欲去。

則男客中之與主家近者。可代伴之下樓客臨別。不致謝。惟于六七日內。親來投剌而已。按西國天主耶穌二教。臨飯有謝天一說。城中少而城外多。如座中有神甫教士。其人立而朗誦數語。亦有主家奉教心重。雖無神甫教士在座。而男主默誦數語者。客皆垂首靜聽焉。以上請客晚酌之大略如此。

十五日辛卯晴。為西厤十一月初九日禮拜六。係倫敦新舊美爾瓜代之期。又為其大太子衛拉斯王生辰。入夜街市懸燈。照如白晝。新出一種電氣燈。如西京雜記所載。元夕然九華燈於南山上。照見百里。而此燈高懸，光明燦爛。亦映數十里。按煤氣燈。其色紅黃如日。此燈之色。淡白如月。其光較煤氣燈爲尤勝。故一望通衢更無隔閡處也。

十六日壬辰。鎮日大雨。聞前日劉星使由德囘華。路經巴里。派法文繙譯官慶靄堂常護送至馬賽海口登船。記英人平時晚餐。一切預備與請客稍異。桌上白布及飯單。每飯一換。洗淨熨平。晚飯先鋪桌布。按位置湯匙一大刀二。大叉三。舍利與克拉利高玻璃盅各一。厚玻璃杯一。此杯男子多飲苦酒。及淡克拉利。婦女則飲舍利。或克拉利加涼水者。魚刀魚叉平時不用。以大叉與小麪包一塊代之。有日日食魚與湯者。有日日飲湯而隔日食魚者。平日不食小麪包。以木盤鋪白布。盛大麪包。旁一牛耳刀。備首座割分之。間二人置一鹽碟。桌之中央。置鮮花一盆。果品有預爲置者。有飯後以進者。上湯時。按人數捧進瓷盤。及湯一盆。勺一把。置首座前。上菜亦然。菜盤左右放大刀叉各一。以便割分。旁幗與長方盤所置。與請客同。牛乳餅如不切碎。盛以大瓷盤。外圍白布。左右置刀叉各一。臨時放首座前。割分之。燈則或油或蠟。或煤氣燈皆可。至富室僕役多者。每飯亦飲三鞭。食鮮果。開菜單。亦用洗指鉢。惟用冰乳者少。供奉多按俄式。男僕將湯盤舉于案上。報飯備齊。衆人坐後閉門。進爵僕盛湯。他僕按次分進。二僕進菜。一由男主右之女。遞至女主左之男。一由女主右之。男遞至男主左之女。末進男女二主。惟酒進自首座右鄙第一人。陸續轉至首座而成環。按俗例。先奉婦女。因人多。故如此。以免躭延時刻。進酒必于一人之右。上菜必于一人之左。一爲斟之無礙。一爲取之得便。當飲湯時。進爵僕上舍利。先自男主右之女。湯畢撤盤獻魚。魚若兩種。或倘上。按位請示。喜食何種。魚之食法。如油炸麪裹魚。油炸醬魚。醬汁魚。及白煮魚。大宴多用白煮魚。外加牛乳蛤蜊及雞卵等汁。此汁預盛于罐。置於旁桌。魚將上時。則傾於銀斝而進之。白煮鱖魚。必加淸拌黃瓜片。在盤旁另置小碟盛之。凡盛熱葷之瓷盤。按數置於爐旁洞中。銀盤交庖丁。浸以滾水。以免用時凉而無味。每肴將畢。進爵僕在廳拽鈴。他肴自應聲而至。不致躭延時刻。凡肴之成塊帶湯汁者。盤中置叉匙各一。以便食者取用。其輭或小者。只隨一匙或一叉而已。僕人進饌。不惟帶白手套。且隨持白布一塊。墊執食器。以使潔淨。每飯先湯。次魚。次菜。次三鞭酒。酒分二種。有甜而性柔者。有熱而性烈者。三鞭進畢。再進舍利與克拉利二酒。僕人請飲。每進一肴。有白煮山藥豆或白菜花或白菜及扁豆豌豆等。皆另僕托盤。按位分送。有醬汁者亦然。各食器用畢。撤下。盛以大筐。所餘皮骨盛以小盆。送入廚中洗滌。凡晚餐除湯魚青菜外。另備帶骨肉數種。如大小牛

肉。大小羊肉。雞鴨火雞。鐵雀鵪鶉等。分時而進。大者或
劏給胸肉一二片。或翅膀一二個。小者或一隻。或半隻。
每上一肴。進爵僕滿斟三鞭一次。侍立于男主後。飯畢
始去。各肴進畢。則上拌生菜。係一手持空盤。一手托青
菜盆。按位請示。繼上水晶糕。冰乳糕。聽客自取。至櫻桃
糕葡萄糕。則按位分送。蘋果餅李子餅。必先切塊而後
進。此皆每位先置花盤及小叉匙各一。後上白瓷盤及
小銀刀一。末上牛乳餅小麪包以終之。用畢。撤去食器。
以乙字牙柄鬃刷拭淨桌面。撤去桌布。每位置五寸花

瓷碟一。玻璃洗指鉢一。小銀刀叉各一。拭指花巾一。三鞭舍利。克拉利酒杯各一。如設有冰集凌。則每位置玻璃盅一。或玻璃碟一。各隨小金匙一。後僕托銀盤。內置十數玻璃盅。燒酒一瓶。按位請示。後上鮮果。如上葡萄。隨盤置一小銀剪。以便自取。上波羅蜜。先切片而後進。隨盤置叉匙各一。以便自行插果。盛汁并隨沙糖一罐。繼上蜜餞果。如李子梨杏等。隨有銀匙。繼上乾果。如核桃桃仁榛栗等。隨有小銀夾剪。隨上果品。進爵僕隨斟克拉利與舍利。飲畢。將二酒各滿一瓶。置于男主之前而去。時衆女登樓。男則吸烟飲酒。彼此暢談。繼而男主拽鈴。則進爵僕上加非。手托銀盤。置雪塊糖水晶糖各一罐。熱牛乳一銀罍。按人數酌而進之。有置於案頭而自取之者。蓋僕役不多。進爵僕之事。多歸男主操之。各菜須先割分。按人數置盤于男主前。男主以牛耳刀割碎。以叉插入小盤。令僕分送。湯歸女主分盛。僕之接送盤者。立于主旁。坐無他客。則上菜以女眷爲先。男子次之。迨男主等出廳。拽鈴喚僕。則衆男僕始入。各司其事而撤席焉。

十七日癸巳陰雨記英國各處跳舞會之夜饌。其式率同。亦與午酌相似。列饌之地有在大飯廳者。有在擊球房者。有在專設之午酌堂者。總以寬敞爲要。必另有大屋一間。設茶酒加非冰乳鹼水以及糕餅小食。設饌屋之正面橫大桌一張。長與屋齊。或一丈或二丈。外圓桌四五張。置于窗下或屋隅。長桌上鋪白布垂地。桌之四面。每二尺之間置七寸花盤一。內盛白布巾一塊。裹小麪包一個。盤左置三大义一大湯匙。右置長刀二把。盤前偏左。置玻璃三鞭舍利盅各一。桌之中行置銀燭臺。

鮮花籃。乾鮮果品。以及糖果小食。小圓桌上。按式列食具。或四分。或六分。中置果品小食四五色。有備菜單夾于銀架之上者。每桌置數張。然有因省儉不備者。有言夜半匆忙。可以不必者。男子多不措意。而女子多于此些須之處考查之。茶會固按人數備食具。此則又須加倍。蓋跳舞後人多欲食也。另一傢伙桌上鋪淨白布。有故意羅列食具。堆壘如山。以示其富者。凡設此饌。皆由午後預備。備妥閉門。至夜丑初開門。報知主人。請客下樓。入座。首上熱湯一二種。或用小深盤。或用帶把湯盤。

湯後食熱葷者少。所備冷葷係白煮魚帶油汁。菜拌蛤蜊。菜拌熟雞卵。醬羊肉。醬火雞。加上伏醬煮豬頭牛舌。白煮雞等。以上大而須割者。僕人伺候。已成小塊者。以盤置于桌面。聽客自取。三鞭舍利。僕皆隨時進斟。每大跳舞會。男女數必盈千。因一夜往赴數處。故不盡充其量也。陸續往來。只用糕點酒茶鮮果冰乳鹼水加非而已。然一切肴饌。亦必按八九百人數預備。方覺豐足。飯堂能容二百餘人。客亦不能同時下樓。則按戚友之遠近。品位之高低。分起而降。此起陸續食畢上樓。他起陸續跳畢下樓。故飯堂每去一人。僕即撤去所用之食器飲器。另換一分潔淨者。以備他人肴饌。不時加添。無使缺少。堂門終夜不閉。止跳每在寅卯之間。客有來食者。一切仍須整齊。迨衆客皆去。始將諸件撤下。而收拾灑掃云。在僕人飯房爲樂工及衆男女僕婢等。另設一桌。此則菜無上等。酒無三鞭舍利。惟苦酒紅酒二種而已。迨衆事畢。而飲食必至卯辰時矣。又此等跳舞會所用男僕。供其奔走者。或六名。或八名。或十名。或十二名。方足用焉。

卷十終

四述奇卷十一

鐵嶺　張德彝在初隨筆
貴　榮竹坪校閱

戊寅十月十八日甲午。陰雨。記英人漁獵。官皆限有定時。蓋禁民貪欲以保滋生也。如雉雞由本年十二月初十日禁。至次年八月二十日止。鹿由本年十月二十日禁。至次年六月初十日止。沙雞由本年十二月初十日禁。至次年八月十二日止。鐵雀由本年十二月初十日禁。至次年八月初十日止。水雞與鵪鶉由三月初十日禁。至八月初一日止。野鴨由本年十二月初十日禁。至次年八月十二日止。竹雞由二月初一日禁。至九月初一日止。山雞由二月初一日禁。至十月初一日止。鷓鴣由三月十五日禁。至八月初一日止。海鳥由四月初一日禁。至八月初一日止。野鳥由三月十五日禁。至八月初一日止。不准圍獵。違者罰錢。鱔魚由六月二十五日禁。至十二月三十日止。鱖魚鯚魚由六月初十日禁。至十二月底止。按英國產魚之處頗多。限禁垂釣。率以五個月半爲期。至晚者由十一月初一日爲始。禁止網罟。

率以三個月爲期。至晚者。由十二月初一日爲始。總之。每由本年十二月初三日。至次年二月初二日。兩個月內。街市不准出售。違者罰錢。其無限定日期處。按例由本年十一月初一日禁。至次年二月初二日止。其他限定者。有由本年八月十五日禁。至次年二月初二日止。有由本年八月三十一日禁。至次年四月初一日止。有由本年九月十四日禁。至次年三月中旬四月底或五月中旬止。有由本年十月初一日禁。至次年二月初二日或四月三十日止。有由本年十一月初一日禁。至次年二月初二日三月底或四月中旬止。以上皆按天氣之溫涼。地勢之南北而分也。龍蝦由五月二十五日禁。至六月二十五日止。蠣子蛤蜊等由六月十六日禁。至八月三十一日止。在准網釣期內。每一禮拜。另行禁止。多者二十四時。少者二十一時。由禮拜五夜子正禁。至下禮拜一日午正止。禁止之時。凡魚叉燈籠網竿等。均不准出售。又凡鋪出售之魚。有日久不淨者。被官查出受罰。通國產魚之區。英格蘭共四十三處。蘇格蘭共一百二十處。愛爾蘭共二十二處。皆有小官監察。

十九日乙未。陰雨。申正。同姚彥嘉乘車。行七八里。至賢卓志路第三十八號。赴李達夫人家茶會。樓房偪窄。男女有百餘人。

二十日丙申。陰雨如昨。午後威公使來寓辭行。記英人因酒有害。乃公立一會。曰忌酒會。入者每人助錢若干。今男女入者。己實繁有徒矣。

二十一日丁酉。陰雨。巳正。星使令彝持刺。至柴令克洛斯火車客廳餞送威公使。申正。隨星使乘車往拜金登幹。未遇。

二十二日戊戌。陰雨。酉正。在荔榛街賢卓志堂。爲皮病施醫院集費。經善男信女十數人作戲。有醫生安柏爾夫婦邀往。男女助善來觀者。絡繹不絕。洵善舉也。亥初回寓。雨止。仍陰。

二十三日己亥。陰。記泰西各國交涉文件。以及人民往來函啟。記載册簿。紀年皆用耶穌降生之前後若干年。今見英國官府所存案件書籍。紀有君主威克兜里亞若干年。是稍與中國相似處也。

二十四日庚子。陰。午後同馬清臣隨星使乘車入老城。

製買玻璃瓷器及地毯桌罩花氈等物。戌初回寓。知有
金登幹艾德林來拜。
二十五日辛丑陰。亥正同馬清臣鳳夔九乘車行數里。
至坡得滿坊第二號。赴多卜立夫人家茶會。按日耳曼
舊俗。凡嫁娶至二十五年爲銀婚。再二十五年爲金婚。
又十年至第六十年。則爲金剛石婚。屆日戚友咸來至
近者具儀以賀。是日爲西厤十一月十九日。即伊夫婦
金婚之期。男女如雲。案上置有禮物八九種。如金花一
朶。金刀叉一分。及金鐲酒斝等。丑正回寓。

二十六日壬寅。陰。記西人奉天主教之誠與華人之奉佛教相似。如佛教敬佛骨。天主教敬賢人骨。有人得賢人骨者無不珍而藏之。存以修身。守以向善。間有兩造不平。對天矢誓者。以手按賢骨而言之。以明不背所言也。

二十七日癸卯。陰。申正。有英人馬爾金來拜。談及太立風電氣傳音之妙。據云。尚有一物。雖非電氣。亦可傳音數里。係二小筒中連棉綫。或麻繩。一人口向筒言。一人耳傍筒聽。雖隔十里。聞聲如覿面焉。

二十八日甲辰。陰雨。記英人之熟悉地理者。往往登山涉水。開石掘地。搜取奇形古蹟。出而售之。星使令彝尋覓是鋪。擇其至奇者數種。携來與看。遂于未刻乘車入老城。詢問數處。皆無是物。

二十九日乙巳。陰。未正。復乘車至柴令克洛斯街。覓得一小肆。見樓內列大小石片。生銅生鐵。及海物魚蟲等百餘種。有海螺高周各二尺餘。譬纍五層。按層截斷。有石子石板劈開。內含獸骨魚身。以及萍藻昆蟲者。種種新奇。筆難盡述。按荆州記云。興安縣水邊有平石。上有石櫛石履各一。俗云。越王渡漢。脫履墮櫛於此。又宋文帝元嘉中。修江東太廟。得石一塊。文如竹葉。皆與此相類。

十一月

初一日丙午。陰。雨。霧。巳正。劉鶴伯自德國來。稟見星使。聞其前日在和蘭界內。臨入棧房。二行火車相撞。死四人。傷二人。幸伊安然無恙。實賴彼蒼之佑也。入夜霧止。仍雨。涼。

初二日丁未。陰。雨。記英國各處水陸大員。凡製造礮臺船房。以及器械等事。前任所爲。後任必踵爲之。鮮有故責其錯。師心自用。因而妄費國帑者。故新舊接任。皆實交實收。絕無朦混。物經前任置辦。後任必謹愼收藏。隨時抖晾。以免廢棄銹壞。蓋以巨款錙銖累之。而視同泥沙棄之。爲可惜也。

初三日戊申。陰雨。申初。隨星使乘車。往拜日本波斯二國公使。酉正回寓。星使召劉鶴伯及彝等晚饌。暢談一切。甚爲歡洽。

初四日己酉。陰雨。戌初。同馬淸臣李湘甫張聽颿乘車。

至慶斯敦門第二十四號。赴周蕪芝夫人家茶會。男女來者。皆左右鄰人。食有鮮桃橘子等果。丑初囘寓。

初五日庚戌。陰。亥初同李湘浦乘車。赴寶星賀恩慈夫人家跳舞會。樓閣崇宏。修飾華美。花山冰壁。香冷宜人。男女千百。閙熱之極。班班跳舞。音樂連綿。按中國有字舞。有花舞。而西國有雲舞。有雪舞。式固懸殊。然論淸雅以中華者爲勝。論閙熱以西國者爲最。丑初囘寓。

初六日辛亥。陰雨。申初隨星使乘車拜客六處。酉正囘寓。亥初。同李湘浦乘車。行六七里。至坤姒門第二十號。

赴班克爾夫人家茶會。有男女數百人。遇鄰人馬蕾夫婦。擁擠鬧熱。子正回寓。

初七日壬子。陰雨。記彝 四次往來西國。細察其人之性。喜爽直。惡含混。愛敏捷。厭遲延。每辨交涉事件。講論雖可揮灑自如。惟客氣之話不宜。有事既有理。足伸己意。如爲彼論所屈。則別思明爽。亶與頡頏。茍摘其謬。雖明斥之無妨。不必吐茹伸縮。亦不可陰執一意。而陽爲他論以抵之。蓋西人謂辯駁道理。本非爭鬬。無論何人。理足自能聽從。若說理不出。卽是無理耳。雖然。泰西大小多國強弱不一。仍不得概而論之也。

初八日癸丑。陰冷。巳正。星使召劉鶴伯、馬清臣及彝等早饌。戌正一刻。彝同張聽颿、鳳夔九乘車送劉鶴伯于柴令克洛斯火車客廳。起程回德。

初九日甲寅。早陰。午後稍晴。亥初同馬清臣、李湘浦隨星使赴隣人馬蕾夫人家茶會。繼赴徐司得夫人家茶會。子正回寓。

初十日乙卯。陰雨。亥初一刻。同馬清臣、張聽颿步赴鄰人艾立斯夫人家跳舞會。男女有數百人。樓上少立。後入飯廳。飲加非一杯。子正回寓。

十一日丙辰。晴。午後隨星使乘車。往拜日本公使。酉正。李湘浦鳳夔九約饌在荔榛街柏靈坦館。酒食甚佳。盤有鯚魚鹿肉。肥美而鮮。

十二日丁巳。晴。午後顧曼來送西厤五月十七日（即華四月十六日）新聞紙。名喀里斯遮爾訥者一張。呈覽。內言當日畫閣所懸千幅。皆丹青絕美。妙筆如生。另有可聞者。乃顧曼所畫之中國欽差像也。其所以兩耳皆露者。因中國懲治罪犯。有割去一耳之律。又紅頂爲華官品級之別。
欽差欲其必露。故工竣始爲塡畫也。星使見而大怒。言顧曼之弟。必屬該局令彝次日往究。

十三日戊午。陰雨。午初。乘車往覓顧曼。據云。新聞紙所言。實非出自其口。伊弟顧丹現在代立太里格拉茀新聞紙局。與喀里斯遮爾訥局。既無交通事件。亦無往來信函。今既訪得此紙。自當追究其人。未正回寓。入夜雨止。

十四日己未。陰。未初。隨星使乘車至外部。見潘侍郎。繼

而往拜俄國公使舒瓦洛茀。未遇。又訪金登幹。坐談片
時回寓。
十五日庚申。晴。頭品頂戴雙眼花翎
太子少保內大臣銜吏部大堂總理各國事務大臣崇。于
本年奉
旨派充
欽差便宜行事全權大臣。出使俄國。于八月二十五日。經
奏調隨往。當日午正奉到九月初六日。劄文內稱
爲劄行事。本大臣奉

旨派充出使俄國
欽差全權大臣便宜行事。于光緒四年八月二十五日
奏請調兵部員外郎張德彝差遣一片。奉
旨著照所請。該衙門知道。欽此。相應恭錄
諭旨。抄錄原片。劄行該員遵照可也。須至劄者。
抄錄原片如左。
再兵部員外郎張德彝。練達勤能。留心洋務。迭次
奏帶出洋。于外國情形。最爲熟悉。臣於同治九十年間。派
令隨赴法國當差。悉臻妥協。嗣經出使大臣郭嵩燾派

充繙譯官隨赴英法臣現與新任出使英法大臣曾紀澤商明該員歸臣差遣此次臣前赴俄國道經法國屆時擬飭調令隨行以資熟手爲此附片具陳伏乞

聖鑒謹

奏

十六日辛酉晴巳正接奉郭星使劄文內稱

欽差大臣兵部左堂郭爲

劄飭事十一月十五日接准

欽差出使俄國全權大臣崇咨開

奏調該員前赴俄國差遣。幷抄摺片。恭錄
諭旨。咨行欽遵等因。到本大臣。准此。查該員趨公勤敏。練達
謹慎。足資委任。除咨覆
崇大臣查照外。合行劄飭。劄到。該員迅卽束裝啟程。迎
赴馬賽聽候
崇大臣差遣。毋稍遲延。切切此劄。
十七日壬戌。陰。午初。星使令乘車入老城。代爲定買玻
璃瓷器。及地毯油布等物。及在上海鶴班街韋勤綢緞
店。買白布面巾絨氈假貂等數十件。以其貨眞而價實

也。戌初回寓。入夜冷風颼颼。寒氣逼骨。

十八日癸亥。雪。早起束裝。午後乘車。各處留刺辭行。亦有面晤者。戌初回寓。入夜雪止。仍陰。

十九日甲子。陰。由未初至酉正。男女前來投刺送別。及面晤者。絡繹不絕。戌初。鄰人柯拉義母子約饌。同席有鳳夔九。子初回寓。

二十日乙丑。晴。戌初。登樓叩別星使。諭令到巴里後。探法公司船何日抵馬賽。須前一日前往迎接。幷令查看公署房屋足用否。夜與同人告別。

二十一日丙寅。雪霧交加。甚冷。辰正。睡起。載運行裝。巳正乘馬車。有鳳夔九黄玉屛武弁羅雲翰龔紹勤送至柴令克洛斯火車客廳。巳正一刻。登車卽開。一路大雪繽紛。厚盈尺半。未初。抵佛克森海口。換車登船。卽刻展輪。水平船穩。申初一刻。至布隆海口。登岸早餐後。登車。申正開。戌正抵巴里。有黎蒓齋聯春卿二君來迎入寓。入夜雪止。晴。

二十二日丁卯。晴。早起。查看房屋足用。詢知該公司輪船于二十四五日到馬賽。乃寄電稟聞星使。酉正。乘馬車至呂陽火車客廳。晚餐後登車。戌初一刻開行。一夜雪厚逾尺。

二十三日戊辰。晴。早過呂陽。雲微少而暖。午正一刻抵馬賽。換乘馬車。入前次所住得露大店。主人見甚親熱。酉初陰。入夜雨雪。冷。

二十四日己巳。晴。早起。查定房屋。午初知法國公司輪船阿瓦進口。遂雇定車船至碼頭。駕三板行數里登輪船。叩見崇星使及參贊隨員諸君。甚喜。少叙後登岸。又遇慶靄堂常由德國來迎。遂同乘車入寓。

二十五日庚午。晴。記此次經崇星使
奏派隨帶頭等參贊官花翎二品銜候選道總理各國事務衙門章京邵友濂。小村 浙江紹興府餘姚縣人。三等參贊官花翎河南候補知府蔣斯彤。丹如 鑲藍旗漢軍人。二等繙譯官花翎四品銜兵部員外郎張德彝。在初 鑲黃旗漢軍人。員外郎銜工部主事慶常。靄堂 鑲黃旗漢軍人。三等繙譯官戶部郎中桂榮。冬卿 鑲藍旗漢軍人。工部員外郎塔克什訥。木菴 正藍旗漢軍人。前充同文館俄文教習俄羅斯國人夏干。隨員理藩院員外郎慶熙（錫齋）正白旗滿洲人主事純錫。（感銘）鑲藍旗蒙古人。內閣中書陳允頤。（養原）江蘇常州府陽湖縣人。五品銜光祿寺署正俞奎文。（惕盦）浙江湖州府德清縣人。學習繙譯同文館九品官賡善。（吉甫）鑲紅旗滿洲人。覺羅福連。（遠峰）正藍旗滿洲人。供事四品銜候選州同王錫庚。（鵬九）直隸順天府通州人。五品銜候選鹽大使石汝鈞。（平甫）浙江紹興府會稽縣人。武弁常有泰。李永春。齊樹銘。又俄國駐京公使派同回國繙譯官二員。柏百福璞志。

二十六日辛未。陰。卯正。同賡吉甫福遠峯王鵬九石平甫齊樹銘帶僕役十四名行李二百四十一件。起程。乘慢火車。赴巴里。崇星使訂于巳正。率衆乘快火車開行。酉正。住呂陽。彝等于酉正一刻抵呂陽。駐車晚餐。戌初。復開行一夜。雪冷。

二十七日壬申。陰霧。未初。抵巴里。將行李寄存棧房後。同衆乘車入達拉布店。早餐畢。步入公署。謁見郭星使。戌初。換公服。同黎蒓齋馬清臣李湘浦張聽颿聯春卿乘車。至呂陽火車客廳。迎接崇星使入寓。彝卽入公署。

稟知郭星使來寓。跪請
聖安。亥正隨二星使入公署晚酌。子正回寓。
二十八日癸酉。陰。午後同邵小村蔣丹如慶錫齋純感銘陳養原桂冬卿塔木菴及黎蒓齋李湘浦張聽颿聯春卿諸君往來答拜。
二十九日甲戌。晴。有前任駐華法國公使哥士奇乞假回國之中土稅務司賀璧理。哲美森。那威勇暨前隨崇星使充繙譯官現充本國遺產司委員殷伯爾等陸續來拜。

三十日乙亥。陰。午後。有合衆人盧的高安。英人周安斯
等來拜。戌正。崇星使約柏百福璞志邵小村蔣丹如與
彝等。在格朗墨普臘大戲園觀劇。一切景致山水。日月
星辰無須再述。子正回寓。雪。

十二月

初一日丙子。晴。未初。將自己行李送至呂陽火車棧房。
順道答拜盧的高安及周安斯。皆未遇。申正回寓。
初二日丁丑。陰。卯初。乘車行二十里至呂陽火車棧房。
付訖寄存看守費後。雇大敞車四輛。載行李共二百五

十九件。裝畢。行十八九里。至北路貨棧。將入門。買票六張。二大四小。塡寫送人名姓。年月日。送往何處。物件名數號頭。貨車按輛入門。過稱分量處。屋一間不大。內坐一人。面前橫稱。稱下關鍵。暗通屋外大門。中活地板。車輛經過少駐。地板下壓。斤數自明。稱後。車入收貨房。內列火輪貨車百輛。二三人以二百二十件載滿一車。其餘另買貨票一分。載入他車。收畢。欲付腳費。棧主云。如欲速到。請至俄都再付。未爲晚也。申初一刻囘寓。入夜雪。

初三日戊寅。陰。卯初一刻。同桂冬卿塔木菴慶錫齋純感銘賡吉甫福遠峯王鵬九石平甫李永春齊樹銘及僕役十四名。乘馬車至北路火車客廳。登車。巳初開行一夜。

初四日己卯。陰。丑初。至盧伍業地方換車。又開入德界。辰初抵克倫鎮換車。少憩。辰正一刻開。戌初至德京柏林。改乘馬車行十數里。入凱賽好富店。見李星使錢琴齋德培劉鶴伯薄郎。遂即囘明一切禮儀。戌正一刻。崇星使偕邵小村蔣丹如陳養元諸君到。李星使迎入。向

東跪請

聖安。由巴里至柏林。計陸程四千六百八十里。

初五日庚辰。陰。午後同邵小村蔣丹如慶錫齋純威銘陳養原錢琴齋羅緝臣劉鶴伯蔭五樓昌賡韶甫音泰諸君往來答拜。酉初李星使請崇星使邵小村蔣丹如慶靄堂與彝晚饌。亥初回寓。

初六日辛巳。陰。巳正錢琴齋羅緝臣陳鏡如蔭五樓賡韶甫諸君約饌。亥正同衆隨崇星使乘車起程。行十數里。入火車客廳。李星使率錢琴齋諸君送別。少坐。登火車子初開行一夜。

初七日壬午。陰。行二千五百八十里。申正。出德境。入俄界。地名威爾巴蕾。少停。換車。復開行一夜。冷。記西國火車。有慢有快。慢者分頭二三等。快者惟頭二等。無三等。由德至俄。車則不分快慢。以路遙客少故也。

初八日癸未。陰。微雪。行三千一百五十里。戌初一刻。抵俄京彼得堡。一路在德界。田地肥腴。樓宇整潔。入俄則遍地沙漠。雪厚尺餘。居民多結草爲廬。累碎甓爲短垣。雪地冰天。雞鶩并集。將近都城。見有木建重樓。而門堂固有整潔者。然亦僅矣。土人服飾。多與蒙古人同。白羊皮襖。頭護毡毯。足登皮靴。土產惟松杉而已。或云。雪須明春三四月始化。當時下火車。乘馬車行十數里。至米奚婁茀斯戛亞街。入多洛布大店。樓四層。房千間。雖係鐵梁石壘。營造不精。卽時有前任俄國駐華領事官現充官學華文教習孟第來拜。

初九日甲申。陰。巳初天明。申初卽暮。一日夜長九時。晝長三時。亦云短矣。是日為俄厤十二月二十日。卽西厤一千八百七十九年正月初一日巳正。令彝送電信。走恰克圖報抵俄日期。

入夜微晴。

初十日乙酉。陰。記俄都樓高五六七層不等。式如西貢新嘉坡之洋房。較英法不能相埒。土人除官紳大商外。多蠢笨愚魯。似新疆人。

十一日丙戌。陰。按英法馬車行動。皆有定規。俄則不然。價可增減。如行十數里。索七八十考貝。或一盧布給以二三十考貝。即允。近因國帑不足。一切改用紙鈔。由一盧布至一千盧布。然名實不符。每二紙盧布方抵一銀盧布。至金銀銅錢。名目分量大小如何換法。見航海述奇第三卷。

十二日丁亥。雪。早行十數里至大信局。送官信。記俄京道路寬敞。遍地結冰。上浮雪八九寸。車輛難行。設有馬拽雪牀。牀身造以薄木。形如凹字。下面左右鐵梁各一。形如凵字。御者坐前。行人坐後。平行者坐一二人。或一馬拽。或二馬拽。馳驅甚快。一馬拽者。名薩呢。二馬拽者。名爬拉叉。有以三馬拽者。名惟喀。每富室自乘之。

十三日戊子。微雪。因近日耶穌誕辰。見街市賣有小松樹。下襯十字木墊。令其不倒。上挂五彩花燈玩物。各家買立屋中入夜燃燈慶賀。燈熄則兒童分散各玩物。俗與他國者同。巳正隨星使乘車行二三里至寓後大街看房一所。間數不足。修理亦未竣。遂未定。

十四日己丑。微雪如昨。是日爲俄厯十二月二十五日。即西厯正月初六日乃耶穌誕辰。市肆關閉。遊人甚多。按西國及俄國。皆以二十五日爲耶穌誕辰。然俄國十二月二十五日。係西國正月初六日。而西國十二月二十五日。又爲俄國十二月十三日。究不知彼此所定。以孰爲是。入夜晴。冷。皓月當空。

十五日庚寅。晴。是日爲耶穌誕辰第二日。市肆仍閉。午後同夏干隨星使乘車。行七八里。至尼瓦江南岸英租界。土名昂格立斯喀亞喀那貝里。看第六十八號樓房一所。高二層。共二十九間。無陳設。無器皿。尚屬潔淨。間數雖不敷用。然登樓前眺長江。後傍通衢。眼界爲之一豁。亦居止之勝地也。租值未聞。

十六日辛卯。微晴。申初。同慶靄堂夏干隨星使乘車。行十數里。看房一所。既偪窄。亦無裝修。酉初回寓。有英人胡柏爾之甥帕力士來拜。蓋倫敦毛色爾之友也。坐談片時。并約十九日晚饌。入夜雪。
十七日壬辰。雪。午後隨星使同璞志夏干乘車。行十餘里。看房一所。樓高三層。大如府第。亦無陳設裝修。每年租値一萬五千盧布。囘寓後。復同夏干乘車。行八九里。至房主人家。見其夫婦。告以僦居之意。據云。欲租須以三年爲限。每年一萬九千盧布。
十八日癸巳。雪。巳正一刻。同夏干乘雪牀。行十五六里。至太諾洛芝喀大學院。訪前十五日所看尼瓦江旁第六十八號房主人。現任副將韋什呢也格拉斯吉。其人

年近六旬。白髮微鬑。告以僦居之意。據云。是房原擬自
居。既蒙中國
欽差欲住。情願租寓半年。議值八千盧布。并云。今午在此候
覆。回寓禀知星使。少憩。復同夏干往與彼議。跌至六千
盧布。外加裱糊修理一千。即時寫定租契。言明燈火薪
水。皆伊供給焉。
十九日甲午。晴。巳正。同夏干雇得包攬裝飾房屋人名
郝富滿者。領至新房。告以如何修飾各間。如何預備簾
帳鋪陳桌椅牀榻器皿各件。估值九千盧布。因其所索

甚昂。遂同夏干乘雪牀行十數里。入桌凳鋪墊市。酌買
一切應用。未初。星使率桂冬卿慶靄堂乘車赴外部。拜
尚書王爵庫爾渣闊甫右侍郎梅林呢闊甫西正。彝乘
雪牀行十六七里。過大鐵橋。至尼瓦江北岸第百六十
六號。赴帕力士約同席。爲喀塔里及馬爪爾夫婦皆英
人也。飯畢。約看馬戲。乘雪牀行十數里。始至戲園。極大。
式與英法同。所演亦與他國無異。丑初回寓。
二十日乙未。晴。冷。係俄麻一千八百七十八年十二月
三十一日。亥正。有威立什土新聞紙局專管亞細亞股

人巴杜立池夫婦代該局總管前任提督柯麻洛額甫。在威的米爾斯戛亞街第十四號新聞紙局內請茶會。屆時。彝同蔣丹如陳養原桂冬卿塔木菴及夏干乘雪牀前往。樓舍偪窄。男女有六十餘人。先一男一女各歌一曲。音調與英法同。繼而二男一彈琴一拽胡笳。如相應答。茶後中堂設長筵。上陳酒饌。男女環桌立餐。末則各舉三鞭一杯。彼此相碰。同祝新年之喜。按俄語曰牛幸格達爾。後巴杜立池對彝祝以吉語。寅正謝歸。一路燈明如晝。牀馬往來仍多。

二十一日丙申。晴。係俄厤一千八百七十九年元旦。爲西厤正月十三日。午後乘雪牀。看新房。順途謝帕力士。當日市肆關閉。遊人甚多。按俄國馬車雪牀。價原不定。而是日索價尤昂。且云。三百六十五日。始有此一朝等語。乃優給之。

二十二日。丁酉。雪。記俄京車夫服飾。不與英法同。在紳富家者。頭戴圓絨斜方巾。或紫或藍。正看如口字。旁看如⬠字。足登皮靴。身著窄袖皮襖。或青或紺。腰緊不結帶。下垂如裙。次則著平頂小皮帽。大羊皮襖。足登皮靴。

或毡襪。

二十三日戊戌。雪。早與賡吉甫同夏干買辦陳設器皿。午後入新房照料修理牆壁門窗。記俄國一碼即中國二尺。名曰阿什音。爲伊二十七寸。每寸名曰倭爾勺弗。入夜雪止。

二十四日己亥。雪。記俄京市肆門首。多有挂天主像者。像係綢畫。四面以銅鍍金作閃光。邊則或銅或木。寬皆二三寸。大者長二尺。廣尺半。小者長一尺。廣八九寸。男女老幼之虔心供奉者。過必免冠。以手指左右肩頂上胸前作十字形。各家屋隅。亦挂一幅。如中土家家供奉司命。晝夜永燃油燈一盞。

二十五日庚子。雪。早仍同賡吉甫與夏干買辦簾帳鋪陳。未正。同俞惕盦先乘雪牀。移入新房位置各人居止。安排所需器具。按此房租定半年。係由俄歷正月初一日起。至七月初一日止。即光緒四年十二月二十一日起至五年五月二十四日止入夜尤冷。

二十六日辛丑。大雪。早有由巴里所寄行李二百五十九件。以大雪牀送到。按件查收。毫無遺失損壞。此等雪牀。造以粗木鋼條。形如口字。長八九尺、廣約四尺。高二尺餘。拽以二三馬不等。申初。蔣丹如慶錫齋陳養原純感銘桂冬卿塔木菴賡吉甫福遠峯諸君偕武弁率僕役移入新寓。是日爲俄麻正月初六日。據云係耶穌初生後。天現明星。是日有三外國國王訪入猶太而得之。故天主教及東教皆以是日爲節。市肆關閉。人民休息。入夜雪花片片。淅瀝有聲。

二十七日壬寅。大雪。冷。巳正。星使同邵參贊率夏千慶靄堂王鵬九石平甫移入新寓。申初。有俄國禮部侍郎李文同孟第來拜。坐談許久。訂于明日午正入其溫宮。
呈遞
國書并議覲見禮儀。
二十八日癸卯。雪。午初。有御前大臣戴威多甫頭等侍
衛顧得列策甫掌禮大臣柯希那。及孟第以三御車來
迎。車皆四輪。裝飾華美。式與他國同。一以六馬拽。二以
四馬拽。護衛十名。著金邊大紅長袍。金邊餃形黑絨帽。
星使與邵蔣二參贊著朝服。彝等十二人著公服。午正。
星使偕邵蔣二參贊同四俄官。下樓出門登車。彝等隨

出。有烏衣馬隊前驅。顧得利策甫乘四馬車爲先導。星使與柯希那對坐靑色六馬車。邵蔣二參贊戴威多甫孟第同坐四馬車。護衛乘馬者四名。立于車後者各二名。車開。沿尼瓦江堤東行四五里。由葉爾丹園轉南至溫宮門。星使攜衆下車。烏衣兵駐馬換紅衣兵二隊。導入內門。登樓。又有紅衣步兵四隊。列于左右。步梯百級。入一偏殿。會御前大臣王爵郭理岑及大僚數員在彼茶酒小食畢。又繞行里許。過殿四五名。皆未詳。後由白殿入大殿。即其俗所謂金殿。當下車後。星使即敬捧

國書。穿宮過殿。至此少息。迨正門開。星使先入見其國主
阿來三德，距數武。相與對立。星使陳誦曰。
大淸國頭等
欽差全權大臣崇厚。奉本國
大皇帝諭旨來。
貴國。一爲通好。敬禮
貴國
大皇帝。二爲修約。
貴國前

欽差駐華大臣倭良嘎理所議平安兩國邊界。及現任

欽差駐華大臣布策所議邊界通商各事。本國均願妥爲辦

理。請

貴國

大皇帝諭令外部王大臣。會同公平商辦。期於兩國有益。崇

厚更願

兩國邦交。益臻和美焉。

誦畢。呈遞

國書。按

國書內云。
大清國
大皇帝問
大俄羅斯國
大皇帝好
貴國與中國二百餘年來睦誼攸關夙敦和好朕誕膺
天命寅紹丕基中外一家罔有歧視茲特簡賞戴雙眼花翎頭
品頂戴太子少保內大臣銜總理各國事務大臣吏部
左侍郎崇厚前赴

貴國都城爲欽差出使便宜行事全權大臣幷令親齎
國書代達衷曲以爲通好修約之據朕深知崇厚公忠體
國辦事和平於中外交涉事務最爲熟悉惟冀
推誠相信優禮有加從此益敦友睦長享昇平朕實有厚
望焉
俄皇接過
國書。答曰。問
大清國
大皇帝好。今既奉

旨派貴大臣前來。不勝忻幸之至。朕當諭令外部王大臣會同公平商辦。言畢。星使退出。邵蔣二參贊復經引入。見後。同入一室。午酌。申正。四俄官送星使參贊而歸。至則彝等迎入。登樓款果酒。四俄官飲畢。辭去。星使偕邵參贊復乘車至外部投刺致謝。當由溫宮回後。各護衛車夫。以及司閽武弁等來乞賞。乃以盧布一百勞之。亦獨俄羅斯有此風俗耳。

二十九日甲辰。陰。巳正。同賡吉甫乘雪牀行八九里入市。催送陳設鋪墊簾帳掛燈等物。酉初。同衆著行裝。向星使恭叩辭歲後。入客廳團拜。戌初。暢飲甚歡。前于二十五日。雇得四輪雙馬車一輛。門丁一名。負柴灑掃役二名。又跟役一名。係日耳曼人。名葛蘭滿。能英法俄義等國語言。尚屬勤能幹練。

光緒五年己卯正月

初一日乙巳。晴。卯初。同衆著公服隨星使及邵蔣二參贊。向東北恭拜

聖牌。行三跪九叩禮。繼而團拜。午後。隨星使同慶靄堂乘車。往拜各國頭二等公使。申正回寓。記各國公使駐俄京

者。凡三十餘國。頭等者五國。曰英吉利。曰墨地里亞。曰德意志。曰法郎西。曰土耳其。二等者十二國。曰合衆。曰日本。曰丹尼。曰和蘭。曰瑞典。曰日斯巴尼亞。曰葡萄牙。曰比利時。曰義大利。曰波斯。曰巴西。曰秘魯。三等者名數未聞。各國公使之跟役服飾。與駐英法者異。頭戴餃形烏毡帽。上插五色長翎。形如毛撢。身著皮襖皮靴。腰佩短劍。

初二日丙午。晴。鎭日各國公使參贊隨員前來投刺答拜。自入冬以來。尼瓦江結冰。厚至三尺。鋪雪厚亦逾尺。

各埔頭搭船處。由此至彼。左右立松枝。當中開路。以便行人往來。

初三日丁未。陰。記俄皇阿來三德第二有三弟一妹。長者寬斯丹的音公。生于俄麻一千八百二十七年九月初九日。現年五十二歲。娶日耳曼薩克森阿勒丹柏爾王之女阿蕾散多雅爲妃。生四子二女。次弟尼扣拉公。生于俄麻一千八百三十一年七月二十七日。現年四十八歲。娶日耳曼歐屯柏爾王之女阿來三它牙爲妃。生二子。三弟米沙公。生于俄麻一千八百三十二年十月十三日。現年四十七歲。娶日耳曼巴屯王之女賽希里亞爲妃。生五子一女。其妹敖勒夏。生于俄歷一千八百二十二年八月三十日。現年五十七歲。二十六歲嫁與日耳曼威坦柏爾喀喇王爲妃。是日爲米沙公之女阿那斯他奚亞于歸之期。年十九歲。字與日耳曼梅克蘭柏爾王太子舒倭林斯齊爲妃。年二十八歲。當晚亥正。溫宮設跳舞會。帖請各國公使隨員及本國王公大臣夫婦子女往赴。亥初一刻。星使率邵蔣二參贊桂冬卿慶靄堂同孟第乘車入宮。燈燭輝煌。男女雲集。與英

法同子正回寓自是日起三日內市肆門前插德俄二
國旗各國使署則豎本國旗及德俄二國旗以伸慶賀
故本公署豎
大清國龍旗樓前橫插德俄二國及鑲黃正白二旗入夜
市肆門前多燃星形六角煤氣燈有地面橫列油燈一
行者亦伸慶賀之意也當夜陰雲密布大雪繽紛
初四日戊申雪未正一刻駕雪牀行二里許赴信局送
包封戊初步至對岸拜帕力士坐談片時而歸尼瓦江
寬三里滿鋪白雪明若銀河當夜彝獨步往來其上如

至瓊樓玉宇中遊。亦奇景也。
初五日已酉。微晴。申初同賡吉甫乘雪牀。行七八里。至猷蘇柏甫園。看冰嬉。園不大。周約五里。在街道廳前。設有橋梁山水。十年前。廳官願割一半。以便人民遊玩。旋經富商租去。入冬結冰。則正面列座。中設樂亭。于每禮拜日。由未初至申正開門。入者每人半盧布。任其嬉戲游觀。又每禮拜四日。由戌初至子初開門。四面懸燈。亭中奏樂。入者每人一盧布。是日爲禮拜之期。男女老幼有百餘人。更有坐冰榻。令人推行者。馳驅甚快。又是日係俄厤正月十四日。爲慶賀其公主下嫁之第三日。戌正。俄皇帖請各國公使隨員及本國王公大臣夫婦。在巴立帥大戲園觀劇。屆時。星使率邵參贊桂冬卿慶靄堂與彝著公服。同孟第乘車前往。行二三里而至。一路車馬馳驅。燈燭燦爛。每大街口。男女擁擠。有巡捕彈壓。指引戲園極大。式與英法同。惟樓上頭層正中大敞屋一間。正面紅椅三十餘。橫列三行。後厦設案挂鏡。華麗整齊。左右各小槅十五。每槅容六人。槅皆斜形向臺。屋左各槅。坐國戚王公夫婦子女。屋右各槅。坐英法德奧土耳其中華頭等公使。日斯巴尼亞葡萄牙瑞典丹尼合衆日本和蘭波斯比利時義大利巴西秘魯二等公使。臺前坐各文武大員。左右與樓上二三層坐文武仕宦。男女老幼共五千餘人。樓頂中懸萬燭玻璃燈一。狀似花籃。玻璃開花挂葉。縷縷垂珠。燭焰玻璃互相映照。更覺光明。每層左右距九尺。插十燭燈一架。末層兩鄙。又加電氣燈各三。則通堂光同白日。如開不夜之城。亥正一刻。俄皇到。由後廈入敞屋。臺前奏樂。百官立起。轉身面向正屋高呼萬歲。各國公使及各婦女皆立起。面向鞠躬。俄皇亦向衆鞠躬而後坐。郡主著粉紅色衣。袒胸露臂。坐于正中。駙馬著黑毡褉褲。佩刀挂寶星。坐其左。俄皇著大紅長袍。金絲玉帶。坐其右。後則國戚及御前大臣命婦等二十餘人。分坐兩行。卽時開場。首齣甫畢。御僕捧盤向各座前進茶。後俄皇携郡主等退入後廈小食。衆人亦皆陸續步入飯廳。正面橫設長筵。羅列酒肴糕果。飲食各任其便。當時因燈火人氣醞釀。竟致熱似酷暑。旋二齣開。乃一場跳舞也。幼女百數十人。服短裙。色分五彩。分羣列隊。作綫成環。忽燕飛而魚躍。忽鴻翥而龍游。殊覺閙熱可觀。子初戲罷。俄皇率衆立起。百官復轉立。三呼萬歲。各國公使及各婦女亦皆立起。面向鞠躬。俄皇及郡主駙馬亦向衆鞠躬。退入後厦。下樓登車。彝等隨星使于子正回寓。

初六日庚戌陰。記俄京樓房較他國稍遜。門窗皆兩層。各鋪戶牖俱小。而內極闊大。蓋爲防避寒氣也。又有入門反降堦數武者。申初大雪一陣。亥正晴。

初七日辛亥晴。俄國銀鈔。每日亦有市價。時長時落。初到此。以一千英磅換一萬一百三十一盧布五十考貝。

繼而一千磅換一萬盧布。今則一千磅竟換得一萬五百四十九盧布。聞俄國南省現患一種瘟疫。名曰普拉戛佩斯塔。係黑由手腕傳至胸前則死。刻不容緩。傳染甚快。如中土之丹毒。于今死者載道。各國皆一律禁止俄人入境云。雖經俄皇派醫官四出設法療治。而愈者無幾。

初八日壬子晴。記俄皇阿來三德第二。生于俄麻一千八百一十八年（即嘉慶二十三年）四月十七日。為俄皇尼扣拉第一。日耳曼沙爾洛公主之長子。六歲讀書。十三歲入營學武。十七歲。授步營參將。十九歲。授爲大學院學士。二十二歲。遊歷日耳曼。三十一歲。授爲通國武學院總理。三十二歲。授爲管帶鞾旲斯兵大統領。三十七歲。伊父尼扣拉第一薨。次年八月二十六日。在南京墨斯哥即位。前二十二歲。遊歷日耳曼時。聘日耳曼詹威王之公主茉莉雅爲后。今俄皇六十歲。后五十四歲。生有五子一女。長子阿來三德。公生于一千八百四十五年（即道光二十五年）二月二十六日。二十一歲。聘丹國國王克立謙第九之公主達格麻爾爲妃。次子烏拉的米爾公生于一千八百四十七年（即道光二十七年）四月初十日。二十七歲。聘日耳曼舒威林王之郡主穆阿麗爲妃。第三子阿來希斯公生於一千八百五十年（即道光三十年）正月初二日。現年二十八歲。未娶。公主美麗生於一千八百五十三年（即咸豐三年）十月初五日。二十四歲。嫁與英國艾典柏爾公阿福來爲夫人。第四子色爾吉亞公生於一千八百五十七年（即咸豐七年）四月二十九日。現年二十一歲。未娶。第五子頗樂公生於一千八百六十年（即咸豐十年）十月初三日。現年十八歲。未娶。大太子阿來三德公現生二子一女。烏拉的米爾公。現生一子。名皆未詳。
初九日癸丑晴。午後。星使往謁俄二太子烏拉的米爾公。及王弟米沙公。晚。英人帕力士代請赴俄人貝斯呢家跳舞會。子初一刻。以車來接。行數里。過橋。至對岸。抵其家。其人年近九旬。精神康健。樓房寬敞。四壁多懸油畫。計二百餘幅。其他陳設裝修。尤覺華美。來者男女有三百餘人。奏樂跳舞。寅正設長筵。列酒肉杯盤。交錯。賓主盡歡。席罷時已卯正矣。
初十日甲寅雪。戌初。英人喀塔立夫婦邀飲。屆時。乘雪牀。過橋。行三四里。至對岸五條街第六號。入內少坐。同席有喀公之妻母。食至亥正。同車赴瑞人冉森家茶會。樓房高大。華美壯觀。男女有數十人。暢談未己。而樂奏焉。僕役不時進茶進酒進果。極其殷勤。子正一刻回寓。夫冉森。瑞典富商也。年逾五旬。每年冬季。夫妻在此僑居四月。每禮拜五日燃燈設席。戚友咸集。歌舞終宵。至明始罷。

十一日乙卯陰。記俄國銀鈔。一盧布者。橫四寸五分。縱二寸七分。面印深黃色。三盧布者。橫亦四寸五分。縱二寸九分。面印綠色。五盧布者。橫五寸。縱二寸九分。面印藍色。十盧布者。橫五寸。縱三寸。面印紅色。二十五盧布者。橫五寸四分。縱三寸。面印紫色。百盧布者。橫六寸半。縱四寸。正面土黃色。背面五彩。共分九行。中黃。左右綠。次紫。再次藍。臨邊則紅。其他未詳。又所有票。皆出於俄厤一千八百七十六年（即光緒二年）以後者。午後同俞惕盦步遊。遇一武官名柯喇伊吶伍斯吉者。英姿颯爽。年僅弱冠。能法語。一見如故。語言溫厚。入夜雪。

十二日丙辰。大雪。午初。柯武官來拜。坐談片時。約午正在本街第五十四號。王爵高斯楚北家早饌。遂同行步往。見該王爵年亦妙齡。始知皆充馬隊統領也。俄名曰烏蘭。樓房華美，陳設充盈。各鼓琴一曲。頗有流水高山之趣。洵堪海上移情也。食次王妹高薫蒂至。二八絕代姝也。能英法言。坐談數語。妙緒環生。席罷謝別。亥正。有俄世爵首領公爵布卜臨斯吉者。因俄兵由土國凱旋。將帥在兵部請跳舞會。屆時。星使同邵蔣二參贊率桂冬卿塔木菴慶靄堂往。聞男女有千餘人。亦誇耀武功之意也。

十三日丁巳。大雪。冷。午後。日本署公使高木報造來拜。約明晚戌正茶會。記俄京街市。亦有小販列攤。出售果品麪包紙花玩物等。惟一種乾果。係糖煮皂筴。殊爲罕見。

十四日戊午。雪。早見江面三鹿拽一冰牀。由西而東。馳驅甚快。詢知由北方拉埔蘭而來者。按拉埔蘭地近北極。兼屬俄瑞二國。亥初。有俄人竇路利代提督布拉格伍歐夫婦請赴跳舞會。遂同駕雪牀行十五六里。始抵其家。男女二百餘人。多有在他處會晤者。主人款待艮殷。丑初。伊伴送回寓。知亥初。邵參贊偕桂冬卿已赴日本公署茶會而先歸矣。

十五日己未陰。戌初。星使請俄前任駐華公使布策。總領事官孔琪庭。官學滿文教習王西里。又名王書生。皆係前丙寅夏來此會過者。乞假回國之領事官威柏爾。參將裘賽斯吉。及孟第璞志等晚酌。按俄國宴客之儀。大桌旁置小桌一張。覆以白布。列舍利白酒等數小瓶。小麪包冷葷糖果各數盤。客入飯廳。四面圍立。各任取小食。或酒少許。以便開胃。後入座。飯畢立起。將出門向主人握手致謝以爲禮。當晚亦如其儀而款之。亥正席畢。夫西人之來華者。姓名皆還音。有姓名皆還出者。有姓非一音。將姓音還出。而以後一二音爲名者。如威妥瑪。威其姓。妥瑪其名。又熱夫類。本姓熱夫類。因其音多。故將姓音還出。而以熱爲姓。夫類爲名。其他如赫德。德貞畢利幹包爾騰等。皆以姓之前音爲姓。後音爲名也。且中外相隔萬里。雖係還音。究不能十分恰合其所還出者。不過重音而已。如威妥瑪本姓威得名妥瑪斯。赫德本姓赫爾德。名洛柏爾得。因得斯爾三字音輕。故未還出。然尚不離其本音。竟有因到華而改其姓者。當日所請七俄人。如布策。如威柏爾。如王西里。如璞志。如裴賽斯吉。皆只還其姓音。若孔琪庭本姓司戛尺果弗。孟第本姓裴自觸洛弗。緣其改書之由。必因孔孟爲中國之姓耳。

十六日庚申。雪。見尼瓦江冰厚三尺。按長方截出。收于窖內。以備夏季之用。按俄國樓房地基。較英國稍爲開展。門內多有院落。冬月每日掃雪。奉官令雇單馬大雪牀一輛。鍬夫二名。載之傾于城外江邊。此等雪牀造以粗木形如斗而長方高七尺餘。

十七日辛酉雪。酉正對戶冉森約饌。同席十四人。有種瑞典乾餅。厚二分。周盈尺。黑色有孔。面無芝麻。內灑茴香。嚼之如北京薄脆。飯畢謝歸。亥正。鄰人墨國公使夫婦請赴跳舞會。屆時。彝同蔣丹如桂冬卿陳養原隨星使邵參贊往。樓閣寬敞。修飾整潔。男女有數百人跳舞奏樂。皆與他國無異。子正回寓。寢後猶聞樂聲。天明始息。

十八日壬戌雪。記俄國算盤橫用。共十一位。先七位。每位十子。係左右八黑子。中二黃子。後四位。則第一第四兩位。各二黑子。第二第三兩位。各十子。色分黑黃如前。算法係以前七位計盧布。後四位計考貝。亥初。本街第五十四號王爵高斯楚。北武官柯喇伊呐伍斯吉。約同車赴米海洛弗斯吉戲園觀劇。行七八里。抵其地。樓雖不大。而所演法國曲戲。尚覺可人。子正回寓。

十九日癸亥。雪。酉正一刻。有羅莪約饌伊。係英國名士。來此遊歷者。同席有英公使隨員都司蘇萬。食畢。同乘雪牀行十數里。入巴立帥大戲園觀劇。因俄俗每禮拜日不禁奏樂歌舞。故是園惟于禮拜日專演一場。勝於平日。座價亦因而翔貴。是日係禮拜之期。故男女觀者甚夥。見俄皇坐于臺右小室。御戎裝。肩金穗。挂寶星。有將弁環坐其旁。是晚舞而不歌。名曰巴蕾塔。義亦跳舞也。伶人皆幼女。服五彩衣。有百數十名。景致尤覺奇異。一望千里。真假非目所能辨。如初場地近北極。雪地冰山。白熊水獺雖係人工。動作與真畢肖。時值冬令。幼女跳舞。衣履皆白。忽而入春。和風暖日。景像一新。幼女跳舞。衣履皆綠。繼而入夏。赤日烘雲。花芳樹密。幼女跳舞。

衣履皆紅。纔而入秋。風吹木落。千里寂寥。幼女跳舞。衣履皆黃。忽又入冬。山寒水凍。烟霧蒼茫。幼女跳舞。衣履皆黑。正跳舞間。大雪狂風。天地嚴肅。海浮凍塊。山作冰樓。大船遭險。四面觸冰。桅折旗裂。人呼拯救。觀者爲之驚駭咋舌。末則燈燭復明。通場作一大花園。花明柳媚。水秀山青。幼女改裝跳舞。依樂移步。隨式轉軀。又換一番景象也。子正戲散而歸。聞俄京各戲園。官爲建造。官爲管轄。當夜跳舞。皆係貧女。由四五歲入官學習。給以衣食。學有成效。則令入園。所獲工值。入官。年限滿後。願出者聽。否則每年官給盧布五百。其每日工值。仍須入官。
二十日甲子雪。未初。有英國公使世爵羅弗特斯來拜。坐談片時。申初一刻。復隨星使乘車往拜合衆國公使司多弗滿夫婦。接待言語溫和。記俄國二三十年前當阿來三德未即位時。官民服色一律。官非公務在身不著公服。自即位後。凡武官皆戴官帽。佩腰刀。肩金穗。挂寶星。與他國武官服色稍異。故鎭日街市往來佩刀而行者。不下十之五六。一爲自誇榮耀。一爲恫喝愚民耳。

入夜雪止。仍陰。

二十一日乙丑陰。風吹樓頂積雪。四面飛舞。密於天降。各房簷下牆角皆挂馬口鐵走水筒。粗盈尺。簷下者作「字形。牆角者作」字形。上下接連者作八字形。近因天暖。雪化水滴。筒下接以木桶。然晝暖夜涼。夜間有結冰連于一處者。各家雇人樓頂撮雪。厚皆二尺餘。午後。接北京電信。知星使于上月二十九日奉

旨補授都察院左都御史。遂同衆著公服登樓叩賀。

二十二日丙寅陰。天暖雪化。街道如河。是日俄大太子

請星使邵蔣二參贊。亥正入溫宮。赴跳舞會。亥初一刻。忽接俄禮部飛咨。今日停止。其故未詳。

二十三日丁卯。微晴。俄工局官布蘭克之女布蘭嬉年十七歲。在對岸芝木那奚亞大學院讀書。是日請彝同陳養原桂冬卿福遠峯及夏干諸君往觀。午正同乘雪牀而往。見學院總管伍阿新及總教習老女柯洛斯吉。年皆四旬餘。按俄京女學館有十處。伍為總管。此係柯女創立。故伊充總教習。女生共四百十二名。樓三層。女分三等。每層屋左右數間。每間二三十名不等。教習有男有女。初學本國語言文字。次學英法德義各國文字。次學史書測算天文地理。及繪畫音學等。房屋器皿衣服。一律整潔。如桌骰有關鍵。可短可長。以便身體之矮。其他可知矣。生徒每年備束脩由八十至一百盧布不等。貧者查明免繳。當日入各屋。女皆立而鞠躬屈右膝以爲禮。繼而齊立誦讀。規矩亦頗嚴肅。將出門。各女復同行禮。後伍廷入客廳。見其內眷各奉白酒一杯。糖果少許。飲畢。謝辭回寓。申正。又同俞惕盦陳養原夏干駕雪牀。至對岸六條街。往拜參將裴賽斯吉伊曾由俄南界走蒙古。順西路。入華南省漢口等處而歸。遊歷所及。畫有景圖。載有日記。其屋羅列中土男女衣冠鞋襪。以及藥材食物紙筆書畫金銀銅鐵石瓷瓦木器具數千件。壁懸李左二相國小影。及許多華人名刺。按其所繪景圖。係臨牆橫長几。左右立二木軸。長各尺半。含有機關。圖捲軸身上。絃後。圖在左軸。軸轉自左軸拽出繞上右軸。如在右軸。亦自拽出繞上左軸。無須人力舒捲也。坐談片時回寓。入夜雪。

二十四日戊辰雪。爲俄曆二月初二日。禮拜五日。據云。

耶穌未生時。伊母馬麗夢天神。告以將生貴子之日。故俄以此日爲一大節。市肆關閉。人民休息。前于十九日。星使曾行文外部。約其訂期會晤。旋接回覆。訂于今日未正。又昨日禮官來函。約今日未初。見其三太子阿來希斯公屆時。星使同邵蔣二參贊偕桂冬卿慶靄堂往。申初回寓。又數日前禮部帖請今晚亥初入溫宮赴跳舞會。忽于酉初來函。言國戚公爵司托洛果訥甫病篤而止。入夜雪止晴。

二十五日己巳晴。早接舊雨卞友梧函。幷客冬申報二紙。查其敘有大段係顧曼爲郭星使畫像辨別申報所言是非一案。題曰畫師辨誣。爰照原文錄之如左。字林報於六月中抄錄西字新聞。紀駐英郭星使近事一則。內記畫師古曼爲郭星使繪小像時問答之語也。本館閱而譯之。意以爲泰西新聞紙之例。常有意頗嚴正而筆涉詼諧者。其或虛或實。一望而知。閱者亦可付之一笑。卽如沙斯國沙出遊泰西各新聞紙。半資以爲談柄。故卽將是事貿然登錄。未復加以斷語。畧責言者之過。詎料本報郵至倫敦。經星使披覽後。心殊不以爲然。深責古曼以不應憑空揑造。深相汚衊。而古曼以幷無是事。特致書於倫敦日報館名倫敦中國新聞者。力辯其誣。於是本館亦始知此語之非出自古曼也。爰再爲譯錄如左。想星使閱之。必能釋然于懷矣。其書曰。

古曼謹致書於倫敦中國新聞紙局主人閣下。竊聞上海華字新聞紙。紀星使駐英近事一則。或謂係僕具信。因而譯出者。不勝詫異。細查華報所述。係指中國

欽差在倫敦。時侯僕畫像各情形。及僕繪成後。懸于公畫館中所述各事。其中肆意毀謗。皆出情理之外。僕卽四處

查訪。究係何處新聞館代僕設此妄論。已數日矣。而究不能悉。夫僕之得以繪星使之像者。先托馬格里先生引薦。未下筆時。又先與星使會晤兩次。第二次會晤時。又先議定坐位如何。卽以西法照像。後又請星使兩至敝畫室。畫畢呈覽。星使甚爲嘉許。僕亦深感隆情厚誼。永矢弗諼。安有妄肆雌黃。憑空嘲謗之理。況僕與星使接談時。悉由馬格里從旁傳述。初不料上海華報之過聽人言。而僕遞遭馬格里之卽持以詰責也。僕以聲名爲重。今乃以傳聞謬誤之詞爲僕累。安得不以爲論駁。

以明此心哉。萬望貴局將僕書登列於報。倘有閱貴報者知華報所譯之件爲何處新聞。則請惠而下告。俾僕亦得詳爲查問。蓋似此情由。卽星使不相詰責。僕亦當詳細一查也。此佈。

初六日申報一節。題曰馬格理致本館書。

昨日本館旣由倫敦中國新聞紙譯畫師古曼辯誣一書矣。又有

欽使參贊馬格里致本館一書。極言此事之子虛烏有。敦請本館錄登日報。但聞馬君於英國文字。實爲出類拔萃

之才。而閱其原譯之文。殊有鄙俚不堪者。豈
欽使署中繙譯往來之各文牘。類皆如此耶。殊不可解。即昨
登古曼之書。亦有寄來譯就華文。其中字句更多俚俗。
故經本館另照英文譯出。然後照登。今此信。本館亦照
馬君原意删改成文。而備錄之。其書曰。
馬格里謹致書於申報館主人執事。僕在法國巴黎斯
城。獲見六月二十日貴報閱竟不勝詫異。查古曼爲
欽差繪像。係僕之所薦引。同見
欽差。繪成後。

欽差甚不愜意。經古曼再三修飾。
欽差始言有五六分形似。追此畫懸于公畫館中。見者皆稱之。於是古曼畫名因之鵲起。推原其故。實因英人以
欽差初次來英。詫爲罕見。遂使古曼之畫亦頓爲之增重也。溯其繪像之時。古曼與
欽差相見。一切言語皆由僕傳達。若如貴報所言。則僕從
欽差將近兩年。實未見
欽差有此形景。似此憑空侮慢。其令僕何以自處乎。頃者公旋倫敦。詰問古曼以此事之緣起。古曼指天明誓。堅不

承認。且在倫敦閱看新報十餘家。亦從未見此一段文字。僕謂此等譏笑輕薄之言。或是他人有意誣衊
欽差。借古曼畫像爲言。或經出自古曼手筆。要皆無足輕重。蓋古曼不過一畫士耳。輒敢肆口譏笑。自有人責其妄謬。乃貫報遽謂英國新聞紙。言及
中朝星使每涉詼諧。則僕自隨
欽差來此後。所見新報。無不喜佩
欽差。絕不聞有涉及詼諧者。因思泰西各國。無不講情理與講律法。各種新報之司筆墨者。亦多係通達事理之人。

故於各國駐紮之星使。從不肯有所譏嘲。若如貴報所載。甚非英國人之公心所樂聞也。今古曼已有一篇辯說之詞。更望將僕此段議論。載入貴報。稍解前言之失。緣古曼不過一畫士。其得失不足論。而僕自覺古曼由僕引薦。由僕傳言。此等虛誣之詞。實令僕無以對

欽差也。用瀝陳之。

按申報所言前段內有譏刺隨使駐英繙譯之語。故卞友梧欲函致該館以論駁之。乃先寄原稿與彝。問以可否。彝卽具書答覆。請其罷論。今錄其來函如左。

光緒年月日隨鶴使者特致書申報館主人閣下客冬見貴館十一月初五六日申報內載畫師辨誣一事閱讀之下不勝詫異夫

欽使

奏派繙譯官幾經詳擇始膺其選何至如此無學不明中西文理竟使貴館訕笑指爲鄙俚不堪辱承斧削是奉官隨使之諸君遜於貴館之高才遠矣頃接泰西來信始知顚末蓋古曼原具信稿經某繙譯官譯成後

欽使復加鑒正至馬格里之信漢文係

欽使主稿。馬君照繙英文。是二信一由
欽使撰稿。一經
欽使點竄。皆非繙譯官之手筆矣。貴館不知原委。遽爾雌黃。
吳子讓在世。諒不至此。無非按照原文刷印而已。僕本
局外閒人。姑陳數語。願貴館諒之。
當日午後。同夏干乘雪牀行十數里。往拜德法義大利
比利時四國公使。隨員行至某街。見河心冰面立三角
形鹿皮帳一。高約一丈。底周二丈。外繫三鹿。拽一雪牀。
願乘者按程付值。帳之四面。攔有繩棍。入看者十數。考

貝。彝遂履冰步入。見冰上鋪草不甚厚。前立一男。中坐一婦。年皆三旬餘。能俄語。婦旁另一幼女。年四五歲。各著鹿皮衣袴。皮烏拉。當中柱下置生鹿肉一大塊。人入看。乃持刀割片食之。以討賞。或云。其人來自艾斯吉木斯。地近北極。亦屬俄國。想卽拉埔蘭也。回時順拜巴杜立池。因是日爲俄厤二月初三日。値其生辰。乃約是晚亥正至其家。赴小茶會。屆時。同夏干往。人數無多。有其友羅阿娥者。鼓琴一曲。聲頗嘹喨可聽。坐談子初而歸、大雪。

卷十一終

四述奇卷十二

鐵嶺　張德彝在初隨筆
貴　榮竹坪校閱

己卯正月二十六日庚午晴、芝木那奚亞大學院總管伍阿新請午正聽樂。午初同邵蔣二參贊陳養原慶靄堂夏干隨星使乘雪牀而往。伍阿新迎入大堂正面列臺。左右橫二大琴臺。下列椅二十四行。每行十四張。男女老幼坐立者數百人。星使率彝等與伍阿新坐第一行。先是頭等女生五十餘名排立臺上。二女彈琴。其他和聲歌曲。又二女一唱曲。一拽大胡笳。外約二男一唱。一述名人詩句。聲音嘹喨可聽。繼而二等女生六十餘名。三等女生五十餘名。先後和聲。各歌一曲。往來共十六次。末則衆女鼓琴。齊聲祝頌俄皇。聽罷下樓。伍阿新引入客廳。坐飲三鞭。少敘謝歸。戌初。彝請星使邵蔣二參贊慶錫齋純感銘陳養原桂冬卿塔木菴賡吉甫福遠峯在阿來三它大戲園觀劇。劇景致演法與他國同。子正回寓。大雪。

二十七日辛未陰。亥初。鄰人王爵高斯楚北約彝乘雪牀遊。遂同往。順江堤馳驅十數里。逆風。飛雪。甚冷。子初。復同夏干陳養原塔木菴乘雪牀。行八九里。至達呢芾斯吉街商會總局。俄名蘇多諾烏紺托呢班。赴跳舞會。二首領阿努臣馬特威業甫迎入。樓房高大。華美整潔。設有茶室飯廳。大堂正面。及茶室內角。各有樂工一班。來者每人五盧布。當夜男女以二三千計。多有改裝異服者。結隊跳舞。觀者爲之眩暈。寅初。同入飯廳夜餐。二首領約彝等另入一室。同席男女十四人。皆首領之眷屬也。佳肴羅列。款待殷勤。食畢。謝辭回寓。時已寅正一刻矣雪。

二十八日壬申陰。戌初。同夏干陳養原隨星使乘車至赤呢賽里馬戲園看馬戲。所演與前日同。惟末場另加一齣。名曰華人慶賀新年。男女百餘人著華裝。似是而非。一律鮮明。對對舉旗執燈。在池中分列左右。繼而幼童十數名。著白布汗衫。藍布單褲。彼此踏肩携腕。揚面曲腰。作成假象一對。及假偉人詹九五。叉四人舁一布亭。亭四角挂燈。中坐一人。戴烏鬚。頂草帽。著寬袖金花藍緞氅。亭以高凳支立。後有男女孩童玩耍跳舞。堆山疊橋。頗覺有趣。子初回寓。微雪。
二十九日癸酉。陰。有商會首領阿努臣馬特威葉甫同請星使及彞等。本日酉初在其總局晚酌。是局立于四年前二月初七日。按俄歷。每年二月初七日。聚各大商及他國寓此爲首各商賈宴會一次。首領經衆推舉。一年一換。凡來赴宴者。每人五盧布。查其恭請
欽差之由。一因中國初派
欽差駐劄。一因此次前來爲辦界務商務各事也。屆時。星使偕衆乘車前往。下車有二首領出迎。引入小飯廳內橫

一桌。設酒餅小菜各食少許。然後延入大廳。正面奏樂。當中橫一長桌。左右各五桌。作非字形。中桌爲首席。四面坐二十四人。左右每桌三面。坐二十三人。計十一桌。共人二百五十四。星使坐首席右首首座。馬特威葉甫坐左首首座。中則邵參贊與彝等及本城正副府尹幷阿努臣各桌。羅列鮮花酒果。奏樂二次後。阿努臣立而舉酒。告衆祝俄皇。卽時奏樂。衆起立。舉杯三呼賀。來祝畢而坐。食又奏樂一次。再祝俄后。如是三祝俄太子。四祝通國。四祝甫畢。忽廳前二人喧譁。詢知因失菜單口

角。馬阿二公聞卽趨往彈壓。令作樂以混其聲。此後每一看進。奏樂一次。衆起立。舉杯同祝中國

欽差。旋星使立言數語。無非願兩國永遠和睦之詞。并謝延請盛意。令夏干繙成俄語。衆起立。高聲稱賀不已。前來相與碰盞。以明誠心和睦之意。每座奉菸捲一枚。吸罷。食冰乳靑菜等。繼復奏樂。同祝本國軍旅及外邦寓客。飯畢。星使偕邵參贊慶靄堂謝歸。更衣往溫宮赴跳舞會。留彝等在彼少住。遂有多人導看各屋。再入大廳則飯桌撤去。改列八仙桌十五。椅一百四十。茶几燭臺各

三十。各桌置骨牌紙片。有打牌者聽之。亥初。樂臺前橫一大桌。設三銀盆。周三尺。高尺餘。上蓋鐵網。滿盛小塊白糖。左右列各種酒百五十餘瓶。每銀盆後立一老人。陸續以酒灌糖。繼而燃著。隨燒隨灌。酒盡而糖消。乃啟鐵網。置橘子波羅蜜各一盤于其內。以銀勺研調畢。各奉一杯。飲之。性不烈而甘香。後樂臺上來男十二名。女十八名。衣服華麗。較俄人稍異。呼曰芝布希人。詢知其祖來由印度阿富罕埃及土耳其波斯等處。係爲天下游民。實不知其所始。以貌觀之。似來自中亞細亞者。或云。有來此三四世者。有自幼到此者。故其語言混雜。不甚清晰。臺上先女坐兩行。後男立兩行。又前後各立一男彈胡盧形月琴。如日斯巴尼亞者。先同歌。後二女歌。唧唧切切。調頗新奇。或云係俄國曲文。而聲韻則非。繼而二女同舞。伸臂搖腕。稍似中土。惟不時兩肩搖聳。弱態輕盈。隨舞隨叫。喉囀如鶯。觀之令人神移。後齊入小廳飲茶。詢知此夥以中立之黑面白鬚人爲首。喚一次。須三百盧布。茶後上臺復行歌舞。子初。又下臺飲茶。或云。仍須上臺一次始罷。卽時彝等謝辭而歸。子正。星使偕邵參贊慶霱堂回寓。

三十日申戌。陰冷。未初同蔣丹如陳養原乘雪牀。往拜阿努臣。見女眷。談及昨晚二人喧譁。據云。是爲俄國陋習。凡爲官者。驕傲自大。易於動怒。始知一爲守備。一爲商人。在彼少坐。備有茶果小食。甚佳。去此順拜馬特威業甫。未遇。申正一刻大雪。

二月

初一日乙亥。陰雨。記由俄國至中華。路分南北。南路由俄乘火車走德法。繼駕輪船。過地中海紅海印度洋及南洋。中途無阻。兩月可至。北路由俄北京至南京。一千四百八十里。由南京至呢伊什呢吶莽闊洛。八百二十里。皆有鐵路火車。次至排安。約三千里。夏走瓦喇戞與喀麻阿埔河。冬乘馬車近河走陸路。再由排安過山至業喀堤也立訥埔。六百里。仍有火車。惟由此至恰克圖八千里。須乘馬車。由恰克圖至庫倫十一臺。庫倫至賽拉烏蘇十四臺。賽拉烏蘇至嘎順八臺。皆須自行買車。價由五十至百金。賃馬雇夫。須用通使。由嘎順至察哈爾八臺。因地曠人稀。人馬皆不易覓。過此至張家口。雖云易行。如人多則須陸續前進。一因尋馱不易。一因車輛多買亦難也。由是觀之則北路之不如南路多矣。計日亦須兩月云。

初二日丙子晴。亥初一刻。同陳養原夏千乘雪牀往赴布蘭克家跳舞會。樓房不過數間。修飾甚爲華美。見其妻子與女。及他男女共百餘人。鼓琴跳舞。看至子初辭去。又至商會總局赴跳舞會。亦經馬阿二公所請也。男女有數百人。女皆頭戴假面。老幼難辨。蓋下等人多也。入者每人五盧布。看至寅正謝歸。

初三日丁丑陰。禮拜。是日係俄厤二月十一日。自明日起。爲其天主受難四十九日之始。人民齋戒。亦四十九日。茶會跳舞演劇。限內概行停止。由前日至今日。在御夏園旁。設大木房數所。內演鄉戲。入者每人由五十考貝至二盧布半不等。每一小時。演二齣。畢則已觀者出。未見者入。因而街市牀馬馳驅。絡繹不絕。

初四日戊寅。早晴。午後大雪。記俄京雖有齋戒四十九日之例。而茶會跳舞演劇。聞由上年改爲七日一禮拜而已。餘日仍舊舉行。據云。因國帑不足。官理不善。以致盜賊蜂起。所以改例令其演劇者。亦聊爲安養貧民耳。入夜雪止晴。

初五日己卯晴。時因晝暖夜凉。街市積雪成冰。厚可一尺。乃按段掃除。以大雪牀盛滿。運出城外十里。其不准傾于尼瓦江面者。國家以其汚穢將來融化。水氣薰蒸。恐人生病。亦保養生人之一道也。

初六日庚辰陰。記俄京巡捕。衣帽整潔。頭戴桃形黑漆帽。身著黑呫襖。腰橫皮帶。佩短刀。按段往來巡防彈壓。遇路狹車多。亦從而指示焉。

初七日辛巳晴。按中俄邦交二百餘載。俄人見華人既少。即見亦只數次而已。自客冬隨使駐節以來。查其土民。尚屬溫厚老誠。街行鮮有如英法人之追隨呼叫者。每遇幼童。多免冠。幼女皆屈膝爲禮。以明恭敬華人之意也。

初八日壬午晴。昨夜俄皇弟寬斯丹的音公之子倭些斯勒弗寬斯丹的音呢扣拉尹威尺未冠而殤。午後星使偕慶靄堂乘車赴其第。投刺而唁慰焉。

初九日癸未雪。午後見俄皇姪靈柩舁入賢克拋拉禮拜堂。載以四輪亭車。亭高六七尺。周十八九尺。造以烏木。上罩黑呢。四圍垂以白紗簾幔。拽以烏馬六匹。送者四馬車七輛。馬有色不黑而罩以烏紗者。

初十日甲申。晴。聞因俄皇姪不祿。令宗室國戚及文武各官素服三十日。自前初七日起。係俄曆二月十五日。又是日為禮拜之期。靈柩在堂誦經。請各國公使往弔。因中華日本波斯土耳其四國不同教。故未函請。酉正。墨人李柏滿約饌。係前在商會總局相遇者。按俄例。他國人娶俄女為妻者。所生子女隸于俄。故李夫妻皆入東教。遵守齋戒四十九日。所備之筵。係蘿蔔湯。雞卵炒飯。油炸麪包。油炒酸菜。油炸鹹魚。拌豌豆等。味皆甜鹹。勉強下咽。末飲加非一杯。亥正回寓。

十一日乙酉。晴。係俄曆二月十九日。爲前二十五年俄皇受命卽位之期。衙署市肆住戶皆挂旗慶賀。午後。慶靄堂請星使暨邵參贊與彝等乘三馬雪牀。過尼瓦江橋。踏冰走十餘里。又過二鐵橋。一木橋。至三瑪甘島。一路玉山掩映。雪海迷漫。四望皎然。極其幽雅。房皆木作間架。鉛代陶瓦。寬敞淸靜。樓閣相連。皆仕宦之別墅也。

時因天寒。鮮有命車而至者。故闔人率高臥不起。入一酒肆名如意闊茀者。或云是館日間無人。惟每夜作樂跳舞。男女如雲。夏日尤勝。少憩。各飲加非一杯。申正回寓。聞島民多塔塔爾人。故貌與華人相似。按塔塔爾在亞細亞洲。占據極爲寬博。東由日本海。西至達呢柏爾河。內包滿洲蒙古松戛里及天山一帶。與庫埔坤都斯布喀喇吉瓦。幷黑海暨喀斯邊二海。以北俄羅斯南境之賽比利亞與戈爾肥斯各地。總名塔塔爾。故西國稱旗人。亦以塔塔爾人呼之。

十二日丙戌晴。午後。巴杜立池代副將柏格達努威赤請早餐。未初。同夏干往。見其夫妻妻妹及他男女三四人。所備之筵。如牛乳汁拌魚片。牛乳汁煮麪裹雞肉絲。尚堪下咽。惟醋拌山藥豆末蒸飯。味澀而酸。亦奇食也。以上各菜。及前日在李柏滿處所用。皆在他國未曾食過者。飯畢。延入客廳少坐。申正回寓。見新聞紙云。昨午王西里之女王麗雅。因父女口角。開窗墜樓自死。時年十九。哀哉。卽時星使令塔木菴持刺往弔。

十三日丁亥。早陰。申正雪。記俄人買天主像。必捧送禮拜堂請神甫以聖水醮拭之。方敢供奉室內。燃燭焚香。而朝夕禮拜焉。是日夏干乞假省親。伊家在俄之西境利夏地方。距俄北京西南千里。西臨波羅的海。南近德國。原屬日耳曼。故土人名姓語言多兼德俄兩國。土產釀酒數種。如櫻桃酒。地椹酒。茴香酒。橘子酒等。味皆甘而不烈。洵佳醞也。

十四日戊子陰。按俄人所奉之教。爲老天主教。一切規模。較他國天主耶穌兩教稍異。故稱曰古教。又曰東教。因其始自東方也。通國以君爲教皇。神甫留長鬚。著大領闊袖袍。望之似中土黃冠。

十五日己丑早陰。午後細雨。戌初一刻。往拜鄰人王爵高斯楚北。登樓。見其弟與妹。坐談良久。茶後。同乘雙馬車。順江邊馳驅十餘里而歸。伴送至寓始別。王少而好客。亦彼邦之英傑也。

十六日庚寅陰。入夜大雪。記英法之棺色。皆一律用黑外包黑毡。俄雖包毡。間或包緞。色則不同。如男用絳色。女用黃色。鰥夫用藕色。寡婦用藍色。幼童用五彩色。處女用白色。貧者木染淺黃。孕而不生。生而不育者。皆白木棺。形如二槽相合。上淺下深。正看形如⊖字。旁看如⊖字。富者鑲邊。飾以彩緞。中下四邊垂穗。四角下有足。飾金色。駕以四輪敞車。馬數不等。車馬皆黑色。車前行有教人一二對。或四五對。著烏衣。舉長柄烏木⌂字形玻璃燈一盞。後則幼童提鑪焚香者一對。末係神甫一名。著駝色袍。跣足科頭。手舉銅十字。至貧民則車載木棺而已。

十七日辛卯。早陰。午後晴。記俄國地基分二大股。曰歐洲俄羅斯。曰亞洲俄羅斯。其歐洲俄羅斯又分爲大小東西南及波羅的六俄羅斯并三屬地。

大俄羅斯北界北冰洋。南在赤道北四十九度。東在北京西。由四十九度至七十五度。西在北京西八十八度五分。絕長補短。計七百九十二萬七千一百八十二方里。分十九府。居民二千三百八十一萬四千六百名口。

小俄羅斯北在赤道北五十三度半。南在赤道北四十八度半。東臨大俄。西界西南俄。計七十二萬二千零三十四方里。分四府。居民七百六十三萬五千六百名口。

東俄羅斯北在赤道北六十一度二十分。南在赤道北四十五度。東臨亞細亞。西界大俄。計四百九十一萬八千一百七十六方里。分十府。居民一千五百一十四萬三千六百三十六名口。

西俄羅斯南在赤道北四十九度。北在赤道北五十七度半。東界大小俄。西界波蘭。計一百四十五萬七千零七十三方里。分八府。居民九百八十二萬二千二百三十九名口。

南俄羅斯北界東西小三俄。南臨黑海。東界東俄。西界奧國。計一百五十一萬五千四百二十九方里。分五府。

內含一海。曰阿搜蕪海。居民五百八十一萬九千三百零二名口。

波羅的俄羅斯東界大俄。西臨波羅的海。南連波蘭。北接芬蘭。計五十一萬五千四百二十一方里。分四府。內西境一府曰彼得堡。卽俄北京。居民三百二十六萬九千四百六十二名口。

其三屬地。如波蘭東界西俄。西通日耳曼。南接墺國。北亦臨西俄。在赤道北五十四度。計四十四萬二千四百三十一方里。分十府。居民六百零二萬六千四百名口。

芬蘭東通大俄。西臨波塔呢亞內海。南接芬蘭灣。北界瑞典。計一百三十萬七千九百九十八方里。分八府。居民一百八十五萬七千零三十五名口。

闊夏西亞東臨喀斯邊海。西通黑海。南接亞細亞。北界南俄。計一百五十五萬五千五百一十五方里。分十二府。居民七千八百二十八萬一千四百四十七名口。

以上歐洲俄羅斯及三屬地。地共二千零三十六萬一千二百五十九方里。居民共一萬五千一百六十六萬九千六百一十一名口。

亞洲俄羅斯爲一大省及一屬地。其大省曰中亞細亞。東臨太平洋與歐扣斯克海。西接歐洲與喀斯邊海。南界蒙古滿洲日本。北連屬地賽比里亞。計一千二百一十萬一千三百五十五方里。分九府。居民三百八十萬零六百二十八名口。

屬地賽比里亞。東臨喀木查塔喀海。西界歐羅巴。南通中亞細亞。北在北冰洋。爲赤道北七十八度。計四千三百四十三萬六千五百八十三方里。分八府。居民三百四十二萬八千八百六十七名口。

以上亞洲俄羅斯及一屬地。計共五千五百五十三萬七千九百三十八方里。居民共七百二十二萬九千四百九十五名口。

統計通國地基。共七千五百八十九萬九千一百九十七方里。居民共一萬五千八百八十九萬九千一百零六名口。

十八日壬辰。早陰。午後晴。是日為俄曆二月二十六日。為其大太子阿來三德阿來三它威池之生辰。巳正。星使入宮投刺申賀。見各門結彩懸燈掛旗慶祝。

十九日癸巳。雪。因農會請酉初晚餐。屆時，星使偕邵參贊桂冬卿慶靄堂往。聞同席有數百人。惟華人備三鞭酒。其他皆無。足見田家以勤儉爲本也。前十六日，有俄禮官達爲多甫者，代伊戚男爵席槎伍吶斯吉夫人轉請星使亥刻赴茶會。星使因赴農會宴，令彝同塔木菴代往。見其女眷及他男女二十餘人。少坐。各飲加非一杯而歸。

二十日甲午。晴。午後，據門丁沙隆云。本日辰刻見一人由北岸奔至掘冰處躍下。當時無人知覺。今亦無人尋覓。亥初同塔木菴陳養原乘雪牀行十餘里。赴開薩高伍斯吉夫人家跳舞會。見其女眷及他男女八九十人。相識者有十數人。樓房不大。修飾尚爲整潔。看至子正。少食而歸。

二十一日乙未雪。午後有農會長葛得鄂諾甫來拜。坐談極久。聞河東有舊木橋。今已糟朽。官派巡捕看守禁止行人往來。不意當早有雪牀急馳欲過。巡捕阻之不聽。竟致橋折。人馬下墜。冰雪滅頂而葬于清涼世界矣。酉初雪止。

二十二日丙申。雪。亥初同陳養原步至對岸冉家。男女老幼有四十餘人。少坐。飲茶小食。後有三男三女入另室。改裝作戲。共演九節。節節可賞。忽笑忽歌。聞之令人解醒。子正回寓。

二十三日丁酉。微晴。記英法銅錢。今制比古錢。體重而工精。俄則不然。今錢較古錢既小而薄。如古之三考貝。即今之五考貝。今之三考貝。不過古之一考貝耳。然前後相距亦只二十年而已。在英法雖小村鎮。亦有地圖出售。俄羅斯大國也。墨斯哥南京老大城也。十年前。尚有地圖。今則不惟無圖。即板亦漫漶而漸廢矣。

二十四日戊戌晴。記俄京一切精巧綢緞器皿以及桌凳玩物。皆來自英法德瑞各國。間欲定造一物則云無此巧匠。亦無此等材料。是製造不如他國也。

二十五日己亥雪。記俄京開張大鋪。多日耳曼人。或瑞法二國人。俄通國之人多能德法語。故以法語爲官話。以德語作商言。他邦來此遊歷者。不必定通俄文。惟能德法語言。足矣。

二十六日庚子雪。午後。同桂冬卿乘雪牀。往拜王西里。

見其面目憔悴。形容枯槁。談及家務。則欲泣。有幼子將出門。王以口吻其頂者數次。以右手畫其面作十字形。蓋暗祝天主保祐之意也。父母之愛子。天下皆同。不知子又事父母如何耳。

二十七日辛丑。雪。記現在天長寅正一刻。明酉正一刻昏。較去臘已長四小時矣。當晚。夏干由利戞回。謁見星使。後至彝屋。坐談極久。出其父小影與看。鶴髮冰髯。精神矍鑠。詢知年已九九矣。贈彝橘子地椹櫻桃茴香酒各一瓶。按橘子酒。色黃味淡。地椹酒。色紅味濃。櫻桃酒色比緹齊而味甘。以上三種。醕而不烈。連飲三杯。不卽醺人。茴香酒。色白瑩。饒風味。飲之令人神氣淸爽。其性涼。據云。夏日飲之。頗有益焉。

二十八日壬寅晴冷。記俄國春秋冬三時。天寒地凍。積雪結冰。男女出門。皆頭戴皮冠。足登複履。男披高領大皮裘。對襟無鈕。面或毡或呢。色皆烏黑。婦女披高領斗篷。面或絨或呢。色皆紫藍。有羊皮。有水獺皮。有狼皮。有貂皮。拜客赴會。皆脫冠履外襲于門內樓前。蓋樓前左右。專設衣冠木架兩行也。按韓詩外傳云。夫飲之禮。不脫履而卽序者。謂之禮。跣而上座者。謂之宴。觀俄人之赴酌。謂其不脫履而遺皮鞋于樓下。謂其跣足。仍著皮鞋于足上。禮歟。宴歟。抑天時地勢之所使歟。

二十九日癸卯晴冷。亥初。同塔木菴陳養原步至對岸冉森家。見其夫婦及他男女老幼三十餘人。少坐飲茶。食糖果。後有五男五女。作打諢戲。洋名沙蕾接。法文分作三段。第一段。一富人散金賙濟貧人。法言金曰敖爾。第二段。一善女施捨廬舍。棲止病者。法言善人曰昂日。第三段。貧者富。病者愈。善男信女約衆。入肆飲食。追荣單上。專索橋子一盤。法言橋曰敖爾昂日。蓋合言金與善人而成橋字也。頗覺有趣。

三十日甲辰。早晴。午後雪。未初。有英人柯大力約午酌。後同乘雪牀。北行二十二三里。至石頭島。俄名喀羊內敖斯他洛芾。一路層冰嵯峨。飛雪千里。銀房玉樹。絕無纖塵。二小溪之間。有英人公設花園一區。夏日乘涼。冬于小木樓旁建二木冰嬉臺。如楊氏之冰山。一南一北。各作／字形。二臺對立。交錯作乂字形。臺高二丈一二尺。斜下至地。寬約八九尺。由臺頂至道尾。結以冰塊。至平地則凍之以水。平坦光明如鏡。有小鐵牀。寬一尺。長二尺半。高約三寸。旁看形如口字。上鋪毡墊。來者手戴大皮套。足登厚毡韈。或坐或立。或反或正。以及仰臥俯伏于其上。由此臺頂溜下。一箭如飛。直抵道尾。另登他臺溜下。仍回本臺。鐵牀手套毡韈。皆本人自備。置于木樓。當日英人來者。男女老幼廿餘人。女子有一人溜者。而多跪于男子身後。以手扶肩而溜者。有與男子携手並溜者。有三牀連成一行。二男對坐。女在中而齊溜者。孩童有騎于男子背上者。往來馳驅。彼此歡暢。是亦另種賞心樂事也。戌初柯送彝歸。天地晦冥。寒風蕭殺冷。

三月

初一日乙巳晴。未初。隨星使與夏干乘車行三四里。至對岸。入博物院。樓高四層。極其宏敞。所儲物件無多。除油水畫外。惟有銅鐵絲石小物而已。記張說梁四公記內載。黑谷北有黑海。毛羽染之皆黑。西有乳海。其水白滑如乳。查今時地圖。在歐羅巴德丹瑞俄四國之間一海。曰黑海。因其深暗。故名曰黑。其水流出色與他海同。既非墨水。安得染物。又俄羅斯北境接北冰洋一海曰白海。以其地近北極。冰雪不息。其色白滑、故名曰白。其水清澄。亦與他海無異。究不知彼所謂二海。究屬何處。尚望考求地理者察之。

初二日丙午晴。記俄京各銀器鋪所售名曰銀器。其實上等者。造以呢根及別色假銀。次則以銅鍍銀。如造實銀器。具皆不敢允。詢知伊本國銀少。且呢根亦非本國所產。來自日耳曼也。如按式造以實銀。則價不止倍蓰焉。

初三日丁未。大雪。亥初。同賡吉甫乘雪牀。赴男爵席槎呐伍斯吉夫人家茶會。男女有二十餘人。談笑歡洽。夫人有幼女。名麗麗。年八歲。舉止莊雅。出言溫和。能英法德俄四國語。能誦能書。洵絕域之神童也。亥正。保母請睡。乃趨立。先向舅氏親吻。再向衆人握手告别。口云。好夜。蓋西俗夜别彼此互云如此。意謂魂夢獲安也。子初回寓

初四日戊申。陰冷。聞暹來俄人新立一黨。意欲改易國政。按俄都設有管理通城巡捕。保護宗親紳富士庶之大提督一員。去歲俄厯八月初四日。大提督梅森賚甫

被人刺死。月前。俄皇接一匿名帖云。不弒汝。必殞各大僚之命。不意昨午。現任大提督戴綸坦。乘車街遊。在宮左大園。忽來一車。對面施放火器。幸著車旁。急令轉車追逐。奈前車馳驅甚疾。轉瞬不見。當日各國公使聞信。咸往投刺以賀焉。又午初。有管理大禮拜堂總管副將博格達努威赤。以車來請星使邵蔣二參贊塔木菴陳養原慶靄堂夏干與彝。往看伊薩吉業甫斯吉索卜大禮拜堂。係前丙寅夏來此瞻仰者。至則啟正門延入遍觀。據云。是堂造已六十五年。共費二千三百萬盧布。堂高四十七丈。周百丈。正面二一青金石柱。買值四千盧布。看畢登車。延至其家午酌。據云。伊妻昨宵躬自治庖烹飪效華式。不知有當尊意否。星使亟稱之。主人大悅。席罷飲茶。謝別而去。

初五日己酉陰。邇來天暖。街市掃除冰雪。地面漸露石子嶙峋。雖云不如英法平坦。較他國又差强人意矣。入夜晴。

初六日庚戌晴。亥初。同陳養原福遠峯步至對岸冉家少坐。有男女十五人作戲。七男七女。横坐一行。一人立于對面中央。約定各人賽玩一技。如彈琴。擊鼓。吹笛。敲鑼。拽胡笳。敲方響等。初則衆人齊作。繼而立者隨意效行中一人所作者而奏之。如原作者忤不唱和。則罰取身邊之物。如手套戒指鐲釧手帕錢包扇袋等。置一高帽中。往來數次畢。另請座客一人。任取一物。問屬何人。物主認去。則又罰作一事。有令雙手扶椅。請各人于其背上僞作書寫點畫。盡力擊之。有令跪而朗誦經文一段者。有令面罩靑巾。猜身後來人名姓者。有令一人前坐。反披長衫。一人後坐。伸手入袖。是以後人之手代前人之手。以前人之口代後人之口。前人言後人須仿其意以手指畫之。趣甚。

初七日辛亥。早陰。夜雪。記歐洲俄羅斯人。分三大種。三小種。三大種曰衛里扣魯斯。大俄也。麻婁魯斯。小俄也。貝婁魯斯。白俄也。大俄在其中界。居民三千五百餘萬。皆爲墨國南境斯拉伍歐呢亞各省遺種。小俄在其中界之西南。居民一千一百餘萬。皆本地土種。白俄在其正西偏南。居民三百餘萬。爲泰西人遺種。三小種內。二種在波蘭及立素阿呢亞二地。統稱曰斯拉臥年者。九百餘萬。又近黑海一帶土耳其遺種。稱曰阿爾麻年者。三百餘萬。以上三小種。又名曰游牧亞洲俄羅斯除土民外有游牧二種。一爲猶太人。共一百六十餘萬。一爲塔塔爾人。共二百五十餘萬。其東北一帶土人未聞。

初八日壬子雪記俄京自巡捕提督被恐後各街巡捕以及本署差官隨時訪察。遇有談論國事形迹可疑者。卽捕獲入監。聞已拘繫一百六十餘名。原犯尚未追出。去歲之事。亦未弋獲正兇也。

初九日癸丑雪記俄京冬季滴水成冰。寒氣凜冽。朔風肅殺。墮指裂膚。一切肉食。皆于秋季宰割。堆列敞屋大窖之中。五穀來自外邦。菜蔬雖有。冬亦運自別國。故一盧布可買肉一塊。而不能買菜一束。十斤肉只抵一斤米穀。是茹素難於茹葷也。

初十日甲寅。雪。現因天時微暖。地氣上升。故邇來連日大雪。落地即化。又俄國貧家。多以鋪鉛馬口鐵作面鏡。較中國銅鏡價廉而光過之。

十一日乙卯。雪。按唐李肇國史補內載。天寶末。楊州僧鑒真始往倭國。大演釋教。經黑海蚍山。其徒號過海和尚。如果係今人所謂黑海。則俄羅斯土耳其二國。亦當有沙門弟子也。倭國爲日本之舊稱。又惟日本有佛教。抑或所謂黑海爲黑水洋之誤歟。

十二日丙辰晴。近因東教四十二日。齋期將盡。在乃武斯吉大街右高斯定都伍廊。滿列貨攤。出售糖果小食。紙花玩物。瓷木鐵石零用器皿。以及鮮櫻枝。枝紅花白。冗毛如柳絮。蓋下禮拜係當時天主入耶路撒冷山之日。人以柳枝鋪地。今教中存爲典實。故各家無論貧富。皆買櫻枝以代柳。東立神前而供奉焉。亥初。同桂冬卿陳養原赴本街第四十四號。巴立日阿艾甫夫人家跳舞會。見其母子與女來者百餘人。丑正回寓。

十三日丁巳。晴。亥正同蔣丹如桂冬卿陳養原乘雪牀。行十餘里。至京勇營。赴杜尤次也甫夫人所請茶會。伊二子皆武官。營中設有公廨。當夜來赴者男女六七十人。所設茶酒小食頗佳。有兵百名。著白衣鑲紅邊。走紅綫。內二十餘名作樂。七十餘名忽歌忽舞。歌則三四十名齊立。中三名。一打鐃。一擊大八角鼓。一另執一物。俄名婁西業者。形如凸字。長八九寸。寬半尺。造以鐵。不甚重。上橫繫七大銅鈴。左右各繫十二小銅鈴。奏則彼此對擊。有時雙手隨擊而舞。另一兵舉一木棍高約三尺。上橫綴黃銅月牙形三。自下而上。以次遞小。每月牙兩尖挂銅鈴一。紅白藍色綢各一條。此物爲土耳其大帥所秉。以爲軍令。土名布邊尺義。自俄勝土後獲得此物。用于本國隊伍。以銘武功云。其歌聲與英法異。如西藏喇嘛經舞。亦與他國不同。然觀其兵面目黎黑。身體粗笨。又與北番人相似。丑正謝歸。囘寓少息。已見晨光熹微矣。

十四日戊午。晴。未初。同俞惕盦街遊。近因天和日暖。街道晴乾。乃武斯吉街及大海街一帶男女步遊者甚夥。高斯定都伍廊前。添設貨攤。貧民手執各物出售者。亦復不少。俄都貧民。率皆守分安命。竭力謀生。鮮有四首喪面赤身跣足。而沿門乞食者。

十五日己未。晴。是日東西兩教同稱曰柳枝禮拜日。本公署東數武。即英人禮拜堂。由巳初至子正。男女陸續入堂諷經。本國各教堂亦然。鎮日鳴鐘。通城響應。街市車馬馳驅。行人接踵。

十六日庚申晴。自巡捕提督被恐後。凡大僚有關于捕務者。出門皆有馬兵隨護。以防不虞。

十七日辛酉晴。邇因天暖。尼瓦江面雪已融化。步者仍敢履行其上。童孩多在上戲玩。量知冰厚無憂也。入夜陰雪。

十八日壬戌陰。見俄都老嫗擔負零碎物件以售者。担長五尺。作弓形。占地雖小。而不如長擔省力多矣。

十九日癸亥陰。是日係禮拜四日。據云爲當時耶穌灌足之期。由巳正至午正。各禮拜堂及本街英耶穌堂。神甫洗足。男女諷經。

二十日甲子。晴。冷。係俄曆三月三十日。西曆四月十一日。為耶穌被釘十字架升天之期。由巳正至午正。各禮拜堂男女諷經者尤衆。

二十一日乙丑。晴。因明日為耶穌復甦之期。亥正。各禮拜堂開門。男女聽經。恭禱耶穌復甦。各國公使隨員。及外教遊客。皆准入觀。子初。彝同蔣丹如塔木菴陳養原夏干諸君。步入伊薩吉業蒂斯吉索卜大禮拜堂。正面設耶穌位。頭二三等神甫數名。諷經禮拜。左右臨壁二平臺。坐外國男女二三百人。前面又一高臺。前橫耶穌木棺。後立一燈。插燭二十四。左右立教童數名。著闊袖烏衣。胸前背後。有金縧寬約寸五。形如◇字。通堂男女數逾六千。五神甫年逾六旬。頭等者。披金氅戴金冠。形似倭瓜。手舉金十字。二等者。亦披金氅戴金冠。氅係紫質金花。亞于頭等。三等者。亦披金花氅。戴烏緞帽。形如口字。皆左提香爐。右舉小金十字。幷小燭一。不時步登左右二臺。向衆鞠躬。示金十字。誦至子初一刻。同登對面高臺。在棺左右立誦一陣。後將棺蓋舁過正堂。又朗誦。少時復登高臺。時値子正。放礮鳴鐘。通堂氣燈齊燃。男女皆手持一燭。長八九寸。上下光明如晝。又彼此朗誦一陣。爲慶耶穌復甦。誦罷。各神甫率教徒擧燭出正門。繞行堂外一帀。入後。大神甫立誦正堂。其他對對分往左右。向壁上各神像鞠躬。見人則言可賀耶穌復甦。回後。誦至丑初。少息。繼按常規。誦至寅正始罷。當夜堂外頂上四角燃大燈。通城各家門首亦燃燈。與慶賀年節同。是日爲一大節。故終夜市肆不閉。人民不寢。又堂前三面廊下。羅列木案。出售糕餌酒肉。男女蜂擁。以數千計。

二十二日丙寅。晴。禮拜。午初席槎吶伍斯吉母女請早餐。因其祖籍波蘭。每值耶穌復甦後第一禮拜日。設饌約戚友來食。設長筵。列燻雞火腿醬牛羊肉各種冷葷。以及各色糕餅。染紅雞卵牛乳餅乳油麪包等。主人舉盤問客所欲食。食畢。進茶。臨行謝別。其至戚者可與主人親吻。或以口嗾主人手背以爲禮。見市肆出售眞假雞卵。造以糖麪飾以五彩。以之送人。無論識否。婦女准相接吻。自是日起。三日後止。當日係俄厯四月初一日。

西厤四月十三日。各國皆以是日爲大節。而俄國遵守禮儀爲尤盛。官府投刺拜賀。故星使亦遣員前往焉。入夜陰雪。

二十三日丁卯。陰。巳正。忽聞放礮三聲。詢知俄皇于巳初步遊宮右御園。派有巡捕二名。暗侍左右。途次突遇一人。著官衣。年近三旬者。趨而進。免冠鞠躬。俄皇以右手扶帽答之。見其神色可疑。俟其過。回顧時。伊已取出手槍。未及呼。已連施三槍。幸而脫。時左鄙民房門丁聞聲往捕。伊以槍中其左頰而仆。後經二巡捕將伊縛之。

同時前面又一人向俄皇放槍。又被他二乘馬巡捕所獲。遂將二人下獄。前一人被獲時。自呑毒藥兩丸。卽刻暈迷。入獄後。灌以解毒之水。移時稍醒。憨睡而已。各處聞信。挂旗申賀。未刻接一官帖。內云。俄皇無恙。無須枉臨。惠問。容日覲見。夫俄皇被驚。此第四次也。其第三次。亦在宮前步遊。經一人放槍行刺。係俄厤一千八百六十六年（卽同治五年）四月初四日。按日計之。比前次早兩日耳。聞昨日街市牆壁粘有匿名告白。云明日弒君。戮諸大僚。巡捕見而抹去。未經稟官。

二十四日戊辰。雪。涼。前日席槎呐伍斯吉母女來函內稱有孤子韋夏呐伍斯吉年六歲。無人養育。善拽胡笳。衆樂工設法賙濟。訂于四月初三日戌刻。公立樂場在佩甫什阿夫斯喀亞模斯達買庫堂。請人助善。今特奉上三帖。每帖三盧布。并祈代請二位。屆期同往。諒必悅從也。屆時同蔣丹如陳養原乘車而往。男女有二百餘人。奏樂者拽胡笳。吹喇叭。彈琴。擊鼓。歌者二男三女。曲樂均佳。後小童拽胡笳。音調悲壯凄楚。聞者感泣。無不樂爲輸納。亥正回寓。

二十五日己巳。雪。數月前。新聞紙言。是日亥初。俄國大太子在米奚婁茀斯戛亞街多洛布店對面樂堂設善會。入者每人十盧布。所獲以備休養苦兵。函請各國公使。星使助以二百盧布。蔣丹如陳養原慶靄堂夏干與彝各買一票。聞該堂共備票二千張。半月前售盡。竟有不得者數百人。當晚星使率蔣丹如與彝等往。樓極崇宏。頭層四面穿廊。四角各小室一間。敞廳正面一臺爲御座。臺左穿廊及犄角小室。列長筵。出售茶酒果餌。臺右穿廊及右鄙一帶。設高臺。層層列物。大者如車琴油畫石人座鐘瓷瓶衣鏡等。小者如金表筆筒荷包靴掖等。大小計一千四百零五件。臺對面設樂臺。樂工四十五。左右穿廊。橫長案。列肉食。通樓上下懸花結彩。廊前四面列座。男女老幼擁擠如雲。子初。太子至。登臺少坐。四面遊覽而去。見者無須行禮。鞠躬各任其便。丑初夜饌。丑正跳舞。寅正散。是會每年一次。名曰大會。入者裝飾隨意。有蒙假面及著他國衣服者。通場飲食花酒。以及燈彩器皿。皆巨商所助。食物器皿。任人取用。惟酒與鮮花。皆善家婦女易服出售。買者任便給錢。樂工僕役均不取値。羅列大小什物。皆諸善士所施。每件挂有號目。另備紙捲四萬。束以銅圈。每張長二寸。寬寸餘。中有一千四百零五張印號目。并一彩字。餘三萬八千五百九十五張。皆白紙。印一喜字。堂池四角。立四櫃。各置鐵絲轉輪籠。周四尺。寬五寸。各盛紙捲一萬。櫃後立二信女。一善男。籠軸不時旋轉。三人各以銅盤托出。每四紙售一盧布。展視有彩字者。按號對簿。驗明所得何物。次日取之。當夜夏干以十七盧布買六十八張。一無所得。蔣丹如買六十四張。得黃銅撲滿一。高二寸。周亦二寸。

菸捲五百枚。木質紅緞包鑲駝鳥卵一枚。香牛皮小菸捲盒一箇。陳養原買七十六張。得蚌嵌紙匣一箇。彝買四十八張。得藍玻璃拭筆缸一箇。孔雀石袖扣一對。耳墜一對。項扣一枚。鑲金匙一把。瑪瑙柄刀叉各一。太子每櫃買四百張。所得之彩未聞。

二十六日庚午晴。未初同蔣丹如陳養原乘雪牀前赴米奚婁弗斯戛亞街樂堂。收取所獲之彩。所有裝修器皿。一概收去。四壁空空。惟堂池羅列各物。前橫一案。後蔽木柵。有六人接票。按號付給。頗延時刻。酉正回寓。閒昨晚來人二千。獲錢四萬盧布內門票錢二萬。紙捲錢一萬。其他一萬。則由售酒花所獲耳。

二十七日辛未晴冷。記俄京稅務極重。無物不稅。值十盧布者。輸半盧布稅。索實銀。不收紙鈔。不收考貝。無實銀則以一紙盧布三十考貝抵之。各國駐俄公使不預向外部議定豁免限期者。凡物亦須納稅。議定者。各國不同。其期有限以一年。有限以數年。其數限定若干盧布。如限滿算結逾定數者。仍徵溢數之稅。每屆限滿稅局致函言限內豁免盈朒之數。彼此另立一紙。聞德國公使每屆七年瓜代。故與外部議定七年免稅五萬盧布。數日前葡萄牙總領事官德人米敦者代對岸頭街第九號佛克斯函請赴跳舞會。亥正一刻伊同彝往。有男女八九十人。作樂跳舞款待艮殷。子正回寓。佛亦德人。在俄京開張酒肆。有四十二區。佳醖著名。遠近爭購。亦一巨商也。

二十八日壬申晴。記俄京寄送物件與他國者。外裹以布。書人名住址。束之以繩。繩頭布口皆蓋火漆。外有二紙。各書某年月日。走何路。值錢。保險各若干。送交何人。

並何人轉遞。由信局蓋印。一存信局。一交收物人。又由信局出一保險單。歸寄物人收執。以便有遺追討。

二十九日癸酉。晴。巳正一刻江開。即刻冰溜順流而西。至午初。則一望汪洋。水平如鏡矣。聞昨早尚有踏冰往來者。午後經地方官以鐵鍊木柵將各埔口阻住。自前俄厤四月初一日禮拜。市肆關閉。工匠休息七日。至明日始行開門。一律工作。溫宮左大園中之木建鄉戲房。亦開演七日。至明日止。故邇來遊人極多。而兵民之醉臥當途者。數武輒見之。又德國使署于昨日設一善會。

出售金銀瓷石紙木綢毡象牙翎毛各種器皿玩物鮮花糖果酒食糕餌等每件挂牌號價價均倍之物皆德商所施所收之值以助在俄之德國貧民奧德兩國公使函請往觀未正同衆隨星使乘車前往各屋設案數張羅列各物星使及邵蔣二參贊各買物數件彝買小瓷瓶一對四盧布鮮玫瑰花二朵二盧布糖果一盒一盧布牛角取火盒套一枚一盧布星使邀赴溫宮左看鄉戲木房五橫列一行高大如樓後有轉木馬圈轉小船圈皆似巴里者是處因車馬塡塞距數武卽有馬步

巡捕彈壓。入正中木房。周約百丈。高七八丈。臺前正面奏樂。外分六槅。每槅方八尺。設四座。價五盧布。再前列木椅三行。每座一盧布。再則層層漸高排列小椅。每座價由六十考貝。減至二十考貝。頂上而立望者。每人十五考貝。每一小時。演戲七齣。演畢。由南門出。甫來者由北門入。當時所演。係一鄉民遊巴里。在凱歌路木榻晝眠。夢駕礮彈而上天。入月遇仙。攜有美酒。仙飲而玉山頽倒。其人乃竊其衣冠而服之。旋有衆人奏樂。以肩輿迎入廣寒宮。謁見嫦娥。正暢談間。多人以木籠舁仙至。

蓋目仙爲俗子而捕之也。仙出籠。控諸嫦娥。繼而彼此辯較。其人語塞。嫦娥令強納其人于礮彈。命大鵬以爪擲出月宮。甫出門。爪舒而礮彈落海。不意正抵龍宮。乃入。謁見龍王。大悦。相與步遊。見宮室之富麗。花木之新奇。又與霄漢不同也。未幾而醒。酉正回寓。當日自開江後。往來小輪舟。已見十數隻矣。按中國北省湖澤。冬凍春融。此地長江。至夏始化。亦天時之使然也。入夜陰。甚冷。

又三月

初一日甲戌。陰晴參半。雨雪相兼。記前俄曆四月初一日禮拜。為一至大之節。不惟官民往來拜賀。僕役皆有賞賜。當日賞外部總理及尚書門丁各十盧布。僕役各五盧布。禮官僕役五盧布。前任駐華俄公使布策僕役三盧布。巡捕二盧布。送信人五盧布。送新聞紙人三盧布。送電信人三盧布。房主二負薪人各五盧布。公署車夫四盧布。僕役五盧布。門丁三盧布。燃燈拭地雜夫四人各二盧布。共賞七十八盧布。按英法德美等國。皆無別家僕役討賞一節。殆因國貧之故歟。抑或因地近亞洲而然歟。不可得而知也。

初二日乙亥陰。凡由他國寄新報到俄，皆經官寓目查。其是否關礙公務。然後按家分送。間有以墨塗抹而後送者。早見德國四月十二日新報。被俄抹去一段。不知所言何事。蓋德俄二國陽和陰怨。幸屬葭莩。尚不至於失和。或云。一旦德俄二皇薨逝。恐彼此不免生釁焉。且德國新報屢有責言。直斥俄國官民之弊。故俄恐民知而塗抹之。亦掩耳盜鈴之故智也。夫俄民在外貿易。苟按信抄錄封寄。國家亦無法追究。由此觀之。防人不如治已也。
初三日丙子。細雨。見俄國貧民男女置買物件。亦多將筐匣頂于首上。如埃及國人。按尼瓦江無潮。鎮日西流。而偏北一帶。仍有冰塊激流。北岸有小三板截流橫渡。渡者每人二考貝。
初四日丁丑。晴暖。係俄麻四月十二日。午初。俄皇率衆官遊立瓦的亞島。盤桓二十一日。後往德國賀德皇五十年金婚之喜。又是日係西麻四月二十四日。爲墨皇二十五年銀婚之喜。故左鄰墨國使署自挂本國花旗。

以申慶賀。亥正一刻。英人達魯義代伊姊倩梅爾請茶會。遂同塔木菴陳養原福遠峯乘車南行八九里。過賽米吶伍斯吉橋。轉西至屯坦喀街路南第八十二號。抵其家。見梅爾夫婦。皆年逾五旬。有男女五六十人。所備茶酒果餌甚為豐盈。少坐。有郝氏姊妹來。長者年十七歲。名郝森。幼者年十六歲。名郝岑。一彈琴。一鼓瑟。聲調和諧。舉座歎賞。後一男名杜魯者。學演戲法。取本家新紙牌二包。請五女客各拈其一。暗記某張。仍還于內。後杜一一取出。舉向五女客視之。無一訛者。又請二女客各抽取若干張。置于燈臺下。時一取十五張。一取十九張。言明所取之數。及所置之地。或左或右。杜再三問畢。取出視之。則甲牌在乙邊。乙牌在甲邊矣。又請一人抽取數張。塔木菴即取十五張。交與其人。再計之。則四十七也。末于桌上覆三杯。杜以麪包作三小球。置于上。後取一球于手指而問曰。杯內藏有幾枚。有答以一二者。有答以二三者。啟而視之。各如其言。如此數次。極爲敏捷精巧。又一少男名鄂坦利其斯吉者。立歌一曲。聲調清新。唱畢。小食時。己子正。即刻謝歸。而大雨滂沱矣。

初五日戊寅陰雨記十數年前通國俄民約八千餘萬其三分之二爲奴屬各世爵富戶按世爵數共十萬九千三百四十至俄厤一千八百六十三年（即同治二年）三月初三日俄皇阿來三德慮其分勢乃下詔改奴爲民蓋各奴原爲主家耕種在奴被釋無依在主亦難招種乃經官定各地仍令耕作視爲傭佃按年核其所入給以十分之四而償之第一年令奉主一百盧布以謝釋放又恐一年所獲無幾乃定當年祇奉二十盧布其餘八十盧布由官墊給限於四十九年內陸續償還又有御

耕奴二千二百二十二萬五千零七十五名。男一千零五十八萬三千六百三十八名。女一千一百六十四萬一千四百三十七名。亦於九月初一日下詔釋放。內二百萬名賞爲佃戶。按年耕種。官給工值。俟四十九年後。其地皆歸自有。其餘二千餘萬名。按年照人丁稅數捐銀一次。至四十九年後。各歸自主。官給工值。如是則俄國所有可耕之田。官得五分之三。世爵富戶得五分之一。佃戶得五分之一。自釋奴後。各世爵富戶多致貧苦。因而觖望。數日前。俄皇於宮內拾一匿名帖云。汝莫以前日行刺爲末次。雖去他國。終不甘心。且不惟欲弑汝。即他掌權重臣。亦視同几上肉。查其紙非宮外之物。事遂寢。前日又訪得宮內供奉多係黨中人。遂即逐之。昨日臨行。立向廷僚宣傳一切。幷云。刻下京城不靖。各懷私心。皆由地方官管轄不嚴。自我去後。須設法清理保護。當日巡捕營提督諭令通城各家雇人看守門戶。晝夜坐臥。出入皆須問明。日日報官。遇事鳴號聚衆。以助巡捕。自示諭後即派人訪察。有未經雇人看守者。初次罰五百盧布。再不雇。則罰一千。三次不雇。即將房主監禁半月。故各家門首皆有一人。或老或幼。或坐或立。聞本房前後二門。雇二人。各給無表羊皮褀一件。每月每人工値十五盧布。本日星使再會布策。由未正談至酉初一刻。

初六日己卯。陰。涼。晚有巴杜立池之友柯洛斯請茶。亥初同蔣丹如、陳養原及夏干往。入內。見其夫妻子女。茶後鼓琴歌曲。暢談極久。至子正一刻。復同入座。食冷葷麪包。茶酒加非等款待甚殷。丑初回寓。

初七日庚辰。陰。數日來雪化冰消。雪牀藏而馬車出矣。

車箱窄淺。而箱軸中間之餃形輭鐵高。道路不平。行動搖蕩。乘者宜慎。御者多換戴凸字形烏絨帽高約四寸。自江開後。傍岸舊存之大小輪船。多有生火開去者。間有小輪舟往來江面。隔窗望之。長流染黛。微浪疊鱗。又換一番景象也。按俄都在冰天雪窖之中。今見綠水溶溶。頗令人賞心悅目。

初八日辛巳晴。記俄京鐵轍海車細長式如美國者。每車以二馬拽之。上下各坐二十人。俄一里計華二里。頂上者一人三考貝一里。箱中者五考貝一里。其規較他國異。登者人給一票。方三寸。紙或黃或白。上印號數。由某處至某處。隨身攜帶。莫遺失。莫撕碎等語。終朝用票若干。則車主向御者照票索錢。亦防弊之一法也。車開時。一人收錢給票。一人按票撕去一角。人滿則外插紅旗。以阻人喚。各車皆造自英美二國。非土人之工也。

初九日壬午。晴。是日係俄曆四月十七日。爲俄皇之誕辰。各家房簷樓頂。以及車船。皆挂旗慶賀。晚則懸燈奏樂。終日人馬往來如蟻。

初十日癸未。晴。未正。星使三會布策。坐談極久。自上月天氣微暖。卽有蠅蚊。涼而去。暖而復出。今則紅頭青翼。擾擾營營。客眠不安于枕矣。

十一日甲申。陰。冷按王子年拾遺記內載。李夫人死。武帝思夢見之。李少君言能致其神。啟帝曰。黑海北對都之野。出潛英石。其色青。輕如毛羽。寒盛則石溫。夏盛則石冷。刻為人像。神悟不異眞人。乃求得之。命以刻作夫人形。置幬中。宛若生時。帝欲近之。少君曰。此石毒。可望不可迫也。夫黑海之北地。卽今俄之芬蘭。瑞之諾蘭。彝詎是石奇異。如果有之。誠至寶也。前丙寅夏到瑞典時。

云無是物。此次抵俄見俄瑞人之深明地理者。問之僉云。自古無此至寶。東西兩半球之土地山河。凡吾儕所講求者。探訪幾盡。所著行程日記格物類考及南朔地理旁搜各書。內載皆無此等玉石。究不知所記確否。果有此石否。今仍有石之相類者否。當時果實得之。又不知得自黑海北。或他海北也。今姑誌之。入夜細雨涼。

十二日乙酉。陰雨。見男女步行。執雨傘者少。而著皮帽皮衣者仍多。申初。星使四會布策。坐談極久。昨晚大塊冰雪自上流冲下。天明則通江皆白。如月前未開狀。南北臨岸。復結冰二丈四五尺。惟中一線緩流。幸天不甚冷。不至江心復涸。火輪渡船因而停止。入夜晴。

十三日丙戌晴。終日尼瓦江面南北岸結冰三丈餘。正中一縷。仍大塊冰雪飄流。颯颯有聲。亥正同蔣丹如陳養原與夏干乘車赴巴杜立池之友木拉里額斯家小茶會。男女四十餘人。多有能英法語者。一幼女名柯梯斯曬茀口齒尤爲清楚。丑正夜餜。寅初囘寓而東方白矣。

十四日丁亥晴。禮拜。酉正陳養原邀巴杜立池夫婦在巴立帥大戲園觀劇。約夏干與彝往陪。通場男女扮俄國各省土裝婦女。有著皮小帽。紅氅或藍襯衣者。至其跳舞景致。與前日所看大同小異。末場於中臺出水法。高丈餘。極其精巧。眞假難辨。爲他處所未經見者。子正回寓。

十五日戊子晴。早起。臨江眺望。冰流盡而江面清水則滔滔而逝矣。午後。由對岸以輪舟携來一木埔頭。係爲南北小舟渡客用者。木厚半尺。寬五丈。長二丈。上立小屋一間。以便客坐待舟。後傍岸偏西。又來明輪遊船二隻。
十六日己丑。晴暖。未正。星使五會布策記俄京煖屋燒竈。用木而不用煤。蓋土產無煤。雖有亦少也。作煤氣燈用者。皆運自他國。煤渣雖吸盡精油。仍可焚燒。惟歷時不久耳。間有用以然鑪煖屋者。其色如灰。體輕而價廉。皆以蒲包盛送之。
十七日庚寅。晴。連日臨岸列木瑪頭五座。每座寬三丈。長七丈。中作穿堂。左右各屋一間。几案鑪竈俱全。蓋備遊客待船者。屋下如船。內有小屋。間間係爲船工水手住者。有一東首傍橋者。修飾華美。爲官瑪頭。禁止閑人往來。有兵看守。

十八日辛卯。晴。冷。近來街市貧人。多賣小束鮮花者。朶大如梅。六瓣。色藍。如馬蘭。無香氣。其名未詳。每束值二考貝。

十九日壬辰。早晴。午後雪。未正。同蔣丹如陳養原乘車。行十數里。至乃武斯吉街西大加非館。少坐。歸時以三盧布買得大鰣魚一尾。長約二尺。寬八九寸。食之肉肥味美。

二十日癸巳。早陰。午後大雨。未正。星使六會布策。記俄京通城惟三木道。平坦可遊。車行極穩。一在溫宮後臨江。長三里。一在宮前偏西。長五六里。街名乃武斯吉。一在宮右。長里餘。街名巴立帥麻斯怪，譯言大海也。各街雖間有激水筒。數日前天乾日燥。風起攘塵。不如英法之潔淨。閭巷皆墁以大小石子。既無激水筒。亦無噴水器。然較他國之路途不墁。汚穢灰塵者。則此又加人一等矣。

二十一日甲午。禮拜。早晴暖。街市遊人如雲。未正。忽陰。

大雨一陣。雷乃發聲。自本月初旬尼瓦江開後。各處冰消雪化。遙望草色青青。今則名園綠綻。曲徑香生。非復從前景象也。

二十二日乙未。晴。未初。阿努臣請蔣丹如陳養原桂冬卿及夏千與彝。乘車往看官書庫。在乃武斯吉街阿來三德戲園之左。周一里。高三層。建于俄厤一千七百一十一年。俄皇彼得羅元年。即康熙四十九年 樓係甎石。梯皆木質。規模整齊。與他國書閣無異。共存各國今古書籍萬卷。中國滿漢書亦數百卷。看畢。謝歸。

二十三日丙申晴。未初。星使七會布策。是日為俄厤五月初一日。又為其立夏之期。聞每年是日。在京之西南隅。業戛介林闊甫斯吉園內設雜劇茶坊。園外四面往來走車。亦初夏踏青之意也。申正。同蔣丹如陳養原與夏干乘車行二十餘里而至。一路見每一矢地立巡捕一名。二矢地立乘馬巡捕一名。每段又立乘馬協尉一員。各車往來有定轍。其路巡捕指示。不得錯雜。其禁止之路。立木柵以阻之。園門有巡捕查驗。步行者准入。單雙馬樣車准入。至街市所雇之車。無論大小單雙馬者。

概不准入。蓋恐人多混雜。而彈壓不易也。園周八九里。四面往來車兩行。計有千輛。絡繹不絕。繞行不許改路。有中途折回者。雖公侯亦不得過。園內土脈溼輭。苔草初生。茶坊酒肆。棋布星羅。在外繞行二次。戌正回寓。聞是園入夜燃燈。至天明始罷。

二十四日丁酉。晴。見街市有托長方木盤。出售橘子蘋果者。每見人或休息。則一骽跪地。置盤于膝上。入夜大雨傾盆。

二十五日戊戌。陰雨。近日微暖。街市多有抱玻璃罐賣橘子水者。罐高尺半。粗尺餘。每盤一耆貝。色淡黃。味甘而微酸。因寓所租期將滿。已正同夏干訪房主人韋什呢也格拉斯吉。告欲續租一年。給以一萬二千盧布。一切如前。供給柴水。伊云。無論一年二年。租價無異。總之不供柴水。每年須一萬二千盧布。若供柴水。則須一萬四千。再三訂之不允。回寓稟明星使。遂擬另卜吉寓。未初。星使入會布策。坐談極久。酉初一刻始去。入夜雨止。仍陰。

二十六日己亥陰。未初一刻。步至本街第六十四號。看房一所。樓二層。共房三十一間。尚屬潔淨。不供煤柴。無器皿。一年租價六千三百盧布。租否未定。酉正。巴杜立池來拜。坐談片時而去。彝同俞惕盦東行里許。步入溫宮右彼得羅園。周三四里。四面環以鐵欄。樹木無多。碧草滿地。東北一土岡。上以碎石堆壘。微生野花幾種。正南鐵架花棚一橫。作弓形。左右木房各五間。作月牙穿廊。係出售果餌茶水者。現因天涼。遊人不夥。故各間尚如懸磬。西北巨石一塊。高丈餘。周約二丈。形如疋字。上立銅鑄前我皇大彼得羅騎馬像。與眞無異。馬揚首伸蹄。作馳驅狀。人則左手執韁。右手北指。若有所言。記俄語皇帝曰克薩爾。按俄克薩爾大彼得羅爲克薩爾米沙洛威自之次子。生于西麻一千六百七十二年。即康熙十一年伊兄佛多爾薨而即位。當時俄雖爲國。尙在已化未化之間。先本國自亂。至一千六百九十六年即康熙三十五年平靖後。始圖富強。乃由塔塔爾爭得阿索莯。次年微服遊歷泰西各國。學習格致諸學。由日耳曼入丹尼。在阿木思德丹潛投船塢。自名計謀滿即木匠彼得羅。乃勤學造船行船各法。至一千六百九十八年。即康熙三十七年去丹入英講求治法。繼欲往義大利。因聞內亂。乃返。迨安定後。乃覓得賢彼得堡。卽俄之北京也。始行開墾地畝。修建宮殿。營造礮臺。遂建爲都。蓋鎭撫西北鄰邦也。次年與瑞典戰敗。然雄胆未喪。乃云。今雖勝我。實教我以勝彼也。四年後。又戰。遂大捷。得芬蘭及茵戞立亞各地。凱旋而語國人曰。二十年前。我亦野人也。所以能自強者。惟知勵精圖治耳。至一千七百二十五年（卽雍正三年）病薨。時年五十三歲。至今國人仰慕。稱曰中興克薩爾祖格蕾（英言大也）彼得羅云。

卷十二終

清末民初文獻叢刊

四述奇

（第四册）

［清］張德彝　撰

朝華出版社
BLOSSOM PRESS

四述奇卷十三

鐵嶺　張德彝在初隨筆
貴　榮竹坪校閲

己卯又三月二十七日庚子。陰。凉。記俄國舊制兵勇由農工招募。或已充兵勇之子弟及他士民之情甘投伍者報官挂號。届時一概徵調。至俄䵣一千八百七十一年。即同治十年俄皇改定新章。通國民丁除經醫查驗疲弱免充外。凡年至二十一歲者按年報官充伍。不准寬免及代替各情。以十五年爲限。係入營操演六年。留名回籍候調九年。每年仍傳操一二次。調時。擇其年富力強者。披堅執銳。年邁就衰者。防堵要隘。看守礮臺。幼丁至十七歲者。准其投營學習。年滿入圍考試。充兵而後回籍候調。或考授武職。凡回籍候調者。至三十七歲。始予除名。有染病及任他缺者。酌辦。實任武職有告退者。雖無俸薪。亦必至三十七歲方准註銷。人民皆有充兵之責。故未及二十一歲者。禦侮乏人。亦可徵調。各處惟在哈薩克及芬蘭各屬人民。除苗蠻因身體矮小及性情柔弱不計外。仍因舊制。每五百挑取二名。至少以九萬或十萬爲定額。平時東西中北四俄之步兵三十六萬四千四百二十二名。馬兵三萬八千三百零六名。礮兵四萬一千七百三十一名。開道搭橋等兵一萬三千四百一十三名。回籍聽調兵三十一萬零五百五十五名。共兵七十六萬八千四百二十七名。官三萬三千零四十三員。去歲有事於土。兵數增至一百二十一萬三千二百五十九名。官則增至三萬九千三百八十員。各兵在營六年。官給軍衣器械薪水芻草。無餉糈。有告假一二個月者。按月官給十二考貝。不告假而傭於暇日者。

所得之值。納其半以助軍需。亦云苦矣。其正南東南西南近土耳其黑海及塔塔爾地方。有另種驍勇善騎者。通名哈薩克。色黑黃。貌比蒙古回回。此等人來由八府。每府挑定人數。熟習操演。以備不時之需。中二大府。一名庫班。專演一隊。爲出征御林護衞。一名特拉克。專演一隊。爲平時御林護衞。此等人不比中華蒙古。亦不比美國黑奴。乃一種游民。國家不收丁稅。故皆有充兵之責。共分三等。第一等爲幼丁。學習由十歲至二十歲。第二等爲雄兵。入伍二十五年。至四十二歲。准其回籍候調。第三等爲出營候調五年者。至四十七歲。始予除名。一切寬免。工商各聽其便。在營時。官發軍衣器械。薪水芻草。一切自備。移營出界。雖給餉糈。亦只些須而已。其南界游民之名屯哈薩克者。國家不收丁稅。每年給難裔之孤寡賞郵。哈薩克男丁八十一萬五千名。充兵者十二萬九千名。如沿黑海一帶。男丁十二萬五千名。充兵者一萬八千名。闊戞希亞一方。男丁十五萬名。充兵者一萬八千名。屯哈薩克男丁。共四十四萬名。充兵者六萬六千名。額拉哈薩克男丁。共六萬名。充兵者一萬名。歐林柏爾哈薩克男丁共六萬名。充兵者一萬名。賽比里亞哈薩克男丁共五萬名。充兵者九千名。計俄國陸路兵官共一百三十八萬一千六百三十九員名。

二十八日辛丑。早陰。午後晴。按俄國多產木麻。因籌濟貧之法。凡物由本國送往他處者。無論大小。皆令盛以木匣。包以麻布。方保無失。夫送物固權輕重。如是物件重。信局必多獲利。是亦爲貧謀食之一法也。

二十九日壬寅。晴。記外國礮臺築法精益求精。使人攻之不易。邇聞一種難攻易守之礮坑。係在應守之處。擇高地掘坑。沿坑架礮。設有活軸關鍵。以便左右旋轉。上下挪移。向口設一遠鏡。敵船闖口。則影入鏡。而坑內又有對鏡之鏡。影射入坑。則移礮向準敵船。卽拽關鍵而擊之。是敵船中礮。不知何所由來也。若彼施放開花。則坐受其困。無法禦之。想西人不日必有妙法也。今彝思得一法。于此坑二三里外。另掘大洞。支以石鐵。中通隧道。苟有開花落入。人可急赴他洞。以免轟傷。蓋開花落地。不卽碎。須滾轉數分時。始崩裂也。

三十日癸卯。晴。暹來天長。亥正一刻日落。正北偏西丑初日出正北偏東。當子初子正日入未出之際。遠望正北一帶。光散紅紫。海上騰輝。蓋日之精也。夫日將入曰晚霞。日將出曰朝霞。若斯則可謂夜霞矣。故夜行者無須秉燭也。

四月

初一日甲辰。早晴。午後陰。入夜大雨。見俄京市肆出售乾果。無瓜杏核桃等仁。惟有生葵花子榛子栗子。與炒皂筴數種而已。

初二日乙巳。早雨。午後止。記俄國因地氈昂貴。于樓板上覆以碎木一層。攢成花式。擦以黃蠟。光明無滯。每月洗拭一次。專有匠役。工價極廉。

初三日丙午。稍晴。記泰西各國皆嗜茶。色黑味濃。英法尤甚。飲則加以糖乳。然用時無多。間與加非並進。無力飲者。以加非苦酒代之。蓋茶貴於加非二三倍也。俄國茶賤於加非十考貝。無論貴賤。早晚皆飲。茶色淡味平。飲時亦加糖乳。間有加檸檬片者。其味微酸。俄人飲茶用玻璃罐。有帶柄而上覆銀錫蓋者。有無柄無蓋而執以銀錫架者。架形如杯。平底直身。高約一寸。雕刻玲瓏。

旁亦有柄。新式可觀。

初四日丁未。晴。涼。酉正。有俄之老人季楳滿率二子來。一年二十。現充外部書識。一年十九。現充水師外委。請蔣丹如陳養原與彝遊萬牲園。俄名左洛几車斯吉薩。遂乘車順岸東行三里許。至溫宮後大木橋旁碼頭。登輪船。有百餘人。開船。轉回由橋下穿過。東北行五六里。登岸。又步行里餘。入園。禽有孔雀鷺鷥鴛鴦鴨鸛鴟鴞鶯雞。獸有虎豹熊獅牛駝豬狗。水族惟有海龍。中一大者。周兩圍。長一丈。又一老野豬。白毛不甚長。鼻粗口闊。

上下各出二牙。長一尺。皆向上彎。以致耳眼小如棋子。
其他無一奇異者。大加非館一。賣牛乳木房四間。雜戲
敞臺一。甚大。左右奏樂。前橫長凳三十餘行。坐人二三
百。其人係來自各國者。去此臺。入一小戲園。共演英俄
法三場。演英戲。係一人學三人話。一眞人二布人。男女
老幼。無不肖其口吻。又一人立木棍于鼻準。長二尺。一
端置一白鴿。雙翅展而不飛。繼而橫連一棍。長半尺。後
陸續接連四棍。作弓字形。往來行動。鴿仍不落。演俄戲。
係三男作樂。一女歌曲。聲調甚爲淸新。演法戲。係一男

一女。于大臺上作一小臺。正面中心一長方洞。前後懸燈。中挂一畫。繪一男一女。各高尺餘。頭比眞人稍小。畫屢更而聲音笑貌不改。每歌曲說白。口眼皆動。蓋畫上空其首。而人首適當其中也。妙甚。聞尚有小戲園二。先後演至丑刻方散。因時己子初。寒風侵骨。遂卽謝歸。途次北望。軒軒霞舉。而日輪己在吞吐間矣。

初五日戊申。晴。溫宮東偏有一園。俄名立大呢薩。譯卽夏園也。周四五里。四面環以鐵柵。高丈餘。前面臨江三大門。中石門不開。建作天主小廟。東臨小河。西傍教場。

後門近舊王宮。今改爲學院。園內中路石人兩行。樹雖成林。而高大者少。西南隅一小池。水淺無魚。東面偏北。設有樂臺。加非酒肆。兩翼屋二十餘間。內外羅列桌椅。容人數百。每日戌初作樂。子正始散。遊人如雲。亦俄都名勝之區也。與法之馬逼英之客立滿相埒。惟無入門費耳。

初六日己酉。晴。記俄京每屆中秋。雪降結冰。則工匠休息。至次年孟夏。土木始興。邇來本街建造樓房者數處。甎厚二寸。較英法稍大。體亦堅。色亦潤。

初七日庚戌。晴。記俄京現雖稱夏。天氣涼似春秋。早晚尤甚。非挾纊不可。而富室率移居鄉間。或遊他國。名曰避暑。斯亦奇矣。又本街東鄙。大鐵橋面作丫字形。在北面三角中心。建天主小廟一間。自江開後。每夜子正將北面二岔移開。至卯正關閉。以便大船往來。因橋心上下。舍有關鍵。故數萬斤巨鐵。移動無須人力也。

初八日辛亥。晴。午後同慶錫齋塔木菴純威銘步至對岸畫館一觀。巳正啟。申正閉。地頗寬敞。樓高四層。四面環列油水畫軸大小數千張。有男女畫工在彼摹仿。然筆墨粗俗。令人不耐。

初九日壬子晴。未正。星使九會布策。酉正。同俞惕盦步遊後街。順河灣。過其船廠。遇二水師武弁。名姓未詳。延飲高釀。辭謝之。繼由南轉東。過小橋。見二童立而垂釣。一約十歲。一五六歲。餌用蚰蜒。已得二尾。置于鐵罐。魚約二寸。色黑無鱗。分水前。左右各一骨鍼。長五分。甚勁。見二魚張口昂首。乃予以三考貝而釋之。二童歡然而去。

初十日癸丑。早陰。巳正。大雨一陣。午後晴涼。遛來見堤岸園囿。亦有蜻蜓蝴蝶。色分五彩。頗覺可人。

十一日甲寅。陰。甚冷。記俄人自呼曰魯斯。吉稱華人曰契達伊。自其音與契丹同。仍不外乎五百年前之舊稱也。入夜雨。

十二日乙卯。早陰。冷似孟春。申正晴。酉初同衆隨星使乘車。入夏園晚酌。去此。過大木橋。北行十五六里。入巴立帥囿。一路左河右湖。澄波渺渺。幽林古樹。濃蔭層層。疊見竹閣木樓。在參差掩映間也。囿西臨芬蘭海。北近小平湖。東傍茂林。南通古道。車馬馳驅。絡繹不絕。沿途有乘馬巡捕彈壓指示。傍岸設鐵椅木凳、以便遊者休息。觀之令人心曠。

十三日丙辰晴。記夏園加非館之飯價。係二盧布半。及一盧布二十五考貝者。肴饌佳美。人爭購之。俄京榆樹葉圓而薄。莢嫩而長。形似桃。聞各園樹皆不高。係一二百年者。因地脈雖腴、而天氣不暖。依然一暴十寒也。

十四日丁巳晴。近見各閭巷。石子墁道崎嶇不平。官府雇人修補。斟酌平墊。洵以工代賑之一道也。按後漢竇憲伐匈奴。至勃鞮海。諒即今之波羅的海也。足見中華於一千六百年前即有人征俄羅斯入歐羅巴。惜當時無人講求地理。不知路程之里數及經緯之度數耳。或云勒隄海即今之喀斯邊海。又名裏海。

十五日戊午。晴。申初蔣丹如約陳養原福遠峯與彝由江邊駕輪船出口。西行六十里至比德好富村。係前於丙寅夏來此遊過之地。下船登岸。步行里許。入加非館小酌。遇城中舊識男女四五人。後入村周遊。居人不多。景致幽雅。阡陌交錯。極目芳菲。丁香爛熳。芍藥妖嬈。有水法。勢如瀑布。聽樂曲韻比霓裳。洵北徼之洞天也。戌正步回瑪頭。上輪船。亥初回寓。一路天陰。微雨。冷。
十六日己未。陰冷。現爲西厤六月中旬。始見地椹。黃李。
每枚值三十考貝。合銀一錢有奇。想亦來自他邦也。至
桃杏梨橘蘋果葡萄。尚未寓目。若在倫敦巴里。早已果
腹矣。
十七日庚申。晴。記巴立帥戲園西二三里。有一小園。名
代米多茀薩。如法京馬逼園。而燈火景況遜之。規模大
同小異。惟少跳舞場耳。正面一臺。所演與巴里之加非
商富同。臺右順壁二行加非館。臺左有顯微鏡看畫木

房一間。又一樂臺。後則拋球房。及茶酒坊各一。臺前三面闌以木柵。高約四尺。柵前正面。長凳兩行。加非館冰水酒食館各一。又一樂亭。亭後臨牆。碎石疊成小屋四五間。為遊人攜妓飲酒處。左右曲徑通幽。花木甚少。入者每人半盧布。看戲左右小房各三間。每間價六七八盧布不等。臺下椅座。價由二十五考貝至三盧布。每日酉正開。丑初閉。

十八日辛酉晴。記俄京貧民雖多。而無乞丐。間有討錢于街市者。無論男女。皆整衣淨面。手執青布一塊。方一尺。上縫黃布十字。向人指示。祝以吉語。

十九日壬戌晴。記英都墁木道。每塊橫用。俄則豎用。係連皮切成六角。四面連以木釘。釘粗一寸。長寸餘。木塊厚六七寸。楞寬約三寸。彼此各有取意。蓋橫木省料。立木耐久也。

二十日癸亥晴。聞申初俄皇率文武大僚。由立瓦的亞地方乘火車。回駐京西雜爾司闊野賽洛村之夏行宮。村距賢彼得堡。四十餘里。村名釋言皇村也。

二十一日甲子晴。聞前日放槍行刺之人。是日官定絞罪。伊幼失怙恃。經官收入育嬰堂。教養有成。赴試得售。現任七品文官。據供因國法太嚴。民受荼毒。總由君上不明。廷僚貪墨之故。幷招出居址同住之人。不言名姓。國家亦未深究云。其他二犯。罪狀未聞。

二十二日乙丑晴。是日係俄厤五月三十日。卽西厤六月十一日。爲德皇威廉慶賀金婚之期。蓋娶后已屆五十年也。通國官民同心頌禱。因而駐俄德國公使率各德商于敖色洛村租地。設宴奏樂。遙慶金婚。午後慶靄堂請星使邵蔣二參贊俞惕盦陳養原與彝等乘車前往。過江北行。迤西二十餘里。一路橋梁絡繹。臺榭連緜。麥黍分畦。榆楊夾道。抵其地。大樓一所。高敞整潔。左列飯廳。右設茶坊。出後門。則近樓一樂臺。左右曲徑。對面小土山。上建木樓三層。作臺字形。高七八丈。登而望之。山水清幽。一目千里。村東傍山林。右臨小湖。湖通芬蘭海。沿岸有浴室成行。鷺鷗出沒。舟艇往來。以千里遠鏡窺之。則山雲如盪胸前。海波如潮眼底。誠佳景也。各樓各廳各堂各室。皆豎德俄二國旂幟。亦頗可觀。樂臺左穿廊下。有寓俄之德國王爵某。設一抽籤善會。係一盧布買五票。物件無多。獲彩亦值無幾。聞所收紙鈔。爲賑住俄之德國貧民云。當日院中奏樂三陣。酉正。入樓晚餐。中列長筵三行。左右列方桌十四張。坐三百五六十人。樓外廊下臺旁。亦坐百餘人。樓內樂工四十餘人。對面樓上。樂工三十餘人。彼此互奏侑宴。食畢。德國參贊官布朗立祝二次。衆皆立起懽呼而罷。亥初乘車而歸。一路涼風習習。見男女乘車而往者尤多。蓋入夜改設跳舞場也。是日不食者半盧布。食者四盧布。茶酒另給其值。入夜陰。

二十三日丙寅晴。未初星使偕邵參贊桂冬卿赴外部。會柯爾斯。是日係俄麻五月三十一日西麻六月十二日。爲俄皇五十年前授德國提督之期。時年九歲。凡兩國之親厚者。彼此授國主太子或世子以寶星武職。以明敦睦之意。是日德皇遣二提督前來。贈以寶劍一口。飾以珠寶。鱗鋏光明。故在皇村行宮奏樂而慶之。此西俗也。

二十四日丁卯。大雨。冷。申正。英人柯洛斯來拜。坐談極久。因問中國車馬始于何年。彝云車始黃帝。因造車故號軒轅。始而少昊駕牛。繼而陶唐駕馬。後因騾壯於馬。故今以騾代之。由黃帝迄今已四千數百年矣。繼云聞中國車皆圓頂。不知平圓二頂、以孰爲善。彝云。中國平頂車本乎梁冀。因人內坐不便。故改之。夫中國車式。因平底。故用圓頂。便人坐內以上升。至泰西車式因平頂乃做凹底。便人坐內而下伸。是平圓二頂。各有所宜也。入夜雨止。

二十五日戊辰。陰雨。記俄京蠅蚊蚤三種極多。體大易於撲捉。又聞僕室中更有臭蟲焉。

二十六日已巳。陰冷似初冬。而園林山阜之上。仍有男女結隊乘涼者。奇矣。坐久生病。恐不忍言受寒。而仍誘過于暑也。聞在鄉間避暑者。近日多燒火煖房云。

二十七日庚午。早陰。午後稍晴。尤冷。是晚在夏園內大路兩行。共燃電氣燈十盞。橫懸半空。奈天不昏黑。光不甚明。遙從林角觀之。儼然一小月也。男女遊人。較往日尤多焉。

二十八日辛未。晴。記俄京道寬車少。故大車四馬橫列成行。御者有時坐于馬後車前。有時步行在車之右。異於中土在車之左也。其木道六楞木下。段段直排木板。長丈餘。寬一尺厚寸餘。此下每隔三尺。橫方尺松木一條。左右與道邊齊。因夏令多雨。冬日結冰于此兩木之間空而集水以省木耳。

二十九日壬申。晴暖。記俄商貿易在歐羅巴亞細亞走白海波羅的海。及其南省沿黑海各埠頭。與歐羅巴通商最著者。爲英德兩國。俄之出口貨。爲穀麻麥木麻子苧麻繩纜猪鬃皮革羽毛魚膠吧嗎油烏桕油等。由德法英美各國之入口貨。爲棉線絨呢綢緞生熟鐵細木器油畫紙畫各種機器。以及精巧器皿陳設。通國航海風篷商船。共二千五百一十二隻。內三分之一爲希臘國船借挂俄旗者。本國之船。內六百二十一隻。往來外國。一千六百七十二隻。行諸本國沿海。外有大小火輪三百八十五隻。往來本國江湖而巡緝焉。

三十日癸酉。晴暖。午後出門步遊。見乃武斯吉大街之加非館。門外列木盆種橘樹。設綠油鐵椅几案。整潔壯觀。每日來人甚夥。竟有端坐終日。不索飲食。傭保亦不過問。又俄京下等婦女。無論冬夏。不戴帽。以花布或綢方三尺者。横折三角。罩於頭上。項下作結。亦奇裝也。

五月

初一日甲戌。晴。始熱似孟夏。近日盧布行價頗昂。因俄國前與土耳其鏖兵。虧款甚鉅。竭力籌畫。擬於民間借貸。以九十三盧布爲一百。按月五分行息。限定四十三年內。按號償還所貸若干。未聞。戌初英人柯塔蕾約饌。同席一德人。一比人。年皆三旬餘。姓名未詳。當時驟雨一陣。坐談極久。子初回寓。

初二日乙亥。陰雨。早見新聞紙云。前法皇那波倫第三之子。自抵英後。勤學兵法輪機火器。學成中試。卽入英營授職。去歲督師往阿斐里加。與蘇魯黑人戰。數日前。偕二武弁帶兵三名。入內偵探。不意黑人伏於山谷。旋被害。二兵戰歿。餘人逃逸。亦天命也。法國現雖改爲民政。民心依然騷動。

初三日丙子。晴暖。俄國御者。因衣領高帽簷低。乃將後髮薙去二寸。凡仕宦之御者。服色固與英法大同小異。其他雖值夏季。仍著大領窄袖長粘袷襖。祇易絨帽皮靴耳。

初四日丁丑。早陰。午後大雨傾盆。酉正止。涼。現因寓所租期將滿。星使令彝看定東鄙第二門第六十四號樓房一所。言明無器皿陳設。不供煤柴氣燈。一年租值六千三百盧布。由俄曆七月初一日起。即中五月二十四日先付定錢五百盧布。移入付一半。半年付訖。訂於初七日書租契。

初五日戊寅。陰。早餐。食有燒雞燒鴨燒豬。甚佳。是日既爲中國令節。又值俄皇之孫受洗得名之期。是以通城掛旗慶賀。聞其孫命名曰。安得達阿。戍初。邵蔣二參贊請星使及俞惕盦陳養原慶靄堂與彝等。在萬牲園晚餐。肴饌不美。索價甚昂。供奉亦不周至。較夏園相去遠矣。食畢卽歸。冷欲披裘。入夜大雨如注。

初六日己卯。陰雨。俄京鄉間菜蔬。長不及尺。卽開花結子。亦天時之使然也。夏季暖日無幾。旋卽土涸江封。必待長足而後花。則結實亦難矣。按中國五穀沃田。有終歲而三收。有一年而再熟者。此則一年一收而已。入夜雨止。冷。

初七日庚辰。陰冷。戌初。書租契來人。係一房主人總管戛拉金。一都府書吏司萊木書畢。彼此畫押。書吏收雜費七十三盧布按俄例。城內大小房屋出租。書契由戶部買紙一張。紙價按房租計算。每千分抽三十五。故此紙値二十二盧布五考貝。納一年房稅三十四盧布。書吏之理此事者。按租値取百分之一。爲六盧布三十考貝。登簿筆資二盧布半。書契筆費二盧布。其人往來車費六盧布十五考貝。以上各費之收條。外貼官憑票一張。五考貝。

初八日辛巳。鎮日狂風暴雨。冷似仲冬。已正。星使十會布策坐談極久。晚由禮部來文。言奉君諭。以那波倫第三之子鄂林陣歿。殊爲可慘。令廷僚素服十日。由昨日起。

初九日壬午。微雨。午後。俄皇由皇村回駐溫宮。各處挂旗迎賀。申初雨止。俄前與土壘兵。于今議和。凡受傷兵勇。皆收入醫院休養。現因經費不足。經外部籌畫。令通國各官及俄人之寓外邦爲官爲商者。各助盧布若干。各國駐俄公使各助一二三百盧布不等。曾經璞志來請。星使助以三百盧布。外部又在帕烏洛甫斯克村大園奏樂設拈捲會請人助善遂于酉初星使偕邵蔣二參贊塔木菴陳養原慶靄堂及彝與夏干乘火車西行六十里過皇村一路林木蔭翳田野青葱廬舍無多人迹稀少抵其地下火車入園門來者每人一盧布內男女千餘人正面一案列雜貨零星小物對面樂臺樂工三十人後坐埃及游民十二人奏樂歌曲聲調與去歲商會所聽者同左有飯堂酒肆用者自行解囊右設二小圓臺各立一男一女出售票捲一盧布買四枚買得十枚皆白者到正面案前以十白票另換一捲彩否不

定。無彩。另贈一物。無非花朵糖食。蓋不使拈者徒手而歸也。當日彝以十盧布買四十捲。一無所獲。至正案換四捲。亦空白無彩號。所贈係鮮花二朵。勺勾拉二包也。蔣陳二君亦無所獲。亥正登車。子初回寓。

初十日癸未晴。記在前住店對戶銀號。官存五萬盧布。言明利息三分半。六個月合八百七十四盧布八十考貝。每月合一百四十五盧布八十三考貝。其息非按月算。蓋按年計也。按其定規。存一年者四分息。半年者三分半息。存零碎取用者三分息。半年一結。臨期付利。其零取計帳之法。係一頁分爲左右。日日分書、某日存若干。某日取若干。如是按月扣算以付之。

十一日甲申晴。在溫宮後順江堤偏東近第二木橋。有鐵道一行。長約四矢。寬二三丈。鐵作八角輪形塊塊接連而成地面。永鋪沙土。因路與車輪皆鐵。置沙以便往來琢磨。限定鋪若干日。去舊更新。因夏令多雨。沙含鐵銹。醫家用以療疾。頗著奇驗。其治法未聞其說。

十二日乙酉晴。近有長方大木船百隻。由他處載樺木入江。傍岸。木長尺半。出售不論斤數。壘起方七尺。每方五盧布。

十三日丙戌晴。見大街果肆。有醉瓜即甜瓜西瓜。料亦來自他邦。或俄南省也。西瓜黑皮紅瓤。不甚大。售值三四盧布。合銀一兩有奇。時雖居夏。絕不酷暑欺人。恐食之亦無益也。

十四日丁亥陰。未初星使偕邵參贊乘車。赴外部。申正回寓。是日接租新寓。遂朝夕前往。照料收拾灑掃布置一切。邇因天時頻雨。見俄人傘柄有鉤。挂於胸前。不似英法人之挂於手也。

十五日戊子雨。記俄京街市。有種寄送物件信函人。名曰城希拉呢。公立一夥。共人若干。官給憑照。每人每月得若干盧布。各人帽有號目。寄送保無遺失。城內者。每封二十考貝。出城入他島者。三十考貝。

十六日己丑。鎮日大雨傾盆。極冷。按宋明帝因體肥憎風。夏月常著小皮衣。今見俄都凡來自他邦者。無論身體肥瘦。皆五月而披裘也。

十七日庚寅。仍雨。午後忽晴。是日爲該教先賢宜萬之誕辰。英稱翟木斯。德稱尤漢。在江北比特洛烏斯吉地方設有大會。奏樂歌舞。又值禮拜之期。人民來者以萬計。

十八日辛卯。大雨。昨日先賢誕辰。赴會者。多因醉酒而歸。竟有至今未醒者。故各行工役停止作工。古人嘗云。酒猶水也。水可以濟舟。亦可以覆舟。今歡然而去。頹然而返。是亦不善操舟之咎也。

十九日壬辰。大雨。見俄京泥水匠作工。用撱圓形之木鍬。邊圍馬口鐵一圈。一因土柔。一因俄不產鐵。皆來自英美各國。故銅賤而鐵貴也。

二十日癸巳晴。連日料理新房。添補木料絨氈。修飾門牆窗牖。至戌正工作始畢。煥然一新。近由口外運進木柴。四面堆壘。寬與船齊。中分小路。以便扳舵弄槳。不意當午。一船誤碰鐵橋。即刻下沉。木柴漂流江面。有數十小舟往來撈獲。

二十一日甲午晴。巳正。同蔣丹如俞愓盦陳養原諸君移入新房。仍與俞愓盦同寓一室。因見南壁空空。乃自書格言一聯懸之。觸目警心。庶免愆咎。

二十二日乙未。大雨。卯正。星使偕邵參贊移寓。記此地之單雙馬車。檐前彎作撱圓。在軸頭檐稍之間。連一皮絛。蓋防檐折而省馬力也。馬尾不剪齊。眼不罩擋。廐不鋪草。空屋一間。以其地近蒙古北番故也。

二十三日丙申。鎮日忽雨忽晴。甚冷。酉初雷作。暴雨一陣。後稍晴。入夜復雨。記俄京定例。凡移居者。須付本城巡捕廳錢。以便註册。當日該廳派巡捕來索五盧布四考貝

二十四日丁酉。晴。戌初。星使招飲于夏園。當日晴和。又值安息之日。男女往來如蟻。嘗思天下五大洲之大。皆

賴燮理陰陽長養萬物。俄國苟無半年之見日則庶彙不生。人將何以度活也。
二十五日戊戌晴。見俄京雜貨鋪。售有專治蚊蚤臭蟲藥。其藥末與水色皆白。無異味。用則牀榻灑滌少許。其價頗廉。買者無須當時付給。俟驗始收。驗之蠅聞卽墜。亦海上之奇方也。
二十六日己亥晴。巳初。星使第十一次會布策。晤談極久。未正始去。聞有溫宮頭等侍衛欒柴波爾奚。曾貸前任營官武拉索甫五千盧布。訂于俄厤五月三十一日

（卽上月二十三日）如數清償。至日。欒至武家。少坐後。令女僕下樓取椰檬水飲。迨女僕去。欒卽懷出尖刀刺武。劃然而中。女僕至。亦被刺。後卽破開錢櫃。盜去一切。無一人知者。次日經人偵知。報官察驗。不知何人致死。問諸司閽者。據云。昨午惟有欒武官一人來此。各皆詫異。蓋伊素日品行端正。言語溫和也。繼而詢諸侍衛公署。知伊於當日乞假旋里。卽往捕獲。見伊右手有傷。初訊堅不承認。後始據供云。前後共借盧布萬餘。因無力償還。故出此耳。乃下諸獄。原擬今日公同審斷。因染病。改於後日云。

二十七日庚子晴。午後同俞惕盦街遊。見市肆每值禮拜。及他放假之期。人多閉門外出。有封鎖者。有由內門繫出一繩。蓋以火漆印以圖記者。

二十八日辛丑。陰雨冷。巳正。巴杜立池請蔣丹如陳養原桂冬卿及彝與夏干往立堦尼街理刑廳觀審俄名比特布拉斯吉敖克什呢穌達。沿江堤東行十數里始至。見男女數百人。前後二門。官兵數名舉槍看守。進門登樓二層。繞至大堂。正面大窗臨街。左右對面有門。堂長十丈。闊七丈。高六七丈。頂懸玻璃挂燈五架。正面臺高二尺。上橫長案。後列五椅。臨窗列椅凳一環。窗右壁懸俄皇像。下立一金物。三角形。高盈尺。每面有字。頂立君帽。或云。此爲官府憑執。視同誥勅。右懸天主像。蓋謂神明鑒察。審斷宜秉大公也。臺前橫一小几。旁立一木墪。高五尺。周四尺。覆以金銀花綢。爲神甫矢誓時用者。右有木臺二層。各高一尺。橫二木槅。每槅容六人。後一空巷。容立百人。左橫二桌。坐書記四人。桌後高一尺。坐律師一人。再後又高一尺。四圍木槅。前低後高。形如▱

字。坐犯人臺對面列木凳四行。坐三十餘人。後橫一木牆。高三尺。爲上等聽審人坐處。分爲三槅。每槅橫列椅數十。當時彝等入此坐中一行。左右與後坐男女百餘人。有一兵頭戴盔。手舉刀捧犯人凶器入置于臺前几上。隨立几前不動。原置布紙包各一。紙掖二箇。酒二瓶。皆經官封漆印。繼來官十數員。神甫一人。對面木牆前坐犯人同鄉三十人。左坐書記四人。律師一人。午初。忽聽五堂入。衆人齊起。坐後。二兵由里安甫斯吉雜卯克獄。將犯人解到。舉刀引入。坐于槅內。正堂將犯人同鄉各名刺擲于匭中。次從內拈出十二。按名呼起。移于旁座。次神甫下。臺立木墪旁。對十二人矢誓云。此案須秉公判斷。各人出保。一言一話。切勿懷私。言畢五堂中末位起立。將犯供朗誦一番。後正堂審訊犯人立。自述平生所爲所遇。述畢。十二人中立言所述確否。後律師立言犯人應按律定徒罪。至末正。五堂及各同鄉人畫諾而散。又以上各節。經書記一一記載。聞其所定徒罪。係發往薩哈林島。作苦工十五年。地在亞洲俄羅斯之東南境。北鄰歐扣斯克海。南近日本。爲赤道北五十一度。

北京東二十九度十分。亦一寒苦沙漠地也。

二十九日壬寅。陰雨。午初。星使第十二次會布策。並會格爾斯與孟第。少坐卽去。記俄國除每七日一禮拜外。又多該教先賢生誕節期。故匠役休息之日甚多。且皆嗜酒。每飲必醉。有連醉二三日方醒者。事必預日告囑。方可興工。否則諉以多詞。不能工作。雖命來取値。亦多推却。其懶惰有如此。

六月

初一日癸卯。陰。近始覺夜稍長。亥正微黑。丑初已明。較北京仍短二小時。再上月二十七日初伏。本月初五日大暑。在中華正値赤日烘雲炎蒸酷熱之際。此則雨暗烟沉。江寒欲凍。其氣候之懸絕。眞判若霄壤矣。

初二日甲辰。陰。申初。有徽州偉人詹世釵字玉軒者。來拜。年二十九歲。前在英倫水晶宮所遇詹九五之兄也。高逾八尺。語言尚屬清楚。蓋早來英法。以巨體居奇斂錢。帶販華貨。現擬來此少住。仍回英國。能英法語。已娶英女爲妻。生有二子一女。云當日外部復在比德好富園設助善會。所獲錢鈔。以助兵餉。茲遣璞志來請星使遂於申初前往。入者每人三盧布。官兵奏樂。水法齊施。來者二千餘人。星使助五十盧布而歸。入夜微雨。

初三日乙巳。細雨。前在英法。見各藥莊售有檳榔。問所自來。始知爲印度之產。蓋亦以此種爲消尅良品也。華人性多喜食。至此大索十日不得。市肆亦不知此爲何物也。

初四日丙午。早大霧。午後稍晴暖。同蔣丹如街遊。見乃武斯吉街之禮拜堂一家出殯。先烏衣黑馬金盔兵六對。再則烏衣人舉黑架玻璃燈八對。烏衣童提鑪四對。

又三烏衣人捧方六尺黑布扁枕。上置死者生時所得寶星緞領等物。末則棺罩黑毡。圍鮮花萬朶。以黑亭車載之。拽以烏馬八匹。車後步行者爲其妻女及戚女三四十人。列行而進。

初五日丁未。晴暖。申正。隨星使乘車東北行十數里。至沙子街遊巴士尼柴斯吉花園。地基廣闊。布置清幽。蝶舞芳畦。人遊勝境。憶自去冬抵俄。已逾半載。諸處遊覽。未有如今日之快適者。古詩云。邊地鶯花少。况絕域哉。戌初回寓。

初六日戊申。陰晴相兼。俄京各戶。多雇雜夫。如拭地撣屋汲水燃燈負薪刷梯等事。無論冬夏。皆服大紅布汗衫。桃紅布單褲。頭不戴帽。腳穿皮靴。天時極冷。出門始著無表皮衣。是生其地者。自不畏其寒也。因連日陰雨。樓近長江。以致衣被淫潮。食物霉爛。

初七日己酉。陰雨。見俄京所產菜蔬。晚於他國。豌豆黃瓜。未食其嫩而已老。蘿蔔不如英法之嫩而肥。西國白菜皆矮小少葉。食則或煮或烹。惟俄國入冬用作酸菜。食之味與華同。

初八日庚戌陰。申初。星使第十三次會布策。晤談良久。始去。記俄國地廣人稀。在歐洲之大小兩俄。人數雖多。較東西南北四俄。亦只七分之一而已。然通國以大小兩俄所產貨物爲盛。其正北及東北一帶較少者。一因地皆石田。一因天時寒冷。至南界各省。一因游牧所居。一因乏缺水草。其在亞洲者。統爲沙漠。五穀不生。通國居民之數。逾五千者。惟十五城。曰賢彼得堡。曰墨斯哥。曰瓦爾索。曰歐代薩。曰吉差訥茀。曰立夏。曰薩拉多甫。曰威拉那。曰喀三。曰堦茀。曰呢扣拉也茀。曰堤夫立斯。

曰土喇。曰喀爾闊茀。曰柏爾的曬茀。其勤于工商者。多他國僑寓之人。倘有鄒衍吹律。寒谷回春。則物阜民豐。不至有向南垂涎之望矣。

初九日辛亥。晴。前因歐洲俄羅斯東南境敖林柏爾城。不戒于火。流離失所者有數百家。經俄京善士于是日在夏園公設拈捲會。一盧布買四捲。係以五百件零碎器皿玩物。賣一萬六千捲。合四千盧布。物皆善人施捨。入門者晝間由巳正至戌正。每人二十考貝。後則每人一盧布。終朝奏樂。入夜懸燈。遊人以一二萬計。是會又名集花會盞通城諸名梭書會集于此。故入夜遊人更多也。

初十日壬子陰。聞俄人現在溫宮東設一掣簽會。係以六百件金銀器共值二萬七千盧布。欲售五萬張票。每票一盧布。街市多鋪出售。寬五寸長三寸。白質藍花精比銀鈔。自上月中旬由市肆出售。定於七月二十八日掣簽。係一筒內存五萬票號簽。一筒內置物號簽。臨時二人各由筒內陸續拈出六百。彼此按對註明何號簽得何號物。是前六百簽有彩。餘則空簽遺於筒內廢棄而已。又聞六百件內有貴重四件。第一件值八千盧布。第二件值二千盧布。第三件值一千五百盧布。第四件值一千盧布。其他五百九十六件。共值一萬四千五百盧布。

十一日癸丑。陰。入夏以來，天時頻雨。匪禾患水。竟至不能登場。農夫多有輟耒而歎者。按齊民要術。雪汁爲五穀之精。使稼耐旱。冬藏雪汁。器埋土中。治種以此。則收十倍。今俄國雪固無憂。雨反傷稼。豈非天意之使然歟。入夜晴。

十二日甲寅。午正。見俄皇攜文武大僚及命婦十數人乘馬車至鐵橋西第一官碼頭。駕三輪船出江口。巡視克欒斯達達礮臺。沿江各船挂旗。官員同立船面免冠齊呼萬歲。聞當晚由彼乘火車。駐雜爾司闊野賽洛村之夏行宮。

十三日乙卯晴。未正。星使第十四次會布策。談至申正而去。本年正月間。經星使

奏請在上海擇地。

勅建

天后宮奉
旨允准在案。星使首捐銀五百兩。幷知照駐劄各國公使。是
日同人公立知啟。
敬啟者。
宮保奏請
勅建上海
天后神祠。以餘屋作爲出使公所。業經奉
旨允准。籌款辦理。等因在案。現在
宮保首先捐銀五百兩。幷知照各國出使大臣同行捐助。

凡我同人。自應量力輸將。以資集腋。至數目多寡。各聽
尊裁。卽書銜下。此啟。
本公署邵參贊捐百兩。蔣丹如慶靄堂與彝各捐六十
兩。俞惕盦捐五十兩。慶錫齋桂冬。卿塔木菴陳養原純
感銘各捐四十兩。賡吉甫福遠峯王鵬九石平甫常有
泰各捐二十兩。李永春齊樹敬各捐十兩。
十四日丙辰。晴暖。俄京亦有花肆。見陝西菊江西藍朶
小棵短葉壯花肥。茶花繡球及紅白丁香。亦皆棵短而
色頗濃豔。

十五日丁巳，早晴。記土人生近寒帶，久歷冰雪，不畏冷而畏熱。邇來天雖晴暖，較中土涼似中秋。見街市往來婦女多著單衫，且有露肩而稱熱者。俄國北界天時甚冷，夏不揮扇，餘時服裘，故炎帝當權，亦無須招涼避暑也。入夜微陰。

十六日戊午，晴。係俄曆七月二十二日，爲其皇后誕辰。各樓各船皆挂旗慶賀。距城二百餘里之薩斯其希婁村設有賽馬會，乃乘火車前往。馳者不多，觀者如堵。本國太子、國戚多有在場者。至晚通城門首燃燈，光明如晝。
十七日己未晴。申正。星使第十五次會布策。戌初一刻始去。見土俗遇人噴嚏。旁人卽言祝君之福。與中土小兒噴嚏。老人卽曰百歲之意同。
十八日庚申早晴。酉初暴雨一陣。後晴。記俄通國大小官信局。共三百四十一處。上年共發信函六千三百二十四萬四千一百五十六封。帶保險者。八百六十三萬八千零八十四封。說帖一百四十一萬九千零九十四頁。包封三百六十三萬六千五百零八箇。物包一百七十七萬一千二百九十五箇。新聞紙四千二百七十七萬六千二百二十束。

十九日辛酉。早晴。午後陰。未初。星使偕邵參贊乘車。赴外部。會格爾斯。申正回寓。見俄俗每建樓房。于未營造之先。當地立一木杆。上豎十字。意在天主保佑。匠人登高。不遇隕落之險也。入夜晴涼。

二十日壬戌。晴。巳初。星使第十六次會布策。談論極久。至申正始去。近日日出寅初初刻。日入亥正。街市始燃煤氣燈。

二十一日癸亥。早晴。申初陰。大雨一陣。是日爲俄皇后受洗得名之期。係俄厤七月二十七日也。各處掛旗。午後升礮。入夜燃燈。以慶賀之。在業賴勤地方有烟火會。因后外遊。故止。蓋俄后久染妒疾。自去歲己赴義大利國養痾也。

二十二日甲子。早稍晴。午後大雨。入夜止。記俄國錢鈔。民間用爛。官不收回。有以白紙或新聞紙糊其背者。更有前後油汚。顏色改變。字跡不眞。而碎成四五六七分者。

二十三日乙丑。晴。禮拜。當日因善人公設賑濟會于夏園。除本樂臺外。另設二高臺。三平臺。二高臺一係官兵奏樂。一係埃及男女作歌。三平臺則一奏樂。一歌曲。一演雜技。四面掛旗。前後車馬擁擠。入夜燃煤電二氣燈。各房亦懸五彩玻璃燈。樹距四五步。掛五色油燈一串。燈繩彎曲。遙望叢林之內。燦如明星。當晚男女以一二萬計。入者每人三十考貝。聞前日此園拈捲會獲盧布一萬。

二十四日丙寅。陰。雨。申初。星使第十七次會布策。昨在夏園遇一波斯人姜喜慶者。能英語。談及山水園林之名勝。巡捕彈壓之嚴密。男女遊覽之安靜。伊云。較敝國實勝百倍。敝國自稱已化之邦。長幼有禮。男女有別。每有善會之處。皆男人聚集。女固不去。實不敢去。官亦禁不令去。間有一二婦女混入。則男子必多呆眼窺探。甚有入遊語作狂態者。倘男女聚集如此之夥。卽白晝亦必滋事。雖有官長彈壓。亦恐鞭長莫及。且不止此。敝國之王孫公子大員子弟。多以勢利壓人。卽如乘馬馳驅。往來街市。每將人物撞傷。被傷者聞係某人。則鉗口不敢言。如出言冒犯。反令悍僕毆打。勒索錢財。或送入官府懲治。更有打傷人命。並不抵償。搶奪婦女。終不釋放。如此良民受害。無理不公。弊病日深。一言難罄。言之令人懷慚。聞之令人歎息。

二十五日丁卯陰。記在夏園及他名勝之區。雖遇暴雨。男女仍往來步行。是因頻見雨雪。故不畏其沾濡也。此時始得食嫩蠶豆。味與英法同。蓋時令使然。渾似山陝風景也。

二十六日戊辰。早晴。是日俄武官在葛拉斯吶業賽洛村賽馬。昨晚德國公使送傳單。請往。午正。星使率塔木菴慶靄堂與彝乘馬車南行八九里。至火車客廳。少坐登車。未初開。西南行五十餘里。未正一刻抵其地。下火車。先乘馬車遊行數里。地勢寬敞。木房幾所。秋郊細柳。古道蒼苔。後回客廳小食。待至申正。復乘馬車行十數里。一路左右兵房。木作間架。木代陶瓦。各門首多立高杆。上挂草編大餅。帶穗。形式或方或圓。不知作何招示。兵多出門站班。舉手扶帽以爲禮。至賽馬場正北木樓一行。中一間微高而敞。左右雁翅各小屋十五間。標識號數。坐各國公使夫婦隨員。以及本國仕宦。樓下紅絨長凳一行。前橫木闌。坐紳富男女。南即馬道一圈。周約十里。圈內排馬車二三十輛。白衣樂兵三隊。觀者男女以二三千計。酉初升三礮。而俄皇至。登中臺。彝等隨星使坐臺右第五屋。繼而奏樂賽馬。第一次六人。爲俄之國戚世爵。馳至中途。一馬肚帶開而人墜。仍追隨於他馬之後。過中臺前之第一人。著紅衣。名姓未詳。第二次十人。爲哈薩克武官。著黑羊皮帽黑呢衣。中又一落馬者。其第一越過高五尺草牆者。係以乾草編成內含木棍得國賞如鐘表燈臺等。共值三百盧布。馬會公贈二百盧布。第三次七人。先一人中途墜而復登。又一人越濠深二三尺。寬八九尺。前橫土岡。高四五尺。寬亦如之。馬不越而旁逸。因被繩阻而墜。此次先過者得國賞值三百五十盧布。公贈二百盧布。第四次五人。一人跌于中途。其先馳過中臺者。得國賞值三百盧布。公贈一百盧布。第五次十四人。連過草牆二。相距四五尺。牆高四尺。內三人得贈。第一者得國賞值五百盧布。公贈三千盧布。第二者。得國賞值三百盧布。公贈一千七百盧布。第三者得國賞値一百五十盧布。公贈八百五十盧布。此次有俄皇姪年十七歲。乘黑馬。奈力儦垂頭。踟躕不進。故落後里許。五次馬馳。路徑不同。皆隨時預備也。每次馳繞二番。以第二番先過者得贈。戌初賽畢。即乘馬車回火車客廳。登車。少待而開。戌正二刻回寓。入夜雷電大雨滂沱。冷。

二十七日己巳。晴涼似仲秋。午後街遊。見大海街迆北。傍江掘地深尺。安置電綫粗二寸餘。繞于一軸長七八尺者。架以二輪。周各二丈。專有一兵舉槍立于軸旁看守不知起何處抵何處也。
二十八日庚午。陰雨陣陣。辰初。著朝服。同衆隨星使向
東南。恭拜
聖牌。行三跪九叩禮。申初。遇波斯人姜喜慶及其友席武果
于夏園。坐次。談及俄人禮貌。其友云。俄之官兵巡捕。見
各國官長。皆舉手扶帽以爲禮。至街市幼童幼女。頻見
者。雖不識姓字。亦免冠屈膝以爲禮。由此觀之。是俄非
以弱而畏他國。非以強而抗他國。實因彼此通商。互保
子民而固友誼也。敝國則否。見他國富強。漠不加察。甘

居貧弱。然未嘗人不多而地不廣也。土人見外人。皆切齒怒而不言。退卽妄言無忌。官府尤甚。究不知所怒者何。或云因其以力欺人。夫旣知其有力。何不自强以圖復耶。予力不從心。徒深憤懣。倘假以權位。保數十年後。富强可敵萬國。言畢。怒髮衝冠。大呼負負而已。

二十九日辛未。陰雨如昨。未初。星使第十八次會布策。璞志約塔木菴陳養原與彝晚茶。同座三女。一老一幼。爲其隣居。其他一女。年約二旬。名費仁姒者。璞之居停主人也。女係孤身。璞僦寓。而與之同炊爨。共起居。亦儉省之妙計也。

三十日壬申晴。因前二次勸助保養傷兵。今有成議。在乃武斯吉街養兵院內誦經。請諸善人前往。午初星使偕邵參贊塔木菴去。聞各神甫誦經勸善。下跪義女貞女數十人。皆服侍傷兵者。後一老嫗立言一段。語中肯要。可感人心。多有泣數行下者。未初一刻回寓。

七月

初一日癸酉晴。涼。布策原訂未初來署。待至酉初一刻。伊致電信。偶抱採薪之憂。改于次日會晤。是日爲俄八月初六日。即西歷八月十八日。俄俗爲一大節。曰蘋果節。蓋此時蘋果成熟。各禮拜堂神甫供獻天主。亦薦新之意也。因而家家茹素。處處停工。街市男女塡塞。晝夜車馬馳驅。聞夏園萬牲園等處。晚有新戲燈火。趨者若鶩焉。

初二日甲戌晴。未初。星使第十九次會布策。談至酉正而去。前記俄國徵進口稅極重。不收鈔票。而收銀錢。現聞稅過五銀錢者。又勸收金錢。按行價每一銀盧布値一紙盧布六十考貝。每一英金磅値九盧布半。

初三日乙亥晴。未正。星使第二十次會布策。坐談極久。見閭巷有賣蜂蜜者。頭項柳木粗盤。中凹心。橫以木板。上置蜜塊。下置蜜水。挹以木勺。每兩銅錢若干。味極甘。入夜陰涼。

初四日丙子晴。記俄京諸事。雖遜他國。然街市樓房。無坍塌摧折者。男女無披髮跣足。囚首喪面者。無喧譁吵鬧者。無堆糞土污穢處者。

初五日丁丑晴。格爾斯請星使赴外部。未正。星使偕邵參贊桂冬卿塔木菴慶靄堂往。申正回寓。

初六日戊寅晴。未初，星使第二十一次會布策。談至酉正而去。晚遊夏園，遇土耳其人譚喜什武者，年近六旬，能英法語。談及泰西婦女攬權，伊云：夫婦同心料理內外，亦有足取。敝國則否，雖云夫倡婦隨，竟有婦倡勸令夫隨者，更有逼迫致夫不敢不隨者。按定例，男過四十無嗣，准其買妾。今不惟二三十歲即買，且多買至十數名者。其妻柔懦者無論已，有因忌妒而施暴虐者，種種惡行，不堪言狀。有妻強而禁夫買者，有因而懲治其夫者，奴婢被害甚多，男子恐懼，禁不敢發，以致絕嗣，良可憫己。且官府不清。刑罰太重。弊端百出。賄賂公行。良民遭害者指不勝屈。故前有戰俄之敗。兵丁之困苦田地之旱荒。人民之瘟疫。實爲上干天怒。以致如此。今人心仍不向善。不知伊於胡底也。

初七日己卯晴。現在天暖。都中無茶會跳舞會。因于城外蕾斯呢闊爾泊斯島布立斯庫魯戈立普路地方之布拉戛婁呢也桼布喇呢業館設一小跳舞會。入者每人一盧布半。飲食另給其值。當日俄人柯拉吶武斯吉約往。遂于亥正同蔣丹如桂冬卿陳養原乘車北行二十餘里。過五大橋。村鎮二。沿途古木濃蔭。河水清澄。至則四面花園。懸燈結彩。大堂寬敞整潔。男女三百餘人。衣服奇異。有一女年約十五六歲。著紅衣。腰纏魚網。頭頂五枚紅海蝦。裙之前後。又挂二十餘。跳舞輕捷。不亞翩若驚鴻矣。寅初回寓。一路車馬仍馳絡繹不絕。

初八日庚辰。早大雨。申初晴。申正。星使第二十二次會布策。談至戌正而去。當午見俄水師數隊由窗下經過。前行樂兵。後則橫列成行。衣裝器械。一律整潔。惟步履不甚整齊耳。

初九日辛巳晴。未初。星使第二十三次會布策。談至戌初而去。見街市有運大石者。長一丈。高六七尺。寬五六尺。架以四輪敞車。輪小而厚。檐粗軸細。拽以四馬。橫排一行。運動毫不費力。蓋路平坦而車堅固也。

初十日壬午。早晴。午後陰雨。未初。俄皇率諸大僚及外部大臣格爾斯。往黑海立瓦的亞莊避暑。須兩月後方歸。未行之先。星使偕邵參贊已赴外部與格爾斯少敘。亥初雨止。

十一日癸未。早雨。午後晴。按各外國無論貧富。皆知勤

儉。凡米糧菜蔬煤土花木。食用之餘。鮮有棄諸街市。塡
於溝壑者。官府禁止拋棄一切。故街道淨而氣味清。人
亦少染疾病。
十二日甲申。雨。辰正。著公服。同衆隨星使向東南。恭祝
慈安皇太后萬壽聖節。行三跪九叩禮。申初。星使第二十四次
會布策。談至酉初而去。按尼瓦江西流入海。是日西風
甚勁。至晚江水漲高四尺。各碼頭由岸登船。皆下行三
四尺。今則船與岸平矣。入夜風力微弱。天晴。甚冷。
十三日乙酉。晴。水勢稍亞於昨。船微下落。聞三百年前。

該處連日西風阻水。不能外洩而漲。致乃武斯吉街陸地行舟。又三年前水漲逾岸。臨江各家杜門不出者三晝夜。當夜西風怒號。極冷。

十四日丙戌。早陰雨陣陣。未正晴。晚在夏園奏樂燃燈。入者每人三十考貝。男女有數千人。聞入款係備恤孤云。

十五日丁亥晴。申初。星使第二十五次會布策。談至戌初而去。近因連日西風。見各國風篷之進口者。羅列南北兩岸。有三四十隻。

十六日戊子。早大雨。午後稍晴。酉正。星使第二十六次會布策談至亥初而去。鎮日西風甚冷。記乃武斯吉街之小廟。每日開門。左右各立姏姆四五。身著黑裙。腰圍黑帶。頭頂黑綢帽。作固字形。各手捧小盤乞錢。凡入門或在門首飲聖水者。各給十數考貝不等。入夜又雨。

十七日己丑。陰雨。申初。星使第二十七次會布策坐談極久。近因頻雨天涼。各家司閽者。皆易皮衣。御者亦多戴皮帽。

十八日庚寅。陰雨。記俄皇溫宮旁門前。一圓鐵亭高丈餘。周四丈。中一圓臺高二三尺。中空如井。乃一火鑪也。
蓋冬季天冷。每有朝會茶會跳舞會。以便御者羣集禦
寒也。
十九日辛卯。細雨。一日西風甚勁。江水漲高六七尺。大
船吹橫。小舟躲避。水師衙門挂四紅旗。示衆防險。每刻
升一礮。令各家樓下防備。若每十分升一礮。則當卽刻
移出也。當日各輪船皆生火。以備救人。申刻沿岸溝渠
皆進水。竟至堦下深盈尺。聞北岸數處被淹。人民轉徙。
至戌正。風稍轉北。入夜冷。

二十日壬辰。陰晴不定。西風稍息。江水微落。故本公署門丁車夫住屋。皆積水深二尺。即時令人淘出。見本街各家樓下之被水者十數家。聞夏園樹木有被風吹倒者。有被風拔出者。其風力之大可知矣。

二十一日癸巳。晴。係俄厯八月二十六日。爲俄皇前在墨斯哥城即位之期。通城挂旗結彩。温宫左教場及夏園各設彩亭。左右二官戲臺。設跳舞鞦韆傀儡木馬各場。衆兵奏樂。遐邇皆聞。酒肆十六處。每杯五考貝。飲者或坐或立。或歌或嘯。多有醉而歸者。

二十二日甲午晴。申初。星使第二十八次會布策。談至戌初而去。記乃武斯吉街。鎮日灑掃清塵。巡捕按段羅立。凡載重之車。不准行走。行人稱便。

二十三日乙未晴。申初。星使第二十九次會布策。談至酉正而去。現在日出寅正一刻。日入戌正。較北京仍多二小時。俄京街道。每有崎嶇不平處。雇人修理。雖值風雨。工亦不息。

二十四日丙申晴。係俄曆八月二十九日。爲東教某先賢升天之期。市肆關閉。匠役停工。男女步遊往來接踵沿街有賣蘋果梨李西瓜者。人爭啖之。

二十五日丁酉晴暖。俄厤八月三十日爲東教先賢阿來三德誕辰。其名爲俄皇御名。故市肆關閉。人工休息。各處挂旗慶賀。早晷國使署挂旗。良久旗未挂。人亦未下。驗之已亡。不知何病。午初。乃武斯吉街雁翅禮拜堂。有大神甫主教等誦經奏樂。俄國國戚大僚及各國公使一併延入同祝。星使率塔木菴慶靄堂往。申正回寓。其沿路不平之地。皆墊長方木板以利行人。晚各處燃燈。夏園旁之演劇處尤爲繁盛。五色迷離。遠近莫辨。戌初大雨。遊人不避。雖不張蓋。亦冒雨而行。
二十六日戊戌。早陰。午後雨。申初。星使第三十次會布策談。至申初而去。晚同蔣丹如慶靄堂遊夏園。少坐飲茶。同坐有俄人茹蒿者。年約二旬。因不能英法語。另覓二人代達。先請飲波爾多紅酒。繼請飲舍利酒。彝等再三辭謝。不意別時。竟代付茶值。堅却不獲。亦西人之罕見者。因歐洲無是風俗也。現近俄曆九月初旬。烟霏雲歛。天高日晴。涼風蕭颯。木葉彫零。不禁令人起思鄉之感也。入夜晴。

卷十三終

四述奇卷十四

鐵嶺　張德彝在初隨筆
貴　榮竹坪校閱

已卯七月二十七日己亥。晴。按俄國鐵路。建於西麻一千八百三十五年。（即道光十五年）初由彼得堡至坡洛斯克薩爾斯古址賚斐壘斯哥等處。里數無多。繼于歐洲俄羅斯一帶造成。增至三萬七千零五十里。其已造未成者。三千三百三十六里。均係官民合辦。今官定加開鐵路一萬八千里。擇其要者先開。一在南俄賚比里亞及各煤窰一帶。計五千二百里。一在中亞細亞塔什堪各城。計四五千里。共七路。以南俄產煤各地爲最要。係南通阿索伍海與黑海。用款共五千一百一十七萬七千六百二十七盧布。分爲五十股。前西厯一千八百七十五年。（即光緒元年）富商集得十股。其餘四十股則歸公司。現已集得一千四百五十九萬二千一百七十二盧布。每路開後。按出資之多寡。占居年數。大分有占七十五年及八十五年者。小股有占三十七年者。通國各公司之用款。計十五萬萬零六百七十九萬二千九百二十一盧布。按行價合銀五萬萬二千七百三十七萬七千五百二十二兩三錢五分。路長共一萬九千八百三十七俄里。即三萬九千六百七十四華里。每一里約用三萬六千四百盧布。合銀一千二百七十四兩。

二十八日庚子。晴。爲俄麻九月初二日。因前買抽簽會票。于當午掣簽。明日出售彩單。酉初。俞惕盦請星使邵蔣二參贊及夏干與彝等六人在夏園小酌。暢飲甚歡。亥初回寓。

二十九日辛丑。晴。申初。星使第三十一次會布策。因條章定妥擬于八月初八日赴立瓦的亞莊。見俄皇畫押蓋印。晚夏干買得彩單一紙。按號細察。見邵蔣二參贊塔木菴桂冬卿陳養原及彝與夏干各人一無所獲。

八月

初一日壬寅晴。近日滿江風篷排列成行。昨夜東風至明船皆駛去。水平如油。晚同蔣丹如慶靄堂遊夏園。因新添一班幼童歌曲頗佳。男女來者甚夥。竟將茶桌擁倒三次。喧聲達于園外焉。

初二日癸卯早大霧。午後晴。記外邦蓄犬與貓皆飼以麪包牛乳。間有飼以牛羊肉片。鮮有飼米飯湯水者。昨遊夏園。歸時。有一長毛黑犬追隨丁後。追回寓。逐之不得。遂留之。經夏干命名鄂拉戞。蓋該國婦女之名也。馴熟可愛。似曉華言而會人意。誠靈獒也。

初三日甲辰。早霧。未初晴。記西人每事訂時。無論何等人。毫不爽約。至俄京則不然。如赴宴會及他約。皆晚到一小時不爲遲。工役尤甚。苟訂明日某時。必逾一日或二日。問則對以某日禮拜六。某日禮拜一。或例應休息。或因醉未醒。諸多推諉。雖大僚訂期會晤。亦有如是者。

每言一點鐘。必延至四五點鐘始至焉。亦風俗之使然也。

初四日乙巳。晴。冷。見菜肆出售玉米。體不大。粒不肥。每枚値二十考貝。詢知來自土耳其。遂買數枚。煑而食之。味與華同。惟不甚甘。

初五日丙午。晴。果肆出售蘋果。有綠黃紅三色。綠者酸。黃者甜嫩。紅者爛輭。惟色白而紛紅者。味甚美。液亦甘。入夜陰涼。

初六日丁未。陰雨。記英人呼茶曰替。法人呼茶曰代。俄人呼曰柴。茶柴二音相似。以其販走北路故也。未初。有俄人許信斯吉來拜。談及茶名之始。彝云。茶古名集。或茗與荈。自陸羽盧仝以後。始作茶字。繼問飲茶究有何益。對以滌煩療渴。巴東有眞香茶。飲之令人不睡。蜀茶能令人輕身換骨。古有僧年百三十歲者。人問服何藥餌。對以惟嗜茶至百盌不厭耳。許云。如是茶爲仙品矣。奈予不能多飲。七盌卽覺體輭。況百盌乎。

初七日戊申。早霧。午正晴。記俄國禮拜堂頂上作胡盧形。左右垂挂珠鍊。與西藏蒙古相似。至土人之相貌服飾廬舍。亦無不相似。因南臨北番。東近西藏故也。至一切治法制度之與歐羅巴各國相似者。皆由效法而得耳。

初八日己酉。晴。酉初。同衆與星使祖餞。戌初。星使攜邵參贊桂冬卿慶霨堂啟行。彝同蔣丹如塔木菴賡吉甫乘馬車送至墨斯哥火車客廳。戌正登車。戌正一刻開往南省。臨黑海之立瓦的亞莊。

初九日庚戌。晴。記俄京載物車輛之不輕捷。包裝之不整齊。諸處省工減料。遜於英法遠矣。

初十日辛亥晴。近因天氣清爽。富室皆由別墅移歸。故街市車馬稍多。而男女步行者。亦覺鬧熱。見果肆售有葡萄四種。有白而長者。有紅而長者。有白而圓者。味皆甘。至紅圓而小者。味酸。紅黃李子皆長形如卵。紅者其色近紺。黃者尤脆。霜膚可愛。

十一日壬子晴。未初。遊夏園。遇土耳其遊士蔣果雲。能英法語。談及鴉片之害。據云鴉片之害。遜於本國百年前。神豆湯。問神豆爲何物。伊言南極南冰洋產一種小黑豆。原名冰豆。土人煎以代茶。其味嗅之雖腥。飲之頗甘。猶太人歷其地。始獲之。病者服之立愈。然服後成癮。却之不得。逾服而身體逾弱。國家知其有損。嚴行禁止。惟藥肆準存些少。有保人方許出售。猶太人運往別國。率閉關不納。運至本國。適值瘟疫大行。服者無不有效。因改冰豆曰神豆。價亦因而翔貴。當時男女老幼之飲神豆湯者。已有十分之一二。迨十數年後。雖無病者亦飲此而甘之。街行者。必腰佩神豆一小罐。以爲榮耀。各家必列神豆幾瓶。豆湯幾罐。及煮豆器一分。以示豪富。各飯堂酒肆。罔不羅列。以備客至。有不飲主人之湯而專取自佩者飲之。市廛設有豆湯局。神豆館。代售各種豆瓶湯罐。竟有值數十圓者。無非造以金銀珠寶象牙鯨角。甚爲美觀。斯時人民之陷入此害者。加至十分之五六。神豆每兩值一圓。豆湯每兩亦由一圓至二三圓。蓋湯有假造。飲不充飢者。由是富貴淪爲貧賤。貧賤至于流亡。國家雖每年稅數萬金。毫無裨益。夫一國所貴者。富國強兵。自此豆入後。國既未富。民亦未強。蓋飲湯久則形容枯槁。日就頹敗矣。且飲者不惟平民男女。上至官僚。下至兵勇。亦無不嗜之。每至閱武之期。到者時刻不齊。隊伍不整。有明理者。面斥猶太人販運不仁。猶太人云。凡人謀生。總以獲利爲重。如貴國人不食。則我猶太人自無法運售。設貴國商民販至本國。亦肎捨此利途。改售他物乎。本國受害數十年。至亮連王卽位。知是物爲害甚深。乃諭令朝臣會議。有言禁令彼國販賣者。有言本國自往取運者。而無言及禁止國人飲用者。蓋當時不惟王家子弟嗜此。卽各秉權大臣亦無不同好。故朝臣多畏威而不敢言也。王遂降諭八條。嚴命通國懍遵。其八條大義如左。

一。各省郡縣城內。建房數百間。分左右二所。左所住男。右所住女。名曰戒豆院。惟京城蓋一千八百間。分上下等。

一。各縣由紳士地保禀報各處飲湯人數。至官員分上中下三等。中下二等彼此互報於上等。上等亦彼此奏報。

一。無論官民。有妄報及知名不報者斬。

一。自官民入院後。各處氷豆局及器皿鋪攤。一律禁止。再有出售者。經官查出。抄取貨物入官。人則收監嚴行治罪。

一凡報來人數經官查淸是實。則民入郡縣戒豆院。官入省城戒豆院。京師則官入上等。民入下等。

一各院派官三員。監理一切。

一官員入院後。大者簡人暫署。小者給假兩個月。兵勇亦然。

一入院後。官給飲食藥料。調治一個半月。放出後。仍不自愧而飲用者。經官收入。再爲療治。愈後。官則革職。永不叙用。民則發往邊域。作苦工。婦女入監半年。如再犯禁者。一律斬首。雖王孫國戚不赦。
自奉諭後。各處採地建造樓房。六個月。各工一律告成。
官治藥材。雇用男女僕婢。製備牀榻器具。飲食水火。分
歸各院。當人數未報齊時。其官民之知恥自愛者。已有
十之二三。通國人丁。計二千八百一十六萬五千名。人
數報足。共收一千七百二十一萬二千三百五十八名。
內男子一千六百一十九萬一千八百六十六名。婦女
一百零二萬零六百九十二名。彼時上中下三等官員
紳士地保。因捏報或知名不報而罹死罪者。二百二十

九員名出院後復行飲用者官千零二十九員兵民一百二十九名婦女六十四名皆按律治罪人民樂服一年後通國男女之飲豆湯者無一人而猶太人之販豆者不待禁而自禁矣人民因而漸富身體亦覺日強各院改爲學校教養孤貧至四五年後國泰民安竟似二百三十年前天豐王之樂世焉此百年前之事今國弊尤甚於此非一言所能述也握手而別

十二日癸丑晴爲俄厤九月十五日因天氣已涼遊人漸少夏園萬牲園皆定于明日閉門鳥獸魚蟲之畏寒

者。收入煖室溫池以育之。當晚各園懸燈結彩。遊人盛於往日。

十三日甲寅。陰。丑正。接電信。知星使安抵雅拉塔。入寓。寓因地名蓋立瓦的亞大城名、雅拉塔小鎮名也。即俄皇行宮處。申正。巴杜立池來拜。談次。見案頭筆硯。舉視良久。乃云。毛筆創造可得聞乎。彝言秦始皇令蒙恬與太子扶蘇築長城。恬取中山兎毛造筆。時在二千一百二十年前。即降生前二百四十五年也。伊云。西國用鋼筆與鉛筆。不知中國用鉛筆否。彝言華人之用鉛筆者。

自古有之。惜後失傳。如一千九百年前曹褒爲漢禮儀。晝夜研精。寢則懷抱鉛筆。但不知爲若何鉛耳。

十四日乙卯。晴。記俄京水師公署後臺頂上置礮一門。每午自升一礮。以示衆聞。或云。礮門映日。有火鏡。午正光臨。火生則響。未知確否。然天陰依然作響。不知另有何法耳。

十五日丙辰。早微陰。午正晴。近因天凉。城內鮮有外遊者。故將岸邊各木瑪頭。一概撤去。而往來輪船小艇。亦無多矣。憶自江開雪化後。因樓近鐵橋。晝夜車輛往來。

聲震如雷。現亦稍息。晚同蔣丹如俞惕盦陳養原塔木菴慶錫齋純感銘賡吉甫福遠峯諸君小酌慶賞中秋。見月色十分圓滿。爲之眉舞。

十六日丁巳。早大霧。午後晴。記俄京車輛規矩。與英法稍異。終夜街市羅列。御者困則坐車扶馬而睡。無論冬夏。皆著長服。平等車夫有年甫十四五歲者。惟富室多肥面長鬚。

十七日戊午。早霧。巳正晴。夜子正一刻。接星使由雅拉塔寄來電信云。八月十七日晝押。卽時彝起著衣敬書電報。寄往上洋。蓋俄京電信局終夜不閉。信到即發。當夜大晴。見簷垣各鐵筒滴水有聲。因陰氣勝而霜霧重也。

十八日己未。早晴。午後陰。酉初微雨。記俄國產菸。價較賤於他國。小烟捲每百個一盧布。其紙筒每百個五考貝。若自買菸五考貝。即足裝百捲。計其值纔十考貝耳。由此觀之。其菸行獲利大矣。

十九日庚申。早大霧。巳正晴。未初接星使由新肥洛坡村寄來電信。知前于十七日晝押。十八日覲見辭行。當日午正啟行。二十二日回抵俄都。
二十日辛酉陰。記沿街各家門首窗下。以及當道。各家
僕役。按時灑掃。拔草鋪沙。每日有巡捕長巡察各處。苟
有不按定規者。即敲門喚僕。勒令糞除。
二十一日壬戌。微雪。晚塔木菴福遠峯同約蔣丹如慶
錫齋純感銘俞愓盦陳養原賡吉甫與彝。在巴立帥大
戲園觀劇。所演跳舞戲場。極其鬧熱。山水花木。龍王山
神。獅猴熊鹿。景致壯觀。亥正抵寓。接電信。知星使明日
午初到寓。

二十二日癸亥。陰。巳初。著官衣。同蔣丹如諸君乘馬車。至墨斯哥火車客廳。待至午初。星使到。回寓後少息。未正。星使赴各處辭行。

二十三日甲子。陰霧。午初。星使又赴各處辭行。有多人投刺送行。記俄國載木笨車。大小皆用一馬。無論運一尺木或一二丈木。皆用此等車。蓋車身不整。可長可短。二輪四輪。可遠可近。亦賴道平故也。

二十四日乙丑。陰。酉初。邵蔣二參贊與彝同請星使慶錫齋俞惕盦陳養原純厰銘慶靄堂賡吉甫塔木菴桂

冬卿福遠峯。在乃武斯吉街帕拉克因樓晚酌。飯畢。在
阿來三德戲園觀劇。所演係三百年前俄王米曬事蹟。
王暴虐不仁。王子愚騃。王病彌留。襲位不受。乃請轉讓
他人。景致樓房。皆俄古製。亦頗可觀。丑初回寓。
二十五日丙寅。陰雨。星使將由此至馬賽海口一路應
用之衣物收留。其餘裝束已畢。當早送交火車棧房。蓋
該行包送馬賽。限七日必到。絕不延擱。現在俄都涼似
孟冬。一切皮貨出售。見海龍灰鼠貂貓各皮價。與中華
相埒。蓋皮產俄之南境。或南至中華北京。或北至本國

北京。其脚費不甚懸殊也。入夜雨止。冷。

二十六日丁卯。陰。午正。星使拜發

奏摺啟行。邵署使拜印。旋星使率慶錫齋、俞惕盦、陳養原、純感銘、慶靄堂、賡吉甫登車。蔣丹如與彝等送至瓦爾沙苐火車客廳。少坐。未初登車。一刻開行。當時送行之俄人有署外部大臣熱米呢、總辦梅呢闊甫及孔琪廷。曾記古人詩云。客中送客難爲別。夢裏還家不當歸之句。當送別時。適思及此。反復吟咏。殊令彝生思親之念。不禁百感交集也。未正二刻回寓。申正微晴。

二十七日戊辰陰。俄京于四年前在尼瓦江東首南岸。立鐵呢街北口外。造一七孔鐵橋。長百丈。寬六丈。高七丈。南岸有一孔能移。以便行船往來。是日橋工告成。取名曰阿來三德。共費二百萬零六百盧布。南岸建臺念經。請各國公使及本國大僚往賀。臺周八丈。高五尺。圍紅布。鋪花氊。張白幄。緣綠色。中設案。陳十字架與經。四面插旗。臺邊左右列椅。午正。彝同桂冬卿往。車行十數里至彼。登臺見工部數員及各國使署十數員。未初。一大神甫。年近七旬者。著金氅金瓜帽。六員二等神甫。年五六旬者。著銀鼈銀瓜帽。六員三等神甫。年四五旬者。著烏衣紫回絨高筒帽。共牽藍衣沙彌二十六名。登臺諷經。至未正。有一神甫提鑪四面放香。并滌聖水。繼而衆神甫向南立。工部各員及工頭向北立。先一神甫立祝俄皇俄太子及通國人民之福。後工部各員與工頭。復彼此立言一段。畢。神甫牽衆執旗舉十字先行。男女後隨步行過橋。抵北岸。有一敞院。設白木長桌四行。左右立工人二百餘。每人紅酒一瓶。牛肉及大麪包各一塊。至此。工頭又立言一段。各工人齊聲呼好。後各人乘車。神甫先而各官後。齊行過橋而散。當時南岸臺前三面。及街之左右。與北岸通街各樓窗內亭中男女。以一二萬計。各處皆有馬步巡捕彈壓。靜而不譁。申正回寓。入夜雨。

二十八日己巳。陰冷。午後街行。復遇土耳其人蔣果雲。談及土國時事。據云本國土地亦廣。人民亦多。惟國家治法不善。以致國勢日弱。弊病日深。無論官員大小。惟利是圖。各公署之差役。官府之門丁。鄉村之地保。皆橫行霸道。勒索錢財。欺侮良善。土國舊有惡霸土棍。以及販賣人口之弊。不意自與俄國戰後。又釀成拐帶婦女。逼良爲娼。種種不法。洵爲國家之害。官斯土者。當思設法封禁。嚴爲驅逐。如仿泰西。一律監禁。限定年月。令其作工贖罪。其能改過自新者。限滿省釋。則惡習可以漸除矣。

二十九日庚午。西風甚勁。雨雪交加。極冷。落地結冰。變成地。甲查廣志內載。雲南郡四五月猶積雪皓然。代郡陰山五月猶宿雪。八月末復雪。夫雲南在赤道北二十五度地。已多雪。此在赤道北六十度。氣候尤冷。故背陰處終年積雪。謂之寒帶。誰曰不然。

九月

初一日辛未。早極冷。雨雪尤大。未初止而仍陰。入夜西風轉東。晴。近因天高地凍。木落冰凝。故各房生火。人易皮衣。又凡修蓋樓房者。晝夜並建。以冀速成。回憶往來所經泰西各國村鎮城鄉。樓房道路。祇見興修。不見拆毀。故各街巷一律整潔也。

初二日壬申。晴冷。午後街遊。道路浮冰。厚約四分。俄國樓高。得日光者少。故冰雪皆不易化。其向陽處雪薄便化。道亦因而泥濘。如通日雨雪。寒氣結冰。而雪牀又出矣。

初三日癸酉。晴冷如昨。見果肆有賣木瓜者。頗大。嫩色清香。與華無異。據云來自義大利。每斤一盧布四十考貝。

初四日甲戌。早晴。午後陰。未正同蔣丹如桂冬卿隨邵署使乘車。往拜各國公使。申正回寓。大雪厚逾三寸。入夜西風甚勁。

初五日乙亥。雪。記俄京官府。處處搜錢。人固有稅。至城內住戶有外宿一夜者。每人須給巡捕廳十考貝。故前日星使赴黑海。晝押往來數日。迨回時。按人索十考貝。此次星使率衆啟行。又按人索十考貝。計前後共取四盧布六十考貝。入夜風雪尤大。

初六日丙子。早雨。午後雪。戌初。塔木菴請邵署使蔣丹如桂冬卿福遠峯與彝看馬戲。所演多與前同。有一人置一木桌于地。周約八尺。高四五尺。四隅各置三腳小圓桌。粗尺餘。高七八寸者一。此上又各置玻璃瓶一。盛以黃酒。四瓶之上。反正連疊木椅七張。其人自下陸續翻身攀至頂上。出二小木棍。各長尺餘者。橫置椅背。繼而在上。仰臥橫爬。倒身矗立。左手扶椅。右手上伸。身橫半空。故將椅子搖動。令人觀之咋舌。子正回寓。一路涼風蕭瑟。白雪皎然。乾坤不夜。天地無塵。

初七日丁丑。陰冷。午後細雨。此時北京日出卯正二刻。日入酉初一刻。此地日出卯正一刻。日入申正二刻。較北京已短一小時矣。未初。同蔣丹如桂冬卿隨邵署使拜客五處。繼而街遊。見果肆有一種梨。長形不大。色如番瓜。分爲八線。四黃四綠。味不甚甘。

初八日戊寅。早晴。未初陰晴風雨相兼。現因天冷結冰。江封在邇。故江面船隻漸少。沿街備有沙土成堆。係為地面結冰鋪灑。各家車卸沙土。以備閭巷門庭鋪灑。亦經官府勒令者。

初九日己卯。陰。午初。俄人郭斯吉來拜。談及合衆人因軍旅不得吸烟。且禁用取火。乃造菸餅嚼之。攜帶亦便。誠妙法也。惜酒尚未思得良策。故載運甚艱。彝云。中國古有鄭君釀酒法。酒成以附子甘草內于酒中。曬令乾如雞子大。一丸投一斗水。即成美酒。郭云。善哉是法。吾人當效仿之。未正細雨。西風甚烈。江水逆流。酉初竟漲起三尺餘。亥正一刻。風息。水始順流而西。天大晴。

初十日庚辰。鎮日忽晴忽陰。忽而細雨。西風又起。水則西阻東流。以致水面擁疊。凸凹搖蕩。幸風不大。水長不高。巳初。同蔣丹如桂冬卿隨邵署使乘車。南行少東二十八里。至阿來三德村拜孟第。一路左臨江。右傍田。木房接連不斷。過木橋四。火車米糧貨棧。一路皆石子鋪墁。泥濘異常。房屋矮小。鄙陋不齊。糞土成堆。雞鴨雜處。土人多囚首喪面。衣履殘破。沿途巡捕。尚屬整齊。馬車經過。鴿立扶冠以爲禮。見煤木鐵廠。製造火車鐵軸與玻璃等機器局頗多。烟筒叢立。午正到。入內少坐。飲茶小食。因伊女染病。其妻未見。未正辭歸。

十一日辛巳。終日陰霧細雨。入夜尤甚。記俄京有四戲園。其至大者。名巴立帥。專演法郞西義大利國戲。一名麻林斯吉。專演俄戲。一名阿來三德。演德俄二國戲。一名米海拉。演德法二國戲。此外馬戲園一。小戲園六七。小曲館十餘處。演雜曲。男女不一。入者每人一盧布。坐者加五十考貝。不坐則在屋內徘徊。男女混雜。又有小跳舞館。不計其數。入者無論跳舞與否。皆飲酒一瓶。價極昂。其至賤者苦酒。每瓶一盧布。聞小曲館及跳舞館。去者皆非上等人也。

十二日壬午。一天陰霧。細雨濛濛。戌初。邵署使約蔣丹如桂冬卿塔木菴福遠峯王鵬九石平甫與彝。在大戲園觀劇。所演高山大海花木樓臺。獸有犀象。行陸渡河。魚有鱷鯨。噓雲吐沫。或云戲場水法。係以碎玻璃代水。未知確否。子正回寓。

十三日癸未。早大霧迷漫。咫尺不見人。午後細雨。申初雨止。仍陰。邇來天冷。至是則草木黃落。閉塞成冬。當日未初。有寓俄德人開斯門來拜。其人有麴蘗癖。談及泰西各酒。無不遍嘗。獨以未飲華酒爲歉。彝乃出酒一杯與之。伊見酒色蟻綠。贊賞不已。繼而嗅之。乃云。此酒性烈。恐飲卽醉。彝云。古人曰。酒猶兵也。兵可千日不用。不可一日不備。酒可千日不飲。不可一飲不醉。其人聞而大笑。及舉杯揚首。一吸而罄。不意飲後少坐。伊竟玉山頹倒矣。桂冬卿欲取醒酒石以醒之。奈急切不可得。至申正。伊忽立而欲歸。因步履尙艱。乃以車而送之。入夜西風頓起。晴。

十四日甲申。早陰。午後雨。未初。同桂冬卿隨邵署使乘車往謁各宗戚王爵太子世子及禮官。共八處。記俄京住戶卸煤柴。皆無妥置處。卸時。經苦人以二木棍長五尺中連草蓆一頁寬三四尺者。搭之。院落堆積。不甚雅觀。

十五日乙酉。早陰。午後細雨。近因天氣暖而不雪。故江面又來風篷火輪二三十隻。按俄京馬車。雖係鐵軸。奈火候不足。人工不純。鐵不甚堅。道不甚平。以致馬行費力輪轉損軸。又因地面浮冰。故車多有折軸者。幸未傷人。

十六日丙戌。陰雨冷。早西風。晚東風。戌初雨止大晴。明星在望。皓月當空。子正又起西北風。天卽陰而大雪。天明稍息。厚四寸餘。

十七日丁亥。早微雪。午正晴。記俄京加非館及小飯館。不如英法之整潔。老少羣坐。多有談笑喧譁者。而口角鬪毆及語出不馴者。百無一人。

十八日戊子。早大霧。午後晴。雪結冰厚七八分。街市車輛往來皆紆緩而行不敢馳驅甚疾也亥初葡萄牙國公使三多斯夫人請茶會屆時同蔣丹如桂冬卿隨邵署使乘車而往樓房寬敞裝飾美潔來者不過各國公使參贊隨員夫婦而已子初回寓入夜陰

十九日己丑大雪酉初止仍陰記俄京茶會跳舞會規模與他國略同飲食甚爲簡約隨時二三男僕捧盤挨人遞茶與小食夜半挨人進乾鮮糖果至丑正客去大半乃請所留者二三十人小飲侑酒者不過果餌而已與英國之設長筵備盛饌聽人自取者有霄壤之判亦

儉德之可風也。

二十日庚寅。連日大雪。厚逾半尺。故馬車藏而雪牀出矣。是日係俄厤十月二十二日。爲該國慶賀興隆匠役休工之期。昔俄厤一千八百一十三年。即嘉慶十七年俄王彼得羅。是日在俄東南界戛三地方。獲得天主畫像一大幅。四圍鑲嵌珠寶。光怪陸離。遂于乃武斯吉街建一禮拜堂。起高樓。搆廣廈。即以戛三命名。供奉主像。虔潔皈依。後國勢日強。乃以是日爲聖節。按年慶賀。當日自晨至夕。有神甫多人。率衆諷經。市肆關閉。人工休息。天雖降雪。而男女仍往來不絕。

二十一日辛卯。早晴。申初陰。同蔣丹如隨邵署使乘雪牀遊。乃武斯吉街。一路雪牀馳驅。撲面冰花飛舞。耳目爲之一新。日本近遣國人遊歷友邦。採訪一切。聞有六人來學各國巡捕律例規章。以便擇善而從之。昨于十八日由英法抵此。俟採訪兩月後。再赴德奧瑞義等國云。

二十二日壬辰。晴冷。出門須著皮衣二襲。昨夜天雖極冷。室內有煖氣上蒸。故樓頂雪化下滴。早見簷前鐵筩口垂冰條。長數尺。粗一尺。記唐開元冬至大雪。簷皆爲冰條。妃子使侍兒敲二枝看玩。帝問何物。妃子笑曰。此冰筯也。今觀此。則非冰筯。乃冰柱耳。

二十三日癸巳。早陰。午後大雪。按西規。製買物件飲食。送來如有不愜意處。欲換。須在十二小時之內。否則不收。

二十四日甲午。早陰。巳正大雪。按俄國人丁共八千餘萬。無論男女老幼。每人一年各納五盧布稅。異邦人之僑寓本國者。每人一年納三盧布八十六考貝。一年計收四萬萬餘盧布。聞上年本國丁稅。收二百七十四萬八千盧布。外國寄居者。收三萬盧布。以人數計之。所收不足十分之一。究不知所收何如此之少耳。

二十五日乙未。早稍雪。午後大雨。大氣微暖。宿雪已化。雖不泥濘。更覺滑甚。聞日前一俄人于酒肆竊去熟雞一隻。被官捕獲。供云。委因餓極無法。乃罰坐監十三個月。或云數月前有偷六隻者。曾罰坐監一禮拜。是彼失於輕。此失於重。俄律雖嚴。較英法究無定例耳。入夜雨止。

二十六日丙申。稍晴而冷。記四日前。水師衙門閑屋中。設有牛乳牛油會。集各鄉上等牛乳乳油乳餅乳汁漿酪。羅列于此。擇其尤者。官給賞賜。未初。彝約蔣丹如往。入者每人三十考貝。門前左右豎旗。中橫紅綢一條。上書牛乳會。入一室。高三丈。寬五丈。深十餘丈。中列四行。各種乳油乳餅。乳有數日不壞者。餅有厚半尺周三四尺者。隨列各種造做機器。最後上層奏樂。樂工二十餘名。下設加非攤。凡在會中者。各人胸挂一紅綢花。更有婦女扮作鄉間擠牛乳女者。身著白裙白衫。頭頂白布小帽。亦可觀也。

二十七日丁酉。晴。戌正。桂冬卿邀往麻林斯吉戲園觀劇。在巴立帥園對面。外式稍狹。內極寬敞。臺前池大上層頭等屋。每間容六人。後面有長凳一條。便人休息。其散步之廳堂雖小。而裝飾陳設。亦頗華麗整齊。所演係俄三百年前事。俄被波蘭征服。有一小王子出奔。當波人追覓時。遇一老農名蘇薩年。伊生子女各一。子年未及冠。女字而未嫁。壻名索巴呢音。一門素稱忠孝。波兵以伊知王子所在。乃入其家。勒令導往。蘇初不允。繼而慨然諾之。暗令其子急馳告警。蘇將行。伊女牽衣而泣。衆兵舉刀嚇之。蘇引衆兵步行一晝夜。入曠野深林。距王子已數百里。兵旣力疲。又值天冷大雪烈風。衆兵舉刀追問。蘇諒王子必聞信而逃。乃大聲急呼曰。王子所居。我亦不知。今領汝等至此。不過少延以令之逸耳。而衆兵怒殺之。當蘇之去也。其女晝夜哭泣。鄰人詢知其事。再三勸慰。亦料蘇必無生理。伊壻聞之。聚衆鄉人執械往救。後王子得志。追封蘇爲義士。賞其子女及壻以地畝官爵。名傳至今。通塲景致。荒村曠地。遠樹長江。石峯峭立。冰塊下流。風吹而雪飛。天晴而月朗。至末場三人受封時。隊伍排列。車馬馳驅。旂幟飄宕。鼓樂喧天。樓中地上。男女擁擠。前立後動。前眞後假。人以萬計。洵可觀也。子正回寓。

二十八日戊戌。晴。記俄前任統兵大帥總理內大臣男爵梅彥闊茀。于前日病故。享年八十有三。在乃武斯吉街賢彼得羅禮拜堂。諷經。當日申初出殯。先有四名馬兵。橫排開道。烏衣舉燈人八對。再則三人舉一大圓扇。周丈餘。靑帛繡本國雙頭鶯。後橫列御前紅衣護衛六名。方帽御者六名。高帽金邊旁插烏花御者六名。又烏衣人五名。各捧一大盤。內盛梅公所得寶星紅帶花衣金穗等物。載柩亭車。以八烏馬拽之。車後步行男女數十。皆其親近者。再則古式高車二輛。王車一輛。皆紅衣金輪、拽以八黑馬。此後樂兵一隊。馬兵二十隊。每隊二十二名。騎馬礮兵四隊。礮車八輛。載受傷兵車二輛。前後行動。尙屬整齊。棺在堂內未出時。各街道口皆有巡捕馬兵、阻車經過。及出堂上車。因爲當時名卿。才高功大。經十數國戚貴臣執紼。以明隆盛。沿路觀者如堵。入夜雪。

二十九日己亥。陰霧。記俄國一官署曰世爵衙門。有三大僚管理通國功賞世爵及各人所守功牌名號。三月前被官查出虧短五十萬盧布。有一員逃脱。有一員自盡。名皆未詳。有一員名麥林闊甫者。前充内閣大臣。自言心迷失查。乃收入醫院療治。迄今百日無效。後奉命放歸故里。其所虧巨款。竟置之不問云。

三十日庚子。雪。申初止。仍陰。聞俄東省格洛訥歐城内。設三大信局。共入五十餘。昨日被官查出妄報信數。含混錢財者。三十九人。皆于是日逐出。又洛斯多茀城。經巡捕拏獲流民及游手而偷盜者。共一千四百九十六名。一概入監。

十月

初一日辛丑陰。記俄君于俄曆一千八百五十五年二月十九日。在南京墨斯哥登極。至明年俄曆二月十九日。爲卽位第二十五年。現定通國各城。無論官民。集其所捐之資。備單齎送北京。以之造銀旗一杆。一面飾以水晶。一面書二十五年之功業。以銘其德。又俄例。無論文武官員。每歷任三十五年者。准其乞退。官給俸祿三分之二。以養終身。現在傳言俄君有旨。于明年二月十九日慶賀時。將各員之已歷任二十五年者。一律賞食俸祿云。酉初。狂風大雪。作勢怒號。通宵達旦。

初二日壬寅。陰冷。卯刻。風息。雪止見地面積雪尺餘。各家門首之壘成堆者。高八九尺。凡玻璃窗之向東北者。外面矇雪寸餘。皎潔不甚光明。可謂虛室生白矣。街市路燈玻璃罩之向東北面及其頂上。皆積雪。因通夜內燃煤火。內氣煖而雪化。外氣寒而結冰。隨化下垂長尺餘。粗盈寸。望之如纓絡。市肆多以滾水洗拭窗櫺，洵一塵之不染也。近因天冷頻雪。尼瓦江之上游。漸有冰塊流下。今早江心雖向西湧流。而通面皆白。惟雪與冰耳。未初江面微開細隙。水仍凝結無紋。申正東風起。仍雪。鎮日嚴風砭骨。雪花撲面。而雪牀往來之密。男女步行之多。仍不減於往日也。兩岸木瑪頭與渡舟三日前皆一律撤去。貨船鮮有進口者。其已進口者。亦將貨卸盡而開去矣。當日惟見本國稅局一二小輪船往來江面冲冰。戌初雪止。東風甚勁。戌正葡萄牙國公使夫人請茶會。蔣丹如福遠峯與彝前往。丑初回寓。見江面冰塊已擁起如山矣。

初三日癸卯晴。早見江面冰塊塞滿。惟中心流動。颯颯有聲。戌初同蔣丹如桂冬卿赴布朗達家跳舞會。入夜陰霧。亥正一刻回寓。近聞英人多學俄國語言文字。據云。恐不日由北印度與俄爲鄰。不免陸路交涉也。

初四日甲辰。早霧。午初晴。昨日江面南北臨岸結冰。漸闊。今因風來自東北。故北岸積冰更寬。南岸反窄。中心冰塊順流而西。有圓轉者。有方形者。有橫亙者。有直行者。現在街道雪厚。鎮日有大車盛滿。運往城外。而擲於江河者。中初又霧。戌正。同蔣丹如桂冬卿赴布朗達之友皮特洛甫母女家茶會。皮為俄南省人。來此寓於小海街巴里大店。來者男女二十餘人。遇有巴杜立池夫婦。亥正飲茶。子正同酌酒果小食。款待亘殷。丑正謝歸。雲霧四起。毒氣薰蒸。

初五日乙巳。大霧。前俄歷十一月初一日。（即九月三十日）俄皇諭令通國。於本年內聚集民兵二十一萬八千以備操演調用。彼得堡通城分十六段。闔在本公署左右一段。

經兵部聚得七百一十八名。由醫官驗過。身體足壯。可遠行而受勞瘁者。二百零二名。德國因聞此信。亦奉官預派五萬名焉。按尼瓦江西口外之克欒斯達達大礮臺。係一孤島。四面圍水。上有存儲兵丁軍裝器械庫。昨經官捕一賊。名姓未詳。據供偷盜有年。每年奉給守臺兵官五千盧布。蓋每晚駕三板至彼。由水閘潛入而盜。其所失數目無所考查。又尼瓦江南岸大鐵橋東克立的達敖卜什柴特倭銀號。有夥計尤汗索甫者。作事明幹。在行數年。頗爲東主倚任。近三四年。銀鈔皆經伊手出納。東主見各包封固。外印圖章。亦不疑猜。不意前俄厤十月杪。乞假旋里。適值用款孔亟。因而拆封。見內皆新聞舊紙。共失二兆五萬盧布。前日其人被獲。審供實偷三年。經官定罪。發往賽比里亞省土巴倭疣城。是日起解。不與他犯共車。行囊甚肥。且攜一法妓同行。過彼得羅村時。列筵聚衆。痛飲暢談。竟費盧布二百有奇。亦一豪賊耳。

初六日丙午。陰霧。江心冰塊仍流。較昨稍密。又值狂風怒號。江外撞壞大小風篷火輪舟十一隻。黑海歐代薩地方亦沉輪舟五隻。記俄西南一縣。名貝亞里斯多格者。原屬波蘭。前於俄歷一千八百七十五年（即光緒元年）歸俄。其地專產野牛一種。較他牛身大力猛。毛色紫黑。俄名伊蘇布爾。昔年產八百餘隻。今一年竟增至二千隻之多。是地封禁。不准他人擅入。惟入冬俄皇往獵。然邇來鄉民多有偷盜者。雖欲禁而不得。

初七日丁未。陰。霧。記俄南京墨斯哥設有總督二員。一正一副。專理通省事務。權與他國同。聞今春副總督薩梅婁楠者。曾與一店主人阿克薩咊瓦之妻相識。不意竟拐去三萬盧布。另覓溫柔。數日前被獲。解往南京對質。其人竟至手無一考貝焉。

初八日戊申。陰霧。近因天冷。見鄉婦所服之皮衣。身長將及膝。蓋而袖長過膝。垂似象鼻。戌正。同蔣丹如桂冬卿乘雪牀東行十數里。赴王爵沙豪蒂斯吉家茶會。男女無多。坐談極久。其女年二旬。名沙阿麗。性敏慧。能英法語。自處小室一間。內集中土什物若許。名曰華室。子初回寓。

初九日己酉。陰。按英法德瑞各國字母數皆二十五六。

俄國字母係三十六字。既多而音亦長。話規亦繁。夫俄人本非一部。又非一國所成。如現仍為一國。而昔曾割地歸俄者。如瑞典德國是也。現不成一國，統歸俄屬者。如波蘭芬蘭是也。因而名姓又不一律。俄之土種姓氏。凡婦女皆從其夫姓。而按話規改變一半入為陰類。如布伊策甫之妻。乃改稱布伊策瓦。沙豪荗斯吉之妻。則改稱沙豪荗喀亞。又俄國自去冬以來。城郭村鎮之遭回祿者。共二十六處。所傷財產計八百五十五萬零五百十一盧布。人命傷否未詳。亦可謂浩刼矣。

初十日庚戌陰恭值
慈禧皇太后萬壽聖節。巳初同衆著公服隨邵署使向西南行
三跪九叩禮。未初同蔣丹如桂冬卿駕雪牀拜俄人時
梯格利斯。入內見其夫婦。家甚殷實。款待頗優。先各進
茶一杯。勺勾拉一盌。隨小食一盤。繼而桂花糖餅各一
塊。舍利紅酒各一杯。又蜜餞果各一玻璃碟。有蜜餞蓁
菜。味甚佳。每塊長二寸。粗寸餘。色淡綠。極肥嫩。談次出
其生女甫十月者與看。頗靈秀可愛。問其名。曰敖勒戛。
即俄國前代王后名也。戌正復同蔣丹如桂冬卿隨邵

署使乘雪牀。往赴巴杜立池家茶會。男女無多。談至亥初謝歸入夜微雪。

十一日辛亥。大雪。記在乃武斯吉街巴薩日玻璃棚小巷東首樓上。設一蠟人館。入者每人四十考貝屋寬四丈。深十丈。四面羅列男女老幼。形式不一。工料似稍亞於倫敦者。中橫二大玻璃罩。左一女。赤身仰臥。臍下橫花錦一幅。閉目作睡狀。而胸前喘氣。口內呼吸。久看不覺其爲蠟人。右一女。亦赤身斜臥。腹以下。以窄幅鮮錦覆之。橫枕玉腕。垂頭看書。神氣如生。此上爲另一層。登者每人加十五考貝。右邊一行。段段分列。如賣靴給婦人捧腳試大小者。賣酒彼此論價者。密室男女私語。一老人脫履立于門外。由鑰鍉孔中竊聽者。樓上幼女。雙手拽少男登樓。樓下一犬嚙其褲者。皆神氣逼肖。左邊橫一大玻璃罩。內仰臥一傷兵。胸前被刺。孔深寸餘。血濺滿衣。面目憔悴。胸前喘氣甚緩。目雖閉。有時而開。觀之惻然。正面橫小臺。坐一阿美里加墨西哥國弱女。名席班呢者。滿頦烏鬚。居然一丈夫面也。乃語言嫋娜。十指柔荑。隨時鍼黹。動作嬌羞。儼然女態。據云。隨伊父來此。已逾三月。留之以爲奇貨。令人鑒賞。其父因而獲利焉。此旁一門。內一小室。置俄國古時刑具。并以蠟人做出受刑各態。如一鐵抓作十指。如兩手捧于一處。以之捧女乳。十指插入。女作吽態。又一人四肢皆縛。背後垂劄下鮮皮兩條。寬各寸餘。長尺半。又一物如長几。一人坐于其上。手骰直伸。綁木架上。骰臂之間。橫列鐵錐兩行。似手腳動。即被刺狀。見上下已刺孔數十。深皆逾寸。其人面色青黃。兩目呆視。欲泣不得。又三人縛于鐵樹。樹下生火。骰皆燒黑如炭。有已死者。有仍睜目如泣如訴者。又有穿紅鐵靴者。膝下瘇裂流油。又有坐鐵牀者。
有戴鐵箍者。筆難瑣述。雖係蠟造。令人不忍逼視。酉初
雪止。入夜晴。
十二日壬子。晴冷。江北岸一小輪船。前日被冰撞損。現
欲移入船廠修理。廠距此里許。非通路不得冲往。無如
冰結已厚。不能轉移。乃令十數水手爲之鑿冰。竭一晝
夜之力。所開尚不及丈。不知何日得通也。入夜西風尤
冷。
十三日癸丑。微雪。早見江面滿冰。一望皚然。有二三小

犬往來其上。諒結已數寸矣。是日係俄曆十一月十二日。爲其二太子妃穆阿麗生辰。各處挂旗。入夜燃燈。以伸祝賀。

十四日甲寅陰。聞昨晚東城某巷。有婦人吳氏者。家稱素封。閽者阿土爾豔其多金。遂生惡念。夜半挾刃以入。伺主人睡熟而連斃五命焉。傾囊倒篋。搜括一無所得。乃懼罪而逃。不知所往。今日巡捕往驗。亦無儲存之所。惟于婦裙之複衣中。藏有盧布票二百八十張。一一排列。以綫紉之。竟因此而罹殃。非慢藏誨盜之咎也。入夜大雪。

十五日乙卯。雪。現值冬令。各家復設茶會跳舞會。對岸冉森家。每禮拜五日仍設茶會。數日前曾折柬而邀。遂于亥初步往。過橋迎風。雪飛入口。辨其味則鹹。蓋因近海。水升卽降。未及變成淡味也。是會男女頗多。歌舞極其懽暢。丑初囘寓。

十六日丙辰。雪。聞距此二十餘里。比特闊富東某村。三人迷路。雇一幼童指引。同給一盧布。抵其地。三人反索其盧布。幼童不允。竟被刺殺。此日前事也。三人至今尚末弋獲。按每春各戲園具禀請示各國以及本國紳富。願否租屋一間。願者每年付値千餘。於十四日內付清。即有尾欠。亦須書押爲憑。如某日無暇往觀。可於淸晨送信。則園主轉售其票。分戲値四分之三於賃主。蓋戲園每有名角。或演新戲。當日增價。是一年除往觀劇外。反有獲利者焉。亦惟俄京有此風俗耳。

十七日丁巳。微雪。戌正同蔣丹如桂冬卿塔木菴夏干隨邵署使在巴立帥戲園觀啞舞戲。所演爲印度郡主下嫁。男女由十一二歲至三十四五歲者共二三百人。

裝束各異。分東西南北中五印度。面色或黑或黃或白。遠望百里。水秀山青。日光暄麗。花木芬芳。值此冬季。連日陰寒。忽睹景象融和。令人心目俱快。惜典故未悉。查其大旨。郡主于歸。他女妒之。欲陷害而未果。因抑鬱而死。奈魂魄不散。前後追隨。半空飛舞。後值宴樂之時。風雨交作。一聲霹靂。宮殿皆傾。人盡覆壓焉。

十八日戊午。早晴。巳初大霧迷漫。申正微風晴。見江面冰厚。雪亦鋪平。行者可以徒步其上矣。聞今春行刺本城某提督一犯。旋在米拉斯吉城被獲。年二十一歲。名杜蘭整。給伊辦假護照者爲塔汗吶茀。三日前經刑司會議。杜擬絞罪。塔則發往賽比里亞窖壙作苦工十三年零四個月。其他男女百人無干省釋。

十九日己未。陰霧而雪。滴水結冰。聞昨夜亥正。俄皇由庫爾斯克城回至南京。墨斯哥將進城。改乘馬車。順道入伊茀斯吉天主堂禮拜。其侍衛武弁以原乘火車載行李穿城走鐵路。至中途。忽地雷轟震。翻車三輛。鐵轍崩裂。幸未傷人。卽時覓得掘地之所。人皆逃去。見溝寬二十五六尺。深六七尺。長四十餘尺。蓋以俄皇必穿城而過也。當時通城男女驚喜交加。本地官紳皆往天主堂慶慰。俄皇曰。前四月初二日。爲第三次被驚。今爲第四次。所以不穀獲免者。實蒙天主保佑也。謝爾諸人厚意。但願盡絕根株。永延國祚也。

二十日庚申。陰晴相兼。聞杜塔二犯。雖經刑司定罪。昨據某提督以該犯年幼無知。奏請減罪。俄皇批准。杜改發往賽比里亞。遇赦不釋。塔改在監作苦工十年。入夜陰。

二十一日辛酉。陰。記西人出殯。與中國不同。足在前首在後。如人之前行也。又尼瓦江之各木橋長皆十餘丈。橫分十節。每節木造長方似船。江開則直連一行。上鋪整木。江封則分置北岸。故數日前皆移列江邊焉。

二十二日壬戌陰。按昨來電信。言俄皇由墨斯哥啓行。乘第一趟火車。（蓋南北京往來火車皆有定時共分若干趟也）於今日巳正到。巳初通城集兵九千餘人。由墨斯哥火車客廳。列隊一行。直抵溫宮。兵手著黑手套。身服灰毡大衫。腰橫黑皮帶。頭戴黃銅盔。頂上有立一飛鶯者。餘皆倒垂白馬尾纓。作冂字形。惟樂兵染紅色。官皆乘馬。左右排立。待至午正。俄皇未到。時地凍天寒。積冰盈尺。漫空玉戲。冷氣逼人。兵皆撮手跌足。撫耳捶胸。立至申正始到。乃第二趟也。俄皇携其姪。並坐雙馬雪牀。後隨文武大僚數十。男女觀者如堵。過則男皆免冠。兵舉右手摩耳以爲禮。將入宫。衆免冠高聲歡呼一陣。自早各處挂旗。通夜燃燈以伸慶賀。

二十三日癸亥晴。是時駐節俄京以墨使居首。俄皇到後。代衆具疏入告。俄皇謝辭免見。故墨使轉告各節署也。午初。俄皇在宫左敞地閲兵。四面建臺。按間出賃往觀者每間二十四盧布。

二十四日甲子。晴冷。聞前日掘地雷人逃竄無踪。乃獲其房主一老媪入監。供云。其人年近四旬。白面黃鬚。數月前以二千盧布租定此房。問其姓。曰賽麻斯吉。來由東省薩麻利城云。其房距火車路。不過二矢地。支以甎木。斷非一日一人之工。費用亦必不貲。或云其人必係富戶。或一大官。不然安能成此巨案。現按老媪所供。畫影圖形。各處訪緝。已獲百餘入監。未知孰是。入夜陰。

二十五日乙丑。陰。是日爲東教先賢朱額芝仙逝之期。

爲一大節。通國人民休息。俄皇每年於是日宴會各國公使水陸武官。以及兵丁之曾得寶星功牌者。午正。率衆在宮中禮拜堂內禮拜。酉初。晚餐。官坐樓上。兵列樓下。入夜鼓樂跳舞。天明始畢

二十六日丙寅。陰。見本地馬匹。色多紅黑。而草黃者少。體雖較他國稍小。而雄壯異常。當大雪繽紛之際。往來馳驅。滿身出汗。蒸氣上騰。追至某處止步。力不疲憊。如是不畏凍寒。洵良產也。莊子云。蹄可以踐霜雪。毛可以禦風寒者。其斯之謂歟。申初。接電信。知崇星使於本月

十八日抵滬。二十四日啟程北上。走鎮江。

二十七日丁卯晴。按西國各戲園之門內設有存挂衣氅處。伺候男女有三四人。觀劇者脫外襲皮氅。其人收給憑票。客去隨意給賞。於俄京則給一二十考貝足矣。前日有華人往看馬戲。入門脫衣。不惟先討賞。且定索四十考貝。因而改脫他處。臨行給以二十考貝。其人鞠躬以致謝焉。

二十八日戊辰。早陰霧。午初。零雪大作。烈風橫吹。觸面甚痛。記俄通國電路。長十三萬七千二百三十四里。綫共長二十六萬七千三百二十二里。規模與他國無異。沿途按站設有分局。晝夜有人看守。聞上年所發電信。計三百五十一萬二千一百零三封、得盧布四百六十三萬零二十九。內除公費三百六十一萬三千八百二十盧布下。餘一百零一萬六千二百零九盧布。該行半屬官半屬公司。因奉朝命。每年所餘不得私行分用。皆作加增綫費云。

二十九日己巳陰。昨見新聞紙內云。馬戲園現演華戲。係中國乾隆某年事。人皆力大魁偉。裝束新鮮。當晚同蔣丹如諸君隨邵署使往觀。中場有一人放槍極準。在十五步外立杆高一丈。上釘方木牌。周六尺。牌上反映一燈。牌下右角插花挂紙。以及各種玩物。每置一物。一槍必落。令一人立于燈下。頭頂鮮花。或蘋果。亦放槍必著。其人放槍之法不一。有時立而正放。有時背而倒放。有時倒立曲身。以小顯微鏡照定。放槍于二股之間。無不拍手驚奇。代頂花果者。隱憂耳。至末場有面黃髮黑者。似印度人。老幼共二十四名。各著白褲白衫。緣以紅布。小孩薙髮。有前後左右留三四塊者。技藝無他。係四五人堆塔。六七人疊山。中一人較高於衆者。力極大。于其頭肩兩腕胸前背後盤立蹲伏橫插豎臥。共十八人。誠赳赳之武夫也。

十一月

初一日庚午。早霧。巳初晴。現因養濟院用款不足。經諸善信訂於是夜。在吶艾喀河街巡捕橋西路北闊吶吶甫會館。設跳舞會。兼抽簽會。前日接布朗達夫婦信。代請蔣丹如、桂冬卿、夏干與彝往赴。遂於亥初駕雪牀而往。館頗寬敞。正面一戲臺。樂工三十四名。臺上設玩貨二桌。左右又二小方桌。各立一男一女。收鈔賣簽。亦一盧布買四簽。簽簽多空無號目。故買十數簽鮮有得一彩者。貨物鮮有貴重者。此前一廳。出售茶酒小食。臺後有一大堂。四圍列椅二三百。中作跳舞場。來男女二百餘人。入者每人四盧布。丑初回寓。當夜雪。

初二日辛未。陰。按現在中土日出辰初一刻。日入申正二刻。此地連日陰雪。覺晝尤短。每日辰正二刻始明。申初一刻卽昏。不知日之出入於何時也。天雖晴霽。見日甚低。正午惟樓高者可睹。甫未初卽沒矣。

初三日壬申陰。因雲低天暖。各樓積雪皆化。順簷滴水。街道冰雪亦化。石木外露。江面雪化。平明如鏡。疑江又開。行人往來仍不絕。無一裹足者。令觀者爲之懸念。入夜東風。凉。

初四日癸酉。陰。暖。記俄皇阿來三德第一。將法國那波倫第一及他二十小國戰退後。于俄厤一千八百一十二年。即嘉慶七年欲擇地建大天主堂以誌其功。遂有名匠韋特柏爾者。思得一法。繪圖呈覽。俄皇大悅。擇地在斯帕婁山。堂高八丈。周數十丈。五年後興工。俄皇立第一石于山頂。當時備用十兆盧布。山之四面買地。以供堂用。居民傭工分三等。第一等守堂。第二等供堂日用。第三等輸納地租。後一千八百二十五年。阿來三德第一薨。其子尼格老第一卽位。停止各工。蓋自興工以來。九年已費十七兆盧布。而地基尚未立成。遂于一千八百二十七年春。將各監工人員遣戍治罪。而以韋爲罪首。發往威塔戛城。作苦工。其人原無染指。迨去後。妻子一貧如洗。至一千八百五十五年。今俄皇阿來三德第二卽位。釋韋歸里。抵家。悲喜交加。一痛而絕。當時興工之處。一無所存。俄皇仍欲建造。而韋已死。乃另覔一人。依法經營。迄今二十四年之久。復用三十兆盧布。幸已告成。訂于明年開門。卽俄皇卽位第二十五年慶賀時也。

入夜雪。

初五日甲戌。陰。記俄京有育嬰堂。名義來斯必者。地勢極大。收養無依子女。今已增至四萬二千之多。須添蓋樓房。而堂費不足。有俄皇三弟米海公之女戛他立那。倡立善舉。擇于本年十二月中旬。在米海公府設大會。現登新報。勸捐衆善。多寡任便。聞巨商有敬助什物者。

有討半價者。即以所獲餘利而興建焉。繙 因送畫二幅。扇二柄。以助之。入夜雪。

初六日乙亥。早雪。申初止。記俄皇前在墨斯哥受驚。犯人至今未獲。該處文武各官及巡捕等無一獲戾者。官亦不究。蓋該處巡捕雖官給衣服。每月只得三十盧布。又經地面官折扣。每月實得五盧布至七盧布。所得不足養贍。遂改裝別謀生計。遇君主大官經過。暫爲應差而已。至彼得堡之協尉。每月得二百至二百五十盧布。步軍校由五十五至一百盧布。巡捕係由三十至四十盧布因此地爲都會。故較他城尚屬整齊。

初七日丙子陰。記乃武斯吉街之蠟人館內臨門新建一小室。寬八九尺。深五六尺。高七尺。左右二燈。四壁糊以紅帛。棚頂亦然。中一方桌。高三尺。上一小圓桌。高盈尺。上置一半身活女。年近二旬。裝飾華麗。其至奇者。只見其手與肩。乳以下則空空如也。女自言其出身年歲。令其歌則歌。令其笑則笑。究不知其由何法作出者。入夜東風冷。

初八日丁丑陰。冷。狂風大作。樓頂宿雪飄飛。尤覺密如米粒。見大天主堂及他樓房之建以石者●通身變白。惟簷横鐵花。及柱頂鐵花仍黑。山川樹木。遠近迷離。如在玻璃世界也。入夜大雪。江面復白。

初九日戊寅陰。記俄國一種賭具。名曰洛多。係紙片二十四。長五寸。寬二寸。面上畫分二十七方。横分三行。每行九方。每九方雜書五數。由一至九十不等。外有木塊九十。形如小鼓。每上刻一數。亦由一至九十●又有小木餅。大如榆筴者百數十枚。玩時人數無論多寡。均分紙片。如十二人。則每人分二紙片。置於面前。有一人領首掌木塊。由袋中陸續拈出。每箇報上所刻之數。各人片上有者。卽取一木餅蓋之。本人有。則以所拈木塊蓋之。如此。無論何人。蓋足一行之五數爲勝。十二人輪掌木塊一周。

初十日己卯。晴。冬至節。此節外國雖無名目。亦言是日爲至短。因不見何時日出日入。惟覺巳初天明。申初卽昏。是日長只六小時而已。

十一日庚辰。晴暖。見新聞紙云。俄都樹木落葉。雁卽南飛。雪過冰開。雁卽北返。邇來南省一帶見雁北飛。是今冬和暖之光也。又俄京通城。有紫黑灰鴿千萬。鎮日結隊飛舞。啄食毫不畏人。蓋既少挾彈之王孫公子。亦無舉槍之遊手閒人也。

十二日辛巳。晴暖。聞墨斯哥軍營失去二萬六千盧布。營官言現有二兵逃逸。不知下落。或云錢卽此官所盜。二兵卽此官所使。未詳確否。姑記之。

十三日壬午。晴。聞墨斯哥通城牆壁。貼有造反二字。不知何人所黏。官亦不究。又本城巡捕。近於街市拾得若許轟藥。及造地雷之具。不知何人所遺。官亦不察。

十四日癸未。晴暖。記俄通國禮拜堂共二萬九千餘所。高大壯觀者五百。教士共七萬名。外有住堂者五百五十。內男子四百八十。婦人七十。前俄皇彼得羅第一及喀薩林第二之世。費款甚鉅。統出官項。邇來除南北京城及各大省城之禮拜堂。仍照前章外。餘皆儉省。抽歸國用。各堂雖有人民生養嫁娶死葬之進款。仍不足用云。入夜陰雲淡淡。冷氣蕭蕭。

十五日甲申。晴涼。記俄京紳富男女之乘單雙馬車雪牀者。馬背咸罩以絨網。以免馳驅之際。冰雪飛騰。各網方數尺。有藍紫白綠各色。御者隨行呼喝。氣燄頗盛。平等之馬車雪牀。聞而避路。英法則否。噫。亦近亞洲之故歟。

十六日乙酉。微陰。記俄俗遇施醫院育嬰堂禮拜堂需款。并不募化。多有倡首各家。先行施捨鍼黹玩物若干件。繼而勸捐巨商。或捐助什物。或賤價送入。擇於某處開設數日。名曰巴薩爾。預登新報。布告通城善人。并請所識戚友。屆日往買。值稍貴。以備所需。又有賣茶酒小食花朵菸捲者。亦由商賈施助。故邇來以帖約請者頗多。各處局勢。大同小異。無須瑣述。

十七日丙戌陰。聞前日一少婦某姓者。裝飾華美。乘雙馬雪牀。在乃武斯吉街珠寶店。看得珠石數件。共值六千五百盧布。議值已妥。乃言可令一人隨我取錢。我夫係一治理瘋疾醫生。資財皆存伊手。主人云。我可隨往。乃同登車而至。延入客廳。云待我上樓取錢。蓋此房實一治瘋疾之醫家也。婦登樓。見醫生云。我夫現染瘋疾。每啟口。即云珠寶錢財。不知何故。懇請療治。醫曰可。婦又云。妾不欲聞其所言。如有他路可避。或先轉回。醫云。

從此下樓可也。如查尊夫。實係瘋證。可令其住此。隨時療之。婦深謝鞠躬而去。醫旋入廳。其人即言。適纔夫人所買珠石在此。敬候付錢。醫云。我并未買。且我貧醫。尚未娶妻。其人聞而急怒。醫仍以其言爲瘋語。遂令人縛於木架。使之不動。按時療治。該鋪以其人連日未歸。各處尋覓不獲。後詢諸巡捕。始行接回。而婦已黃鶴一去不復返矣。入夜大風雪。

十八日丁亥。微晴。亥初。英國公使杜斐林請茶會。是時各國頭等公使之駐俄者。推伊爲首。故當晚預備一切與溫宮同居時。彝同蔣丹如桂冬卿隨邵署使往樓房壯麗。入門登級每兩步對立二紅衣侍衛至正廳。先見英公使夫婦左右立二侍衛傳報人名過正廳旁一室。閎敞華美男女羣立轉後一室橫設長筵羅列刀叉盤碟設茶酒小食及冷葷果品多種式與英國大茶會同。當夜來者各國公使隨員及本國文武大僚夫婦以一二千計。丑初回寓。

十九日戊子雪。爲西厯一千八百七十九年十二月三十一日俄厯十二月十九日。因日本現改西厯。當晚請茶會。亥正。彝同蔣丹如桂冬卿隨邵署使往男女無多。少坐飲茶。其署公使名高木報造土音讀曰塔戛吉活作。隨員四五人。能法俄語者。一名長田銈太郎。讀曰歐薩大凱他婁。一名山木淸尖。讀曰亞麻謀兜吉尤戛達。能俄語者。一名大前退藏。讀曰歐買太鄒。一名安藤謙狄。讀曰安兜肯斯吉。以上各字筆畫與中國無異。惟狄係介字。稍有不同。彼此筆談甚得。彝因口占一絕云。扶桑遊客會俄京。握管傾談別有情。覿面千言憑尺幅。天涯道故勝班荊。子正回寓。

卷十四終

四述奇卷十五

鐵嶺 張德彝在初隨筆

貴 榮竹坪校閱

已卯十一月二十日己丑。陰。爲西厤一千八百八十年正月初一日。午初。命洋僕赴英法德美日義瑞比等十數國使署。投刺賀年。衆亦陸續前來投刺答拜。入夜雪。記漢書。晁錯曰。夫胡貉之地。積陰之處也。木皮三寸。冰厚六尺。查俄羅斯北境。地在寒帶。四季多凉少暖。故水結地凍。皆早於他處。自秋分節。卽冰至寒露而益壯。想其積陰之處。冰厚不止六尺也。北至七十四五度。地少冰多人既臥冰。而更食冰。再北至七十八九度。則冲冲以鑿峨峨斯積。天地皆冰矣。聞數年前。有英國總兵勒色者。携兵尋北極。乘船至七十九度。已屬勉強。行抵八十三度。復鑿冰行一千二百里。遇冰山矗立。無路可通。或崎嶇行一二里。凡一百四十餘日。不見日光。隨行兵多病者。計窮而返。始知致病之由。以無從得水果。因咎兵部不多儲水果汁。致敗其謀。後決計再往探之。以窮竟冰海爲期。伊言冰上亦有居民。鑿冰爲屋。以雪爲門。

入則封之食冰雪以解渴獵魚獸以充飢衣以鹿皮亦薦其皮以寢其取魚鎚冰深至十餘丈魚得冰竅噓氣則羣聚穴中乃製鐵爲刃累長竿以鈎之用魚油爲薪夜則燃以爲燈其居逐冰窟以遷徙若蒙古之游牧然亦窮荒之異聞也

二十一日庚寅陰午後本街西首船廠主人約遊遂同夏干隨邵署使往其地大周數里鐵架大房數所往來運物有鐵路各處有官兵舉槍把守然工少材乏機器亦無大者且皆來自英美二國所造船隻無非鵃舠艑

艖之類。雖有一二鐵甲礮船。長不逾五丈。至艏艢大船。則售自他國。所用橡木土產。短小。其長而大者。皆來自義大利。西正回寓。夜微雪。

二十二日辛卯。天雖陰而暖。樓頂雪化。街道積水露石。聞本街第四十八號。有王爵杜爾戛魯吉者。生三女。其長女次女。曾經俄皇所幸。己字與人。其三女仍爲俄皇所寵。伊家有二門。其一門扃鑰。有巡捕一名把守。惟俄皇來啟之。俄后在義大利養疾。邇來病體增劇。或云因此所致。

三十三日壬辰陰。因二十五日爲其天主誕辰。故是日雖係禮拜。而市肆多不關閉。在果新多倭環廊內外。四面羅列鋪攤。出售松枝糖果紙花。以及各種紙木玩具。朝夕男女擁擠。道途泥濘尤甚。聞前日環廊木局失火。延燒棧房十二間。失去盧布四萬有奇。入夜大風雪。

二十四日癸巳陰。按外國婦女皆重纖腰。幼雖約以籠圍。而飲食不減。故於身命無傷。按後漢書內載楚王好細腰。宮中多餓死者。夫人賴食以生。因媚上以儉食。腰雖細而命難存矣。中華婦女多裹足。使之纖小。亦皆自幼圍纏鮮有長成而後裹者。以彝觀之。束腰裹足二事。未免近於矯揉也。

二十五日甲午。陰。係俄曆十二月二十五日。爲其天主誕辰。市肆關閉休息三日。街衢閭巷多有陶然醉者。當晚家家酒宴。處處絃歌。焚化松枝。亦達馨香之意也。戌初。大海街油畫會館設小兒會。願者可將孩童携往。入者每人三盧布。羅列玩具。變幻戲法。演畢。按名分散玩具。子正。孩童去後。男女留者。改作跳舞。至寅卯之間始散。又自子正至寅正。在巴立帥戲園。有傀儡跳舞會。鼓樂錯雜。男女有數千人。女皆改裝易服。頭戴假面。入夜大雪。

二十六日乙未。雨雪陣陣。記俄京一種飯店。早餐午酌。肴皆任人點要。晚餐係定價。有七十五考貝者。有一盧布或二盧布者。每人一湯。三肴。一糖小食。肴有牛羊雞魚沙雞野鴨等味。皆佳。

二十七日丙申。陰。聞前日墨斯哥城。巡捕察看一屋。內有印成俄德英法文謀反告白。及造地雷器具物料甚夥。旋獲一工人。衣履殘破。搜得複衣內有盧布一萬二千之數。其僞爲窶人可知矣。

二十八日丁酉陰。聞俄皇三太子阿來希斯現充水師提督。早與戶部大臣甥女某相善。後生一子。因而自行稟知俄皇。欲娶爲妃。俄皇不允。阿無法。誓不再娶。乃將母子送住瑞士國。改姓曰博哈內。其子不知何以得授侯爵。在瑞一切用項。皆爲阿所供給。蓋俄皇之不許者。以王世子之妃。須配他國之公郡主。不免有門戶之見也。

二十九日戊戌陰。早見新聞紙內載。昨于某鎭火車棧房。因一人行李布包鐵匣。小而甚重。車役疑而禀官。卽遣人查詢。令其開驗。對云鑰鍉失去。官令鐵匠啟之。其人聞而逸去。旋被獲。啟見所藏。係火藥與地雷物料。入夜雪。

三十日己亥雪。記俄美丹三國大海車。又名班車。皆走鐵路。每車坐五十餘人。拽以二馬。一人執韁。手扶軸旁關鍵之鐵柄。欲止則預捩機關。使輪不轉。而馬自停矣。途次欲上下車者。必須捷便跳越。前路遇人與車。御者必搖鈴驚動。以便預防避走。聞是日連斃二孩。一係避之不及。一係母女乘雪牀大車將近。欲橫冲鐵路而過。不意大車忙不及勒。婦甫躍下。已將其女壓成虀粉。婦因癲狂。經巡捕另以他車送回。事聞於官。御者只收監四個月。限滿釋放。令謀別業而已。

十二月

初一日庚子。雪。爲俄曆一千八百七十九年十二月三十一日。西曆一千八百八十年正月十二日。按外國各家門首。按街書有號目。夜間雖有路燈。辨識仍不清晰。故俄京昨奉官諭。于門左各挂玻璃小方燈一盞。書以號目。限十日內報齊。入夜大風雪。止晴。
初二日辛丑。晴。為俄厤一千八百八十年正月初一日。
又明日為其三太子阿來希斯生辰。俄皇昨令外部召
請各國公使。于是日午正入覲。午初二刻。邵署使率蔣
丹如桂冬卿與彝前往。旋抵溫宮。登樓見各國公使及
本國文武官員。按次列行。俄皇外入問邵署使曰。自崇
欽差去後。即吾子署理耶。署使諾。又云。但願兩國事體妥商。
永敦和好。署使又諾。未正見畢。出宮。即赴各官府投刺
賀年。彼亦陸續前來答拜。申初陰。大雪。

初三日壬寅陰。記俄京各茶坊酒肆。皆有官府告示。客來飲食者。夜不得過丑初。否則捕之下獄。蓋防偷盜不法人也。因曾有終夜不去。借以議事爲名。而潛謀不軌者。入夜雪。

初四日癸卯雪。彝因隨使三年報滿。乃具呈銷差。其略云。竊德彝前于光緒二年九月。蒙前

欽差大臣郭

奏派充三等繙譯官。隨同出使英國。于是年十二月初八日。抵倫敦任所。嗣于四年八月。蒙前

欽差出使俄國大臣崇
奏調來俄。派充二等繙譯官。計自光緒二年十二月初八
日抵英之日起。扣至本年十二月初八日止。三年期滿。
理合呈請
給資回京供職。伏候
憲臺批示遵行。旋蒙
邵署使批示云。據呈已悉。仰該員速將經手事件料理
清楚。候本署大臣給咨回京等因在案。原擬本月中旬
起程。因同事諸君勉留。遂定于明年正月初六日返棹

旋華。

初五日甲辰陰。午後有俄南省阿斯特喇汗人姓紫魯木巴拉堤音名澤利那歐者來拜。能英法語。年二十歲。衣服與喇嘛同。黃襖紫褲。紅皮靴。黃方巾。蓋亦佛教人也。地沿喀斯邊海。近土耳其阿富罕波斯西藏等處。故貌又與蒙古人同也。

初六日乙巳。微晴。記俄國大學院八。生徒七千二百七十五名。書院二。生徒二百六十二名。醫學院二。生徒一百五十二名。雜學如各國語文格物化學測算光學等。

內男塾一百五十三。女塾一百七十三。生徒共五萬八千四百七十八名。技藝學堂三十九。生徒一千二百七十四名。鄉學四百一十九。生徒二萬七千五百零八名。學校二萬二千八百二十七。生徒八十三萬一千四百一十二名。共計大小學堂二萬三千六百二十三。生徒男女共九十二萬四千三百六十三名。聞上年國款出一千四百四十一萬六千五百四十三盧布。以十盧布爲一英磅。合銀五百零四萬五千七百九十兩。按股分與大小各學塾。以備修理建造各項雜費之用。按俄國人民最衆而讀書者較遜於他國。前于俄麻一千八百六十年間。即同治初間通國所招兵勇每百名祇得一二名能讀書者。近十數年。頗見長進。每百名竟得十一二名能讀書者。至芬蘭一邦。原係自主。今雖屬俄。而聲教不與俄同。雖非人人能讀書。而不識字者無一人。

初七日丙午。極冷。見街市行人。鬚皆皓白。馬身無論或紅或黑。亦皆皎然似鶴。蓋因天冷汗與呼氣凝而成霜也。又土人最能耐寒。當此凜冽之時。滴水成冰。而各家男僕仍著單布汗衫。女僕仍著單布裙褂而已。

初八日丁未陰。午後有俄人辛路斯吉者。持多件中華器皿衣服來售。以其皆爲土產。見之甚喜。因思莊子所云。不聞夫越之流人乎。去國數日。見其所知而喜。去國旬月。見所嘗見于國中者而喜。及期年也。見似人者而喜矣。不亦去人滋久。思人滋深乎。彝此次隨使泰西。去國三萬里。屈指己歷三年。見此華產。固爲可喜。然一念及嚴親倚門之望。必切幸瓜代行期在邇。尤可樂也。入夜雪。

初九日戊申。陰冷。按俄國天氣。萬物得生之時。每年不過一二月而已。餘則天高地涸。水落山寒。昔列子謂鄭師文鼓琴。夏扣羽絃。以召黃鐘。霜雪交下。冬扣徵絃。以激蕤賓。陽光熾烈。惜俄人不諳律呂。苟如師文鼓琴。則四時和暖。五穀豐登。可無肆蠶食之謀矣。

初十日己酉。稍晴。冷至法倫表二十四度。據俄人云。此地每三四十年。極冷一次。至三十度。則鳥飛下墜。獸走欲僵。凍死者十分之九。常年則冷至二十五六度而已。邇來街遊。須戴皮冠。祇露面孔。衣非重裘不能禦寒。而風吹宿雪。觸面極痛。久之并痛亦不覺矣。

十一日庚戌陰。江面大鐵橋旁新設小木房一間。由此斜開一路。至北岸。長逾二里。寬一丈。左右插松枝。中間掃雪露冰。南北岸小房前。各置平底木橇五六。過江不願踏冰者坐之。有人推行。馳驅甚快。每人五考貝。

十二日辛亥雪。自初四日彝即料理行裝。除一路急需攜帶外。其他包固。以慢火車發往馬賽海口。交輪船公司寄存。近年俄國因故亦抽釐稅。在南省某四五城設局。應納一盧布者。加稅半考貝。

十三日壬子雪。按外國戲園欲往觀者。須前期或當早買票。而俄國有包賣票者。其價稍昂。每遇新異戲文著名角色。其人獲利尤重。買票稍遲。則不得其門而入。無論貴賤皆然。俄皇斥其所爲。因諭所司。凡包賣戲票人被獲。先罰五十盧布。納訖。囚禁半年。

十四日癸丑。雪。戌刻。塔木菴約在巴立帥戲園觀劇。所演係甲乙二人同私一茶肆之女。甲已娶。乙未婚。女不知之。久則女喜甲而厭乙。乙妒之。潛至甲家。告其妻。伊有外遇。是晚值甲他往。其妻步入茶肆。踞求女棄其夫。另覓未婚之男。免致終身之誤。女始知甲已娶。因而惡之。一日甲持糕餅一裹入茶肆覓女見與乙懽笑相偎。甲奉糕餌。女力卻之。甲怒擲於地而詰之。女言汝已有室。勿再糾纏。問其何以得知。答以聞由其妻。甲愈怒呆立者移時。當甲與女口角之際。有一四首喪面之鐵匠。竟攫糕餅而竊食焉。食畢。乃彈箏而歌曰。人心亂兮覓其知意。思不得兮吾有妙計。至難處兮當解其疑。力不及兮吾有利器。往復高歌。使之聞之。甲知歌有隱義。遂掖之出。奉盧布二百而求計。鐵匠納諸懷。笑謂之曰。且先轉家。隨行自有妙策。乃同行。約三里許。至一山壑。鐵匠躊躇再四。擲其箏於地。由靴內出一匕首而與之曰。唯此可雪不平。甲持之。急馳而歸。鐵匠遂走歧路逸去。甲抵家。扣門而入。良久。聞女聲哀號。甲旋拕女屍而出。鮮血滿面。觀之殊令人悽慘也。子正回寓。雪止仍陰。

十五日甲寅陰。按俄國寄物雖保險。仍有遺失。如欲追究。須將原票持往。按原報所寄之物。共值若干盧布。於每一盧布中付該局一考貝。是亦利中求利之法也。入夜微風。晴。冷。

十六日乙卯陰。按俄國水師。三太子阿來希斯爲總理。

提督一員爲協理。其公署內分六司。曰軍需司。曰兵丁司。曰海圖司。曰製造司。曰考察司。曰精銳司。製造司又分三股。一船隻股。一機器股。一槍礮股。除在彼得堡城外。另有分理水師公務處。在賽巴斯土布城。歐代薩城。喀斯邊海。阿拉海及阿木河之皮特婁坡勒伍斯克城。通國水師官在本國操兵及平日航海者共四千二百一十九員。兵共二萬六千六百八十三名。皆由沿海各縣考取。按例充當九年。內七年當差。二年候調。兵船共二百二十三隻。分在波羅的海。黑海。喀斯邊海。賽比里亞四處。海船旗色係紅藍白三横。駛法本於和蘭。用度與英國無異。在波羅的海。鐵甲二十七隻。火輪四十四隻。載運船六十六隻。在黑海。鐵甲二隻。火輪二十五隻。載運船四隻。在喀斯邊海。火輪十一隻。載運船八隻。在賽卜里亞。火輪十五隻。載運船二十一隻。以上火輪九十五隻。共載大礮五百六十一門。合十八萬八千一百二十馬力。運船未聞。惟鐵甲二十九隻。內二十七隻。分爲三等。頭等無桅船二隻。一名大皮特爾。鐵厚十四寸。馬力二千二百。載重九千五百一十噸。大礮四門。各重三十五噸。一名米呢音。鐵厚十二寸。馬力二千六百載重五千六百五十噸。大礮四門。各重三十五噸。二等巡海船九隻。一名艾典柏公。鐵厚六寸。馬力二千載重四千四百三十八噸。礮六門。重十二噸者四門。重六噸半者二門。一名芝那拉阿達米拉。鐵厚馬力載重礮數同上。一名阿達米拉池査闊甫。一名阿達米拉司皮里多甫。各鐵厚五寸半。馬力一千八百載重三千三百九十六噸。礮四門。各重三十五噸。一名阿達米拉葛立格。一名阿達米拉臘薩來弗。各鐵厚五寸。馬力一千八百載重三千四百五十噸。礮六門。各重二十五噸。一名克呢阿斯坡扎爾斯吉。鐵厚四寸半。馬力一千八百。載重四千二百九十一噸。礮十門。各重十二噸。一名賽瓦斯托坡。一名皮特斐坡洛伍斯吉。各鐵厚四寸。馬力二千六百。載重五千九百四十四噸。礮十八門。各重十二噸。三等護邊船十六隻。一名克來馬。一名迺特倫美那。各鐵厚四寸五分。馬力一千五百。載重三千二百六十噸。礮八門。重十二噸者六門。重六噸半者二門。一名坡爾威乃自。鐵厚四寸半。馬力一千五百。載重三千二百六十噸礮二十四門各重六噸半一名察婁代伊喀一名魯薩拉喀各鐵厚四寸五分馬力八百載重一千八百三十五噸礮四門各重十二噸一名斯馬爾池鐵厚四寸五分馬力八百載重一千五百八十噸礮二門各重十二噸其他十隻一名布婁美吶賽池一名艾的吶洛格一名庫拉端一名喇塔呢克一名喇瓦一名烏拉干一名坡爾木一名斯特蕾來自一名堤芬一名威什綽安各鐵厚四寸馬力八百載重一千五百五十五噸礮二門各重十八噸又月牙船二隻一名阿達米拉坡柏弗

鐵厚十八寸。馬力六百四十。載重三千五百五十噸。礮二門。各重四十噸。一名諾伍果羅達。鐵厚十一寸。馬力四百八十。載重二千四百九十噸。礮二門。各重二十八噸。每噸合斤數見前。

十七日丙辰。晴。午後。夏干請邵署使及彝等乘三馬雪牀赴敖斯濟村遊。沿途樓房鋪雪蹊徑結冰。可謂清涼世界也。抵其地。入一茶園。係數月前來過者。木臺現已封鎖。設有亻字形冰臺。亦用小鐵牀下溜。堪以遣興。當時來人不多。在彼晚餐。薄暮男女來者始衆。蓋值冬令。

每夕在該店設有跳舞。至丑寅之間方散。申初回寓。

十八日丁巳。陰。暖。聞近俄京有一省。現染喉證。一月之久殤者已八千七百餘名。洵海外之浩劫也。未刻。陰風怒號，大雪繽紛。冷。

十九日戊午。陰。暖。樓頂雪化。滴水結冰。聞是日巡捕在某街。捉得三男二女。當時女放手槍拒捕。幸未傷人。搜得造作地雷之物。巡捕獎以寶星。協尉各有升賞。即時諭令通城大索數日。禁止攜帶手槍。

二十日己未。陰。暖。記俄京有施醫院二所。各養有貧民數千。惜未往一觀。聞有某王爵首捐廣募。擇地另建一所。可養萬人者。按神異經內載北方存冰萬里。厚百丈。鼷鼠在冰下土中焉。其毛長八尺。可爲褥。卻風寒。彝到俄後。問無是物。或云。北極冰多厚而且遠。冰下無底。即掘見底。亦皆水而非土。故無是鼠焉。

二十一日庚申。晴。暖。聞夏園與巴立帥戲園。初用電氣燈。今乃武斯吉街一帶市廛亦多懸用。故日沒出遊。通衢明如白晝。行者無須秉燭也。

二十二日辛酉。陰。俄國除猶太人不准入籍。其他各教皆有在波蘭各省。多奉天主教。沿波羅的海。多奉路德教。即耶穌教又名新教俄南境。多奉回教。猶太人在俄西南一帶城鎮。皆爲游牧。儼然行國。計俄國希臘教人。一千四百一十餘萬。阿爾美年教人二十六七萬。天主教人。七百二十餘萬。耶穌教人二百五十六七萬。猶太教人二百六十一二萬。回教人二百三十五六萬。其他佛教火教等。共二十五六萬。統計男女二千九百三十六七萬名口。餘五千六百三十餘萬。皆東教人。

二十三日壬戌陰。聞昨日某銀行夥計。赴局送信兜中有紙鈔十張。各一萬五千盧布。買票付訖。信貲將出門。覺兜已空。鈔竟被人竊去。幸伊記得各張號目。已登新報。表明某銀鈔。見者莫收。已成廢紙云。

二十四日癸亥。晴。俄后病久將危。朝不保夕。遂遣安車由法接回。是日酉初抵京。各家挂旗申賀。

二十五日甲子。陰。冷。戌初。福遠峯約蔣丹如塔木菴及夏干與彝。在米海戲園觀劇。所演係老夫婦年逾五旬者。祇生一女。已嫁而同居。嫗既凹頭深目。折腰出胸。女亦蓬頭攣耳。頸有宿瘤。老夫婦日盼伊女生子。一日女有孕。毋亦懷胎。女思食熱麪包。伊父往買。嫗于中途奪而食焉。旋嫗生子。不欲人知。後壻見而諷之。因而翁壻不相能。經鄰人排解。遂如初。乃同請跳舞會。來男女數十人。有一女年及笄。肥項寡髮。卬鼻結喉。皮膚若漆。望之生畏。跳舞故作媚態。以惑人。觀者為之捧腹。子正回寓。

二十六日乙丑。陰。記外國麪包鋪。有種大鑪。周約三丈。鐺作圓圈。內含關鍵。能自轉動。四面升火。始微溫。後漸熱。麪包宛轉自熟。永繼不絕。甚省人工。

二十七日丙寅陰。聞某家蓄一犬。能往鋪中買肉。蓋主人帶入某鋪。約每日以若干錢買肉。每早主人置錢籃中犬自銜之而去。倘肉數不敷。犬必吠。抵家非主人取之不與。俄人柯洛斯養一大犬。每出必追隨之。如拜客不令入門。即將巾帽棍傘與之。令其守候。待主人出。即搖尾而奉之。甚矣犬性之靈也。

二十八日丁卯晴。禮拜日。按西國住房廚竈。固有青蠅而不如俄國之多。雖值隆冬。亦來羣集。邇因天氣稍暖。廚中杯盤殘瀝。砧几餘腥。而營營之聲大作。麾之不去。

殊堪憎惡。戌初。蔣丹如約桂冬卿塔木菴福遠峯夏干

與彝。在巴立帥戲園觀劇。所演時值盛夏。赤日烘雲。柳

竹芭蕉。緣陰成幄。樓房形式。男女裝飾。皆仿埃及與土

耳其二國。通場幼男少女以三四百計。番番跳舞。一律

整齊。其領袖二女。應絃赴節。敏捷輕盈。觀之令人擊掌。

末場則迅雷烈電。驟雨狂風。水溢屋傾。眞假難辨。子正

回寓。

二十九日戊辰。晴。按禮月令。安形性。而去聲色。或繕宮

室而修囷倉。西國則否。每年隨時修造樓房倉庫。妥藏

五穀器物。至于形性。專心推物利之精。如能創造一物。有益於人工地利。或較其已用者尤爲精巧。則公私所獲。一生用之不竭。其著作實學書籍。則千古不朽矣。戌初團拜。暢談甚歡。

光緒六年歲次庚辰正月

初一日己巳。晴暖。辰正同衆著公服隨邵署使向東南恭拜

聖牌。行三跪九叩禮。繼而團拜。同賀新年。午後。有孔琪庭及孟第等陸續來拜。記俄國出入款項。按一年所收各項。

如地丁稅項及錢局信局電報房屋等各雜款。共五萬萬七千零一十三萬八千三百餘盧布。至所出各項。如文武官員俸薪。水陸兵馬船礮錢糧。以及制造槍礮船隻。修建房屋礮臺。與各雜項。共五萬萬五千六百一十萬零五千四百餘盧布。以上所入。僅敷所出者。因設法各處搜括。始得如是耳。蓋二年前。有事於土耳其。一年所入。祇五萬萬盧布。而所出至六萬萬盧布之多。庫藏支絀。國家原有民債。近年又貸外國銀錢。公私債積至十九萬萬六千七百萬盧布。故俄厤一千八百七十六年。即光緒二年改用紙鈔。先出七萬萬九千七百三十二萬張盧布。次年又出二萬萬八千萬張盧布。前十數年俄皇喀色林第二之世。曾出二萬萬紙盧布。至與法國鏖兵時。鈔值落至一銀盧布易四紙盧布。十八考貝。兵息後。值雖稍長。仍三紙盧布易一銀盧布。國家知其無益。設法抽回。乃設銀號兌換紙銀盧布。二紙盧布或一紙盧布半易一銀盧布。今民間仍有六萬萬之多。遂以之而取利焉。

初二日庚午晴。酉正。邵署使召飲于豆兒街衛阿那館。

同席有桂冬卿、塔木菴及夏干諸君。酒食甚佳。戌正。桂冬卿約在馬林斯吉戲園觀劇。所演山水樹木。一望無際。百卉芬芳。眞假難辨。頃蒙邵署使行文外部。代請護照。彝亦函致德法二國公使。發給護照。數日領訖。有德國參贊布朗致管理德國邊界艾達昆地方游擊柯洛斯信一函。彝一一具書答謝。

初三日辛未。晴。見溫宮後江面以木柵圈冰。周逾四里。中一木亭。高二丈。蓋爲冰上賽馬也。其期未聞。

初四日壬申。晴。酉正。對岸冉森約饌。同席男女二十六人。有英吉利法郎西德意志合衆瑞典和蘭丹尼葡萄牙日斯巴尼亞九國人。暢飲甚歡。亥正謝歸。

初五日癸酉雪。乘雪牀赴所識各處辭別。入夜束裝。是早有北印度小國王臘木山得爾來拜。伊不欲順英。曾聚衆擊之不克。今逃于亞細亞西北一帶遊歷俄瑞法德各國。以圖報復。據云印度與中國同教。種鴉片以販華。實迫於英。非土人之本意也。又云。喀什噶爾復被中國收回甚佳。該處回民既爲中國叛逆。又爲印度仇敵。中國生齒日繁。何不移往新疆空地。令其耕種。今任其往赴金山古巴等處謀生。殊非得計。如中國肯收鄰民。則印度之願入版圖者多矣。

初六日甲戌雪。早餐後。叩別邵署使及蔣丹如諸君。未初。乘雪牀南行十餘里。赴衛奚里火車棧。蒙蔣丹如桂冬卿塔木菴福遠峯王鵬九石平甫及夏干諸君送別。未正開車。申正晴。

初七日乙亥雪。未初。至俄界威爾巴雷少憩。驗護照後。開行六七里。未正。入德界艾達昆下車。訪游擊柯洛斯。面致布朗之函。其人延入客廳。待以酒食。照料行李。情意甚殷。申初復開。憶在俄境。銀沙鋪地。玉豔堆山。冷氣逼人。肌生寒栗。入德界。始見炊烟。另換一番景象也。入夜雪止。

初八日丙子。陰。涼。將抵德京。宿雪漸薄。卯正。入柏林。錢琴齋劉鶴伯以車迎入公署。相見甚歡。暢談已往。旋謁李星使。拜見參贊官徐仲虎建寅及羅緝臣陳鏡如賡韶甫蔭五樓諸君。坐談極久。午初。街遊。天氣雖涼。河已半化。積雪無多。見遜爾園草色迷靑。柳枝染綠矣。戌正。錢琴齋約在維艮戲園觀劇。男女伶人裝飾美麗。曲調翻新。稍異於俄耳目。爲之一暢。
初九日丁丑。陰雨。劉鶴伯約在凱賽好富館早餐。晚徐仲虎錢琴齋諸君。邀飲于文特登林敦街之波文倍奚館。後在蘭姒園看馬戲。有二日斯巴尼亞人。年逾弱冠。英姿颯爽。身體魁梧。各與一牛爭力。拽尾扳角。力比孟賁。其雄勇可稱萬人敵也。又有溜冰及駕雪牀往返馳驅者。皆仿俄人而演也。
初十日戊寅。陰雨如昨。巳正。陳鏡如約饌。後乘車往拜巴提督。未遇。酉初。李星使召飲。亥初。同錢琴齋劉鶴伯賡韶甫蔭五樓乘車。赴丹斯旄人館。是日爲男女生徒聚會跳舞。彼此互換鮮花。師長奬勵賓星之期。樓房閎敞。男女如雲。子正回寓。

十一日己卯。陰雨陣陣。早與諸君告別。午正起程。登火車。李星使偕徐仲虎錢琴齋與羅劉賡蔭諸君送行。未初開。亥初抵克倫。晚饌後換車。亥正開入法界。一夜大雨。記出德京。微雪不見。阡陌交通。畇畇膴膴。蓋德距俄都偏南八九度也。

十二日庚辰。陰雨。巳初抵巴里。有軍門日意格來迎。同車入達羅卜店。午初。日意格約饌。同席爲伊弟日意凱夫婦及高爾介。未初。著公服入使署謁曾襲侯。知已往倫敦公幹。見李湘浦張聽颿聯春卿諸君。暢談極久。晚張聽颿李湘浦約饌。甚佳。

十三日辛巳雨。戌正。張聽颿約往沙塔蕾戲園觀劇。所演數十年前英法在印度孟買地方攻擊土人事也。眞馬登臺。火器齊發。燒毀樓房。男女逃避。驚心動魄。種種可觀。

十四日壬午陰。巳正。曾襲侯來自英。即往拜謁。知此次

襲侯

奏調隨帶文武員弁之駐英法國者。三等參贊官二員。爲鹽運使銜候選道劉開生。翰清 江蘇常州府武進縣人。道銜候選郎中陳松生。遠濟 湖南長沙府茶陵州人。三等繙譯官三員。五品銜都察院學習都事左子興。秉隆 駐防廣州正黃旗漢軍人。內閣候補中書聯子振。興 鑲白旗漢軍人。江蘇候補同知兼理支應官陳莘耕。志尹 江西建昌府南豐縣人。隨員五員。員外郎銜候選中書科中書支應官楊仁山。文會 安徽池州府石埭縣人。五品銜候選知縣李芳圃。炳琳 直隸永平府灤州人。江蘇候補府經歷李登甫。貴朝 四川成都府金堂縣人。候選縣丞曹一齋。金詠 湖南長沙府長沙縣人。蕭介生。仁杰 湖南長沙府善化縣人。醫官曾省齋。念祖 湖南長沙府益陽縣人。候選典史供事王小峯。國治 直隸天津府天津縣人。學生二名。候選縣丞謝智卿，先任 王欽軒。世綬 武弁四員。爲丁華容。汪席臣。鄒理堂。王南陔。又携來法文繙譯官一員。法人法蘭亭。至郭星使

奏帶之繙譯隨員。侯曾襲侯接任後。仍留隨駐英法者。爲

馬清臣鳳夔。九聯春卿。李湘浦。旋赴各室投刺拜見諸君焉。

十五日癸未陰。未初乘車赴輪船公司寫船票。係于本月二十七日。由馬賽海口開往中華者。因

欽差出使美日秘國大臣陳星使。不日由日斯巴尼亞國走法英。同合衆。現有參贊官陳楚士藹良。隨員呂逸屏祥。陳南甫桓。繙譯官何慎之飛鸞。四人先至。住于凱歌路丹森店。又張聽颿于去冬三年報滿。復經陳星使

奏調美國。故同陳楚士諸君。待星使隨赴合衆。彝遂乘車

往拜諸君。坐談極久。戌初乘車至北路火車客廳。少坐登車。戌正開行。

十六日甲申。陰霧。丑正行抵法國戛蕾海口。下車登船。卽時展輪。風浪頗大。寅正至英國都法海口。改登火車。卽開。卯正抵倫敦。乘馬車入公署。先見鳳夔九。談至巳正。後入各室。拜見陳松生馬清臣左子興陳莘耕曹一齋曾省齋諸君。午初鳳夔九約饌。未初晴。酉正陳松生邀飲于荔榛街之柏靈坦館。酒食頗佳。

十七日乙酉。陰。申初同陳松生鳳夔九乘車行十數里。

至哈木斯代達村。拜舊鄰人柯蕙蒂母女。因伊子畢姻後。另樹門牆。故母女移往鄉間。以圖撙節也。在彼少敘。各飲加非一杯而歸。

十八日丙戌。陰。午後同陳松生。鳳夔九。乘車往拜醫生安柏爾。及日本學習繙譯末松謙澄。談次問及長崎道至。據云。已返旆扶桑矣。戊正馬清臣約往闊達戲園觀劇。所演名曰新舊愛。係二女。一不忘舊愛。一新愛重於舊愛。悱惻纏綿。各有情趣。

十九日丁亥。陰。大風。涼。午初乘車往拜金登幹。泰樂爾。

未正。鄰人懷達約午酌。同席男女十二人。酒食豐盈。酉正。馬清臣邀飲于阿奎艮木。此院原有女由礮中噴出之戲。因曾受傷奉官禁止技藝之類。乎此者。如違卽行封禁。其他如阿盞堂等處。皆因男女游戲。天明始散。未免有傷國體。聞亦封禁云。

二十日戊子。稍晴。英人皆云。好天氣。因客冬大霧迷漫。咫尺不見人。已歷三月。多有病歿者。邇來霧雖少息。而天仍頻陰。故有是說云。午後。金登幹安柏爾。懷達等陸續來拜。申正。與諸君告別。戌初。蒙諸君送至柴令克洛斯火車棧登車。戌正一刻開行。亥正抵都法海口。卽刻下車登船。子初展輪。風雨兼霧。船甚簸揚。同船男女百餘人。而嘔吐者過半。

二十一日己丑陰。丑初至戛蕾海口。改登火車。卽開。辰初抵巴里。仍入前寓。未初往謁曾襲侯。坐談極久。酉正。李湘浦聯春卿聯子振設饌。舊雨重逢。可以藉伸積愫也。入夜大雨。

二十二日庚寅晴。戌正曾襲侯接電信。知奉
旨派使俄國。接辦伊犁界務。卽時召彝返俄。俟事竣。再行回華。彝固辭不獲。致將船票繳回。并請前赴馬賽將客冬由俄寄去之行李取回巴里。

二十三日辛卯陰。前初六日曾寄信走恰克圖至北京。報彝起程日期。以慰親懷。至是復寄電信禀知留彝之故。在德國石斑島地方有學習武弁楊德明。身染癆證。無力學演。李星使飭令隨彝回華。以便沿途照料。茲聞留俄之命。卽以電報禀聞李星使。再爲酌辦。酉正一刻。由寓乘馬車至呂陽火車棧。少坐登車。戌正開行。入夜頗涼。

二十四日壬辰晴。巳正抵馬賽。入馬賽大店。知數日前。經李星使日軍門同派蜀人李少伯識拉丁字能法語者。攜楊德明至此候彝一同上船。是日李少伯接日軍門電信。令伊僦居暫駐。楊德明候便回華。遂同彝登樓看視。見楊德明病證頗重。不禁為之酸楚。午後街行。天氣晴和。春風蕩漾。花柳芬芳。蓋地近海而暖氣盛也。未正。貨棧開。卽持號票乘車行數里而至。見其首事。給票取物。據云。由俄寄來行李。現已入號。請明午後遣人來取。

二十五日癸巳晴。未初。令店僕持刺往取行李。查驗毫無傷損。申初。有華人田阿喜者來拜。夫田浙江人也。善雜技。年近五旬。幼來泰西賣藝。後娶英女為妻。生有二子。長子二十七歲。能英法德義葡五國語。華言一句不解。次子二十三歲。能英法德三國語。微曉華言。薙髮編辮。服飾尚未改也。田曾周歷各國。獲利甚鉅。且得有寶星賞號云。

二十六日甲午晴。早起。改書行李箱。為巴里中國欽差公署。未初。送至火車棧房。令以慢車送至巴里。

二十六日乙未晴。早有福州船政局幫辦瑞典人額朗者。因事乞假回國。適至同寓。約於申初一遊。屆時登車行數里。先看運水處。積寶樓。一路鶯聲燕語。柳暗花明。旋入大園。登積古閣一覽。左海右山。樹林蔭翳。憑欄遠矚。不知吞吐幾許烟雲矣。回寓。知李少伯已代楊德明覓得居止。即往看視。勸以安心調養等語。酉正登火車。開行一夜。

二十八日丙申晴。巳正。抵巴里。早餐後。入公署。謁見曾襲侯。坐談極久。記法國文職大員經統領派充者九曰吏部。曰戶部。曰外部。曰商部。曰工部。曰兵部。曰海部。曰藩部。曰刑部。按本年戶口册載京城文職計二十萬五千零八員。各家人口。計二十九萬六千三百八十七名。僕役計四萬七千三百零三名。共計五十四萬八千六百九十八名口。

二十九日丁酉晴。午後乘車往拜高安盧的暢談。已往。邏來巴里車輛。多仿倫敦單馬輕車名韓森者。仍用四輪。御者坐前。車門不分四頁。作一整扇。如荷葉形。須乘車者自行推拽之。

三十日戊戌晴。按泰西有總論美英義法俄五國一節。畧云。美人無話不言。英人無物不食。義人無曲不歌。法人無式不跳。俄人無所不貪。不知出自何人之手。歷歷詳查名實似符。故錄之。

二月

初一日己亥晴。曾襲侯訂于本月初五日亥初請茶會。今日軍門之弟日意凱及繙譯官法蘭亭同爲料理。自是日起。灑掃鋪陳。内外整潔。氣象爲之一新。

初二日庚子晴。午。初同李湘浦張聽颿乘車。遊柏路旺囿天暖雲稀。風清氣爽。往來車馬。撲面香塵。一路列樹成行。栽花成隴。在瀑布旁茶肆少坐。飲茶。與遊人閒話。殊豁襟懷。按各國風景不同。在倫敦荔榛囿朝夕往來者。盡仕宦名人。此則分爲三等。有各國駐節使臣。有富宦巨商。有妓女伶人。是法俗不如英俗之正。亦可概見。然法人之洞澈天文地理以及各種雜學。又爲西人之冠云。聞當日巴里之品簫名妓亦往焉。

初三日辛丑。早稍陰。午後晴。亥初同張聽颿赴合衆人蘇威呢家茶會。男女百餘。歌唱跳舞。丑正夜酌。後回寓。

記法國人丁共三千六百一十萬零三千餘名口。內天
主教人三千五百三十八萬七千有奇。耶穌教人五十
八萬一千有奇。猶太教人四萬九千四百有奇。別教人
如囘教等共八萬五千有奇。各教一律看視。惟天主耶
穌猶太三教。予以俸薪給以經費。天主教之主教神甫
俸薪。共四千一百五十萬零八千二百九十五方。禮拜
堂及學堂公費。共一千零二十萬五千四百方。耶穌教
之教士俸薪。共一百四十一萬六千方。猶太教之教長
俸薪。共十八萬八千九百方。耶穌猶太教堂公費。共八

萬方。一年教門共用五千三百三十九萬八千五百九十五方。按行價合銀七百四十七萬五千八百零四兩。初四日壬寅陰。酉刻。劉開生楊仁山約在馬達蘭坊右呂夏館晚酌。同席有李湘浦聯春卿聯子振。亥初回寓。聞明日本署茶會所請。爲各國公使隨員。本國文武仕宦。以及他國名士富商。己發請柬八百。是夕仍有紛紛來討者。記法國電線。始于西麻一千八百五十一年。即咸豐元年今路長九萬六千九百六十里。線長二十六萬八千五百六十里。設局二千八百九十五處。客歲一年所發電信八百零四萬七千八百二十六函。

初五日癸卯晴。酉正。曾襲侯召飲。同席有巴西公使夫婦。居停主人夫婦。法蘭亭內眷。日軍門兄弟。肴皆華饌。甚爲豐盛。記本公署客廳寬敞。鋪陳華麗。對面有玻璃大室。四面栽花。中一水法。飯茶廳二間。裝飾亦皆整潔。當日因請茶會。廳設長筵。列茶酒小食乾鮮果品。亥刻。侯夫人坐客廳正面。男女到者有千餘人。先謁襲侯。繼而領見夫人。皆如禮而進。廳之左鄙。有樂工八名。鼓樂聲喧。卯初始止。

初六日甲辰晴。戌正同李湘浦張聽颿乘車赴周安家茶會。款待良殷。有法人魏艾門者。隨手變幻戲法。以手帕裹一洋錢。請李湘浦右手持之。繼以一大玻璃杯盛水滿而不溢。復請舉於左手。令將帕覆于杯面。伊言鬆手。聞錢聲落于杯內。迨啟帕。則錢在魏手。誠妙法也。子初回寓。

初七日乙巳晴。戌刻。同李湘浦張聽颿赴英人休什家茶會。彼此歌唱甚歡。記法國幼丁學習歸國家管理。多經天主教主把持。通國人分三等。第一在六歲以下。第二由六歲至二十歲。第三在二十歲以上。第一等不能讀者。三百五十四萬零一百一十名。只能讀者。二十九萬二千三百四十八名。能讀而書者。十五萬一千五百九十五名。能否不知者。三萬八千零四十二名。以上四百零二萬二千零九十五名。第二等不能讀者。二百零八萬二千三百三十八名。只能讀者。一百一十七萬五千一百二十五名。能讀而書者。五百四十五萬八千零九十七名。能否不知者。七萬零七百二十一名。以上八百七十八萬六千二百八十一名。第三等不能讀者。七百七十二萬零三百六十二名。只能讀者。三百三十萬五千一百三十名。能讀而書者。一千三百零七萬三千零五十七名。能否不知者。二十一萬四千零五名。以上二千三百二十九萬四千五百五十四名。通國男女共三千六百一十萬二千九百二十九名。由是觀之。不能讀而書者。第一等計十分之九。第二等計十分之半。第三等計十分之三四。綜核通國人民。除六歲以下四百餘萬外。其不能讀而書者計十分之三焉。

初八日丙午晴。查西厤一千八百六十六年。即同治五年法國版圖。絕長補短。得五十四萬三千零五十一方吉婁美當。每一吉婁美當。合英里八分之五。不足中國二里。共計一百八十六萬七千三百二十方里。居民三千八百零六萬七千零九十四名口。至一千八百七十二年。（即同治十一年）與德戰後。里數減至五十二萬八千五百七十七方吉婁美當。合一百八十一萬七千一百方里。人民少至三千六百一十萬二千九百二十一名口。前後不過六年。已失地五萬零二百二十方里。傷人一百九十六萬四千一百七十三名口。足見戰爭之苦也。

初九日丁未晴。午後。同李湘浦乘車遊邦麻麗雜貨肆。樓房閎敞。四面臨街。出售各國綢緞氈毯。金銀木石皮棉紙貨。以及中華瓷器。日本漆器。罔不具備。樓凡四重。除羅列貨物外。有看新報廳。觀油畫廳。茶酒小食廳。筆墨繕寫廳。以便客人休息。男女夥計。有二千餘人。車一百輛。馬一百二十四。每日清晨午後。通城送貨二次。如一年內未經用過。顏色不變。亦無傷損。准其退回。原值如數歸還。

初十日戊申晴。記西俗。幼童初學跳舞。先演男女接見禮儀。繼而陸續學演撲拉喀戛。大力。瓦拉自三式。又有名文達米斯爾洛之爾得勾倭藟者。可謂愈出愈奇矣。申初往拜陳楚士。少叙回寓。

十一日己酉晴。近數年間。法之國債積至八十六萬四千三百二十一萬九千方。又前由西厤一千八百一十四年。即嘉慶十九年至一千八百六十九年。即同治八年歷代共貸一萬四千零六十四萬一千九百八十方。總計八十七萬八千三百八十六萬零九百八十方。合銀十二萬二千九百七十四萬零五百三十六兩五錢。

十二日庚戌晴。戌初。同李湘浦張聽颿乘車往看斯蓋丁苓冰嬉。地式寬廣。樓房高大。正中一池。闊二丈。長四丈。四面鐵闌。鋪以漆地。出賃四輪冰鞋。男女擅此技者。可以遊戲。正面設一戲臺。臺前奏樂。每日由戌初至亥初。先爲冰嬉奏樂。由亥初開場。演雜劇。至子正止。臺前列座。四面臨牆。又設散座。有小方榻爲雅座。每榻容四人。來者每人一方。惟茶酒値稍昂。

十三日辛亥晴。由本日至十五日。在立沙勤努瓦街開市。出售由各省及各國運來火骽香腸。午後同李湘浦聯春卿乘車往觀。行八九里始至。見左右列棚四百餘間。長逾一里。火骰形式不一。男女觀者如蟻。其後有器皿市。出售盆罐勺匙掃帚簸箕等物。申正回寓。

十四日壬子。晴。涼。記巴里道途坦潔。遇石塊煤漆。稍有不平。則有泥水石匠修補。現在街巷增多。鐵道海車亦復不少。因法邦改爲民主。凡街名之有關君主字樣者。易以新名。如本街原名阿伍女居魯瓦得婁木。譯法言羅馬王街也。（羅馬王法國前朝太子之稱也）今改爲阿伍女克蕾貝。其義未詳。入夜微風。冷。

十五日癸丑晴。法京馬達蘭街。及義大廉街一帶。加非館星羅棋布。每日由戌初至丑正。男子咸來飲酌。而妓女亦入肆招客。男女嘲笑戲耍。滿室春生。鮮有因而口角者。在江西一帶。廣設學校。各國生徒之來習者多僑寓彼處民舍。按各街加非館之傭保皆男子。惟彼處多傭幼女。則青年之佻達者。可與之締交焉。

十六日甲寅晴。前本署設茶會。因客皆學問仕宦之人。故樓上書房。一切陳設不必移置。詎料是夕竟失具文多件。襲侯令嗣之帽。亦被人竊去。據云係一洋人脫而看之。遂同携上下樓兩次。後伊混入衆中。杳無踪跡矣。何黠者之多也。

十七日乙卯晴。記前在王宮後石柱前。設有氣球船。騰空繫以繩鍊。高約十丈。可坐四人。每人一磅升高四望。遠及百里。如在雲霧中遊。聞三月前因驟風暴雨。人力不及下拽。繩斷鍊折。飄落城外。幸未傷人。迄今尚未修理完固。故未添設焉。

十八日丙辰晴。酉正一刻。請陳楚士劉開生楊仁山曾省齋林旭臺慶昇左子興李湘浦張聽颿聯春卿聯子振諸君在立梧里街大魯武館晚酌暢飲甚歡。記法國人民。前與德國鏖兵。生者一年共八十二萬六千一百二十一名。死者一百二十七萬一千零十名。嫁娶者共二十六萬二千四百七十六名。是死數較生數多四十四萬四千八百八十九名。至本年生者九十五萬零九百七十五名。死者八十四萬五千零六十二名。嫁娶者共三十萬五千四百二十七名。是生數較死數多十萬五千九百一十三名。由此觀之。戰爭無論勝負。均爲荼毒生靈。倘得永慶昇平。則海內幸甚。生民幸甚。

十九日丁巳晴。戌正。陳楚士約在西包得隆場看馬戲。地在舊賢周賽汾街北首。場極大。鐵作間架。玻璃代瓦。高八九丈。周八十餘丈。四面列座十層。可容六七千人。場形橢圓。中心池亦橢圓。周約四十餘丈。建鐵柱四周作二十四面。門共十一。池池之中央。另以繩索闌成一池。周二十四丈。四面分立八人。監視繩索。防馬竄越。其在池內演技者。以古式御車接送。當晚所演池內者。與他處大同小異。惟池外有幼童八名。乘小馬往來馳賽。繼有幼女四名。御雙馬車。自執鞭。往來馳賽。車式與春秋時之戰車同。末場四男四女各騎一馬。前馭雙馬。是一人御三馬。往來馳賽。同繞三次。以末次先過池邊搖鈴處者勝。

二十日戊午晴。記法國火車鐵道。始建于西厤一千八百四十年。（即道光二十年）當時車路無多。統歸國家開立。自一千八百四十二年。至一千八百五十八九年。改歸民行。國家隨時協助。由是以先立者名曰舊綱。後立者名曰新綱。因其式四面盤環故也。今通國道長二萬零三百五十七吉斐美當。內舊綱長九千五百三十。新綱長一萬零八百二十七。合計三萬八千一百七十華里。其道分爲六路。曰東路。曰西路。曰南路。曰北路。曰中路。曰巴里歐呂陽路。該行一年所獲。共計八萬五千八百七十萬七千一百六十六方。合銀一萬萬二千零二十一萬九千零四兩五錢。

二十一日己未。晴。早起。料理行裝。戌初。同衆隨曾襲侯及官眷男女上下共二十八人起程。乘車至北路火車棧。登火車。戌正開行。入夜陰。

二十二日庚申。陰。丑正。至戛蕾海口。改登衛吾輪船。即時展輪。風雨交作。浪湧船搖。人人嘔吐。甚冷。寅正。抵都法海口。改登火車。卯正。至倫敦。入公署。早晚皆陳松生邀飲。甚佳。

二十三日辛酉。陰。涼。細雨陣陣。聞倫敦大鋪賣貨。價值不定。如一物號值十什令。卽時付錢。可減去一什令。一月後付錢。則照所號不減。書肆又有體恤寒士一法。如一編值十什令。買者不能卽時付錢。一月後亦不能付訖。則改書價爲十一什令。書肆按月往取一什令。畢而後已。

二十四日壬戌。陰雨。舊識英人毛色爾生有四子一女。長子次子同在鄉學肄業。客冬連日大霧。驚聞長子染疫。本擬即往。因在家二子穉幼。且初染未必即危。故未往視。次日又聞病篤。迨第三日往視。則已赴泉臺矣。主人扃其室以防傳染。禁他人入。毛惟立于玻璃窗外窺之而已。

二十五日癸亥。陰雨。雷始發聲。申初雨止。同李芳圃步游荔榛園。天氣尚涼。樹猶未綠。而草色遥看已有矣。入夜復雨。

二十六日甲子陰。戌初曾省齋約往阿拉罕布喇戲園觀劇。所演係一苦人入山拾一古表。經仙人告以日日上絃諸事吉利。忘則有大變。初每日上絃。覺富甲一鄉。貴爲王爵。桂殿蘭宮。嬌妻美妾。日在溫柔鄉中。甚爲快活。一日忽忘上絃。竟被氣球載至北極冰山雪洞。寒氣凌人。其人畏冷。旋吹至埃及赤日炎天。地皆紅色。其人畏熱。又吹至中華。冷熱均勻。而地勢人情大異。正遊行間。忽憶上絃。甫上絃已吹囘本地矣。通場所演之冷熱溫三帶山水之枯秀。花木之多寡。樓房形式之不同。男女衣冠之迥異。殊屬新奇。

二十七日乙丑。陰霧。晚同李湘浦在倫敦巴威連觀雜劇。有一少男名甘樸貝者。初上臺披烏衫。著黑褲。甫歌一曲。變一水師武官。又歌一曲。變一白髮老人。繼而一農家老媪。繼而一嬌豔少女。每曲一變。每變皆在原立處。毫不挪移。改換極速。亦奇技也。

二十八日丙寅。陰雨。午初陳松生約早饌。後同乘車往拜日本繙譯官末松謙澄。遇伊國頭等參贊官富田鐵之助。其土音讀曰托米塔太自哃斯吉。又隨員何田熙其土音讀曰席拉木喀瓦達。筆談甚暢。酉正回寓。入夜風。

二十九日丁卯陰。雨雹。酉正。同鳳夔九乘車。拜柯蒉蒂母女。少坐飲茶。後至君主路第三十二號。赴塔喇柏夫人家茶會。男女五六十人。有二女。各歌一曲。清音妙響。嘹喨可聞。旋入後堂。有一小戲臺。請其戚友男女六人作戲一齣。所演係一女與所歡已訂同心。後因事遠遊。逾期未返。女有摽梅之歎。不得已而嫁焉。偶處無猜。伉儷甚篤。無何所歡歸里。稔知其事。遂往拜之。女見悲喜交集。深悔已往。然不能重續鴛夢矣。一日通其意于夫。不勝扼腕。夫聞之佯爲欣悅。令二人再結絲蘿。女甚喜。急召所歡至。不意其夫出數語。致伊垂頭而去。從此不敢復問桃源矣。演後夜饌。子正謝歸。

三月

初一日戊辰陰。聞倫敦諺云。有爾月食蝦蟹。按英呼蝦曰洛布斯特爾。呼蟹曰歐艾斯特爾。適遇有爾字之月。而許食之。故有是諺。如正月曰占牛爾立。二月曰費卜流爾立。三月曰麻爾尺。四月曰艾普爾立。九月曰賽普丹柏爾。十月曰敖克兜柏爾。十一月曰那歐文柏爾。十二月曰的森柏爾是也。是五六七八四月爲限禁之期矣。

初二日己巳。陰雨。按英法國仕宦男女之奢費較他國顯而易見。然查之。又有從儉之處。如乘車街遊赴會。當顯露豪富之際。而無前後僕從之盛。苟帶跟役。則與馬成四。無跟役。與馬成三。迨自御。則與馬成二焉。

初三日庚午陰。禮拜。未初。安柏爾夫妻邀飲。薄醉而歸。

聞英上下會堂早當開門。邇因更新率舊二黨紛議。更換官員迄今未定。

初四日辛未陰涼。見街市有蘇格蘭遊民二人吹蘇笳。一人沿門乞錢。二人演技藝。置二劍于地搭成十字。一人于四面一足跳舞。隨樂聲而往來。側身探臂。終不觸劍。

初五日壬申陰。記英都茶坊酒肆。皆有雅座。修飾華麗。飲者鼓琴歌曲。可以談笑自如。惟奉官禁。不准男女二人專用一室。以防私姦拐帶等事。亦正風俗之一端也。入夜雨。

初六日癸酉。陰雨。記英國政教。較他國尚優。通城無妓寮。羣處諸校書皆僦屋以居。遷徙不定。男子之好狹邪遊者。可于戌亥子三時之間。或在阿拉罕布喇看戲。或在阿奎艮木看雜劇。或在阿蓋堂跳舞。或在喀文戛頓聽樂。或在帕拉麻與艾宛色斯飲饌。於中擇其尤者。携手同行。或詢問里居。另日造廬而訪焉。近年政教日強。如阿蓋堂禁跳舞。艾宛色斯遭回祿。斯蓋丁荅假冰嬉各處。皆勅令閉門。其他如巴威連小戲園。呢麻勾加非館。雖准開設。皆限至子初完場。以示防閑之意。聞通城皆有烟花之藪。惟賢專斯梧柴拉細匹馬離溝牛盈屯四處。尤爲蜂蝶所樂趨也。

初七日甲戌。陰雨。午後有一英童。年十四五歲。來拜左子興。值其外出。乃入彝室。據案而坐。見有十三什令六佩呢。竟卑詞貸去。彝不認其人。亦未詢其姓字。迨子興歸。始知姓敦斯特爾名茀萊得立。

初八日乙亥。陰。雨霧。見倫敦新聞紙。屢言現失某物。價值若何。有拾得者。請送某處。償錢若干。聞數日內物皆歸於原主。蓋以拾他人之物。非分所應爲。還而受其所償是理所應得也。

初九日丙子大晴。午後。聞英君主率二公主。由比國回住文恣行宮。酉正一刻。曾襲侯約傅立蘭及彝等十六人晚酌。肴饌甚豐。食畢暢談。子正始散。

初十日丁丑晴。按英法國俗。衣有汚垢。皆送澣衣局。每禮拜一次。鋪中出售帳簿。長一尺寬三寸。可用四個禮拜。共二十八頁。價六佩呢。每頁豎分兩行。每行横印衣服名目。如汗衫。小衫。長褲。短褲。長襪。短襪。手巾。面巾。洗布。抹布。褥單。被單。枕套。椅套。袖頭。脖領。腰圍。領帶。桌布飯單。指巾。桌罩。椅罩。凳罩。窗簾。牀帳。沐浴長衫。以及男子臥巾。婦女頭巾。乳圍。孩童各衣等物。主按件註明。加書某年月日。左右分開。各執一行。迨六日後。澣畢。按件填寫工值。送時核對無差。則再取待澣者。

十一日戊寅。晴。記外國糖分四五種。碎者如中土之紅糖。潮白雪花之類。碎方塊者。光明清淨。名曰水晶。以上爲甘蔗與米穀所造。惟常用者。造以蔓菁。其色青白而質堅。雖溽暑而不化。其大塊如塔形。上尖下圓而平底。長二三尺。重由七八至一二十斤不等。舖中出售。鋸成寸方塊。厚三四分。按斤論價。所餘渣末。價稍廉。

十二日己卯晴。記英都大店大肆。皆有新造一種門扇。中含鋼條關鍵。前推後拽。皆能自閉。無須前拽後推也。申正。金登幹來拜。

十三日庚辰晴。記倫敦車夫之御韓森雙輪車者。人既強壯。馬亦驍勇。故朝夕馳驅。無疲憊態。至御四輪佛爾輝車者。則遜於此多矣。

十四日辛巳晴。記英人有一趣意。係甲與乙約。請乙說一字。如甲默寫不出。則甲衣爲乙所有。後甲另問一語。

如乙應對不洽。則衣仍屬甲。約定。乙說一字。甲故意寫不出。繼而甲以兩手撫脛。問我手在何處。乙曰。在汝脛上。又將一手插入衣兜。問我手又在何處。乙仍曰。在汝衣兜內。甲曰。非也。在汝衣兜中也。因我衣已輸於汝。今既如此對答。則衣仍屬我矣。

十五日壬午。晴。早見新聞紙言。昨有以一馬運二噸煤。因負載過重。馬力不及。御者鞭之甚虐。經人勸卸半噸。不聽。旋被巡捕執之。罰四十什令。監禁一月。

十六日癸未。晴。晚同曾省齋李湘浦在堪特柏里園看雜劇。有一童女。連歌七次。每次衣色更新。隨歌而舞。聲調朗爽。體態輕盈。又有六小犬。一人指示跳舞。排行列隊。整齊若人。

十七日甲申晴。聞英國率舊更新二黨爭論。至今更新黨勝。乃立葛蘭敦爲相。仍有不左袒者。因葛喜靜而不好戰也。由是觀之。黨與之見。中外詎有殊情哉。

十八日乙酉晴。因新嘉坡領事官胡璇澤病故。出缺。曾襲侯言及俄事。就緒後。當

奏派充新嘉坡領事官。彝以客遊三載。未能侍奉高堂。五

夜自思。殊多負疚。且領事官責任綦重。新嘉坡政事又繁。碌碌庸才。實不勝任。遂稟請仍願乞假省親。俟旋里稍盡烏私。再定行止。

十九日丙戌晴。酉正。陳星使率陳楚士呂逸屏陳南甫張聽颿何慎之諸君。由巴里到。彝隨曾襲侯及陳松生馬清臣乘車至柴令克洛斯火車棧。迎入本街朗康店。又前隨襲侯由華來法之繙譯官法蘭亭。現經法國派充天津領事官。是日伊夫婦亦到。遂與陳星使同寓。暢談至宵深始罷。

卷十五終

四述奇卷十六

鐵嶺　張德彝在初隨筆
　　　貴　榮竹坪校閱

庚辰三月二十日丁亥。晴。午後。陳星使率陳楚士諸君前來答拜。記倫敦通城大信局十三。其總局在老城賢馬爾勤巷分局五。一在葛蕾斯哲爾池街。一在隆柏爾巷。一在樂蓋坊。一在麻爾克巷。一在柴令克洛斯街。又中西局在豪婁費街。北方局在艾苓屯街。東方局在東考門溯路。東南局在布拉克蠻街。西南局在卜靜門西方局在味兒街。西北局在艾文朔街。
二十一日戊子。晴暖。酉正。彝請陳楚士陳松生陳南甫
陳莘耕法蘭亭馬清臣張聽颿曾省齋曹一齋李芳圃
諸君。在荔榛街。柏靈坦館晚酌。歡飲暢談。亥初回寓。
二十二日己丑。晴。午後有乞假回國之廣東副稅務司
葛德立來拜。坐談極久。記英國寄信在本國各省各城
各鎮各街。不分路之遠近。信資一律。如一函重不逾一
兩者。一佩呢。不逾二兩者。一佩呢半。不逾四兩者。二佩
呢。不逾六兩者。二佩呢半。不逾八兩者。三佩呢。不逾十

兩者。三佩呢半。不逾十二兩者。四佩呢。若數逾十二兩。則由第一兩按一佩呢計。是一函重在十四五兩之間。票資須用一什令三佩呢。凡寄信而未貼信票者。則送至某處。向收信人罰錢加倍。若所貼信票與分量不符。則送至某處。向收信人倍罰所欠。除官府文件外。每封不得長過十八寸。寬過九寸。厚過六寸。
二十三日庚寅晴。記英國有多物整舊如新。名曰二手貨。如牀榻衣履以及小兒玩具等物。人多不欲製買。恐係染病或亡人之物。則買之不利。而於衣履尤加慎焉。

二十四日辛卯晴。午後。同李芳圃步遊荔榛園。因天時漸暖。故車馬紛馳。桐槐映日。有女同車。樂而忘返。見在阿拉伯金像亭後敞地。新設一加非館。地基不大。一層木房而已。四面廊下設座。堦前列桌椅數行。左右大樹青葱扶疎。繞屋。濃陰密布。暑氣不侵。想熱客來此。不知滌去塵襟幾許也。

二十五日壬辰晴。午後。有寓佛爾門街之英人陶坦漢來拜。據云。當土俄搆兵時。伊爲土國領隊官。曾充希臘國操兵官。皆得有寶星功賞。如中外搆兵。情願効力戎

行。助華禦侮。苟有用時。祈代稟知

欽使。候召而往。

二十六日癸巳晴。記倫敦小貨肆。有無力貼報單登新報者。則以鐵片鑿數字。以墨印於石道上者。斯亦不惜字紙之一證歟。

二十七日甲午晴。在英國各處。寄送新報之價。除總信局以五什令包送一年外。無論路之遠近。每張半佩呢。重不得逾二兩。多則每二兩半佩呢。必係本國印成。未經裁開釘本者。方送。或忘貼信票。或分量不符。追送到某處。皆向收報人罰錢加倍。外面或以紙裹。或以繩束。必須兩端皆露。不得蓋以火漆。黏以水膠。以便信局開驗。是否新報。違者照信價議罰。其中夾有他項紙張者。罰亦如之。新報面除寫人名住址外。另加一言者。罰亦如之。有重過十四斤。長過二尺。寬厚各過一尺者。皆不送。

二十八日乙未晴。在英國各處寄送書卷之價。每二兩。半佩呢。或忘貼信票。或分量不符。皆倍罰之。如有紙畫地圖小照。而非木架玻璃片者。皆可送。凡報單告白之類亦可按書價寄送。若藏有函札。或皮面另繕言語。則以寄信論。外面或以紙裹。或以繩束。必須兩端皆露。不得蓋以火漆。黏以水膠。以便開驗。違者照信價議罰。除由官府轉遞。有重過五斤。長過二尺六寸。寬過九寸。厚過六寸者。不送。

二十九日丙申晴。未正。會襲侯率馬清臣乘官車。赴賢眞睦斯宮朝會。申正。彜入老城哲爾池街。拜英人尤志登。坐談極久。其居近市。湫隘囂塵。晝夜車聲不絕。迥異於爽塏者。

三十日丁酉晴。英國官造一種小柬。長二寸。寬三寸。後面空白。前面右上角。印就半佩呢紅色信票。其信語無多者。用之不過費半佩呢。而紙價信資皆有矣。前面書所寄人姓名住址。後面書信語。及本人名姓住址。不准折捲剪割。稍有更改損傷。官府罰一佩呢。

四月

初一日戊戌晴。按英例。凡文件之奉其君主者。皆免信資。其因公函致會堂某人者亦然。惟重不得逾二斤。亦不得封口。信票大小不一。有值半佩呢者。有值一佩呢者。有値一佩呢半者。有値二佩呢者。有値二佩呢半者。有値三佩呢者。有値四佩呢六佩呢八佩呢者。有値一什令二什令者。至五什令爲極大。

初二日己亥晴。見新報云。泰木斯江之巴特奚地方。前午潮落後。有三童見一木匣。飄落沙面。啟之。函一嬰首。即捧送巡捕廳。昨早二木匠在匹馬離溝瑪頭。見臨岸置一木匣。啟之。函一無首之嬰尸。即舁入巡捕廳。據醫官開木斯特與蘇衛喇驗得凶器似爲刀鋸。經地方官馬克洛以藥水浸其身首。并將其首照像。分送各廳。以便查拏。嬰兒無罪。慘遭奇變。亦一異事也。

初三日庚子。晴暖。爲西厤五月十一日。申初。英君主在卜靜宮設眷會。曾襲侯夫人同陳參贊夫人乘宮車往。君主甚爲優待焉。

初四日辛丑。晴。亥正。同陳松生乘車赴義端坊司高澤夫人家跳舞會。男女數百人。入飯廳飲茶時。有一人問曰。不知貴國飲茶。於人有益否。彝言多飲佳茗。五內清涼。止渴除痰。不睡。利水道。明目華。且久食能益思。伊云。敝友某善飲。一日必四五壺。不知何以如此宏量。彝言嗜此者。腹中必有病物。名曰芽瘕。故有甘草癖之號。伊笑云。不知病物能消除否。談次。旁有一少婦起立。伊乃向彝鞠躬。携婦登樓跳舞。彝等遂歸。時已丑正。

初五日壬寅。晴。申初。卜靜宮眷會。與前日同。因明日本公署請茶會。各樓挪移安置。鋪設整齊。聞某酒肆甲乙二人。共盜紅酒十瓶。飲次被獲。經美爾判定。甲爲首。罰監禁兩月。乙爲從。罰監禁一月。皆罰作苦工。甚矣麴蘗之累人也。

初六日癸卯。晴。亥正。本公署請茶會。大廳開敞。懸挂花燈。羅列鮮花冰塔。飯廳設長筵。陳酒饌。有樂工一班。名扣勒自特立木戛爾自者。著紅衣戴扁圓帽。是夕。曾襲侯率馬清臣立客廳門首。侯夫人陳夫人坐于正中。彝同鳳夔九立于左右。爲之引傳來人名姓。共男女千餘人。鼓樂喧天。堪稱盛會。丑正始畢。

初七日甲辰晴。聞江邊嬰尸一案。其照像被鄰人所識。始知其母年二十五歲。姓蒲立石佳。柴拉細莊瓦拉屯巷第六十號。捉後據供云。因愛兒女情切。奈貧無立錐。恐難養活。以致淹女殺兒。女名洛拉。年三歲。兒名韋連。

年二歲。問女淹於何處。云亦在江邊。因潮飄流他處。尋之不獲。或云。婦係未嫁之女。審後。痛哭流涕。不知作何了結也。

初八日乙巳。晴。記倫敦各大信局。除禮拜日。每日收信。由巳正至申正。其他各處之代寄信件者。皆由辰正至亥正。各街每隔三矢之地。設一紅鐵筒。高四尺。粗三尺。上有置信之口。下有取信之門。內含鐵鎖。送信者。稱足分量。自貼信票。放入筒內。由寅初至亥初。每一小時。有人負袋持鑰。赴各筒抽取。入局分路轉遞不悞。

初九日丙午晴。聞上月二十七日。有婦人名詹柏蘭者。攜女阿呢。至大東方帕丁敦火車棧寄物房。送一木筐。外書要物寄至庫康莊。交柯立池查收。主人接收。稱重二十斤。車費六佩呢。迨母女去後。忽聞筐內有聲。啟之。見棉被裹二嬰孩。遣急足將母女追回。詢之。據云因無力養活。故送交其父。經醫官韋瑪高驗。係一兒一女。甫周月之孿生也。昨經官判。婦人監禁六月。罰作苦工。將阿呢及二嬰送往庫康莊。交柯立池。云按婦年三十八歲。阿呢年十四歲。

初十日丁未晴。記英國寄信有保險之說。保無遺失。凡函札書籍。以及新報之緊要者。可加保險二字。令其格外小心。無論何件。價皆二佩呢一分。如寄有金銀錢者。信局專售一種保險信封。厚而堅固。凡保險之信。外面左角。書保險二字。局給收執。註明某年月日時。寄付某處何人。查收第若干號。分量信資各若干。如信面僞書保險。而無保險暗號。追送至某處。罰收信人八佩呢。以代二佩呢。各局收保險信。除禮拜日。可遲至酉正。然逾時送往。亦收。價則倍之。

十一日戊申晴。按信由倫敦寄往某處。如逾期不到。寄信人可函致總信局監督。請其追究。則伊必計日核帳。按站搜查。有否必致回耗。此信往來皆不用票。

十二日己酉晴。見一匠人名勞克業。因拽馬尾有違定例。被巡捕扭赴官廳。罰監禁六個禮拜。晚同張聽颿乘車赴坤娳雜劇館聽曲。有一少女名艾麗娳者。二八妙姝也。淡妝雅服。而姿態明秀。嫣然一笑。滿室生春。曼聲度曲。渾如燕語鶯歌。殊覺令人心醉。

十三日庚戌晴。午後。馬淸臣鳳夔九李湘甫張聽颿請曾襲侯陳松生與彝等在水晶宮晚酌。一切景致款式。皆與前同。洵觴詠之勝地也。

十四日辛亥。晴。風記函札書卷新報。由英發往泰西各國。阿斐里加阿美里加亞細亞各處。走路不同。日期不同。而價值亦不一律。如往中國。每禮拜五日。走義大利南界布林的奚與走法國公司。函札重半兩。價五佩呢。新報重四兩。書卷重二兩。價皆一佩呢半。每年四月初十。五月初一日。走美國。函札重半兩。價四佩呢。新報重四兩。價一佩呢。書卷不送。每禮拜一禮拜五日走俄國。

函札重半兩價二佩呢。半新報重二兩。價半佩呢。書卷亦然。函札保險價不論分量。不拘道路。每封二佩呢。其未貼信票及付錢不足者。送到罰錢加倍。每封長不過二尺。寬厚不過一尺。新報以紙裹繩束。不得蓋以火漆。黏以水膠。長寬厚與上同。但須兩端露出。以便抽驗。書卷亦然。惟不得長過二十寸。（以上洋尺每尺十二寸）寬厚過一尺。重不得過四斤。其他保險等規與在本國無異。

十五日壬子晴。記西國呼電信曰太立各拉茀。譯太立遠也。各拉茀寫也。義謂寄書遠方也。義大利有戛里留者。于西麻一千六百三十二年。（即明崇禎五年）言及其法。而當時未能造其機。遂延擱二百餘載。至一千八百三十七年。（即道光十七年）始得通行各國。按英國寄電信有用字母者。有用小橫與點以代字者。經合衆人莫爾斯創于西麻一千八百七十年。（即同治九年）法係橫用一點爲E。二點爲I。三點爲S。四點爲H。一點一橫爲A。一點二橫爲W。一點三橫爲J。兩點一橫爲U。三點一橫爲V。先一點一橫又一點爲R。一點一橫又二點爲L。一點二橫又一點爲P。二點一橫又一點爲F。一橫爲T。二橫爲M。

三橫爲O。四橫爲CH。一橫一點爲N。一橫二點爲D。一橫三點爲B。兩橫一點爲G。兩橫兩點爲Z。二橫中一點爲K。一橫一點又一橫一點爲C。一橫一點又兩橫爲Y。二橫中二點爲X。二橫一點又一橫爲Q。又其數。係一點四橫爲一。兩點三橫爲二。三點二橫爲三。四點一橫爲四。五點爲五。一橫四點爲六。二橫三點爲七。三橫二點爲八。四橫一點爲九。五橫爲十。

十六日癸丑。晴暖。午正。陳星使率陳楚士諸君起程。走立文浦海口。乘輪船赴合衆。彝與同人隨曾襲侯乘車。

至尤斯敦火車棧送別。未正一刻回寓。
十七日甲寅晴。見西人男女雖屆龍鍾。鮮有用杖者。而茶會跳舞會。多老婦作主。周旋一切。極其殷勤。聞昨晚有少年人名費紫日喇者。偷其祖母八磅。被獲。官判監禁兩月。罰作苦工。
十八日乙卯晴。亥正。同陳松生鳳夔九李湘浦乘車至貝拉希斯帕克園第六十六號。赴舒特爾夫人家跳舞會。房屋不大。裝飾可觀。有假鴿飛舞花叢。小魚游泳池沼。一俯一仰。活潑生機。觀之令人舒暢耳。

十九日丙辰晴。亥刻。同鳳夔九李湘浦乘車。西行八九里。至光衛路第一號。赴馬喀的夫人家茶會。有男女六七人。彈琴歌曲。主人奉客日本摺扇各一柄。上印是日何時何人歌何曲。天雖酷然。扇動生風。即知歌者何人。所歌何曲也。

二十日丁巳。微風。陰。按電信分爲三種。曰敖爾的那立。曰扣大。曰賽佛爾。按敖爾的那立者。寄用正字。其大意明爽。無隱秘也。扣大者。甲乙約定。寄此字而代他意。或以甲代乙。乙代丙。或以丙代乙。乙代甲。反正皆可。是智者設法。恐宣洩也。賽佛爾者。彼此約定。或以號數代話。合四數爲一字。如一千二百三十四爲甲。一千二百三十五爲乙。或以單字代話。如此字可代此次。此任。他字可代他年。他人。或以自造之字代正字。如[王高]代天。[土氺]代地。[米木]代日。暙代月。以上扣大與賽佛爾二種。皆自行設法。繕成秘本。共事者各執其一。遇有要務。則用之。即隔數萬里。亦可一查而知也。

二十一日戊午。陰涼。是日通國慶其君主誕辰。巳正。兵部請在馬隊護衛所觀御林軍。彝同陳松生、楊仁山、鳳蘷九李湘浦往。入門。有四隊長導引。兵皆步隊。有二千餘。紅衣黑褲。一律鮮明。步伐齊整。金鼓齊鳴。四面巡捕把守。入門有票。觀者男女萬人。午初回寓。晚各鋪門首然燈。街市遊人稠密。亥正一刻。著公服。赴外部茶會。一切如前。

二十二日己未陰。聞昨晚伶人多有持激水器激婦女之行路者。經巡捕獲得賣激水器者十一人。入官廳。其器莢名蕾的斯托爾門多爾。今日經官判云。緝拏固非巡捕之誤。然此等人爲獲利起見。查無定律可治。今姑釋放。嗣後有售此物用此物者。被獲重罰可也。入夜微雨。涼。

二十三日庚申。陰雨。申初。曾襲侯率馬清臣乘官車赴賢眞睦斯宮朝會。酉正回寓。亥正同李湘浦乘車行六七里。至賢司堤芬坊第二十一號。赴吶爾喜夫人家茶會。聽樂。男女有百餘人。

二十四日辛酉。陰。聞有印書肆郝阿者。前禮拜六日申正。仍用未及十八歲之三童作工。經巡捕查出。按名罰肆主十什令。按英例。鋪戶用十八歲以下之童者。每禮

拜六日。午前即令回家休息。蓋是日即禮拜六日。斯亦
體恤之意也。
二十五日壬戌陰。亥初同曾省齋李湘浦乘車行數里。
至賢卓志路第二十六號赴文朔喇侯夫人家茶會。去
此行六七里至芻敦坊第九十六號赴色莫爾女公子
家跳舞會。二家客皆數百。樓舍宏敞。修飾一新。款待殷
勤。可謂主人情重矣。
二十六日癸亥陰。辰正慶靄堂由巴里來謁襲侯。詢知
隨崇星使到京後。旋蒙總署派來襲侯麾下聽候差遣。

又電綫新報。內言俄后于是早薨。晚約慶靄堂小酌。暢叙別情。

二十七日甲子陰。係西厤六月初四日。午後外部來文。內稱奉君主諭。因俄后昨日棄世。令文武官員自今日起。著素服二十五日。至本月十八日。即華五月十一日男女服色少易。至二十八日即華二十一日止。

二十八日乙丑微晴。冷。聞昨晚牛門街巡捕見一人年二十餘歲者。循牆而走。將雨傘擊破一家玻璃窗。即捕入官廳。供云因數月無工作。難以餬口。特此犯案入獄。

可冀一飽。官判監禁半年。罰作苦工。哀言可憫。聽之令人酸楚。

二十九日丙寅。陰。記倫敦大坡蘭巷典鋪夥計義大利人蒲立羅者。年二十一歲。原爲王謝二君買辦。以其勤能。蒙曾襲侯劄派爲候補武弁。月俸三十六兩。戌正。送慶靄堂至柴令克洛斯火車棧。登車回巴里。

三十日丁卯。陰。記前十八日。爲西曆五月二十六日。禮拜三。係英國達爾貝賽馬之期。此場始自一千七百八十年。（即乾隆四十五年）今爲第一百零一次。原定每年五月下

旬禮拜四日。地基周三里。馬壯者載八斯兜安。每斯兜
安重十四斤。小馬載七斯兜安零十一斤。今改每禮拜
三日。地基增至四里半。壯馬載八斯兜安零七斤。小馬
載八斯兜安零二斤。

五月

初一日戊辰晴。前日中國之偉人詹世釵由他國到此。
入阿奎艮木在鯨魚池邊。支布幄。設木臺。令其站立。觀
者每人一什令。自上年春季院內來有蘇魯人十名。六
男四女。皆皮黑如漆。髮短而冗。腰圍皮麻。頭頂翎毛。每

日亥初開門。觀者每人一什令。男女歌則轉圈圍繞。皆嘈雜之聲。舞則揮骰搖頭。近侏儒之戲。繼而立的于二十步外。四男以手擲錐。錐長四尺。鐵頭木身。每擲必中。聞昨日以船送回那他海口。地在阿斐里加南境偏東。地屬英吉利。爲赤道南三十度。北京西八十七度一十二分。

初二日己巳。陰雨。按英本國送電信。無論路之遠近。價皆一律。首二十字。價一什令。後每加一字至五字。價三佩呢。收送信人名姓住址。皆不計。惟新報電信價廉。係每百字一什令。電信票大小不一。有半佩呢者。有一三四六佩呢者。有一什令者。有三五什令者。有十什令者。有一磅與五磅者。此票不外賣。送信時。計字若干。須錢若干。隨時付訖。按價貼票于紙。挂號登簿。給以收執。書某年月日。寄往某處。何人字。若干信。資若干。收執錢二佩呢。由局至收信處。路逾三里者。收信人須付路資三佩呢。六里六佩呢。苟逾六里。每三里一什令。每日收信之時刻。各國不同。英國平日由辰正至戌正。惟禮拜日。由辰正至巳正而已。倫敦電信局共四十二處。各街信局亦代收轉遞該局。不誤。凡信逾期不到。可持收執赴局追問。不日卽有答覆。

初三日庚午。早大霧。午後晴。聞倫敦各養濟院有男女老幼八萬五千一百九十名。內四萬六千七百一十名。由四城局作而來者。三萬八千四百八十名。由街市而來者。較去歲多四千二百四十九名。上月又收八百七十三名。內男子六百二十四名。婦女一百九十名。童穉四十九名。

初四日辛未。陰。戌初。同李湘浦乘車行六七里。至騷侯坊第三十二號。韋里斯堂。赴施醫院之助善宴。樓房高大。供奉豐盈。同席共九十八人。首座爲伯爵葛拉斯高。食畢。葛伯立。祝其君主太子王妃之福。衆人立。陳詞一段。無非行善救人等語。衆旋祝湘浦與彝。追祝畢。彝立陳數語以酬答之。繼來三男二女。鼓琴歌曲以侑酒。亥正一刻而歸。

初五日壬申。晴。因屆曾公澄侯老大人榮誕。乃公撰壽屏一通。以代兒皝之祝。其詞曰。

恭介

貤封建威將軍

誥授通議大夫曾公澄侯老大人。

誥封一品太夫人汪夫人。六秩晉一雙壽大慶。

皇帝御極之六年。出使英法俄

欽差大臣曾劼剛爵帥將爲。

仲父澄侯曾公暨。

德配汪夫人舉六秩之觴。自製祝詞。遍示僚屬。於是參贊官劉翰清陳遠濟。偕英法使館僚友。敢附祝嘏獻觥之末。於崧生嶽降之辰。翰清拜手言曰。成天下之大功者。

必享天下之美報。歷觀載籍。如操左券者。不可勝計也。
憶昔盜發嶺嶠。毒流江海。
太傅文正公。揚下武之耿光。贊中興之大業。神緯爲謀。
日中必彗。用能肅清江表。再奠寰區。成功過於武鄉。握
奇儕於風后。當代第一。允爲宗臣。
宮保威毅伯。迅拔堅城。克摧強寇。聲施垂於竹帛。勳業
著於旂常。並美千秋。同垂奕禩。惟我
澄侯曾公。隱同霧豹。德比潛龍。似介圭之不飾。猶止水之
無波。志樂琴書。性耽泉石。慕仲連之奇節。追元亮之高

風。固宜顯晦異跡。仕隱殊塗。然而愷悌。仁愛及物。天資粹於琬玉。剛氣治爲南金。克承先志。勤勞王家。龍睇大野。虎嘯豐谷。練鄉兵而卻敵。犀渠銜壯士之歌。提空名而視師。雕騎識將軍之略。人多固志。閭閻共樂其輸將。軍有見糧。轉運不煩於供億。惟時湘鄉一邑。征伐遍四方。強武冠海內。逆賊石達開。全力上竄。攻圍寶慶。意欲潰我心腹。披其本根。惟

公以爲軍士有家室之憂。斯東南沮蕩平之氣。奮臂一呼。同心敵愾。選材官之三百。率君子之六千。駐守龍山。扼

其虎穴。顧盼生風。喑嗚激電。黄公不戰之師。元女先登之策。鯨呿噴浪。則萬里倒回。鷁首乘雲。則八風卻走。遂使枌榆烽息。桔槔火平。邳形機老。全解嚴城之扉。謝傅視恬。速展前驅之甲。妖鳥已翼而未飛。長蛇吐沫而遠遁。牖戶先乎曲突。固圉卽以安邊。

公乃讓而不居。爲而不宰。脫然高蹈。不染一塵。由是登封岱嶽。難鐫形史之勳。陟降雲亭。莫紀赤環之績。若乃高懷月朗。意氣雲飛。似明鏡之無私。妙能鑑物。與冰壺而俱澈。智足解紛。扶風豪士之歌。梓里龍門之望。蝸角無爭鼠牙息訟。挹其丰采。則芬若椒蘭。告以話言。則甘如芝醴。況復求劍青萍。探珠赤水。傾心結客。雅意憐才。集應阮之儔。招龍淵之侶。薦士行於范逵。表平原於北海。文思晏晏。世高儒將之規。大雅愔愔。人懷國士之遇。輕裘緩帶。散髮抽簪。管絃入耳。則溪壑俱調。風雅悅心。則烟霞並韻。乃以端居多暇。博攷藝林。赤文綠字。探宛委之奇。鳥篆蟲書。發羽琌之秘。睹墅一局。清酒百壺。斯乃高尚之閑情。抑亦畸人之餘事焉耳。

汪夫人淑慎流徽。溫恭著範。熟嫻內則之篇。克勤中饋之職。勉樂羊之向學。助伯鸞之高名。有齋櫛縱。式薦蘋蘩。嚴正始而著導和。首宜家而占順位。凡茲懿德。足備女師。

介石靜臣二公子。聲淸雛鳳。譽擅雕龍。松筠風槪。金友玉昆。聯二難於雁序。擢雙秀於鴒原。或以淸節自好。表乎百城。或以循治所敷。潤乎一里。敦詩說禮。多密靜之思。奉職勤民。著忠淸之美。斯人倫之冠冕。亦

聖世之嘉祥。用是積厚流光。膺茲多祜。

龍章錫羨。躋一品之崇。鶴算延釐。叶三多之祝。東王主歲。是

爲福德之宮。南極舒光。正在離明之位。香山九老。白樂天有此高懷。洛社耆英。文潞公方斯盛德。將見黃翁告籙。丹雀銜禾。五百年爲昌期。八千齡爲遐壽。蒲輪徵召。九重頒平格之言。几杖引年。四海進升恆之頌。

誥授中議大夫鹽運使銜道員用分發補用知府駐法二等參贊官世愚姪劉翰清頓首拜撰。

誥授中憲大夫道銜候選郎中駐英二等參贊官姪壻陳遠濟頓首拜書。

李鳳苞邵友濂黎庶昌蔣斯彤張德彝等同頓首拜祝。

光緒六年歲在庚辰仲夏之月穀旦

初六日癸酉。陰涼。記去歲英國有輪船名阿他蘭塔者。沉於大西洋。淹斃甚衆。現有寡婦二十八名。孤哀子女數百。貧乏無依。倫敦美爾于滿愼堂中設一書局。欲借公債二萬磅。以濟孤寡云。

初七日甲戌。陰。今早有屠戶紀楠者。以二磅半買病豬一口。在敖木斯克地方宰而出售。被巡捕察出。扭赴官廳。罰以二十三磅。記倫敦通城周一千二百方里。其老城周不足十分之二。百年前之舊城也。樓雖整齊。而街道狹窄。居住者多工匠。多貨棧。本有圍牆。四面七門。曰祿德門。曰迺猶門。曰木耳門。曰爾得門。曰畢朔普斯門。曰克立布斯門。曰額勒得斯門。今二城之間。尤有門之舊址。鎮日大小車輛男女往來。極其稠密。爲歐洲各國都城之至勝者。新城爲百年來所建者。樓既崇閎。路更寬敞。居住皆仕宦富商。園囿接連。市肆繁盛。尤爲海外一大都會焉。至前載司多立門。坤姒門等。乃爲海岱囿荔榛囿之門。非老城之門也。

初八日乙亥。晴。聞昨夜洛亞歐克火車棧。有水手計格立模者。下車將出門。驗票人巴克爾。向其索票。其人固言遺失。巴云既無票。須另給車費。其人不聽。竟欲闖過。巴阻之。被伊所毆。巡捕扭赴官廳。伊旋將車票由錢囊覓出。官判罰一磅。監禁七日。

初九日丙子陰。亥正。同李湘浦鳳夔九乘車行五里。赴格拉茀屯巷。第八號。艾達門夫人家茶會。後赴格物訥坊。第五號。計乃斯夫人家跳舞會。迎門設有冰山花洞。涼爽異常。天明回寓。

初十日丁丑晴。午正。曾省齋約王謝二君與彝登火車。

往遊文恣囿抵其地。步入行宮。陳設景致。與十五年前無異。繼入囿周遊十數里。青山綠野。古木疎花。爽氣逼人。堪稱勝地。酉初遊畢。入一加非館晚餐。因天氣微燥。各飲法國韋斯水一瓶。其水產於韋斯地方。清淡無味。能爽神清胃。療渴滌煩。渾如中華之柳谷泉也。戌正一刻回寓。

十一日戊寅。晴熱。晚同李湘浦曾省齋在敖斯佛館看雜劇。有幼女名羅拉者。以巾蒙面。坐于臺上。其父向客討物。令其猜之。逐件無一不對。又一女名席麗幽者美姿容盛修飾。清歌一曲。宛轉關生。聽者無不歎賞。子正回寓。

十二日己卯。晴。申正。同陳松生曹一齋乘車行四五里。至外科學院。赴傅洛爾醫官之茶會。來人男女數百。樓高三層。極宏敞。四壁排列櫥櫃。內藏天下各國人骨與石。其子傅漢立年六歲。領遊各處。接待良殷。

十三日庚辰。晴。巳初。英人戴歐賓請在泰木斯江看子弟水師。有二百人。衣服一律整齊。步伐亦頗嚴整。因是日爲西厤六月二十四日。即其君主即位之期。演畢。同入西敏斯德大禮拜堂。諷經祝頌。彝入官座。看至午正辭歸。

十四日辛巳晴。見英國新出一種印字法。名曰梅兜格拉蒂。極其簡便。墨色惟紅與藍。寫于紙上。有膠板一塊。盛以馬口鐵盤。大小與紙齊。厚約五分。以水拭溼。反鋪字紙于上。以手往來推壓數次。則字印板上。紙之原痕不退。再以淨紙鋪其上。亦往返推壓數次。字自印出。筆跡清楚。連印百張。亦不模糊。本公署由倭特魯行買用。問其法。秘而不宣。後經曾襲侯與王謝二君思之數日。

竟得其妙法。雖不同。尤覺簡便。其造膠板法有二。一用牛蹄熬膠一斤。蜜糖半斤合成。一用杏仁粉四分。白糖二分。牛皮膠少許合成。其造墨法亦有二。一用洋紅少許。醋強鎔化。酒醋調和。一用洋藍少許。強水鎔化酒醋調和。

十五日壬午晴。亥正。忽接上月二十七日。由恰克圖電路寄來家報。敬悉父現染病。令彝乞假回華。跪讀之下。五內如焚。伏思彝奉命隨使數萬里之遙。違定省三閱寒暑矣。雖時修安稟。藉慰親心。已於子職有虧。況嚴體違和。朝夕需人服侍。歸里萬不忍緩。星使雖有保留之意。而瓜代逾期。諒乞假可邀恩准也。

十六日癸未晴。申初。又接本月十一日家報。由上洋電路寄來。驚悉父病危篤。遲歸恐難見面。讀未畢。神魂爲之惶懼。遂具稟懇請銷差。畧云。竊彝前奉

憲札。暫留差遣。原擬赴俄聽候驅策。詎於本月十五十六兩日。連接電報。內稱彝父患病沉重。勢甚危急。促令接電登程。遲則恐難見面等語。接閱之下。心膽俱裂。伏念彝於光緒二年冬間。奉調出洋。瀕行之際。父雖強作歡

容。正辭訓誡。而黯然離緒。已流露於隱微之間。非復前屆出洋景象矣。迨抵英俄以後。屢奉家書。知衰病日增。思念愈切。彝雖萬分焦灼。猶以俄事方殷。未敢瀆請乞假。茲接電報。已知危急。是彝一日不歸。父病一日難愈。恐再遲回。則彝負不孝之名。於公事亦無裨益。公私兩失。厥罪維均。惟有仰懇

憲恩。准予銷差。俾得歸省。則親父有生之日。皆

憲臺再賜之年。五夜徬徨。不勝迫切待命之至。再彝應辦

公事均已交代清楚。尚無經手未完事件。所有應領俸

薪。及在京月支銀兩。請於起程前一日停止。以符定章。伏乞垂鑒。旋蒙批准。據稟親父患病。懇請銷差歸省。情詞迫切。自應暫准銷差。回京省視。所有應領俸薪。及在京留支二成銀兩。仰候札飭支應委員照章辦理。并咨呈

總理衙門。暨照會赫總稅務司查照。此繳。

十七日甲申。陰雨。午後。乘車至金登幹處。請代寄電信。致赫總稅務司。轉達起程日期。以慰親心。頃知六月初五日法國公司輪船開赴上海。遂擇於二十四日往巴

里。入夜雨止。

十八日乙酉陰。早起。料理行裝。由倫敦寄往馬賽。午後乘車入老城。赴法國輪船公司分局寫票。

十九日丙戌陰雨。巳正乘車往拜醫官馬克蕾。問此時走紅海必熱。當以何法防之。馬云。此時有風尚好。迨入西厯八月。則酷熱無風。頗不易受。今當配藥一料。天極熱時。每早以檸檬水冲服一包。以斂血氣。尋感謝而去。申正晴。

二十日丁亥稍晴。同硯左子興識有樂童五人。皆龜背堂中肄業者。一蒲羅柏。一隋達呢。一賀齡。一巴克爾。一屠樸。年皆十三四歲。每日來此。相與歌唱。吹笛拉筋。聲調可聽。而子興和之節奏。毫無舛誤。心靈手敏。愧余弗及。

二十一日戊子晴。記電信由英國寄往他國者。其發收信人名姓住址。皆按字計錢。每字不得逾十五筆。逾者一字按二字計。其價不一。按水陸里數之多寡。如由英至法。每話二什令六佩呢。至德。每話四什令。至俄。每話九什令六佩呢。至中華日本。每話八什令四佩呢。惟走恰克圖至中國路遙而價廉。蓋須半月行程也。

二十二日己丑晴。記各國送暗號電信。皆以四數代一話。今英國電綫行改爲三數代一話。如送者仍以四數代話。電行則以二數分計。而需費更多矣。

二十三日庚寅晴。記英國信規。凡信送至某處。如其人業已他徙。或無其人。或住址寫錯。則信局將原信拆開。外加封皮。照送信人住址送回。并註明繳回之故。如內無送信人住址。則收入廢信局。英名代達蕾特敖肥司。存留三年。備人尋覓。逾期則焚之。

二十四日辛卯晴。午後叩別曾襲侯。及陳松生諸君。戌初二刻起程。乘車至柴令克洛斯火車客廳。蒙同人送別。少敘登車。戌正二刻開行。亥正二刻抵都法海口。下車登舟。卽時展輪。水平船穩。子正二刻。至夏蕾海口。換舟登車。開行一夜。

二十五日壬辰晴。辰初二刻。抵巴里。入公署。見劉開生李敦甫楊仁山聯春卿聯子振王小峯諸君。知慶靄堂己往俄國。

二十六日癸巳晴。記法國入款。上年收二十五萬七千五百零二萬八千五百八十二方。至本年收二十六萬七千二百一十四萬零五百三十方。合銀三萬七千四百零九萬九千六百七十兩。其出款。上年用二十五萬七千萬零四百七十五方。至本年用二十六萬六千七百二十九萬六千七百五十一方。合銀三萬七千三百四十二萬一千五百三十八兩。聞前于西厤一千八百七十年至七十三年。即同治九年至十二年與德鏖兵所費。初次用十一萬七千三百零一萬六千方。二次用七萬零二十二萬二千方。賠償德國軍需三千八百八十萬零七千方。巴里防堵用一萬六千九百五十一萬八千方。養贍兵丁家口用五千萬方。還德利息用三萬零二百零六萬五千方。保護德兵用二萬四千八百六十二萬五千方。德國征收零款用六千一百七十萬八千方。歸還借款用六萬三千一百一十六萬八千方。虧收稅額三萬六千四百一十八萬九千方。雜費用五萬四千八百五十六萬四千方。償還外款用五十萬萬方。共用九十二萬八千七百八十八萬二千方。合銀二百三十五萬零七百五十八萬七千兩。因用款支絀。于西歷一千八百七十年。即同治九年借民債一十萬零一千三百四十七萬一千方。出賣軍器九千二百一十九萬七千方。修復巴里。拍賣一萬二千零三十萬九千方。出賣庫存器械九千一百二十八萬八千方。借本國銀號一十五萬三千萬方。借東路火車行三萬二千五百萬方。二次借民債二十二萬二千五百九十九萬四千方。添抽雜稅八千三百九十一萬五千方。二次加抽一萬五千四百八十九萬九千方。三次加抽一萬五千二百零六萬五千方。額外抽捐三十四萬九千八百七十四萬四千方。共計九十二萬八千七百八十八萬二千方。合銀一十三萬零三十萬三千四百八十兩。

二十七日甲午。早大雨。未正止。入夜仍雨。法國前于西歷一千八百七十二年。即同治十一年新定兵律。民由二十至四十歲。充兵二十年。以銀捐免等項。一併禁止。已經官醫驗明。身體強壯。及未經自行報明身有疾傷柔弱者。皆練習五年。操演四年。充本地兵五年。候調六年。外有恩例數條。除報病恩免充兵外。一孤子而居長者。一家之長子長孫。寡婦之孤子。或改嫁之子。或其父年逾古稀者。一年長者兄弟可以同時招募。一兄弟年隔一紀者。當先招其兄。一。一家長子已故。或陣亡及受傷。其次子及以上各等。皆一律恩免充兵。再學習雜技。及打獵等藝學生。官學教習。雜技教習。畫工之著名者。紳士之報官傳教者。及生于教主所轄之地。而經牧師記名收留者。亦皆一律恩免充兵。又一家人口。爲其人供養或現有事業者。經官報明。亦皆恩免充兵。以上各節。各城有專任武官考查。凡幼丁子弟之報官已能何技者。經官考試相符。然後登簿。當義勇一年。後除名。聽其自便。而一年內衣食一切皆須自備。凡初當兵者。能讀書。能繕寫侯練成武藝後。予假之期多寡聽便。不得越兩年。前一千八百七十五年。即光緒元年法人之挂號充兵者。共三十萬九千一百二十四名。內除恩免九萬一千八百四十九名。當義勇一年者。九千二百零四名外。其餘二十萬八千零七十一名。按例充當二十年。自與德戰。淪陷阿拉薩及洛倫二省後。計減少人丁一千五百餘萬。近年軍費加增甚重。前一千八百六十九年。即同治八年軍需總數係三萬八千三百九十七萬九千八百五十一方。合銀五千三百七十五萬七十一百七十九兩。至一千八百七十五年。即光緒元年增至四萬九千三百七十七萬六千三百二十一方。合銀六千九百一十二萬八千六百八十五兩五錢。所以較前多增一萬零九百七十九萬六千四百七十方者。因按新章增兵額故也。按其兵制新章。如步軍一百四十四旗。每旗除二器械隊外。各分三旅四隊。又獵夫三十旅。每旅分四隊。兼一器械隊。短衣兵四旗。每旗四旅四隊。一器械隊。快槍手三旗。每旗四旅四隊。先鋒一旗。分四旅四隊內阿斐里加人三旅。馬軍七十旗。係鐵甲十二旗。龍字二十六旗。輕騎三十二旗。內前鋒二十旗。騎勇十二旗。又前鋒內有阿斐里加捷騎四旗。土耳其精騎三旗。礮營內大礮三十八旗。分十九營。每營十三隊。築橋兵二旗。每旗器械兵十四隊。工匠兵十隊。礮手五十七隊。掘地兵四旗。每旗五旅四隊。法國步軍實任官一萬一千六百五十三員。候補者六萬二千五百一十七員。兵共二十萬二千八百三十四名。官兵共計二十七萬七千零四員名。馬軍實任官三千五百九十員。候補者一萬四千七百八十六員。兵共四萬九千九百零五名。官兵共六萬八千二百八十一員名。礮營實任官。二千九百七十四員。候補者。一萬九千一百三十五員。兵四萬二千九百八十七名。官兵共六萬五千零九十六員名。機器營實任官。四百二十八員。候補者。二千九百一十二員。兵七千五百九十名。官兵共一萬零九百三十員名。雜隊實任官。四百一十二員。候補者。二千七百八十八員。兵六千一百九十二名。官兵共九千三百九十二員名。前後共實任官一萬九千零五十七員。候補者十萬零二千一百三十八員。兵共三十萬九千五百零八名。官兵共四十三萬七百零三員名。

二十八日乙未晴。記法國地共五十四萬三千零五十一方吉婁美當。內耕田二十六萬五千六百八十六。草地五萬零二百四十三。產酒料地二萬三千二百零八。林箐地九萬一千六百七十七。荒地六萬五千四百六十二。果木地八千五百四十三。樓舍道路江河共占地三萬八千二百七十一。至每吉婁美當。合中國里數見前。

二十九日丙申晴。記法國出口貨。前西厤一千八百六十六年。即同治五年共值二十八萬二千五百九十五萬五千方合銀三萬九千五百六十三萬四千七百兩。本年加至三十五萬六千九百八十九萬一千方合銀四萬九千九百七十八萬四千七百四十兩。其進口貨于十年前共值二十四萬八千一百五十五萬六千方合銀四萬二千三百七十二萬一千三百四十兩。本年加至三十九萬五千零一十七萬四千方合銀五萬五千三百零二萬二千三百六十兩。其出口貨之販往英德各國者。爲雞魚牛羊牛乳雞卵。麥粟米豆。大麥白麪。棉花。菜蔬。鮮花。果品。紙花。綢花。男女衣冠。手套絨襪。布疋綢緞。生熟皮革。毡毯羽翎。牛羊毛。山藥豆。糖爉絲參。各色鐘表。鋼鐵器。金銀器。樂器木器。三鞭。克拉力紅酒。火酒。油子油子餅萞蓿等子種及化學雜物玩物。其運貨船隻。除漁船外。共一萬五千五百二十四隻。內重八百餘噸者。一百零五隻。七百餘噸者。五十八隻。六百餘噸者。八十隻。五百餘噸者。一百二十二隻。四百餘噸者。二百三十六隻。三百餘噸者。三百四十四隻。二百餘噸者。五百五十隻。百餘噸者。一千零十隻。六十餘噸者。一千一百五十八隻。五十餘噸者。三百五十隻。五十噸以下者。一萬一千五百一十一隻。共重一百零三萬七千二百七十二噸。又火輪貨船五百三十七隻。共重二十萬五千四百二十噸。馬力共七萬一千零一十。內二百五十一隻屬地中海。二百八十六隻屬大西洋。

六月

初一日丁酉晴。記法國上年共發信函三萬六千七百四十四萬三千八百三十七封。得銀九千二百八十九萬四千三百零七方。此外又加包封大小三萬七千六百萬五千九百三十四件。得銀一千七百八十四萬九千八百六十方。共合銀一千五百五十萬七千六百三十七兩。

初二日戊戌晴。記法國除本國外。亦有屬地及保護地。共計五十三萬六千九百五十一方吉斐美當。合三十三萬五千五百九十四洋方里。即三百零二萬零三百四十六華方里。以下各處。統以吉斐美當計之。居民共三百六十五萬一千二百五十四名口。其屬地在亞西亞者。如印度一省。周五百零九方吉婁美當居民二十二萬七千零六十名口。地名蒲賽愼。得于西麻一千八百七十九年。（即光緒五年）安南古省周二萬二千三百八十方吉婁美當居民五十萬二千一百一十六名口。得于西麻一千八百六十一年。（即咸豐十一年）安南新省周三萬三千八百六十四方吉婁美當居民四十七萬七千名口。得于一千八百六十七年。（即同治六年）以上亞細亞地共五萬六千七百五十三方吉婁美當居民共一百二十萬六千一百七十六名口。

在阿斐里加者。如賽乃戛一省。在洲之西北境。爲赤道北一十六度。北京西一百三十一度。周二十五萬方吉婁美當。居民六十萬七千三百九十八名口。得于一千六百三十七年。即道光十七年金海邊與戛貢河。在洲之正西境。爲赤道北五度。北京西一百一十九度十分。周二萬方吉婁美當。居民十八萬六千一百三十三名口。得于一千八百四十三年。即道光二十三年布爾貢島。在洲之東南境。爲赤道南二十一度。北京西六十度。周二千五百一十一方吉婁美當。居民二十萬七千八百八十九名口。

得於一千六百四十九年。即順治六年賢馬麗島。在洲之西北境。爲赤道北三十六度五十六分。北京西百四十度。周九百一十方吉婁美當居民六千一百一十名口。麻由及訥希貝斗達羣島。在洲之東南境。爲赤道南十三度二十五分。北京西六十度十五分。周五百二十方吉婁美當居民二萬零七百一十七名口。得於一千八百四十三年。即道光二十三年以上阿斐里加地共二十七萬三千九百四十一方吉婁美當居民共一百零二萬八千二百四十四名口。

在阿美里加者。如吉阿那。在南洲北境偏東。爲赤道北一度。北京西一百七十度十分。周九萬零八百五十四方。吉婁美當。居民二萬四千四百三十二名口。得於一千六百零四年。（即明萬曆三十二年）夏大婁普羣島。在南北二洲中間脛地之東。爲赤道北十五度。北京西一百七十八度二十分。周一千六百四十五方。吉婁美當。居民十五萬一千五百九十四名口。得於一千六百三十四年。（即明崇禎七年）馬蹄泥島。在南洲正北。爲赤道北十四度。北京西一百七十九度。周九百八十八方。吉婁美當。居民十三萬九千一百零九名口得于一千六百三十五年。（即明崇禎八年）賢皮業及馬格隆島在北洲之東北爲赤道北四十六度十分。北京西一百七十度二十分。周二百一十方吉婁美當居民三千八百名口。得於一千八百三十五年。（即道光十五年）以上阿美里加地共九萬三千六百九十七方吉婁美當居民共三十一萬八千九百三十五名口。

在南北太平洋之間。羣島羅列。總名蒲立迺希亞。其屬法者三島。一曰牛喀來兜呢亞在赤道南二十度三十分。北京東四十五度二十分。周一萬七千四百方吉婁美當居民二萬九千名口。得于一千八百五十四年。即咸豐四年一日賴阿的羣島。在赤道南二十二度。北京東五十一度三分。周二千一百四十七方吉婁美當居民一萬五千名口。得於一千八百六十四年。即同治三年一日馬爾奎羣島。在赤道南十度四分。北京東一百零五度二十分。周一千二百四十四方吉婁美當居民一萬名口。得於一千八百四十一年。即道光二十一年以上太平洋羣島地共二萬零七百九十一方吉婁美當居民共五萬四千名口。總計以上屬地。共四十四萬五千一百八十二方吉婁美當居民共二百六十萬七千三百五十七名口。

其保護地有五處。一曰岡白鷗土在亞細亞之東南。爲赤道北十度。北京西一十四度三分。周八萬三千八百六十一方。吉婁美當南臨暹羅海灣。東界安南。居民一百零二萬。原屬暹羅國。前於一千八百六十二年。（即同治元年）法與暹羅定約。分歸自主。土極肥沃。產胡椒甘蔗絲棉菸薑鉛膠果品。金銅鐵錫等。其他四處。亦在蒲立迺希亞羣島中。如塔希的島。在赤道南十七度。北京東三十度。周一千一百七十五方吉婁美當居民一萬三千八百四十七名口。歸于一千八百四十一年。即道光二十一年圖阿卯兜羣島。在赤道南十度。北京東三十度。周六千六百方吉婁美。當居民八千名口。歸于一千八百四十四年。即道光二十四年岡比爾島。在赤道南二十二度。北京東二十三度三十分。周三十方吉婁美。當居民一千五百名口。歸于一千八百四十五年。即道光二十五年土壩及瓦委圖島。在赤道南十度十分。北京東四十六度。周一百零三方吉婁美。當居民五百五十名口。以上保護地共九萬一千七百六十九方吉婁美當。居民共百零四萬三千八百九十七名口法人在外貿易。以布爾貲馬蹄泥及戛大婁普三處爲大埠。所有法人在以上各處者。共計二千餘。惟在吉阿那與牛喀來兜呢亞二地者。皆自一千八百五十二年即咸豐二年至一千八百七十二年即同治十一年之發遣人犯。以上所聞如此。

初三日己亥晴。晚餐後。告別同人。戌初。乘車至呂陽火車棧。蒙劉開生聯子振聯春卿李敦甫諸君送別。戌正。登車即開行。一夜頗覺涼爽。

初四日庚子。陰雨陣陣。申初。抵馬賽。下火車。乘馬車。仍入馬賽大店。酉初一刻。以敞車送行李入船。行。熱似初伏。

初五日辛丑。晴。巳初。乘車行數里。至碼頭。登法國公司安那的輪船。係暗輪。長一百二十四碼（一碼不足四尺）寬十二碼零七寸。深十碼。重五千四百噸。載三千五百一十六噸。馬力六百。一律潔淨整齊。即曾襲侯前由上海駕來者也。巳正展輪出口。風平浪穩。

初六日壬寅。晴。水藍色。平如油。清風徐來。天氣涼爽。早晚遇火輪二。風篷三。皆南行者。
初七日癸卯晴。丑正抵那柏里。住船。卯初睡起。雇舟登岸。樓舍稠密。式如英法。有窄小似麥西者。惟舊王宮與禮拜堂。皆閎敞華美壯觀。貧民男女傴僂提携往來不絕。菜蔬果品俱全。辰初囘登大船。按舟價往來二方車價。一點半鐘一方半。領遊人索謝十方。給以二三方足矣。當時有男女六七人登船。彈唱乞錢。亦有幼童投水摸錢者。按是地在義大利國西南境。爲赤道北四十度。北京西一百度十分。地極肥沃。居民九十餘萬。爲貿易之通衢。偏西一大火山。名微素微。白晝黑烟直上。夜則烈焰飛騰。亦妙景也。辰正一刻開行。出口甚平。戌正過司托羅百里島。頂上亦有火山。惟紅焰微小耳。子初二刻。過墨西那。燈火連綿。海天一色。尤奇景也。

初八日甲辰晴。風靜水平。色深藍。午後遇風篷一隻。南行者。火輪一隻。北行者。

初九日乙巳晴。水平。午正。過堪的雅島。地屬土耳其。在赤道北三十五度。北京西九十一度。

初十日丙午晴。記西國因航海通商。設有商部。及船政學院。學成後。商部試之。優者令充船主。凡造船之家。無私請船主者。一船既成。商部驗其工堅料實。而後估其所值。定其行海年限。或十年。或二十年。不如式者。不準駕駛。違者有罰。商部又視其所載之貨。所坐之人。如貨逾其所載之數。人逾其所容之數。皆禁止之。違者有罰。其行海所用之水手。所帶之糗糧。必使足數。不如數者有罰。日給水手工匠之米鹽肉食。皆有程式。不如式者有罰。船主出海。一切聽命。而日記其所行於册。其有爭辨等事。歸商部處分之。出洋官給驗票。往返皆有定期。

達者有罰。

十一日丁未晴。寅正一刻。抵波賽住船。上煤下貨畢。午正復開。入新開河。行百零八里。戌正住船。記新開河。故沙漠下游。尼羅江積沙上壅。歲淤數尺。波賽口外登樓。原造臨海。今海潮積沙。已至八百餘步。故于口外入海處。兩岸累石爲長堤。橫截海面。北岸長二百餘丈。南岸又數倍之。連如長橋。因沙地無石。用機器積沙壓成之。長方約八九尺。寬厚二三尺。極其堅固。斯亦天工而人代之矣。

十二日戊申晴。寅正開輪。卯正過義思麥利亞。未初一刻出蘇耳士口住船。頗熱。下貨畢。申正復開。走紅海。入夜順風。

十三日己酉。晴熱。水平無波。海道狹窄。兩岸山勢羅列。時見島嶼。距岸咫尺。蓋左爲阿剌伯。右爲埃及也。

十四日庚戌。晴熱。水平如昨。巳正一刻。左右各遇輪船一隻。皆北行者。

十五日辛亥。晴。南行。西風。船行平速。夜雖有風。而熱似中伏。客臥船面。尚覺汗流浹背。子正微睡。間忽聽法人狄特鑾之長女。因酷熱難禁。哭號驚醒。丑正。又有德人席阿甘之妻與妹。忽由艙內驚出。言有大鼠竄越牀榻。上下喧嘩。寅正始息。至卯正。水手刷洗船面。又欲眠而不得矣。

十六日壬子晴。天熱。水平。左右山島。如送如迎。蓋紅海闊僅五百餘里。而島嶼甚夥。近年英得棓林一島。其小島多有未開墾者。地無所屬。故圖說無從列其名也。申初一刻。過喇布與阿拉巴二大島之間。出紅海。雖非赫赫炎日。而仍思飲冰也。

十七日癸丑晴。寅初抵亞丁。天氣雖較紅海減熱。然曉日初升。諸山紅紫輝映。色如胭脂。仍似日炙沙石。蓋地在赤道北十二度四十六分。所謂炎方火維之域。不知有冬令者也。住船後。上煤下貨。畢。酉正開行。走阿剌伯海。入夜稍覺涼爽。

十八日甲寅晴。卯初旁風浪起。船搖。午正。甚熱。入夜大風尤烈。船內杯盤亂落。金鐵皆鳴。人之嘔吐者大半。

十九日乙卯晴。風浪尤大於昨。巳正。過斯高達拉島。出阿剌伯海。入印度洋。見一英國輪船由東來者。十二桅皆折。身已半斜。行動甚慢。蓋昨遇颶風所苦者。

二十日丙辰。晴熱。風浪如昨。雖當風揮扇。猶覺汗流。席阿甘之妻。因畏炎威。而晝夜哭泣焉。

二十一日丁巳晴。浪動船搖。午後稍息。因思三四日間。海路之遙。風浪之大。咸賴鐵船之堅固。駕駛之精能。始獲穩渡。按古書內載。王元年登蓮花峯見鐵舟。又安定縣有越王銅船。是以銅鐵造船。非創始于泰西也。

二十二日戊午晴。風浪雖有。而船行尚穩。巳正陰。午初大雨一陣。雨後晴。遙望左右奇峯羅列。翠嵐如畫。不知其爲雲或山也。

二十三日己未。晴熱。水平船穩。午初。過麻那怪島。遙望孤峯矗立。直插青霄。有飛魚如白鳥者。往來船面。可謂魚鳥親人矣。

二十四日庚申。晴平。天氣稍涼。按水程船須東行稍南。辰正。因南行過度。乃轉北三十餘里。始歸正途。

二十五日辛酉。晴。卯正二刻。抵錫蘭。住船早餐後。駕小舟登岸。步入歐連大店。少坐。旋回船。入夜上下貨物。卸煤炭。放水氣。黑人歌舞。令人終夜不寐。

二十六日壬戌晴。辰初一刻開行。出口甫數十里。因收拾機器。停輪一小時。記唐穆宗臨芳殿飲葡萄酒。帝曰。飲此。頓覺四體融和。眞太平君子也。當日午酌。彝飲葡萄紅酒一杯。始覺五中暢爽。此酒產于法國。釀以葡萄。味酸而不芳。其性能養人。航海煩燥之時。飲之尤爲有益。

二十七日癸亥。晴平。早餐後。同船有法人沙邦瑞者。問曰。聞貴國教門所重者。惟孔門及佛道兩教。不知他教可得傳乎。答曰。中國各省。幾占亞細亞一洲之半。何教蔑有苟爲善。斯愛敬之。不必界分畛域。沙曰。天主教何以屢被焚殺。答曰。天主教之流傳。意在廣修功德。其入教者。良民固多。而匪人亦復不少。或犯法。或負債。或結怨。于是窮無所歸。入教求庇。教士不分良莠。概爲保護。于是匪人益無忌憚。每借教堂爲名。肆行不法。百姓積忿。因而恨及教門。故屢釀巨案也。在教士之本心。詎有意縱匪殃民哉。是不別良莠之故耳。若謂匪人入教。久而自化。然入教既非誠心。恐感格亦匪易也。沙曰。誠哉是言也。

二十八日甲子。早稍陰。巳正晴。旁風。船微搖蕩。因飲食不調。胃中微痛。入夜吐瀉不止。

二十九日乙丑。晴。早起吐瀉雖愈。身體頓覺疲乏。偃臥一榻。惟日數歸程而已。

三十日丙寅。晴暖。水平如鏡。鎮日左右見山。或遠或近。參差掩映。突兀崢嶸。洵天然之圖畫也。

七月

初一日丁卯。晴平。水綠色。申正一刻。抵新嘉坡住船。傍岸後。乘車至唐城漆木街敘仙樓晚餐。頗佳。戌正回船。

入夜熱。

初二日戊辰晴。終日上下貨物。裝載煤水。記此地果品甚多。有一種邦卜當者。大如荔。色紅有冗刺。內一核。肉白色。味如杏。又有杜果者。大如龍眼。色黃皮薄。內四小核。肉粉紅。味如橘。又有罐果者。大如菜瓜。外有楞。色淡黃。皮如鱷魚。厚盈寸。內分三格。每格肉四五塊。白色。聞之如葱蒜。食之似蜜糖。

初三日己巳早陰。辰初。啟椗。出口。細雨。未刻。西風起。水微波。申正晴。

初四日庚午晴。水平船穩。熱似紅海。值此酷暑。苟得大食國所貢之松風石置諸客艙。則涼颸定生于几榻間也。

初五日辛未晴。巳正一刻。進江口。午初陰。未初雷雨。申初晴。申正二刻。抵西貢。住船。即駕小舟登岸。步至宏泰昌棧。拜張沃生霈霖。賀其子張蕚樓振生己卯新貴之喜。遇何一山桂林及蔡毅若錫勇之堂弟蔡復其迪昌。少坐。同乘車遊。見房屋加增數倍。禽獸園地頗開敞。添有山猫與狨。另一新開大園。花木甚繁。途遇前丁卯年同船之英人司樸納相見甚親。約明早饌。謝辭。晚在宏泰昌小飲。留宿談至天明。

初六日壬申。晴熱。巳正張沃生留早饌。申初回船。申正展輪。亥初出口。入夜涼。

初七日癸酉。晴熱。早出印度洋。走中國海。時屆孟秋。熱如盛夏。雖能安枕。仍覺暑氣逼人。

初八日甲戌。晴平。午後船面散步。有英國麗如行夥計戴勸爾者。相與立談。甚暢。入夜熱。

初九日乙亥。晴平。早見捕魚船數十。隨波上下。知距瓊南萬州一帶較近也。亥正至香港。口外住船。清風徐來。披襟納爽。非復昨日之炎熱矣。

初十日丙子陰。卯初開行。辰正停泊。駕小舟登岸。乘肩輿至科古洋行。拜吳藜閣光昭。旋登山至寶羅書院。拜前充同文館英文教習現任英國香港主教包爾騰夫婦。去此。赴上環街萬芳樓早餐。繼至鎮北街居安號。拜潘星衢。堅請晚酌。同席有李若農學士文田林翰園太守苑生潘槐史李玉衡李逸樓潘榮川陳儷琴衛海溪葉鏡齋曾月溪曾容川陳日樓黃翼賓黃欣譜陸曉川張貫成招雨田馮衍庭諸君。遂留宿。

十一日丁丑、忽陰忽晴。酉刻、黄翼賓招飲于居安號。人數如前。亥正謝別登船。入夜雨。

十二日戊寅。早大雨。卯初一刻。開行出口。水平船穩。辰正雨止仍陰。未初晴涼。

十三日己卯。晴冷。逆風。晚同英人周阿森。談及天文。頗開茅塞。按隋天文志內載。耿詢造渾天儀。施於暗室中。外候天時。合如符契。又郭守敬作簡儀。爲圓室一間。平置地盤二十四位於下。屋皆中間開一圓竅。以漏日光。

可以不出戶庭而知天運。今西國觀象臺式。亦與此相似。

十四日庚辰。陰涼。未初。細雨一陣。雨後晴。雲作峯高數十重。而北面山嶺一帶。相爲銜接。乍睹之。莫能辨其眞假也。

十五日辛巳。晴。子初。進吳淞口。丑正。停輪。待至卯初。復開。辰初。泊於怡昌瑪頭。登岸。寓洋涇橋長發棧。午後。往拜劉芝田觀察。瑞芬 莫善徵大令。祥芝 及稅務司赫政。途遇同硯楊誠之。兆鋆 立談片刻。

十六日壬午晴午後乘肩輿往拜陳寶蕖司馬。福勳孫硯農。文田黃詠清。惠和楊誠之。王子顯。囘寓知有劉觀察莫大令及赫稅務司答拜。申正誠之招飲于聚豐園。同席有丁小舫。吳子明。黃詠清。胡賀甫。

十七日癸未晴。巳刻。有陳寶蕖孫硯農黃詠清楊誠之王子顯諸君答拜。午正。黎蒓齋之猶子黎祝衡招飲于聚豐園。同席有孫硯農陳養原。戌初孫硯農招飲于復興樓。同席有陳臧伯。朱蓮雯黎祝衡。

十八日甲申晴。午正。陳寶蕖招飲於養和堂。同席有日本領事官。及吳仲英。極劉筱舫。啟彬王樹芬。黃煥巖。莫善徵。飲畢。同仲英筱舫善徵三君乘車。至靜安寺少坐而歸。順拜黎視衡。陳養原。陳臧伯。

十九日乙酉晴。聞彝初次隨使泰西所撰航海述奇經申報館印出。不知稿由何人所寄。遂卽函致該館。令登申報。畧云。曩者彝隨斌友松郎中出使泰西。察訪風俗。有隨筆日記一編。旋京後。因戚友索觀。乃將原稿奉給。并未修改。是編雖有名有序。無非一時自娛。初無災及棗梨之意。昨由泰西回華抵滬。聞已經貴館刷印。不知稿由何人所寄。殊覺詫異。憶十五年前。未嘗學問。語言粗鄙。不勝慚愧。今既印售。噬臍無及。願觀者諒之。申正。莫善徵招飲。同席有陳寶蕖。吳仲英。劉小舫。

二十日丙戌晴。早起。招商局寫船。申初。王子顯招飲於復興樓。同席有葛蕃甫。繩孝洪九香。丁小舫。葉成忠。

二十一日丁亥晴。巳刻。赴各處告別。申初大雨。酉初。葛蕃甫洪九香二君。招飲於復興樓。同席有王子顯。葉成忠。丁小舫。子正。登保大輪船。諸君送別。

二十二日戊子。早陰。寅初晴。寅正展輪。辰初一刻出口。

水平船穩。
二十三日已丑晴。風逆而水平。午後。函致黎蒓齋黃玉
屛張聽颿。報知抵滬安穩。布帆無恙。
二十四日庚寅晴。卯正。抵之罘。停泊。上下客畢。巳初啟
椗。水深藍色。平靜無波。
二十五日辛卯晴。辰初。至大沽口。停輪待潮。巳初復開。
巳正二刻進口。申初抵紫竹林。晚寓於北浮橋人和店。
二十六日壬辰晴。早。僕人張祿來接。問及父病。據云自
接電信後。浹旬始能坐起。元氣漸復。日飲薄粥一甌。彝

敬聞之下。心覺稍安。午正。往謁合肥相國李少荃制軍。鴻章及拜朱靜山馬眉叔長書舫王竹軒張雲波張子敬。稅務司德璀琳。戌初。張子敬王竹軒。招飲于淸河樓。亥正回寓。

二十七日癸巳。陰雨。長書舫設早饌。午後。謁合肥相國稟辭。回寓。知朱靜山馬眉叔王竹軒長書舫張雲波張子敬諸君答拜。

二十八日甲午。晴。卯正起程。巳正至浦口。早尖。酉正一刻宿於蔡村。

二十九日乙未晴。卯初起程。巳正至河西務。早尖。酉初宿於張家灣。

三十日丙申晴。卯正起程。巳初抵于家衛。早尖。午正進廣渠門。至崇文門。兒子榮驤率僕以車來迎。數刻抵家。登堂。見父危坐牀上。兩眼垂涕。欲言不得。彝跪泣聆父云。爾眞來耶。抑或夢耶。彝聞尤覺凄楚。卽答曰。兒眞來矣。聞彝言乃止涕。繼以手扶彝肩。微作笑容。彝始起立。備述已往情形。闔家團聚。悲喜交加。彝回憶飄萍海上。忽忽四年。亦渾如一夢耳。

卷十六終